DANIELLE STEEL

Familienbilder

Roman

Aus dem Amerikanischen
von Ingrid Rothmann

BLANVALET

Die Originalausgabe erschien unter dem Titel »Family Album«
bei Delacorte Press, New York

Umwelthinweis:
Alle bedruckten Materialien dieses Taschenbuches
sind chlorfrei und umweltschonend.

Blanvalet Taschenbücher erscheinen
im Goldmann Verlag, einem Unternehmen
der Verlagsgruppe Random House GmbH.

Taschenbuchausgabe August 2001

Umschlaggestaltung: Design Team München
Umschlagfoto: G. Weissing
Druck: Elsnerdruck, Berlin
Verlagsnummer: 35747
MD · Herstellung: sc
Made in Germany
ISBN 3-442-35747-0
www.blanvalet-verlag.de

1 3 5 7 9 10 8 6 4 2

In Liebe.
Für Beatrix, Trevor, Todd,
Nicholas, Samantha, Victoria und
besonders – ganz besonders
und von ganzem Herzen –
für John.

d. s.

»Gott gibt den Einsamen Familien.« Tröstliche Worte aus der Bibel... Familien, geeint durch Blutsbande, durch Pflichten, Notwendigkeit, Sehnsucht und manchmal, wenn man Glück hat, auch durch Liebe. Es ist ein Bestand verheißendes Wort, ein festes Fundament, ein Ort, an den man heimkehrt, an dem man aufwächst, dem man entwächst, aber auch ein Ort, den man im Gedächtnis behält und an dem man hängt... ein Echo, das für immer im Ohr bleibt und im Herzen bewahrt wird, zusammen mit jenen bildhaften Erinnerungen, die ähnlich wie Elfenbeinschnitzereien aus einem Stück geschaffen, fein abschattiert sind, strahlende Farben neben gedämpften Tönen haben, stellenweise verblaßt, verwischt und vergessen sind... und doch nie ganz in Vergessenheit geraten oder verloren werden. Der Ort des Anfangs, an dem man zu enden hofft, durch harte Arbeit geschaffen, hoch in den Himmel ragend... Familie... was für Bilder werden heraufbeschworen, was für Erinnerungen und Träume...

Prolog

1983

Es war erst elf Uhr vormittags, und die Sonne schien schon so grell, daß fast alle die Augen zusammenkniffen. Ein leichter Lufthauch zauste die Haare der Frauen. Der Tag war so schön, daß er etwas vom Todesschmerz an sich hatte, eine wundervolle Stille, und in dieser vielfachen Stille waren nur Vögel zu hören, ein leises Zwitschern, ein jäher Ruf, und dazu überwältigender Blumenduft... Maiglöckchen, Gardenien, Freesien, in einem Teppich von Moos begraben. Von alldem sah Ward Thayer nichts, und er schien auch nichts zu hören. Minutenlang hatte er die Augen geschlossen gehalten, und als er sie öffnete, starrte er vor sich hin wie ein Zombie, mit fahlem Gesicht, ganz anders als das Bild, das sich alle von ihm machten oder in den vergangenen vierzig Jahren gemacht hatten. An diesem Morgen war an Ward Thayer nichts Glänzendes, nichts Aufregendes oder gar Gutaussehendes. Er stand reglos in der strahlenden Sonne, sah nichts, da er die Augen wieder geschlossen hatte, mit fest zusammengepreßten Lidern, von dem momentanen Wunsch beseelt, sie niemals mehr zu öffnen, so wie sie, die sie für immer geschlossen hatte.

Von weitem hörte man eine leise, eintönige Stimme. Sie hob sich nicht vom Gesumm der Insekten ab, die die Blumen umschwärmten. Und er empfand nichts. Gar nichts. Warum? Warum fühle ich nichts? fragte er sich. Habe ich nichts für sie empfunden? War alles nur Lüge gewesen? Er spürte, wie ihn eine Woge der Panik zu erfassen drohte... er konnte sich nicht mehr an ihr Gesicht erinnern... nicht mehr an die Art, wie sie ihr Haar trug... an die Farbe ihrer Augen... Ganz plötzlich riß er die Augen auf, und die Lider trennten sich wie Hände, die gefaltet gewesen waren, wie einst verpflanzte Hautstücke. Die Sonne blendete ihn so stark, daß er nur einen Lichtblitz wahrnahm und die Blumen roch, während eine Biene vorübersummte und der Pastor ihren Namen aussprach. Faye Price Thayer. Ein dumpfer Knall zu seiner Linken, und vor seinen Augen flammte das Blitzlicht einer Kamera auf, während die Frau neben ihm seinen Arm drückte.

Er sah auf sie hinunter, seine Augen gewöhnten sich an das Licht, und plötzlich war auch die Erinnerung wieder da. Alles Vergessene spiegelte sich in den Augen seiner Tochter wider. Die junge Frau neben ihm sah ihr so ungeheuer ähnlich, und doch waren die beiden so verschieden. Eine Frau wie Faye Thayer würde es nie wieder geben. Das wußten alle, und er wußte es am besten. Er sah das hübsche blonde Mädchen neben sich, besann sich auf alles und sehnte sich im stillen nur nach Faye.

Seine Tochter stand groß und ernst da. Sie war unscheinbarer als Faye. Ihr glattes blondes Haar war zu einem straffen Knoten zusammengefaßt. Neben ihr ein ernst dreinblickender Mann, der immer wieder nach ihrem Arm faßte. Alle waren jetzt unabhängig, alle, jeder anders und für sich, und doch wie Teile eines größeren Ganzen, Teile von Faye... und ebenso von ihm.

War sie wirklich dahin? Es erschien ihm unmöglich. Tränen liefen langsam über seine Wangen, und ein Dutzend Fotoreporter sprangen herbei, um seinen Schmerz festzuhalten und auf Titelseiten zu bannen, die um die ganze Welt gehen würden. Der gramgebeugte Witwer Faye Price Thayers. Er gehörte ihr jetzt im Tod ebenso, wie er ihr im Leben gehört hatte. Sie alle gehörten ihr. Alle. Die Töchter, der Sohn, Mitarbeiter, Freunde, und alle waren da, um das Gedächtnis der Frau zu ehren, die für immer gegangen war.

Neben ihm in der vordersten Reihe stand die Familie. Seine Tochter Vanessa, deren bebrillter junger Mann und neben diesem Vanessas Zwillingsschwester Valerie mit dem flammenden Haar, einem Gesicht aus Gold, in einem perfekt geschnittenen Kleid aus schwarzer Seide, das atemberaubend an ihr haftete. Der Stempel des Erfolges war ihr unmißverständlich aufgeprägt. An ihrer Seite ein ebenso blendend aussehender Mann.

Sie gaben ein so schönes Paar ab, daß man nicht umhin konnte, sie anzustarren. Die Ähnlichkeit Vals mit Faye war für Ward eine

Genugtuung. Sie war ihm noch nie so deutlich aufgefallen wie eben jetzt... Und Lionel, der Faye auch ähnlich sah, wenn auch nicht so frappierend. Groß, hübsch und blond, sinnlich, elegant, fein und dazu stolz.

Ward stand da, den Blick starr in die Ferne gerichtet, während er der anderen gedachte, die er gekannt und geliebt hatte... Gregory und John, verlorener Sohn und geschätzter Freund. Und er dachte auch daran, wie gut Faye Lionel gekannt hatte, besser vielleicht als jeder andere. Sie hatte ihn besser gekannt als er sich selbst... so gut, wie er selbst Anne kannte, die jetzt neben ihm stand, hübscher als je zuvor, sehr viel selbstsicherer und doch noch sehr jung, ein großer Gegensatz zu dem grauhaarigen Mann, der ihre Hand hielt.

Am Ende waren sie alle zur Stelle. Sie waren gekommen, um all dem die letzte Ehre zu erweisen, was sie gewesen war: Schauspielerin, Regisseurin, Legende, Ehefrau, Mutter, Freundin. Es waren die da, die sie beneidet hatten, die sie zu stark gefordert und denen sie zuviel abverlangt hatte. Das wußte ihre Familie am besten. Sie hatte so viel von ihnen erwartet und ihnen doch so viel gegeben, weil sie sich selbst bis zum äußersten forderte.

Während er alle um sich sah, wanderte Wards Erinnerung zurück, zurück bis zu jenem ersten Mal auf Guadalcanal. Und jetzt waren sie alle da, nach einem Menschenalter, und jeder hatte sie in Erinnerung, wie sie gewesen war und was sie für sie gewesen war. Ein Meer von Gesichtern unter der strahlenden Sonne von Los Angeles. Ganz Hollywood war ihretwegen auf den Beinen. Ein letzter Gruß, ein Lächeln zum Abschied, eine zärtliche Träne, und Ward wandte sich der Familie zu, die er mit ihr gegründet hatte, alle kraftvoll und schön wie sie. Wie stolz Faye jetzt auf ihre Familie wäre, wenn sie sie sehen könnte, dachte er, während ihm Tränen in den Augen brannten... so wie die Familie stolz auf sie war... am Ende. Es hatte lange gebraucht... und jetzt war sie dahin. Es erschien ihm unmöglich, unglaublich, da sie doch erst gestern... erst gestern in Paris gewesen waren... in Südfrankreich... New York... Guadalcanal.

Guadalcanal

1943

1 Die Dschungelhitze war so beklemmend, daß man das Gefühl hatte, durch dichte, undurchdringliche Luft zu schwimmen, auch wenn man sich nicht vom Fleck rührte. Sie war etwas spürbar Vorhandenes, etwas, das man riechen und anfassen konnte, und trotzdem drängten und schoben die Männer nach vorne, weil sie Faye sehen wollten – aus der Nähe, möglichst deutlich. Schulter an Schulter saßen sie mit gekreuzten Beinen dicht nebeneinander auf dem Boden. Weiter vorn gab es Klappstühle, die schon vor Stunden besetzt gewesen waren.

Seit Sonnenuntergang hockten die Männer da, ausgedörrt, schwitzend, erwartungsvoll. Alle hatten das Gefühl, schon hundert Jahre hier im dichten Dschungel von Guadalcanal zu sitzen, und es kümmerte sie einen Dreck. Sie hätten auch ein halbes Leben auf sie gewartet. In diesem Augenblick war sie für die Männer alles – Mütter, Schwestern, Ehefrauen, Freundinnen, die sie zurückgelassen hatten... Frauen... die Frau schlechthin. Nach Einbruch der Dunkelheit setzte ein fast hörbares Summen ein, während sie dasaßen, schwatzten, rauchten und ihnen Schweißbäche über Nacken und Rücken liefen. Glänzende Gesichter, feuchtes Haar, Uniformen, die am Körper klebten... und alle waren so jung, fast noch Kinder... und doch keine Kinder mehr. Sie waren Männer.

Es war 1943, und sie waren schon länger da, als sie es in der Erinnerung wahrhaben wollten. Alle interessierte nur eine Frage, nämlich wann der Krieg aus sein würde, wenn es überhaupt ein Ende gab. Heute abend aber dachte niemand an den Krieg. Das war denen überlassen, die Dienst hatten. Die meisten, die hier warteten, hatten sich den Abend mit jeder nur verfügbaren Währung erkauft, von Schokolade über Zigaretten bis hin zu kaltem, hartem

Geld... alles, alles, nur um sie zu sehen... und sie würden alles tun, nur um Faye Price wiederzusehen.

Als die Band zu spielen anfing, war die Luft nicht mehr so kompakt, vielmehr schwül, die Hitze nicht mehr beklemmend, sondern sinnlich aufgeladen, und sie spürten Regungen wie schon lange nicht mehr. Was sie empfanden, war nicht nur Hunger nach ihr, es war auch etwas Tieferes und Zarteres, etwas, das ihnen angst gemacht hätte, wenn es länger spürbar gewesen wäre. Es erwachte während dieses scheinbar endlosen Wartens... und als wimmernd eine Klarinette einsetzte, schlugen ihre Pulse den Takt dazu. Die Musik zerrte ihr Innerstes nach außen, schmerzhaft beinahe, und jedes Gesicht, jeder Mann verharrte in atemloser Reglosigkeit. Die Bühne war leer und dunkel, und dann, ganz plötzlich, sah man sie undeutlich oder glaubte, sie zu sehen... ganz sicher konnte man nicht sein. Ein winziger Scheinwerfer tastete die Dunkelheit nach ihr ab. Er traf ihre Füße, ein silbriges Aufblitzen, von weitem ein Funkeln wie Sternschnuppen am Sommerhimmel... und als sie näher kam, ging ihnen das Gleißen ihres Körpers schmerzhaft durch und durch. Und plötzlich stand sie vor ihnen. Strahlende Perfektion im Silberlamékleid. Die Männer, die sie vor sich sahen, stöhnten hörbar auf. Es war ein Stöhnen, aus dem Begehren, Ekstase und Schmerz sprachen. Das gleißende Silberkleid ließ Fayes Haut wie hellrosa Samt aussehen, ihr langes Haar, das sie offen trug, näherte sich dem Farbton reifer Pfirsiche. Ihre Augen tanzten, ihr Mund lächelte, und sie streckte die Arme nach ihnen aus, während sie sang... mit einer Stimme, tiefer als jede andere Frauenstimme. Und sie war schöner als jede andere Frau. Mit jeder Bewegung enthüllte das Kleid endloses makelloses Fleisch, die rosige Perfektion ihrer Schenkel.

»Allmächtiger!« raunte eine Stimme in den hinteren Reihen, und Hunderte lächelten dazu.

Sie alle empfanden gleich, empfanden seit Jahren schon so. Als es geheißen hatte, Faye Price wolle vor ihnen auftreten, da hatte niemand es geglaubt. Diese Shows hatten sie um die halbe Welt geführt. Sie war auf den pazifischen Inseln, in Europa, in den Staaten aufgetreten. Ein Jahr nach Pearl Harbor hatte ihr Schuldgefühl sie überwältigt. Seit über zwölf Monaten war sie nun auf Tournee. Nach einer kurzen Unterbrechung für die Dreharbeiten an einem Film war sie wieder auf Achse... und heute abend war sie hier... bei ihnen.

Aus ihrer Stimme klang nun Traurigkeit, und die in der ersten Reihe Sitzenden sahen das Pulsieren an ihrem Hals. Sie war lebendig... menschlich... zum Anfassen, wenn man bis zur provisorischen Bühne hätte langen können... zum Fühlen... zum Riechen. Alle waren richtig scharf auf sie, und als sie jedem beim Singen in die Augen zu sehen schien, enttäuschte Faye Price keinen.

Mit dreiundzwanzig Jahren war Faye Price in Hollywood bereits eine Legende. Ihren ersten Film hatte sie mit neunzehn gemacht, und von da an war der Erfolg nicht mehr aufzuhalten gewesen. Sie war blendend schön und machte ihre Sache verdammt gut. Ihr Stimmumfang reichte von geschmolzener Lava zu flüssigem Gold, ihr Haar schimmerte wie ein goldener Sonnenuntergang, ihre Augen leuchteten grün wie Smaragde in einem Elfenbeingesicht. Doch was die Welt eigentlich in ihren Bann zog, waren nicht ihre schönen Züge, ihre Stimme oder die Makellosigkeit der Haut des schlanken Körpers mit den sanft gerundeten Hüften und vollen Brüsten, sondern die Wärme, die sie von innen leuchten ließ, das Strahlen in ihren Augen, das Lachen in ihrer Stimme, wenn sie nicht sang. Sie war eine Frau im besten und unverfälschtesten Sinn des Wortes, jemand, an dem die Männer sich festhalten wollten, den die Frauen anstarrten, zu dem die Kinder aufblickten. Sie war aus dem Stoff, aus dem Traumprinzessinnen sind.

Nach der High School war sie aus einer Kleinstadt in Pennsylvania nach New York gekommen und hatte als Fotomodell angefangen. Nach einem halben Jahr verdiente sie mehr als jedes andere Mädchen in der Stadt. Die Fotografen liebten sie, ihr Gesicht erschien auf den Titelseiten aller großen Magazine. Und doch gestand sie heimlich ihren Freundinnen, daß sie sich langweilte. Es gebe dabei so wenig zu tun, behauptete sie, sie brauche nur dazustehen, sonst nichts. Als sie es zu erklären versuchte, sahen die anderen Mädchen sie an, als hätte sie den Verstand verloren. Zwei Männer waren es, die erkannten, was in ihr steckte. Der Mann, der später ihr Agent werden sollte, und Sam Warman, der Produzent, der eine Goldmine auf den ersten Blick erkennen konnte. Er kannte Faye von den Titelseiten her, und er fand sie hübsch, doch erst als er sie persönlich vor sich sah, wurde ihm klar, wie großartig sie war. Wie sie sich bewegte, wie sie einem im Gespräch in die Augen sah, ihre Stimme – Sam wußte sofort, daß sie nicht darauf aus war, von ihm verführt zu werden. Sie war auf gar nichts aus, auf nichts jedenfalls, was ihrer Natur widersprochen hätte, wie Sam ganz instinktiv spürte. Abe, ihr Agent, hatte nicht zuviel versprochen. Sie war toll, einzigartig. Ein Star. Was Faye Price wollte, versuchte sie mit ihren eigenen Möglichkeiten zu erreichen. Sie suchte die Herausforderung, wollte hart arbeiten, war gewillt, alles anzupacken, was sich ihr bot... und er bot es ihr. Er gab ihr die ersehnte Chance. Abe brauchte ihn nicht erst lange zu überreden. Sam brachte sie nach Hollywood und gab ihr eine Rolle in einem Film, eine kleine Rolle, die anfangs auch gar nicht anspruchsvoll gedacht war. Aber Faye schaffte es irgendwie, den Drehbuchautor herumzukriegen. Sie habe ihn oft genug fast wahnsinnig gemacht, sollte er später zugeben, aber dann war die Rolle schließlich so, wie sie sie haben wollte, und was sie wollte, war sehr, sehr gut. Gut für den Film und gut für sie. Es war eine kleine Rolle, die es in sich hatte. Der Auftritt von Faye Price war wie von einem Licht überstrahlt, das den Leuten den Atem raubte. Sie hatte etwas Magisches an sich, halb Mädchen, halb Frau, zwischen Elfe und Sirene schwankend, und sie war imstande, oft nur mit ihrem Gesichtsausdruck und den unglaublich tiefen grünen Augen die ganze Bandbreite menschlicher Emotionen darzustellen. Dieser Rolle verdankte sie zwei weitere, und dem vierten Film verdankte sie den Oscar. Vier Jahre nach der ersten Rolle hatte sie sieben Filme gedreht, und im fünften war sie von Hollywood als Sängerin entdeckt worden.

Und als Sängerin trat sie jetzt auf und sang sich für Soldaten auf der halben Welt die Seele aus dem Leib. Sie gab diesen Männern ihre Seele, ihr Herz und ihr Leben. Es war wie bei allem, was sie anfing. Faye Price war nicht der Mensch, der sich mit Halbheiten zufriedengab. Mit dreiundzwanzig war sie kein Mädchen mehr, sie war ganz Frau. Und die Männer, die sie jetzt auf der Bühne sahen, wußten es. Wenn man beobachtete, wie Faye Price sich bewegte, wenn man sie singen hörte, wenn man sie vor sich sah, bekam man eine Ahnung davon, was Gott bei der Schöpfung der Frau im Sinn gehabt hatte. Sie war unendlich... das Höchste... und heute abend sehnte sich jeder, der sie sah, danach, von ihren Armen umfangen zu werden, seine Lippen sanft auf die ihren zu pressen, in ihr seidiges blondes Haar zu fassen... ihren Atem auf der Schulter zu spüren... ihr leises Seufzen zu hören. Einer der Jungs stöhnte auf, und seine Kameraden lachten ihn aus. Es scherte ihn den Teufel.

»Großer Gott... ist sie nicht phantastisch?« Seine Augen leuchteten wie Kinderaugen zu Weihnachten. Die Männer um ihn herum lächelten. Die längste Zeit hatten sie ruhig zugehört, nach der ersten halben Stunde aber gab es kein Halten mehr. Sie brüllten, johlten, rasten und heulten. Und nach der letzten Nummer tobten alle so ausdauernd und laut, daß Faye noch fünf oder sechs Nummern zugab. Als sie von der Bühne abging, standen Tränen in ihren Augen, doch das sah keiner. Es war so wenig, was sie für sie tun konnte, ein paar Lieder, ein silbernes Kleid, ein kurzer Blick auf die Beine, ein Stück Weiblichkeit, das sich jeder mit tausend Mann in einer Dschungelnacht teilen mußte, fünftausend Meilen von zu Hause. Und wer konnte wissen, wie viele überleben und zurückkehren würden? Der Gedanke daran zerriß ihr das Herz. Deswegen war sie gekommen, und deswegen mußte sie das alles tun. Wenn sie auf Tournee ging, gab sie sich viel verführerischer als zu Hause. In Los Angeles hätte sie sich um keinen Preis in einem bis zum Schritt geschlitzten Kleid gezeigt. Wenn man das hier aber so wollte, dann sollte es ihr recht sein. Was war denn schon dabei, wenn man den Jungs von der sicheren Bühne herunter ein paar Wonnen vorgaukelte?

»Miß Price?« Sie drehte sich überrascht zu dem Adjutanten des Kommandeurs um, der sie ansprach, als sie von der Bühne kam. Noch immer hörte man die Leute draußen nach ihr rufen, so laut, daß sie den jungen Mann kaum verstehen konnte.

»Ja?« Sie wirkte überdreht und erregt. Gesicht und Brustansatz glänzten vor Schweiß. Für ihn war sie die schönste Frau, die ihm je begegnet war. Das lag nicht allein an ihrer Makellosigkeit ... ihre Nähe weckte in einem den Wunsch, die Hand auszustrecken und sie zu berühren ... sie festzuhalten ... von ihr ging etwas aus, das er noch nie gespürt hatte, jedenfalls nicht so hautnah. Es war ein Zauber, versetzt mit Glamour, eine Sinnlichkeit, die das Verlangen wachrief, sie zu küssen, immer wieder, ohne innezuhalten.

Als sie wieder fort wollte, hinaus zu den Männern, die nach ihr verlangten, faßte er instinktiv nach ihrem Arm. Er spürte, wie sich alles in ihm spannte, und kam sich ziemlich dämlich vor. Diese Reaktion war lächerlich. Wer war sie denn? Einer dieser Filmstars, geschminkt und aufgedonnert und nur deswegen so überzeugend, weil sie sich besser als die anderen auf ihre Kunst verstand. Das alles war doch nur Illusion, oder nicht ...? Doch als ihre Blicke sich trafen und sie ihm zulächelte, wußte er, daß es nicht so war. An der Frau, die vor ihm stand, war nichts Unechtes. Sie war genau die, die sie war.

»Ich muß hinaus.« Sie deutete in die Richtung des Lärms.

Er nickte und rief laut: »Der Kommandeur lädt Sie zum Dinner ein.«

»Danke.« Ihr Blick löste sich von ihm, dann ging sie hinaus und schenkte den Jungs noch eine halbe Stunde.

Diesmal sang sie Lieder, bei denen die Leute lachen konnten, darunter zwei, in die sie miteinstimmten, und zum Schluß eine Ballade, bei der alle mit den Tränen kämpften. Und als sie abtrat, tat sie es mit einem Blick, der jeden einzelnen einzuhüllen schien wie ein Gutenachtkuß der Mutter ... der Ehefrau ... des Mädchens zu Hause ... »Gute Nacht, Freunde ... Gott segne euch.« Ihre Stimme war belegt, und plötzlich trat Stille ein. Alle gingen sie schweigend von den Plätzen und still in die Unterkünfte. Fayes Worte sollten ihnen lange nicht aus dem Sinn gehen. Sie hatten gejohlt und geklatscht, doch als sie von der Bühne ging, war es genug gewesen. Jetzt wollten sie zurück auf ihre Pritschen und über Faye nachdenken, ihre Lieder in Gedanken noch einmal hören ... sich ihr Gesicht ins Gedächtnis zurückrufen ... ihre Arme ... ihre Beine ... den Mund, dessen Küsse allen galten und der so gut lachen und wieder ernst sein konnte. Sie alle behielten den Blick in Erinnerung, der beim Abschied in ihren Augen gelegen hatte. Sie würden sich noch sehr lange daran erinnern. Es war alles, was ihnen von ihr blieb. Und Faye wußte es. Es war ihr Abschiedsgeschenk.

»Das is 'n Weib.« Die Worte kamen von einem stiernackigen Sergeanten und waren höchst untypisch für ihn. Keiner wunderte sich, denn Faye Price brachte in ihnen allen etwas Besonderes zum Vorschein. Ihre Gefühle, ihre Herzen, ihre Hoffnungen.

»Und was für eines...«, kam das Echo an jenem Abend tausendfach von denen, die sie gesehen hatten. Die sie nicht gesehen hatten, weil sie sich nicht vom Dienst hatten drücken können, versuchten ihre Enttäuschung zu verbergen. Und zu guter Letzt brauchten sie gar nicht enttäuscht zu sein. Faye sprach eine ungewöhnliche Bitte aus, die gern erfüllt wurde. Der Kommandeur war sichtlich überrascht, als er davon hörte, und er stellte seinen Adjutanten ab, damit dieser Faye herumführe. Sie hatte gebeten, einen Rundgang auf der Basis machen zu dürfen, um alle jene zu besuchen, die Dienst hatten. Und als es Mitternacht wurde, hatte sie jedem die Hand geschüttelt. Die Männer, die ihren Auftritt versäumten, konnten sie persönlich kennenlernen, ihr in die unwahrscheinlich grünen Augen sehen, die kraftvolle kühle Hand fühlen. Sie hatten verlegen gelächelt, als sie sie ansprach. Und am Ende hatte jeder das Gefühl, er wäre etwas Besonderes... diejenigen, die sie singen hörten, und auch die, die Faye eigens aufsuchte. Und plötzlich tat es manchem leid, daß er nicht auch Dienst gehabt hatte, weil er die persönliche Begegnung mehr genossen hätte. Alles in allem war jeder auf seine Kosten gekommen.

Um halb eins wandte sie sich endlich an den jungen Mann, der sie auf dem Stützpunkt herumgeführt hatte. Sie las in seinem Blick etwas Warmes und Freundliches. Anfangs hatte er sie ganz anders gesehen. Aber allmählich hatte sie ihn für sich eingenommen wie alle anderen. Den ganzen Abend hatte er ihr etwas davon sagen wollen, es hatte sich jedoch keine Gelegenheit geboten. Erst war er ihr sehr skeptisch gegenübergestanden, der kühlen Miß Faye Price aus Hollywood... wofür hielt sie sich denn, einfach daherzukommen und auf Guadalcanal aufzutauchen, um vor den Leuten eine Show abzuziehen? Hinter ihnen allen lag so viel, daß sie glaubten, alles zu kennen. Sie hatten Midway und das Korallenmeer überlebt und die grauenhaften Seeschlachten, um Guadalcanal einzunehmen und zu halten. Was weiß die denn davon? dachte Ward Thayer, als er ihr zum erstenmal gegenüberstand, doch nach den Stunden an ihrer Seite hatte er seine Ansicht korrigiert. Sie war menschlich. Sehr sogar. Das las er in ihrem Blick. Allein wenn man sah, wie sie den Männern gegenübertrat, ihrer eigenen Reize völlig unbewußt, und die Leute mit Gefühlen anrührte, die sie noch nie zuvor empfunden hatten, erwachte in einem ebenso menschliche Anteilnahme für sie. Ihre Wärme und ihre herzliche Ausstrahlung brachten ihren Sex-Appeal noch mehr zur Geltung. Im Laufe des Abends hätte der junge Leutnant sie gern tausend Dinge gefragt, doch erst als sie die Runde hinter sich hatte, schien sie ihn überhaupt richtig wahrzunehmen. Mit mattem Lächeln wandte sie sich ihm zu, und plötzlich verspürte er den Wunsch, nach ihrer Hand zu fassen, beinahe so, als wollte er sich vergewissern, daß sie greifbar und wirklich war. Der Abend war lang und hart gewesen. Aber hinter ihnen allen lag ein langes, hartes Jahr... lagen zwei Jahre.

»Was glauben Sie, wird Ihr Kommandeur mir jemals verzeihen, daß ich das Dinner mit ihm sausen ließ?« Sie lächelte müde.

»Es wird ihm das Herz brechen, aber er wird es überleben.« In Wahrheit hatte der Kommandeur kurzfristig eine Besprechung mit zwei Generälen anberaumt, die per Helikopter unter strengster Geheimhaltung eingeflogen worden waren. Er hätte Faye also ohnehin nicht lange Gesellschaft leisten können. »Sicher wird er Ihnen sehr dankbar für alles sein, was Sie für die Leute getan haben«, sagte der Leutnant.

»Es bedeutet mir sehr viel.« Das sagte sie ganz leise. Sie hatte sich auf einen großen weißen Stein gesetzt und blickte zu ihm auf. Sie hatten die Runde beendet, die Nacht war warm. In ihren Augen lag ein Zauber, und als er auf sie hinuntersah, zog sich in ihm alles zusammen. Fast schmerzte es, sie so anzusehen, weil sie Gefühle aufwühlte, die er in den Staaten hatte zurücklassen wollen.

Hier war dafür kein Platz, keine Zeit, niemand, der diese Gefühle mit ihm teilte. Hier gab es nur Tod und Elend und Verluste und hin und wieder Zorn, doch die zarteren Gefühle waren zu schmerzhaft. Er wandte den Blick ab, wich ihr aus. Er war ein großer, gutaussehender, blonder Mann, breitschultrig, mit tiefblauen Augen, doch jetzt sah sie von ihm nur die mächtigen Schultern und das helle Haar. Sie wollte nach ihm fassen, weil er so etwas an sich hatte... hier gab es so viel Schmerz, alle waren so verdammt einsam, traurig und jung... und doch genügte ein wenig Wärme, eine Berührung, ein Händedruck, damit sie auflebten, lachten und sangen. Und genau deswegen liebte sie diese Tourneen, mochten sie auch noch so anstrengend sein. Sie hatte das Gefühl, diesen Männern neues Leben zu bringen, auch diesem jungen Leutnant, der sich ihr nun wieder zuwandte, hochgewachsen, stolz und offensichtlich gegen seine Gefühle ankämpfend. Es gelang ihm nicht ganz, sie davon auszuschließen. »Jetzt bin ich den ganzen Abend mit Ihnen zusammen und weiß nicht mal Ihren Namen«, sagte sie lächelnd. Sie kannte nur seinen Dienstrang. Man hatte sie einander nicht vorgestellt.

»Ward Thayer.« Der Name ließ etwas in ihr anklingen, doch im Moment wußte sie nicht, was, und es war ihr auch einerlei. In seinem Blick lag etwas Zynisches, als er ihr Lächeln erwiderte. Er hatte in dem hinter ihm liegenden Jahr zu viel gesehen, und das spürte sie.

»Möchten Sie etwas essen, Miß Price? Sie müssen halb verhungert sein.« Ihre Vorstellung hatte stundenlang gedauert. Seither waren wieder drei Stunden vergangen, und sie war ununterbrochen unterwegs gewesen und hatte Hände geschüttelt. Faye nickte mit schüchternem Lächeln.

»Ja. Können wir beim Kommandeur anklopfen und fragen, ob noch etwas übrig ist?« Dieser Gedanke brachte beide zum Lachen.

»Ich glaube, ich könnte für Sie auch anderswo noch etwas auftreiben.« Er sah auf die Uhr, und Faye fragte sich, was das Besondere an diesem Mann war. Am liebsten hätte sie nach seiner Hand gefaßt und ihn gefragt, wer er wirklich war, weil sie mehr über ihn wissen wollte. Er hatte etwas an sich, das einen neugierig machte.

Als er sie anlächelte, wirkte er ganz jung.

»Wie wär's, wenn wir in der Küche nachsehen? Jede Wette, daß ich dort noch etwas Handfestes auftreibe... wenn Sie nichts dagegen haben.«

Sie hob abwehrend die Hand. »Ein Sandwich würde reichen.«

»Na, wir werden sehen, was sich machen läßt.« Sie gingen zu seinem Jeep und fuhren zu der halbrunden Nissenhütte, in der die Kantine untergebracht war. Zwanzig Minuten später saß sie auf einer langen Bank, vor sich einen Teller mit dampfendem Eintopf. Eigentlich nicht das, was Faye sich in einer heißen Dschungelnacht gewählt hätte, doch sie war so hungrig und erschöpft, daß ihr das Gemisch sogar schmeckte. Vor Ward Thayer stand gleichfalls ein dampfender Teller. »Wie im ›21‹, finden Sie nicht auch?« Wieder sah er sie mit seinem spöttischen Lächeln an, und sie lachte.

»Mehr oder weniger... wenn auch nicht so exklusiv«, scherzte sie, das Gesicht verziehend.

»Um Himmels willen, nicht so laut. Das dürfte der Koch nicht hören.« Wieder lachten beide, und Faye fühlte sich plötzlich in ihre Schulzeit mit den mitternächtlichen Lokalbesuchen nach den Abschlußfesten zurückversetzt. Sie lachte lauter, und er zog eine Braue hoch. »Wie schön, daß Sie sich amüsieren. Ich habe hier in einem ganzen Jahr nichts Komisches entdecken können.« Doch er wirkte jetzt viel lockerer. Man merkte, daß er ihre Gesellschaft genoß. In ihrem Teller herumstochernd, erklärte sie ihm den Grund für ihren Heiterkeitsausbruch.

»Ach, das kennen Sie sicher... wenn man nach dem Schulfest noch um fünf Uhr morgens in irgendeine Kneipe einfällt – so kommt es mir jetzt auch vor.« Sie sah sich in dem grell beleuchteten Raum um. Er folgte Fayes Blick und sah dann wieder sie an.

»Wo sind Sie zu Hause?« Jetzt waren sie fast schon Freunde. Sie waren seit Stunden zusammen, und dieses Zusammensein in einem Kriegsgebiet war etwas Besonderes. Hier war überhaupt alles anders. Alles ging schneller, war persönlicher, intensiver. Hier konnte man ruhig Fragen stellen, die man andernorts nie gestellt hätte, man kam sich auf eine Weise näher, die unter anderen Umständen zu gewagt gewesen wäre.

Nachdenklich antwortete sie: »In Pennsylvania.«

»Waren Sie gern zu Hause?«

»Nicht besonders. Wir waren bettelarm, und ich wollte nichts wie raus, was ich auch schaffte, kaum daß ich die Schule hinter mir hatte.«

Er lächelte. Man konnte sich Faye nur schwer irgendwo in bitterer Armut vorstellen, am allerwenigsten in einem kleinen Nest.

»Und Sie? Woher sind Sie, Leutnant?«

»Ich heiße Ward. Oder haben Sie meinen Namen wieder vergessen?« Sie errötete unter seinem Spott. »Ich komme aus Los Angeles.« Mehr wollte er nicht sagen, das merkte sie.

»Gehen Sie dorthin zurück... nachher?« Die Worte ›nach dem Krieg‹ brachte sie nicht über die Lippen, und er inzwischen auch nicht mehr. Der Krieg hatte ihn viel gekostet, zu viel. Ward hatte Wunden davongetragen, die niemals heilen würden, auch wenn sie unsichtbar blieben. Aber instinktiv wußte Faye, daß sie vorhanden waren.

»Ja, ich denke schon.«

»Lebt Ihre Familie dort?« Sie war neugierig auf diesen traurigen, ein wenig zynischen, hübschen jungen Mann, der seine Geheimnisse für sich behalten wollte, während sie ihren Eintopf in der häßlichen, grell erhellten Kantine auf Guadalcanal löffelten. Sämtliche Fenster waren mit steifer Pappe abgedeckt, damit kein Licht nach außen drang. Das war für beide schon alltäglich.

»Meine Eltern sind tot.« Sogar sein Blick hatte etwas Totes. Diese Worte hatte er schon zu oft ausgesprochen.

»Das tut mir leid.«

»Ach, unser Verhältnis war nicht sehr innig. Aber dennoch...« Ihr Blick suchte den seinen, als er aufstand. »Noch einen Nachschlag oder lieber etwas Exotischeres als Dessert? Gerüchte lassen vermuten, daß hier hinten irgendwo ein Apfelkuchen versteckt ist.« In seinen Augen lag ein Lachen, das sie erwiderte.

»Nein danke. In Kostümen wie diesem ist kein Platz für Apfelkuchen.« Sie blickte an ihrem Silberlamékleid herunter, und ebenso er, zum erstenmal nach Stunden, so sehr hatte er sich an ihr Aussehen gewöhnt. Natürlich hatte Kathy ganz anders ausgesehen in ihrer gestärkten weißen Tracht und dann zum Schluß im Drillichzeug.

Ward verschwand kurz, um mit einem kleinen Teller mit Früchten und einem hohen Glas Eistee wiederzukommen. Eistee war hier wertvoller als Wein, da die Eisherstellung sehr umständlich war. Nun brachte er aber das Glas mit den kostbaren Eiswürfeln, und Faye war oft genug auf Tournee gewesen, um diese Rarität würdigen zu können. Jeden einzelnen Schluck des eiskalten Getränks nahm sie mit Bedacht. Ein paar Männer kamen herein und starrten sie ungeniert an. Es schien Faye nicht zu kümmern. Sie war es gewohnt und lächelte ihnen unbefangen zu, während ihr Blick immer wieder zu Ward zurückwanderte. Als sie ein kleines Gähnen unterdrückte, tat er, als wäre er am Boden zerstört, und schüttelte den Kopf, um sie zu ärgern. Er schien sich gern über andere lustig zu machen, überhaupt war etwas Heiteres an ihm, etwas Humorvolles und gleichzeitig Trauriges.

»Komisch, immer schlafen mir die Mädchen ein«, bemerkte er bekümmert, und sie lachte und trank wieder einen Schluck.

»Wenn Sie seit vier Uhr morgens auf den Beinen wären, würden Sie auch gähnen. Vermutlich hängen die Offiziere hier bis Mittag im Bett herum.« Sie wußte, daß das nicht stimmte, und wollte ihn nur aufziehen, damit die Traurigkeit aus seinen Augen verschwände und weil sie spürte, daß er es brauchte. Da sah er sie mit einem sonderbaren Blick an.

»Faye, warum tun Sie das?« Plötzlich, und ohne den Grund zu kennen, hatte er keine Scheu mehr, sie beim Vornamen zu nennen. Der Name sprach sich angenehm aus, und sie schien es nicht übelzunehmen. Jedenfalls sagte sie nichts.

»Ach, wahrscheinlich ist es bei mir das Bedürfnis, mich für mein Glück zu revanchieren. Ständig habe ich das Gefühl, ich hätte das alles gar nicht verdient. Und man muß bekanntlich im Leben für alles bezahlen.« Fast kamen ihm die Tränen, weil Kathy ähnlich gesprochen hatte. Er selbst hatte nie das Bedürfnis gehabt, etwas zurückzuzahlen, Gegenleistungen für erlebtes Glück zu erbringen. Und außerdem war er nicht mehr glücklich. Nicht mehr seit...

»Warum wollen Frauen immer etwas zurückzahlen?«

»Wer sagt das? Männer können ähnlich empfinden. Geht es Ihnen nicht auch so? Möchten Sie nicht Ihrem Kumpel etwas Gutes tun, nur weil Ihnen etwas Gutes passiert ist?«

Sein Blick verhärtete sich. »Mir ist schon verdammt lange nichts Gutes passiert... jedenfalls nicht, seit ich hier bin.«

»Ward, Sie sind am Leben, ist das nichts?« Fayes sanfte Stimme bildete einen Gegensatz zur grellen Umgebung. Sie sah ihn eindringlich an.

»Manchmal ist das nicht genug.«

»Doch, es ist genug, besonders hier draußen. Sehen Sie sich doch um, täglich die vielen Verwundeten und Verkrüppelten... und Toten...« Ihr Ton ging ihm durch und durch, und zum erstenmal seit Monaten mußte er gegen Tränen ankämpfen.

»Ich bemühe mich sehr, das alles nicht zu sehen.«

»Das sollten Sie nicht. Sie sollten froh sein, daß Sie überhaupt noch am Leben sind.« Wieder spürte Faye das Verlangen, ihn anzufassen, seine wunde Stelle zu berühren, und sie fragte sich, wo diese liegen mochte. Da stand er auf.

»Faye, mir ist alles verdammt egal. Ob ich lebe oder sterbe, es kümmert weder mich noch andere.«

»Wie furchtbar.« Sie sah ihn erschrocken und fast verletzt an. »Wie kommt es, daß Sie so denken?«

Lange sah er auf sie hinunter, nicht gewillt, etwas zu sagen, und plötzlich von dem Wunsch beseelt, sie würde gehen. Aber Faye rührte sich nicht, und da war ihm plötzlich alles egal. Was machte es jetzt schon aus, wenn er es ihr sagte? »Vor einem halben Jahr habe ich geheiratet, eine Armeekrankenschwester. Nach zwei Monaten wurde sie von einer gottverfluchten japanischen Bombe getötet. Da fällt es einem verdammt schwer, an einem Ort wie diesem etwas Gutes zu entdecken. Sie verstehen, was ich meine?«

Zunächst saß sie wie erstarrt da, dann nickte sie langsam. Das also war es. Das war die Leere in seinen Augen. Ob er immer so gewesen war? Würde er jemals wieder zum Leben erwachen? Eines Tages vielleicht. »Tut mir leid, Ward.« Was hätte sie sonst sagen sollen? Diese Geschichten waren so häufig, manche viel ärger... Aber das war für ihn kein Trost.

»Mir tut es leid.« Er lächelte unmerklich. Welchen Zweck hatte es, das alles vor ihr auszubreiten? Ihre Schuld war es nicht. Und sie war so anders als die stille und unauffällige Kathy, die er so verzweifelt geliebt hatte. Diese Frau hier war schön und strahlend, lebendig bis in die Spitzen ihrer rotlackierten Nägel. »Es tut mir leid. Ich wollte Ihnen nichts von alldem sagen. Hier draußen passieren diese Geschichten immer wieder.« Das wußte Faye, und sie kannte die meisten. Doch das machte ihr die Sache nicht leichter. Er tat ihr unendlich leid. Als sie ihm langsam hinaus zum Jeep folgte, war sie froh, daß sie nicht mit dem Kommandeur gegessen hatte. Das sagte sie ihm, und er drehte sich mit seinem unauffälligen halben Lächeln zu ihr um, einem Lächeln, das ihr besonders gut gefiel, mehr als jedes Lächeln, das ihr in Hollywood in den letzten Jahren begegnet war.

»Nett, daß Sie das sagen.«

Sie wagte nicht, nach seinem Arm zu fassen. Jetzt war sie nicht Faye Price, die Schauspielerin, jetzt war sie ganz sie selbst. »Ward, ich meine es wirklich so.«

»Aber warum? Ihr Mitleid ist überflüssig. Ich bin erwachsen und kann selbst auf mich achtgeben. Schon seit langem.« Doch Faye sah mehr als nur das. Sie sah, was Kathy besessen hatte und noch mehr. Sie wußte, wie verzweifelt und einsam er war, wie tief der Schock über den Tod der hübschen kleinen Krankenschwester saß... seiner Frau... die genau zwei Monate nach der Hochzeit umgekommen war, aber diese bittere Einzelheit ließ er auf der Fahrt zu dem ihr zugewiesenen Zelt unerwähnt. »Ich finde es verdammt nett, daß Sie alle Männer besucht haben.«

»Danke.«

Er hielt an, und sie saßen da und sahen einander an. Jeder hatte noch so viel zu sagen, aber hier war es unmöglich. Womit anfangen und wie? Er hatte vor ein paar Jahren über Fayes Affäre mit Clark Gable gelesen und hätte gern gewußt, ob die Sache jetzt aus war. Und sie hätte gern gewußt, wie lange er um seine junge Frau trauern würde.

»Danke fürs Essen.« Das sagte sie mit einem schüchternen Lächeln. Er lachte auf, als er ihr die Tür aufmachte.

»Ich sagte schon... wie im ›21‹.«

»Nächstes Mal versuche ich das Dessert.« Jetzt hatten sie zu ihrem scherzhaften Ton zurückgefunden, es schien im Augenblick die einzig mögliche Art der Unterhaltung für sie zu sein. Als er sie zum Eingang ihres Zeltes brachte und die Klappen zurückschob, las sie jedoch etwas Neues in seinen Augen. Sie sah darin etwas Tiefes, Stilles und Lebendiges. Es war zu Anfang ihrer Begegnung noch nicht dagewesen.

»Tut mir leid, daß ich so viel von mir erzählt habe. Ich wollte Sie nicht mit meinen Sorgen behelligen.« Er berührte ihren Arm.

»Warum nicht, Ward? Was ist so schlimm daran? Wen haben Sie hier schon, um sich auszusprechen?«

»Über diese Dinge sprechen wir nicht.« Er zog die Schultern hoch. »Außerdem weiß es ohnehin jeder.« Und plötzlich waren die Tränen da, gegen die er vorhin angekämpft hatte, und er wollte sich umdrehen. Sie faßte nach seinem Arm und hielt ihn zurück.

»Schon gut, Ward... alles ist gut...« Im nächsten Moment hielt sie ihn fest umfangen, beide weinten. Er um seine tote Frau und sie um ein Mädchen, das sie nicht kannte, und um Tausende Männer, die gefallen waren und noch fallen würden, nachdem sie selbst längst wieder zu Hause war. Sie beweinten die Todesqual, die Verschwendung von Menschenleben und den Kummer, dem man hier ausgeliefert war, und dann sah er sie plötzlich an und strich ihr sacht übers seidenweiche Haar. Sie war die schönste Frau, die er je gesehen hatte, und es erschien ihm sonderbar, daß er sich dabei nicht schuldig fühlte. Vielleicht hätte Kathy ihn verstanden, vielleicht spielte das keine Rolle mehr. Faye würde nie wieder zurückkehren, und er würde sie niemals wieder in den Armen halten und sie berühren. Und er würde wahrscheinlich Faye nie mehr wiedersehen. Auch das wußte er, und er wünschte, er könnte mit ihr schlafen. Jetzt. Ehe er oder sie den Tod fanden oder ehe die Zeit den Funken verlöschen ließ, der zwischen ihnen glomm.

Faye ließ sich langsam auf dem einzigen Stuhl nieder und sah

Ward an, während er sich auf den Schlafsack setzte. Schweigend hielten sie einander an den Händen. Ein ganzes Leben voller Worte blieb unausgesprochen, während von irgendwo weither die Geräusche des Dschungels ertönten.

»Faye, ich werde Sie nie vergessen. Hoffentlich wissen Sie das.«

»Ich werde an Sie denken. An Sie hier draußen... und jedesmal, wenn ich an Sie denke, werde ich wissen, daß es Ihnen gutgeht.« Er glaubte ihr. Sie gehörte zu dieser Art Mädchen, trotz Ruhm, Glamour und Silberlamékleid. Sie hatte es ein ›Kostüm‹ genannt, und mehr war es für sie tatsächlich nicht. Das machte ihre Schönheit eigentlich aus.

»Vielleicht überrasche ich Sie einmal im Studio, wenn ich nach Hause komme.«

»Tun Sie das, Ward Thayer.« Das klang leise und bestimmt. Ihre Augen blickten wieder klar nach den Tränen.

»Werden Sie mich dann hinauswerfen lassen?« Der Gedanke schien ihn zu erheitern, während sie entsetzt war.

»Natürlich nicht!«

»Ich versuche es wirklich, lassen Sie sich das gesagt sein!«

»Sehr gut.« Sie lächelte wieder, und er sah ihr an, wie erschöpft sie war. Sie hatte an diesem Abend so viel von sich gegeben. Den anderen und ihm. Und es war schon nach vier Uhr. In knapp zwei Stunden mußte sie wieder auf den Beinen sein und weiterfliegen zur nächsten Show. Seit Monaten arbeitete sie ohne Pause. Zwei Monate auf Tournee und vorher drei Monate ohne freien Tag an ihrem bislang größten Film. Und nach ihrer Rückkehr erwartete sie der nächste Film. Sie war ein Star, der eine außergewöhnliche Karriere gemacht hatte, aber das alles zählte hier nicht. Sie war hier nur ein hübsches Mädchen mit großem Herzen. Wenn Ward Thayer mehr Zeit geblieben wäre, wäre es ihm nicht schwergefallen, sich in sie zu verlieben.

Er stand auf, nahm fast bedauernd ihre Hand und führte sie an die Lippen. »Danke, Faye... für den Fall, daß ich Sie nie mehr wiedersehe... danke für heute abend.«

Sie überließ ihm ihre Finger und hielt gleichzeitig seinem Blick stand. »Wir werden uns wiedersehen.«

Er war da nicht so sicher, war aber willens, ihren Worten zu glauben. Der Augenblick lastete so schwer auf ihm, daß er zu einem Scherz Zuflucht nahm. »Jede Wette, daß Sie das zu allen sagen.«

Sie lachte und stand auf, während er sich langsam zum Ausgang wandte.

»Sie sind unmöglich, Ward.«

Da drehte er sich um. »Schon möglich, Miß Price.« Eigentlich war sie für ihn schon längst Faye. Es fiel ihm schwer, sich vorzustellen, wer sie war... Faye Price, Filmstar, Schauspielerin, Sängerin, prominente Persönlichkeit... jetzt, heute abend war sie für ihn nur Faye. Er wurde wieder ernst. »Sehen wir uns noch, bevor Sie starten?« Das war plötzlich ungemein wichtig für ihn – und auch für sie, wichtiger, als es ihm bewußt war, Faye wollte ihn unbedingt noch einmal sehen.

»Vielleicht können wir in der Früh rasch noch einen Kaffee zusammen trinken, ehe hier alles verrückt spielt.« Sie wußte, daß ihre Truppe wahrscheinlich die Nacht mit der Mannschaft und dem Sanitätspersonal oder beiden durchfeierte, daß gesungen und Musik gemacht wurde. Es war überall dasselbe. Sie mußten nach jeder Vorstellung Dampf ablassen, und wenn dabei die ganze Nacht zum Teufel ging. Der große Katzenjammer kam immer erst am Morgen danach, wenn die Abreise bevorstand. Dann herrschte zwei Stunden lang vollkommenes Durcheinander, ehe sie an Bord ihrer Maschine gingen und zum nächsten Stützpunkt starteten. Das alles war fast tägliche Routine. An Bord schlief immer alles bis zur Landung, und dann fing der Wirbel von vorn an. Und jedesmal gab es vor dem Abflug viel zu tun. Sie mußte beim Packen und Verladen Hand anlegen, aber vielleicht... vielleicht konnte sie ein paar Augenblicke herausschlagen... für ihn. »Ich werde die Augen nach Ihnen offenhalten.«

»Ich werde da sein.«

Doch als sie am nächsten Tag in der Messe zu den anderen stieß, war er nicht da. Der Kommandeur hatte ihn gebraucht. So wurde es fast neun, bis Ward Faye entdeckte, die mit den anderen darauf wartete, daß ihre Maschine startklar gemacht wurde. Er hatte Panik in ihrem Blick gesehen, als er mit quietschenden Bremsen seinen Jeep vor ihr anhielt und heraussprang.

»Tut mir leid, Faye, der Kommandeur.« Das Propellergeräusch machte seine Worte unhörbar, und der Tourneemanager versorgte die Gruppe um sie herum mit hastigen Anweisungen.

»Schon gut...« Sie lächelte ihr strahlendstes Lächeln, doch ihm entging nicht, wie müde sie aussah. Sie hatte nicht mehr als höchstens zwei Stunden geschlafen, er nur eine, aber er war es gewohnt. Sie trug einen hellroten Anzug und dicksohlige Sandalen, die ihm ein Lächeln entlockten. Die neueste Mode für Guadalcanal... da blitzte plötzlich Kathys Gesicht vor ihm auf und mit ihm der alte, vertraute Schmerz. Sein Blick begegnete dem Fayes, als jemand von weitem ihren Namen rief. »Ich muß jetzt gehen...«

»Ich weiß.« Beide mußten schreien, um den Lärm zu übertönen. Er faßte nach ihrer Hand und drückte sie ganz fest. Er wollte ihre Lippen küssen und wagte es nicht. »Wir sehen uns im Studio.«

»Wie bitte?«

»Ich sagte... wir sehen uns im Studio.«

Faye lächelte, plötzlich von der Angst überwältigt, ihn niemals wiederzusehen. »Geben Sie gut acht auf sich!«

»Aber sicher doch.« Hier draußen gab es keine Sicherheiten. Für niemanden. Nicht einmal für sie. Ihre Maschine konnte unterwegs abgeschossen werden. Das nahmen alle hin, machten sich da nichts vor, bis es jemanden erwischte, der einem nahestand, einen Kumpel, einen Stubennachbarn, einen Freund... Kathy... er schüttelte das Bild ab. »Und Sie geben auch acht.« Was sagte man einer Frau wie Faye? »Viel Glück.« Davon brauchte sie nicht viel, sie hatte schon genug gehabt. Oder nicht? Er hätte zu gern gewußt, ob es in ihrem Leben einen Mann gab, aber jetzt war es zu spät, um danach zu fragen. Sie hatte sich zugleich mit den anderen in Bewegung gesetzt, drehte sich um, winkte ihm zu. Der Kommandeur war unvermutet zum Abschied aufgetaucht, und sie wechselte mit ihm einen Händedruck. Dann ging sie an Bord, drehte sich in der Tür um und winkte. Der rote Anzug verschwand aus Wards Leben, wahrscheinlich für immer. Er machte sich mit dem Gedanken vertraut, sie nie mehr wiederzusehen. Ein Wiedersehen war zumindest sehr unwahrscheinlich, sagte er sich zur gleichen Zeit wie Faye, die denselben Gedanken nachhing. Als sie zu ihm hinuntersah, mußte sie sich eingestehen, daß er Eindruck auf sie gemacht hatte. Vielleicht war es endlich Zeit, nach Hause zu kommen, vielleicht war es schon soweit, daß sie die Zufallsbekanntschaften, die sie auf Tourneen machte, über Gebühr beeindruckten. Das konnte gefährlich werden. Aber das war es gar nicht... Um Ward war etwas anderes, etwas, das sie nie zuvor gespürt hatte. Dieses Gefühl konnte sie sich jetzt nicht leisten. Er ist für mich ein Fremder, rief sie sich ins Gedächtnis. Vor ihr lag ein ganzes Leben. Ein Leben, das ihn nicht einschloß. Er kämpfte in einem Krieg. Und sie hatte genug eigene Kriege, auf Tournee, in Hollywood... Lebwohl, Ward Thayer, flüsterte sie, viel Glück... und dann startete die Maschine, und Faye lehnte sich zurück und schloß die Augen. Und doch sollte sein Gesicht mit den blauen Augen sie über Wochen verfolgen, und es sollte Monate dauern, bis die Erinnerung aus ihrem Bewußtsein geschwunden war. Aber dann war es soweit. Endlich.

Hollywood

1945

2 Im Atelier herrschten totale Stille und spürbare Spannung. Auf diesen Augenblick hatten alle fast vier Monate gewartet, und jetzt war er da, und alle hätten ihn am liebsten hinausgezögert und auf einen anderen Tag verschoben. Es war einer der Filme, bei denen alles wie von Zauberhand lief. Scheinbar ewige Freundschaften waren geschlossen worden, alles war verrückt nach dem Star, und die Frauen hatten sich in den Regisseur verliebt. Der männliche Hauptdarsteller war Christopher Arnold, im Moment einer von Hollywoods größten Stars. Wenn man sah, was für ein Profi der Mann war, war einem klar, warum er Karriere gemacht hatte.

Jetzt standen alle da und sahen ihm in seiner letzten Szene zu. Er sprach mit verhaltener Stimme, Tränen standen ihm in den Augen. Man hätte eine Stecknadel fallen hören können. Faye Price verließ mit gesenktem Kopf die Szene, echte Tränen liefen ihr über die Wangen. Arnold sah ihr niedergeschmettert nach. Das war's – die letzte Szene, vorbei.

»Eine Wucht!« rief eine Stimme in die endlose Stille, es folgte ein Aufschrei, und plötzlich schrie und lachte alles durcheinander. Es folgte ein allgemeines Umarmen und Tränenvergießen. Dann wurde Champagner für das gesamte Team serviert, und es entwikkelte sich rasch eine ausgelassene Party, bei der alle gleichzeitig redeten, einander alles Gute wünschten und heftig bedauerten, daß es aus war. Christopher Arnold drückte Faye fest an sich, nur um gleich wieder auf Distanz zu gehen und ihr tief in die Augen zu sehen, ohne sie loszulassen.

»Faye, die Arbeit mit dir war ein Vergnügen.«

»Ja, ich habe diesen Film mit dir auch genossen.« Sie wechselten ein langes, vielsagendes Lächeln. Vor drei Jahren hatten sie etwas miteinander gehabt. Faye hatte deswegen zunächst gezögert, den Film zu machen, und jetzt war alles so wunderbar gelaufen. Arnold hatte sich als vollendeter Gentleman erwiesen. Nur ein einziger tiefer, über bloßes Wiedererkennen hinausgehender Blick am ersten Tag war ein Hinweis auf ihre frühere Verbindung gewesen. Während der drei Monate, in denen dieser Film entstand, hatte ihre Arbeit nicht unter der Vergangenheit gelitten.

Sein Lächeln war voller Wärme, als er sie losließ. »Du wirst mir sehr fehlen. Und ich dachte schon, ich wäre über alles hinweg.« Beide lachten.

»Du wirst mir auch fehlen.« Sie sah sich nach den übrigen Mitgliedern des Ensembles um, die noch in lautstarker Feierstimmung waren. Eben küßte der Regisseur leidenschaftlich die Kostümbildnerin, die zufällig seine Frau war; Faye hatte gern mit den beiden zusammengearbeitet. Das Regieführen hatte sie seit ihren Anfängen als Schauspielerin fasziniert. »Was hast du als nächstes vor?« fragte sie Chris.

»Nächste Woche geht es ab nach New York und dann weiter nach Frankreich. Ich möchte noch ein paar Tage an der Riviera verbringen, bevor der Sommer endgültig vorbei ist. Alle behaupten, es sei ein ungünstiger Zeitpunkt für einen Frankreichbesuch, aber was habe ich schon zu verlieren? Es soll sich dort nichts geändert haben, von ein paar Rationierungen abgesehen.« Er zwinkerte ihr mit einem Anflug von Verwegenheit zu. Von den zwanzig Jahren, die er älter war, sah man ihm höchstens zehn an. Christopher Arnold war vermutlich der attraktivste Mann ganz Hollywoods, und er wußte es. »Na, möchtest du mitkommen?« Mochte er auch noch so gut aussehen, er hatte seine Anziehungskraft auf Faye verloren.

»Nein, danke.« Lächelnd drohte sie ihm mit dem Finger. »Fang bloß nicht wieder an. Du hast dich während der ganzen Dreharbeiten so brav gehalten, Chris.«

»Klar doch, das war Arbeit. Das hier ist etwas anderes.«

»Ach so?« Sie wollte ihn mit einer Bemerkung necken, kam aber nicht mehr dazu, denn das Chaos um sie herum erreichte einen Höhepunkt. Ein Botenjunge kam hereingelaufen und rief etwas. Faye konnte es nicht verstehen. Einen Augenblick lang zeigte sich Panik auf allen Gesichtern, dann Überraschung, und dann kamen die Tränen. Faye hatte noch immer nicht verstanden.

»Was hat er gesagt?« fragte sie, ängstlich nach Christopher Arnolds Arm fassend.

»Meine Güte...« Sie las Staunen in seinem Blick. Und dann zog er sie wieder an sich. Seine Stimme bebte, als er wieder sprechen konnte. »Es ist alles vorüber, der Krieg ist aus. Die Japaner haben kapituliert.«

In Europa war alles schon seit einigen Monaten vorüber, und jetzt war überall Friede. Tränen traten Faye in die Augen, sie weinte vor Freude und erwiderte Christophers Umarmung. Allgemeines Lachen und Weinen hatte wieder eingesetzt. Sie wurden umdrängt, Champagner wurde serviert. Alles schrie durcheinander. »Es ist vorbei!« Nicht der Film war gemeint, sondern der Krieg.

Faye kam es vor, als wären Stunden vergangen, bis sie vor ihrem Haus in Beverly Hills ankam. An den Film dachte sie nicht mehr. Die gewisse Wehmut beim Abschied war von der Freude über das Ende des Krieges ganz verdrängt worden. Eigentlich erstaunlich. Bei dem Angriff auf Pearl Harbor war sie einundzwanzig gewesen, und jetzt war sie fünfundzwanzig, erwachsen, eine Frau auf dem Gipfel ihrer Karriere.

Das muß der Gipfel sein, sagte sie sich jedes Jahr. Sie konnte sich einen weiteren Aufstieg einfach nicht vorstellen. Wie auch? Und doch war es immer weiter bergauf gegangen. Die Rollen waren besser, größer und wichtiger geworden, die Kritiken immer überschwenglicher und die Gagen mit jedem Jahr unglaublicher. Den einzigen Tiefpunkt gab es, als ihre Eltern starben. Es bekümmerte Faye, daß ihre Eltern sich nicht mehr an ihrem Erfolg freuen konnten. Beide waren im Jahr zuvor gestorben. Ihr Vater an Krebs, die Mutter bei einem Autounfall auf einer vereisten Straße bei Youngstown in Pennsylvania. Nach dem Tod des Vaters hatte Faye ihre Mutter zu überreden versucht, zu ihr nach Kalifornien zu ziehen, doch ihre Mutter hatte ihr Zuhause nicht aufgeben wollen. Jetzt hatte Faye keinen Menschen und kein Zuhause mehr.

Das kleine Haus in Grove City, Pennsylvania, war verkauft. Geschwister hatte sie nicht. Bis auf das treue Ehepaar, das für sie arbeitete, lebte Faye Price in ihrem kleinen, wunderhübschen Haus in Beverly Hills ganz allein. Grund, sich einsam zu fühlen, hatte sie nicht, denn es waren zu viele Menschen um sie. Sie liebte ihre Arbeit und ihre Freunde. Und doch war es seltsam, keine Familie mehr zu haben. Niemanden, zu dem sie ›gehörte‹. Noch immer staunte sie, daß sie so viel Erfolg hatte und daß sie in so kurzer Zeit von so viel Glanz umstrahlt wurde. Noch mit einundzwanzig, zu Kriegsbeginn, hatte sie ein ganz anderes Leben geführt. Aber seit der letzten Fronttournee vor zwei Jahren hatte sich alles geradezu sagenhaft entwickelt. Sie hatte das Haus gekauft, sechs Filme in zwei Jahren gemacht und war nie mehr dazu gekommen, auf Tournee zu gehen, obwohl sie es sich fest vorgenommen hatte. Das Leben entwickelte sich zu einer endlosen Abfolge von Premieren, Fototerminen und Pressekonferenzen, und wenn sie nicht mit diesen Dingen beschäftigt war, mußte sie um fünf Uhr morgens aus den Federn und ins Atelier fahren. Für ihren nächsten Film sollte die erste Klappe in fünf Wochen fallen. Faye studierte abends vor dem Einschlafen bereits stundenlang das Drehbuch und wollte sich nun, da der letzte Film abgedreht war, richtig in die neue Arbeit stürzen. Der nächste Film sei oscarverdächtig, hatte ihr Agent behauptet. Aber Faye hatte ihn immer schon ausgelacht, wenn er ihr mit diesen Prognosen gekommen war, eine lächerliche Vorstellung... nur hatte sie inzwischen bereits einen Oscar gewonnen und war zwei weitere Male nominiert worden. Doch Abe war felsenfest überzeugt, daß der kommende Film ganz groß werden würde, und Faye glaubte ihm gern. Er war inzwischen für sie so etwas wie eine Vaterfigur geworden.

Sie bog rechts in den Summit Drive ein, fuhr an Pickfair und dem Hause der Chaplins vorüber und war wenig später vor ihrem eigenen Anwesen angekommen. Der Mann, der in dem kleinen Pförtnerhaus wohnte und das Tor für Lieferanten und Freunde oder für Miß Price persönlich öffnete, kam herausgelaufen. Auf seinem Gesicht lag ein freundliches Begrüßungslächeln.

»Hatten Sie einen schönen Tag, Miß Price?« Er war uralt und

weißhaarig und dankbar für den Job. Inzwischen war er schon über ein Jahr bei ihr.

»Und wie, Bob. Haben Sie schon das Neueste gehört?« Er sah sie verständnislos an. »Der Krieg ist aus!« Sie strahlte ihn an, und seine Augen wurden feucht. Bob war schon für den Ersten Weltkrieg zu alt gewesen, hatte damals aber seinen einzigen Sohn verloren. Und jetzt, in diesem Krieg, wurde er täglich an den Kummer von damals erinnert.

»Sind Sie sicher?«

»Ganz sicher. Alles ist vorbei.« Sie streckte den Arm aus und schüttelte ihm die Hand.

»Gott sei Dank.« Das sagte er mit zitternder Stimme und wandte sich um, um sich verstohlen die Tränen abzuwischen. Dann sah er sie wieder an, ohne eine Spur von Verlegenheit. »Oh, dem Himmel sei Dank.« Am liebsten hätte Faye ihn abgeküßt, weil sie beide dasselbe empfanden. Sie beschränkte sich jedoch auf ein Lächeln und wartete, bis er behutsam die großen, kunstvollen, von ihm tadellos gepflegten Torflügel aus Messing öffnete.

»Danke, Bob.«

»Gute Nacht, Miß Price.« Abends kam Bob ins Haus, um mit dem Butler und dem Hausmädchen in der Küche zu essen, doch würde Faye ihn bis zum nächsten Morgen, wenn sie wieder wegfuhr, nicht zu Gesicht bekommen. Auch wenn sie abends zu Hause blieb, würde sie ihn nicht mehr sehen, denn er versah seinen Dienst nur tagsüber. Abends pflegte Arthur sie zu fahren und das Tor immer selbst zu öffnen. Aber meist zog Faye es vor, sich selbst ans Steuer zu setzen. Sie hatte sich ein hübsches, tiefdunkelblaues Lincoln Continental Kabrio zugelegt und fuhr gern selbst, wenn sie in Los Angeles zu tun hatte – bis auf jene Gelegenheiten, wenn Arthur ihren Rolls chauffierte. Sie war zunächst vor dem Kauf zurückgeschreckt, denn der Besitz eines Rolls-Royce war ihr richtig peinlich gewesen, doch hatte sie nicht widerstehen können, weil es ein zu schöner Wagen war. Noch immer spürte sie eine gewisse Erregung, wenn sie einstieg. Der satte Ledergeruch, die dicken grauen Fußmatten. Sogar die Holztäfelung der Innenausstattung war eine Spezialanfertigung. Schließlich hatte sie alle

Bedenken über Bord geworfen. Und jetzt, mit fünfundzwanzig, machte ihr Erfolg sie nicht mehr verlegen wie früher. Sie hatte mehr oder weniger ein Recht darauf, wie sie sich immer scherzhaft einredete. Sie tat niemandem weh damit.

Es war ja niemand da, für den Faye ihr Geld hätte aufheben können, und sie verdiente so viel. Sie wußte kaum, was sie damit anfangen sollte. Auf den Rat ihres Agenten hin hatte sie einen Teil angelegt, alles übrige aber war greifbar und wartete nur darauf, ausgegeben zu werden. Dabei wurde sie von den meisten Stars ihrer Zeit an Extravaganz weit übertrumpft. Die meisten behängten sich mit Juwelen, legten sich Diademe zu, die sie sich nicht leisten konnten, nur um damit bei den Premieren anderer Stars zu glänzen, kauften Zobelmäntel, Hermelin- und Chinchillapelze. Faye legte sich in ihrem Auftreten viel mehr Zurückhaltung auf und beschränkte sich auf ein paar hübsche Kleider, auf die sie ungern verzichtet hätte, und ein paar prachtvolle Pelzmäntel. Das Prunkstück war ihr weißer Fuchsmantel, den sie heiß liebte. Sie sah darin an kalten Abenden wie ein exotischer weißer Eskimo aus. Im Winter hatte sie ihn in New York getragen und nicht ohne Genugtuung bemerkt, daß Leute ihr buchstäblich mit offenem Mund nachstarrten. Weiter besaß sie einen dunklen Zobel – ein Modell aus Frankreich – und einen einfachen Nerz ›für alle Tage‹, wie sie sich amüsiert eingestand. Faye lächelte, als sie vor dem Haus anhielt. Das Leben hatte sich seit ihrer Kindheit gewaltig verändert. Damals hatte sie sich sehnlichst ein zweites Paar Schuhe gewünscht, um sich ›feinmachen‹ zu können, ihre Eltern waren aber viel zu arm gewesen. Die Wirtschaftskrise hatte sie schwer getroffen, beide waren sehr lange arbeitslos. Schließlich hatte ihr Vater sich mit Gelegenheitsjobs durchgeschlagen, voller Haß auf sich und sein Leben. Ihre Mutter hatte später eine Stelle als Sekretärin gefunden. Das alles war Faye unendlich trostlos und armselig erschienen. Vielleicht hatte deswegen der Film immer einen besonderen Zauber auf sie ausgeübt. Das Kino bot ihr die Möglichkeit, für viele Stunden ihrem Elend zu entfliehen. Jeden Penny, den sie in ihre kleinen Finger bekam, sparte sie eisern, um dann im dunklen Kino die Filme zu bestaunen. Gut möglich, daß die Filmwelt ihr schon im Hinterkopf herumgespukt hatte, als sie nach New York ging und Arbeit als Fotomodell suchte. Und jetzt war sie am Ziel ihrer Wünsche und schritt drei rosa Marmorstufen zu ihrem eigenen Haus in Beverly Hills hinauf. Es öffnete ihr ein würdig aussehender englischer Butler, dessen ernste Miene bei ihrem Anblick unwillkürlich in ein Lächeln überging. Er fand die ›junge Miß‹, wie er sie seiner Frau gegenüber nannte, unwiderstehlich. Sie war die netteste Person, für die sie je gearbeitet hatten, und bei weitem die jüngste. Daß sie nie Starallüren zeigte, rechnete er ihr besonders hoch an. Faye Price schien von ihrer eigenen Bedeutung nicht allzu beeindruckt. Sie war stets gut gelaunt, liebenswürdig und um ihr Personal besorgt. Die Arbeit im Haus war ein Kinderspiel, da es nicht viel zu tun gab. Faye gab nur selten Einladungen, die meiste Zeit arbeitete sie. Es genügte, wenn das Haus in Ordnung gehalten wurde, eine Aufgabe, der Arthur und Elizabeth mit Vergnügen nachkamen.

»Guten Tag, Arthur.«

Seine Miene war nun übertrieben förmlich. »Gute Nachrichten, Miß Price.« Er nahm ganz richtig an, daß sie die Neuigkeit gehört hatte. Sie lächelte strahlend.

»Und wie.« Faye wußte, daß die beiden keine Söhne hatten, um die sie zittern mußten, doch ihre Angehörigen in England hatten unter dem Krieg sehr gelitten. Arthur war ihretwegen immer in Sorge gewesen. Und die RAF kam für ihn gleich nach dem lieben Gott. Ab und zu hatten sie auch den Krieg im Pazifik kommentiert, und jetzt gab es nichts mehr zu diskutieren.

Als sie sich in ihrem Arbeitszimmer an den kleinen englischen Schreibtisch setzte, um die Post durchzusehen, überlegte Faye, wie viele von den Männern, vor denen sie aufgetreten war, wohl noch am Leben sein mochten und wie viele der Hände, die sie geschüttelt hatte, es nicht mehr gab. Der Gedanke trieb ihr Tränen in die Augen, so daß sie sich umdrehte und hinausblickte in den makellos gepflegten Garten mit dem überdachten Swimming-pool am anderen Ende. Bei diesem Anblick konnte man sich nur schwer die Kriegswirren vorstellen, die Europa verheert hatten, die verwüsteten Länder, die zahllosen Toten. Plötzlich kam ihr Ward in den Sinn, und sie fragte sich, ob er überlebt hatte. Sie hatte nie wieder von ihm gehört, hatte ihn aber trotz der langen Zeit nicht ganz vergessen. Der Gedanke an ihn war mit einem Schuldgefühl verbunden, weil sie nie mehr auf Fronttournee gegangen war. Sie hatte dazu keine Zeit gehabt. Sie hatte für nichts Zeit, seit langem nicht mehr. Seit dem Tod ihrer Eltern und seitdem ihre Karriere ständig Anforderungen an sie stellte.

Faye machte sich wieder über ihre Post her und sah Briefe ihres Agenten und ein paar Rechnungen durch, nur um die Gesichter der Vergangenheit aus ihrem Bewußtsein zu verbannen. In ihrem gegenwärtigen Leben gab es als einzige Ablenkung nur die Arbeit. Im vorangegangenen Jahr hatte sie eine ernste Beziehung zu einem Regisseur gehabt, der doppelt so alt war wie sie. Als sie dann Schluß machten, wurde ihr klar, daß sie eher in seine Arbeit als in ihn verliebt gewesen war. Sie hatte gern zugehört, wenn er von seiner Arbeit gesprochen hatte, doch nach einer gewissen Zeit war zwischen ihnen jede Spannung verlorengegangen, und sie hatten sich getrennt. Seither hatte es niemanden in ihrem Leben gegeben, der ernsthaft eine Rolle gespielt hätte. Die üblichen Hollywood-Affären lagen ihr nicht. Niemals hatte Faye sich mit jemandem eingelassen, an dem ihr nicht wirklich gelegen war. Die meiste Zeit über lebte sie zurückgezogen und ging jeglicher Publicity aus dem Weg. Für einen großen Star führte sie ein bemerkenswert ruhiges Leben. Wenn ihr alter Freund und Agent Abe sie rügte, weil sie sich zuviel ›versteckte‹, wandte sie ein, daß sie nicht imstande wäre, so hart zu arbeiten, wenn sie nicht in Ruhe zu Hause ihre Rollen studieren und vorbereiten könnte. Und genau das hatte sie für die nächsten fünf Wochen vor, egal, wie sehr Abe sie drängen mochte, endlich auszugehen, sich sehen zu lassen und sich mit ihren Kollegen zu amüsieren.

Statt dessen wollte sie in San Francisco ihre alte Freundin Harriet besuchen, der sie dies schon lange versprochen hatte. Sie hatte Harriet, eine ältere Schauspielerin, die sich vom Film schon zurückgezogen hatte, zu Beginn ihrer Karriere kennengelernt und sich mit ihr angefreundet. Auf dem Rückweg beabsichtigte Faye, Freunde in Pebble Beach zu besuchen. Und danach hatte sie sich zu einem Wochenende bei den Hearsts auf deren riesigem Besitz überreden lassen, auf dem es einen Zoo mit wilden Tieren gab. Im Anschluß daran wollte sie sich zu Hause beim Lesen und Lernen entspannen. Nichts war ihr lieber, als am eigenen Pool zu liegen, sich von der Sonne trocknen zu lassen, die Blumen zu riechen und die Bienen summen zu hören. Bei dem Gedanken daran schloß sie die Augen und überhörte dabei den lautlos eintretenden Arthur. Erst als er sich räusperte, hörte sie ihn und machte die Augen auf. Arthur trat immer unhörbar ein. Für einen Mann seiner Größe und Jahre bewegte er sich mit erstaunlicher, fast katzenhafter Geschmeidigkeit. Er blieb in respektvollem Abstand vor ihrem Schreibtisch stehen, wie immer in Frack und gestreiften Hosen, sorgfältig gestärktem Hemd mit steifem Eckenkragen und mit Krawatte, in der Hand ein silbernes Tablett, auf dem eine einzelne Teetasse stand. Faye hatte das Porzellan selbst in Limoges ausgesucht und liebte es besonders. Es war rein weiß mit winzigen blauen Streublümchen, die aussahen, als hätte man sie nachträglich mit leichter Hand aufgetragen. Als Arthur die Tasse mit einer weißen, aus dem Vorkriegsitalien stammenden Leinenserviette, die sie in New York entdeckt hatte, auf den Schreibtisch stellte, sah sie, daß Elizabeth ihr heute Plätzchen gebacken hatte. Normalerweise hätte Faye sich Süßigkeiten verkniffen, aber bis zum nächsten Film waren es noch fünf Wochen, warum also nicht? Lächelnd blickte sie zu Arthur auf, der sich verbeugte und lautlos den Raum verließ.

Faye sah sich um, bewußt die Dinge wahrnehmend, die sie liebte. Die alten und neuen Bücher, von denen einige wirkliche Raritäten waren, die mit Blumen gefüllten Vasen, die Skulpturen, die sie seit einigen Jahren besaß. Den wunderschönen Aubusson-Teppich mit den verstreuten Rosen in rauchigen Rosa- und Blautönen, die liebevoll ausgesuchten englischen Stilmöbel, das Silber, das Arthur putzte, bis es makellos glänzte. Von ihrem Arbeitszimmer aus sah sie den zierlichen französischen Lüster in der Halle, das Speisezimmer mit den Chippendale-Möbeln und einem zweiten prachtvollen Lüster. Es war ein Zuhause, das ihr täglich von neuem Freude machte, nicht nur wegen seiner schönen und wertvollen Einrichtung, sondern weil es einen so deutlichen Gegensatz zu der schäbigen Armut darstellte, in der sie aufgewachsen war. Dieser Gegensatz machte jede Einzelheit noch kostbarer, von den silbernen Kerzenleuchtern und Spitzentischtüchern angefangen, bis zu den exquisiten Antiquitäten. Das alles war Symbol des Erreichten und Lohn des Erfolgs.

Neben dem Arbeitszimmer lag ein eleganter Wohnraum mit rosa Marmorkamin und zierlichen französischen Sesseln. Sie hatte Französisches mit Englischem gemischt, alte mit ein paar modernen Stücken. Zwei wundervolle Impressionisten hingen da, Geschenke eines sehr guten Freundes. Eine schmale, elegant geschwungene Treppe führte nach oben. Dort war das Schlafzimmer, ganz weiße Seide und Spiegelwände, direkt ihren vom Film genährten kindlichen Phantasien entsprungen. Auf dem Bett eine Decke aus weißem Fuchsfell, Fellkissen auf der Couch, ein weißer Fellüberwurf auf der Chaiselongue und ein weißer Marmorkamin, das Gegenstück des Kamins in ihrem verspiegelten Ankleideraum. Das Bad strahlte in makellosem Weiß, Marmor und Kacheln. Daneben gab es noch einen kleinen Salon, den Faye oft spätabends benutzte, wenn sie noch ein Drehbuch studierte oder Briefe schrieb. Und das war auch schon alles – ein kleines, aber vollkommenes Juwel. Genau die richtige Größe für sie. Die Personalwohnung lag hinter der Küche im Erdgeschoß, und Bob, der Pförtner, bewohnte ein Appartement über der großen Garage. Ein weitläufiger Garten mit einem nicht zu kleinen Swimming-pool samt Überdachung, Bar und Umkleideraum für ihre Bekannten gehörte dazu. Hier hatte sie alles, was sie brauchte; es war eine Welt für sich, wie sie oft sagte. Am liebsten wäre sie überhaupt nie ausgegangen. Fast bereute sie es, daß sie versprochen hatte, nächste Woche ihre alte Freundin zu besuchen.

Kaum aber war sie in San Francisco angekommen, bereute sie ihren Entschluß nicht mehr. Harriet Fielding, vor Jahren ein berühmter Broadway-Star, war ein Mensch, den Faye sehr bewunderte und von dem sie viel gelernt hatte. Faye wollte nicht zuletzt ihre neue Rolle, die zweifellos eine große Herausforderung darstellte, mit ihr besprechen. Ihr Partner im nächsten Film galt allgemein als sehr schwierig, als männliche Primadonna der schlimmsten Sorte. Faye, die noch nie mit ihm zusammengearbeitet hatte, war über diese Auswahl nicht besonders erbaut. Sie hoffte inständig, daß sie keinen Fehler gemacht hatte, als sie die Rolle angenommen hatte. Harriet konnte ihre Bedenken zerstreuen. Die Rolle sei sehr anspruchsvoll und verlange mehr Können als alles, was Faye bis dahin gemacht habe.

»Genau das macht mir so angst!« sagte Faye lachend zu ihrer alten Freundin. Sie standen da und blickten hinaus auf die Bucht. »Was ist, wenn ich schrecklich auf die Nase falle?« Sie hatte das Gefühl, wieder eine Mutter zu haben, obwohl Harriet so ganz anders war als Fayes verstorbene Mutter. Sie war gebildeter und gewandter und hinsichtlich Fayes Arbeit viel beschlagener. Margaret Price hatte nie so recht begriffen, was Faye erreicht hatte und in welche Welt sie eingedrungen war, doch sie war sehr stolz auf sie gewesen. Sie hatte sich immer mit ihrer berühmten Tochter gebrüstet, und Faye war jedesmal gerührt gewesen, wenn sie nach Hause gekommen war und gemerkt hatte, wieviel das alles für Margaret bedeutete. Jetzt hatte Faye kein Elternhaus und keine Angehörigen mehr, bei denen sie Zuflucht suchen konnte. Aber sie hatte jetzt Harriet, die in ihrem Leben eine große Rolle spielte. »Mir ist es ganz ernst. Was ist, wenn ich versage?« fragte Faye sie.

»Erstens wirst du das nicht, und zweitens wirst du dich aufrappeln und es noch einmal versuchen, falls du wirklich durchfallen solltest; das ist uns allen schon passiert. Und nächstes Mal wirst du es besser machen – viel besser vermutlich. Was ist denn mit dir? Feige warst du doch noch nie.« Harriet schien verstimmt, aber Faye wußte, daß es nur gespielt war. »Mach deine Hausaufgaben, und du wirst großartig sein.«

»Na, hoffentlich hast du recht.« Diese Bemerkung trug ihr ein ärgerliches Murren von Harriet ein, das Faye mit einem Lächeln quittierte. Harriet wirkte in vielerlei Hinsicht tröstlich und beruhigend auf Faye. Seite an Seite durchwanderten sie fünf Tage lang die Hügel um San Francisco und sprachen über alles mögliche – das Leben, den Krieg, über den Beruf und die Männer. Harriet war einer der wenigen Menschen, mit denen Faye richtig reden konnte. Sie war so weise, so klug und humorvoll, Harriet war eine einzigartige Person, und Faye war dankbar für ihre Freundschaft.

Sie waren beim Thema Männer angelangt. Harriet fragte Faye nicht zum erstenmal, warum ihre Beziehungen nach kurzer Zeit immer wieder in die Brüche gegangen seien.

»Ach, es war eben nie der Richtige.«

»Aber einer muß der Richtige sein.« Harriet sah Faye forschend an. »Hast du am Ende Angst?«

»Ja, vielleicht. Aber eigentlich bin ich sicher, daß ich den Richtigen noch nicht gefunden habe. Ich kann von den Männern alles haben, exotische Blumen, Champagner, bezaubernde Abende, sagenhafte Nächte, Zugang zu außergewöhnlichen Partys und auch bisweilen kostspielige Geschenke, aber das alles will ich eigentlich nicht. Es erscheint mir nicht wichtig, ich habe auf solche Dinge noch nie besonders viel Wert gelegt.«

»Gott sei Dank.« Fayes Einstellung war einer der Gründe für die Sympathie, die Harriet ihr entgegenbrachte. »Das alles ist tatsächlich unwichtig. Du warst immer klug genug, dieses Spiel zu durchschauen. Aber es gibt ja noch andere Männer in Los Angeles, nicht nur Blender, Schmeichler und Playboys.« Beide wußten nur zu gut, daß Fayes Aussehen und ihr Starruhm scharenweise Typen anzog, die Harriet »Glitzerlüstlinge« zu nennen beliebte.

»Vielleicht hatte ich keine Zeit, andere Menschen kennenzulernen.« Und das Komische daran war, daß sie sich nicht vorstellen konnte, mit einem dieser schillernden Männer zusammenzubleiben, nicht einmal mit Clark Gable. Sie stellte sich immer vor, daß der Mann, für den sie sich einmal entscheiden würde, so war wie die Männer, die sie von Grove City kannte. Ein Mann, der an kalten Wintermorgen Schnee schippte, der Weihnachtsbäume für die Kinder schnitt, lange Spaziergänge mit ihr machte und vor dem Kamin saß oder im Sommer an einem See entlangwanderte ... ein Mann, ein wahrhaftiger Mann, mit dem sie sprechen konnte, jemand, der sie und die Kinder über alles stellte, auch über seinen Beruf, und nicht jemand, der sich an den Erfolg eines Stars hängte, um vielleicht auch einmal eine große Rolle zu ergattern.

Damit war sie in Gedanken wieder bei ihrem neuen Film. Sie diskutierte mit Harriet über einige Schwierigkeiten des Drehbuchs und über die Techniken, die sie ausprobieren wollte. Was ihr Spiel betraf, war sie sehr wagemutig und kreativ. Solange sie ihre schöpferischen Kräfte nicht für Heim und Familie verwenden konnte, ließ sie diese ganz in ihren Beruf einfließen und hatte damit einen außergewöhnlich großen Erfolg erzielt. Harriet tat es trotzdem leid für Faye, daß sie noch nicht den Mann gefunden hatte, bei dem sie sich geborgen fühlte. Sie ahnte, daß das eine Dimension in Fayes Wesen zum Vorschein bringen würde, die noch niemand auch nur ahnen konnte, eine Dimension, die sie als Frau und Schauspielerin bereichern würde.

»Wirst du kommen und mir bei den Dreharbeiten zusehen?« Faye sah ihre Freundin mit flehenden Kinderaugen an, aber Harriet schüttelte den Kopf. »Du weißt, wie sehr ich diesen Ort hasse.«

»Ich brauche dich.« In Fayes Augen schimmerte Einsamkeit. Es war das erste Mal, daß Harriet diesen Zug an ihr bemerkte. Sie tätschelte ihr beruhigend den Arm, während sie sagte:

»Ich brauche dich auch – als Freundin. Als Schauspielerin brauchst du meinen Rat nicht, liebe Faye. Du hast mehr Talent im kleinen Finger, als ich je hatte. Ich spüre, daß du wunderbar sein wirst. Meine Anwesenheit würde dich nur ablenken.«

Seit langem schon hatte Faye nicht mehr das Bedürfnis nach moralischer Unterstützung bei Dreharbeiten gehabt. Diesmal jedoch war ihr noch immer mulmig zumute, als sie Harriet später als geplant in San Francisco verließ und die Küstenstraße entlang nach Süden zum Besitz der Hearsts fuhr, der den bescheidenen Namen ›Casa‹ trug. Auch auf der Fahrt war sie in Gedanken noch bei Harriet.

Aus einem ihr selbst nicht begreiflichen Grund fühlte sie sich einsamer als seit Jahren. Ihr fehlten Harriet, das Elternhaus in Pennsylvania, ihre Eltern. Zum erstenmal seit langem hatte sie das Gefühl, als fehle ihr etwas im Leben, wenngleich sie sich nicht genau vorstellen konnte, was. Tapfer versuchte sie sich einzureden, sie sei nur wegen der neuen Rolle übernervös, während sie insgeheim genau wußte, daß mehr dahintersteckte. Im Moment gab es keinen Mann in ihrem Leben, eigentlich schon lange nicht mehr. Harriet hatte recht. Es war nicht gut, daß ihre Affären keinen Bestand hatten, aber mit wem hätte sie auf Dauer zusammenbleiben sollen? Sie kannte niemanden, an dem ihr besonders gelegen wäre, sie hatte niemanden, auf den sie sich bei ihrer Heimkehr freuen konnte, und die rauschenden Feste der Hearsts kamen ihr leerer und öder vor als je zuvor. Dutzende Gäste waren eingeladen, darunter wie immer einige sehr amüsante Unterhalter. Vielleicht hatte Faye gerade deshalb das Gefühl, ihr Leben, das sie gegenwärtig führte, wäre substanzlos, und ebenso die Menschen, mit denen sie zu tun hatte. Das einzige, was ihrem Dasein Sinn verlieh, waren die Arbeit und die zwei Menschen, die ihr am nächsten standen, nämlich Harriet Fielding, die so weit weg war, und ihr Agent Abe Abramson.

Nach nahezu ununterbrochenem tagelangem Lächeln war es für Faye schließlich eine große Erleichterung, als sie wieder Richtung Los Angeles fuhr. Und als sie ankam, schloß sie sich selbst die Haustür auf und lief sogleich hinauf in die weiße Pracht ihres Schlafzimmers. Dort fühlte sie sich so glücklich wie seit Tagen nicht mehr, glücklicher als auf dem Riesenbesitz der Hearsts. Erleichtert warf sie sich auf die weiße Fuchsdecke, streifte die Schuhe ab und starrte zu dem hübschen kleinen Lüster empor. Jetzt konnte sie mit Freude an ihre neue Rolle denken. Sie fühlte sich wieder fabelhaft. Was kümmerte es sie, daß sie allein lebte? Sie hatte ihre Arbeit, und die füllte sie vollkommen aus.

Die folgenden vier Wochen studierte sie Tag und Nacht und lernte jede Zeile des Drehbuchs auswendig, ihren eigenen Text sowie den der anderen. Sie probierte verschiedene Nuancen aus, verbrachte ganze Tage im Selbstgespräch, im Garten auf und ab wandernd, versuchte alles mögliche und wurde langsam zu der Frau, die sie darstellen sollte. Im Film wurde Faye von ihrem Ehemann, der ihr das Kind weggenommen hatte, in den Wahnsinn getrieben. Nach dem Versuch, sich und ihn zu töten, sollte ihr langsam bewußt werden, was er ihr angetan hatte. Am Ende würde sie seine Machenschaften aufdecken, ihr Kind zurückbekommen und ihn schließlich töten. Und ebendieser endgültige Akt voller Grausamkeit und Vergeltung war für Faye ungeheuer wichtig. Würde das Publikum ihr deshalb die Sympathie entziehen? Würde man sie um so mehr lieben, oder würden die Leute gleichgültig reagieren? Konnte sie mit dieser Rolle Herzen gewinnen? Das bedeutete für sie sehr viel.

Als die Dreharbeiten begannen, war Faye pünktlich im Studio. Das Drehbuch trug sie in einer roten Kroko-Aktentasche mit sich, die zu ihrem Make-up-Koffer paßte, einem Koffer, der die Dinge enthielt, die sie im Atelier immer bei sich haben wollte. Sie bezog ihre Garderobe so sachlich und unauffällig, wie sie alles tat. Das begeisterte einige und erbitterte andere, die es nicht mit ihr aufnehmen konnten. Faye Price war vor allem ein Profi und darüber hinaus eine Perfektionistin, die von anderen nicht mehr forderte, als sie sich zuallererst selbst abverlangte.

Das Studio stellte ihr eine Garderobiere zur Verfügung, die sich um ihre Sachen kümmern und den Raum in Ordnung halten sollte. Manche Stars brachten ihr eigenes Mädchen mit, aber Faye konnte sich ihre Elizabeth in dieser Umgebung nicht gut vorstellen und ließ sie lieber zu Hause. Das Personal, das ihr das Studio schickte, hatte seine Sache immer sehr gut gemacht. Diesmal kam Pearl, eine nette Farbige, die schon zuvor mit ihr gearbeitet hatte, eine ungemein tüchtige Person, dic Faye durch ihre treffenden Bemerkungen und ihre Beobachtungsgabe sehr erheiterte. Die Frau war intelligent und arbeitete schon jahrelang im Studio. Wenn sie anfing, Geschichten aus der Branche zu erzählen, mußte Faye immer Tränen lachen.

Die Aussicht auf die vor ihnen liegende Zusammenarbeit beflügelte an diesem Morgen beide. Pearl hängte Fayes Privatgarderobe auf und ordnete ihr die Kosmetikartikel auf dem Toilettentisch, hütete sich jedoch, das Aktenköfferchen anzufassen, ein Fehler, den sie nur einmal begangen hatte. Mittlerweile wußte sie, daß Faye es gar nicht mochte, wenn ein anderer ihr Drehbuch in die Hand nahm. Pearl brachte ihr Kaffee mit der genau richtigen Menge Milch, und um sieben Uhr morgens, als der Friseur mit Fayes Frisur anfangen wollte, servierte sie ihr ein weiches Ei und eine Scheibe Toast. Pearl war dafür bekannt, daß sie bei Filmarbeiten wahre Wunder wirkte und sich liebevoll um »ihre Stars« kümmerte, doch Faye nützte ihre Gutmütigkeit nicht aus, und das wußte Pearl zu schätzen.

»Pearl, Sie haben mich fürs ganze Leben verdorben«, sagte Faye mit dankbarem Blick, während der Friseur sich an die Arbeit machte.

»So soll's auch sein, Miß Price«, strahlte Pearl. Sie war sehr froh, Faye zugeteilt worden zu sein, nicht nur, weil diese ein Topstar war und Pearl vor ihren Freundinnen damit angeben konnte, sondern auch wegen Fayes menschlicher Qualitäten. Diese Künstlerin besaß neben einem Paar Klassebeinen auch Anstand, Wärme und Charme, wie Pearl nicht zum erstenmal mit befriedigtem Lächeln feststellte.

Nach zwei Stunden war die Frisur genau so, wie sie sein sollte, und Faye stand in dem dunkelblauen Kleid, das man ihr zugedacht hatte, mit dem Make-up, das den Vorstellungen des Regisseurs entsprach, in der Dekoration. Die übliche Hektik setzte ein. Kameras wurden verschoben, Scriptgirls taten geschäftig, der Regisseur beriet sich mit den Beleuchtern, und die Schauspieler waren bis auf den zweiten Star vollzählig erschienen. Faye hörte jemanden murmeln – »wie üblich«. Also hatte sie es mit einem notorischen Zuspätkommer zu tun. Mit einem resignierten leisen Seufzer ließ sie sich unauffällig auf einem Stuhl nieder. Zur Not konnte man mit einer Szene anfangen, bei der ihr Partner nicht gebraucht wurde. Es war jedoch kein gutes Omen für die nächsten Monate, wenn er gleich am ersten Tag unpünktlich war. Gedankenverloren starrte Faye ihre biederen blauen Schuhe an, die sie in dieser Szene tragen mußte, als sie plötzlich das sonderbare Gefühl hatte, beobachtet zu werden. Aufblickend sah sie in das gebräunte Gesicht eines umwerfend gutaussehenden blonden Mannes mit tiefblauen Augen. Zuerst hielt sie ihn für einen der im Film beschäftigten Schauspieler, der sie vor dem Fallen der ersten Klappe rasch begrüßen wollte. Sie lächelte ihm zu, doch der junge Mann blieb ernst.

»Sie können sich nicht an mich erinnern, Faye?« Den Bruchteil eines Augenblicks erlebte sie das unangenehme Gefühl, das jede Frau beschleicht, wenn sie sich einem Mann gegenübersieht, der sie gut zu kennen scheint, während sie sich an ihn überhaupt nicht erinnern kann. Kenne ich ihn wirklich? Habe ich sein Gesicht vergessen? Wäre es möglich... Aber sehr ernst kann es wohl nicht gewesen sein... Er stand einfach da und sah sie mit einer verzweifelten, fast beängstigenden Eindringlichkeit an. Im Hintergrund ihres Bewußtseins regte sich so etwas wie Erinnerung, sie war aber nicht imstande, den Mann einzuordnen. Hatte sie mit ihm beruflich zu tun gehabt?

»Ich wüßte auch gar nicht, warum Sie sich an mich erinnern sollten.« Sein Ton war ruhig und gelassen, sein Blick ernst, als wäre er enttäuscht. Fayes Unbehagen wuchs. »Wir sind einander vor zwei Jahren auf Guadalcanal begegnet. Sie waren auf Fronttournee, und ich war der Adjutant des Kommandeurs.«

Meine Güte... Faye machte große Augen, und plötzlich war alles wieder da, der hübsche Junge, das lange Gespräch, die blutjunge Krankenschwester, die er geheiratet hatte und die umgekommen war... die beiden starrten einander an, während Erinnerungen sie überfluteten. Wie hatte sie ihn nur vergessen können! Sein Gesicht hatte sie damals noch monatelang verfolgt. Sie hatte nie erwartet, ihn wiederzusehen. Jetzt lächelte er, als sie aufstand und ihm die Hand reichte. Er hatte so gespannt auf dieses Wiedersehen gewartet und sich immer wieder gefragt, ob sie ihn erkennen würde.

»Willkommen daheim, Leutnant.«

Er salutierte forsch wie damals vor langer Zeit und vollführte eine knappe Verbeugung. Allmählich erkannte sie in seinen Augen die Schalkhaftigkeit. »Inzwischen Major, mit Verlaub.«

»O Verzeihung.« Sie war ehrlich erleichtert, daß er den Krieg überlebt hatte. »Sind Sie heil geblieben?«

»Natürlich.« Das sagte er so hastig, daß sie daran zweifelte, doch er sah blendend aus. Erst jetzt wurde ihr bewußt, wo sie sich befanden. Gleich würde man zu drehen anfangen, falls der männliche Hauptdarsteller sich bequemte, endlich zu erscheinen.

»Was treiben Sie hier?«

»Ich bin in Los Angeles zu Hause, wissen Sie das nicht mehr? Ich habe es Ihnen erzählt...«, er lächelte, »und dann sagte ich, ich würde Sie eines schönen Tages im Studio heimsuchen.« Jetzt lächelte sie. »Ich pflege meine Versprechen zu halten, Miß Price.« Man glaubte es ihm. Er sah viel besser aus, als sie ihn in Erinnerung hatte. Er hatte etwas Strahlendes an sich und wirkte dabei irgendwie gezügelt – ja, wie ein Prachthengst am kurzen Zügel. Sie wußte, daß er inzwischen etwa achtundzwanzig sein mußte. Sein jungenhaftes Aussehen hatte er verloren, er war jeder Zoll ein Mann. Aber Faye hatte jetzt ganz andere Dinge im Kopf... den Star, der noch immer nicht da war. Es war merkwürdig, Ward in dieser Umgebung wiederzusehen. Seinen Namen wußte sie noch.

»Wie haben Sie es bloß geschafft, hier einzudringen, Ward?« fragte sie mit sanftem Lächeln.

In seinen Augen blitzte es schalkhaft. »Ich mußte ein paar Hände schmieren und mich auf die alte Freundschaft mit Ihnen berufen und nicht zuletzt auf meine Kriegsauszeichnungen... Sie wissen schon.« Faye mußte lachen. Er hatte also sogar ein paar Leute bestochen. Warum nur? »Ich sagte schon, daß ich Sie gern wiedersehen wollte.« Wie oft er in den vergangenen zwei Jahren an sie gedacht hatte, verschwieg er ihr. Ungezählte Male hatte er ihr schreiben wollen, und immer wieder hatte ihn der Mut verlassen. Womöglich warf sie ihre Fan-Post einfach weg, und an wen hätte er den Brief auch adressieren sollen? An Faye Price, Hollywood, USA? Er wollte lieber seine Heimkehr abwarten, falls er sie erleben würde – es gab Zeiten, da hatte er daran erhebliche Zweifel. Sehr häufig sogar. Und jetzt war er zur Stelle. Es war wie ein Traum – dazustehen, sie anzusehen, ihr zuzuhören. Er hatte ihre Stimme in seinen Träumen gehört, ihre tiefe, sinnliche Stimme, die ihm zwei Jahre lang im Gedächtnis geblieben war.

»Seit wann sind Sie zurück?«

Wieder grinste er spitzbübisch. Er entschloß sich, bei der Wahrheit zu bleiben. »Seit gestern. Ich wollte sofort kommen, mußte aber erst ein paar Dinge erledigen.« Ein Besuch bei seinen Anwälten, das Ausfüllen von Formularen, das Haus, das für ihn zu groß war. Er wohnte momentan im Hotel.

»Natürlich, ich verstehe.« Und auf einmal war sie froh, daß er hier war, froh, daß er noch am Leben war, froh, daß er nach Hause gekommen war, stellvertretend für alle jene Männer, denen sie auf den Tourneen begegnet war. Er stand vor ihr wie jemand aus einem fernen Traum, jemand, dem sie vor langer Zeit im Dschungel begegnet war... und jetzt war er tatsächlich da, sah lächelnd auf sie herunter, hatte kaum die Uniform abgelegt wie alle anderen, nur war an ihm etwas Besonderes, etwas, das ihr noch nie zuvor begegnet war.

Und dann tauchte plötzlich ihr Partner auf, und das Team schien zu explodieren. Der Regisseur brüllte seine Anweisungen, und Faye mußte für die erste Szene vor die Kamera. »Ward, Sie müssen jetzt gehen, ich habe zu tun.« Zum erstenmal im Leben fühlte sie sich zwischen ihrer Arbeit und einem Mann hin- und hergerissen.

»Darf ich zusehen?« Er machte ein Gesicht wie ein enttäuschtes Kind, aber Faye schüttelte den Kopf.

»Heute nicht. Der erste Tag ist für alle immer ziemlich hart. In ein paar Wochen vielleicht, wenn wir die Sache lässiger angehen.« Diese Worte klangen angenehm, auch Faye empfand das... »in ein paar Wochen«... als bliebe ihnen unaussprechlich viel Zeit, ja die ganze Zukunft. Wer ist dieser Mann? fragte sie sich, während sie seinen eindringlichen Blick erwiderte. Er war doch nur ein Fremder, einer, den sie kaum kannte.

»Treffen wir uns heute abend?« Er flüsterte ihr diese Worte zu, während die Szenerie sich verdunkelte. Sie wollte etwas entgegnen und den Kopf schütteln.

Da fing der Regisseur wieder zu brüllen an, und Ward versuchte, sich verständlich zu machen. Sie bedeutete ihm mit einer Handbewegung zu schweigen. Sie sahen einander an, und sie spürte die Kraft, die sein Blick ausstrahlte. Er hatte im Krieg gekämpft, hatte seine Frau verloren, war heimgekehrt und war sofort zu ihr gekommen. Mehr brauchte sie nicht zu wissen. Im Moment jedenfalls nicht.

»Also gut«, flüsterte sie als Antwort, und er fragte sie, wo sie wohne. Hastig kritzelte sie ihm die Adresse auf einen Zettel, ein wenig befangen, weil sie in einer vornehmen Gegend wohnte – nicht ganz so vornehm, wie sie es sich hätte leisten können, aber für ihn sicher großartig und einschüchternd. Jetzt war keine Zeit, einen anderen Treffpunkt auszumachen. Sie drückte Ward das Papier in die Hand und schob ihn mit sanfter Gewalt hinaus. Fünf Minuten später bekam sie ihre Anweisungen und wurde ihrem Partner vorgestellt, einem wahren Prachtexemplar von Mann, was Größe und Aussehen betraf. Nach ein paar Stunden Zusammenarbeit merkte Faye aber, daß ihm etwas fehlte, nämlich Wärme und Ausstrahlung... Später versuchte sie es Pearl in der Garderobe zu erklären.

»Schon gut, ich weiß, was Sie meinen, Miß Price. Ihm fehlt zweierlei, und zwar Herz und Verstand.« Faye, die laut auflachte, wußte plötzlich, daß Pearl den Nagel auf den Kopf getroffen hatte. Dem Mann mangelte es an Intelligenz, das war sein größter Fehler. Außerdem war er schrecklich eingebildet, und das war sehr ermüdend. Er war von einem Schwarm von Angestellten umgeben, Sekretärinnen und Handlangern, die sich um seine Bedürfnisse kümmern mußten, von Zigaretten bis hin zum Gin. Nachdem sie die für diesen Tag vorgesehenen Szenen abgedreht hatten, bemerkte Faye, daß er sie mit seinen Blicken auszog. Und dann lud er sie zum Dinner ein.

»Tut mir leid, Vance, ich bin heute schon verabredet.« Seine Augen leuchteten auf wie Weihnachtskerzen, und sie hätte sich am liebsten selbst geohrfeigt. Sie hatte ja gar nicht die Absicht, jemals mit ihm auszugehen, auch wenn sie für die nächsten zehn Jahre nichts vorgehabt hätte.

»Dann also morgen?«

Faye schüttelte den Kopf und ließ ihn stehen. Die Zusammenarbeit mit Vance Saint George würde nicht ganz einfach sein, obwohl sie zugeben mußte, daß er seine Rolle ziemlich gut spielte.

Auf dem Weg zur Garderobe dachte Faye nicht mehr an Vance. Es war sechs Uhr, sie hatte zwölf Stunden Arbeit hinter sich, für sie weiter nichts Ungewöhnliches. Sie zog sich um, verabschiedete sich von Pearl, lief hinaus zu ihrem Wagen und raste nach Beverly Hills. Bob war noch am Tor, als sie eintraf. Er öffnete, sie brauste durch und ließ den Wagen vor dem Haus stehen, ohne sich Zeit zu nehmen, das Verdeck zu schließen. Er hatte acht Uhr gesagt, und jetzt war es Viertel vor sieben.

Arthur öffnete ihr, und sie lief an ihm vorbei und sofort die Treppe hinauf.

»Ein Glas Sherry, Miß?« rief er ihr nach. Sie hielt inne und drehte sich mit jenem Lächeln um, das stets sein Herz erwärmte. Er war ganz verrückt nach ihr, mehr, als er Elizabeth gegenüber zugeben wollte.

»Um acht Uhr kommt jemand auf einen Drink.«

»Sehr wohl, Miß. Soll Elizabeth für Sie das Bad einlaufen lassen? Sie könnte Ihnen auch ein Glas Sherry hinaufbringen.« Er wußte, wie sehr die Arbeit sie manchmal anstrengte, aber heute sah sie überhaupt nicht abgespannt aus.

»Nein danke, ich brauche nichts.«

»Soll ich den Gast ins Wohnzimmer führen?« Eine rein rhetorische Frage, da er das automatisch tun würde, doch sie schüttelte zu seiner Verwunderung den Kopf.

»Nein, in mein Arbeitszimmer.« Wieder lächelte sie und verschwand endgültig. Sie verwünschte sich insgeheim, weil sie mit Ward keinen Treffpunkt in der Stadt ausgemacht hatte. Einfach lächerlich, vor ihm den Star zu spielen – der arme Junge. Na, wenigstens war er aus dem Krieg gesund heimgekehrt. Das ist das wichtigste, sagte sie sich, während sie in das Ankleidezimmer lief, sämtliche Schranktüren aufriß und dann erst im Bad das Wasser einlaufen ließ. Sie entschied sich für ein schlichtes weißes Kleid aus Seide, das ihr wundervoll stand und nicht zu auffällig war. Dazu gehörte ein grauer Mantel. Perlenohrclips und Seidenpumps im gleichen Farbton und eine grauweiße Handtasche vervollständigten ihre Aufmachung, die zwar eleganter ausgefallen war als geplant, aber schließlich wollte sie Ward nicht durch zu saloppe Kleidung kränken. Wußte er doch, wer sie war. Das einzige Problem bestand darin, daß sie von ihm nichts wußte. Einen Augenblick hielt sie inne, starrte ins Leere und dachte über Ward nach, während sie den Wasserhahn zudrehte. Die wichtigste Frage war: Wer war denn dieser Ward Thayer?

3 Fünf vor acht war Faye fertig angezogen und ging hinunter, um Ward in ihrem Arbeitszimmer zu erwarten. Den auf ihr weißes Kleid abgestimmten grauen Mantel legte sie über eine Sessellehne. Sie war so nervös, daß sie nicht stillhalten konnte, und lief unruhig auf und ab. Zu dumm, daß sie nicht einen anderen Treffpunkt vereinbart hatte, aber sein Auftauchen im Atelier war ein richtiger Schock gewesen nach der kurzen Begegnung auf Guadalcanal, die ja immerhin schon vor zwei Jahren stattgefunden hatte. Wie merkwürdig das Leben doch manchmal ist, dachte sie. Jetzt war er wieder da, und sie ging mit ihm aus. Ihr Herz schlug heftig, sie mußte sich eingestehen, daß sie ziemlich aufgeregt war. Er war ein attraktiver Mann, den eine geheimnisvolle Aura umgab.

Die Klingel unterbrach ihre Gedankengänge. Arthur öffnete die Haustür, und Faye holte tief Luft und versuchte sich zu beruhigen. Dann sah sie wieder in diese saphirblauen Augen und war sofort in so guter Stimmung wie schon seit Jahren nicht mehr. Allein wenn sie ihn ansah, hatte sie das Gefühl, Berg-und-Tal-Bahn zu fahren. Mit geheuchelter Gelassenheit bot sie ihm einen Drink an, nicht ohne festzustellen, wie gut er in Zivil aussah. Der unauffällige graue Nadelstreifenanzug betonte seine breiten Schultern, er kam ihr noch größer vor als seinerzeit. Noch immer spürte sie eine gewisse Befangenheit, weil sie hier mit ihm zusammen war, mit diesem Soldaten aus dem eben zu Ende gegangenen Krieg. Es war nicht mehr als eine nettgemeinte Geste, und wenn es sich zeigen sollte, daß sie nichts gemeinsam hatten, würde es kein Wiedersehen mehr geben. Faye war noch immer von der Art beeindruckt, wie er sich mit Schmiergeldern den Weg ins Studio erkauft hatte, nur um sie zu sehen. Der Mann besaß unleugbar Charme. Aber das hatte sie bereits damals auf Guadalcanal zu spüren bekommen.

»Bitte, nehmen Sie doch Platz.« Nun trat befangenes Schweigen ein, und Faye zermarterte sich den Kopf nach ein paar passenden Worten, als sie bemerkte, daß ihr Gast lächelte. Er sah sich mit offensichtlichem Vergnügen um. Nicht die kleinste Einzelheit schien ihm zu entgehen, weder die Skulpturen noch der Aubusson-Teppich. Ward stand sogar auf, um sich die seltenen Bücher anzusehen, die sie vor längerer Zeit bei einer Auktion ersteigert hatte. In seinen Augen blitzte es auf.

»Woher haben Sie die Bücher, Faye?«

»Ach, die habe ich vor ein paar Jahren ersteigert. Lauter Erstausgaben, auf die ich sehr stolz bin.« Sie war eigentlich stolz auf alles, was sie besaß. Jedes Stück hatte sie sich schwer verdient und bedeutete ihr deswegen um so mehr.

»Darf ich sie näher ansehen?« Er warf ihr über die Schulter einen Blick zu. Als Arthur mit den Drinks auf einem Silbertablett hereinkam, schien Ward sich schon ganz heimisch zu fühlen. Faye nahm einen Gin Tonic, er Scotch mit Eis, beides in den hübschen Kristallgläsern von Tiffany in New York.

»Aber sicher, sehen Sie sich die Bücher ruhig an.« Faye war sitzen geblieben und beobachtete interessiert, wie er vorsichtig zwei Bände herausnahm, einen hinlegte und den anderen aufschlug. Während er zuerst das Vorsatzblatt und dann die letzten Seiten der alten, in Leder gebundenen Ausgabe prüfte, verriet sein Ausdruck, wie sehr ihn die Sache belustigte.

»Genau, wie ich vermutete. Sie gehörten meinem Großvater. Ich hätte sie unter Tausenden wiedererkannt.« Er reichte ihr eines der Bücher und wies auf ein interessantes handgestempeltes Exlibris auf der letzten Seite. »Das ist in allen seinen Büchern. Ich besitze selbst ein paar davon.« Diese Worte erinnerten sie daran, wie wenig sie von ihm wußte. Während sie sich ihren Drinks widmeten, versuchte Faye ihn gesprächsweise unauffällig ein wenig aus der Reserve zu locken. Aber Ward zog es vor, nicht zu deutlich zu werden, plauderte angeregt vom Interesse seines Großvaters an Schiffen und von Sommern in Hawaii. An Tatsachen erfuhr sie nur, daß seine Mutter von dort stammte. Von seinem Vater sprach er nicht viel, so daß ihre Neugierde ungestillt blieb. »Und Sie stammen aus dem Osten?« fragte er Faye. Immer wieder lenkte er das Gespräch auf sie, so, als hielte er die Einzelheiten seines Lebens für unwichtig. Beinahe gewann sie den Eindruck, er wollte für sie ein Geheimnis bleiben, wenn sein nachdenklicher, anerkennender Blick auf ihr ruhte. Sie konnte ihre Neugierde kaum unterdrücken und nahm sich vor, ihn beim Essen auszufragen.

»Ich komme aus Pennsylvania, habe aber das Gefühl, schon immer hier gelebt zu haben.«

Er lachte. »Das macht Hollywood. Hier kann man sich ein anderes Leben gar nicht mehr richtig vorstellen.« Einen zweiten Drink lehnte er nach einem Blick auf die Uhr ab, stand auf und nahm ihren Mantel. »Gehen wir lieber, ich habe für neun Uhr einen Tisch reservieren lassen.« Sie hätte zu gern gewußt, wo, wollte aber nicht aufdringlich erscheinen. Sie ließ sich von ihm in den Mantel helfen, und dann gingen sie langsam hinaus in die Halle. Wieder sah er sich anerkennend um. »Hübsche Sachen haben Sie.« Er schien etwas von schönen alten Dingen zu verstehen, denn ihr entging nicht, daß er den ausgesucht schönen englischen Tisch neben der Tür bemerkte. Warum ihr dieses Haus so viel bedeutete, konnte er natürlich nicht wissen. Er wußte ja nicht, wie arm sie gewesen war.

»Vielen Dank, ich habe sie selbst zusammengetragen.«

»Das macht sicher große Freude.« Es war mehr als Freude für sie gewesen. Damals hatten ihr diese Einrichtungsgegenstände alles bedeutet. Jetzt erschienen sie ihr weniger wichtig, weniger wesentlich. Sie verfügte über mehr Sicherheit.

Ihre Blicke trafen aufeinander. Noch ehe Arthur zur Stelle war, öffnete Ward ihr die Tür. Er bedachte den englischen Butler mit einem Lächeln und schien von dessen mißbilligendem Blick unberührt. In Arthurs Augen gehörte es sich nicht, daß der junge Mann die Tür selbst aufmachte, aber Ward ließ sich in seiner guten Laune nicht beeinträchtigen.

Der Abend war warm und würzig. Leichtfüßig lief Ward die Marmortreppen zu dem Wagen hinunter, der vor der Treppe stand. Es war ein hellroter Ford Kabrio, schon ziemlich verschrammt, was dem Auto ein verwegenes Aussehen verlieh. Faye fand es amüsant.

»Ein großartiges Auto«, bemerkte sie.

»Danke. Den habe ich mir heute ausgeliehen.« Das stimmte.

»Meiner ist noch eingemottet. Hoffentlich bringe ich ihn überhaupt wieder in Gang.«

Sie schenkte sich die Frage, was für einen Wagen er eigentlich fuhr, und stieg in den kleinen Ford, dessen Tür Ward ihr aufhielt. Er fuhr los und hielt auf das Tor zu, das Arthur bereits geöffnet hatte. Ward winkte ihm freundlich zu.

»Einen schrecklich ernsten Butler haben Sie sich zugelegt, Gnädigste«, bemerkte er lächelnd, und sie erwiderte sein Lächeln. Arthur und Elizabeth umsorgten sie so liebevoll, daß sie die beiden um nichts in der Welt hergegeben hätte.

»Ja, vermutlich bin ich hoffnungslos verwöhnt.« Sie machte ein verlegenes Gesicht, und das entlockte ihm wieder ein Lächeln.

»Das ist nicht weiter schlimm, Faye. Sie sollten ihr Leben genießen.«

»Das tue ich«, antwortete sie prompt und errötete. Der Wind brachte ihr dichtes blondes Haar in Unordnung und ließ es wie eine Woge ihre Schultern umspielen. Beide lachten, als sie vergeblich versuchte, die blonde Flut zu bändigen.

»Soll ich das Verdeck schließen?« fragte er, während sie Richtung Zentrum fuhren.

»Nein, nein, es geht tadellos.« Sie fühlte sich prächtig und genoß es, an seiner Seite dahinzurasen. Das alles kam ihr wundervoll altmodisch vor, wie eine Samstagabend-Verabredung zu Hause in Grove City. Sie fühlte sich wie das Mädchen von einst, und es gefiel ihr noch besser als erwartet. Sorge machte ihr nur der Gedanke, daß sie am nächsten Morgen um fünf aufstehen mußte. Deshalb wollte sie nicht zu lange ausbleiben.

Ward blieb vor dem Ciro's stehen und sprang gelenkig aus dem Wagen, als auch schon der Türsteher ihnen entgegenkam. Es war ein großer, gutaussehender Schwarzer, dessen Miene sich erhellte, als er Ward erkannte. »Mr. Thayer! Sie sind wieder zu Hause?«

»Aber klar doch, John. Aber glaube mir, einfach war es nicht, das zu schaffen!« Ein fester, ausgiebiger Händedruck wurde gewechselt, dazu ein herzliches Lächeln. Plötzlich fiel der Blick des Schwarzen entsetzt auf Wards Auto.

»Mr. Thayer, was ist denn mit Ihrem Wagen los?«

»Der ist noch aufgebockt. Ich hoffe, ihn nächste Woche zu bekommen.«

»Gott sei Dank... ich dachte schon, Sie hätten ihn für diesen Schrotthaufen verkauft.« Faye wunderte sich über diese rüde Bemerkung und darüber, daß Ward hier so gut bekannt war. Sie sollte aus dem Staunen nicht herauskommen, als sie den Nachtklub betraten. Der Ober brach fast in Tränen aus, als er Ward die Hand schüttelte und ihn zu seiner Rückkehr beglückwünschte. Sie bemerkte, daß jeder einzelne Kellner ihn kannte und ihn begrüßte. Sie bekamen natürlich den besten Tisch, und nachdem sie ihre Drinks bestellt hatten, führte Ward sie auf die Tanzfläche.

»Faye, Sie sind hier bei weitem das hübscheste Mädchen.« Seine Stimme klang leise an ihrem Ohr. Sie spürte die Kraft seiner Arme, die sie umfangen hielten.

»Ich kann mir wohl die Frage sparen, ob Sie hier oft Gast waren.« Lächelnd sah sie zu ihm auf.

Ihre Bemerkung brachte ihn zum Lachen, während er sie mit viel Schwung über die Tanzfläche führte. Ward war ein ausgezeichneter Tänzer. Fayes Neugierde wuchs mit jedem Augenblick. Wer war er? Irgendein stadtbekannter Playboy? Eine wichtige Persönlichkeit? Ein Schauspieler, dessen Namen sie nur noch nie gehört hatte? Es stand außer Zweifel, daß Ward Thayer »jemand« war, und diese Frage ließ sie nicht mehr los. Nicht, weil sie etwas von ihm wollte. Sie empfand es nur als sonderbar, mit jemandem zusammenzusein, den sie kaum kannte und dem sie zum erstenmal an einem so weit entfernten Ort unter anonymen Umständen begegnet war.

»Ich habe das deutliche Gefühl, daß Sie Geheimnisse vor mir haben, Mr. Thayer.«

Sie suchte seinen Blick, und Ward schüttelte belustigt den Kopf.

»Aber gar nicht.«

»Also gut. Wer sind Sie?«

»Das wissen Sie schon. Ich sagte es Ihnen. Ich bin Ward Thayer aus Los Angeles.« Er rasselte Rang und Dienstnummer herunter, und wieder mußten beide lachen.

»Das sagt mir gar nichts, und das ist Ihnen auch klar. Und wissen Sie was?« Sie rückte ein wenig von ihm ab, um ihn besser ansehen zu können. »Sie genießen es, mich zum Narren zu halten, den Geheimnisvollen zu spielen. Auf einmal habe ich das Gefühl, daß alle Welt weiß, wer Sie sind, nur ich nicht.«

»Nein, nur das Personal... sonst niemand... ich war hier mal Kellner...« Er hatte noch nicht ausgesprochen, als man vom Eingang her Bewegung hörte und eine Frau im hautengen schwarzen Kleid das Lokal betrat. Ihr Haar wirkte wie eine feurige rote Explosion. Es war Rita Hayworth, die häufig mit ihrem interessanten Mann, Orson Welles, hier aufkreuzte und eifrig tanzte, während Welles diese Gelegenheit nützte, seine Frau zur Schau zu stellen. Und es war verständlich, daß er stolz auf sie war. Rita war die schönste Frau, der Faye je begegnet war. Sie hatte sie von weitem schon einige Male gesehen, und als Rita nun vorbeitanzte, stockte Faye fast der Atem, so beeindruckt war sie. Rita schien etwas aufzufallen, denn sie hielt wie erschrocken inne und drehte sich um. Faye errötete tief unter ihrer pfirsichfarbenen Haarflut und wollte sich schon entschuldigen, als ihr Rita Hayworth praktisch in den Arm fiel. Ehe sie wußte, wie ihr geschah, wurde Ward von ihr losgerissen, und Rita und Ward umarmten einander auf der Tanzfläche. Orson Welles beobachtete diese Szene aus der Ferne und musterte auch Faye. Rita gab ihrer Begeisterung lautstark Ausdruck, als sie Ward endlich losließ.

»Mein Gott, Ward, hast du es also geschafft! Du schlimmer Junge, so lange Zeit und kein Lebenszeichen von dir. Alle fragten nach dir, und ich wußte nicht, was ich sagen sollte...« Sie umarmte ihn mit geschlossenen Augen, während ihren Mund ein Lächeln umspielte, das sogar erfahrene Männer in Verwirrung stürzte, und Faye sah es mit Staunen. Rita war über das Wiedersehen mit Ward so außer sich, daß sie Faye gar nicht bemerkte. »Willkommen daheim, Ward.« Jetzt erst fiel ihr Blick auf Wards Begleitung, und Faye konnte Erkennen und Interesse in ihren Augen lesen. Rita wandte sich wieder an Ward. »Ach, sieh mal einer an...«, neckte sie ihn. »Hat jemand von der Klatschgilde schon Wind davon bekommen, Mr. Thayer?«

»Komm, Rita, laß das. Ich bin erst seit zwei Tagen zurück.«

»Du hast keine Zeit verloren.« Ihr Lächeln galt jetzt auch Faye. »Schön, Sie zu sehen.« Höfliche, leere Worte. Faye und Rita waren nie Freundinnen gewesen. »Geben Sie gut auf meinen Freund acht.« Sie tätschelte Wards Wange. Dann ging sie zurück zu Welles, der Ward von weitem mit einem Lächeln begrüßte, ehe er Rita an einen Tisch am anderen Ende des Lokals führte. Faye explodierte fast, als sie sich setzten. Ward nahm einen Schluck von seinem Drink, und Faye faßte ungeduldig nach seinem Arm.

»Jetzt reicht es, Major. Die Wahrheit bitte.« Sie funkelte ihn in gespielter Empörung an, so daß er laut lachend das Glas absetzte. »Bevor ich aus mir einen noch größeren Idioten mache, müssen Sie mir sagen, was los ist. Wer sind Sie? Schauspieler? Regisseur? Gangster...? Hat Ihnen womöglich dieser Nachtklub gehört?« Beide lachten. Ward machte das Spiel noch mehr Spaß als Faye.

»Warum fragen Sie mich nicht, ob ich hier Gigolo war?«

»Unsinn! Los, sagen Sie schon. Aber zuerst müssen Sie erklären, woher Sie Rita so gut kennen.«

»Ich habe mit ihrem Mann oft Tennis gespielt. Und kennengelernt haben wir uns hier.«

»Während Ihrer Kellnerzeit?« Faye fand die Situation amüsant. Dieser Soldat, den sie auf Guadalcanal kennengelernt hatte, besaß Geist und Humor. Sie zwang ihn, ihr in die Augen zu sehen, und verbiß sich dabei ein Lachen. »Schluß jetzt mit dieser Komödie. Wissen Sie eigentlich, daß ich Gewissensbisse hatte, weil ich erlaubt habe, daß Sie mich zum Dinner einladen, und weil ich Sie in mein Haus gebeten habe? Ich habe befürchtet, ich könnte auf Sie wie eine Angeberin wirken – und nun stellt sich heraus, daß Sie mit den Berühmtheiten dieser Stadt besser bekannt sind als ich.«

»Das glaube ich nicht, meine Schöne.«

»Ach, wirklich nicht?« Faye schüttelte errötend ihre Haarflut. »Was ist mit Clark Gable?« Fayes Röte vertiefte sich.

»Glauben Sie bloß nicht, was in den Zeitungen steht.«

»Ich glaube höchstens die Hälfte. Außerdem habe ich das von Freunden gehört.«

»Ich habe Gable seit Jahren nicht mehr gesehen.« Dabei ließ sie es bewenden, und Ward war zu sehr Gentleman, um sie zu drängen. Und plötzlich suchte sie wieder seinen Blick. »Versuchen Sie nur nicht, mich abzulenken. Wer sind Sie?«

Er beugte sich über den Tisch, um ihr zuzuraunen: »Der Große Einsame.« Wieder mußte sie lachen, doch jetzt kam der Ober mit einer Riesenflasche Champagner und der Speisekarte.

»Willkommen daheim, Mr. Thayer. Schön, daß Sie wieder da sind.«

»Danke.« Ward bestellte für beide, prostete Faye mit Champagner zu und hörte nicht auf, sie zu necken. Das ging den ganzen Abend so, bis sie wieder draußen im offenen Ford saßen und er ganz sacht nach ihrer Hand faßte. »Ganz im Ernst, Faye, ich bin ein Soldat ohne Beschäftigung. Ich habe keine Arbeit und hatte auch vor meiner Einberufung keine. Nicht einmal eine Wohnung habe ich, weil ich sie aufgab, als ich eingezogen wurde. Und bei Ciro's kennt man mich, weil ich vor dem Krieg sehr häufig da war. Ich bin keine wichtige Persönlichkeit. Ich bin gar nichts. Sie sind der Star, und ich bin seit unserer ersten Begegnung verrückt nach Ihnen, aber ich würde lügen, wenn ich täte, als wäre ich etwas Besonderes. Ich bin der, für den Sie mich halten, nämlich Ward Thayer, ein Mann ohne Zuhause, ohne Arbeit, mit einem geborgten Auto.«

Faye lächelte liebevoll – wenn das stimmte, sollte es ihr recht sein. Sie hatte den nettesten Abend seit Jahren erlebt. Sie war gern mit ihm zusammen. Ward war gescheit, hatte Humor, sah gut aus und tanzte auch noch traumhaft. Zu alldem hatte er etwas Warmes und Männliches an sich, etwas, das sie erregte. Er verfügte über ein Wissen, das sie bei ihm nie vermutet hätte, und er war anders als alle Männer, die sie im Laufe der Jahre kennengelernt hatte. Er kam ohne die nichtssagende, gekünstelte Art der Hollywood-Größen aus, obwohl er hier eine gewisse Rolle zu spielen schien. »Ich habe mich wunderbar unterhalten, ganz gleich, wer Sie wirklich sind.« Es war kurz vor zwei Uhr. Wie sie sich am nächsten Tag fühlen würde, daran wollte sie lieber nicht denken. In nicht ganz drei Stunden mußte sie wieder auf den Beinen sein.

»Dann also morgen abend?« Die hoffnungsvolle Miene ließ ihn noch jünger aussehen. Lächelnd schüttelte Faye den Kopf.

»Ward, es geht nicht. Ich bin berufstätig. Ich muß um Viertel vor fünf aus dem Bett.«

»Wie lange?«

»Bis der Film abgedreht ist.«

Ward war wie am Boden zerstört. Vielleicht hatte sie sich mit ihm gelangweilt. Und nach zwei Jahren, die er nur von ihr geträumt hatte, wünschte er jetzt nichts sehnlicher, als daß sie sich in seiner Gegenwart wohl fühlte. Wenn es nach ihm gegangen wäre, hätte er sie jeden Abend in die feinsten Restaurants ausgeführt. Er wollte sie verwöhnen, wie sie nie zuvor verwöhnt worden war. Und er dachte nicht daran, geduldig in der Dekoration zu warten, bis der Film fertig war.

»So lange kann ich nicht warten. Ich schlage vor, Sie schlafen sich morgen tüchtig aus, damit wir übermorgen wieder ausgehen können.« Er sah auf die Uhr. »Und nächstes Mal werde ich Sie nicht so lange in Anspruch nehmen.« Er hielt ihren Blick fest, um ganz leise und sanft zu sagen: »Faye, es war wundervoll.« Er war bis über beide Ohren in sie verliebt und kannte sie doch kaum. Er hatte die vergangenen zwei Jahre von ihr geträumt wie ein verknallter Backfisch, und er hatte sich geschworen, daß er sie nach seiner Rückkehr aufsuchen würde. Jetzt war er ihr endlich nahe, und er war entschlossen, so lange um sie zu werben, bis sie ebenso hoffnungslos in ihn verliebt war wie er in sie. Faye ahnte noch nicht, daß Ward Thayer gewohnt war, zu bekommen, was er wollte.

Jetzt sah er sie so flehentlich an, daß sie nicht widerstehen konnte. »Also gut. Sie müssen mich aber spätestens um Mitternacht nach Hause bringen, damit ich am nächsten Tag nicht wie ein bleicher Kürbis aussehe. Na, ist das ein Vorschlag?«

»Ehrenwort, Aschenputtel…« Da saß er, starrte sie an und sehnte sich danach, sie zu küssen, und wagte es nicht. Es war zu früh. Er wollte vermeiden, daß alles so wie bei ihren sonstigen Verabredungen verlief, bei denen sie umarmt wurde, weil sie ein Star war. Für ihn bedeutete sie viel mehr. Er stieg aus, ging um den Wagen herum, um ihr zu öffnen, und sie stieg leichtfüßig aus, sich an seiner Hand festhaltend.

»Es war ein wunderbarer Abend, vielen Dank.« Sie sah zu Ward hoch. Er folgte ihr über die rosa Marmorstufen bis zur Tür, und sie war versucht, ihn noch auf einen Drink einzuladen, aber dann würde sie überhaupt nicht mehr ins Bett kommen. Sie brauchte wenigstens ein bißchen Schlaf, ehe sie wieder ins Atelier mußte. Ward blieb in der Tür stehen und fühlte sich dabei wie der Junge von nebenan, während er seine Lippen leicht über ihr Haar gleiten ließ und ihr Kinn mit einer Hand anhob, damit er ihr in die wundervollen smaragdenen Augen sehen konnte.

»Sie werden mir in den nächsten zwei Tagen fehlen.«

»Sie mir auch, Ward«, sagte sie, ohne es zu wollen, und nickte dazu. Er würde ihr fehlen, wie er ihr in der ersten Zeit nach der Begegnung in Guadalcanal gefehlt hatte. Seine Liebenswürdigkeit, seine geistvolle Art, sein Charme beeindruckten sie schon nach diesem einen Abend – das hatte sie noch bei keinem Mann erlebt. Eigentlich hätte sie beängstigt sein müssen, aber sie genoß das alles viel zu sehr, als daß sie hätte Angst empfinden können – schon gar nicht vor Ward Thayer.

4

Faye war am nächsten Morgen rechtzeitig im Studio und wurde von Pearl sofort mit heißem Kaffee versorgt. Drei Tassen, stark und schwarz.

»Ihr Kaffee hat es in sich«, bemerkte Faye seufzend. »Davon könnte ein Halbtoter wach werden.«

»Mag schon sein, Schätzchen, aber ohne richtigen Kaffee schlafen Sie womöglich bei der Liebesszene mit diesem Langweiler ein.«

»Das wird so und so einmal passieren.« Die beiden Frauen lachten. Schon am zweiten Tag waren sie sich einig, daß der männliche Hauptdarsteller eine ziemliche Niete war. Er war wieder zu spät zur Arbeit erschienen und hatte sich unmöglich benommen. Seine Garderobe sei zu heiß, hatte er behauptet, und als man ihm Ventilatoren hineinstellte, beklagte er sich über die Zugluft. Er war weder mit dem Friseur noch mit dem Maskenbildner einverstanden und beklagte sich über die Beleuchtung und seine Garderobe. In seiner Verzweiflung verlängerte der Regisseur die Lunchpause.

Auf ihrem Toilettentisch fand Faye eine Zeitung vor, die Pearl für sie aufgeschlagen hatte. Hedda Hoppers Kolumne verriet ihr alles, was sie am Abend so brennend interessiert hatte. Sie las den Artikel Wort für Wort und saß dann wie erstarrt da, als müßte sie das Gelesene erst richtig verarbeiten, während Pearl dastand, sie ansah und sich fragte, was in ihr vorgehen mochte.

»... wie wir erfahren, ist der Playboy und Erbe der Thayer-Werft-Millionen, Ward Cunningham Thayer IV, wohlbehalten aus dem Krieg zurückgekehrt und sucht seine alten Jagdgründe wieder auf. Beispielsweise Ciro's, wo er von Rita Hayworth und ihrem Gatten herzlich willkommen geheißen wurde. Und es sieht aus, als hätte er schon eine schöne Frau an seiner Seite: Faye Price, die einen Oscar und eine ganze Reihe von Anbetern vorweisen kann, darunter bekanntlich einen unserer (und Ihrer) Lieblinge. Wir hatten uns schon gefragt, ob Gable, der einsame Witwer, sich mit ihr öfter sehen lassen würde, doch es scheint jetzt, als wäre Thayer auf der Überholspur. Fix geschaltet, Ward! Er ist ja erst seit drei Tagen wieder zu Hause. Faye arbeitet übrigens an einem neuen Film mit Vance Saint George, und diese Kombination wird Regisseur Louis Bernstein einige Nüsse zu knacken geben, was aber nicht Fayes Schuld ist, wie wir wissen... also, viel Glück, Ward! Viel Glück euch beiden! Ob bald Hochzeitsglocken läuten werden? Wir dürfen gespannt sein...«

»Großer Gott, die sind aber fix!«

Faye sah Pearl halb belustigt, halb wütend an... »Playboy und Erbe der Thayer-Werft-Millionen.« Natürlich war ihr der Name ein Begriff, und sie ärgerte sich über sich selbst, daß sie nicht sofort daran gedacht hatte. Playboy und Erbe... das war nicht nach ihrem Geschmack. Ward sollte nicht glauben, sie sei hinter seinem Geld her, und sie wiederum wollte nicht eine Trophäe am Gürtel eines stadtbekannten Playboys sein. Auf einmal erschien er ihr weniger anziehend als am Abend zuvor, ein bißchen weniger normal, weniger »real«. Er war nicht mehr wie die Männer in Grove

City – sogar vollkommen anders. Das bereitete ihr mehr Kopfzerbrechen, als sie sich eingestehen wollte. Pearl verstand sehr rasch die Zusammenhänge und unterließ jede Bemerkung.

Es war ohnehin ein schwerer Tag. Vance Saint George machte ständig Ärger, und als alle um sechs das Studio verließen, war Faye vollkommen erledigt. Sie schminkte sich gar nicht erst ab, schlüpfte rasch in eine braune Hose und einen beigen Kaschmirpullover und ließ das honigfarbene Haar lose auf die Schultern fallen. Sie startete ihren Lincoln Continental, als hinter ihr ein beharrliches Hupen ertönte. Ein Blick in den Rückspiegel zeigte ihr einen wohlbekannten roten Wagen. Unwillkürlich entfuhr ihr ein Seufzer. Faye war nicht in der Stimmung zum Plaudern, am allerwenigsten mit einem steinreichen Playboy. Sie war berufstätig, hatte letzte Nacht nur zwei Stunden geschlafen und wollte in Ruhe gelassen werden, auch von Ward Thayer. Mochte er auch noch so faszinierend sein, sie mußte ihr eigenes Leben bewältigen. Und außerdem war er schließlich nur ein Schürzenjäger.

Ward sprang aus dem Wagen, warf die Tür zu und lief zu ihr, in den Armen Tuberosen, Gardenien und eine Champagnerflasche. Sie empfing ihn mit einem Kopfschütteln und einem Lächeln, aus dem Ratlosigkeit sprach.

»Mr. Thayer, können Sie mit Ihrer Zeit nichts Besseres anfangen, als auf arme Schauspielerinnen nach einem anstrengenden Arbeitstag Jagd zu machen?«

»Nur keine Aufregung, Aschenputtel. Ich weiß, daß Sie todmüde sein müssen. Da dachte ich mir, das hier könnte Sie auf der Heimfahrt aufheitern, es sei denn, ich könnte Sie zu einem Drink im Beverly Hills Hotel überreden... geben Sie mir eine Chance?« Dabei machte er ein Gesicht wie ein kleiner Junge, der auf ein Geschenk wartet. Faye stöhnte.

»Wer ist übrigens Ihr Presseagent?« Ihre Stimme klang verärgert, und Ward registrierte es besorgt.

»Ich glaube, das geht auf Ritas Konto. Tut mir sehr leid... macht es Ihnen denn so viel aus?« Es war ein offenes Geheimnis, daß Hedda Hopper Orson nicht mochte, für Rita aber immer Sympathie gezeigt hatte – und für Ward, aber das wußte Faye nicht.

Sie lächelte wieder. Man konnte ihm nicht wirklich böse sein. Er war so aufrichtig und großzügig und machte kein Geheimnis aus seiner Wiedersehensfreude. Faye mußte sich eingestehen, daß er für sie nichts von seinem Zauber verloren hatte, obwohl sie jetzt wußte, daß er ein Playboy war. Seine Wirkung auf sie war geradezu überwältigend. Das war schon auf Guadalcanal so gewesen. Und jetzt war er hier in seinem eigenen Element und beeindruckte sie noch weitaus mehr. Er strahlte Zuversicht und gleichzeitig Sex-Appeal aus, und Faye war alles andere als immun dagegen.

»Na, wenigstens weiß ich jetzt, wer Sie sind.«

Mit einem Grinsen zog er die Schultern hoch. »Dieser Unsinn ist unwichtig und stimmt außerdem nur halb.« Eine Bemerkung über die im Artikel erwähnte »Reihe der Anbeter« unterließ er, lächelte sie aber auf eine Weise an, die ihr Herz anrührte. Darin hatte er eine ausgesprochene Begabung. »Was ist, Faye, sollen wir auf die Vorahnungen hören?« In seinen Augen funkelte es seltsam. Sie kannte ihn nicht gut genug, um zu erkennen, ob die Frage ernst oder spaßig gemeint war.

»Was meinen Sie damit?« Sie war so müde, daß sie kaum mehr denken konnte. Ward ließ sie nicht aus den Augen, als er sagte:

»Ich meine den Satz mit den Hochzeitsglocken... wir könnten heiraten und alle vor Überraschung aus den Pantinen kippen lassen.«

»Großartige Idee«, spottete sie und warf aus zusammengekniffenen Augen einen Blick auf ihre Uhr. »Moment mal... wir haben sechs Uhr fünfundzwanzig... wenn wir es bis acht Uhr schaffen, kommt es noch in die Morgenzeitungen.«

»Großartig.« Er lief um ihren Wagen herum, und noch ehe sie protestieren konnte, stieg er ein. »Also los, Kleines.« Er lehnte sich seelenruhig zurück, lächelte ihr zu, und plötzlich fand Faye die Situation auch komisch und vergaß ihre Müdigkeit. Sie war richtig froh, ihn wiederzusehen. Froher, als ihr lieb war.

»*Ich* soll fahren? Was für eine Ehe ist denn das?«

»Sie haben die Zeitungen gelesen. Ich gelte als Playboy. Playboys fahren nicht selbst. Sie lassen sich fahren.«

»Sie meinen Gigolos. Das ist nicht dasselbe, Ward Thayer.«

Jetzt lachten beide, und er rückte näher an sie heran. Es machte ihr nichts aus.

»Warum kann sich nicht ein Playboy auch fahren lassen? Ich bin müde. Hinter mir liegt ein harter Tag. Ich traf mich zum Lunch mit drei Freunden, wir tranken vier Flaschen Champagner.«

»Mein Herz blutet, Sie Faulpelz. Ich arbeite seit sechs Uhr morgens, und Sie haben sich den ganzen Tag mit Champagner vollaufen lassen.« Das sollte entrüstet klingen, doch sie brach von neuem in Lachen aus, als für Vance Saint George eine riesige Limousine vorfuhr.

»So etwas würden Sie brauchen, Faye.« Fast klang es ernst, aber Faye lachte ihn aus.

»Einen Wagen wie diesen? Machen Sie sich nicht lächerlich. Ich sitze gern selbst am Steuer.«

»Das ist nicht ladylike.« Er bemühte sich um einen hochnäsigen Gesichtsausdruck und warf ihr von der Seite einen schrägen Blick zu. »Außerdem gehört es sich nicht für das Opfer eines Playboys.«

»Also bin ich Ihr Opfer?«

»Hoffentlich.« Er sah auf die Uhr. »Also, wann werden wir heiraten? Sie sagten etwas von acht Uhr... dann aber Tempo. Oder möchten Sie zuerst einen Drink nehmen?«

Sie schüttelte den Kopf, weniger überzeugend als vorhin. »Nein, ich muß nach Hause, Mr. Thayer. Vergessen Sie nicht, daß ich arbeiten muß. Ich bin wirklich ziemlich erledigt.«

»Ich kann mir nicht vorstellen, warum. Wahrscheinlich sind Sie gestern schon um zehn ins Bett.«

»Ach ja?« Faye verschränkte die Arme und lächelte. »Ich war mit einem millionenschweren Playboy verabredet.« Jetzt war es heraus, und sie amüsierten sich köstlich. Das alles schien so absurd wie ein Witz, und Faye beschloß, es nicht ernster zu nehmen als er.

»Wie *können* Sie nur!« Er spielte den Entrüsteten. »Mit wem denn?«

»An seinen Namen kann ich mich nicht erinnern.«

»War er nett?«

»Mehr oder weniger. Ein schrecklicher Lügner, aber das sind ja alle Männer.«

»Sah er gut aus?«

Sie schaute ihm direkt in die Augen. »Ja, sehr.«

»Das Schwindeln haben Sie schnell von ihm gelernt. Kommen Sie, ich möchte, daß Sie ein paar von meinen Freunden kennenlernen.« Er legte den Arm um sie, und Faye roch den herben Duft seines Rasierwassers. »Und jetzt gönnen wir uns einen Drink. Ich verspreche, daß ich Sie heute früher nach Hause bringe.«

»Ward, unmöglich. Ich würde bei Tisch einschlafen.«

»Keine Angst, ich rüttle Sie wach.«

»Wollten Sie sich wirklich mit Freunden treffen?« Das war das allerletzte, worauf sie heute Lust hatte. Sie wollte nach Hause und sonst nichts. Sie mußte unbedingt ein paar neue Textstellen lernen. Da Saint George ein so jämmerlicher Partner war, fühlte sie sich bemüßigt, um so härter zu arbeiten und seine Fehlleistungen auszugleichen. Der Film sollte kein Flop werden.

Ward schüttelte den Kopf. »Das war nur Spaß. Wir werden allein sein. Wenn ich ein Zuhause hätte, würde ich Sie dorthin einladen, aber ich habe keines.« Er lachte unbeschwert. »Das macht die Sache ein wenig schwierig.«

»Sie untertreiben.«

»Ursprünglich hatte ich beabsichtigt, im Haus meiner Eltern zu wohnen, aber es ist momentan unbewohnbar, und außerdem ist es viel zu groß. Jetzt bewohne ich einen Bungalow des Beverly Hills Hotels, bis ich etwas Passendes finde. Deswegen kann ich Ihnen im Augenblick nur die Hotelbar bieten.« Sie in seinen Bungalow einzuladen wäre höchst unpassend gewesen, Ward hätte nie gewagt, ihr einen solchen Vorschlag zu machen. Zu dieser Sorte Mädchen gehörte sie nicht, mochte sie auch ein Filmstar sein und viele Verehrer haben. Man sah ihr die wohlerzogene junge Dame deutlich an, und gerade das gefiel ihm. Was seine Absichten betraf, hatte die Presse nicht weit daneben getroffen. »Also, was ist? Eine halbe Stunde, und dann bringe ich Sie nach Hause. Einverstanden?«

»Meinetwegen... Herrgott, Sie setzen einem wirklich zu. Ich kann froh sein, daß ich nicht für Sie arbeite.«

Er kniff sie scherzhaft in die Wange. »Das läßt sich ändern, liebe Faye. Jetzt rutschen Sie rüber, ich fahre.« Er lief um den Wagen und setzte sich hinters Steuer.

»Werden Sie Ihren Wagen nicht brauchen?«

»Ich nehme mir ein Taxi und hole ihn ab, nachdem ich Sie nach Hause gebracht habe.«

»Macht das nicht zuviel Umstände?«

Er blickte sie belustigt an. »Aber gar nicht, Kleines. Warum lehnen Sie sich nicht zurück und ruhen sich auf der Fahrt aus? Sie sehen müde aus.« Faye empfand seine Stimme als sehr angenehm und seinen Blick, die Berührung seiner Hände, als er ihre anfaßte... Mit halbgeschlossenen Augen beobachtete sie ihn. »Wie geht die Arbeit voran?« fragte er.

»Vance Saint George ist eine richtige Plage. Ich weiß gar nicht, wie er überhaupt so weit kommen konnte.«

Ward wußte es, ließ aber kein Wort verlauten. Der Mann hatte ohne Rücksicht auf das Geschlecht buchstäblich mit jedem geschlafen und hatte sich in Hollywood mittels weitverzweigter Protektion hochgedient. Aber eines Tages mußte sich das rächen. »Ist er denn nicht gut?«

»Er wäre gut, wenn er nicht dauernd über Zugluft nörgeln und über sein Make-up meckern würde; er sollte lieber seinen Text lernen. Die Zusammenarbeit mit ihm ist nicht einfach, weil er sich nie vorbereitet. Das kostet uns Stunden.« Sie richtete sich auf und sah aus dem Fenster, als sie vor dem Hotel vorfuhren.

»Wie ich höre, sind Sie ein richtiger Profi, Miß Price.«

Sie lächelte. »Wer hat Ihnen denn das erzählt?«

»Heute kam ich beim Lunch mit Louis B. Maxer zusammen. Er sagte, Sie wären die beste Schauspielerin in der Stadt, und ich gab ihm natürlich recht.«

»Sie haben eine Ahnung!« Faye lachte. »Sie waren vier Jahre weg und haben meine besten Filme nicht gesehen.« Sie setzte eine hochmütig-gekränkte Miene auf, und Ward kicherte. Er war glücklich, glücklicher als seit Jahren.

»Tja, Sie dürfen nicht vergessen, daß ich Sie auf Guadalcanal gesehen habe.« Er warf ihr einen liebevollen Blick zu und berührte ihre Hand. »Wie viele können sich mit einem solchen Erlebnis brüsten?« Bei dem Gedanken an die vielen Tausende von Soldaten, vor denen sie aufgetreten war, mußten beide lachen. »In Ordnung, nichts für ungut...« Er hielt vor dem pinkfarbenen Hotel an und sprang heraus, worauf sofort der Portier herbeieilte, an seine Mütze tippte und Wards Namen murmelte. Dieser ließ es sich nicht nehmen, Faye selbst die Tür aufzumachen. Sie blickte an ihren Hosen hinunter.

»Kann ich in dieser Aufmachung hinein?«

»Faye Price könnte im Badekostüm hinein, und man würde ihr die Füße küssen«, bemerkte er grinsend.

»Meinen Sie?« Sie sagte es mit einem Lächeln. »Vielleicht nur deswegen, weil ich mit Ward Thayer komme?«

»Was für ein gewaltiger Unsinn!« Aber wie immer bekam er vom Ober den besten Tisch zugewiesen, und diesmal wurde Faye von drei Personen um ein Autogramm gebeten. Als sie nach einer Stunde vom Tisch aufstanden, hatte die Presse bereits Wind von ihrem Rendezvous bekommen, und sie verließen das Hotel in einem Hagel von Blitzlichtern.

»Verdammt, wie ich das hasse.« Faye machte aus ihrem Ärger kein Hehl, als sie sich in den Wagen flüchteten. Der Fotograf blieb ihnen auf den Fersen. »Warum kann man uns nicht in Ruhe lassen? Warum muß man daraus eine so große Sache machen?« Sie legte Wert auf ein ungestörtes Privatleben und hatte ähnliche Situationen leider schon öfter erlebt. Und diesmal handelte es sich nicht einmal um etwas Ernstes, es war erst der zweite Abend mit Ward.

»Sie sind eine Schlagzeile wert, da kann man nichts machen.« Erst jetzt kam ihm der Gedanke, daß es Faye vielleicht nicht angenehm war, mit ihm gesehen zu werden. Es könnte ja gut möglich sein, daß es einen anderen gab. Auf diesen Gedanken war er bis jetzt noch nicht gekommen, er erschien ihm nun dafür um so wahrscheinlicher. Unterwegs schnitt er das Thema mutig an. »Sie... Sie bekommen doch meinetwegen hoffentlich keine

Schwierigkeiten?« Faye lächelte, als sie seinen besorgten Blick bemerkte.

»Nicht solche, an die Sie denken. Aber ich mag es nicht, wenn mein Privatleben von der Presse ausgeschlachtet wird.« Sie war noch immer verärgert und sehr müde.

»Dann müssen wir unsere Verabredungen vorsichtiger planen.« Sie nickte dazu, doch am nächsten Abend hatten beide diesen Vorsatz vergessen. Ward holte sie in seinem Wagen ab, der Spezialanfertigung eines Düsenberg, den er sich vor dem Krieg zugelegt hatte. Das Auto hatte aufgebockt in der Garage gestanden. Es war der Wagen, von dem der Türsteher im Ciro's gesprochen hatte, und Faye begriff jetzt sein Entsetzen. Es war das schönste Auto, das sie je gesehen hatte.

Diesmal führte Ward sie ins Mocambo. Charlie Morrison, der grauhaarige Besitzer, kam gelaufen und hätte Ward fast abgeküßt, als er ihn zur Begrüßung umarmte und ihm beim heftigen Händeschütteln beinahe den Arm ausrenkte. Auch er war außer sich vor Freude über Wards gesunde Rückkehr, und wieder wurde eine Mammutflasche Champagner entkorkt, während Faye sich im Lokal nach Bekannten umsah. Natürlich kannte sie den elegantesten Nachtklub der Stadt, in dem eine ganze Wand von einer Voliere mit exotischen Vögeln eingenommen wurde, die umherschwirrten, während berühmte Filmstars sich auf der Tanzfläche drängten und sich amüsierten.

»Unser Besuch wird leider nicht unbemerkt bleiben. Charlie ist imstande und ruft glatt die Reporter an.« Ward machte dazu ein besorgtes Gesicht. »Macht es Ihnen sehr viel aus?« Er fürchtete, das Foto auf Seite vier der *Los Angeles Times* habe ihr Mißfallen erregt. Ihr gestriger Aufbruch vom Beverly Hills Hotel nach dem Cocktail wurde tatsächlich in ein paar Zeilen erwähnt.

Faye lächelte. »Ward, langsam bekomme ich das Gefühl, Sie können sich gar nicht unsichtbar machen.« Beide wußten, daß es stimmte. »Außerdem bin ich nicht sicher, ob es mich wirklich stört. Wir beide haben nichts zu verbergen. Es wäre mir natürlich lieber, wenn mein Privatleben unangetastet bliebe, aber das Schicksal will es offenbar anders.« Sie hatte den Abend zuvor ausgiebig darüber nachgedacht und entschieden, daß es nichts gab, was sie verbergen mußte.

»Über die Presse habe ich mir nie den Kopf zerbrochen.« Er nahm einen Schluck. Ward trank Champagner literweise, er schien überall dafür bekannt zu sein. »So und nicht anders ist es eben.« ... wenn man Erbe eines Werft-Millionen-Vermögens ist und einen eigens angefertigten Düsenberg fährt, dachte Faye im stillen und brach plötzlich in lautes Gelächter aus.

»Als ich auf Guadalcanal dem netten jungen Leutnant begegnete, ahnte ich nicht, daß er bis ins Innerste verdorben ist, sich in den teuersten Nachtklubs zu amüsieren pflegt und dabei Ströme von Champagner in sich hineinschüttet...«, neckte sie ihn. Ward schien von dieser Bemerkung nicht beeindruckt zu sein. Das alles entsprach der Wahrheit, und doch war damit noch längst nicht alles über ihn gesagt. Er allein wußte, daß der Krieg ihm in gewisser Hinsicht gutgetan hatte. Es waren die härtesten vier Jahre seines Lebens gewesen, in denen er sich aber zum erstenmal selbst etwas beweisen konnte. Er wußte jetzt, daß er imstande war, die schlimmsten Härten und Gefahren zu überleben. Nicht ein einziges Mal hatte er seine Verbindungen in Anspruch genommen oder durch seinen Namen Vorteile gewonnen, obwohl man natürlich wußte, wer er war.

Und dann war er dem Mädchen begegnet, das er geheiratet hatte. Nachdem sie gestorben war, glaubte er zunächst, nie darüber hinwegzukommen. Ihr Tod war eine Realität, der er sich noch nie zuvor gegenübergesehen hatte, er empfand einen fast unerträglichen Schmerz. Und jetzt gab es Faye mit ihrem ganzen Zauber und ihrem Glamour, ihrem wachen Realitätssinn und ihrem großen Talent. Er war froh, daß Faye anfangs nicht gewußt hatte, wer er war. Sie hätte ihn vielleicht für leichtlebig und frivol gehalten. Natürlich war er das zeitweise auch, weil er sich gern amüsierte. Aber er war außerdem ein ernsthafter Mensch, wie Faye allmählich merkte. Der Charakter dieses Mannes hatte ebenso viele Facetten wie der ihre, und zusammen ergaben sie eine tolle Kombination. Ihre Sympathie gründete sich auf gegenseitige Wertschätzung, materielle Dinge spielten keine Rolle. Sie stellten in vielfacher Hinsicht ein ideales Gespann dar, wie Hedda Hopper und Louella Parsons, die führenden Klatschkolumnistinnen, sehr bald feststellen sollten.

»Wie steht es mit Ihren Prinzipien, Miß Price?« fragte Ward sie scherzhaft beim vierten Glas Champagner. Ihm schien diese Menge nichts auszumachen, während Faye spürte, daß sie aufhören mußte, wenn sie keinen Schwips bekommen wollte. »Was sind Ihre Pläne, wie möchten Sie die nächsten Jahre verbringen, Faye?« Ward schien die Frage ernst gemeint zu haben, und Faye runzelte die Stirn, als sie darüber nachdachte. Eine ähnliche Frage hatte sie sich selbst schon oft gestellt.

»Sie meinen es ernst?«

»Ja, natürlich.«

»Ich weiß nicht recht. Wenn ich über diese Dinge nachdenke, dann sehe ich immer zwei Möglichkeiten vor mir – zwei Wege, die zu verschiedenen Zielen führen. Ich bin nie sicher, welchen Weg ich einschlagen soll.«

»Und wohin führen diese zwei Wege?« Was sie sagte, beeindruckte Ward ungemein. Alles an Faye interessierte ihn jetzt, viel mehr noch als zuvor.

»Der eine Weg beinhaltet alles das.« Ihr Blick schweifte in die Runde, ehe sie wieder Ward ansah. »Diese Menschen, Orte, Dinge... meine Karriere, weitere Filme, mehr Ruhm...« Sie war aufrichtig. »Ich vermute, einfach ein bißchen mehr von alldem.« Unsicher brach sie ab.

»Und der andere Weg?« Er faßte behutsam nach ihrer Hand. »Wohin führt er?« Der Raum schien zu verblassen, sie sah nur seine Augen. In Wards Blick lag etwas, das sie sich sehr wünschte, von dem sie aber noch nicht genau wußte, was es eigentlich war. »Der andere Weg...?«

»Der führt in eine völlig andere Richtung, nämlich zu einem Ehemann, zu Kindern, zu einem Leben, weit entfernt von Glanz und Ruhm. Vielleicht denke ich dabei an meine Kindheit. Ich kann es mir gar nicht richtig vorstellen, weiß aber, daß es diese Möglichkeit gibt, falls ich mich dazu entschließen kann. Eine sehr schwere Entscheidung.« In ihrem Blick lag rückhaltlose Offenheit.

»Und beides gleichzeitig?«

Sie schüttelte den Kopf. »Ich weiß nicht, ob sich beides vereinen läßt. Diese zwei Welten lassen sich nicht unter einen Hut bringen. Nehmen wir einmal meine Arbeit. Ich stehe um fünf Uhr auf, bin um sechs schon unterwegs, komme nicht vor sieben, acht Uhr abends nach Hause. Welcher Mann würde sich damit abfinden? Seit Jahren beobachte ich, wie Ehen in Hollywood zustande kommen und zugrunde gehen. Es ist allgemein bekannt, wie schnell diese Beziehungen kaputtgehen. Wenn ich mich häuslich niederlasse, dann stelle ich es mir anders vor.«

»Was wollen Sie dann... wenn Sie sich fest binden?«

Faye lächelte ihm zu. Ein komisches Thema für ein drittes Rendezvous. Inzwischen hatte sie aber das Gefühl, Ward schon gut zu kennen. Sie hatten sich bisher dreimal getroffen, und vor langer Zeit war ihnen auf Guadalcanal etwas Sonderbares widerfahren. Es war so, als hätte über die Jahre hinweg ein Band zwischen ihnen bestanden, das sie aneinanderkettete und einander näherbrachte, mehr, als es nach so kurzer Bekanntschaft zu erwarten gewesen wäre. Sie dachte über seine Worte nach.

»Ich glaube, ich möchte etwas Festes, eine Ehe, die ein Leben lang hält, mit einem Mann, den ich liebe und respektiere, und natürlich möchte ich Kinder.«

»Wie viele?« fragte er mit spitzbübischem Grinsen, und wieder lachte Faye.

»Ach, mindestens zehn.« Sie ging auf seinen Ton ein.

»So viele... Allmächtiger... fünf oder sechs reichen wohl nicht?«

»Doch, vielleicht.«

»Das hört sich gut an.«

»Ja, finde ich auch, aber ich kann es mir nicht richtig vorstellen – noch nicht.« Sie seufzte tief.

»Ist Ihr Beruf Ihnen so wichtig?«

»Ich weiß es nicht. Sechs Jahre lang habe ich für meine Karriere hart gearbeitet. Da fällt es einem schwer, alles aufzugeben... aber vielleicht auch nicht.« Unvermittelt lachte sie auf. »Noch ein paar Filme wie der jetzige, und ich gebe vielleicht alles leichten Herzens auf.« Sie schnalzte mit den Fingern, und er faßte wieder nach ihrer Hand.

»Es wäre schön, wenn Sie das alles eines Tages aufgäben.« Seine Miene war plötzlich so ernst geworden, daß Faye erschrak.

»Warum?«

»Weil ich dich liebe und weil es mir gefallen würde, wenn du den zweiten Weg wählen würdest. Er bedeutet Erfüllung, während der erste Weg in die Einsamkeit führt. Ich glaube, das weißt du ohnehin, Faye.«

Faye nickte langsam, ohne den Blick von ihm zu wenden. Sollte das ein Antrag sein? Ausgeschlossen.

Sie wußte nicht, was sie erwidern sollte, und entzog ihm sachte ihre Hand.

»Ward, du bist erst seit kurzem zurück. Im Moment sieht für dich alles anders aus. Du wirst noch eine Zeitlang stark deinen Gefühlen unterworfen sein.« Sie wollte ihn entmutigen, weil sie keine andere Möglichkeit sah. Er war viel zu stürmisch. Herrgott, sie kannte ihn ja kaum, und doch hatte sie das Gefühl, etwas Außergewöhnliches zu erleben: Beide hatten sich vom Wunder seiner gesunden Rückkehr noch nicht erholt und standen noch ganz im Banne des Krieges. Aber dies alles war Wirklichkeit, und es war etwas Besonderes.

Ward griff wieder nach ihrer Hand und küßte ihre Fingerspitzen, eine nach der anderen. »Faye, es ist mein Ernst. Noch nie im Leben habe ich so empfunden. Ich spürte es in dem Augenblick, als wir uns zum erstenmal auf Guadalcanal begegneten. Damals wußte ich nicht, was ich dir sagen sollte. Ich hätte am nächsten Tag ebensogut tot sein können. Aber ich habe überlebt, ich bin wieder zu Hause, und du bist die wunderbarste Frau, die mir je begegnet ist...«

»Wie kannst du so etwas sagen?« protestierte sie.

Ward hätte sie am liebsten in die Arme genommen, wagte es aber nicht, nicht hier mitten in einem Restaurant, wo die Fotografen überall auf der Lauer nach Sensationen lagen.

»Ward, du kennst mich doch gar nicht. Du hast mich damals zwei Stunden auf der Bühne gesehen, und hinterher haben wir ein wenig miteinander geplaudert. Und seit deiner Rückkehr waren wir zweimal zusammen.«

Sie wollte ihm lieber gleich jede Hoffnung nehmen, ehe es zu spät dafür war, ohne sich über ihre Gründe im klaren zu sein. Für sie kam das alles einfach zu schnell. Sie konnte aber dieses sonderbare Gefühl nicht leugnen, das sie in seiner Gegenwart hatte, ein Gefühl, als wäre sie imstande, noch heute abend mit ihm Hand in Hand in den Sonnenuntergang hineinzuwandern, und alles wäre dann für den Rest ihres Lebens in bester Ordnung. Aber so liefen diese Dinge nicht. Oder doch? Nein... oder vielleicht doch? Vielleicht war das »die Wirklichkeit«, von der man immer hörte.

»Ward, es kommt zu früh.«

»Zu früh wofür?« Sein Blick war sachlich. »Zu früh, um dir zu sagen, daß ich dich liebe? Ja, mag sein. Das ändert jedoch nichts an den Tatsachen. Ich bin schon jahrelang in dich verliebt.«

»Dann bist du Opfer einer Illusion.«

»Nein, das stimmt ganz und gar nicht. Du bist genauso, wie ich es mir immer gewünscht habe. Du bist klug und realistisch und praktisch veranlagt. Außerdem noch bescheiden, warmherzig, humorvoll und schön. Du kümmerst dich den Teufel um das, was die Presseleute über dich schreiben. Du liebst deine Arbeit und setzt dich voll ein. Du bist die anständigste Frau, der ich je begegnet bin, du bist eben einfach umwerfend... und wenn ich dich hier nicht rausschleppen und dich in den nächsten fünf Minuten küssen kann, dann schnappe ich noch glatt über, Faye, also halte den Mund, sonst küsse ich dich auf der Stelle.«

Ihr Blick verriet Zweifel, dennoch lächelte sie unwillkürlich. »Was ist, wenn du in einem halben Jahr entdeckst, daß du mich verabscheust?«

»Warum sollte ich?«

»Vielleicht habe ich Gewohnheiten, die dir zuwider sind. Ward, du weißt gar nicht, wer ich bin. Und ich kenne dich nicht.«

»Sehr schön. Dann werden wir einander kennenlernen.« Er hatte sich ihr bereits völlig ausgeliefert, aber das war ihm jetzt einerlei. »Ich werde mich wie eine Klette an dich hängen und dir die Hölle heiß machen, bis du ja sagst.« Seine Worte schienen ihm eine gewisse Genugtuung zu verschaffen. Er leerte sein Glas und lehnte sich zurück. »Bist du einverstanden?«

»Was würde es denn nützen, wenn ich nein sage?«

»Nicht das geringste.« Sie bemerkte das Lächeln, das sie lieben-gelernt hatte, das spitzbübische Funkeln in seinen blauen Augen. Man konnte ihm nur sehr schwer widerstehen, und sie war gar nicht sicher, ob sie es wollte. Sie wollte nur, daß sie nicht beide den Kopf verloren. Faye hatte Romanzen mit anderen Männern erlebt, doch keine ließ sich mit dieser Beziehung vergleichen. Es wäre entsetzlich, wenn sie wie jene Stars enden würde, über die ständig geklatscht wurde, verliebt in diesen, verlobt mit jenem, und schließlich wurden aus ihnen verbrauchte, alte Hollywood-Huren. Faye waren diese Dinge nicht gleichgültig, wieder eine Eigenschaft, die Ward an ihr schätzte. Er war eigentlich überzeugt, daß er alles an ihr liebte, und sie ahnte es, war aber nicht gewillt, jetzt, nach nur drei Tagen, schon nachzugeben.

»Du bist unmöglich.«

»Ich weiß.« Ihre Bemerkung schien ihn zu freuen. Plötzlich kam ihm ein Gedanke, und er beugte sich besorgt zu ihr hinüber. »Stört es dich, daß ich nicht arbeite?« Vielleicht war es das. Möglich, daß ihr seine mangelnde Arbeitsmoral Sorgen machte.

»Nein, wenn du es dir leisten kannst. Aber langweilst du dich nicht?« Faye hätte es interessiert, womit er sich die Zeit vertrieb. Sie arbeitete schon seit Jahren dermaßen angespannt, daß sie sich kaum vorstellen konnte, nur Tennis zu spielen und sich zum Essen zu verabreden. Ihr erschien das gräßlich, aber Ward war offenbar glücklich dabei.

Er lehnte sich zurück und sah sie offen an. »Ich liebe dieses Leben. Seit meiner Kindheit ist es mir immer gutgegangen. Als mein Vater starb, schwor ich mir, ich würde mich nie zu Tode arbeiten wie er. Er wurde nur sechsundvierzig und starb an einem Herzanfall. Meine Mutter war damals dreiundvierzig. Ich glaube, sie hat sich seinetwegen zu Tode gegrämt. Die beiden haben nicht einen Augenblick an sich gedacht oder daran, das Leben zu genießen. Sie hatten nicht einmal Zeit für mich. Damals nahm ich mir vor, niemals so zu leben, wenn ich eines Tages Kinder haben würde, und auch ohne Kinder wollte ich mir das Leben nicht schwermachen. Ich habe das gar nicht nötig. Offen gesagt, ich könnte mein Geld gar nicht völlig ausgeben, selbst wenn ich es wollte.« Faye wußte zu schätzen, daß er so aufrichtig war und ihr einen Einblick in seine Gedankenwelt gestattete. »Bei meinem Großvater war es ähnlich. Mit fünfundsechzig brachte ihn seine Arbeit um. Wozu das alles? Wen kümmert es, wieviel du gearbeitet hast, wenn du tot bist? Ich möchte mein Leben genießen, solange ich kann, und ich genieße es. Sollen die Leute doch reden. Sollen Sie mich nennen, was sie wollen. Ich habe nicht die Absicht, mit fünfundvierzig mit einem Herzinfarkt zu enden oder mich Frau und Kindern zu entfremden. Ich möchte dasein und mit ihnen viele schöne Dinge erleben, wissen, wer sie sind, und sie erkennen lassen, wer ich bin. Ich selbst habe eigentlich nie erfahren, wer mein Vater war. Für mich blieb er ein Fremder. Auch ich sehe zwei Wege vor mir: das Leben, das meine Eltern lebten und das ich nicht führen möchte, und dann die andere Möglichkeit – sie gefällt mir wesentlich besser. Ich kann nur hoffen, daß du meiner Meinung bist.« Er sah ihr in die Augen und seufzte. »Wenn du unbedingt möchtest, könnte ich natürlich immer einen Job annehmen.«

Faye sah ihn überrascht an, bevor sie antwortete. Ihm war das alles ernst. Wie war das möglich nach nur drei Tagen? »Ward, meinetwegen brauchst du dir keinen Job zu suchen. Mit welchem Recht könnte ich das von dir verlangen?« Wenn er sich diesen Lebensstil leisten konnte, warum nicht? Er schadete niemandem damit. Sie musterte ihn eindringlich und sagte verhalten: »Ich kann nicht glauben, daß du das alles ernst meinst.«

Ihre Blicke hielten einander fest, und er nickte. Dann stand er wortlos auf und führte sie auf die Tanzfläche, sie tanzten sehr lange schweigend. Als sie an den Tisch zurückkehrten, musterte er besorgt ihren Gesichtsausdruck und fragte sich, ob er ihren Unwillen geweckt habe. Er hoffte inständig, daß es nicht so sei.

»Alles in Ordnung, Faye?« Sie war plötzlich so nachdenklich, daß Ward befürchtete, seine Offenherzigkeit habe sie verstimmt.

»Ich weiß nicht.« Sie schaute ihn direkt an. »Mir bleibt einfach die Luft weg.«

»Gut.« Ward legte den Arm um sie und drückte sie an sich. Ihr marineblaues rückenfreies Satinkleid verdiente seine Bewunderung. Faye verstand es, sich auf eine Weise zu kleiden, die ihre Sinnlichkeit raffiniert unterstrich – auch das gefiel ihm an ihr. Er konnte es kaum erwarten, sie mit Kleidern, Schmuck und Pelzen zu verwöhnen.

Den Rest des Abends unterhielten sie sich über belanglose Dinge. Faye versuchte so zu tun, als hätte er ihr nicht gerade sein Herz eröffnet, während Ward glücklicher als zuvor wirkte, weil sie jetzt wußte, was er für sie empfand.

Nach dem Essen fuhr er sie nach Hause, und diesmal lud sie ihn zu einem Kognak ein, obwohl ihr ein wenig bange war. Sie wußte jetzt, was er empfand, und fragte sich, ob es gefährlich war, ihn hereinzubitten. Aber als sie ihm seinen Drink einschenkte, hätte sie sich selbst am liebsten ausgelacht. Zum Teufel, er würde sie schon nicht vergewaltigen. Sie reichte ihm das Glas, und Ward wunderte sich über ihr Lächeln.

»Faye, du bist so schön, viel schöner, als ich dich in Erinnerung hatte.«

»Dann mußt du deine Augen untersuchen lassen.« Manchmal machten seine übertriebenen Komplimente sie verlegen. Seine Bewunderung war ihm von den Augen abzulesen. Er war ein unbeschwerter, glücklicher Mensch, der wenig Enttäuschungen erlebt hatte, im Moment nicht von Sorgen bedrückt wurde und verliebt war.

»Was hast du morgen vor?« Das sagte sie nur, um die Unterhaltung in Gang zu bringen, und er lachte.

»Ich weiß, was ich nicht vorhabe. Ich werde nicht arbeiten.« Eigentlich war er in diesem Punkt ziemlich schamlos, und das fand sie amüsant. Er hatte ihr schon beim Dinner gründlich seine Ansichten über dieses Thema dargelegt, und sie hatte den Eindruck gehabt, er sei stolz auf sein Nichtstun. Es störte ihn nicht einmal, »Playboy und Millionär« genannt zu werden. »Schade, daß du im Moment einen Film drehst. Wir könnten uns die Zeit wunderbar gemeinsam vertreiben.« Sie konnte sich vorstellen, was das bedeutete: träge Nachmittage am Strand, teure Einkäufe, Reisen –

angenehme Aussichten, wie sie zugeben mußte, aber davon wollte sie nicht einmal träumen.

»Ich möchte dich in nächster Zeit einmal ins Casino in Avalon Bay ausführen, aber dazu müßten wir über Nacht auf Catalina bleiben. Kannst du dir ein Wochenende freinehmen?«

Bekümmert schüttelte sie den Kopf. »Erst wenn der Film abgedreht ist.« Sie lächelte ihm über das Glas hinweg zu. Der Duft des Kognaks stieg ihr ebenso zu Kopf wie der Gedanke an die herrlichen Dinge, die er mit ihr vorhatte.

»Es gibt so vieles, was ich dir zeigen möchte. Paris, Venedig, Cannes. Jetzt ist der Krieg vorbei, und wir können reisen, wohin wir wollen.«

Sie lachte und schüttelte den Kopf, als sie das Glas absetzte. »Mein Freund, du bist wirklich verwöhnt. Wenigstens einer von uns muß arbeiten. Ich kann nicht einfach alle Zelte abbrechen und um die halbe Welt fahren.«

»Warum nicht?«

»Das würde das Studio nie zulassen. Nach diesem Film wird mein Agent den Vertrag verlängern. Sicher wird man mich dann sehr lange ziemlich hart einspannen.«

Wards Augen leuchteten auf wie Weihnachtskerzen. Er starrte Faye fassungslos an. »Soll das heißen, daß dein Vertrag abläuft?« Sie nickte belustigt über seine Reaktion.

»Halleluja, Baby! Warum nimmst du dir nicht ein ganzes Jahr frei?«

»Bist du verrückt? Dann könnte ich meinen Beruf gleich für immer aufgeben. Das kann ich nicht machen.«

»Ich wüßte nicht, was dagegen spräche. Du bist ein Topstar, um Himmels willen. Glaubst du nicht, du könntest ein Jahr pausieren und dann genau dort wieder anfangen, wo du aufgehört hast?«

»Das bezweifle ich sehr.«

»Faye, das meinst du doch nicht ernst. Du könntest Schluß machen und mit Sicherheit sofort wieder anfangen.«

»Das wäre ein großes Risiko. Ich möchte meine Karriere nicht aufs Spiel setzen.«

Er beobachtete sie mit ernstem Blick. Es ging alles viel schneller, als beide erwartet hatten. »Es ist der Punkt, an dem sich der Weg gabelt, nicht? Welche Richtung wirst du einschlagen? Die alte? Oder die andere, über die wir gesprochen haben, Ehe und Kinder, Stabilität... das wirkliche Leben?« Sie wandte sich von ihm ab und starrte hinaus in den Garten, ohne etwas zu erwidern. Und als sie sich wieder umdrehte, bemerkte er Tränen in ihren Augen. Aus ihrer Miene sprach Ratlosigkeit, und er erschrak.

»Ward, hör auf damit.«

»Womit soll ich aufhören?« Ihr Widerstand machte ihm angst.

»Hör auf, mich mit diesem Unsinn zu quälen. Wir kennen uns kaum. Im Grunde genommen sind wir einander fremd. Deinem Ruf nach zu schließen, wirst du schon nächste Woche eine Affäre mit irgendeinem Starlet oder mit Rita Hayworth oder Gott weiß wem anfangen. Ich habe geschuftet wie eine Sklavin, um dorthin zu kommen, wo ich jetzt bin, und ich bin noch nicht bereit, das alles aufzugeben. Vielleicht werde ich das auch nie können. Aber ganz sicher werde ich es nicht wegen eines halbverrückten Ex-Soldaten aufgeben, der, eben aus dem Krieg heimgekehrt, sich einbildet, seit Jahren in mich verliebt zu sein, nur weil er während einer Tournee kurz mit mir gesprochen hat. Dafür wirft man nicht sein ganzes Leben weg, Ward. Es ist mir einerlei, wie reich und sorglos du bist und ob du jemals im Leben gearbeitet hast. Ich jedenfalls habe gearbeitet. Seit meinem achtzehnten Jahr – jeden Tag, und ich denke nicht daran, jetzt aufzuhören. Ich bin so weit gekommen und will hier bleiben, bis ich weiß, daß ich Sicherheit habe.«

Ward horchte bei dem Wort »Sicherheit« auf. Faye hatte recht. Sie hatte mit aller Kraft auf ihr Ziel hingearbeitet, hatte es jetzt erreicht und wäre verrückt, alles wegzuwerfen. Aber mit der Zeit wollte er ihr beweisen, daß er es ernst meinte... wenn sie ihm nur zuhören wollte.

»Ich möchte diesen Unsinn nicht mehr hören.« Jetzt liefen ihr dicke Tränen über die Wangen. »Wenn du mich sehen möchtest, gut. Führ mich zum Dinner aus. Tanz mit mir. Bring mich zum Lachen, aber verlange nicht, daß ich meine Karriere für einen Fremden wegwerfe, auch wenn ich ihn vielleicht nett finde und mir sogar etwas an ihm liegt...« Sie fing zu schluchzen an und wandte ihm wieder den Rücken zu. Ihre Schultern zuckten. Ward trat näher und legte die Arme um sie. Er hielt sie ganz fest, ihren Rücken an seine Brust gepreßt, das Gesicht in ihrem Haar vergraben.

»Du wirst bei mir immer sicher sein, Baby... immer, das verspreche ich dir. Aber ich verstehe, wie dir zumute ist. Ich wollte dir keine Angst machen. Ich bin einfach in Fahrt geraten und konnte nicht mehr zurück.« Er drehte sie zu sich um. Fayes tränennasses Gesicht schnitt ihm ins Herz. »Ach, Faye...« Ward zog sie an sich und drückte zärtlich seine Lippen auf ihren Mund. Faye wehrte ihn nicht ab, mit jeder Faser ihres Körpers verlangte sie nach ihm. Sie brauchte seinen Trost, brauchte seine Nähe, begehrte ihn mehr, als sie je einen Mann begehrt hatte.

Stunden schienen zu vergehen, während sie sich küßten. Er streichelte ihren Rücken, während seine Lippen immer wieder ihren Mund suchten, ihr Gesicht, ihre Augen, ihre Hände. Und sie erwiderte seine Liebkosungen, berührte zärtlich sein Gesicht, von aller Furcht und allem Zorn befreit, die sie noch Augenblicke zuvor empfunden hatte. Sie war verrückt nach diesem Mann und wußte nicht, warum. Vielleicht glaubte sie, was er gesagt hatte, vielleicht würde sie wirklich für immer bei ihm Sicherheit finden. Er bot ihr den Schutz an, den sie noch nie gehabt hatte – nicht bei ihren Eltern während der Wirtschaftskrise und auch nicht, als sie schon ihr eigenes Leben führte oder Beziehungen zu Männern knüpfte. Faye dachte dabei nicht an Wards Vermögen. Es waren seine Ansichten, sein Lebensstil, die Gewißheit, daß er in einer perfekten, sorgenfreien Welt lebte. Und es stand fest, daß er sie anbetete.

Eine Stunde später mußten sie sich voneinander losreißen, um etwas zu vermeiden, das sie beide noch nicht wollten. Er wußte, daß Faye noch nicht bereit war und es immer bedauern würde, wenn sie sich ihm schon jetzt hingeben würde. Er mußte gehen, wenn er nicht Gefahr laufen wollte, die Beherrschung zu verlieren. Am liebsten hätte er sie auf dem Boden ihres Arbeitszimmers in Besitz genommen, vor dem Kaminfeuer oder oben in ihrem Schlafzimmer, in der Badewanne, auf der Treppe, überall, sein ganzer Körper verzehrte sich nach ihr, und doch wußte er, daß er sie noch nicht haben konnte. Und als sie sich am nächsten Abend wieder trafen, war der Schmerz um so süßer, als ihre Lippen sich sofort fanden. Eine ganze Stunde verbrachten sie in seinem Düsenberg vor ihrer Eingangspforte, küßten sich wie zwei Teenager und fuhren dann in bester Stimmung zur Biltmore Bowl.

Dort fand eine große Party statt. Die Fotografen gerieten wieder aus dem Häuschen, als Faye und Ward gemeinsam auftauchten. Aber diesmal schien Faye sich damit abzufinden. In nur vier Tagen hatte sie gelernt, daß es vor Ward Thayer kein Entrinnen gab. Sie hatte keine Ahnung, wohin diese Romanze führen würde, aber sie war nicht mehr gewillt, großen Widerstand zu leisten. Zu der Party trug sie den bodenlangen weißen Fuchsmantel über einem schwarzweißen Satinkleid. Ihr Auftritt an Wards Arm war perfekt. Sie blickte kurz zu ihm auf, und er lächelte ihr zu, als die Fotografen sie umringten. Diesmal sollten die Presseleute den ganzen Abend auf ihre Rechnung kommen. Wie versprochen brachte er sie frühzeitig nach Hause. Die langen Abende hinterließen bereits Spuren, und Faye mußte jeden Morgen mit sich kämpfen. Aber Vance Saint George kam immer so spät ins Studio, daß sie sich noch ein halbes Stündchen Schlaf gönnen konnte.

»Na, hast du dich amüsiert?« Ward wandte sich Faye zu, die auf der Fahrt ihren Kopf müde auf seine Schulter gelegt hatte. »Ich glaube, die Party war nicht übel.« Ein neuer Film war vorgestellt worden, und alle großen Namen waren auf diesem Fest vertreten.

»Ja, es war sehr nett.« Faye fand langsam Gefallen an ihren abendlichen Verabredungen. »Wenn ich nicht diesen verdammten Film machen müßte, könnte ich mich wirklich amüsieren.«

Lachend spielte er mit einer blonden Strähne. »Siehst du, deswegen habe ich dir gestern geraten, auf keinen Fall den Vertrag zu verlängern. So macht das Leben doch auch Spaß, oder nicht?«

»Es könnte zur Gewohnheit werden. Aber ich habe zufällig einen Beruf.« Sie versuchte einen mißbilligenden Blick, was beide nur zum Lachen brachte.

»Das liegt bei dir. Du kannst dich jederzeit anders entscheiden.« Er sah sie vielsagend an, aber sie gab keine Antwort. Vor ihrem

Haus küßte er sie wieder leidenschaftlich, und diesmal mußte er sehr mit sich kämpfen, sie nicht einfach über die Treppe ins Haus zu tragen. »Ich gehe.« Das sagte er in einem Ton, der nach Verzweiflung und Schmerz klang, und sie küßte ihn im Eingang noch einmal.

Diese köstliche Folter sollte sich wochenlang hinziehen. An einem Sonntagnachmittag im Oktober endlich, einen Monat nach ihrer ersten Verabredung, gingen sie im Garten spazieren und plauderten. Sie sprachen vom Krieg und von anderen Dingen. Der Nachmittag war drehfrei gewesen, und Arthur und Elizabeth waren übers Wochenende weggefahren. Die Stimmung war entspannt und harmonisch. Faye hatte Ward von ihrer Kindheit und ihren Eltern erzählt, von ihrem verzweifelten Wunsch, aus Pennsylvania herauszukommen, von der anfänglichen Begeisterung, als sie in New York als Fotomodell anfing, und schließlich von der unausbleiblichen Langeweile. Und dann gestand sie ihm, daß sich dieses Gefühl auch jetzt noch gelegentlich bei ihr meldete.

»Ich spüre, daß ich mehr tun möchte, daß ich meinen Verstand einsetzen könnte und nicht nur Gesicht und Figur. Ich möchte nicht mein Leben lang die Texte anderer Leute sprechen.«

Ein interessantes Geständnis, das Wards Neugierde weckte. »Was hast du dir vorgestellt? Möchtest du selbst etwas schreiben?« Wie gewöhnlich quälte ihn die Sehnsucht nach ihrem Körper, doch er respektierte ihre Haltung. Heute waren sie wenigstens ungestört. Faye war nicht von der Arbeit erschöpft, Arthur lauerte nicht mit dem Tablett in der Hand im Eingang, und sie hatten auch nicht vor, auf eine Party zu gehen. Sie sehnten sich danach, allein zu sein, und Faye wollte sogar abends zu Hause bleiben und selbst kochen. Der Nachmittag war wundervoll gewesen. Sie hatten am Pool gelegen und waren dann im Garten umhergeschlendert. »Möchtest du ein Drehbuch schreiben?«

Ihr verblüffter Ausdruck entlockte ihm ein Lächeln. »Ich glaube nicht, daß ich das könnte.«

»Was dann?«

»Regie führen vielleicht... irgendwann einmal.« Sie hauchte

diese Worte kaum hörbar. Das waren für eine Frau sehr ehrgeizige Pläne. Ward kannte keinen weiblichen Regisseur.

»Glaubst du, jemand würde dir die Chance geben?«

Sie schüttelte den Kopf. »Wohl kaum. Das traut man einer Frau nicht zu. Aber ich weiß, daß ich es könnte. Wenn ich manchmal Saint George bei der Arbeit im Studio beobachte, möchte ich am liebsten laut schreien. Ich wüßte schon, wie ich etwas aus ihm herausholen könnte, mit welchen Anweisungen ich ihn richtig führen würde. Er ist so beschränkt, daß man ihn auf die Gefühle reduzieren muß, die er kennt, und das sind verdammt wenige«, schloß sie mit gequältem Augenaufschlag.

Ward pflückte eine leuchtendrote Blume, um sie Faye mit einem Lächeln hinters Ohr zu stecken. »Habe ich dir in letzter Zeit schon gesagt, daß ich dich für eine bewundernswerte Frau halte?«

»In der letzten Stunde nicht.« Faye sah ihn liebevoll an. »Du verwöhnst mich. So gut war noch niemand zu mir.« Sie wirkte richtig glücklich, und er konnte dem Drang, sie zu necken, nicht widerstehen. Beide gingen unbefangen und zwanglos miteinander um und genossen das Zusammensein in vollen Zügen.

»Nicht mal Clark Gable?«

»Hör auf.« Sie schnitt eine Grimasse und nahm Reißaus, als er nach ihr fassen wollte. Ward holte sie ein, packte sie, und sie küßten sich in einem Laubengang. Und plötzlich überwältigte sie die Leidenschaft. Ward brachte es kaum fertig, Lippen und Hände von ihr zu lösen. Nur mit großer Überwindung gab er sie frei.

»Leicht fällt es mir nicht.« Seine Miene war Ausdruck seiner Gefühle, als sie langsam zurück zum Haus schlenderten. Faye nickte. Ihr ging es ähnlich. Sie wollte aber keinen Fehler begehen. Ward hatte sie von allem Anfang an niemals über seine Absichten im unklaren gelassen, und es wäre zu gefährlich gewesen, mit ihm zu spielen. Er wollte von ihr alles, ihre Karriere, ihren Körper, ihre Kinder, ihr Leben. Er wollte, daß sie für ihn alles aufgab, und manchmal war sie versucht, es zu tun. Vor kurzem erst hatte sie ihren Agenten gebeten, mit dem neuen Vertrag nichts zu überstürzen. Abe hatte sie angesehen, als hätte sie den Verstand verloren. Faye hatte sodann behauptet, sie brauche Zeit zum Nachdenken, doch das Nachdenken fiel ihr in Wards Nähe immer schwerer.

»Du machst mich verrückt.« Diese Worte flüsterte sie ihm zu, als sie die rosa Marmorstufen hinaufstiegen und in ihr Arbeitszimmer gingen. Der Raum wirkte plötzlich öde, sehr steif und viel zu förmlich. Faye machte Tee und schlug vor, hinauf in den kleinen Salon zu gehen, der warm und behaglich war. Ward machte Feuer im Kamin, obwohl es eigentlich nicht nötig war, aber es war hübsch. Seite an Seite ließen sie sich davor nieder und blickten in die Flammen.

»Man hat mir eine wunderbare Rolle angeboten.« Das sagte Faye ohne Begeisterung. Sie wußte gar nicht, ob sie den Film machen wollte. Ihre Unentschlossenheit hatte den Agenten erbost.

»Wer spielt mit?«

»Das steht noch nicht fest, aber es bieten sich ein paar phantastische Möglichkeiten.«

»Möchtest du den Film machen?« Das klang ganz ruhig. Ward wollte es nur wissen. Faye ließ sich Zeit mit der Antwort, den Blick unverwandt auf die Flammen gerichtet.

»Ich weiß es nicht.« Sie sah zu ihm auf, zufrieden und ausgesöhnt mit dem Leben. »Ward, du machst mich so schrecklich bequem.«

»Und was ist daran schlimm?« Er schmiegte sein Gesicht an ihren Hals und küßte sie, während er mit einer Hand träge ihre Brust nachzeichnete. Sie faßte sanft nach seiner Hand, um sie wegzuschieben, doch das Gefühl war zu wonnig. Sie hatte gar nicht das Verlangen, ihn abzuweisen, sie hatte es nie gehabt, und doch wäre es klüger gewesen, viel klüger. Plötzlich konzentrierten sich all ihre Sinne auf dieses köstlich versengende Gefühl, ihre Lippen trafen sich. In ihnen erwachte eine Leidenschaft, die sich nicht mehr zügeln ließ. Sie küßten einander, ohne Atem zu holen, während ihr Rock langsam über die Knie rutschte und seine Hand über ihre Schenkel strich. Sie zitterte am ganzen Körper, während seine Hand weiter nach oben glitt. Plötzlich hielt er inne. Atemlos und gequält sah er sie an, ihr Gesicht mit beiden Händen umfassend. »Faye, ich kann nicht... ich muß jetzt gehen...« Er konnte sich nicht mehr zurückhalten, er begehrte sie zu heftig, und dieser Zustand dauerte schon zu lange. Mit Tränen in den Augen sah er sie an, und dann küßte er sie nur ein einziges Mal noch. Es war der Augenblick, der über beider Zukunft entscheiden sollte. Ihr Kuß sagte ihm, daß sie ihn nicht gehen lassen wollte. Wortlos stand sie auf und führte ihn in ihr weißes Schlafzimmer. Ohne einen Augenblick zu zögern, legte Ward sie auf das Bett mit der weißen Fuchsfelldecke. Er zog sie aus, während er ihren Körper mit Blikken verschlang und ihr zärtliche Worte zuflüsterte und sie ihn gleichzeitig sanft von seinen Kleidern befreite. Augenblicke später lagen sie Seite an Seite, nackt, umschmeichelt vom dichten weißen Fell, und plötzlich umschlangen sie einander, und keiner dachte mehr an Widerstand oder Vernunft. Faye rief von Erregung überwältigt seinen Namen, und Ward drang in sie ein, er konnte seine Erregung nicht mehr beherrschen. Sie liebten sich mit geradezu verzweifelter Leidenschaft. Es war die lauterste Leidenschaft, die beide je erlebt hatten. Und als Faye schließlich still und erschöpft in seinen Armen lag, in die Felldecke geschmiegt, empfand Ward eine Liebe für sie, von der er bis jetzt nicht einmal wußte, daß es sie gab.

»Faye, ich liebe dich mehr als mein Leben.«

»Sag das nicht.« Manchmal ängstigte sie seine Leidenschaft. Er liebte sie so sehr. Und wenn eines Tages die Liebe erloschen war? Sie würde es nicht ertragen können. Das wußte sie jetzt.

»Warum nicht? Es ist die Wahrheit.«

»Ich liebe dich auch.« Sie sah mit einem sanften Lächeln zu ihm auf. Wieder beugte er sich über sie, um sie zu küssen, verblüfft, wie rasch sein Körper wieder nach ihr verlangte. Stundenlang liebten sie einander auf dem Bett und konnten nicht genug voneinander bekommen, es war, als müßten sie die Jahre wettmachen, die sie ohne diese Liebe ausgekommen waren. Sie hatten auf den Augenblick viel zu lange warten müssen.

»Und was jetzt, mein Liebling?«

Es war Mitternacht, Ward hatte sich aufgesetzt. Lächelnd beobachtete er, wie sie langsam aufstand, sich streckte und sich ihm dann mit einem Lächeln zuwandte.

»Was hältst du von einem Bad?« Da fiel ihr etwas ein, und sie hielt sich erschrocken die Hand vor den Mund. »Herrje, ich habe das Abendessen vergessen.«

»Macht gar nichts.« Er zog sie von neuem an sich. »Das hier war mir ebenso recht.« Sie errötete, und er strich ihr das lange blonde Haar aus dem Gesicht. Dann folgte er ihr in das weiße Marmorbad. Faye ließ die Wanne mit warmem, duftendem Wasser vollaufen. Gemeinsam ließen sie sich hineingleiten. Seine Füße kitzelten sie, während er ihre Zehen liebkoste. »Ich habe dich eben etwas gefragt.«

Mit gerunzelter Stirn versuchte sie sich zu erinnern. »Was denn?«

»Ich fragte: ›Was jetzt?‹«

Sie lächelte rätselhaft. »Meine Antwort war: ›Wie wär's mit einem Bad?‹«

»Sehr klug. Aber du weißt genau, was ich meine. Faye, ich möchte nicht nur eine Affäre mit dir haben.« Er zog ein bekümmertes Gesicht, und gleichzeitig war ihm anzusehen, wie sehr ihm der in ihrem Bett verbrachte Abend behagt hatte. »Obwohl ich sagen muß, daß die Versuchung groß ist. Aber du verdienst mehr als das.« Faye erwiderte nichts, sah ihn nur an. Ihr Herz pochte heftig. »Möchten Sie mich heiraten, Miß Price?«

»Nein.« Ihre schroffe Ablehnung unterstrich sie, indem sie so plötzlich aufstand und aus der Wanne stieg, daß Ward erschrak.

»Wohin willst du?«

Faye drehte sich zu ihm um. Ihre nackte Schönheit wirkte inmitten des weißen Marmorbades umwerfend. »Ich möchte meinen Kindern nicht gestehen müssen, daß ihr Vater mir in der Badewanne einen Antrag machte. Wie könnte ich ihnen so etwas sagen!«

Ward fing schallend zu lachen an. »Kein Problem.« Er sprang auch aus dem Wasser, nahm Faye in die Arme und legte sie wieder auf die weiße Fuchsdecke, ehe er vor ihr niederkniete und mit übertriebener Anbetung zu ihr aufsah. »Willst du mich heiraten, mein Liebling?«

Faye lächelte spitzbübisch. Sie war glücklich und zugleich entsetzt über das, was sie zu tun im Begriff stand. Aber sie konnte nicht anders. Nicht, weil sie mit ihm geschlafen hatte, sondern weil es genau das war, was sie wollte... »der andere Weg«, das gute Leben, Ehe und Kinder mit ihm. Mit Ward brachte sie den Mut für dieses Wagnis auf. Es bedeutete zwar, daß sie alles aufgeben mußte, doch das kümmerte sie nicht mehr. »Ja.« Sie flüsterte es, und er preßte seine Lippen auf ihren Mund, damit sie ihre Absicht nicht mehr ändern konnte. Als sie beide Luft schöpfen mußten, lachten sie vor Freude und Erregung.

»Ist es dein Ernst, Faye?« Er mußte sicher sein, ehe er total verrückt wurde und ihr die Welt zu Füßen legte.

»Ja, es ist mir ernst, ja, ja, ja.«

»Ich liebe dich. Herrgott, wie ich dich liebe!« Er drückte sie an sich, und Faye lachte. So glücklich war sie noch nie gewesen. Ward musterte sie mit spitzbübischem Grinsen. Sein blondes Haar war zerrauft, die Augen leuchteten in reinstem Saphirblau. »Sag mir eines, mußt du unseren Kindern erzählen, was du anhattest, als ich dir einen Antrag machte? Wenn ja, dann werden Sie in Schwierigkeiten kommen, Mrs. Thayer.«

»O Gott... daran dachte ich nicht.« Wieder brachen sie in Gelächter aus, und gleich darauf lag er wieder neben ihr auf dem Bett. Stunden vergingen, ehe sie wieder heißes Wasser in die Wanne laufen ließen. Inzwischen war es fast vier Uhr morgens. Faye wußte, daß sie ohne Schlaf ins Atelier fahren mußte. Sie saßen eine Stunde lang in der Wanne, besprachen ihre Pläne, ihr Leben, ihr Geheimnis und wann sie die bevorstehende Hochzeit bekanntgeben wollten. Sie amüsierten sich über die Sensation, die sie den Leuten liefern würden, nicht mit der Heirat, sondern mit der Eröffnung, daß Faye ihre Karriere aufzugeben gedachte. Als sie es aussprach, verspürte sie ein merkwürdiges Beben, aber es war mehr die Erregung als Angst. Jetzt erst wurde sie sich darüber klar, daß sie sich in ihrem Innersten schon längst entschieden hatte. Insgeheim hatte sie von Anfang an gewußt, was Ward von ihr erwartete und wieviel er ihr geben wollte. Und was gab sie denn schon auf? Eine Karriere, die sie wohl sehr genossen hatte, deren Gipfel aber erreicht war. Sie hatte einen Oscar gewonnen, gute Kritiken eingeheimst und viele interessante Filme gemacht. Es war Zeit, abzutreten. Sie hatte noch ein anderes Leben zu leben. Ein Leben, das sie sich mehr wünschte als alles andere. Sie ließ sich in die Wanne sinken und lächelte ihrem zukünftigen Mann zu, erfüllt von einem nie gekannten Gefühl: Vertrauen, Frieden, die Gewißheit, daß sie den richtigen Weg eingeschlagen hatte.

»Bist du sicher, daß du es nicht bereuen wirst?« Ward schien trotz seines Glücks von Zweifeln geplagt. Noch am nächsten Nachmittag wollte er sich mit ihr auf die Suche nach einem Haus machen. Faye wandte ein, daß sie noch mindestens einen Monat zu tun hatte.

»Ich werde meinen Entschluß keinen Augenblick bereuen.« Sie war ihrer Sache absolut sicher.

»Und wann wird dieser Film abgedreht sein?«

»Anfang Dezember, falls Saint George nicht zu guter Letzt die Sache noch ganz vermasselt.«

»Dann werden wir am fünfzehnten Dezember heiraten. Wohin möchtest du in den Flitterwochen? Mexiko? Hawaii? Europa? Was stellst du dir vor?« Ward strahlte sie so an, daß Fayes Herz vor Liebe fast überquoll.

»Wieso hatte ich das Glück, dich zu finden?« Noch nie im Leben war sie so selig gewesen wie in diesem Augenblick.

»Ich bin der Glückliche.«

Sie küßten einander und verließen nur widerstrebend das Bad. Wenige Minuten später stahl sie sich die Treppe hinunter. Sie machte Kaffee und brachte ihn hinauf, nicht ohne sich einzuprägen, daß sie die leeren Tassen ins Wohnzimmer stellen mußte, ehe sie aus dem Haus gingen.

Ward fuhr sie in seinem Düsenberg ins Studio, und beide hätten vor Glück am liebsten laut gejubelt. Die vor ihnen liegenden zwei Monate würden schwer werden, denn es gab sehr viel zu tun, viel, auf das man sich freuen konnte, und viel, was für die Zukunft zu planen war.

Beverly Hills

1946–1952

5 Die Trauung fand in der Hollywood Presbyterian Church an der North Gower Street nahe dem Hollywood Boulevard statt. Faye schritt langsam und mit gemessener Anmut in einem stilvollen elfenbeinfarbenen Satinkleid mit filigraner Perlenstickerei den Mittelgang entlang. Ihr Haar schimmerte wie gesponnenes Gold und wurde von einem perlenbesetzten Satindiadem gekrönt, von dem ein unendlich langer, hauchdünner Schleier herabfiel und sie umschwebte. Das schwere Diamantcollier aus dem Besitz von Wards Großmutter mütterlicherseits – sein Hochzeitsgeschenk – bedeckte ihren Hals zur Gänze.

Faye schritt an Abes Arm zum Altar, und Harriet Fielding hatte, obwohl sie zu Anfang heftig protestierte, das Amt der Brautmutter übernommen. Nur mühsam war es Faye gelungen, sie zu überreden, aber nun war ihre Freundin Harriet zur Stelle und vergoß heiße Tränen, als Faye auf Ward, der vor dem Altar wartete, zuschritt. Das strahlende junge Paar war schöner als jemals ein Brautpaar im Film. Und als es Arm in Arm die Kirche verließ, wurde es von Hunderten von Gratulanten empfangen. Fayes Bewunderer warfen Rosenblätter und Reis, junge Mädchen baten kreischend um Autogramme, Frauen weinten, und Männer lächelten wohlwollend beim Anblick des jungen Paares.

Die Jungvermählten fuhren im neuen Düsenberg davon, den Ward einige Wochen zuvor für sich und seine Braut gekauft hatte. Es gab nun einen Empfang im Biltmore, wo mit vierhundert geladenen Gästen gefeiert wurde: Es war der glücklichste Tag in Fayes Leben, und die Pressefotografen kamen voll auf ihre Kosten.

Noch mehr Fotos gab es, als das Paar drei Wochen später von der Hochzeitsreise aus Acapulco zurückkehrte. Faye gab nun ihren Entschluß, den sie bereits vor zwei Monaten gefaßt und so lange für sich behalten hatte, bekannt. Sogar Abe war überrascht, als sie ihm von ihrem Vorhaben berichtete. Die Schlagzeilen an jenem Abend meldeten in dürren Worten: Faye Price gibt Karriere für Millionär-Ehemann auf. Das war wohl unverblümt und übertrieben, aber im Grunde entsprach diese Aussage ihrer Entscheidung, für die aber nicht nur Wards »Millionen« ausschlaggebend gewesen waren. Zwar war sie nicht mehr gezwungen, Geld zu verdienen, der eigentliche Grund für ihren Entschluß war jedoch, daß sie sich von nun an ausschließlich ihrem Mann und den künftigen Kindern widmen wollte. Ward war glücklich darüber. Für ihn bedeutete es das größte Glück, sie für sich allein zu haben, mit ihr bis Mittag im Bett zu liegen, sie zu lieben, wenn sie beide das Verlangen überkam, im Schlafzimmer vom Tablett zu frühstücken und sogar im Bett zu Mittag zu essen, wenn sie dazu Lust hatten. Nächte im Ciro's oder im Mocambo oder bei Freunden durchzutanzen. Ward schienen besonders die Einkaufsbummel mit Faye Spaß zu machen. Er kaufte ihr phantastische neue Kleider, die ihre ohnehin umfangreiche Garderobe beträchtlich vermehrten. Ihre drei Pelzmäntel nahmen sich im Vergleich zu den Wundern, die Ward ihr in dieser Zeit schenkte, ziemlich kümmerlich aus: zwei bodenlange Zobelmäntel in Farbe und Schnitt leicht voneinander abweichend, einen sagenhaften Silberfuchs, einen Rotfuchs, einen Silberwaschbär. Ihre Schmuckschatulle füllte Ward mit so vielen erlesenen Stücken, daß Faye sie in ihrem ganzen Leben gar nicht alle tragen konnte. Es verging kaum ein Tag, an dem er nicht für eine Zeitlang verschwand und mit einem Karton aus einer Kürschnerei, einem Modeatelier oder einem Juweliergeschäft auftauchte, als wäre jeden Tag Weihnachten. Faye war von dieser Großzügigkeit und Liebe, die er sie im Übermaß spüren ließ, überwältigt.

»Ward, hör endlich auf damit!« Faye saß nackt auf dem neuen Rotfuchsmantel, um den Hals ein neues Perlenhalsband als einzigen Schmuck für den makellosen jungen Körper, den Ward so anbetete.

»Warum?« Er lachte breit und setzte sich mit einem Glas Champagner in der Hand neben sie. Er trank noch immer eine Unmenge Champagner, aber Faye machte sich keine Sorgen darüber, weil man ihm nie etwas anmerkte. Sie wandte sich ihm voller Zärtlichkeit zu.

»Das alles ist nicht nötig. Ich würde dich auch lieben, wenn wir uns nur mit Zeitungspapier zudecken könnten.«

»Was für eine entsetzliche Vorstellung...« Er schnitt eine Grimasse und musterte aus zusammengekniffenen Augen ihre langen, wohlgeformten Beine. »Wenn ich es mir recht überlege... du könntest toll aussehen, nur in die Sportseite gehüllt und in sonst nichts.«

»Spinner!« Sie umarmte ihn und gab ihm einen Kuß, während er sein Glas absetzte und sie auf seinen Schoß zog. »Ward, kannst du dir das alles wirklich leisten? Wir sollten nicht so viel Geld ausgeben. Keiner von uns arbeitet.« Sie litt noch immer unter Schuldgefühlen, weil sie nicht mehr filmte. Andererseits war es himmlisch, ständig mit Ward zusammenzusein, so daß ihr die frühere Beschäftigung nie richtig fehlte. Wie sie der Presse mitgeteilt hatte, war das Filmgeschäft für sie vorbei. Sie sah Ward mit besorgtem Blick an. In dem Vierteljahr seit ihrer Heirat hatte er ein Vermögen für sie ausgegeben.

»Liebling, wir könnten das Zehnfache verprassen.« Wards Anwälte und Vermögensberater waren ganz und gar nicht seiner Meinung und nicht sehr glücklich über seine Lebensführung, aber Ward war überzeugt, daß sie viel zu zaghaft waren und nichts vom Leben verstanden. Ihnen fehlten Flair, Stil, Gefühl für Romantik. Ihre kleinlichen Warnungen, mit dem Geld vorsichtiger umzugehen, waren für ihn nur Ärgernisse. Er wußte, wie groß sein Vermögen war. Der Spielraum für das bißchen Vergnügen war gewaltig, und er konnte sich diesen Lebensstil leisten, für eine Weile jedenfalls. Später würde man langsam zu einem »vernünftigeren« Leben übergehen. Weder Faye noch er würden jemals arbeiten müssen, und Ward hatte auch gar nicht die Absicht, jetzt, mit achtundzwanzig Jahren, damit anzufangen. Schon immer war es für ihn wichtiger, Spaß im Leben zu haben, als einen beruflichen Erfolg verbuchen zu können, und seit Faye an all seinen Amüsements teilnahm, war er wunschlos glücklich. »Wohin möchtest du heute zum Dinner gehen?«

»Ich weiß nicht...« Sie gestand nur ungern ein, daß ihr das raffiniert exotische Dekor des Coconut Grove mit den vielen Palmen und den Projektionen weißer vorübergleitender Schiffe besonders gut gefiel. Dort hatte sie immer das Gefühl, sie wären auf See, und die Palmen erinnerten sie irgendwie an Guadalcanal und ihr erstes Zusammentreffen mit Ward. »Vielleicht wieder ins Grove, oder hast du es schon über?«

Ward lachte nur und rief den Butler, der für sie einen Tisch bestellen sollte.

Sie hatten eine ganze Armee von Dienstboten für ihr Haus engagiert.

Ward hatte sich entschlossen, doch nicht den alten Herrensitz seiner Eltern zu beziehen. Statt dessen hatte er ein prachtvolles Haus gekauft, das früher einer Stummfilmkönigin gehört hatte. Das parkähnliche Grundstück umfaßte einen Weiher mit Schwänen, eine Anzahl von Springbrunnen, lange Spazierwege und ein Haus, das einem französischen Château nachempfunden und so geräumig war, daß man ohne weiteres die zehn Kinder, mit denen Ward seine Frau immer neckte, unterbringen konnte. Faye hatte überhaupt keine Schwierigkeiten, ihr kleines Haus zu verkaufen, nur von den Einrichtungsgegenständen konnte sie sich nicht trennen. Die Möbel, die sie sonst noch brauchten, hatten sie aus seinem Elternhaus mitgenommen oder gemeinsam bei Auktionen und in Antiquitätenläden in Beverly Hills erstanden. Das neue Haus war nun fast komplett eingerichtet, und Ward sprach davon, den Herrensitz seiner Familie zum Verkauf anzubieten, weil er zu groß, zu dunkel und zu altmodisch für sie war. Es hatte keinen Sinn, das Anwesen länger zu behalten. Seine Anwälte hatten ihm früher immer vom Verkauf abgeraten, weil sie vermuteten, daß er es einmal bereuen würde. Und Ward mußte zugeben, daß ihn der Gedanke schon ein wenig wehmütig stimmte, aber ihm war klar, daß Faye und er niemals darin wohnen würden, und auch seine Vermögensberater sträubten sich nicht mehr gegen einen Verkauf. Sie wollten den Erlös lukrativ anlegen und so viel Rendite wie möglich herausschlagen, aber darüber machte Ward sich nicht allzuviel Gedanken.

An jenem Nachmittag unternahm er mit Faye einen Spaziergang im Garten. Sie ließen sich am Rande des Weihers nieder, küßten sich und plauderten. Sie schienen voneinander nie genug zu bekommen in diesen goldenen Tagen. Sie besprachen den Verkauf des Hauses und Dutzende anderer Dinge. Faye sah mit verträumtem Lächeln auf, als Arthur ihnen zwei mit Champagner gefüllte Gläser auf einem Tablett brachte. Sie war glücklich, daß Ward damit einverstanden war, Elizabeth und Arthur zu behalten. Auch den beiden schien das neue Leben zu gefallen. Arthur billigte inzwischen Wards Lebensweise, zumindest fast, obwohl sich dieser hin und wieder wie ein kleiner Junge benahm und seinen Launen freien Lauf ließ. Eines Tages hatte er Faye sogar eine Kutsche und vier Schimmel geschenkt, damit sie im Park herumfahren konnte. In der Garage standen sechs schimmernde neue Wagen, die von einem der beiden Chauffeure ständig auf Hochglanz poliert wurden. Sie führten einen Lebensstil, den Faye niemals kennengelernt, geschweige denn sich selbst geleistet hatte, und manchmal plagten sie Gewissensbisse. Aber Ward verstand es, jede Kleinigkeit zu einem so wunderbaren Vergnügen zu machen, daß es auch Faye bald nicht mehr falsch, sondern nur noch amüsant schien, und die Tage verflogen so schnell und verwischten jeden Zeitbegriff.

»Du trinkst deinen Champagner nicht.« Ward lächelte ihr zu. Nie war Faye hübscher gewesen, nicht einmal auf dem Gipfel ihrer Karriere. Sie hatte einige Pfund zugenommen, ihre Wangen glühten, und ihre Augen leuchteten in der Sonne strahlend grün. Ward liebte es, sie zu berühren, er wollte sie immer küssen, hier, im Garten, im Auto, im Schlafzimmer – überall. Er betete seine junge Frau an, und Faye war verrückt nach ihm.

Und was das wichtigste war: sie war zufrieden. Das zeigte sich in ihrer Miene, als sie ihn ansah und den angebotenen Champagner ablehnte. »Ich glaube, ich halte mich lieber an Limonade.«

»Brrr.« Er verzog das Gesicht, und sie lachte. Hand in Hand wanderten sie langsam zurück zum Haus, um sich Zeit für die Liebe zu nehmen, ehe sie badeten und sich für den Abend umzogen. Sie genoß das wundervolle Leben, und in gewisser Weise war

Faye klar, daß diese Tage niemals wiederkehren würden. Irgendwann würden sie Kinder haben und selbst erwachsen werden müssen. Sie konnten nicht ihr ganzes Dasein so leichtfertig und spielerisch verbringen, aber solange es möglich war, fühlten sie sich wie im Himmel. Ihre Flitterwochen schienen eine Ewigkeit zu dauern.

An jenem Abend im Grove schenkte Ward ihr einen riesigen Ring mit drei prachtvollen birnenförmigen Smaragden. Faye schnappte buchstäblich nach Luft, als sie den Ring sah. »Ward! Um Himmels willen ... aber ...« Er liebte ihren überraschten Gesichtsausdruck und ihr Entzücken über die Dinge, die er ihr schenkte.

»Für unser drittes Jubiläum, dummes Mädchen.« Sie waren seit drei Monaten verheiratet – glückliche und erfüllte drei Monate, und am Horizont zeigte sich nicht das kleinste Wölkchen, das ihnen Sorgen bereiten könnte. Ward streifte ihr den Ring über den Finger und führte sie auf die Tanzfläche. Als sie zurück an den Tisch kamen, fiel ihm auf, daß Faye ein wenig abgespannt wirkte. Sie waren nächtelang unterwegs gewesen, und das schon seit Monaten, wie er sich mit einem kleinen Lächeln eingestand, doch war es das erste Mal, daß es Faye ermüdete. »Wie fühlst du dich, Schätzchen?«

»Wunderbar.« Faye lächelte. Sie aß sehr wenig, trank keinen Tropfen Alkohol und gähnte bereits um elf zum ersten Mal, und das war so gar nicht typisch für sie.

»Ich glaube, das war's. Die Flitterwochen sind vorbei.« Ward spielte den Zerknirschten. »Ich fange an, dich zu langweilen.«

»Aber nein, wo denkst du hin. Es tut mir leid, Liebling, aber ...«

»Ich weiß ... ist schon gut. Keine Erklärungen bitte.« Auf der Rückfahrt neckte er sie unbarmherzig, und als er nach dem Umziehen und Zähneputzen aus dem Bad kam, lag sie tief schlafend in dem großen Doppelbett – sehr verführerisch in ihrem rosa Negligé. Seine Versuche, sie zu wecken, hatten keinen Erfolg, nichts konnte sie aus dem todesähnlichen Schlaf reißen, und der Grund für Fayes Erschöpfung war am nächsten Morgen offensichtlich. Gleich nach dem Frühstück wurde ihr entsetzlich übel, und Ward geriet in Panik – es war das erste Mal, daß er sie so erlebte, und er bestand darauf, sofort den Arzt kommen zu lassen.

»Um Himmels willen, es ist nur eine Infektion oder so. Du kannst den armen Mann doch nicht den ganzen Weg zu uns machen lassen. Ich fühle mich wunderbar.« Davon konnte allerdings keine Rede sein.

»Den Teufel fühlst du dich. Du bist total grün. Jetzt geh ins Bett und bleib dort, bis der Arzt kommt.« Der Arzt sah allerdings, nachdem er Faye untersucht hatte, keinen Grund, warum sie das Bett hüten sollte, es sei denn, sie hätte die Absicht, die nächsten acht Monate dort zu verbringen. Seiner Berechnung nach war das Baby Anfang November zu erwarten. »Ein Baby? Ein Baby! Unser Baby!« Ward war vor Aufregung und Erleichterung außer sich und brachte Faye zum Lachen, als er, nachdem der Arzt gegangen war, durchs Zimmer tanzte. Dann war er wieder an ihrer Seite und flehte sie an, ihm zu sagen, was sie wolle und was sie brauche und was er tun könne, damit sie sich besser fühle. Faye war glücklich über die freudige Nachricht und über Wards überschwengliche Reaktion. Natürlich gab es Schlagzeilen, als die Presse Wind von dieser Neuigkeit bekam. »Ehemalige Filmkönigin erwartet ihr erstes Kind.« In ihrem Leben blieb nichts über längere Zeit hinweg ein Geheimnis, aber Ward hätte diese Sensation ohnehin nicht für sich behalten können. Er schrie es fast in die Welt hinaus und erzählte allen, die ihm über den Weg liefen, davon. Faye behandelte er wie eine zerbrechliche Kostbarkeit. Hatte er sie schon zuvor mit Geschenken überschüttet, so war das nichts im Vergleich zu dem, was nun folgte. Faye verfügte über nicht genug Kleiderschränke und Schmuckschatullen, um all die exquisiten und teuren Stücke aufzubewahren, mit denen er sie jetzt überhäufte.

»Ward, jetzt ist endlich Schluß! Ich habe keinen Platz mehr für all die Sachen.«

»Dann werden wir eben ein Haus nur für deinen Schmuck bauen.« Sein spitzbübisches Lachen machte ihrer Schelte ein Ende. Wenn er nicht Schmuck kaufte, dann erstand er Kinderwagen, Schaukelpferde, Nerzdecken und Teddybären, ja er ließ sogar im Garten ein richtiges Karussell aufbauen. Im Oktober durfte

Faye dann darauf langsam eine Runde fahren, als sie sich nach einem Spaziergang im Garten das Ding ansehen wollte.

Nachdem sie die ersten Monate ihrer Schwangerschaft, in denen sie eine ständige Übelkeit plagte, überstanden hatte, fühlte sie sich wieder ausgezeichnet. Der einzige Grund zur Klage war ihr Umfang. Sie fühlte sich wie ein Ballon kurz vor dem Abheben. »Ich muß mir nur noch einen Korb an die Beine binden, dann kann ich Rundflüge über Los Angeles machen«, klagte sie einmal einer Freundin, worauf Ward außer sich geriet. Er bewunderte sie immer noch, sogar in diesem Zustand. Er war so aufgeregt und ungeduldig, daß er glaubte, den letzten Monat nicht mehr überstehen zu können. Faye hatte sich in der feudalsten Klinik der Stadt angemeldet und wurde von einem renommierten Arzt betreut.

»Für meinen Liebling und mein Baby nur das Beste«, pflegte Ward immer zu sagen, wenn er ihr Champagner anbot. Faye aber hatte den Geschmack daran verloren und wünschte sich hin und wieder, auch er würde nicht so viel trinken. Ward war zwar nie beschwipst, doch sein Champagnerkonsum war nach wie vor ungeheuerlich. Und wenn sie abends ausgingen, wechselte er zu Scotch über. Aber wie konnte sie etwas dagegen haben, wenn er doch in jeder Hinsicht so gut zu ihr war? Und er wollte sie ja nur verwöhnen, als er eine Kiste ihres Lieblingschampagners in die Klinik vorausschicken ließ, damit sie dort für den großen Augenblick bereitstünde. »Hoffentlich stellen sie das Zeug kalt.« Westcott, ihr Majordomus, mußte in der Klinik anrufen und genaue Anweisungen geben, wie der Champagner sachgemäß gekühlt wurde.

Faye lachte bloß dazu.

»Ich könnte mir denken, daß man dort andere Sorgen hat.« Obwohl für die Klinik solche Wünsche nichts Ungewöhnliches waren – alle großen Stars hatten dort ihre Kinder zur Welt gebracht.

»Ich wüßte nicht, was für welche«, erwiderte Ward. »Was ist wichtiger, als Champagner für meinen Liebling kalt zu stellen?«

»Na, ich könnte mir noch einiges denken...« Ihr Blick sagte ihm alles. Er hielt sie zärtlich in den Armen, und sie küßten sich. Er begehrte sie auch jetzt, aber der Arzt hatte ihnen die Liebe verboten. Auch für Faye war diese Zeit schwer, und sie wünschte sich, daß bald alles wieder so wäre wie früher. Die Wartezeit schien ewig zu dauern, und Ward ließ Nacht für Nacht verlangend seine Hände über ihren großen Bauch wandern.

»Das ist ja schlimmer als damals, als wir uns kennenlernten«, klagte er mit schiefem Lächeln, als er eines Nachts aufstand und sich ein Glas Champagner einschenkte. Bis zum Geburtstermin waren es noch drei Tage, doch der Arzt hatte sie darauf vorbereitet, daß sich das Baby um einige Zeit verspäten könnte.

»Es tut mir so leid, Liebling.« Faye sah abgespannt aus. In den letzten Tagen hatte jede kleinste Bewegung sie ermüdet, und am Nachmittag verzichtete sie sogar auf den gemeinsamen Spaziergang im Garten. Nicht einmal die Eröffnung, daß er ein winziges Pony gekauft habe, vermochte sie aus ihrer Lethargie zu reißen.

»Ich kann mich einfach nicht mehr rühren.« Und am Abend war sie sogar zum Essen zu müde. Sie war schon um vier Uhr nachmittags zu Bett gegangen, und jetzt, um zwei Uhr morgens, lag sie noch immer da wie ein gewaltiger rosa Ballon.

»Ein Schlückchen Champagner, Liebling? Damit du leichter einschläfst.« Faye, die Rückenschmerzen hatte und sich schon seit Stunden unwohl fühlte, schüttelte den Kopf. Zu allem Überfluß hatte sie Angst, sich erkältet zu haben.

»Ich glaube, mich kann überhaupt nichts mehr zum Schlafen bringen.« Außer einer Möglichkeit, wie sie im nächsten Moment neckisch vorschlug, aber diese war ihnen verwehrt.

»Vermutlich wirst du wieder schwanger sein, noch ehe du aus der Klinik kommst. Wenn das Baby erst da ist, werde ich mich höchstens eine Stunde zurückhalten können.«

Die Vorstellung brachte sie zum Lachen. »Na, wenigstens etwas, worauf man sich freuen kann.« Zum ersten Mal seit neun Monaten ließ ihre Miene Bedauern erkennen. Ward küßte sie liebevoll und löschte das Licht. Als er nach dem Schalter griff, hörte er Fayes spitzen Schrei. Überrascht drehte er sich um. Fayes Gesicht war schmerzverzerrt, aber plötzlich war der Schmerz wieder vorbei, und sie sahen einander verblüfft an.

»Was war das?«

»Ich weiß nicht recht.« Faye hatte etliche Bücher über Schwangerschaft und Geburt gelesen, wußte aber nicht, wie sich die Wehen äußern würden. Von allen Seiten hatte sie zu hören bekommen, daß in den letzten Wochen einer Schwangerschaft Schmerzen auftreten konnten und daß diese Schmerzen oft noch gar nichts zu bedeuten hatten. Beide waren daher überzeugt, daß »es« aller Wahrscheinlichkeit nach noch nicht so weit war. Doch der Stich in ihrem Körper war sehr intensiv gewesen. Ward ließ das Licht brennen, und beide warteten gespannt, ob er sich wiederholen würde. Als zwanzig Minuten lang nichts passierte und Ward das Licht wieder ausschalten wollte, stieß Faye wieder einen lauten Schrei aus. Diesmal wand sie sich vor Schmerzen, und Ward sah, wie ihr Gesicht schweißnaß wurde.

»Jetzt rufe ich den Arzt an.« Sein Herz pochte heftig, seine Hände wurden feucht. Faye war sehr bleich und wirkte verängstigt.

»Sei nicht albern, Liebling«, wehrte sie ab. »Mir fehlt nichts. Wir können doch den Ärmsten nicht den ganzen Monat Nacht für Nacht rufen. Wahrscheinlich tut sich noch wochenlang nichts.«

»Der Termin ist in drei Tagen.«

»Ja schon, aber der Arzt meinte, es könne noch dauern. Wir sollten uns erst mal beruhigen und bis zum Morgen abwarten.«

»Soll ich das Licht anlassen?« Faye schüttelte den Kopf. Ward knipste das Licht aus und ließ sich ganz vorsichtig neben Faye gleiten, als befürchtete er, daß bei zu großer Erschütterung des Bettes Faye auf der Stelle explodieren und das Kind bekommen würde. Er hörte in der Dunkelheit ihr Kichern, und dann plötzlich keuchte sie, faßte nach seiner Hand und hielt sie fest. Nach Atem ringend richtete sie sich im Bett auf... der Schmerz ließ wieder nach.

»Ward...« Er lag reglos da und war verzweifelt, weil er nicht wußte, was er tun sollte. Fayes Stimme traf ihn bis ins Innerste. Sie klang so verletzlich und verängstigt. Ward nahm seine Frau in die Arme.

»Liebling, wir rufen jetzt den Arzt.«

»Ich finde es wirklich unmöglich, ihn um diese Zeit aufzuscheuchen.«

»Das gehört zu seinem Beruf.«

Aber Faye bestand darauf, bis zum Morgen zu warten. Um sieben Uhr stand für Ward fest, daß es soweit war. Es kümmerte ihn keinen Deut, was die Leute von falschem Alarm erzählten, die Schmerzen kamen im Abstand von fünf Minuten, und Faye mußte sich bei jeder Wehe aufs äußerste beherrschen, um nicht zu schreien. Verzweifelt lief er hinaus und rief den Arzt an. Dieser schien befriedigt, als er den Bericht hörte, und ordnete an, daß Faye sofort in die Klinik gebracht werden sollte.

»Es wird wahrscheinlich noch eine ganze Weile dauern, Mr. Thayer, aber es kann nicht schaden, wenn Sie Ihre Frau in die Klinik schaffen.«

»Können Sie ihr denn nichts gegen die Schmerzen geben?« Ward verzweifelte fast, nachdem er Fayes Leiden fünf Stunden lang hatte ertragen müssen.

»Das kann ich erst entscheiden, wenn ich Ihre Frau untersucht habe.« Der Arzt blieb sachlich.

»Was soll das heißen? Herrgott, sie kann es kaum mehr aushalten, Sie müssen ihr etwas geben!« Ward selbst brauchte dringend einen Drink, diesmal aber etwas Stärkeres als Champagner.

»Mr. Thayer, wir werden für sie tun, was in unseren Kräften steht. Beruhigen Sie sich, und bringen Sie Ihre Frau schleunigst in die Klinik.«

»In zehn Minuten, nein, in fünf Minuten, wenn ich es schaffe.«

Der Arzt erwiderte nichts mehr. Er selbst hatte nicht die Absicht, vor Ablauf einer Stunde hinzufahren. Er mußte noch duschen und sich rasieren, war mit der Zeitung noch nicht fertig. Er hatte auf dem Gebiet der Geburtshilfe so viel Erfahrung, daß er wußte, es würde noch stundenlang, wenn nicht gar einen ganzen Tag dauern, bis Faye entband. Große Eile war also nicht geboten, mochte der junge Vater auch in Panik geraten. Im Krankenhaus würde er für Mr. Thayer schon die richtigen Worte finden, und anschließend würden sich die Schwestern um ihn kümmern. In der Woche zuvor hatte sich ein Mann gewaltsam Eintritt in den Kreißsaal verschafft. Mehrere Pfleger mußten ihn hinausschaffen, und man drohte ihm mit Gefängnis, falls er nicht Ruhe gäbe. Mit Ward Thayer waren solche Probleme nicht zu befürchten.

Im übrigen war der Arzt hoch erfreut, Faye Price Thayer als Patientin zu haben. Sie vermehrte die Zahl der Berühmtheiten, die bei ihm ihre Kinder zur Welt brachten.

Ward war entsetzt, als er zu Faye zurückkam und diese im weißen Marmorbad gekrümmt über einer Wasserlache antraf. Ihr Gesichtsausdruck verriet Angst und Schmerzen. »Das Fruchtwasser ist abgegangen.« Ihre Stimme war heiser, die Augen groß und voller Angst.

»O Gott, ich rufe gleich einen Krankenwagen.« Das brachte Faye wieder zum Lachen. Sie ließ sich auf dem Rand der Wanne nieder.

»Untersteh dich, mir fehlt ja nichts.« Aber so sah sie gar nicht aus. Sie wirkte vielmehr entsetzt, fast so entsetzt wie Ward. »Was hat der Arzt gesagt?«

»Ich soll dich sofort in die Klinik schaffen.«

Sie sah ihrem Mann in die Augen. »Eines kann ich dir sagen: Es ist kein falscher Alarm.« Jetzt wurde sie wieder etwas ruhiger. Ward legte den Arm um sie und half ihr ins Ankleidezimmer. »Was soll ich bloß anziehen?« Ratlos starrte sie in die offenen Schränke. Ward stöhnte nur.

»Faye, um Gottes willen ... irgendwas ... bloß rasch. Wie wär's mit einem Morgenmantel?«

»Mach dich nicht lächerlich. Was ist, wenn Fotografen da sind?« Ward quittierte die Bemerkung mit gequältem Lächeln.

»Mach dir deswegen keine Sorgen. Komm jetzt.« Er zerrte hastig ein Kleid aus dem Schrank, half ihr, es anzuziehen, und führte sie vorsichtig die Treppe hinunter. Am liebsten hätte er sie getragen, sie bestand jedoch darauf, selbst zu gehen. Einige Minuten später saß sie, über den Beinen ihren Zobelmantel, vorsichtshalber auf einem Stapel Handtücher im Düsenberg, und nach zehn Minuten fuhren sie vor der Klinik vor, und Ward half ihr beim Aussteigen. Sie wurde sofort in einen Rollstuhl plaziert und weggerollt. Ward blieb es überlassen, die nächsten sechs Stunden in der Eingangshalle auf und ab zu laufen. Vergeblich verlangte er den Arzt zu sprechen, nachdem dieser eingetroffen war. Erst um halb drei kam der Doktor den Gang entlang, im blauen OP-Kittel, die

Chirurgenmütze auf dem Kopf, die Maske lose um den Hals. Er streckte Ward die Hand entgegen.

»Herzlichen Glückwunsch. Sie haben einen kräftigen, hübschen Sohn!« Der Arzt lächelte, während Ward eher schockiert war, als käme diese Nachricht ganz unerwartet, obwohl er während des stundenlangen Wartens fast wahnsinnig geworden war. Jetzt verstand er den Vater, von dem der Arzt ihm berichtet hatte, jenem Mann, der in den Kreißsaal eingedrungen war. Noch eine halbe Stunde, und er hätte es nicht mehr ausgehalten. »Das Kerlchen wiegt über acht Pfund, und Ihrer Frau geht es wunderbar.«

»Darf ich sie sehen?« Mit einemmal wich die Anspannung der letzten Stunden aus seinem Körper. O Gott, was für eine gute Nachricht! Er fühlte sich wie erlöst, weil es vorbei war, weil Faye alles überstanden hatte und das Baby gesund war.

»Sie wird ein paar Stunden schlafen. Kinder auf die Welt zu bringen ist Schwerstarbeit.« Wieder waren diese Worte von einem Lächeln begleitet. Er ließ unerwähnt, was für Schwierigkeiten Faye gehabt hatte und wie knapp sie an einem Kaiserschnitt vorbeigekommen war. Er hatte sich davor gescheut, der werdenden Mutter Lachgas zu verabreichen. Sie hatten bis zum Schluß gewartet und ihr die Narkose erst gegeben, als das Kind geboren war. Damit erleichterte er sich das Nähen, und Faye wurde von den Schmerzen erlöst. Ihre Arbeit war getan.

»Danke, Doktor.« Ward schüttelte ihm heftig die Hand und verließ fluchtartig die Klinik. Er hatte zu Hause ein Geschenk für Faye vorbereitet, eine riesige Diamantbrosche mit passendem Armband und Ring. Die Garnitur lag in einer blauen Samtschatulle von Tiffany, und er wollte sie nun rasch holen und ihr bringen. Aber was noch wichtiger war, er brauchte sofort einen Drink – er brauchte ihn verdammt dringend. Der Chauffeur mußte mit Höchstgeschwindigkeit fahren, und Ward stürmte wie von Hunden gehetzt ins Haus. Was für ein unglaublicher Tag! Nach einem doppelten Scotch, den er in einem Zug hinunterkippte, setzte er sich endlich hin und entspannte sich. Er holte tief Luft, und erst jetzt wurde ihm richtig bewußt, daß er einen Sohn hatte. Darüber war er so glücklich, daß er es am liebsten in alle Welt geschrien hätte. Er konnte es kaum erwarten, Faye wiederzusehen. Ehe er hinauflief, um das Geschenk, das er ihr zugedacht hatte, noch einmal zu betrachten, goß er sich einen zweiten Drink ein. Er wußte, daß sie sich über den Schmuck freuen würde, aber vor allem freute er sich über sie... ein Baby!... Ein Sohn! Sein Erstgeborener. Während er duschte, sich rasierte und sich umzog, malte er sich aus, was er alles mit seinem Sohn unternehmen würde: Reisen, Sport und viel Spaß. Sein Vater hatte sich nicht viel mit ihm beschäftigt, aber bei ihm und seinem Sohn würde das anders sein. Sie würden Tennis und Polo spielen, gemeinsam im Südpazifik tauchen, reisen und herrliche Zeiten verleben. Strahlend traf er um fünf Uhr wieder in der Klinik ein und bat die Schwester, den Champagner auf Fayes Zimmer bringen zu lassen. Als er auf Zehenspitzen eintrat, döste sie noch benommen vor sich hin. Sie schlug die Augen auf, ohne ihn zunächst zu erkennen. Dann lächelte sie. Das blonde Haar umgab wie ein Heiligenschein das blasse Gesicht. Faye wirkte fast vergeistigt, während sie ihn schläfrig anstarrte.

»Hallo... was haben wir bekommen?« Ihre Stimme war ganz matt, und sie schloß sofort wieder die Augen, als Ward sie auf die Wange küßte und flüsterte:

»Hat man es dir nicht gesagt?« – Er sah schockiert auf, worauf sich die Schwester leise davonstahl. Faye schüttelte den Kopf. »Einen Jungen! Einen kleinen Jungen!« Sie lächelte müde und lehnte den Champagner ab. Es sah aus, als könnte sie sich nicht aufsetzen, und außerdem war sie noch immer ganz fahl im Gesicht. Ward war in Sorge, obwohl ihm die Schwestern versichert hatten, alles sei in bester Ordnung. Lange Zeit saß er da und hielt ihre Hand. »War es... sehr schwer, Liebling?« Er brachte die Worte kaum heraus. Etwas in ihrem Blick verriet ihm, daß es schrecklich gewesen war, aber Faye schüttelte tapfer den Kopf. »Hast du ihn schon gesehen? Wem sieht er ähnlich?«

»Ich weiß nicht. Ich habe ihn nicht gesehen. Hoffentlich sieht er aus wie du.« Er ließ sie weiterschlafen. Das herrliche Geschenk hatte er ihr gezeigt, und Faye war zwar beeindruckt, aber sie freute sich doch nicht so wie sonst, und Ward vermutete, daß sie noch große Schmerzen hatte und es bloß nicht zugeben wollte. Auf Zehenspitzen ging er wieder hinaus und den Gang entlang, um einen Blick auf seinen Sohn zu werfen, den ihm die Schwester hinter einem Glasfenster in der Säuglingsabteilung zeigte. Der Kleine sah nicht ihm, sondern Faye ähnlich. Er war groß, kugelrund und bildhübsch mit seinem blonden Haarschopf, den er von Faye geerbt hatte. Und während Ward sein Kind betrachtete, schrie es aus vollen Kräften. Stolz verließ Ward die Klinik und fuhr im Düsenberg davon. Er ging allein zu Ciro's zum Dinner, weil er wußte, daß er dort alle Freunde und Bekannten treffen würde. Natürlich brüstete er sich vor allen mit seinem Sprößling, verteilte Zigarren und betrank sich fürchterlich mit Champagner, während Faye in der Klinik schlief und zu vergessen versuchte, wie schrecklich die Geburt gewesen war.

Nach einer knappen Woche wurde sie entlassen, und als sie nach Hause kam, sah sie wieder so aus wie früher. Sie wollte den Kleinen selbst stillen, aber Ward überzeugte sie davon, daß das für sie nicht gut sei, sie brauche ihren Schlaf. Eine Kinderschwester wurde engagiert, damit Faye wieder ganz zu Kräften kam, und schon nach zwei Wochen hatte sie sich wieder vollständig erholt. Fast ständig trug sie das Baby in den Armen, und Ward war von ihrer Schönheit noch begeisterter als je zuvor.

Sie nannten das Baby Lionel und ließen es am Weihnachtstag in der Kirche taufen, in der sie getraut worden waren.

»Ein perfektes Weihnachtsgeschenk.« Ward sah mit strahlendem Lächeln auf seinen Sohn, den er auf der Rückfahrt in den Armen hielt. Faye lachte. Lionel war inzwischen fast zwei Monate alt. »Er ist wirklich bildschön, mein Schatz, und sieht dir so ähnlich.«

»Ja, niedlich ist er, egal, wem er ähnlich sieht.« Voller Glück blickte sie auf das schlafende Kind. Während der kurzen Taufzeremonie hatte der Kleine kaum geweint. Erst zu Hause wurde er munter und wanderte von Arm zu Arm, ohne daß es ihm viel auszumachen schien. Alle wollten ihn bewundern. Sämtliche gefeierten Berühmtheiten Hollywoods hatten sich versammelt, alle großen Filmstars, Produzenten, Regisseure, Freunde aus Fayes früherem Leben und dazu jene von Wards Bekannten, die solche Anlässe liebten. Es war eine beeindruckende Gästeliste, und die Filmleute neckten Faye, weil sie ihre Karriere »für das alles« aufgegeben hatte.

»Bist du sicher, daß du noch mehr Kinder bekommen wirst, Faye?«

Sie nickte, mit einem Blick auf den strahlenden Ward an ihrer Seite. Er platzte vor Stolz auf Faye und Lionel, und der Champagner floß den ganzen Tag über in Strömen. Abends gingen Ward und Faye in die Biltmore Bowl tanzen. Faye hatte sich ausgesprochen schnell erholt. Sie hatte ihre Figur von früher wieder und fühlte sich fabelhaft – in Wards Augen hatte sie nie schöner ausgesehen. Wieder wurden sie von Pressefotografen belagert.

»Na, wollen wir es noch mal versuchen?« neckte Ward sie. Faye war nicht ganz sicher. Die Erinnerung an die Schmerzen war noch zu frisch, aber sie liebte Lionel über alles. Beim zweiten Mal wird es vielleicht nicht so schlimm werden, dachte sie hoffnungsvoll. Noch vor wenigen Wochen wäre sie bei der Vorstellung entsetzt gewesen, so etwas noch einmal durchmachen zu müssen. »Was hältst du von einer zweiten Hochzeitsreise nach Mexiko?« fragte Ward, und Faye war begeistert. Gleich nach Neujahr fuhren sie los und verlebten wunderschöne drei Wochen in Acapulco. Sie trafen ein paar Freunde, verbrachten aber die meiste Zeit allein. Auf einer gemieteten Yacht unternahmen sie einen herrlichen zweitägigen Angelausflug. Es war ein perfekter Urlaub, und er wäre noch schöner gewesen, hätte Faye sich während der letzten Woche nicht so elend gefühlt. Sie schob es auf die Fische, die Hitze und die Sonne und konnte sich gar keinen anderen Grund vorstellen. Als sie wieder in Los Angeles waren, bestand Ward darauf, daß Faye sofort von einem Arzt untersucht werden sollte. Als dieser ihr das Ergebnis mitteilte, war sie zunächst wie vor den Kopf geschlagen. Sie war wieder schwanger.

Ward war außer sich vor Freude, und allmählich begann auch Faye sich an den Gedanken zu gewöhnen. Im Grunde war alles genauso, wie sie beide es sich von Anfang an gewünscht hatten, obwohl sie Zielscheibe zahlloser mehr oder weniger boshafter Hänseleien waren. »Kannst du das arme Mädchen nicht in Ruhe lassen, Thayer... Was ist mit euch beiden los? Von einer Atempause haltet ihr wohl nichts?« Aber beide waren überglücklich, und diesmal schlugen sie den Rat des Arztes in den Wind und verzichteten während der neun Monate nicht auf die Liebe. Ward sagte, er denke nicht daran, Enthaltsamkeit zu üben, wenn sie von zehn Monaten neun schwanger sei, und er hielt sich an seinen Vorsatz.

Die Wehen setzten mit einer Verspätung von fünf Tagen ein, aber diesmal war die Geburt leichter, und Faye erkannte die Symptome sofort. An einem heißen Septembernachmittag war es soweit. Die Wehen kamen sofort so stark und rasch hintereinander, daß sie es kaum noch rechtzeitig bis zur Klinik schafften. Faye grub vor Schmerzen die Zähne in ihre geballten Fäuste. Nicht einmal zwei Stunden nach ihrer Ankunft ihm Krankenhaus war das Baby da, und als Ward Faye abends besuchte, war er über ihre Benommenheit nicht so erschrocken wie das erste Mal. Er brachte ihr Saphirohrringe und einen dazu passenden Ring mit. Es war wieder ein Junge, sie nannten ihn Gregory. Faye erholte sich außergewöhnlich schnell, aber diesmal nahm sie sich vor, etwas vorsichtiger zu sein, zumindest eine Zeitlang.

Kaum war das Kleine drei Monate alt, fuhren sie und Ward auf der *Queen Elizabeth* für einige Zeit nach Europa. Die beiden Jungen und die Kinderschwester begleiteten sie und bekamen eine eigene Kabine. In jeder Stadt, die sie besuchten, wurde eine Riesensuite gemietet. London, Paris, München, Rom. Im März verbrachten sie sogar ein paar Tage in Cannes, das Wetter war dort angenehm und warm. Dann ging es zurück nach Paris und von dort wieder nach Hause. Es war für alle eine wundervolle Reise, und Faye war überglücklich mit ihrem Mann, der sie anbetete, und mit ihren beiden Söhnen. Ein- oder zweimal wurde sie um ein Autogramm gebeten, aber das passierte immer seltener. Die Menschen hatten sie fast vergessen.

Faye war noch immer sehr schön, wenngleich ihr Aussehen sich irgendwie verändert hatte. Sie war jetzt eine Spur fraulicher geworden und strahlte nicht mehr soviel Glamour aus. Wenn sie mit ihren kleinen Söhnen spazierenging, trug sie Hosen und Pulli und versteckte ihr Haar unter einem Kopftuch. Sie konnte sich kein vollkommeneres Leben vorstellen, und auch Ward konnte sich vor Stolz auf seine Familie kaum fassen.

Bei ihrer Rückkehr nach Hollywood fanden sie alles unverändert vor, nur der Klatsch trieb seit neuestem die wildesten Blüten. Die sogenannte »Schwarze Liste« war veröffentlicht worden. Unzählige Schauspieler, Regisseure, Drehbuchautoren und andere Filmleute aus Fayes Bekanntenkreis waren über Nacht arbeitslos geworden. Plötzlich war das Wort »Kommie« für Kommunist in aller Munde, und man zeigte bereitwillig mit dem Finger in alle Richtungen, auch auf alte Freunde. Für viele Menschen war das eine sehr traurige Zeit, und Faye konnte sich in gewisser Weise glücklich schätzen, daß sie nicht mehr dazugehörte. Am schlimmsten war wohl die Tatsache, daß viele, die nun ohne Arbeit waren, plötzlich auch keine Freunde mehr hatten. Die Leute hatten Angst, sich mit jemandem sehen zu lassen, der auf der »Schwarzen Liste« stand.

Vor den Studios von Warner Brothers hing ein großes Plakat mit der Aufschrift »Gute Bürger machen gute Filme«, und darunter stand ein Text, der den Standpunkt der Gesellschaft verdeutlichte.

Das Komitee zur Untersuchung unamerikanischer Aktivitäten gab es zwar schon seit zehn Jahren, aber noch nie hatte es seine Arbeit so ernst genommen. Im Oktober 1947, als die »Hollywood 10« mit Gefängnisstrafen wegen Aussageverweigerung belegt wurden, entstand der Eindruck, die ganze Stadt sei aus dem Häuschen. Faye wurde übel, wenn sie die Geschichten hörte, die über alte Freunde in Umlauf waren, über Leute, die sie kannte. 1948 wurden begabte Künstler, die allgemein beliebt gewesen waren, gezwungen, Hollywood zu verlassen, und mußten sich eine neue Beschäftigung suchen. Die Filmbranche hatte endgültig nichts mehr für sie übrig. Faye sprach mit Ward darüber, sie war sehr bekümmert.

»Wie froh ich bin, daß ich damit nichts mehr zu tun habe. Wer hätte gedacht, daß sich alles so häßlich entwickeln würde?«

Ward sah sie prüfend an. Faye schien glücklich mit ihrem gegenwärtigen Leben, aber ab und zu stellte er sich ernsthaft die

Frage, ob ihr die alte Zeit und ihre Filmkarriere nicht doch fehlten. »Bist du sicher, daß du das alles nicht vermißt, Kleines?«

»Daran gibt es überhaupt keinen Zweifel, mein Schatz.«

Dennoch war ihm nicht verborgen geblieben, daß sie in letzter Zeit an Rastlosigkeit litt, so als brauchte sie eine zusätzliche Aufgabe. Sie leistete freiwillige Mitarbeit in einem Krankenhaus und verbrachte viel Zeit mit den Kindern. Lionel war inzwischen fast zwei Jahre alt, und Gregory zehn Monate, ein süßes, glücklich lächelndes Baby mit Lockenkopf. Am glücklichsten war Faye, als sie Ward kurz vor Gregorys erstem Geburtstag gestand, daß sie wieder schwanger sei.

Diesmal sollte es aber viel schwieriger werden. Es ging ihr von Anfang an viel schlechter als bei den ersten Schwangerschaften, und sie wurde immer sehr schnell müde. Die Lust am Ausgehen war ihr völlig vergangen, und Ward fiel auf, daß sie viel dicker als bei den anderen Schwangerschaften war. Obwohl sie selbst fast noch zierlicher wurde, nahm ihr Leib sehr bald gewaltige Dimensionen an, und um die Weihnachtszeit schöpfte der Arzt einen Verdacht. Er untersuchte sie gründlich und teilte ihr das Ergebnis mit einem Lächeln mit.

»Faye, ich denke, der Osterhase hat heuer für Sie eine Überraschung bereit, falls es überhaupt so lange dauert.«

»Welche Überraschung?« Sie konnte sich jetzt schon kaum rühren und hatte noch drei Monate vor sich.

»Ich habe den Verdacht, daß Sie Zwillinge bekommen könnten.« Verblüfft starrte sie ihn an. Diese Möglichkeit wäre ihr nie in den Sinn gekommen. Sie war zwar diesmal viel erschöpfter und, wenn sie es recht überlegte, auch viel schwerfälliger, aber dennoch wäre sie nie auf einen solchen Gedanken gekommen.

»Sind Sie sicher?«

»Nein. Wir können später eine Röntgenaufnahme machen, aber mit Sicherheit werden wir es erst bei der Entbindung wissen.«

Und so war es auch... Faye gebar zwei bildhübsche kleine Mädchen im Abstand von neun Minuten. Als Ward die beiden Kinder sah, war er so glücklich, daß er fast den Verstand verlor, und natürlich beschenkte er Faye doppelt: mit zwei Armbändern, zwei Ringen und zwei Paar Ohrgehängen. Sogar Greg und Lionel staunten, als die Eltern anstatt mit einem mit zwei Babys nach Hause kamen.

»Für jeden eines«, erklärte Ward.

Die Zwillinge wurden allgemein ein großer Erfolg. Sie waren keine eineiigen Zwillinge, hätten es aber ebensogut sein können, so ähnlich waren sie einander. Die ältere Tochter nannten sie Vanessa. Sie war Faye wie aus dem Gesicht geschnitten: dieselben grünen Augen und das blonde Haar. Vanessa war die stillere. Es war die jüngere, die am lautesten brüllte, wenn sie hungrig war, und die als erste lächelte. Auch sie hatte ein hübsches Gesichtchen und große grüne Augen, aber Valerie besaß feuerrotes Haar von Geburt an und zeigte von Anfang an ihren eigenen Willen.

»O Gott, woher sie das hat?« Ward zeigte sich einigermaßen schockiert über den roten Schopf, doch mit der Zeit wurde das Haar, wie überhaupt das ganze Mädchen, immer schöner. Valerie war ein ungewöhnlich hübsches kleines Mädchen, das von den Leuten oft angestarrt wurde. Manchmal machte Faye sich Sorgen, weil Valerie ihre Zwillingsschwester in allem übertraf. Vanessa war viel ruhiger. Sie schien sich mit dem Leben im Schatten ihrer über alles bewunderten Schwester abzufinden. Auch Vanessa war ein hübsches Kind, aber unauffälliger und zarter. Am glücklichsten war sie, wenn sie sich in ihre Bilderbücher vertiefte oder zusehen konnte, wie Valerie die Jungen peinigte. Lionel ging mit Valerie immer besonders geduldig um, während Greg ihr vor Wut manchmal ganze Haarbüschel ausriß. Auf diese Weise lernte Valerie schon im frühesten Kindesalter die Kunst der Selbstverteidigung. Alles in allem kamen die Kinder aber gut miteinander aus, und alle Welt behauptete, es sei die hübscheste Schar, die man sich vorstellen könne. Zwei reizende kleine Mädchen, die sich im Garten tummelten und mit dem winzigen Pony spielten, das ihr Vater vor einigen Jahren angeschafft hatte, und die beiden lebhaften Jungen, die ständig Unfug machten, auf alle Bäume kletterten und ihre schönen Seidenhemden mit Wonne in Fetzen verwandelten.

Das Karussell, die Kutsche samt Pony, alle Dinge, die Ward für seine Sprößlinge erstanden hatte, waren nun voll im Einsatz. Ward spielte für sein Leben gern mit den Kindern. Trotz seiner dreiunddreißig Jahre benahm er sich selbst oft wie ein Kind. Auch Faye war überglücklich mit ihrer Familie. Es war für sie genau richtig, vier Kinder zu haben, und sie wollte keinen Nachwuchs mehr, und auch Ward schien sich keinen mehr zu wünschen, obwohl er sie manchmal mit den ursprünglich geplanten zehn Kindern neckte. Faye reagierte darauf immer mit einem gespielt gequälten Augenaufschlag. Sie hatte mit ihrem »Quartett« alle Hände voll zu tun und widmete ihm viel Zeit.

Besonders schön waren die gemeinsamen Reisen. Ward hatte ein Jahr zuvor ein Haus in Palm Springs gekauft, in dem sie einen Teil des Winters verbrachten. Ab und zu fuhren sie nach New York, um Freunde zu besuchen. Sie führten ein in jeder Hinsicht wundervolles Leben, weit entfernt von Fayes dürftigen frühen Jahren und der Einsamkeit von Wards Kindheit.

Ward sprach mit Faye offen darüber. Als Kind hatte er das Leben eines »armen reichen Jungen« geführt. Materiell hatte es ihm an nichts gemangelt, aber seine Eltern waren nie für ihn dagewesen. Sein Vater hatte immer nur die Arbeit gekannt, während seine Mutter sich in zahllosen Komitees nützlich gemacht hatte. Zwischendurch waren ausgedehnte Reisen unternommen worden, bei denen Ward seine Eltern nie begleiten durfte. Folglich hatte er sich geschworen, er würde es mit seiner eigenen Familie anders halten. Die vier Kinder wurden überallhin mitgenommen, über die Wochenenden nach Palm Springs ebenso wie auf längere Reisen, sogar nach Mexiko. Ward und Faye hatten die Kleinen gern um sich, und die Kinder gediehen unter der Zuwendung, die man ihnen zukommen ließ – jeder auf seine Weise. Der eher stille und nachdenkliche Lionel schloß sich eng an Faye an und brachte seinen Vater gelegentlich zur Verzweiflung, weil er nicht so rauhbeinig und angriffslustig wie Greg war, mit dem Ward stundenlang Football spielen konnte. Greg war so wie Ward als Kind, unbekümmert, sportlich, sorglos... oder vielmehr wie Ward gewesen wäre, hätte man ihm dieselbe liebevolle Fürsorge angedeihen lassen. Und Valerie wurde immer schöner. Sie war die anspruchsvollste des »Quartetts«, diejenige, die sich ihres eigenen Charmes am stärksten bewußt war. Um so unauffälliger nahm sich neben ihr Vanessa aus. Valerie nahm ihr die Puppen weg, die Spielsachen, die Lieblingskleider, und Vanessa schien es kaum zu bemerken. Sie überließ gern alles ihrer Zwillingsschwester. Andere Dinge waren ihr wichtiger – ihrer Mutter in die Augen zu sehen, ein liebes Wort von Ward, ein Ausflug in den Zoo an Lionels Hand und ihr eigenes geheimes Traumleben beim Blättern in einem Bilderbuch oder wenn sie unter einem Baum liegend zum Himmel emporsah. Sie war die Träumerin der Familie. Stundenlang konnte sie im Gras liegen und ihre Gedanken spinnen, manchmal ein Liedchen trällernd, während Faye ihr lächelnd zusah.

»In ihrem Alter war ich genauso«, vertraute Faye ihrem Gatten leise an, der seine hübsche blonde Tochter beobachtete.

»Und wovon hast du geträumt, meine Liebe?« Er küßte Fayes Nacken und nahm ihre Hand. Die Wärme in seinen Augen war wie die Morgensonne. »Hast du davon geträumt, Filmstar zu werden?«

»Manchmal, als ich schon älter war.« Die kleine Vanessa wußte nicht einmal, was Filme waren. Ward lächelte seiner Frau zu.

»Und wovon träumst du jetzt?« Er war so unendlich glücklich mit Faye. Sie hatte die Einsamkeit aus seinem Leben verbannt, und mit ihr wurde alles zum Vergnügen. Das war sehr wichtig für ihn, denn er wußte, wie trostlos das Dasein seiner Eltern ohne Spaß und Fröhlichkeit gewesen war. Ward konnte sich nicht erinnern, daß sein Vater jemals etwas anderes getan hatte, als zu arbeiten, und seine Mutter war mit ihren nicht enden wollenden Wohltätigkeitsveranstaltungen auch immer beschäftigt gewesen. Deswegen hatte er sich geschworen, nie so zu werden wie seine Eltern. Er wollte sein Leben genießen. Beide Eltern waren in verhältnismäßig jungen Jahren gestorben, ohne daß sie sich jemals richtig amüsiert hatten. Das war bei Ward und Faye ganz anders. Sie verlebten miteinander eine herrliche Zeit. Liebevoll ruhte sein Blick auf ihr. Faye wirkte friedlich und schön wie ein Gemälde, während sie über seine Frage nachdachte.

»Ich träume von dir, Liebling, und von den Kindern. Ich habe alles, was ich mir wünsche, ja, mehr noch.«

»Gut. So soll es immer sein.« Er meinte es aufrichtig.

Und die Kinder wurden größer, die Zeit verging.

Manchmal trank Ward zuviel Champagner, was aber an seiner Gutmütigkeit und Unbeschwertheit nichts änderte. Faye liebte ihn über alles, trotz seiner gelegentlichen kindischen Anwandlungen, die sich in übertriebener Vergnügungssucht und zuviel Alkohol äußerten. Das machte ihr alles nichts aus.

Die Vermögensberater sprachen nun öfter als früher mit ihm über das elterliche Vermögen oder vielmehr über das, was noch davon übrig war, doch Faye machte sich keine Sorgen. Schließlich war es Wards Geld, und sie hatte mit Lionel, Gregory, Vanessa und Val genug zu tun. Es entging ihr allerdings nicht, daß Ward mehr trank, als die Zwillinge ihren zweiten Geburtstag feierten, und es war weniger Champagner als Scotch. Das fand sie bedenklich.

»Hast du Sorgen, Schatz?«

»Natürlich nicht.« Er lächelte in gespielter Unbekümmertheit, doch in seinem Blick las sie Angst. Faye fragte sich, was der Grund sein mochte. Ward behauptete hartnäckig, alles sei in bester Ordnung, aber immer wieder kamen die Anwälte ins Haus und riefen noch öfter an. Faye konnte sich nicht vorstellen, was wohl so dringend sein mochte.

Auf einmal wurde alles wieder unwichtig. Ihr nun schon einige Zeit zurückliegender Entschluß, keine Kinder mehr zu bekommen, wurde eines Nachts vergessen. Nachdem sie im April 1951 mit Ward der Oscar-Verleihung beigewohnt hatte, ließen sie im Wirbel der Leidenschaft alle Vorsicht außer acht. Ende Mai war Faye ihrer Sache sicher.

»Was, schon wieder?« Ward war überrascht, wenn auch nicht unangenehm, obwohl seine freudige Erregung sich diesmal in Grenzen hielt. Er hatte zu viele andere Dinge im Kopf, davon sagte er Faye freilich kein Wort.

»Bist du böse?« Sie zeigte sich besorgt. Da zog er sie mit breitem Grinsen an sich.

»Nur wenn es nicht von mir wäre, du Dummerchen. Natürlich bin ich nicht böse. Wie könnte ich dir böse sein?«

»Na ja, fünf Kinder ist schon ein schöner Haufen...« Auch sie war diesmal im Zwiespalt. So, wie die Familie im Moment war, erschien es ihr als nahezu ideal. »Und wenn es wieder Zwillinge werden...«

»Dann haben wir eben sechs! Wäre doch fabelhaft, oder nicht? Vielleicht schaffen wir sogar unser ursprüngliches Ziel von zehn Kindern.«

In diesem Augenblick kam die ganze Schar hereingestürmt, fröhlich schreiend. Sie purzelten übereinander, lachten und brüllten und zogen einander an den Haaren, so daß Faye über die Köpfe der Kinder hinweg Ward zurief: »Gott behüte!« Er lachte nur.

Es ging alles gut, und im Januar wurde Anne Ward Thayer geboren, Fayes jüngstes Kind. Sie war so winzig und wirkte so zerbrechlich, daß man kaum wagte, sie anzufassen. Aber Ward, der sich tatsächlich weigerte, das Baby auf den Arm zu nehmen, schien hoch erfreut. Diesmal schenkte er Faye einen großen Smaragdanhänger, doch irgendwie war seine Freude nicht so ausgeprägt. Faye tröstete sich zwar damit, daß sie nicht erwarten durfte, er würde zur Ankunft des fünften Kindes eine Blaskapelle engagieren, dennoch blieb bei ihr Enttäuschung darüber zurück, daß seine Freude nicht so überschäumend wie sonst war.

Nach wenigen Tagen erfuhr sie den Grund. Diesmal unternahmen die Vermögensverwalter gar nicht den Versuch, mit Ward selbst zu sprechen. Sie wandten sich direkt an Faye, weil sie das Gefühl hatten, es sei höchste Zeit, daß sie endlich erfahre, was los sei. Sieben Jahre nach Kriegsende war die Thayer-Werft am Ende. Seit vier Jahren gab es keine Gewinne mehr, die Werft schrieb rote Zahlen. Die Anwälte bemühten sich, Wards Interesse für die Schwierigkeiten des Unternehmens zu wecken, und mahnten ihn, sich einzuschränken und sich den Gegebenheiten zu stellen. Doch er lehnte es glatt ab, wie sein Vater in der Geschäftsführung zu arbeiten. Ward hatte nicht nur zugelassen, daß die Werft in Konkurs ging, er hatte gleichzeitig auch das gesamte elterliche

Privatvermögen verwirtschaftet. Seine Einwände waren immer dieselben: Er denke nicht daran, Tag und Nacht zu arbeiten und sich gesundheitlich zu ruinieren. Er wolle mit seiner Familie das Leben genießen. Und jetzt war das Geld weg, seit zwei Jahren schon.

Während Faye schockiert und wortlos dasaß und sich das alles anhörte, kramte sie in ihrem Gedächtnis und rief sich in Erinnerung, seit wann Ward zerstreut und bekümmert wirkte und immer mehr trank. Nie hatte er ihr etwas gesagt. Die vergangenen zwei Jahre hatten sie praktisch von der Hand in den Mund gelebt! Geld war keines mehr da, nur gigantische Schulden, die er dank ihres extravaganten Lebensstils aufgehäuft hatte. Faye Price Thayer saß bleich, mit angespannter Miene und einer tiefen Stirnfalte zwischen den Brauen in einem Sessel und hörte sich an, was die Vermögensberater ihr zu sagen hatten. Sie sah aus wie nach einer schweren Katastrophe, und in gewisser Weise hatte sie tatsächlich einen Schock erlitten. Die Anwälte empfahlen sich, und Faye ging mit weichen Knien aus dem Zimmer.

Und als Ward später am Nachmittag nach Hause kam, fand er sie in einem Sessel in der Bibliothek aufrecht sitzend vor. Wortlos sah sie ihm entgegen.

»Hallo, Liebling! Was machst du um diese Zeit hier unten? Was ist mit deiner Mittagsruhe?«

Mittagsruhe? Wie sollte sie sich ausruhen, wenn kein Geld mehr da war und sie sich Arbeit suchen mußte? Sie besaßen außer Schulden nichts mehr. Ward sah ihr an, daß etwas Schlimmes passiert war.

»Faye, Schätzchen, was ist denn?«

In ihren Augen glitzerten Tränen. Sie wußte nicht, wie sie anfangen sollte. Schließlich weinte sie rückhaltlos und schluchzte. Wie hatte er es nur so weit kommen lassen können? Was hatte er sich dabei gedacht? Wenn sie an den Schmuck dachte, an die Autos, die Pelze, das Haus in Palm Springs, die Polo-Ponys ... in diesem Stil war es ununterbrochen weitergegangen. Sie wollte gar nicht wissen, wie hoch die Schulden waren.

»Liebling, was ist?«

Ward kniete an ihrer Seite nieder, während sie haltlos schluchzte, bis sie sich schließlich tief Atem holend faßte und ihm zärtlich übers Gesicht strich. Wie hätte sie diesen Mann verabscheuen können? Sie hatte es nie sehen wollen, aber jetzt mußte sie sich eingestehen, daß er wie ein Kind war, ein Junge, der den Erwachsenen spielte. Mit fünfunddreißig war er nicht so reif wie ihr Sechsjähriger. Lionel konnte schon sehr praktisch und klug sein, aber Ward... Ward. In Fayes Blick lag der Kummer um ein Leben, das zu Ende gegangen war, als sie sich zu beruhigen versuchte und ihm sagte, was sie erfahren hatte.

»Bill Gentry und Lawson Burford waren heute da.« Ihr Ton hatte nichts Drohendes an sich, er verriet nur Sorge um ihn und alle anderen. Wards gute Laune schlug jäh in Ärger um. Er sprang auf, ging an die Bar und goß sich einen großen Drink ein. Der Nachmittag war bis jetzt gut verlaufen. Er warf seiner Frau einen Blick über die Schulter zu.

»Laß dir von den beiden ja nichts einreden, Faye. Die sind mir ausgesprochen lästig. Was wollten sie?«

»Vermutlich wollten sie dich zur Vernunft bringen.«

»Was soll das nun wieder heißen?« Ward wurde nervös. Er mußte sich setzen. »Was haben sie gesagt?«

»Ward, sie haben mir alles gesagt.« Er wurde bleich, so wie sie Stunden zuvor bleich geworden war. »Sie haben mir mitgeteilt, daß du pleite bist. Die Werft ist am Ende, dieses Haus muß verkauft werden, damit wir unsere Schulden zurückzahlen können. Alles muß sich ändern, Ward. Wir müssen erwachsen werden, wir dürfen nicht mehr tun, als lebten wir in einer Märchenwelt und wären nicht gewissen Zwängen unterworfen wie alle anderen.«

Der einzige Unterschied zwischen ihnen und allen anderen bestand darin, daß Ward noch keinen Tag seines Lebens gearbeitet hatte und sie fünf Kinder ernähren mußten. Wenn sie nur eine Ahnung gehabt hätte! Niemals hätte sie das fünfte Kind bekommen. Dieser Gedanke machte ihr nicht einmal Gewissensbisse, mochte das Neugeborene auch noch so süß sein. Jetzt stand ihre Existenz und die der Kinder auf dem Spiel, und sie spürte instinktiv, daß Ward nicht in der Lage war, etwas zu unternehmen. Er konnte einfach nichts tun, sie hingegen schon. Wenn er nicht imstande war, das Boot an Land zu rudern, dann mußte sie das Kommando übernehmen. Ja, das war's wohl.

»Ward, wir müssen uns darüber unterhalten...«

Er stand auf und durchquerte den Raum. »Ein andermal, Faye. Ich bin müde.«

Da sprang sie, ohne Rücksicht darauf, daß sie sich noch schonen mußte, auf. Das alles zählte jetzt nicht mehr. Schonung war Luxus. Ein Luxus, den sie sich nicht mehr leisten konnten.

»Verdammt noch mal, Ward, hör mich an! Wie lange wirst du mit mir noch dieses Spiel treiben? Bis du wegen deiner Schulden im Gefängnis landest? Bis man uns aus diesem Haus hinauswirft? Lawson und Bill haben mir gesagt, daß wir keinen Penny mehr besitzen, wenigstens nahezu keinen Penny mehr.« Die beiden waren mit brutaler Aufrichtigkeit vorgegangen. Man würde alles verkaufen müssen, nur um die Schulden loszuwerden. Und was dann? Das war die Frage, die sie sich jetzt stellte.

Ward stand ihr gegenüber. »Was sollte ich deiner Ansicht nach tun? Soll ich meine Autos verkaufen? Die Kinder arbeiten lassen?« Man sah ihm an, daß er Angst hatte. Seine Welt drohte zu zerbrechen, und er hatte nie einen anderen Lebensstil kennengelernt.

»Wir müssen der Wirklichkeit ins Auge sehen, mag sie auch noch so schrecklich sein.« Faye ging langsam auf ihn zu. In ihren Augen blitzte grünes Feuer, doch war es nicht Wut und Empörung. Sie hatte den ganzen Nachmittag nachgedacht. Jetzt wußte sie, was mit Ward eigentlich los war, doch sie konnte nicht zulassen, daß er sich und ihr weiterhin etwas vormachte. Er mußte den notwendigen Veränderungen ins Auge sehen. »Wir müssen etwas unternehmen.«

»Was denn?« Ward ließ sich langsam wie ein Ballon, dem die Luft ausging, in einen Sessel sinken. Er hatte sich längst den Kopf über irgendwelche Maßnahmen zerbrochen, doch das alles ging über seinen Horizont. Gewiß, es mochte falsch gewesen sein, Faye alles zu verheimlichen, aber wie hätte er ihr sagen können, daß die Lage so aussichtslos war? Das Herz dazu hatte er nie gehabt. Statt dessen beschenkte er sie weiterhin mit teuren Schmuckstücken. Das Dumme daran war nur, daß er wußte, wie wenig sie sich im Grunde genommen aus diesen Dingen machte. Sie liebte die Kinder und ihn... sie liebte ihn doch wirklich, oder nicht? Dieses kleinen Zweifels wegen war er immer davor zurückgeschreckt, ihr die Wahrheit zu sagen. Wenn Faye ihn nun verlassen würde? Den Gedanken daran konnte er nicht ertragen.

Er sah sie an und las Hoffnung in ihrem Blick. Sie würde ihn nicht im Stich lassen. Da schossen ihm Tränen in die Augen. Er zog sie zu sich, begrub sein Gesicht in ihrem Schoß und beweinte seine Torheit. Und als die Tränen versiegten, war Faye noch immer da. Sie würde nicht weggehen, wenigstens nicht sofort, und sie war auch nicht gewillt, ihn vor der Katastrophe davonlaufen zu lassen.

»Ward, wir müssen das Haus verkaufen.«

»Und wo werden wir wohnen?« Er hörte sich an wie ein erschrockenes Kind. Sie lächelte.

»Wir werden ein anderes Haus suchen. Das Personal entlassen wir. Die Kostbarkeiten, die alten Bücher, meine Pelze, mein Schmuck, alles wird verkauft.« Der Gedanke daran tat weh, aber nur, weil mit diesen Dingen wichtige Ereignisse ihres Lebens verknüpft waren. In dieser Hinsicht war Faye sentimental. Gleichzeitig war ihr aber bewußt, daß der Schmuck einen großen Wert darstellte und sie sich jetzt nicht daran klammern konnten. »Wie hoch sind die Schulden schätzungsweise?«

»Keine Ahnung.« Sein Gesicht lag noch immer in ihrem Schoß. Sie umfaßte seinen Kopf mit beiden Händen und hob ihn zu ihrem Gesicht.

»Das müssen wir feststellen. Gemeinsam. Wir stecken gemeinsam drin und müssen uns irgendwie herausarbeiten.«

»Glaubst du wirklich, wir schaffen es?« Die Aussicht war schrecklich, auch wenn er ihrer Hilfe gewiß sein konnte.

»Ich bin ganz sicher.« Faye behauptete dies in ganz entschiedenem Ton, insgeheim aber schien ihr alles recht hoffnungslos.

Ihre Stimme ließ ihn erleichtert aufatmen. Ein- oder zweimal hatte Ward zwischen zwei Gläsern Champagner tatsächlich ernsthaft an Selbstmord gedacht, denn er wußte genau, wie schwach er war. Er war gänzlich unvorbereitet auf das, was ihm bevorstand. Wenn Faye ihm nicht helfen würde, seine Schwierigkeiten zu bewältigen, würde er sich aufgeben, aber er bezweifelte auch, daß Faye ihm die Sache wirklich leichter machen konnte.

Am nächsten Tag zwang sie ihn, mit ihr die Vermögensverwalter aufzusuchen. Der Arzt hatte ihr zwar noch verboten, außer Haus zu gehen, doch das kümmerte sie nicht. Nach dem fünften Kind war sie nicht mehr so leicht zu beeindrucken wie nach dem ersten, und sie hatte nicht die Absicht, zuzulassen, daß Ward sich vor seinen Pflichten drückte.

Sie wollte ihm unbeirrt beistehen, und deshalb war sie in diesem einen Punkt unerbittlich: man mußte den Tatsachen gemeinsam ins Auge sehen.

Die Anwälte eröffneten ihnen, daß die Schulden sich auf dreieinhalb Millionen Dollar beliefen. Als Faye das hörte, war sie einer Ohnmacht nahe. Ward vernahm diese Erklärung mit kreidebleichem Gesicht. Außerdem erklärte man ihnen, daß sie alles verkaufen müßten. Mit etwas Glück könnte ihnen ein kleines Kapital bleiben, das bei geschickter Anlage etwas abwerfen würde. Aber ihren gewohnten Lebensstil würden sie aufgeben müssen... Mit einem vielsagenden Blick zu Ward fuhr der Anwalt fort, daß beide jetzt Geld verdienen müßten. Oder zumindest einer von ihnen. Die Frage stand im Raum, ob Faye an ihre Karriere anknüpfen würde. Seit ihrem letzten Film waren sieben Jahre vergangen, kein Mensch bat sie jetzt noch um Autogramme, und auch die Presse beschäftigte sich nicht mehr mit ihr. Sie war Schnee von gestern. Mit zweiunddreißig Jahren war sie für ein Comeback noch nicht zu alt, wenn sie es ernsthaft anstrebte, aber sie würde nie wieder so populär werden wie früher. Außerdem hatte Faye das ohnehin nicht vor. Sie hatte ganz andere Pläne, aber das stand im Moment nicht zur Debatte.

»Was ist mit der Werft?« Fayes Fragen bewiesen Intelligenz und Mut. Ward war erleichtert, daß er sie nicht selbst stellen mußte. Irgendwie war ihm alles sehr peinlich. Er sehnte sich nach einem Drink, während Faye sich genau nach der Sachlage erkundigte, und die Vermögensberater gaben Auskunft, ohne ein Blatt vor den Mund zu nehmen.

»Sie müssen Konkurs anmelden.«

»Und das Haus? Was meinen Sie, wieviel wir dafür bekommen könnten?«

»Eine halbe Million, das wäre sozusagen ein Liebhaberpreis. Nach dem derzeitigen Immobilienmarkt zu schließen, dürfte es eher weniger bringen.«

»Schön, das wäre wenigstens ein Beginn. Dann haben wir noch das Haus in Palm Springs...« Sie zog eine Liste aus der Tasche. Nachdem Ward schlafen gegangen war, hatte sie noch in der Nacht praktisch ihren gesamten Besitz Stück für Stück aufgelistet. Mit etwas Glück hoffte sie für alles zusammen fünf Millionen zu erzielen. Schlimmstenfalls nur vier.

»Und was dann?« Ward sah sie zum ersten Mal voller Bitterkeit an. »Sollen wir die Kinder in Lumpen kleiden und betteln gehen? Wir müssen irgendwo wohnen. Wir brauchen Personal, Kleider, Autos.«

Sie schüttelte den Kopf. »Ein Auto. Nicht mehrere. Und wenn wir uns das nicht leisten können, fahren wir mit dem Bus.« Plötzlich machte ihr sein Gesichtsausdruck angst. In ihr regten sich Zweifel, ob sie sich tatsächlich umstellen konnten. Es mußte sein, es blieb ihnen keine andere Wahl, und Faye würde Ward dabei helfen. Das einzige, was sie nie aufgeben wollte, war Ward.

Zu Hause wurden sie vom Kindermädchen erwartet. Die kleine Anne hatte Fieber. Wahrscheinlich hatte sie sich bei Val angesteckt; das Mädchen schien sehr besorgt. Ohne auf die Worte des Mädchens zu reagieren, ging Faye ans Telefon und rief den Arzt an. Sie nahm der Frau das Kind nicht aus den Armen. Als diese ihr die Kleine später anbot, winkte Faye geistesabwesend ab. »Jetzt ist keine Zeit.« Sie hatte anderes im Kopf. »Anderes« war die Katastrophe, die ihre Familie jetzt bedrohte. Allein die Aussicht auf das vor ihr Liegende verursachte eine nie gekannte Erschöpfung. Doch es gab keinen Ausweg, und sie war diejenige, die irgend etwas tun mußte. Ward war der Situation nicht gewachsen. Sie würde alles selbst in die Hand nehmen müssen.

Er war ihr sehr dankbar, als sie sich am nächsten Morgen an die Arbeit machte. Sie rief sämtliche Immobilienmakler in der Stadt an und vereinbarte Termine zur Besichtigung des Hauses. Dann setzte sie sich mit den Anwälten in Verbindung, verabredete Termine mit Antiquitätenhändlern und legte eine Liste der Dinge an, die sie behalten, und jener, die sie verkaufen würden. Ward sah ihr wie erstarrt zu, während sie ungerührt und sachlich mit gerunzelter Stirn an ihrem Schreibtisch arbeitete. Ungläubig schüttelte er den Kopf. Das alles war unfaßbar.

Da blickte sie auf. Noch immer stand die Furche zwischen ihren Brauen, doch nicht aus Unwillen über Ward. »Was hast du heute vor?«

»Ich esse im Klub.« Die Klubmitgliedschaften würde er auch aufgeben müssen, aber diesen Gedanken ließ Faye im Augenblick lieber unausgesprochen. Sie beschränkte sich auf ein Nicken, und gleich darauf war er fort.

Er kam erst um sechs Uhr wieder und war in Hochstimmung. Den ganzen Nachmittag hatte er Backgammon gespielt und dabei einem Freund neunhundert Dollar abgenommen. Und wenn du verloren hättest? dachte Faye bei sich. Sie sagte jedoch kein Wort darüber und lief rasch die Treppe hinauf. Sie wollte nicht mit ansehen, wie er mit den Zwillingen spielte. Und außerdem gab es so viel zu tun.

Morgen mußte sie dem Personal kündigen, dann mußten die Autos verkauft werden. Und wenn hier alles erledigt war, blieb immer noch das Haus in Palm Springs. Der Gedanke daran trieb ihr die Tränen in die Augen, nicht so sehr, weil sie den Verkauf bedauerte, sondern weil das ganze Gewicht der Arbeit sie drückte, das auf ihr allein lastete. Ein Kneifen gab es nicht. Es war wie ein Alptraum oder zumindest wie ein sehr, sehr seltsamer Traum. In nur vierundzwanzig Stunden war ihr ganzes Leben zerbrochen. Allein der Gedanke daran machte sie verrückt. Noch vor wenigen Tagen hatte sie ganz andere Dinge im Kopf gehabt. Das Neugeborene, wieder ein großartiges Geschenk von Ward, Pläne für ein paar Wochen Ferien in Palm Springs. Und jetzt war schlagartig alles vorbei, für immer dahin. Einfach nicht zu fassen.

Während sie sich schweren Herzens die Treppe hinaufschleppte und nicht wußte, wie es weitergehen sollte, stellte sich ihr das Kindermädchen wie schon einige Male an diesem Tag in den Weg. Aber Faye hatte auch jetzt keine Zeit für das Baby. Es stürmte zu viel auf sie ein. Die Frau in Weiß erwartete sie auf dem Treppenabsatz und sah Faye finster an, in einer Hand das Fläschchen. Das Baby, in eine bestickte rosa Decke gewickelt, die Faye für die Zwillinge gekauft hatte, hielt sie an ihre Brust gedrückt.

»Mrs. Thayer, möchten Sie das Baby jetzt füttern?« Die britische Kinderfrau starrte sie böse an. Zumindest bildete sich Faye das ein, die an das üppige Gehalt dachte und auch daran, wie die Person den ganzen Tag versucht hatte, Schuldgefühle in ihr zu wecken.

»Es geht nicht, Mrs. McQueen, tut mir leid...« Als sie sich abwandte, spürte Faye einen Stich im Herzen. »Ich bin zu müde.« Aber das war es gar nicht. Sie wollte ihren Schmuck sortieren, ehe Ward heraufkam. Am nächsten Tag hatte sie einen Termin bei Frances Klein, und sie mußte sich jetzt entscheiden, welche Stücke sie verkaufen wollte. Daß die Firma Klein ihr einen anständigen Preis machen würde, wußte sie. Jetzt gab es kein Zurück mehr, und sie hatte wirklich keine Zeit für Anne, das arme zarte Ding. »Vielleicht morgen«, sagte sie halblaut und lief mit gesenktem Kopf in ihr Zimmer. Es würde ihr leichter fallen, wenn sie das Kind jetzt nicht sah, das sie erst vor so kurzer Zeit zur Welt gebracht hatte. Und vor zwei Wochen hatte sich noch alles einzig und allein um dieses Kind gedreht. Das war nun anders geworden. Mit tränenfeuchten Wangen schloß sie die Tür. Mrs. McQueen, die ihr kopfschüttelnd nachgesehen hatte, ging hinauf ins Kinderzimmer.

6 Die Firma Christie holte das Mobiliar im Februar ab. Sämtliche teuren Antiquitäten, die sechs alten Porzellanservice, die sich Faye und Ward in den vergangenen sieben Jahren zugelegt hatten, sämtliche Kristallüster und Orientteppiche. Bis auf die notwendigsten Einrichtungsstücke wurde alles fortgeschafft... Faye hatte es so eingerichtet, daß die Kinder mit dem Mädchen in Palm Springs waren, und sie drängte Ward, ebenfalls zu verreisen.

»Willst du mich loswerden?« Über sein Champagnerglas hinweg, das inzwischen zu seinem ständigen Begleiter geworden war, blickte er sie vorwurfsvoll an. Zu Fayes Leidwesen trank Ward jetzt noch mehr.

»Du weißt, daß ich das nicht will.« Seufzend ließ sie sich neben ihm nieder. Den ganzen Tag hatte sie Möbelstücke mit Aufklebern versehen. Rote für die Dinge, die fortgeschafft wurden, blaue für die, die bleiben sollten. Sie behielten nur sehr wenige Stücke. Faye wollte alles verkaufen, was einigermaßen wertvoll war. Die einfacheren Sachen konnten sie nach dem Umzug weiterverwenden. Das war für alle sehr bedrückend, ließ sich aber nicht ändern. Diesen Satz hatte Ward hassen gelernt, doch Faye blieb hart. Sie kannte jetzt die Wahrheit und ließ nicht zu, daß er vor ihr davonlief. Sie tat alles Menschenmögliche, um ihm zu helfen, duldete jedoch nicht, daß er sie oder sich selbst belog. Faye war es auch, die direkt mit den Vermögensberatern verhandelte, und das bereitete ihr den größten Kummer, weil sie wußte, daß sie Ward damit irgendwie seiner Männlichkeit beraubte. Aber was hätte sie sonst tun sollen? Ihn mit seinen Lügen weiterleben lassen? Ihn weiterhin Schulden machen lassen? Der Gedanke daran ließ sie erschaudern. Da war es besser, sich jetzt der Katastrophe zu stellen und ein neues Leben aufzubauen. Sie waren noch jung. Sie hatten einander und die Kinder. Natürlich gab es Momente, da war sie ebenso entsetzt wie Ward. Es war, als müßte sie einen steilen Berghang erklimmen: Ein Blick in die Tiefe, in die Vergangenheit, mußte tunlichst vermieden werden, weil das jetzt ein Luxus war, den man sich nicht mehr leisten konnte. Sie mußten weiter.

»Gestern wurde das Karussell abgeholt«, sagte sie. Alles drehte sich auf einmal um ein einziges Thema, nämlich was verkauft worden war und was nicht. Mit dem Haus rührte sich noch nichts, und langsam machte Faye sich deswegen Sorgen. »Ein Hotel hat dafür einen anständigen Preis gezahlt.«

»Wie wundervoll.« Er stand auf, um sich nachzuschenken. »Sicher werden die Kinder entzückt sein, wenn sie es erfahren.«

»Da kann man nichts machen.« ... aber man hätte doch etwas machen können, schoß es ihr plötzlich durch den Kopf. Rasch verdrängte sie diesen Gedanken. Es war ja nicht ihre Schuld, daß jetzt alles verloren war. Sie durfte auch Ward keine Vorwürfe machen, denn er hatte ja nie ein anderes Leben kennengelernt. Niemand hatte ihm beigebracht, was es hieß, Verantwortungsbewußtsein zu haben. Und zu ihr war er immer wundervoll gewesen. Trotz allem liebte sie Ward, nur manchmal fiel es ihr schwer, ihm nicht die Schuld an allem zu geben. Seine Situation war ja schon so lange chaotisch... wenn sie eine Ahnung gehabt hätte...

Ward starrte sie mit verzweifeltem Blick an, in der Hand sein Glas. Flüchtig konnte sie erahnen, wie er als alter Mann aussehen würde. Bis vor kurzem hatte er sich noch immer wie ein Junge benommen, ein sehr hübscher, flotter, sorgloser junger Mann, doch seit zwei Monaten wirkte er wie von einer schweren Last bedrückt, und das ließ ihn älter erscheinen. Sogar ein paar graue Haare hatte sie an ihm entdeckt und neue Fältchen um die Augen.

»Ward...« Sie sah ihn an, nach den passenden Worten suchend, die den Schmerz lindern halfen und es ihnen erleichterten, mit der Wahrheit zu leben. Aber beide waren von Fragen und von Angst erfüllt, die ihre Gedanken wie ein Zug überrollten.

Wohin sollen wir gehen? Was sollen wir tun? Was ist, wenn das Haus verkauft wird?

»Ich wünschte, ich hätte dich da nicht hineingezogen.« Er setzte sich, von Mitleid für sich und gleichzeitig von Schuldbewußtsein Faye gegenüber erfüllt. »Ich hatte kein Recht, dich zu heiraten.« Doch er hatte sie so verzweifelt begehrt und gebraucht, so kurz nach dem Krieg, nachdem er seine erste Frau nach nur zwei Monaten Ehe verloren hatte. Und Faye war so wunderbar gewesen. Sie war es noch immer. Das machte es ihm noch schwerer. Er haßte sich für das, was er ihr angetan hatte.

Langsam kam sie zu ihm und setzte sich auf die Armlehne seines Sessels. Sie war schmäler als vor der letzten Schwangerschaft, schmäler als seit Jahren. Sie leistete Schwerarbeit, stand vor Tagesanbruch auf, packte Kisten, sortierte Berge von Dingen. Zusammen mit einem der zwei verbliebenen Mädchen erledigte sie die Hausarbeit.

Das früher so zahlreiche Personal war zusammengeschrumpft. Zwei Mädchen, die für alle kochten und saubermachten, das Mädchen, das seit Lionels Geburt vor sechs Jahren die Kinder betreute, und die Kinderfrau, die eigens für Anne engagiert worden war. Faye hatte die Absicht, ihr Personal auf zwei Personen zu reduzieren, brauchte aber im Moment noch Hilfe für den Umzug. Alle anderen Dienstboten waren schon lange fort. Arthur und Elizabeth waren vor sechs Wochen unter Tränen gegangen, weil sie Faye nach so vielen Jahren verlassen mußten. Beide Chauffeure waren entlassen worden, ebenso der Majordomus und ein halbes Dutzend Hausmädchen. Wahrscheinlich würden sie in einiger Zeit überhaupt niemanden mehr brauchen, wenn sie ein Haus bewohnten, das nicht zu groß war. Um eine neue Bleibe hatte Faye sich noch überhaupt nicht gekümmert. Zuerst mußte sie das große Haus verkaufen. Und Ward überließ ihr auch diese Aufgabe.

»Wäre dir eine Scheidung nicht lieber?« Er starrte sie an. Das Glas war wieder leer – aber nicht lange, es war nie lange leer.

»Nein.« Faye sagte es laut und betont in den halbleeren Raum hinein. »Das möchte ich nicht. Wenn ich mich recht erinnere, hieß es ›in guten wie in bösen Tagen‹, und wenn es uns jetzt lausig geht, dann läßt sich das eben nicht ändern.«

»Ach, meinst du? Man zieht uns die Teppiche unter den Füßen weg und pfändet uns das Dach über dem Kopf. Die Anwälte strekken uns Geld für Lebensmittel und Dienstbotenlöhne vor. Und du tust das alles mit einem Achselzucken ab? Wovon sollen wir in Zukunft leben?« Er goß sich wieder ein Glas voll. Faye mußte sich sehr beherrschen, ihn nicht zum Aufhören zu drängen. Er würde das Trinken ohnehin einschränken müssen. Alles würde wieder normal werden – eines Tages – vielleicht.

»Ward, es wird uns schon eine Lösung einfallen. Was bleibt uns denn übrig?«

»Ich weiß es nicht. Sicher denkst du an ein Comeback beim Film, aber dir ist hoffentlich klar, daß du nicht mehr so jung wie damals bist.« Seine schwere Zunge verriet Faye, daß er schon betrunken war. Sie ließ sich von seinen Worten nicht beeindrucken.

»Ward, das weiß ich.« Ihre Stimme war geradezu schmerzlich ruhig. Über dieses Problem hatte sie selbst schon wochenlang nachgedacht. »Es wird sich schon etwas ergeben.«

»Für wen? Für mich?« Er ging drohend auf sie zu, was gar nicht seine Art war. Beide standen unter so großem Druck, daß jetzt alles möglich schien. »Verflucht, ich habe in meinem ganzen Leben nicht gearbeitet. Was sollte ich deiner Meinung nach wohl tun? Soll ich bei Saks als Verkäufer anfangen und deinen Freundinnen Schuhe verkaufen?«

»Ward, bitte...« Sie wandte sich um, damit er ihre Tränen nicht sehen konnte. Da packte er sie am Arm und drehte sie mit Gewalt zu sich um. »Komm schon, sag mir, was für Pläne du hast, Miß Realität. Du bist diejenige, die uns alle zwingen will, den Tatsachen ins Auge zu sehen. Teufel noch mal, wäre es nicht nach dir gegangen, könnten wir noch leben wie zuvor.« Also das war es. Er gab ihr die Schuld und nicht sich selbst, oder er versuchte wenigstens, es so zu sehen. Faye durchschaute ihn ganz klar. Das hielt sie jetzt aber nicht davon ab, zurückzuschlagen.

»Wenn wir so weitergelebt hätten, dann hätten wir fünf Millionen Schulden anstatt vier.«

»Allmächtiger, du redest schon wie diese zwei männlichen alten Jungfern Gentry und Burford. Die können ihren eigenen Hintern nicht von einem Loch im Boden unterscheiden. Was ist schon dabei, wenn man Schulden hat?« Ward brüllte sie an und ließ sie los, um ans Fenster zu gehen. »Wir haben ein herrliches Leben geführt, oder nicht?« Er funkelte sie über den ganzen Raum hinweg an, doch er war mehr wütend über sich selbst als über sie, und plötzlich brüllte Faye zurück.

»Es war eine Lüge, verdammt noch mal! Es war doch nur eine Frage der Zeit, bis man uns das Haus weggenommen und die Einrichtung gepfändet hätte.«

Ward lachte voller Bitterkeit. »Ach so. Und was passiert jetzt?«

»Wir verkaufen alles selbst. Und mit ein wenig Glück wird uns sogar etwas Geld bleiben. Geld, das wir anlegen werden und von dem wir vielleicht eine Zeitlang leben können. Und weißt du was? Das einzige, was zählt, ist die Tatsache, daß wir noch immer einander und die Kinder haben.«

Aber Ward wollte nichts mehr hören. Er ging und schlug die Tür so heftig hinter sich zu, daß der Knall durchs ganze Haus hallte.

Faye machte sich mit zitternden Händen wieder ans Packen.

Drei Wochen später wurde das Haus verkauft. Es war für Faye ein trauriger Tag, doch es blieb nun mal der einzige Ausweg. Der Verkaufspreis war niedriger als erhofft; die Käufer wußten, in welch verzweifelter Lage sie sich befanden. Dazu kam, daß das Haus nicht mehr so gut in Schuß war wie früher. Die Gärtner waren längst nicht mehr da, der Garten wirkte nicht mehr so gepflegt, das Karussell hatte häßliche Narben im Rasen hinterlassen. Die schönen Möbelstücke waren schon weg, und die riesigen Räume waren ohne Lüster und Gardinen kahl. Die Interessenten, ein bekannter Schauspieler und seine Frau, boten ein Viertelmillion. Der Mann benahm sich Faye gegenüber ziemlich herablassend, und mit Ward trafen die beiden gar nicht erst zusammen. Sie besichtigten das Haus und machten Bemerkungen zu ihrem Makler, als wäre Faye gar nicht vorhanden. Das Angebot kam am nächsten Tag, und es bedurfte verbissener Verhandlungen, die sich über eine ganze Woche hinzogen, um schließlich eine annehmbare Summe zu erreichen. Faye und die Vermögensberater drängten Ward zuzustimmen. Sie hielten ihm vor, daß er keine andere Wahl habe, und schließlich willigte er in seiner Verzweiflung ein und unterschrieb den Vertrag, um sich gleich darauf mit zwei Flaschen Champagner und einer Flasche Gin in seinem Arbeitszimmer einzuschließen. Dort saß er, den Blick starr auf die Fotos seiner Eltern an der Wand gerichtet. Er mußte weinen, wenn er an das Leben seines Vaters dachte und an das, was ihn selbst jetzt erwartete.

Faye sah ihn erst spätabends wieder, als er endlich zu ihr heraufkam. Zunächst wagte sie nicht, ihn anzusprechen. Ein Blick in sein Gesicht, und sie hätte am liebsten losgeheult. Für ihn begann ein vollkommen neuer Lebensabschnitt, und plötzlich wurde Faye von Furcht und Zweifeln überfallen, ob er die Veränderung verkraften würde. Sie selbst kannte die Armut; auch wenn diese Erfahrung schon einige Zeit zurücklag, so hatte sie die bittere Realität doch noch deutlich in Erinnerung. Für sie war das alles nicht so furchteinflößend wie für Ward.

Faye fühlte sich jetzt, als hätte sie die letzten Monate ununterbrochen im Laufschritt verbracht und als würde sie auch nicht innehalten können, falls es ihnen je gelingen sollte, wieder zu sich selbst zu finden. Es war der schlimmste Alptraum ihres Lebens, alle romantischen und schönen Momente waren dahin. Es blieb ihnen nur die Realität, die Tragödie, die Ward heraufbeschworen hatte, und die schäbige Häßlichkeit des vor ihnen liegenden Lebens. Aber sie weigerte sich, es hinzunehmen, weigerte sich auch, Ward aufzugeben und ihn gehen und zu einem hoffnungslosen Trinker werden zu lassen. Er stand in der Tür und starrte sie an, als könne er ihre Gedanken lesen. Schließlich trat er ein und setzte sich. So niedergeschlagen hatte sie ihn noch nie gesehen.

»Es tut mir leid, daß ich mich in der ganzen Sache wie ein Schweinehund benommen habe, Faye.« Er sah sie an, und sie rang sich mit Tränen in den Augen ein Lächeln ab.

»Es war für uns alle nicht leicht.«

»Aber es ist meine Schuld... das ist das schlimmste. Ich glaube zwar nicht, daß ich das Blatt hätte wenden können, aber ich hätte wenigstens den Untergang hinauszögern können.«

»Du hättest einen sterbenden Industriezweig nie mehr zum Leben erwecken können, Ward, auch wenn du dich noch so bemüht hättest. Dafür kannst du nichts.« Sie zog die Schultern hoch und ließ sich auf der Bettkante nieder. »Und alles andere...«, sie lächelte traurig, »... wenigstens haben wir uns eine Weile herrlich amüsiert...«

»Und wenn wir jetzt verhungern?« Er sah aus wie ein verängstigter kleiner Junge. Für einen Mann, der jahrelang auf Kredit gelebt hatte, war das eigentlich eine erstaunliche Frage. Aber er hatte sich immerhin heute mit diesen Dingen auseinandergesetzt, und dabei war ihm eines klargeworden, nämlich, daß er Faye verzweifelt brauchte, mochte es im Moment auch so aussehen, als wäre er wütend auf sie. Und sie ließ ihn jetzt nicht im Stich.

Faye wirkte ganz ruhig, viel ruhiger, als sie sich fühlte. Sie wollte ihm damit etwas geben, das er selbst nicht besaß, nämlich Glauben und Vertrauen – das Beste, was sie im Moment für ihn tun konnte. Für sie lag darin der eigentliche Sinn einer Ehe.

»Ward, wir werden nicht verhungern. Wir beide schaffen das schon. Ich habe noch nie Hunger gelitten, obwohl es mir manchmal wirklich sehr schlechtging.« Sie lächelte matt. Ihr Körper schmerzte, sie konnte sich kaum rühren. Den ganzen Tag hatte sie gepackt und dabei schwere Kisten gehoben und geschoben.

»Damals mußtest du nicht für sieben sorgen.«

»Nein.« Zum ersten Mal seit Wochen sah sie ihn liebevoll an. »Aber ich bin glücklich, daß es sieben sind.«

»Wirklich, Faye?« Sein eigenes Elend hatte ihn schon vor Stunden ernüchtert, und er war jetzt nicht mehr imstande, sich noch zu betrinken, und das war gut so. »Hast du nicht Angst, daß wir uns alle an deinen Rockzipfel hängen, ich am meisten, weil ich mehr Angst habe als die Kinder?«

Faye ging zu ihm und griff in sein dichtes blondes Haar. Komisch, wie ähnlich er Gregory war. Manchmal wirkte Ward kindlicher als ihr kleiner Sohn.

»Mir macht es nichts aus, Ward, da kannst du sicher sein.« Sie sagte es im Flüsterton und gab ihm einen Kuß aufs Haar, und als er zu ihr aufblickte, liefen ihm Tränen über die Wangen. Er kämpfte gegen ein Schluchzen an.

»Ich werde dir bei allem helfen, Kleines, das verspreche ich. Ich werde tun, was ich kann.«

Faye nickte, und er zog ihr Gesicht zu sich herunter. Zum ersten Mal seit einer endlos langen Zeit gab er ihr einen Kuß und folgte ihr Augenblicke später ins Bett, aber sie schliefen nicht miteinander – schon lange nicht mehr. Sie hatten zu viele andere Dinge im Kopf. Aber wenigstens war die Liebe noch da, ein wenig getrübt zwar, aber sie war immer noch vorhanden. Mehr war ihnen nicht geblieben. Alles andere war dahin.

7

Als sie im Mai auszogen, geschah es unter Tränen. Beide wußten, daß sie eine Welt verließen, ein Leben, das nie wiederkehren würde. Auch Lionel und Gregory weinten. Sie waren alt genug, um zu verstehen, daß es ein Abschied für immer war. Es war das Haus ihrer Kindheit gewesen, schön, sicher und warm. In den Augen ihrer Eltern erkannten sie jetzt etwas, das ihnen angst machte. Alles war plötzlich irgendwie anders, nur wußten die Kinder nicht, was es war. Nur Vanessa und Val schienen durch den Umzug weniger berührt. Sie waren erst drei, zu klein, um alles bewußt wahrzunehmen, wenngleich sie natürlich die allgemeine Nervosität zu spüren bekamen. Für sie war es wundervoll aufregend, daß sie jetzt alle ins Haus nach Palm Springs zogen.

Ward brachte sie dorthin in dem einzigen Wagen, der ihnen geblieben war. Es war ein alter Chrysler-Kombi, den sie für das Personal gehalten hatten und der jetzt als Familienauto herhalten mußte. Die Düsenbergs waren weg, auch Fayes Bentley-Coupé, der Cadillac und der Rest des Fuhrparks, den sie besessen hatten.

Faye und Ward hatten das Gefühl, ihre Jugend liege nun für immer hinter ihnen. Im Haus in Palm Springs, das bis Juni geräumt werden mußte, konnte man wenigstens kurzfristig die Kinder unterbringen. Das noch vorhandene Mobiliar mußte eingelagert werden, bis Faye eine neue Bleibe gefunden hatte. Sie wollte die Familie zuerst nach Palm Springs bringen und sich dann allein in Los Angeles auf die Haussuche machen, während Ward die Sachen in Palm Springs packte. Auf dieser Mitarbeit hatte er bestanden. Es war das mindeste, was er nun noch tun konnte, nachdem Faye den Auszug in Beverly Hills allein bewerkstelligt hatte. Diesmal brauchte sie nichts anzurühren, ihre Aufgabe war es, ein anständiges preiswertes Zuhause für die Familie zu finden. Und sie wußte, daß das nicht einfach werden würde. Nach der Versteigerung der Werft, dem Verkauf des Hauses samt der Einrichtung in Beverly Hills, der Kunstgegenstände, Bücher, Autos und mit dem Erlös des Hauses in Palm Springs könnten ihnen nach Begleichung ihrer Schulden fünfundfünfzigtausend Dollar bleiben. Geschickt angelegt würden sie eine kleine Summe abwerfen, wenn auch nicht genug, daß sie davon leben konnten.

Sie würden sich mit einem gemieteten Haus begnügen müssen, und Faye hoffte, daß sie etwas halbwegs Annehmbares angeboten bekam. Sobald sie eingezogen waren und die Kinder im Herbst zur Schule und in den Kindergarten gingen, wollte sie sich um einen Job kümmern. Ward sprach auch davon, daß er sich eine Arbeit suchen wolle. Faye aber hatte mehr Zutrauen in ihre eigenen Fähigkeiten, etwas zu finden. Für sie würde alles viel einfacher sein. Sie wußte, was Arbeit war, und mit ihren zweiunddreißig Jahren war sie noch nicht zu alt dafür, jedenfalls nicht für das, was ihr vorschwebte. Lionel kam in die Grundschule, Greg in die Vorschule, während die Zwillinge den Kindergarten besuchen würden. Sie könnte also genügend freie Zeit haben. Als einzige Haushaltshilfe hatte sie noch ein Mädchen, das ein Auge auf die Kinder, besonders auf das Baby haben würde, daneben aber auch kochen und saubermachen mußte. Anne war erst vier Monate alt und machte noch nicht viel Arbeit. Der Zeitpunkt war ideal, sich außer Haus Arbeit zu suchen. Aber je länger sie darüber nachdachte, desto heftiger wurde sie von Schuldgefühlen wegen der kleinen Anne geplagt. Um die anderen Kinder hatte sie sich viel mehr gekümmert, und für ihr jüngstes blieb ihr kein Augenblick Zeit. Seit der Geburt hatte sie die Kleine kaum richtig gesehen, weil die Katastrophe so rasch nach der Entbindung gekommen war. Sie verdrängte den quälenden Gedanken an ihre kleinste Tochter. Auf der Fahrt warf ihr Ward hin und wieder einen verstohlenen Blick zu. Er bemerkte ihren sorgenvollen Ausdruck und tätschelte tröstend ihre Hand. Er hatte ihr versprochen, in Palm Springs weniger zu trinken. Faye hoffte, er würde sich daran halten. Das Haus war kleiner, und den Kindern würde es sicher nicht entgehen, wenn er die ganze Zeit über betrunken war. Außerdem erwartete ihn jede Menge Arbeit, die ihn vom Trinken abhalten würde.

Zwei Tage darauf fuhr Faye mit dem Zug zurück nach Los Angeles und bezog ein kleines Zimmer im Hollywood Roosevelt Hotel. Die Häuser, die sie besichtigte, waren unbeschreiblich. In schlechten Wohngegenden gelegen, mit winzigen Gärtchen und kleinen Räumen. Sie durchforstete die Zeitungen, rief sämtliche Makler an und fand schließlich, schon halb verzweifelt, am Anfang der zweiten Woche ein Haus, das nicht so schrecklich wie die anderen war und Platz für alle bot. Es hatte vier geräumige Schlafzimmer. Faye hatte bereits geplant, sowohl die Jungen als auch die Zwillinge in ein Zimmer zu legen. Anne sollte mit dem Kindermädchen in einem Zimmer untergebracht werden, und das vierte blieb dann für sie und Ward. Im Erdgeschoß lag ein düsteres Wohnzimmer mit billiger Holztäfelung und einem Kamin, der seit Jahren nicht mehr funktionierte, daneben war ein Speisezimmer mit Aussicht in ein kahles Gartengeviert. In der geräumigen altmodischen Küche konnte man noch einen großen Küchentisch unterbringen.

Faye hätte die Kinder so nah um sich wie noch nie, und sie versuchte sich einzureden, daß dies für alle von Vorteil sein würde. Außerdem versuchte sie sich selbst davon zu überzeugen, daß Ward das Haus nicht verabscheuen und sich nicht weigern würde einzuziehen und daß die Kinder beim Anblick der schäbigen Räumlichkeiten nicht in Tränen ausbrechen würden. Das beste an ihrer neuen Bleibe war die Miete, die sich im Rahmen ihrer Möglichkeiten hielt. Das Haus lag in einer Wohngegend von Monterey Park, unendlich weit weg von ihrem bisherigen Zuhause in Beverly Hills. Darüber konnte man niemanden hinwegtäuschen, und sie versuchte es auch gar nicht, als sie wieder in Palm Springs ankam. Sie sagte allen, daß sie »nur für eine Weile« dort wohnen wollten, und versuchte alles als großes Abenteuer hinzustellen: die Hausarbeit, die man gemeinsam machen würde, die Blumen, die man im Garten pflanzen konnte und die schön wachsen würden. Aber als sie mit Ward allein war, starrte er sie an und stellte die Frage, vor der sie sich so fürchtete:

»Wie schlimm ist es wirklich?«

Sie mußte erst einmal tief durchatmen. Ihr blieb nichts übrig, als ihm die Wahrheit zu sagen, die er ohnehin bald selbst herausgefunden hätte. Beschönigen hatte keinen Sinn.

»Verglichen mit dem, was wir hatten?«

Er nickte.

»Es ist schrecklich. Aber wenn wir keinen Blick zurückwerfen oder es wenigstens eine Weile versuchen, dann ist es nicht so furchtbar. Das Haus ist frisch gestrichen, und es ist einigermaßen billig. Die paar Möbel, die uns geblieben sind, werden hineinpassen. Und mit Gardinen und hübschen Blumen läßt sich viel machen.« Sie holte wieder tief Luft und versuchte, sein verzweifeltes Gesicht zu übersehen. »Wenigstens haben wir einander. Es wird alles wieder gut.« Er wandte sich ab, trotz ihres Lächelns.

»Das sagst du immer.« Wieder tat er so, als wäre alles ihre Schuld. Und langsam machte sich in Faye das Gefühl breit, daß er recht hatte. Vielleicht hätte sie ihn nicht zwingen sollen, den Tatsachen ins Gesicht zu sehen. Vielleicht hätte sie ihn bis zum bitteren Ende Schulden machen lassen sollen. Aber früher oder später wäre er doch vor einem Trümmerhaufen gestanden, oder nicht? Sie wußte keine Antworten mehr.

Ward hatte wenigstens Wort gehalten und die Sachen in Palm Springs gepackt, und er hatte bis zu ihrer Rückkehr nicht getrunken. Da er wußte, daß sie von nun an wieder alles übernahm, konnte er es sich nun etwas leichter machen – zumindest eine Weile, bis sie auszogen.

An dem Dienstagnachmittag, an dem sie das Haus endgültig abschlossen, war es brütend heiß. Faye hatte in dem Haus in Monterey Park schon ein wenig Vorarbeit geleistet, ehe sie nach Palm Springs gefahren war. Sie hatte ausgepackt, was sie allein schaffen konnte, in alle Räume ein paar Bilder gehängt, die Vasen mit Blumen gefüllt, die Betten bezogen. Sie hatte alles getan, damit es gemütlicher wurde. Die Kinder beschnüffelten gleich nach der Ankunft voller Neugierde wie junge Hunde ihr neues Zuhause. Sie waren entzückt, als sie ihre Zimmer mit den Spielsachen und ihre eigenen Betten entdeckten, und Faye schöpfte schon Hoffnung.

Aber Wards Gesicht sagte alles, als er das dunkle Wohnzimmer mit der geschmacklosen Täfelung betrat. Einen Kommentar gab er nicht ab, da er gegen seine Tränen ankämpfen mußte. Mit zusammengekniffenen Augen blickte er hinaus in den Garten und sah sich dann im Speisezimmer um. Als er einen Tisch aus einem der ehemaligen oberen Räume des alten Hauses sah, schaute er unwillkürlich zur Decke, in der Erwartung, den schönen Lüster zu sehen, den Faye schon vor Monaten verkauft hatte. Ward warf ihr einen Blick zu und schüttelte den Kopf. Ein Haus wie dieses in einer so armseligen Umgebung hatte er noch nie gesehen. Seine Reaktion war entsprechend.

»Das wär's also. Hoffentlich ist es wenigstens billig.« Wieder fühlte er sich schuldig, weil er dies alles ihr und den Kindern angetan hatte.

Sie standen einander nun in ihrem neuen Heim gegenüber. Faye sah ihn liebevoll an. »Ward, es ist ja nicht für immer.«

Diesen Satz hatte sie sich schon vor Jahren immer wieder vorgesagt, damals, als sie der Armut ihres Elternhauses zu entfliehen hoffte und alles noch viel ärger als heute gewesen war. Das hier würde auch nicht ewig dauern. Sie war überzeugt davon, daß sie sich irgendwie wieder herausarbeiten würden.

Ward sah sich bekümmert um. »Ich glaube ohnehin nicht, daß ich das lange ertragen kann.«

Da war es um Fayes Fassung geschehen, zum ersten Mal seit Monaten, und sie fauchte ihn wütend an: »Ward Thayer, die ganze Familie versucht das Beste aus der Situation zu machen, und du wirst es gefälligst auch tun! Ich kann für dich die Uhr nicht zurückdrehen. Ich kann nicht so tun, als wäre das unser altes Haus. Aber es ist unser Haus, unseres, meines, das der Kinder und auch deines.«

Am ganzen Leibe zitternd stand sie da, und er konnte nicht übersehen, wie aufgebracht sie war. Faye war fest entschlossen, das Beste aus dieser Situation zu machen, aber Ward, der ihr Achtung entgegenbrachte, war nicht sicher, ob er so viel Kraft besaß. Abends im Bett wuchsen seine Zweifel. Es roch moderig nach verschimmeltem Holz, ein Geruch, der das ganze Haus durchzog. Die

Gardinen, die Faye aufgehängt hatte, stammten aus den ehemaligen Dienstbotenzimmern und paßten nicht. Er hatte das Gefühl, Bediensteter im eigenen Haus zu sein. Ein unglaublich häßlicher Traum.

Doch es war ihr Haus, und es war die Wirklichkeit, und Faye wußte, daß sich die ganze Familie damit abfinden mußte.

Als Ward sich zu ihr umdrehte, um etwas zu sagen und sich für sein Verhalten zu entschuldigen, war sie bereits fest eingeschlafen, im Bett zusammengerollt wie ein verängstigtes Kind. Er fragte sich, ob sie sich auch fürchtete. Er litt schon seit langem unter Angstzuständen, über die ihm nicht einmal der Alkohol hinweghalf. Wie sollte dieses Leben weitergehen? Würden sie immer hier wohnen müssen? Etwas anderes konnten sie sich jetzt nicht mehr leisten und wahrscheinlich auch in Zukunft nicht. Faye sagte zwar dauernd, es sei nur eine Zwischenlösung und eines Tages würden sie wieder ausziehen, aber wann und wie und wohin? In diesem bedrückenden, muffig riechenden Schlafzimmer konnte Ward sich das nicht einmal in seinen kühnsten Träumen vorstellen.

Wieder in Hollywood

1952–1957

8

Sieben Jahre waren vergangen, seit Abe Faye als Agent vertreten hatte. Als sie seine Nummer wählte, tat sie es mit zitternder Hand. Es war gut möglich, daß er sich aus der Branche zurückgezogen hatte oder gar keine Zeit fand, sie auch nur anzuhören. Nach Lionels Geburt hatte er sie angerufen und ihr geraten, nicht ganz Schluß zu machen und vor allem nicht zu lange Zeit zu pausieren, damit es für ein Comeback nicht zu spät wurde. Jetzt war es ganz sicher zu spät, sieben Jahre, in denen sie nichts für ihre Karriere getan hatte. Damit durfte sie ihm gar nicht erst kommen, aber sie brauchte seinen Rat. Bis September hatte sie gewartet. Jetzt waren die Kinder, Anne ausgenommen, wie geplant in Schule und Kindergarten untergebracht. Und Ward war ausgegangen, um sich mit alten Freunden zu treffen und eine Arbeit zu suchen, wie er sagte, doch meist ging er nur zu ausgedehnten Essen in seine Lieblingsrestaurants und Klubs. »Kontakte knüpfen«, nannte er das.

Vielleicht knüpfte er wirklich Kontakte, dennoch war vorauszusehen, daß es wahrscheinlich jahrelang so weitergehen würde und sie auf diese Weise nicht weiterkommen konnten. Auch dieser Anruf war sinnlos, wenn Abe nicht mit ihr sprechen wollte. Sie betete darum, daß er Zeit für sie hatte, als sie der Sekretärin ihren Namen nannte. Es folgte eine lange Pause, sie wurde gebeten dranzubleiben, und dann war er da wie in alten Zeiten, ehe das alles passiert war.

»Meine Güte, ein Geist aus ferner Vergangenheit. Lebst du denn noch?« Seine Stimme dröhnte ihr in den Ohren wie seinerzeit, und sie reagierte mit einem nervösen Lachen. »Bist du es wirklich, Faye?« Plötzlich bedauerte sie, daß sie sich im Laufe der Jahre nie mit ihm getroffen hatte, aber sie war mit Ward und den

Kindern immer so beschäftigt gewesen, und Hollywood hatte zu einem anderen Leben gehört.

»Ja, ich bin's, die Faye Price von früher mit ein paar grauen Härchen.«

»Das läßt sich ändern, wenn ich auch nicht annehme, daß du mich deswegen anrufst. Welchem Umstand verdanke ich die Ehre dieser angenehmen Überraschung, oder hast du inzwischen schon zehn Kinder?« Abe war herzlich wie immer, und sie war sehr gerührt, daß er sich für sie Zeit nahm, früher waren sie ja so gute Freunde gewesen. Abe war in all den Jahren ihrer kometenhaften Karriere ihr Agent gewesen, war dann aber völlig aus ihrem Leben verschwunden, und jetzt klopfte sie wieder an seine Tür. Faye lächelte über seine scherzhaft gemeinte Frage.

»Keine zehn Kinder, nur fünf. Ich habe erst die Hälfte hinter mir.«

»Gott, wie ist die Jugend töricht. Damals las ich es in deinem Blick, daß es dir ernst war, und deshalb ließ ich dich gehen. Aber du warst großartig, solange du oben warst. Du hättest noch sehr lange ganz oben sein können.« Faye war davon nicht so überzeugt, hörte es aber mit Vergnügen. Eines Tages wäre es mit ihrer Karriere sicher bergab gegangen. Das ging allen so, und Ward hatte ihr diese Erfahrung erspart, aber jetzt... sie mußte ihren ganzen Mut zusammennehmen, um ihn um das zu bitten, was sie brauchte, nämlich um seine Hilfe. Obwohl er es von dem Moment an geahnt haben mußte, als er ihren Namen hörte. Abe las natürlich Zeitungen und hatte gehört, daß es ihnen nicht gutging. Das Haus verkauft, die Sachen versteigert, die Werft in Konkurs. Ein rascher Abstieg wie bei manchen seiner Stars. Das änderte aber nichts an Abes Gefühlen für Menschen, die er wirklich mochte. Faye tat ihm leid – ohne Geld, mit einem Ehemann, der sein Leben lang keinen Finger gerührt hatte, und mit fünf Kindern, die satt werden mußten.

»Na, denkst du noch an die alten Zeiten, Faye?«

Sie war ihm gegenüber immer aufrichtig gewesen. »Nein, niemals, um die Wahrheit zu sagen.« Bis jetzt jedenfalls nicht, und auch im Moment hatte sie etwas anderes im Sinn.

»Na ja, kann ich mir denken mit fünf Kindern, die dich in Anspruch nehmen.« Aber sie war gezwungen, wieder zu arbeiten. Das wußte er nur zu gut, und er entschloß sich, gleich zur Sache zu kommen, damit ihr die Peinlichkeit erspart blieb, sich vor ihm zu demütigen.

»Also, welchem Umstand verdanke ich die Ehre und das Vergnügen dieses Anrufs, Mrs. Thayer?« Er konnte es sich ohnehin denken, eine Rolle, eine kleine Rolle in einem Film. Er kannte Faye und wußte, daß sie nicht die Sterne vom Himmel verlangen würde.

»Abe, ich möchte dich um einen Gefallen bitten.«

»Schieß los.« Er war zu ihr immer offen gewesen und würde ihr auch jetzt helfen, wenn es sich einrichten ließ.

»Könnten wir uns treffen?« Das brachte sie wie eine unschuldige Naive vor. Abe konnte sich ein Lächeln nicht verkneifen.

»Klar doch, Faye. Wann denn?«

»Morgen?«

Nicht zu glauben, wie eilig sie es hatte. Ihre Lage mußte verzweifelt sein. »Sehr gut. Dann essen wir zusammen im Brown Derby.«

»Ich freue mich.« Einen Moment dachte sie sehnsüchtig an früher, das war ihr seit Jahren nicht mehr passiert. Nachdem sie aufgelegt hatte, ging sie mit verstecktem Lächeln in ihr Schlafzimmer. Sie betete darum, daß Abe ihr nicht gleich an den Kopf werfen würde, sie habe den Verstand verloren.

Doch als sie ihm am nächsten Tag gegenübersaß, sagte er nichts dergleichen, sondern dachte darüber nach, was sie sich von ihm erhoffte. Die Einzelheiten ihrer persönlichen Misere hatten ihn zuerst schockiert, besonders der Umstand, daß sie mit ihrer Familie jetzt in Monterey Park lebte. Das war so weit entfernt von ihren Anfängen, Lichtjahre entfernt, aber Faye ließ sich offensichtlich nicht unterkriegen. Sie hatte schon immer Mut bewiesen und war intelligent genug, um ein Ziel, das sie sich gesteckt hatte, zu erreichen. Die Frage war nur, ob ihr jemand eine Chance geben würde.

»Abe, irgendwo habe ich gelesen, daß Ida Lupino in einem Film für Warner Brothers Regie führt.«

»Ja, ich weiß. Aber so eine Gelegenheit wird dir kaum jemand bieten.« Er wollte ihr nichts vormachen. »Ehrlich gesagt, halte ich die Möglichkeit für sehr gering.« Und dann fragte er: »Was sagt dein Mann zu deinen Absichten?«

Faye holte erst tief Luft und sah ihrem ehemaligen Agenten in die Augen. Abe hatte sich im Laufe der Zeit nicht sehr verändert. Er war noch immer behäbig, grauhaarig, ein erfahrener, anspruchsvoller Agent, aber sehr nett und vor allem aufrichtig. Und was das schönste war, sie spürte sofort, daß er ihr immer noch freundschaftlich gesinnt war. Er würde ihr nach Möglichkeit helfen. »Er weiß es noch nicht. Ich wollte erst mit dir sprechen.«

»Glaubst du, daß er etwas dagegen haben wird, wenn du nach Hollywood zurückkehrst?«

»Nicht, wenn ich Regie führe. Wenn ich wieder vor die Kamera wollte, dann hätte er sicher etwas dagegen. Aber dafür bin ich jetzt zu alt und zu lange weg vom Film.«

»Unsinn, du bist erst zweiunddreißig. Von zu alt kann nicht die Rede sein, aber ein Comeback nach all den Jahren wäre sicher nicht einfach. Das Publikum ist sehr vergeßlich. Und die jungen Leute haben heute ihre eigenen Stars.« Er ließ sich mit dem Dessert Zeit, lehnte sich zurück und zog nachdenklich an seiner Zigarre. »Da gefällt mir deine Idee schon viel besser. Wenn wir sie einem Studio verkaufen könnten, dann wäre das wirklich eine tolle Sache.«

»Wirst du es versuchen?«

Er deutete mit der Zigarrenspitze auf sie. »Soll ich wieder dein Agent sein?«

»Ja, das sollst du.« Sie begegnete seinem Blick, und er lächelte.

»Dann nehme ich an. Ich werde mich mal umhören und sehen, was sich machen läßt.«

Faye wußte, daß er tiefstapelte. Abe würde jeden Stein einzeln umdrehen, bis er für sie etwas gefunden hatte, und wenn er nichts fand, dann nur, weil nichts da war. Sechs Wochen lang rührte er sich nicht, und als er endlich anrief, lud er sie ein, zu ihm zu kommen. Sie wagte gar nicht, ihn übers Telefon genauer auszufragen, und nahm schleunigst den Bus von Monterey Park nach Hollywood, ließ sich tüchtig durchschütteln und stürmte ungeduldig die

Treppe zu Abes Büro hinauf. Völlig außer Atem kam sie an, noch immer sehr schön, wie er auf den ersten Blick sah, als sie sich setzte.

Sie trug ein berückendes rotes Kleid und darüber einen leichten schwarzen Mantel – Teile ihrer Garderobe aus besseren Zeiten, die sie behalten hatte. Nur mit Mühe konnte sie ein Zittern unterdrücken, als er sie ansah und dann nach ihrer Hand faßte. Abe wußte, wie elend ihr zumute sein mußte.

»Na?«

»Immer mit der Ruhe, Faye. Es ist nichts Großartiges, aber wenigstens ein Anfang. Das heißt, es könnte einer sein, wenn dir die Arbeit zusagt. Regieassistenz, kümmerliche Bezahlung, für MGM. Aber mein Freund Dore Schary war von der Idee sehr angetan. Er möchte mal sehen, was du kannst. Ihm ist nicht entgangen, was Ida Lupino bei Warner Brothers macht. Er möchte auch eine Frau in seinem Stall haben.« Schary galt schon seit langem als einer der am weitesten vorausblickenden Studiobosse. Er war auch einer der jüngsten.

»Und wie will er wissen, daß ich gut bin, wenn ich für einen anderen Regisseur arbeite?« fragte sie besorgt. Andererseits aber war nicht zu erwarten, daß man ihr sofort eine selbständige Inszenierung anvertrauen würde. Das wußte sie genau.

Abe nickte beruhigend. »Den Regisseur setzt er ein, weil er ihn unter Vertrag hat. Dore weiß, daß der Mann nichts taugt. Wenn der Film auch nur halbwegs glückt, dann geht das auf dein Konto. Der Kerl ist nämlich stinkfaul und ständig betrunken, und er wird sich die halbe Zeit bei den Dreharbeiten nicht blicken lassen. Du hast deshalb ziemlich freie Hand. Auf viel Geld und Ruhm wirst du zunächst verzichten müssen. Aber das wird nicht auf sich warten lassen, wenn du diesmal ganze Arbeit leistest.«

Faye nickte. »Ist der Film denn gut?«

»Er könnte gut werden.« Wieder hielt er sich an die Wahrheit, schilderte ihr in großen Zügen das Drehbuch und nannte ihr die Namen der Stars. »Faye, es ist eine Chance, und genau die wolltest du haben. Wenn es dir ernst ist mit deinen Plänen, dann solltest du den Versuch wagen. Was hast du schon zu verlieren?«

»Nicht viel, vermutlich.« Sie sah ihn nachdenklich an, während sie überlegte. Die Sache hörte sich gut an.

»Wann kann ich anfangen?« Sie brauchte Zeit, um das Drehbuch zu studieren. Abe schluckte schwer. Er kannte ihre Arbeitsweise und wußte, wie gründlich und wie eifrig sie war. Sein hilfloses Lächeln sprach Bände.

»Nächste Woche.«

Faye warf stöhnend einen Blick nach oben. »Allmächtiger!« Damit blieb ihr auch nicht viel Zeit, es Ward schonend beizubringen. Dennoch dachte sie keinen Augenblick daran, ihren Plan aufzugeben. Das Projekt reizte sie so sehr, daß sie einen Versuch wagen mußte. Seit Monaten schon ließ ihr die Sache keine Ruhe. Jetzt sah sie Abe Abramson an und nickte. »Gut, ich mache es.«

»Du weißt ja nicht, zu welchen Bedingungen.«

»Egal, ich mache es.«

Er nannte ihr den Betrag, eine lächerliche Gage, wie beide sehr wohl wußten. Hauptsache war, daß sie eine Chance bekam.

»Du wirst täglich um sechs Uhr im Studio sein müssen, vielleicht sogar früher, wenn es verlangt wird. Die Arbeit dauert bis acht oder neun Uhr abends. Wie du das mit deinen Kindern schaffen wirst, weiß ich nicht. Vielleicht kann Ward mal einspringen.« Aber das konnte Abe sich nicht vorstellen. Ward war nicht der Typ dafür. Er war gewohnt, daß eine Armee von Dienstboten jeden geäußerten Wunsch erfüllte. Abe hätte gern gewußt, ob Ward Faye ab und zu ein wenig half.

»Ich habe noch immer jemanden, der mir im Haus hilft.«

»Gut.« Abe stand auf. Es war ganz wie damals, fast jedenfalls. Die Erinnerung zauberte ein Lächeln in Fayes Gesicht.

»Danke, Abe.«

»Schon gut.« Sein Blick sagte ihr, daß sie ihm leid tat, doch die Wertschätzung, die er ihr entgegenbrachte, verbot ihm jedes Wort darüber. Faye würde sich aus dem Schlamassel selbst herausarbeiten. Sie war genau der Typ dazu. »Komm morgen wieder, wenn du kannst, damit wir den Vertrag unterschreiben können.« Das bedeutete wieder eine lange Busfahrt in die Stadt, die aber nichts war, verglichen mit der Fahrt, die sie nun täglich hinter sich bringen mußte: den ganzen Weg durch die Stadt, von Osten nach Westen, nach Culver City und zu den MGM-Studios. Aber sie wäre für diesen Job und auch für Abe über Glasscherben gegangen. Sie wußte, daß er als ihr Agent zehn Prozent der Gage bekam, und zehn Prozent dieser Gage waren für ihn nicht der Rede wert, doch das schien ihn nicht zu stören. Faye übrigens auch nicht. Sie war in Hochstimmung.

Sie hatte Arbeit! Am liebsten hätte sie es laut hinausgeschrien, als sie die Treppe hinunterlief. Auch auf der Heimfahrt im Bus lächelte sie und platzte so stürmisch ins Haus wie eines ihrer Kinder. Ward saß im Wohnzimmer, offensichtlich noch unter der Einwirkung eines Champagnerfrühstücks mit einem seiner Freunde stehend. Sie ließ sich auf seinen Schoß fallen und schlang außer sich vor Begeisterung die Arme um seinen Nacken.

»Rate mal, was los ist!«

»Wenn du wieder schwanger bist, hänge ich mich auf... aber erst, nachdem ich dich umgebracht habe!« Er lachte dazu. Faye schüttelte den Kopf und trug eine selbstzufriedene Miene zur Schau, die er an ihr nicht kannte.

»Unsinn. Versuch's noch einmal.«

»Ich geb's auf.« Seine Augen waren gerötet, seine Zunge schwer, doch das kümmerte sie jetzt nicht.

»Ich hab' einen Job!« Trotz Wards überraschter Miene fuhr sie fort: »Als Regieassistentin bei einem Film, den MGM nächste Woche anfängt.« Er sprang so plötzlich auf, daß sie fast zu Boden gefallen wäre. Sein Blick verhieß nichts Gutes.

»Bist du übergeschnappt? Was fällt dir denn ein? Warst du deswegen ständig unterwegs? Hast du Arbeit gesucht?« Er schien außer sich. Faye fragte sich fassungslos, wie er denn mit fünfundfünfzigtausend Dollar in Anleihen über die Runden kommen wollte, wenn zwei Erwachsene, fünf Kinder und ein Hausmädchen davon leben mußten.

»Warum hast du das getan?« schrie er. Die Kinder starrten sie erschrocken von der Treppe her an.

»Einer mußte es tun.«

»Ich sagte dir schon, daß ich täglich Kontakte knüpfe.«

»Großartig, dann wird sich in naher Zukunft sicher etwas ergeben. Aber in der Zwischenzeit möchte ich das Angebot annehmen. Es könnte für mich sehr lehrreich sein.«

»Was soll das? Wolltest du das? Wieder Hollywood?«

»Nicht wie früher, sondern nur hinter der Kamera.« Sie mußte sich zur Ruhe zwingen und wollte ihn nicht anlügen. Gleichzeitig wollte sie, daß die Kinder in ihre Zimmer gingen und sie nicht anstarrten, doch sie rührten sich nicht vom Fleck, als sie sie mit einer Handbewegung verscheuchen wollte. Ward beachtete die Kinder gar nicht, seit längerer Zeit schon nicht mehr.

»Das sollten wir lieber unter vier Augen besprechen.«

»Zur Hölle damit. Wir sprechen jetzt darüber.« Er steigerte sich so in Wut, daß sein gutes Benehmen beim Teufel war. »Warum hast du mich nicht vorher gefragt?«

»Es hat sich plötzlich ergeben.«

»Wann?« Er schleuderte ihr die Worte wie Geschosse entgegen.

»Heute.«

»Gut. Dann ruf an und sag, daß du deine Absicht geändert hast. Du bist nicht mehr interessiert.«

Da brannte bei Faye eine Sicherung durch, und sie ließ ihrer Wut freien Lauf. »Warum sollte ich? Ward, ich wünsche mir einen Job. Es ist mir egal, wie schlecht bezahlt er ist oder was du davon hältst. Es ist genau das, was ich machen möchte. Und eines schönen Tages wirst du froh sein, daß ich das Angebot angenommen habe. Jemand muß uns aus dem Dreck ziehen, in dem wir stecken.« Sofort tat es ihr leid.

»Und dieser jemand bist du, wenn ich dich recht verstanden habe?«

»Mag sein.« Jetzt war ihr schon alles einerlei, der Schaden war nicht wiedergutzumachen.

»Großartig.« In seinen Augen brannte ein Feuer. Er nahm seine Jacke von der Stuhllehne. »Dann brauchst du mich hier ja wohl nicht mehr?«

»Natürlich brauche ich dich...« Sie hatte die Worte noch nicht ausgesprochen, als er schon die Tür zuknallte und Valerie und Vanessa zu zetern anfingen und Gregory Tränen in die Augen traten.

»Kommt er wieder?«

»Aber sicher.«

Als Faye auf ihre Kinder zuging, wurde sie von plötzlicher Müdigkeit erfaßt. Warum mußte Ward immer alles so schwierig machen? Warum nahm er immer alles gleich so persönlich? Vermutlich weil er zuviel trank, wie sie sich seufzend eingestand, während sie Lionel einen Kuß gab, Greg übers Haar fuhr und sich dann bückte und die Mädchen hochhob. Ihre Kraft reichte für beide aus. Sie reichte für sehr vieles aus. Vielleicht war das der Kern des Problems. Ward sträubte sich gegen diese Erkenntnis, und es wurde immer schwieriger, diese Tatsache vor ihm zu verbergen. Die Frage, warum er ihr das antat, konnte sie sich sparen, weil sie die Antwort ohnehin kannte. Er konnte sich mit dem, was geschehen war, nicht abfinden, und er schob die Schuld abwechselnd sich oder ihr in die Schuhe. Den Preis mußte so oder so sie bezahlen. So wie in dieser Nacht, als sie bis vier Uhr morgens wach lag und auf ihn wartete und betete, daß er den Wagen nicht zu Schrott fuhr und heil nach Hause kam.

Um Viertel nach vier war er da, nach Gin riechend und kaum imstande, in der Dunkelheit ins Bett zu kriechen. Es hatte keinen Sinn, in diesem Zustand mit ihm zu debattieren. Sie mußte bis zum Morgen warten und dann ihre Pläne erläutern. Doch als sie damit begann, zeigte er sich wenig beeindruckt.

»Ward, um Himmels willen, so hör mir doch zu!« Sein Kater war so gewaltig, daß er kaum aus den Augen sehen konnte, und Faye mußte sich beeilen, damit sie rechtzeitig in Abes Büro in Hollywood war. Sie mußte den Vertrag unterschreiben und das Drehbuch holen.

»Ich denke nicht daran, mir diesen Unsinn anzuhören. Du bist so verrückt, wie ich es früher war, Hirngespinste, sonst nichts. Du hast ja nicht mehr alle Tassen im Schrank. Vom Regieführen hast du soviel Ahnung wie ich, und das will was heißen.« In seinem Blick lag Zorn und Wut.

»Richtig, ich habe keine Ahnung. Aber ich werde es lernen. Darum geht es bei diesem Job, und vielleicht auch noch beim nächsten... meinetwegen den nächsten zehn Filmen. Aber danach werde ich eine Ahnung von Regie haben, und was ich dir vorschlage, ist gar nicht so verrückt, wie du tust.«

»Unsinn, sage ich.«

»Ward, hör zu. Produzenten sind Menschen, die über jede Menge Kontakte verfügen, Leute, die andere Leute mit Geld kennen. Sie brauchen selbst nicht einen Penny zu besitzen, und es muß ihnen nicht einmal der Film gefallen, obwohl es gut ist, wenn sie so tun als ob. Produzenten sind Zwischenträger, Vermittler. Sie arrangieren die Finanzierung. Gäbe es für dich etwas Besseres? Sieh dir doch die Leute aus deinem Bekanntenkreis an, denke an die Kontakte, die du hast. Sicher würden einige deiner Freunde liebend gern in Filme investieren und in Hollywood ein wenig mitmischen. Wenn wir es geschickt anfangen, könnten wir mit der Zeit ein Team bilden. Du produzierst, und ich inszeniere.«

Er sah sie an, als hätte er eine Irre vor sich.

»Warum sollen wir nicht gleich im Varieté auftreten? Du hast den Verstand verloren und wirst dich nur lächerlich machen.«

Schließlich gab sie es auf. Er war noch nicht reif für ihre Pläne. Er war nicht imstande, die Möglichkeiten, die vor ihnen lagen, zu sehen, während sie diese deutlich vor sich sah. Wenn er nur nicht so stur wäre und es wenigstens versuchen würde! Sie nahm Mantel und Handtasche an sich und sah Ward an.

»Ward, meinetwegen kannst du mich auslachen. Aber eines Tages wirst du zugeben müssen, daß ich recht hatte. Und falls du wieder den Mut hast, ein Mann zu sein, dann wirst du meine Idee nicht mehr abtun. So verrückt ist sie nicht, wie du denkst. Also, überleg es dir, wenn du mal Zeit hast zwischen zwei Drinks.« Damit ging sie hinaus und schloß die Tür hinter sich.

In den nächsten zwei Monaten bekam sie Ward kaum zu Gesicht. Wenn sie morgens aus dem Haus ging und zum Bus lief, schlief er noch fest. Sie mußte kurz nach vier weg, um den Bus zu erreichen, der eine halbe Ewigkeit zum MGM-Gelände brauchte. Und abends war es meist zehn oder später, wenn sie nach Hause kam. Die Kinder schliefen, und Ward war meist ausgegangen. Nie fragte sie ihn, wo er sich herumtrieb. Nach einem heißen Bad, einem kleinen Imbiß und einem Blick ins Drehbuch fiel sie ins Bett, und am nächsten Tag ging alles wieder von vorne los. Jeden anderen hätte das umgebracht, aber Faye bewies Durchhaltevermögen. Der Regisseur, dessen Assistentin sie war, bekrittelte ständig ihre Arbeit und machte ihr das Leben zur Hölle. Es war ein wahres Glück, daß er nur selten im Studio war, und es kümmerte Faye wenig, was er machte, denn zwischen ihr und den Schauspielern lief alles wie am Schnürchen, fast wie von Zauberhand gelenkt. Sie holte aus ihnen alles heraus, was herauszuholen war. Das bewiesen schon die täglichen Aufnahmen, und noch überzeugender zeigte es die Kopie, die man schließlich Dore Schary zeigte.

Ende Januar, eine Woche nachdem der Film abgedreht worden war, rief Abe an. Ward war nicht zu Hause. Ohne Faye ein Wort davon zu sagen, hatte er sich vor ein paar Tagen empfohlen, um in Mexiko Freunde zu besuchen, wie das Hausmädchen ihr ausrichtete. Faye war es eiskalt über den Rücken gelaufen, aber sie redete sich ein, alles sei in bester Ordnung, und konzentrierte sich auf die Kinder, die sie kaum gesehen hatte, seit sie wieder arbeitete. Abes Anruf kam, als sie am Morgen mit Anne spielte.

»Faye?« dröhnte die vertraute Stimme.

»Ja, Abe.«

»Gute Nachrichten.« Faye hielt den Atem an. Bitte, lieber Gott, gib, daß meine Arbeit ankommt! Sie hatte mit Bangen auf dieses Urteil gewartet. »Schary sagt, du wärest sagenhaft.«

»O Gott...« Sie spürte, wie ihre Augen feucht wurden.

»Er möchte es dich noch einmal versuchen lassen.«

»Selbständig?«

»Nein. Wieder als Regieassistentin, aber besser bezahlt. Und diesmal sollst du für einen Topmann arbeiten. Dabei kannst du eine Menge lernen.« Als er den Namen nannte, blieb ihr die Luft weg. Vor Jahren hatte sie selbst unter diesem Regisseur gespielt, und sie wußte, daß Abe nicht übertrieb. Von diesem Mann würde sie viel lernen können. Sie hatte sich vorgenommen, unbedingt selbst einen Film zu inszenieren, aber noch war es nicht soweit. Es hieß jetzt also, geduldig zu sein. Das nahm sie sich fest vor, als Abe ihr die Einzelheiten erklärte. Alles hörte sich sehr gut an. »Na, was hältst du davon?« schloß er.

»Meine Antwort heißt ja.« Außerdem brauchte sie das Geld, und Ward war Gott weiß wo. Diese Reise nach Mexiko war wirklich der Gipfel, das wollte sie ihm auch zu verstehen geben, wenn er endlich nach Hause käme – das und vieles andere. Sie wollte ihm vor allem von diesem neuen Vertrag erzählen. Das war wunderbar, und es gab niemanden, dem sie es hätte anvertrauen können. Ohne Ward war sie entsetzlich einsam.

»Wann fangen wir an?«

»In sechs Wochen.«

»Gut. Dann bleibt mir noch ein wenig Zeit für meine Kinder.«

Abe fiel auf, daß von Ward nicht die Rede war – schon seit längerer Zeit nicht mehr –, aber das wunderte ihn nicht weiter. Für den Bestand dieser Ehe gab er nichts mehr. Ward war offenbar nicht imstande, sich in die veränderten Umstände zu fügen, das hatte er Fayes Andeutungen entnommen, und früher oder später würde Faye sich nach oben gearbeitet haben und ihn hinter sich lassen. Die Zeichen für die Zukunft waren unmißverständlich, zumindest war Abe dieser Meinung. Er konnte nicht wissen, wie tief Fayes Bindung an Ward ging. Ohne Familie und großen Freundeskreis, nachdem sie seinetwegen ihre Karriere und ihr altes Leben aufgegeben hatte, war sie über Jahre hinweg von ihm abhängig gewesen und war es jetzt auch noch. Sie brauchte ihn ebenso dringend wie er sie – zumindest bildete Faye sich das ein.

Um so größer war ihr Schock darüber, wie Ward sich ihr nach seiner Rückkehr aus Mexiko präsentierte: braungebrannt, strahlend, glücklich, eine lange, dünne kubanische Zigarre zwischen den Zähnen, einen Krokokoffer in der Hand. Er trug einen seiner alten weißen Anzüge und sah aus, als stünde noch der Düsenberg draußen. Wards Verlegenheit hielt sich in Grenzen. Er hatte erwartet, sie um diese Zeit schon schlafend anzutreffen. Es war lange nach Mitternacht, und sie studierte noch das neue Drehbuch.

»Na, war es schön?« Der eiskalte Ton sollte die Einsamkeit und den Schmerz verbergen, die sie während seiner Abwesenheit verspürt hatte, denn sie war zu stolz, um ihn das wissen zu lassen... noch war sie zu stolz.

»Ja. Tut mir leid, daß ich nicht geschrieben habe.«

»Sicher hast du keine Zeit gehabt.« Seine Miene rief Zorn in ihr wach, ihre Stimme klang sarkastisch und verbittert. Es tat ihm gar nicht leid, daß er sich davongestohlen hatte, das sah sie auf den ersten Blick, und sie wußte auch sofort den Grund.

»Mit wem warst du zusammen?«

»Ach, mit ein paar alten Freunden.« Er stellte sein Gepäck ab und setzte sich ihr gegenüber auf die Couch. Die Situation war heikler, als er es sich vorgestellt hatte.

»Wie interessant. Sonderbar, daß du vor deiner Abreise nichts gesagt hast.«

»Es hat sich überraschend ergeben.« In seinen Augen blitzte es böse auf. »Und du warst mit deinem Film so beschäftigt.«

Das war es, was eigentlich dahintersteckte. Das war seine Rache dafür, daß sie einen Job gefunden hatte und er nicht, und das wußte Faye auch, aber trotzdem war es nicht fair von ihm.

»Ach so. Natürlich, jetzt verstehe ich. Aber wenn du nächstes Mal für drei Wochen verreisen willst, dann versuche doch bitte, mich im Studio anzurufen, ehe du fährst. Du würdest staunen, wie leicht ich telefonisch zu erreichen bin.«

»Das wußte ich nicht.« Unter seiner Sonnenbräune war er blaß geworden.

»Kann ich mir denken.« Sie blickte ihm eindringlich in die Augen und erkannte die Wahrheit. Sie wußte nur nicht, wie sie ihn damit konfrontieren sollte, aber die Zeitungen machten es ihr am nächsten Morgen sehr leicht. Dort konnte sie alles nachlesen. Sie brauchte ihm die Blätter nur aufs Bett zu werfen.

»Dein Presseagent versteht seine Sache und dein Reiseagent auch. Zufällig halte ich nichts von deinem Geschmack in bezug auf Frauen und noch weniger von deiner Urteilskraft bei der Auswahl von Reisegefährten.«

Faye hatte das Gefühl, ein Messer hätte sie durchstoßen und ins Herz getroffen. Doch das durfte er nicht merken. Er durfte nicht wissen, wieviel Schmerz er ihr mit dieser schamlosen Affäre zugefügt hatte. Zudem wußte sie, daß er den finanziellen und gesellschaftlichen Abstieg kompensierte, indem er vorgab, noch immer der Welt anzugehören, die er verloren hatte. Aber mochte er auch noch so überzeugend tun als ob, es war vorbei – es sei denn, er heiratete wieder in diese Welt hinein.

Ward blieb fast die Luft weg, als er den Artikel las. »Der bankrotte Millionär Ward Thayer IV und Maisie Abernathie werden täglich aus Mexiko zurückerwartet. Sie haben sich drei Wochen lang auf Maisies Yacht vor San Diego in der Sonne geaalt und waren dann mit Freunden in Mexiko beim Fischen. Die beiden sehen rundum glücklich aus, und alle Welt fragt sich, was Ward Thayer nun mit seiner ›Filmkönigin im Ruhestand‹ vorhat...«

Zum ersten Mal, seit sie sich kannten, starrte Faye ihn haßerfüllt und voller Angst an. »Du kannst ihnen sagen, daß ich selbst mich entschlossen habe aufzugeben. Ich werde zwar keine Schlagzeilen machen, aber wenigstens wird dadurch für dich und Miß Abernathie die Lage klarer, du Dreckskerl. So also versuchst du, mit unserer Situation fertig zu werden? Indem du mit Leuten wie ihr herumziehst? Wenn ich an euch beide denke, wird mir kotzübel.« Maisie Abernathie war eine verwöhnte, selbstsüchtige Millionenerbin, die mit allen Männern ihres Bekanntenkreises geschlafen hatte... »nur mit mir nicht«, wie Ward früher scherzhaft zu sagen pflegte. Und jetzt hatte Maisie auch ihn auf der Liste.

Faye ging aus dem Schlafzimmer, nicht ohne die Tür heftig zuzuknallen. Als Ward hinunterkam, mußte er feststellen, daß sie nicht da war. Sie hatte die vier älteren Kinder zur Schule gefahren.

Wochenlang hatte sie sich intensiv mit ihnen beschäftigt, um die Zeit gutzumachen, in der sie gearbeitet hatte und wieder arbeiten würde. Bei der Filmarbeit fehlten ihr die Kinder sehr. Doch jetzt, als sie zurückkam und ins Haus ging, wo Ward sie schon erwartete – angetan mit einem blauen Seidenmorgenrock, den er vor Jahren in Paris gekauft hatte –, jetzt dachte sie nicht mehr an die Kinder.

»Ich muß mit dir reden«, sagte Ward und stand auf, sichtlich bedrückt. Sie fegte an ihm vorüber in Richtung Treppe. Das Drehbuch wollte sie in der öffentlichen Bücherei lesen.

»Ich habe dir weiter nichts zu sagen als: Es steht dir frei zu gehen, wann immer du willst. Ich suche mir einen Anwalt, der sich mit Burford in Verbindung setzen wird.« Langsam gelang es ihr, sich einzureden, Wards Affäre mit Maisie Abernathie sei nicht nur Wirklichkeit, sondern auch von Dauer.

»Also so einfach ist das?!« Ward packte ihren Arm, als sie mit abgewandtem Blick an ihm vorbei wollte. Jetzt erst sah sie ihn an, und er erschrak beinahe. Noch nie hatte er so viel Verachtung gesehen, geschweige denn zu spüren bekommen. Als ihm klarwurde, was er getan hatte, brach ihm fast das Herz.

»Faye, hör zu, das alles war ein dummer Fehler. Ich mußte hier raus... ständig schrien die Kinder, und du warst nicht da. Dann dieses deprimierende Haus... das alles konnte ich nicht ertragen...«

»Gut. Jetzt bist du es für immer los. Du kannst zurück nach Beverly Hills zu Maisie ziehen. Sicher wird sie dich begeistert bei sich aufnehmen.«

»Als was?« Ward sah Faye voller Bitterkeit an. »Als Chauffeur? Verdammt noch mal, ich kann keinen Job bekommen, während du die ganze Zeit arbeitest. Woher willst du wissen, wie ich mich fühle? Ich halte dieses Leben nicht aus. Ich wurde nicht dafür erzogen... ich weiß nicht...«

Er ließ Fayes Arm los. Sie sah ihn ohne eine Spur von Mitgefühl an. Diesmal war er zu weit gegangen. Das Trinken, sein Selbstmitleid, die Unfähigkeit zu arbeiten, die Lügen, als er den Rest seines Geldes zum Fenster hinauswarf, ehe sie es verhindern konnte, das alles wollte sie ihm verzeihen, aber dies nicht. Damit war alles erledigt.

Er sah sie flehend an. »Ich kann nichts dafür. Du bist stärker als ich. Du hast etwas an dir, was mir fehlt. Ich weiß nicht, was es ist.«

»Man nennt es Mumm und Rückgrat, und du besitzt diese Eigenschaften auch, wenn du dir nur selbst die Chance geben und lange genug nüchtern bleiben würdest, um wieder auf die Beine zu kommen.«

»Vielleicht kann ich es gar nicht? Ist dir der Gedanke noch nicht gekommen? Mir schon. Ehrlich gesagt, Tag für Tag, ehe ich fortging. Und vielleicht sollte ich für immer gehen.«

»Was?« Faye blickte ihn verständnislos an.

Ward wirkte sonderbar ruhig, als wüßte er jetzt, was er zu tun hatte. »Faye, ich habe die Absicht, aus deinem Leben zu verschwinden.«

Schlagartig vergaß Faye ihren Vorsatz, einen Scheidungsanwalt aufzusuchen. Der Gedanke, Ward für immer und unwiderruflich zu verlieren, ließ Entsetzen in ihr aufsteigen.

»Ausgerechnet jetzt? Das ist eine verdammte Gemeinheit.« Faye war starr vor Schreck, weil sie Ward nicht verlieren wollte. Sie liebte ihn noch immer. Er und die Kinder waren für sie das allerwichtigste. »Wie kannst du uns so etwas antun?« In ihren Augen standen Tränen. Ward zwang sich wegzusehen, so wie er sich in den vergangenen Wochen gezwungen hatte, nicht an Faye zu denken. Schuldgefühle drohten ihn zu überwältigen. Was passiert war, ging allein auf sein Konto, und es gab nichts, womit er seine Fehler wiedergutmachen konnte. Er hatte nichts zu bieten, und Faye schien ohnehin selbst ganz gut zurechtzukommen. Zumindest hatte er sich das eingeredet, und er versuchte auch jetzt daran festzuhalten, während er ihrem Blick auswich. Hätte er sie angesehen, dann wäre ihm die Angst in ihren Augen nicht entgangen. »Ward, was geht mit uns vor?« Das sagte sie mit heiserer Stimme.

Ward seufzte und ging durchs Zimmer, um aus dem Fenster zu sehen. Als Aussicht boten sich ihm das Nachbarhaus, dem der Anstrich fehlte, und der Abfall in dessen Hinterhof.

»Ich glaube, es ist höchste Zeit, daß ich hier verschwinde, mir Arbeit suche und dich vergessen lasse, daß wir einander je begegnet sind.«

»Mit fünf Kindern?« Wenn ihr nicht zum Heulen zumute gewesen wäre, hätte sie laut losgelacht. »Gedenkst du, sie zu ignorieren?« Faye starrte ungläubig seinen Hinterkopf an. Das durfte nicht wahr sein, und doch war es so – wie ein Alptraum oder ein schlechtes Drehbuch.

»Ich werde dir schicken, was ich erübrigen kann.« Langsam drehte er sich um und schaute sie an.

»Ist es Maisie? Ist es dir ernst mit ihr?« Das war kaum zu glauben, aber jetzt hielt sie buchstäblich alles für möglich. Vielleicht sehnte er sich verzweifelt nach seinem früheren Leben, zu dem Maisie gehörte. Doch Ward schüttelte den Kopf.

»Nein, das ist es nicht. Ich glaube, ich muß hier eine Zeitlang raus.« Er war total verbittert. »Ich habe das Gefühl, ich sollte dich lieber allein lassen, damit du dir ein neues Leben aufbauen kannst. Vielleicht schaffst du es und heiratest einen erfolgreichen Filmstar.«

»Wenn ich das gewollt hätte, hätte ich das schon vor Jahren tun können. Aber ich wollte es nicht – ich wollte dich.«

»Und jetzt?« Ward spürte zum ersten Mal seit Jahren die ersten Ansätze von Mut. Jetzt war alles gesagt. Schlechter konnte es nicht mehr werden. Wenn er Faye verloren hatte, dann hatte er nichts mehr zu verlieren.

Sie starrte ihn mit traurigen, leeren Augen an. »Ward, ich weiß nicht mehr, wer du bist. Ich verstehe nicht, wie du mit Maisie nach Mexiko fahren konntest. Vielleicht ist es besser, wenn du zu ihr zurückgehst.« Das waren falscher Tapferkeit entsprungene Worte, doch er schluckte den Köder.

»Ja, vielleicht werde ich das tun.« Wütend lief er die Treppe hinauf, und gleich darauf hörte sie ihn im Schlafzimmer auf der Suche nach seinen Sachen rumoren. Unterdessen saß sie in der Küche, blickte blind in eine Kaffeetasse, dachte an die vergangenen sieben Jahre und weinte bitterlich, bis es Zeit wurde, die Kinder abzuholen.

Als sie mit ihnen nach Hause kam, war Ward bereits fort. Da die Kinder gar nicht mitbekommen hatten, daß er dagewesen war, konnte sie sich Erklärungen sparen. Sie machte ihnen das Abendessen zurecht, Lammkoteletts, die verkohlt waren, steinharte, in Folie gebratene Kartoffeln und angebrannten Spinat. Kochen war nicht ihre Stärke, aber wenigstens gab sie sich Mühe, während ihre Gedanken sich den ganzen Abend mit Ward beschäftigten, der vermutlich zu Maisie Abernathie gegangen war. Ob es ein Fehler war, daß sie ihm eine Szene gemacht hatte? In dieser Nacht lag sie lange wach und dachte an Guadalcanal, an die gemeinsam verbrachte schöne Zeit, die Zärtlichkeit, die Träume, und dann weinte sie, weinte sich in den Schlaf, während sie vor Sehnsucht nach Ward verging.

9 Die Dreharbeiten zu ihrem zweiten Film gestalteten sich viel schwieriger als beim ersten Mal. Der Regisseur war immer im Studio und hielt sie mit seinen Anweisungen ständig in Trab, wobei er mit Kritik nicht sparte. Es gab Augenblicke, da hätte sie ihn liebend gern erwürgt, doch nachdem sie sich zusammengerauft hatten, machte er ihr ein seltenes und ganz besonderes Geschenk. Er brachte ihr sämtliche Tricks bei, die sie für ihren neuen Beruf so dringend brauchte. Er verlangte von ihr das Äußerste und bekam mehr als das, dafür überließ er ihr dann und wann die Zügel und korrigierte sie hinterher. Als der Film abgedreht war, hatte sie mehr gelernt als andere in zehn Jahren. Dafür war sie ihm sehr dankbar. Vor dem Verlassen der Studios machte er ihr noch ein so wunderbares Kompliment, daß ihr die Augen feucht wurden.

»Was hat er gesagt?« fragte einer der Mitarbeiter Faye im Flüsterton, und sie lächelte.

»Er sagte, er wollte gern wieder mit mir arbeiten, es würde sich aber nicht mehr ergeben, weil man mich den nächsten Film schon selbständig inszenieren lasse.« Seufzend sah sie den Darstellern zu, die sich küßten und umarmten und das Ende der harten Arbeit feierten. »Hoffentlich hat er recht.«

Er sollte tatsächlich recht behalten. Zwei Monate darauf bot Abe ihr die erste selbständige Regiearbeit an, wieder für MGM. Dore Schary hatte ihr endlich die große Chance gegeben, auf die sie von Anfang an hingearbeitet hatte.

»Meinen Glückwunsch, Faye.«

»Danke, Abe.«

»Du hast es dir redlich verdient.«

Die Dreharbeiten sollten im Herbst beginnen. Der Film stellte für Faye eine enorme Herausforderung dar, auf die sie sich sehr freute. Bis dahin würden die Kinder wieder zur Schule gehen. Lionel in die zweite Klasse, Greg in die erste, während die Zwillinge noch ein Jahr Vorschule vor sich hatten. Anne war noch keine zwei Jahre, eine kleine Nachzüglerin, eifrig bemüht, mit den anderen mitzuhalten. Aber irgendwie schaffte sie es nie. Faye nahm sich immer wieder vor, der Kleinen mehr Zeit zu widmen, aber nie fand sie genügend Muße dafür. Die anderen nahmen sie immer lautstark in Beschlag, und jetzt kam noch das Drehbuch dazu, das sie wochenlang lesen und durchstudieren mußte, und dann die Dreharbeiten selbst. Es war also sehr schwierig, alles liegen und stehen zu lassen und sich wieder mit einem Baby abzugeben. Anne war anders als ihre Geschwister, nicht nur jünger, sondern auch viel verschlossener. Es war immer einfacher, sie dem Kindermädchen zu überlassen, die das Kind sehr liebte, und außerdem entwickelte Lionel eine besondere Zuneigung zu Anne.

Faye war von der Aussicht auf den neuen Film und von der Chance, die sich ihr damit bot, begeistert. Das hieß aber nicht, daß sie nicht tagaus, tagein an Ward dachte und sich den Kopf darüber zerbrach, wo er jetzt sein mochte. Seit dem Tag, an dem er das Haus verlassen hatte, war keine Nachricht von ihm gekommen. In Louella Parsons Kolumne stand zwar etwas Belangloses über ihn, aber zumindest war darin nichts über Maisie Abernathie zu lesen.

Angesichts dieser Umstände war sie froh, daß der Film sie so in Anspruch nahm. Seit ihrer letzten Arbeit hatte sie bewußt versucht, sich abzulenken. Schon vor einigen Monaten hatte sie Abe gebeten, ihr einen Anwalt zu empfehlen, aber irgendwie war es ihr unmöglich, diesen anzurufen; mochte sie es sich auch noch so fest vornehmen, immer wieder kam etwas dazwischen, das Erinnerungen wachrief, die sie zu überwältigen drohten.

An einem Tag im Juli stand Ward überraschend vor der Tür. Die Kinder spielten hinten im Garten, den sie liebevoll mit Blumen bepflanzt hatten und in dem als neueste Errungenschaft eine Schaukel stand, auf die sie sehr stolz waren. Ganz plötzlich war er da, in einem weißen Leinenanzug, mit einem blauen Hemd, attraktiver denn je. Einen Moment fühlte Faye sich wie früher zu ihm hingezogen, ehe sie sich ins Gedächtnis rief, daß er sie verlassen hatte und Gott weiß was für Beziehungen eingegangen war. Zuerst fühlte sich Faye durch seine Nähe eingeschüchtert und wich seinem Blick aus. Doch dann gab sie sich einen Ruck und zwang sich, ihn anzusehen.

»Ja, was gibt es?«

»Darf ich hinein?«

»Warum?« Ihre offensichtliche Nervosität machte ihn verlegen, trotzdem war ihm anzusehen, daß er nicht gehen würde, bevor sie ihn nicht ins Haus gelassen und mit ihm gesprochen hatte. »Es würde die Kinder unnötig aufregen, wenn sie dich hier sähen.« Erst vor kurzem hatten sie aufgehört, ständig nach ihm zu fragen, und Faye nahm als selbstverständlich an, daß Ward wieder gehen würde.

»Seit mehreren Monaten habe ich meine Kinder nicht mehr gesehen. Darf ich sie nicht begrüßen?«

Faye zögerte mit der Antwort. Ihr fiel auf, daß Ward schmäler geworden war. Es machte ihn jünger, und sie gestand sich widerwillig ein, daß er fabelhaft aussah. Es war unsinnig, sich wieder in ihn zu verlieben.

»Na, was ist?« Ward gab nicht nach, und schließlich wich sie einen Schritt zurück und hielt ihm die Tür auf. Als er eintrat und den Blick umherschweifen ließ, sah auch sie unwillkürlich das Haus mit seinen Augen und fand es noch häßlicher als sonst. »Na, hier hat sich nichts geändert.« Diese schlichte Feststellung ärgerte sie maßlos.

»Ich nehme an, du wohnst wieder in Beverly Hills?« Der scharfe Ton traf ihn wie ein Messerstich, was sie auch beabsichtigt hatte. Er hatte sie zutiefst verletzt, als er ging, und er war wahrscheinlich nur zurückgekommen, um sie wieder zu quälen. Faye war auf das Schlimmste gefaßt.

Ward behielt die Ruhe. »Faye, ich lebe nicht in Beverly Hills. Glaubst du wirklich, ich würde euch alle in dieser Umgebung wohnen lassen und selbst nach Beverly Hills ziehen?« Er schien fassungslos. Faye, die ihn ungläubig ansah, hatte das tatsächlich vermutet.

»Ward, ich weiß wirklich nicht, wozu du imstande wärest.« Daß er seit kurzem Geld an sie überwies, war ihr entgangen. Sie war mit dem Einkommen aus dem kleinen Kapital und ihrer Gage ausgekommen. Es hätte sie interessiert, wovon er in den letzten Monaten gelebt hatte, fragen wollte sie ihn aber nicht danach.

In diesem Augenblick kamen die Kinder hereingelaufen. Lionel blieb im Hintereingang stehen, offensichtlich erschrocken, seinen Vater zu sehen. Mit großen Augen kam er langsam näher. Als Greg seinen Vater erspähte, stürmte er an Lionel vorüber und warf sich Ward in die Arme, gefolgt von den Zwillingen, während Anne nur dastand und ihn anstarrte. Sie hatte keine Ahnung, wer das war, da sie sich an Ward nicht erinnern konnte. Mit erhobenen Armen und flehendem Blick stellte sie sich vor Faye und wollte in die Arme genommen werden. Ihre Mutter kam dieser stummen Bitte nach, während die anderen an Ward hochkletterten und sich von ihm kitzeln ließen. Nur Lionel war zurückhaltender als die anderen drei und sah immer wieder fragend zu Faye hin.

»Ist schon gut, Lionel«, sagte sie sanft. »Spiel ruhig mit deinem Dad.« Aber Lionel blieb reserviert und sah lieber zu. Und schließlich versprach Ward den Kleinen, sie auf Hamburger und Eis einzuladen, wenn sie sich jetzt waschen gingen.

»Hast du etwas dagegen?« fragte er Faye, nachdem die Kinder hinaufgelaufen waren.

»Nein.« Sie sah ihn forschend an. »Ich habe nichts dagegen.« Sie war noch immer befangen und er jetzt auch. Vier Monate waren eine lange Zeit. Sie hatten sich fast völlig entfremdet.

»Ich habe einen Job.« Das sagte Ward wie in Erwartung eines Fanfarenstoßes. Faye mußte sich ein Lächeln verbeißen.

»Tatsächlich?«

»In einer Bank, nichts Besonderes. Ein Bekannter meines Vaters hat mir die Arbeit verschafft. Ich sitze den ganzen Tag hinter dem Schreibtisch und bekomme zum Wochenende einen Scheck.«

»Ach?«

»Mehr hast du nicht zu sagen?« Jetzt war er wütend. Plötzlich konnte man ihr nichts recht machen. So kannte er Faye gar nicht. Sicher hatte ihre Regiearbeit sie so verändert. Ihm war bewußt, daß sie nicht den ganzen Tag an einem Schreibtisch saß und nicht auf den Scheck am Freitagnachmittag wartete. Nach einem tiefen Seufzer versuchte Ward es von neuem. »Hast du im Moment Arbeit?« Er wußte zwar, daß es nicht der Fall sein konnte, weil sie sonst um diese Zeit nicht zu Hause mit den Kindern gespielt hätte, zumindest war es seinerzeit nicht so gewesen.

»Nein, erst in vier Wochen. Ich werde selbständig bei einem Film Regie führen.« Sofort ärgerte sie sich, weil sie ihm so viel verraten hatte. Es ging ihn jetzt nichts mehr an, was sie machte, aber es hatte gutgetan, ihm das sagen zu können. Es hatte ihr immer gutgetan, ihm alles zu sagen.

»Na, großartig.« Vor innerer Anspannung trat er von einem Fuß auf den anderen. Er wußte jetzt nicht, was er sagen sollte. »Sind ein paar große Stars dabei?«

»Ja, einige.«

Er steckte sich eine Zigarette an. Geraucht hatte er früher sehr selten. »Wir haben von deinem Anwalt noch nicht Bescheid bekommen.«

»Ich hatte keine Zeit, mich darum zu kümmern.« Das stimmte nicht ganz. Sie hatte einige Monate frei gehabt, aber das wußte er nicht. »Du hast sicher mehr Zeit.«

»Na ja...«

Und dann kamen die Kinder heruntergestürmt. Die vier älteren sollten mitkommen. Sie alle hatten Platz in seinem neuen Wagen, einem Ford Jahrgang 49. Das Auto sah aus wie neu. Ward warf ihr einen entschuldigenden Blick zu. »Ein Düsenberg ist es nicht, aber ich schaffe damit die Strecke zur Bank und nach Hause.« Sie widerstand der Versuchung, ihm zu sagen, daß sie noch immer mit dem Bus fuhr. Der Kombi hatte im Vormonat endgültig seinen Geist aufgegeben, und sie waren seither ohne Fahrzeug. »Faye, möchtest du mitkommen?«

Faye wollte schon ablehnen, aber die Kinder baten so stürmisch darum, daß es einfacher war, nachzugeben und mitzukommen, zumal sie außerdem neugierig war, mehr über Ward zu erfahren – wo er gesteckt hatte, was er trieb und wo er wohnte. Natürlich hätte sie auch gern gewußt, ob die Sache mit Maisie Abernathie noch aktuell war. Gleichzeitig redete sie sich ein, daß es sie nicht mehr kümmere, und es glückte ihr beinahe, sich selbst zu überzeugen, bis sie sah, wie die Kellnerin ihn musterte. Faye stieg die Röte in die Wangen. Ward war noch immer ein gutaussehender junger Mann, der den Frauen auffiel, mehr jedenfalls, als sie selbst von Männern beachtet wurde. Aber schließlich trug sie noch immer ihren Trauring und schleppte überall eine fünfköpfige Kinderschar hinter sich her.

»Die Kinder sind wunderbar«, lobte er sie auf der Rückfahrt, während die vier sich auf dem Hintersitz des dunkelblauen Ford balgten. »Du hast deine Sache gut gemacht.«

»Ward, du tust ja geradeso, als wenn du zehn Jahre außer Haus gewesen wärest.«

»Dann und wann habe ich genau dieses Gefühl.« Dann schwieg er und sah sie an, als sie vor einer roten Ampel hielten. »Ich kann dir gar nicht sagen, wie ihr mir alle fehlt.«

Am liebsten hätte sie herausgeschrien: »Du fehlst uns auch«, doch zwang sie sich, den Mund zu halten. Um so mehr wunderte sie sich, als er nach ihrer Hand faßte. »Ich habe nie aufgehört zu bedauern, was ich angerichtet habe – falls das noch eine Rolle für dich spielt.« Das sagte er so leise, daß es die Kinder nicht hören konnten, sie machten ohnehin einen solchen Lärm, daß sie nichts verstanden hätten. »Und ich habe es nie wieder getan. Seit ich unser Haus verließ, war ich nie wieder mit einer anderen Frau aus.« – »Unser Haus«, sonderbare Worte aus seinem Mund, mit denen er diese schreckliche Bruchbude bezeichnete, doch sie rührten ihr Herz und trieben ihr die Tränen in die Augen. Sie sah ihn an. »Faye, ich liebe dich.« Das waren die Worte, nach denen sie sich vier Monate lang gesehnt hatte, und instinktiv wollte sie ihm die Arme entgegenstrecken. Inzwischen waren sie aber vor dem Haus angelangt, und die Kinder purzelten aus dem Wagen. Ward schickte sie hinein, er wollte sofort nachkommen. »Liebling, ich liebe dich mehr, als du ahnst.«

»Ich liebe dich auch.« Sie konnte ihr Schluchzen nicht mehr zurückhalten und wandte sich ab. »Es war so schrecklich...«

»Für mich auch. Zuerst dachte ich, ich könne es ohne dich und die Kinder nicht aushalten. Und plötzlich wurde mir klar, wieviel uns doch noch geblieben war, obwohl wir das alte Leben und das große Haus verloren hatten...«

»Das alles brauchen wir nicht.« Sie schnüffelte und lächelte ihn an. »Aber wir brauchen dich.«

»Nicht so sehr wie ich dich, Faye Thayer.« Aus seinem Blick

sprach eine gewisse Unsicherheit. »Oder nennst du dich wieder Faye Price?«

Sie lachte unter Tränen. »Wo denkst du hin!« Gleichzeitig fiel ihr auf, daß auch Ward seinen Trauring nicht abgelegt hatte. In diesem Augenblick rief Greg seinen Vater.

»Ich komme gleich, Greg! Einen Augenblick!« gab Ward zurück. Es hätte noch so viel zu sagen gegeben, aber Faye stieg langsam aus.

»Geh du voraus. Den Kindern hast du auch gefehlt.«

»Nicht halb soviel, wie sie mir gefehlt haben.« Mit einem verzweifelten Blick faßte er nach ihrem Arm. »Faye, bitte, können wir es nicht noch einmal versuchen? Ich werde alles tun, was du willst. Mit dem Trinken habe ich aufgehört, als ich hier wegging. Mir war klargeworden, was für ein Vollidiot ich gewesen bin. Mein Job ist lausig, aber es ist wenigstens etwas... Faye.« Und dann konnte er kaum mehr an sich halten, seine Gefühle überwältigten ihn. Mit vor unterdrücktem Schluchzen rauher Stimme sagte er: »Als du begonnen hast zu arbeiten, da wußte ich nichts mit mir anzufangen. Ich hatte das Gefühl, kein Mann mehr zu sein... als wäre ich nie einer gewesen, aber ich möchte dich nicht verlieren, Faye, bitte, Liebes...« Er zog sie an sich. Faye glaubte, ihr Herz habe wieder eine Heimat gefunden. Sie hatte ihn nie wirklich aufgegeben. Sie war nicht einmal sicher, ob sie dazu imstande wäre. Den Kopf auf seine Schulter gestützt, ließ sie den Tränen wieder freien Lauf.

»Eine Zeitlang habe ich dich gehaßt, oder vielmehr wollte ich dich hassen.«

»Das wollte ich auch und wußte dabei, daß ich derjenige war, der Fehler gemacht hatte.«

»Ich habe auch Fehler gemacht. Vielleicht war es nicht richtig, daß ich wieder zu arbeiten anfing, aber ich wußte wirklich nicht, was ich sonst hätte tun sollen.«

Ward schüttelte den Kopf. »Es war richtig.« Er lächelte unter Tränen. »Du und deine verrückten Vorstellungen, mich eines Tages zum Produzenten machen zu können...« Sein Lächeln war voller Zärtlichkeit. Was für eine gute Frau sie war, und wie glücklich war er, sie wieder in den Armen halten zu können, und sei es nur für ein, zwei Stunden.

Faye war anderer Ansicht. »Das war nicht verrückt. Es ist nicht unmöglich, Ward. Ich könnte dir alles Nötige beibringen. Beim nächsten Film könntest du im Studio dabeisein und dir alles ansehen.« Sie sah ihn voller Hoffnung an, aber Ward schüttelte den Kopf.

»Unmöglich. Ich habe einen Beruf und feste Arbeitszeiten von neun bis fünf.«

Da lachte sie. »Wunderbar. Aber das wird dich nicht daran hindern, eines Tages Produzent zu sein, wenn dir daran liegt.«

Seufzend legte er den Arm um sie. »Das sind Phantastereien, meine Liebe.«

»Nicht unbedingt.« Zu ihm aufblickend fragte sie sich, was das Leben ihnen wohl noch bringen mochte. Zumindest hatte es ihr Ward wiedergebracht.

Er stand im Eingang des schäbigen Hauses in Monterey Park und sah sie an. »Sollen wir es nicht noch einmal versuchen?... Vielmehr, willst du es noch einmal mit mir versuchen?«

Faye blickte ihn lange und mit harter Eindringlichkeit an, bis allmählich ein kleines Lächeln in ihrem Blick aufdämmerte. Ein Lächeln, geboren aus Weisheit, Enttäuschung und Schmerz. Sie war kein junges Mädchen mehr. Das Leben war nicht mehr dasselbe wie noch vor ein paar Jahren. In ihrer Welt war das Oberste zuunterst gekehrt worden, und sie hatte überlebt. Und jetzt bat dieser Mann sie, den Weg mit ihm weiterzugehen. Er hatte sie gekränkt, sie verlassen, belogen und betrogen. Und doch wußte sie in ihrem Innern, daß er zu ihr gehörte, daß er sie liebte und sie ihn und daß sie ihn immer lieben würde. Er besaß nicht die Instinkte, über die sie verfügte, und er war nicht annähernd so überlebensfähig.

Aber vielleicht, Seite an Seite und Hand in Hand... vielleicht, es war immerhin möglich... ach, eigentlich war sie ganz sicher. Und was wichtiger war, sie war seiner wieder sicher.

»Ward, ich liebe dich.« Als sie lächelnd zu ihm aufblickte, fühlte sie sich plötzlich ganz jung. Die wenigen Monate ohne ihn waren ihr endlos erschienen. Nie wieder wollte sie so etwas durchmachen. Sie konnte alles, sogar bittere Armut überleben, nur das nicht.

Sie standen da und küßten sich, während die Kinder zuguckten, und plötzlich lachten alle, und Greg zeigte mit dem Finger auf sie und lachte am lautesten, als Ward und Faye in die allgemeine Heiterkeit einstimmten. Das Leben war wieder schön wie vor langer Zeit, nein, noch viel schöner. Beide hatten die Hölle hinter sich und hatten sie überlebt, ähnlich wie Ward auf Guadalcanal. Sie hatten den Kampf gewonnen. Endlich. Und jetzt konnte das Leben wieder beginnen. Für sie alle.

10

Ward gab sein möbliertes Zimmer in West Hollywood auf, ohne jemals wieder dorthin zurückzukehren, und kam in das verhaßte Haus in Monterey Park zurück, ohne diesmal überhaupt zu bemerken, wie schäbig es war. Als er sein Gepäck hinauf in ihr gemeinsames Schlafzimmer schleppte, erschien es ihm wunderbar.

Bevor die Schule wieder anfing und Faye ihren neuen Film begann, blieben ihnen ein paar idyllische Wochen. Und als es mit den Dreharbeiten losging, bestand Ward darauf, daß sie den Wagen nahm, während er mit dem Bus zur Arbeit fuhr. Faye war ihm sehr dankbar dafür, weil sie sich am Morgen sehr viel Zeit ersparte. Ward war liebevoller als je zuvor. Er beschenkte sie zwar nicht mehr mit Smaragdohrgehängen und Rubinbroschen, dafür beglückte er sie jetzt mit selbstgekochten Mahlzeiten, die er warm hielt, bis sie nach Hause kam, mit kleinen Geschenken, die er ihr brachte, wenn er sein Geld bekam. Er überraschte sie mit einem Buch, einem Radio oder einem warmen Pullover, den sie im Studio überziehen konnte. Er verabreichte ihr Massagen, wenn sie vor Müdigkeit am liebsten geweint hätte, und ließ ihr heiße Bäder einlaufen, mit Badeöl, das er besorgt hatte. Er war so gut zu ihr, daß sie manchmal am liebsten losgeheult hätte – Monat für Monat bewies er ihr, wie sehr er sie liebte, und sie bewies es ihm. Aus der Asche ihres früheren Lebens erwuchs eine Beziehung, stärker als zuvor, und die häßliche Zeit verblaßte langsam. Einen Rückblick auf die gute Zeit vor der Katastrophe gestatteten sie sich nicht. Es wäre für beide zu schmerzlich gewesen.

Faye genoß ihr neues Leben in vielfacher Hinsicht. Ihre erste selbständige Regiearbeit wurde ein großer Erfolg, so daß sie drei neue Aufträge bekam, alles Filme mit bedeutenden Stars. Jeder einzelne wurde zum Kassenschlager. Sie hatte es geschafft, sich in Hollywood wieder einen Namen zu machen, nicht als hübsches Gesicht oder großer Star, sondern als Regisseur mit Verstand und Talent und großem Einfühlungsvermögen für Schauspieler.

Abe Abramson behauptete von Faye, sie könne sogar einem Stein eine herzzerreißende Szene entlocken, und Dore Schary dachte ähnlich. Beide waren stolz auf sie, und als das erste Angebot für 1955 kam, verlangte Faye, was sie schon seit Jahren vorhatte. Sie hatte Ward seit seiner Rückkehr darauf vorbereitet und wußte, daß er bereit war. Doch Abe Abramson kippte fast vom Stuhl, als sie ihm ihre Bedingungen nannte.

»Und ich soll Dore damit kommen?« Abe war richtig schockiert. Ward hatte vom Filmgeschäft keinen Schimmer, und Faye war nicht ganz bei Verstand. Der reinste Wahnsinn, daß sie ihren Mann überhaupt wieder bei sich aufgenommen hatte. Es war das erste Mal gewesen, daß Abe ihr Verhalten mißbilligte. Er hatte aber kein Wort gesagt – damals jedenfalls nicht. Jetzt tat er sich keinen Zwang mehr an.

»Du bist wohl übergeschnappt! Niemand wird sich auf diese Bedingungen einlassen. Ward hat keinen entsprechenden Hintergrund. Er ist achtunddreißig und hat vom Filmgeschäft keinen Schimmer.«

»Du redest fürchterlichen Unsinn, und außerdem ist es mir schnuppe, was du denkst. In den letzten Jahren hat er eine Ahnung von Geschäften bekommen, er ist intelligent und besitzt einflußreiche Freunde.« Aber was noch wichtiger war, Ward war endlich erwachsen geworden. Faye war unendlich stolz auf ihn.

»Faye, damit komme ich nicht durch.« Davon war Abe felsenfest überzeugt.«

»Dann wirst du auch mich nicht mehr verkaufen können. Das sind meine Bedingungen.« Sie blieb eisern, und Abe hätte sie am liebsten über den Schreibtisch hinweg erwürgt.

»Du machst einen großen Fehler. Du setzt alles aufs Spiel. Wenn die Sache schiefgeht, wird man dich fallenlassen wie eine heiße Kartoffel. Du weißt verdammt gut, wie schwierig es war, dich anfangs als weiblichen Regisseur zu verkaufen. Alles wartet ja nur darauf, daß du auf die Nase fällst. Kein Mensch wird dir jemals wieder so eine Chance geben wie Dore Schary...« Seine Argumente gingen ihm aus, und Faye hob abwehrend die Hand, an der als einziger Ring ihr Ehering glänzte, den sie seit ihrem Hochzeitstag nicht mehr abgenommen hatte. Alle anderen Ringe, Wards Geschenke, waren längst zu Geld gemacht worden. Sie vermißte den Schmuck nicht mehr. Er gehörte einem anderen Leben und einer anderen Zeit an.

»Abe, das alles ist mir klar. Und du weißt jetzt, was ich möchte.« Sie stand auf. »Du schaffst es, wenn du es versuchst. Es liegt jetzt an dir. Du kennst meine Bedingungen.«

Nachdem sie gegangen war, verspürte Abe den Drang, etwas gegen die geschlossene Tür zu schleudern.

Um so verblüffter war er, als MGM auf Fayes Bedingungen einging.

»Faye, die sind ja noch verrückter als du.«

»Sie waren einverstanden?« Faye umklammerte krampfhaft den Telefonhörer.

»Ihr beide fangt nächsten Monat an. Will sagen, er fängt an. Du kommst erst dran, wenn die finanzielle Seite geregelt ist. Produzent und Regisseur, mit eigenen Büros auf dem MGM-Gelände.« Abe hatte das alles noch immer nicht ganz verdaut und hörte nicht auf, den Kopf zu schütteln. »Viel Glück. Ach ja, noch etwas: Setzt euch schleunigst in Bewegung und kommt her, damit ihr unterschreiben könnt, ehe die Bosse zur Besinnung kommen und es sich anders überlegen.«

»Wir kommen nachmittags.«

»Spätestens«, knurrte Abe. Und als sie zur Stelle waren, hatte Faye wieder Grund, auf Ward stolz zu sein.

So schlimm es sich auch anhörte, die schlechten Zeiten hatten ihm gutgetan. Er wirkte gesetzter und reifer, und vor allem kam jetzt sein Verstand zur Geltung. Abe mußte widerwillig zugeben, daß Ward es vielleicht doch schaffen würde. Faye würde jedenfalls alles tun, um ihm weiterzuhelfen. Er schüttelte beiden die Hand, küßte Faye auf die Wange, wünschte ihnen alles Gute und sah ihnen kopfschüttelnd nach. Man konnte nie wissen, möglich war alles...

Der Film wurde ein großer Kassenschlager, und mit ihm begann ihre gemeinsame Karriere. Sie produzierten und inszenierten von nun an drei Filme pro Jahr. 1956 konnten sie endlich aus dem Haus in Monterey Park ausziehen, das Ward so sehr haßte, obwohl mittlerweile keiner mehr Zeit hatte, sich über die ärmliche Umgebung Gedanken zu machen. Sie mieteten für zwei Jahre ein anderes Haus. 1957, fünf Jahre nach ihrem Auszug aus Beverly Hills, waren sie wieder dort. Es war nicht so großartig und luxuriös wie damals, aber sie konnten sich ein hübsches, gepflegtes Haus mit Garten, fünf Schlafzimmern, einem Arbeitsraum und einem bescheidenen Swimming-pool leisten. Die Kinder waren begeistert, und Abe Abramson freute sich mit ihnen. Aber niemand war so glücklich wie Ward und Faye Thayer. Sie hatten es geschafft. Es war wie die Heimkehr aus dem Krieg, und sie widmeten sich ihrer Karriere, als hinge das Leben davon ab, und genossen jeden einzelnen Augenblick.

Wieder Beverly Hills

1964–1983

11 Von Wards Büro auf dem MGM-Gelände bot sich keine besondere Aussicht, deswegen sah er während des Diktats gleichgültig aus dem Fenster. Als Faye hereinkam und Wards Profil betrachtete, schmunzelte sie. Mit siebenundvierzig sah er noch genauso gut aus wie vor zwanzig Jahren. Vielleicht sogar noch besser. Er hatte jetzt weißes Haar, doch die Augen waren noch immer klar und tiefblau. Das Gesicht war von Falten durchzogen, sein Körper noch immer schlank und sehnig. Ward hielt einen Stift in der Hand, mit dem er seine bedächtig gewählten Worte aufs Papier brachte. Es ging um ihren nächsten Film, der programmgemäß in drei Wochen in Produktion gehen sollte. Auch diesmal lief wieder alles genau nach Plan. Ward legte auf die Einhaltung der Termine sehr großen Wert. Die Ward-Thayer-Produktionen wurden termingemäß begonnen und rechtzeitig beendet. Und wehe denen, die da nicht mitzogen. Sie wurden nie wieder beschäftigt.

In den vergangenen zehn Jahren hatte Ward viel gelernt. Faye hatte mit ihrer Prognose recht behalten. Als Filmproduzent war er ein Genie, viel besser noch, als seine Anfänge hätten vermuten lassen. Er hatte gelernt, einen minutiösen Plan zu erstellen und finanzielle Quellen zu erschließen, die alle Welt verblüfften. Anfangs hatte er die Ressourcen seiner Freunde angezapft, mit der Zeit aber entwickelte er viel Einfallsreichtum und brachte die verschiedensten nach Investitionsmöglichkeiten suchenden Firmen und Konzerne dazu, sich fürs Filmgeschäft zu interessieren. Abe Abramson behauptete von Ward, er sei imstande, »die Vögel von den Bäumen zu locken«, und Ward hatte es tatsächlich immer wieder bewiesen.

In den ersten Jahren hatte er mit Faye monatelang bis tief in die

Nacht zusammengesessen und mit ihr alles gemeinsam geplant, doch nach dem ersten halben Dutzend Filmen stand Ward auf eigenen Füßen, und Faye konnte sich auf die Regiearbeit konzentrieren. Ward schuf die finanzielle Grundlage, lange ehe sie mit den Dreharbeiten begann.

Gemeinsam produzierten sie einen Kassenschlager nach dem anderen. Man nannte sie oft Hollywoods »Goldenes Team«, dem trotz einiger weniger Flops praktisch alles zu glücken schien.

Faye hatte allen Grund, auf Ward stolz zu sein. Mit dem Trinken hatte er Schluß gemacht, und seit jener weit zurückliegenden Episode, als er auszog, hatte es keine andere Frau in seinem Leben gegeben. Er hatte hart gearbeitet, sich bewährt, und Faye war glücklich mit ihm. Glücklicher als sie in den frühen »Märchentagen« gewesen war. Diese Jahre erschienen ihr rückblickend unwirklich, und Ward verlor kaum ein Wort darüber. Sie wußte zwar, daß ihm der frühere Luxus fehlte, der Müßiggang, die Reisen, das große Haus, die Dienstboten, nicht zuletzt seine Düsenbergs, aber ihr gegenwärtiges Leben war auch nicht schlecht. Sie hatten jedenfalls keinen Grund zur Klage. Die Arbeit machte ihnen Spaß, und die Kinder waren fast erwachsen.

Mit einem Lächeln sah Faye auf die Uhr. Sie würde Ward bald stören müssen. So als hätte er ihre Anwesenheit gespürt, drehte er sich um und begrüßte sie mit einem Lächeln. Ihre Blicke begegneten sich und hielten einander auf eine zärtliche Weise fest, um die sie nach all den Jahren von vielen beneidet wurden. Es war etwas Besonderes um Ward und Faye Thayer, eine Liebe, die noch immer hell brannte und den Neid aller ihrer Bekannten erregte. Ihr Leben war nicht schmerzlos verlaufen, doch sie waren beide reich belohnt worden.

»Danke, Angela, den Rest schaffen wir am Nachmittag«, verabschiedete Ward seine Sekretärin, stand auf und kam hinter dem Schreibtisch hervor, um seine Frau zu begrüßen. »Sind wir in Eile?« Er gab Faye einen kleinen Kuß auf die Wange, den sie mit einem Lächeln entgegennahm. Sein Rasierwasser war nach all den Jahren dasselbe, seine Duftmarke, die immer seine Anwesenheit in einem Raum erkennen ließ. Wenn sie die Augen schloß, kamen noch immer die romantischen Bilder von früher, aber dafür war heute keine Zeit. Lionel hatte seine Abschlußfeier an der Beverly Hills High School. Sie mußten in einer halben Stunde dort sein und vorher noch die anderen Kinder zu Hause abholen.

Faye warf wieder einen Blick auf die schöne, mit Saphiren besetzte goldene Piaget-Uhr, die Ward ihr im Jahr zuvor geschenkt hatte. »Liebling, wir müssen gehen. Die Bande wird sicher schon unruhig.«

»Nein, höchstens Valerie.«

Ward nahm seine Jacke und folgte Faye nach draußen. Beide lachten. Sie kannten ihre Kinder gut, oder glaubten sie zu kennen. Valerie war die temperamentvollste, eine leicht erregbare Kämpfernatur, dazu die launenhafteste und anspruchsvollste. Valerie tat buchstäblich alles, um dem Klischee der wilden Rothaarigen gerecht zu werden – im Gegensatz zu ihrer eher in sich gekehrten Zwillingsschwester. Auch Greg verfügte über schier unerschöpfliche Energie, die er jedoch anders einsetzte. Sein ein und alles war Football, in letzter Zeit auch Mädchen. Und dann Anne, das »unsichtbare Kind«, wie Faye sie gelegentlich nannte. Anne hielt sich meist auf ihrem Zimmer auf, las und schrieb Gedichte und kapselte sich von den anderen ab. Das war immer schon so gewesen. Nur wenn sie mit Lionel zusammen war, kam eine andere Seite ihres Wesens zur Geltung. Dann lachte und scherzte sie und führte sich albern auf wie die anderen. Kaum setzten ihr die anderen irgendwie zu, zog sie sich sofort wieder zurück. Faye hatte das Gefühl, sie sei ununterbrochen auf der Suche nach Anne, die sich irgendwo verkrochen hatte. Anne richtig zu kennen war fast unmöglich, und Faye hätte auch nie behauptet, sie wisse, was in ihr vorgehe, obwohl sie ihre Tochter war. Aber so und nicht anders war es.

Ward und Faye warteten auf den Lift. Sie hatten schon lange ihre eigene Bürosuite, sehr elegant in Weiß, Hellblau und Chrom. Faye hatte sie vor zwei Jahren selbst renovieren lassen, als die Firma Thayer Productions AG offiziell auf dem MGM-Gelände ein ständiges Büro einrichtete. Vorher hatten sie gelegentlich von hier aus gearbeitet, als nächstes hatten sie auf halbem Weg in der

Stadt Räume gemietet und ihr halbes Leben im Auto verbracht, weil sie ständig zu Besprechungen mit den MGM-Leuten unterwegs gewesen waren. Jetzt aber waren sie beide unabhängig und gleichzeitig in den Komplex der MGM integriert, die sie für jeweils zwei Jahre verpflichtete. In dieser Zeit arbeiteten sie an eigenen Produktionen sowie an solchen für MGM. Es war eine geradezu ideale Konstellation, die Ward sehr befriedigte, obwohl er insgeheim der Meinung war, er habe alles, was er inzwischen erreicht hatte, Faye zu verdanken. Das hatte er sich immer eingeredet, und einmal gestand er es ihr gegenüber ein, worauf sie ihm heftig widersprach und ihm vorwarf, er sei nicht imstande, seine eigene Arbeit zu würdigen. Das traf den Nagel auf den Kopf. Faye war immer der Star gewesen und hatte alles viel besser im Griff gehabt als er. Sie kannte in der Filmindustrie jeden, der Rang und Namen hatte, und wurde von allen respektiert. Mittlerweile hatte man gelernt, auch ihn zu respektieren, ob er es sich eingestand oder nicht, und Faye wünschte, er würde endlich sich selbst in einem besseren Licht sehen. Es war nicht einfach, Ward von seiner Bedeutung zu überzeugen. Irgendwie war er seiner selbst nie sicher. Aber das machte unter anderem seinen besonderen Charme aus, diese jungenhafte Offenheit, die ihm auch in reifen Jahren erhalten geblieben war und ihm noch immer das Aussehen und den Reiz der Jugend verlieh.

Ihr Wagen stand auf dem Parkplatz. Es war ein schwarzes Cadillac-Kabrio, das sie seit zwei Jahren besaßen. Daneben hatten sie zu Hause einen großen Kombi für Ausfahrten mit den Kindern, und Faye fuhr einen kleinen, flaschengrünen Jaguar. Aber irgendwie reichten auch diese drei Autos nicht. Seitdem Lionel und Greg fahren konnten, gab es ständig Streit um den Kombi, eine Situation, die sich mit dem heutigen Tag ändern sollte. Aber davon wußte Lionel noch nichts. Sie wollten ihm einen der kleinen, eben erst auf den Markt gekommenen Mustangs präsentieren, als Schulabschluß- und Geburtstagsgeschenk in einem. Der Wagen war hellrot mit weißen Seitenwänden und roter Polsterung. Als sie ihn am Abend zuvor abgeholt und in die Garage der Nachbarn geschmuggelt hatten, war Faye noch aufgeregter gewesen als Ward.

Sie konnten es kaum erwarten, den Wagen dem Jungen am Nachmittag nach dem Essen in der Polo Lounge endlich vorzuführen. Und am Abend sollte für ihn zu Hause eine Party gegeben werden.

»Unglaublich, nicht?« Faye warf Ward auf der Fahrt einen von einem wehmütigen Lächeln begleiteten Seitenblick zu. »Jetzt wird Lionel achtzehn und geht von der Schule ab. Mir kommt es vor, als wäre es erst gestern gewesen, daß er laufen lernte.« Ihre Worte beschworen Bilder aus alten Tagen herauf, und Ward blieb während der ganzen Fahrt in nachdenklicher Stimmung. Vor fast zwölf Jahren hatte sich alles schlagartig geändert, und ab und zu, wenn er an die früheren Tage dachte, wurde er noch immer traurig. Es war ein gutes Leben gewesen, aber es war auch jetzt schön. Der alte Luxus und der Müßiggang erschienen ihm schon so unwirklich wie eine verlorene Welt. Er sah zu Faye hin.

»Du hast dich seit damals überhaupt nicht verändert.« Seine Worte waren von einem anerkennenden Lächeln begleitet. Faye war noch immer schön, ihr Haar blond, die wenigen grauen Fäden hatte sie getönt. Mit vierundvierzig war ihre Figur tadellos und ihre Haut klar und glatt. In ihren Augen funkelte noch immer Smaragdfeuer. Ward hingegen wirkte mit seinen weißen Haaren viel älter als sie. Sein blondes Haar war dahin, doch das Weiß stand ihm gut, wenn es auch einen scharfen Kontrast zu seinem jugendlichen Gesicht bildete. Faye hatte oft festgestellt, daß Ward ihr jetzt noch viel besser gefiel. Er wirkte viel reifer. Sie beugte sich zu ihm und gab ihm einen Kuß auf den Nacken.

»Liebling, du kannst so schön lügen. Ich werde mit jedem Jahr älter, während du noch immer hinreißend aussiehst.«

Ward lachte verlegen und zog sie an sich. »Du wirst noch in dreißig Jahren toll aussehen und mir im Auto mit Zärtlichkeiten kommen... und ich bugsiere dich dann vielleicht auf den Rücksitz, wo wir eine rasche Nummer abziehen...«

Dieser Gedanke brachte sie zum Lachen, und als Ward ihr einen Blick zuwarf, mußte er ihren schlanken, anmutigen Hals bewundern, den er stets so geliebt hatte und der noch immer erstaunlich glatt war. Oft dachte er daran, daß Faye als Schauspielerin beim Film hätte bleiben sollen. Ihre Schönheit war unverändert, und sie verstand so viel vom Filmen. Und auch wenn er sie bei der Arbeit im Regiestuhl beobachtete, mußte er sie bewundern, denn dabei leistete sie ebenfalls Hervorragendes. Es gab wenig, was Faye Thayer nicht zuwege gebracht hätte. Diese Erkenntnis hatte ihn früher gestört, jetzt war er stolz auf seine Frau. Sie gehörte einfach zu jenen Menschen, die sehr viele Talente besaßen. Das Sonderbare war, daß er ebenfalls mannigfaltig begabt war, ohne sich darüber im klaren zu sein. Er hätte es sogar abgestritten und tat es auch, wenn Faye es ihm sagte. Er verfügte nicht über ihr Selbstvertrauen, auch jetzt noch nicht, und nicht über ihren Schwung und ihre Sicherheit, die bewirkten, daß sie sich an alles herantraute, in der Gewißheit, sie würde es schaffen.

Wieder sah sie auf ihre kostbare Armbanduhr.

»Sind wir spät dran?« Ward warf ihr mit gerunzelter Stirn einen besorgten Blick zu. Er wollte Lionel nicht im Stich lassen. Zwar hatte er mit ihm kein so inniges Verhältnis wie mit Greg, aber Lionel war immerhin sein ältester Sohn, der heute seinen großen Tag hatte, und wenn er erst den Wagen sah... Ward lächelte unmerklich.

»Wir sind nicht spät dran, und worüber lächelst du?« Faye sah ihn neugierig an.

»Ich dachte an Lionels Gesicht, wenn er den Wagen sieht.«

»Meine Güte, er wird außer sich sein!« Sie mußte lachen, und Ward stimmte mit ein. Faye war richtig verrückt mit dem Jungen, immer schon, und manchmal hatte er den Eindruck, daß es fast zuviel wäre. Sie bemutterte ihn sehr. Nie ließ sie zu, daß er sich auf so gefährliche Aktivitäten einließ wie Greg oder überhaupt Risiken auf sich nahm. Er verfüge nicht über Gregs Kraft, behauptete sie immer, und auch nicht über dessen Fähigkeit, harte Schläge einzustecken, seelische und andere, aber Ward konnte ihr da nicht ganz zustimmen. Vielleicht wäre Lionel kraftvoller geworden, wenn Faye ihm die Chance gegeben hätte. In anderer Hinsicht war er ihr jedoch sehr ähnlich, von derselben ruhigen Entschiedenheit, die sie immer bewiesen hatte. Er war entschlossen, das zu tun, was er wollte, unbeirrbar und um jeden Preis. Er sah seiner Mutter sehr ähnlich. Mit halbgeschlossenen Augen hätte man sie fast als

Geschwister ansehen können, und in geistiger Hinsicht waren sie tatsächlich fast wie Zwillinge. Das ging so weit, daß sie jeden anderen aus ihrer Gemeinschaft ausschlossen. Wäre Ward sich selbst gegenüber ehrlich gewesen, dann hätte er sich eine gewisse Eifersucht auf Lionel eingestehen müssen. Faye war dem Jungen in der Zeit des Heranwachsens sehr nahegewesen, so daß ein besonderes Vertrauensverhältnis entstanden war, das alle anderen ausschloß. Und das ärgerte Ward. Lionel war ihm gegenüber zwar immer nett und aufmerksam, aber nie hätte er ein vertrautes Gespräch mit ihm gesucht oder von sich aus etwas mit ihm unternommen... Ganz anders war Greg, der bestürmte ihn, kaum daß er abends zur Tür hereinkam, und das jeden Abend in den vergangenen siebzehn Jahren, oder zumindest seit er laufen konnte. Manchmal hatte Ward ihn sogar auf seiner Seite des großen Doppelbettes schlafend vorgefunden, wenn er spätabends heimkam. Greg hatte dann meist ein großes Abenteuer zu berichten und wollte sicher sein, daß er aufwachte, wenn die Eltern nach Hause kamen. Für Greg war sein Vater alles, und Ward mußte sich eingestehen, daß neben dieser leidenschaftlichen Zuneigung Lionels scheue Zurückgezogenheit um so undurchdringlicher wirkte. Und warum hätte er es versuchen sollen, sie zu durchdringen, wenn ihm ein Junge wie Gregory ständig auf den Fersen war? Dennoch wußte er, daß er seinem ältesten Sohn etwas schuldig geblieben war. Er hatte nur nie mit Sicherheit gewußt, was.

Sogar der Wagen war Fayes Idee gewesen. Damit würde er im Herbst leichter zum College kommen und vorher zu seinem Ferienjob. Er hatte Arbeit bei Van Cleef & Arpels, dem bekannten Juwelier am Rodeo Drive, gefunden als Bote und für Gelegenheitsarbeiten und freute sich riesig darüber. Es war nicht die Arbeit, die Ward sich für ihn gewünscht hätte, und Greg hätte so etwas unter keinen Umständen gemacht. Lionel hatte sich den Job auf eigene Faust verschafft, hatte sich für das Vorstellungsgespräch die Haare schneiden lassen und seinen besten Anzug angezogen, und er hatte die Leute trotz seiner Jugend beeindrucken können – oder aber man hatte gewußt, wer seine Eltern waren. Wie auch immer, er hatte den Job bekommen, und als er der Familie davon berichtete, war er in seiner Freude und Erregung fast wie ein kleines Kind gewesen, für ihn, den Gesetzten und Reifen, höchst ungewöhnlich. Greg war sichtlich verdutzt, während die Zwillinge sich ziemlich ungerührt zeigten. Faye hatte sich ganz besonders für ihn gefreut, denn sie wußte, wie sehr er sich diese Arbeit gewünscht hatte. Und er hatte sie ohne fremde Hilfe bekommen. Sie hatte Ward gedrängt, Lionel zu gratulieren, und er hatte das auch getan, obwohl er sich überhaupt nicht freute, wie er sich eingestehen mußte.

»Möchtest du nicht lieber im August mit Greg nach Montana?« hatte er noch einen Vorstoß gewagt. Greg hatte die Absicht, sechs Wochen lang auf einer Ranch zu arbeiten, und vorher wollte er mit einer Gruppe von Mitschülern und Lehrern im Yellowstone Park zelten, aber das gehörte zu den Dingen, die Lionel am meisten haßte.

»Dad, ich bin hier viel glücklicher, ehrlich ...« Seine Augen waren so groß und grün wie die von Faye. Er hatte Angst, man würde ihm nicht erlauben, den Job anzunehmen, um den er sich so bemüht hatte ... doch sein Vater trat sofort den Rückzug an, als er Lionels Miene bemerkte.

»Ach, ich dachte nur, fragen schadet ja nichts.«

»Danke, Dad.« Lionel hatte sich in die Einsamkeit seines Zimmers zurückgezogen. Ward hatte das Haus vor einigen Jahren umbauen lassen. Sie hatten jetzt kein Gästezimmer mehr, und das Mädchen schlief in einem winzigen Appartement über der Garage, aber jedes der Kinder hatte einen Raum für sich im Haupttrakt, auch die Zwillinge, die sehr erleichtert waren, daß sie getrennt schlafen konnten, wenn sie es zunächst auch nicht zugeben wollten.

Ward und Faye bogen in die Auffahrt am Roxbury Drive ein. Die Zwillinge warteten bereits auf dem Rasen vor dem Haus. Vanessa in einem weißen Leinenkleid, im langen blonden Haar ein blaues Band. Sie trug neue Sandalen und eine weiße Strohtasche. Beide Eltern dachten gleichzeitig: Wie hübsch sie doch aussieht, ebenso wie Val, die aber etwas auffallender wirkte. Val trug ein hellgrünes Kleid, das so kurz war, daß der Saum ihrem Po näher war als ihren Knien. Es war im Rücken tief ausgeschnitten und zeichnete ihre wohlgeformte Figur perfekt nach. Anders als ihre Zwillingsschwester sah sie älter aus als fünfzehn. Sie benutzte reichlich Make-up, ihre Nägel waren frisch lackiert, und ihre Schuhe hatten kleine Absätze. Faye warf Ward seufzend einen Blick zu, als er anhielt.

»Unsere Familiensirene hat sich wieder mal toll zurechtgemacht...«

Ward tätschelte seiner Frau die Hand und lächelte gutmütig. »Laß doch, Schätzchen. Fang bloß heute keinen Streit mit ihr an.«

»Mir wäre lieber, sie würde das Zeug abwaschen, ehe wir fahren.«

Ward blinzelte ihr zustimmend zu und lachte dann. »Sag einfach, sie wäre deine Nichte.« Und liebevoll setzte er hinzu: »Aus Val wird eines Tages eine richtige Schönheit.«

»Bis dahin werde ich zu alt und zu senil sein, um es noch würdigen zu können.«

»Ach, laß sie doch.« Das sagte er immer. Es war seine Antwort auf alles, außer wenn es um Lionel ging natürlich. Lionel mußte immer belehrt, ermahnt, auf Vordermann gebracht werden. Ward erwartete von dem Jungen alles. Immer zuviel, wie Faye behauptete. Ward hatte nie verstanden, wie begabt der Junge war, wie kreativ, wie sensibel, wie vielfältig in seinen Bedürfnissen. Während Val... nun, die war ganz anders, starrköpfig, anspruchsvoll, kämpferisch. Mit Sicherheit ihr schwierigstes Kind – oder war das die ständig in sich gekehrte Anne? Manchmal war Faye sich nicht im klaren, wer ihr mehr Schwierigkeiten bereitete. Als sie ausstieg, kam Vanessa mit unbefangenem Lächeln auf sie zugehüpft, und Faye war plötzlich dankbar für dieses unkomplizierte Kind. Heute wollte sie es sich so einfach wie möglich machen. Sie sagte Vanessa, wie hübsch sie aussehe, legte den Arm um sie und gab ihr einen Kuß auf die Wange.

»Dein Bruder wird stolz auf dich sein.«

»Du meinst auf unsere kleine Alice im Wunderland?« Val kam herbeigeschlendert, innerlich vor Wut kochend, als sie sah, wie liebevoll ihre Mutter Vanessa umfangen hielt. Auch der Kuß war ihr nicht entgangen. »Meinst du nicht, daß sie für diese Aufmachung schon zu alt ist?« Neben Valerie, die topaktuellen, modischen Schick repräsentierte, wirkte Vanessa wie die personifizierte Unschuld. Erst aus der Nähe sah Faye Vals dicken Lidstrich, der so ordinär wirkte, daß sie fast zurückzuckte.

»Liebes, warum nimmst du das Make-up nicht ab, ehe wir gehen? Es ist nicht die Tageszeit für so eine Aufmachung.« Es war einfacher, der Zeit die Schuld zu geben als ihrem Alter. Fünfzehn war für »Kleopatra-Augen« zu jung, fand Faye, und außerdem war es nie ihr Stil gewesen. Aber Valerie hatte weder von ihrer Mutter noch von ihrem Vater jemals Ratschläge angenommen. Sie schien in allem eine eigene Meinung zu haben, und Gott allein wußte, woher sie diese beziehen mochte. Von ihren Eltern jedenfalls nicht. Sie schien einem Teenager-Film im Hollywood-Milieu entsprungen, und Val übertrieb dabei noch so stark, daß ihre Mutter sie am liebsten angeschrien hätte. Aber Faye zwang sich äußerlich zur Ruhe, während Val sich vor ihr aufbaute und auf ihren zierlichen grünen Absätzen Kampfstellung bezog.

»Mutter, der Lidstrich hat mich viel Zeit gekostet. Ich werde ihn nicht abmachen.« ›Du kannst mich nicht zwingen‹, setzte sie in Gedanken hinzu, und es war gar nicht sicher, ob Faye überhaupt dazu in der Lage gewesen wäre.

»Sei vernünftig, Liebling. Es sieht wirklich unnatürlich aus.«

»Wer sagt das?«

»Komm schon, hau ab und wisch das Zeug runter.« Greg war herausgekommen. Er trug Khakihosen und dazu ein blaues Oxford-Hemd. Sein Schlips war schief und sah aus, als hätte er jahrelang jede Nacht unter dem Bett verbracht. Die Turnschuhe waren kaputt, das Haar lag nicht so glatt an, wie er es anstrebte. Trotz des nicht zu übersehenden Gegensatzes zu dem weitaus weltmännischeren Stil seines Vaters war er dessen getreue Kopie. Faye lächelte, als sie sah, wie er Val achselzuckend musterte. »Sieht ja richtig dämlich aus.« Diese Äußerung erbitterte Val noch mehr.

»Kümmere dich um deinen Kram, du gemeiner Kerl!«

»Eines laß dir mal gesagt sein: Ich würde nie mit einem Mädchen ausgehen, das sich soviel Zeug ins Gesicht schmiert.« Er musterte sie eingehend und machte aus seiner Mißbilligung kein Hehl. »Außerdem ist dein Kleid zu eng. Deine Titten stehen raus.« Val wurde rot vor Wut. Sie hatte beabsichtigt, ihre Kurven zur Geltung zu bringen, wollte aber nicht, daß ihr scheußlicher Bruder sich vor allen darüber lustig machte. »So siehst du aus wie eine Nutte!« Das sagte er ganz ruhig. Val riß die Augen auf und holte gegen ihn in dem Augenblick aus, als Ward aus dem Haus kam und sie beide anbrüllte.

»Hört auf, ihr beiden! Benehmt euch! Heute hat euer Bruder seine Abschlußfeier.«

»Er hat mich Nutte genannt!« Valerie war außer sich, während Vanessa gelangweilt dastand. Es war jedesmal dasselbe, und insgeheim gab sie ihrem Bruder recht, aber davon würde Valerie sich ohnehin nicht beeinflussen lassen. Sie war so eigensinnig und entschlossen, daß sie sich entweder durchsetzte oder ihnen allen für den Rest des Tages das Leben schwermachte. Das hatten sie mit ihr schon Tausende Male durchgemacht.

»Aber sie sieht wie eine aus, nicht wahr, Dad?« Greg verteidigte sich gegen ihren wilden Angriff, und Faye, die in der Nähe stand, hörte, wie das verknitterte blaue Oxford-Hemd riß.

»Aufhören!« Es war zwecklos. Wenn die Kinder einmal in Fahrt waren, konnten sie bis zur Erschöpfung schreien. Meist benahmen sie sich so, wenn die Eltern todmüde nach einem schlechten Tag aus dem Studio nach Hause kamen. Vorbei die Tage, an denen Faye ihnen abends vor dem Kamin Geschichten vorgelesen hatte, doch so häufig war das damals ohnehin nicht vorgekommen. Im Laufe der Jahre hatten Babysitter oder Kindermädchen ihren Platz eingenommen. Manchmal fragte sich Faye, ob diese Schwierigkeiten der Preis waren, den sie dafür bezahlen mußte. Aber jetzt fuhr Ward dazwischen, packte Valeries Arm und redete in einem Ton auf sie ein, der sie sofort zum Schweigen brachte.

»Valerie, geh jetzt und wasch dich.« Das war nicht mißzuverstehen und ließ keine Widerworte zu. Sie zögerte nur, als er auf die Uhr sah. »Wir fahren in fünf Minuten, mit dir oder ohne dich, aber ich glaube, es ist besser, du kommst mit.« Damit wandte er ihr den Rücken zu und sagte mit einem Blick zu Faye hin: »Wo steckt Anne? Oben war sie nicht.« Faye wußte es auch nicht, sie war ja gleichzeitig mit Ward zu Hause angekommen.

»Als ich anrief, war sie da. Vanessa, weißt du, wohin sie gegangen ist?«

Vanessa zog die Schultern hoch. Es war unmöglich, Anne zu kontrollieren, sie kam und ging nach Belieben, redete mit niemandem und hielt sich meist oben in ihrem Zimmer auf, in ihre Bücher vertieft. »Ich dachte, sie sei oben.«

Greg überlegte kurz. »Ich glaube, ich habe gesehen, wie sie über die Straße ging.«

»Wohin?« Wards Ungeduld mit seiner Familie wuchs. Das alles erinnerte ihn unangenehm an jene nahezu unerträglichen Familienurlaube, die sie früher zusammen verbracht hatten, an Orten wie dem Yosemite-Nationalpark, bis sie es sich endlich leisten konnten, die Kinder in ein Ferienlager zu schicken und sich selbst ein wenig Ruhe zu gönnen. Nun war es beileibe nicht so, daß er das Familienleben nicht genossen hätte, im Gegenteil, aber es gab Zeiten, da konnten die Kinder einen wahnsinnig machen, und jetzt war es wieder soweit. »Hast du gesehen, wohin sie wollte?« Ward bemerkte kommentarlos, daß Val im Haus verschwunden war, hoffentlich um ihr Make-up zu mildern, vielleicht auch, um sich umzuziehen, obwohl man nicht zuviel erwarten durfte. Und so war es dann auch. Sie kam wieder heraus, während die Suche nach Anne noch im Gange war. Der dicke Lidstrich war um knapp die Hälfte verringert, das Kleid aber war dasselbe. »Valerie, weißt du, wohin Anne gegangen sein könnte?« In seinem Blick wetterleuchtete es, er war in Mordlaune.

»Klar, sie ist rüber zu den Clarks.« So einfach war das. Endlich. Anne mußte auch immer verlorengehen! Er dachte an damals, als sie drei hektische Stunden bei Macy's in New York nach ihr gesucht hatten, nur um sie dann auf dem Rücksitz ihres Mietwagens zu finden, schlafend.

»Würdest du so gut sein und sie holen?« Er sah der künftigen Schönheitskönigin an, daß sie protestieren wollte, aber ein Blick in das Gesicht ihres Vaters genügte, ihren Widerstand im Keime zu ersticken. Val nickte und lief über die Straße. Der winzige Minirock umspannte dabei ihre wohlgeformte Kehrseite. Ward warf Faye einen resignierten Blick zu. »In dieser Aufmachung läuft sie glatt Gefahr, festgenommen zu werden.«

Faye lächelte. »Ich starte schon den Wagen.« Aus dem Augenwinkel sah sie Valerie, die Anne über die Straße begleitete. Anne war für den Anlaß am passendsten angezogen in ihrem hübschen rosa Hemdblusenkleid, das frisch gebügelt war und die richtige Länge hatte. Ihr Haar schimmerte seidig, ihre Augen strahlten, die roten Schuhe waren blankgeputzt. Es war ein Vergnügen, sie anzusehen, im Gegensatz zu ihrer viel zu sehr auffallenden älteren Schwester.

Anne rutschte im Kombi in die hinterste Ecke, nicht weil sie auf alle wütend war, sondern weil es ihr Lieblingsplatz war.

»Was hast du dort drüben gemacht?« fragte Greg, als er einstieg und sich vor Anne setzte, beiderseits flankiert von den Zwillingen. Anne saß allein, für gewöhnlich saßen Lionel oder Vanessa neben ihr. Es war kein Geheimnis, daß sie mit Val nicht zurechtkam, und mit Greg hatte sie auch nicht viel gemeinsam. Dafür liebte sie Lionel über alles und kam auch mit Vanessa gut aus, die sich um sie kümmerte, wenn sonst niemand da war. Fayes stehende Redensart war: »Vanessa, kümmere dich um Anne.«

»Ich wollte mir etwas ansehen.« Mehr sagte Anne nicht, doch sie hatte es gesehen ... das Geschenk zur Abschlußfeier, den hübschen kleinen roten Mustang, und sie freute sich für Lionel. Auch unterwegs sagte sie kein Wort darüber. Sie wollte, daß es eine Überraschung würde, und als sie ausstiegen, fragte Faye sich, ob Anne etwas wußte. Aber ihre verschlossene Tochter machte keine Andeutung, folgte nur den anderen in die Aula und setzte sich ans Ende der Reihe. Es war einer der glücklichsten Tage in Annes Leben und gleichzeitig einer der traurigsten. Glücklich war sie Lionels wegen, unglücklich, weil sie wußte, daß sie Lionel verlieren würde. Sie wußte, daß er im Herbst mit Freunden eine Wohnung in der Nähe seines Colleges beziehen würde. Ihre Mutter war zwar der Meinung, er wäre zu jung dazu, doch hatte Dad behauptet, es würde ihm guttun. Das sagte er aber nur, weil er eifersüchtig war, daß Lionel und Mutter miteinander so vertraut waren. Und jetzt würde Lionel fortgehen. Anne konnte sich ein Leben ohne ihn gar nicht vorstellen. Er war der einzige Mensch, mit dem sie reden konnte. Das war immer schon so gewesen. Immer war es Lionel gewesen, der sich um sie gekümmert hatte, der ihr sogar die Pausenbrote für die Schule zurechtgemacht hatte, und zwar so, wie sie es gern mochte, und der nicht alte Wurst oder trockenen Käse draufgetan hatte wie Vanessa oder Valerie. Nein, Lionel fabrizierte Köstlichkeiten wie Eiersalatsandwiches, oder er belegte die Brote mit Roastbeef, Huhn oder Putenbraten. Er brachte ihr oft Bücher, die sie gern las, und widmete sich ihr sogar noch spätabends und erklärte ihr Mathe-Aufgaben. Er war ihr bester Freund. Immer schon ... Und er brachte sie zu Bett, wenn Mutter und Vater noch arbeiteten. Er hatte ihr praktisch beide Eltern ersetzt. Und als sie ihn jetzt in seiner Robe mit dem Barett auf dem Kopf auf der Bühne sah, kamen ihr die Tränen. Es war so, als würde er heiraten ... fast so, na ja, in gewisser Hinsicht ebenso schlimm. Er heiratete ein neues Leben. Und sehr bald würde er sie verlassen.

Greg beneidete Lionel glühend und wünschte sich an dessen Stelle zu sein, ja, am liebsten wäre er sofort von der Schule abgegangen. Seine Noten waren während des letzten Jahres nicht die besten gewesen, aber er hatte Dad versprochen, sich im nächsten Jahr zusammenzureißen. Dieser Glückspilz Lionel konnte jetzt aufs College. Greg hielt zwar von Lionels Wahl nicht viel, das University College von Los Angeles reizte ihn nicht. Er hätte eine Schule wie das Technische College von Georgia vorgezogen, wo er sich als Footballstar Lorbeeren verdienen konnte, obwohl Dad eher Yale vorschwebte, falls man ihn dort aufnahm. Natürlich konnte er auch in Yale Football spielen. Schon der Gedanke machte ihm den Mund wäßrig ... und dann die Mädchen ...

Valerie hielt den Blick unverwandt auf einen Jungen in der dritten Reihe gerichtet. Lionel hatte ihn vor ein paar Wochen mit nach Hause gebracht. Es war der hübscheste Kerl, den sie je gesehen hatte. Tiefschwarzes glattes Haar, dunkle Augen, groß, klare Haut. Und er tanzte traumhaft. Leider ging er schon fest mit irgendeiner dummen Gans aus der Oberklasse. Aber Val wußte, daß sie selbst viel besser aussah als das Mädchen. Wenn sie sich bloß mit ihm ein paarmal hätte treffen können, aber Lionel würde natürlich keine Hilfe sein – wie immer. Nie hatte er sie mit jemandem zusammengebracht. Da war noch dieser John Wells, Gregs bester Freund. Ein netter Kerl, aber so schüchtern. Immer lief er rot an, wenn man ihn ansprach. Und außerdem wollte er auch aufs College. Das wäre auch ein toller Fang gewesen, ein College-Student. Im Moment beschränkten sich ihre Eroberungen auf drei Jungs ihrer eigenen Klasse, und das waren Nieten, die ihr nur an den Busen fassen wollten. Solche Dinge wollte sie sich aber für einen College-Jungen aufheben. Für den Jungen in der dritten Reihe vielleicht...

Vanessa behielt ihre Zwillingsschwester aufmerksam im Auge. Fast konnte sie ihre Gedanken lesen, weil sie sie so gut kannte. Sie wußte im voraus, welche Jungen ihr gefallen würden. Ein Jammer, daß Val so verrückt nach ihnen war, schon seit der siebten Klasse. Auch Vanessa mochte Jungen, aber bei ihr artete es nicht zur Besessenheit aus. Sie war viel mehr an ihren selbstverfaßten Gedichten und an ihren Büchern interessiert. Jungen konnten ganz nett sein, aber einen besonderen hatte es bislang nicht gegeben. Vanessa hätte zu gern gewußt, ob Val schon alles hinter sich hatte. Sie wollte es nicht hoffen, denn es konnte einem das Leben ruinieren. Zwar gab es die Pille, aber die bekam man erst, wenn man über achtzehn war oder verlobt. Sie wußte, daß ein Mädchen aus einer der unteren Klassen die Pille bekommen hatte, weil es behauptet hatte, es wäre schon einundzwanzig. Vanessa konnte sich nicht vorstellen, selbst so etwas zu machen, und sie wollte es auch gar nicht.

Faye wäre erleichtert gewesen, hätte sie Vanessas Gedanken lesen können. Auch sie machte sich Sorgen wegen dieser Dinge. Aber im Moment waren ihre Gedanken nicht bei Greg, Anne oder den Zwillingen, sie konzentrierten sich auf ihren Ältesten, der so aufrecht, schön und unschuldig dort oben stand und mit dem Diplom in der Hand die Schulhymne im sonnendurchfluteten Saal mitsang. Und während sie ihn ansah, war ihr bewußt, daß dieser Augenblick niemals wiederkehren würde. Lionel würde nie wieder so jung und so rein sein. Für ihn begann jetzt das Leben. Faye, der die Tränen über die Wangen liefen, wünschte sich so vieles für ihn. Wortlos reichte Ward ihr sein Taschentuch. Da wandte sie sich mit wehmütig-glücklichem Lächeln ihm zu. Wieviel hatten sie doch erreicht, und wieviel bedeutete ihr die Familie! Besonders Ward und Lionel. Sie wünschte sich verzweifelt, ihn vor Schmerzen bewahren zu können, vor Enttäuschungen und Kummer. Instinktiv legte Ward einen Arm um Fayes Schultern und zog sie eng an sich. Auch er war stolz auf Lionel, doch er wünschte sich ganz andere Dinge für ihn.

»Er sieht so wundervoll aus«, flüsterte Faye. Für sie war Lionel noch immer ein kleiner Junge.

»Er sieht aus wie ein Mann«, erwiderte Ward auch flüsternd. Zumindest hoffte er, Lionel würde eines Tages ein Mann werden. Jetzt prägte ihn noch die Weichheit der Jugend, und manchmal fragte Ward sich ernsthaft, ob aus Lionel je ein ganzer Kerl werden würde. Er war Faye so ähnlich, und während ihm dieser Gedanke durch den Kopf ging, sah er, wie Lionels Blick über die Menge wanderte und Fayes Augen suchte. Die beiden sahen einander voller Liebe an. Von dieser Liebe waren alle anderen ausgeschlossen. Am liebsten hätte Ward Faye zurückgerissen, ihr zuliebe, aber auch dem Jungen zuliebe, doch die beiden waren für alle anderen unerreichbar. Sie hatten immer schon etwas gemeinsam gehabt, von dem sie die anderen ausschlossen.

»Lionel ist ein wunderbarer Junge.«

Ward war froh, daß Lionel im Herbst aus dem Haus gehen würde. Er mußte weg. Dieser Gedanke kam ihm wieder, als er sah, wie Lionel nach der Feier auf Faye zulief und sie umarmte. Die anderen Jungs standen herum und hielten Händchen mit verlegen aussehenden Mädchen.

»Mom, ich bin frei! Ich bin kein Schuljunge mehr!« Lionel hatte nur Augen für Faye, und sie freute sich mit ihm.

»Herzlichen Glückwunsch, mein Schatz.« Sie küßte ihn auf die Wange, und Ward drückte ihm die Hand.

»Gratuliere, mein Sohn.«

Sie alle blieben noch eine Weile, ehe sie zum Lunch in die Polo Lounge des Beverly Hills Hotels fuhren, wo ein Tisch bestellt war.

Anne hatte genau gewußt, daß Lionel sich im Auto ganz nach hinten zu ihr setzen würde. Das fiel niemandem sonderlich auf. Seit Jahren hatte er dort mit ihr gesessen, so wie Faye und Ward vorne saßen und Greg mit den Zwillingen in der Mitte.

Die Gäste in der Polo Lounge waren wie immer um diese Tageszeit auffallend zurechtgemacht, in Seide, Glitzerstoffen und Miniröcken. Regisseure, Drehbuchautoren, Filmstars, Leute, die um Autogramme baten. Telefone wurden eilig von einem Tisch zum anderen gebracht für die angeblich wichtigen, aber oft nur vorgetäuschten Anrufe. Faye erlaubte sich den Spaß, ging hinaus und rief Lionel an, um ihm noch einmal Glück zu wünschen, und alle lachten – bis auf Ward. Die beiden benahmen sich wie Liebende, und das störte ihn gewaltig. Doch die lärmige Schar Halbwüchsiger an seinem Tisch amüsierte sich glänzend. Nach dem Essen fuhren sie nach Hause und schwammen im Pool. Ein paar Freunde der Kinder kamen vorbei, so daß es nicht weiter auffiel, als Ward und Faye sich davonstahlen und hinüber zu den Clarks liefen. Ward fuhr den Mustang bis fast an den Pool und hupte wie verrückt, während Faye, die in ihrem nassen Badeanzug auf einem Stapel Handtücher neben Ward saß, sich vor Freude nicht fassen konnte. Die Kinder starrten sie an, ohne zunächst zu kapieren. Sie hielten die Eltern für übergeschnappt. Und dann sprang Ward heraus, ging zu seinem Sohn und überreichte ihm die Autoschlüssel. Mit Tränen in den Augen schlang Lionel die Arme um den Nacken seines Vaters und weinte und lachte gleichzeitig.

»Er soll mir gehören?«

»Zum glücklichen Schulabschluß, mein Sohn.« Auch Ward hatte feuchte Augen. Die Freude des Jungen berührte ihn zutiefst. Es war ein besonderer Augenblick, der nie wiederkommen würde. Mit einem leisen Aufschrei umarmte Lionel ihn noch einmal, während Anne aus einiger Entfernung strahlend aussah.

Lionel lud alle ein, sich in sein Auto zu zwängen. Faye und Ward sahen zu, wie die Kinder sich hineindrängelten, übereinander und auf dem Heck, da das Verdeck offen war. »Sei vorsichtig«, mahnte Faye, und Ward nahm sie an der Hand und trat mit ihr ein paar Schritte zurück.

»Laß ihn nur, Liebling. Das geht schon in Ordnung.«

Und einen Augenblick, ganz kurz nur, ehe er den Wagen startete und losfuhr, hielt Lionel inne und begegnete dem Blick seines Vaters zum ersten Mal auf diese besondere Weise. Die beiden lächelten einander zu... Weiterer Dankesworte bedurfte es nicht. Und als sie losfuhren, hatte Ward das Gefühl, er habe endlich nach langer Zeit zum ersten Mal richtig Kontakt zu seinem Sohn gefunden.

12

Abends kamen an die hundert Gäste, die meisten Teenager, die zur Feier von Lionels Schulabschluß zu einem Grillfest eingeladen worden waren. Eine Rockband spielte in einem Zelt hinterm Haus. Es war die größte Party, die die Familie Thayer seit Jahren gegeben hatte, und alle waren aus dem Häuschen. Greg trug ein verknittertes gestreiftes T-Shirt und Jeans. Das blonde Haar war ungekämmt, die Füße bloß – Faye wollte ihn wieder hinaufschicken, doch er entkam ihr, und als sie sich bei Ward beklagte, sagte dieser nur wie immer: »Laß ihn nur, Schätzchen, er ist in Ordnung.«

Faye sah ihn ärgerlich an. »Für einen Mann, der gewohnt war, dreimal täglich das Hemd zu wechseln und weiße Leinenanzüge zu tragen, stellst du keine besonderen Ansprüche an deinen Sohn.«

»Vielleicht ist das der Grund. Das war vor zwanzig Jahren. Heutzutage leben die Menschen anders, und im Grunde war mein Stil schon damals nicht mehr aktuell. Wir beide waren zwei Dinosaurier, wenn auch sehr glücklich. Greg hat Wichtigeres im Kopf.«

»Was denn? Football? Mädchen?« Sie erwartete von Greg mehr, ähnliches wie von Lionel. Aber Ward schien mit seinem unkomplizierten Sohn glücklicher zu sein als mit dem intellektuellen Lionel. Faye kam das immer unsinnig und ungerecht vor, weil er von Greg viel weniger erwartete und Lionels besondere Fähigkeiten nicht zu würdigen wußte. Doch das war ein Problem, das man an einem einzigen Abend nicht lösen konnte. Es war ein Streitpunkt, der schon immer zwischen ihnen gestanden hatte, manchmal mehr, manchmal weniger, aber heute war ein besonderer Tag, und sie wollte keine Diskussionen anfangen. Eigentlich sonderbar, sie zankten sich sehr selten, aber gelegentlich kam es doch zu einer heftigen Auseinandersetzung wegen der Kinder, und dabei fielen harte Worte... Besonders wegen Lionel, aber nicht heute, bitte, nicht heute, dachte sie und entschloß sich, wegen Greg nachzugeben.

»Na, meinetwegen.«

»Er soll sich amüsieren. Ist doch egal, wie er aussieht«, sagte Ward gleichmütig.

»Hoffentlich bist du ebenso großzügig, wenn du Val siehst.« Tatsächlich bedeutete es für beide eine große Anstrengung, zu Vals Aufzug nichts zu sagen. Sie zeigte sich in einem hautengen weißen Lederminikleid mit ausgezacktem Saum. Dazu trug sie weiße Stiefel, die sie sich bei einer Freundin ausgeliehen haben mußte.

Während Ward Faye einen Drink eingoß, flüsterte er ihr zu: »An welcher Ecke arbeitet ihre Freundin? Hat sie das nicht gesagt?« Faye schüttelte lachend den Kopf. Sie hatte schon so lange mit Teenagern zu tun, daß sie das Gefühl hatte, es könne sie nichts mehr in Erstaunen setzen – eine gute Übung für den Umgang mit den Stars bei MGM. Kein Wesen konnte unmöglicher, schwieriger, unberechenbarer und streitsüchtiger sein als ein Kind im Teenageralter, obwohl viele Stars es darauf anlegten, sich ähnlich aufzuführen.

»Ich glaube, die arme Vanessa versucht Vals Wirkung zu neutralisieren«, bemerkte Ward gutgelaunt. Vanessa war in einem rosa-weißen Partykleid, das einer Zehnjährigen besser zu Gesicht gestanden hätte, und rosa Ballettschuhen aufgetaucht. Ihr Haar hatte sie wieder wie Alice im Wunderland frisiert. Die beiden Zwillinge hätten nicht gegensätzlicher aussehen können, und Faye argwöhnte, daß Absicht dahintersteckte. Und während sie alle der Reihe nach musterte – Lionel in einem leichten braunen Sommeranzug mit blaugestreiftem Hemd, sehr erwachsen und hübsch, mit einem Schlips seines Vaters, Greg in seinen verrückten Sachen, Valerie im weißen Lederkleid, Vanessa in ihrer betont kindlichen Aufmachung – alle waren sie Individualisten, und in diesem Zusammenhang fiel Faye etwas auf. Sie warf Ward, der ihr das Glas reichte, einen Blick zu.

»Hast du Anne gesehen?«

»Eben war sie noch mit ein paar Freunden am Pool. Sie wird schon nicht verlorengehen. Lionel behält sie im Auge.« Das machte Lionel immer, aber heute war für ihn ein großer Abend, und Ward hatte diesmal sogar weggesehen, als Lionel sich ein Glas Wein einschenkte. Der Junge sollte ruhig einmal zur Abwechslung Dampf ablassen. Was schadete es, wenn er sich am Abend der Schulabschlußfeier vollaufen ließ? Sein makelloses Image würde endlich einmal einen Fleck bekommen, was auch sein Gutes hatte. Er mußte nur darauf achten, daß Faye den Jungen nicht ständig beobachtete, deswegen bat er sie schließlich um einen Tanz. Valerie beobachtete sie entsetzt, Vanessa fand es komisch, während Lionel zu seinen Eltern kam und mit Faye weitertanzte. Ward machte unterdessen die Runde, unterhielt sich mit den Gästen und sorgte unauffällig dafür, daß die jungen Leute nicht zu sehr über die Stränge schlugen. Einige waren schon ziemlich betrunken, aber sie waren alle in Lionels Alter, und schließlich war es auch ihre Abschlußfeier. Ward hatte das Gefühl, es sei ihr gutes Recht, ein wenig aus dem Rahmen zu fallen, solange sich niemand hinterher ans Steuer setzte, und er hatte den Parkplatzwächtern diesbezüglich strenge Anordnungen gegeben. Keiner durfte seine Autoschlüssel bekommen, wenn er zuviel getrunken hatte. Das galt für Erwachsene wie für Jugendliche.

Ward sah Anne am Pool sitzen, in ein Gespräch mit John Wells, Gregs bestem Freund, vertieft. John war ein lieber Junge, der Greg über alle Maßen bewunderte. Ward vermutete, daß Anne für John schwärmte. Daß er ihre Gefühle erwiderte, war sehr unwahrscheinlich, da Anne erst zwölf war. Bis zum Erwachsenwerden hatte sie noch lange Zeit, obwohl Lionel sie wie eine Erwachsene behandelte und es wirklich erstaunlich war, wie reif sie sein konnte. Reifer als die Zwillinge und manchmal reifer als Greg. Er hätte zu gern gewußt, worüber sie mit John sprach, aber sie war scheu wie ein Kätzchen, so daß er sie nicht stören und verunsichern wollte. Außerdem schien sie ihren Spaß zu haben, und wenig später gesellte sich Lionel zu ihnen, und Ward sah, wie John mit bewunderndem Lächeln zu ihm aufsah. Seine Bewunderung für Lionel glich der Annes. Das Wunder der Jugend. Ward schmunzelte vor sich hin, während er Faye aus einer Gruppe von Nachbarn und Freunden herausholte, um mit ihr zu tanzen. Für ihn war sie noch immer die hübscheste in der Runde, und Faye las es in seinem Blick, als er den Arm um ihre Taille schlang.

»Möchtest du tanzen?« Er legte die Hand auf ihre Schulter, und sie drehte sich lachend um.

»Ja gern.«

Die Band war ausgezeichnet und die Jugend sehr ausgelassen. Anne schien sich mit Lionel und John gut zu unterhalten. Beide behandelten sie wie eine Erwachsene, ganz anders, als andere Kinder mit ihr umgingen. Anne war für ihr Alter groß, und ihr blondes Haar erinnerte an Faye in deren Jugend. Eines Tages würde sie eine Schönheit sein, was ihr im Moment natürlich nicht bewußt war. Sie selbst hielt sich für weniger hübsch als Faye oder Val. Insgeheim bewunderte sie sogar Vanessa, die über angeborene Eleganz verfügte. Es nützte nichts, daß Lionel ihr immer wieder versicherte, sie wäre die hübscheste von allen. »Du spinnst«, sagte sie ihm unweigerlich darauf. Anne kränkte sich über ihre spitzen Knie und das unmögliche Haar, das ihr Gesicht wie weicher Flaum umrahmte. Ihre Brüste zeigten sich erst in Ansätzen, und auch das erhöhte ihre Befangenheit. Befangen war sie eigentlich immer, außer wenn sie mit Lionel zusammen war. Er weckte in ihr das Gefühl, alles sei herrlich.

»Na, wie gefällt dir dein neues Auto?« John lächelte dem älteren Bruder seines Freundes zu, voll heimlicher Bewunderung für dessen fachmännisch geschlungene Krawatte. Ihm gefiel insgesamt die Art, wie Lionel sich kleidete, aber das hätte er nie gewagt zuzugeben.

»Du bist gut«, gab Lionel mit jungenhaftem Grinsen zurück. »Ich bin ganz verrückt wegen der Karre. Kann kaum erwarten, bis ich morgen damit eine richtige Runde drehe.« Er lächelte Gregs Freund zu. John ging schon seit Jahren im Haus aus und ein, und Lionel hatte ihn immer gemocht, John war interessanter als Gregs sonstige laute und nur an Sport interessierte Freunde. Diese Entdeckung hatte er zufällig gemacht, als er sich einmal mit John unterhielt, während Greg nicht da war. Meist tat John so, als wäre er wie die anderen, doch Lionel vermutete zu Recht, daß es nur Tarnung war und daß in ihm mehr steckte als Football und Mädchen und alles übrige, was Lionel nie so recht interessiert hatte. »Nächste Woche fange ich meinen Ferienjob an, und da kann ich einen eigenen Wagen gut gebrauchen.«

»Wo wirst du arbeiten?« John schien interessiert. Anne lauschte dem Gespräch wortlos wie immer. Sie hörte zu, was ihr Bruder sagte, und beobachtete Johns Gesichtsausdruck. Immer schon war sie der Meinung gewesen, er habe schöne Augen.

»Bei Van Cleef & Arpels. Ein Juwelier in Beverly Hills.« Lionel hatte das Bedürfnis, es ihm zu erklären. Keiner von Gregs Freunden hatte eine Ahnung, was das war.

Aber John lachte nur, und Anne registrierte es zufrieden. »Ich weiß. Meine Mutter geht dort aus und ein. Hübsche Sachen haben sie dort.« Lionel war angenehm überrascht. John hatte auf die Eröffnung, Lionel wolle dort arbeiten, nicht mit Fassungslosigkeit reagiert. »Klingt gut.«

»Ja, ich freue mich schon.« Mit einem strahlenden Lächeln sah er zum Wagen hin. »Besonders jetzt.«

»Und dann das College im Herbst. Lionel, du bist ein Glückspilz. Mir steht die High School bis oben.«

»Es dauert nicht mehr lange. Du hast doch nur mehr ein Jahr.«

»Kommt mir vor wie 'ne ganze Ewigkeit.« John stöhnte laut, und Lionel lachte dazu.

»Und was dann?«

»Ich weiß noch nicht recht.« Das war ungewöhnlich. Die meisten seiner Freunde hatten schon konkrete Pläne.

»Ich möchte Filmregie machen«, verriet Lionel seine Absichten.

»Klingt ja wunderbar.«

Lionel zog nur die Schultern hoch. Bescheiden verschwieg er, daß er seit seinem vierzehnten Lebensjahr Fotopreise eingeheimst hatte und schon vor zwei Jahren bei Filmen mitgearbeitet hatte. Jetzt wollte er sehen, was das College ihm diesbezüglich zu bieten hatte. Er war fest entschlossen, diese Richtung einzuschlagen, ungeachtet der Einwände seines Vaters. Ward hätte ihn lieber auf eine der Elite-Schulen im Osten geschickt. Und seine Noten waren eigentlich auch danach. Aber das reizte ihn überhaupt nicht, das überließ er gern Greg.

Er sah John offen an. »Besuch mich auf dem Campus, du kannst dich umsehen und dich für irgendwas entscheiden.«

»Ja, das wäre nett.« John sah auf, und einen Moment trafen sich ihre Blicke. John bemühte sich, wieder wegzusehen, und im nächsten Augenblick erspähte er Greg. Er hatte es plötzlich sehr eilig wegzukommen, und Lionel bat Anne um einen Tanz. Sie errötete heftig und weigerte sich, er aber ließ ihr keine Ruhe. Schließlich gab sie nach und folgte ihm auf die Tanzfläche.

»Was ist denn das?« rief der Junge aus, der mit Val ins Haus gegangen war und ihr nun weiter an die Bar folgte, entschlossen, ihr unter den Rock zu fassen, was nicht allzu schwierig zu sein schien. Doch ein heißbegehrter Gegenstand auf einem Bord hatte seine Aufmerksamkeit abgelenkt.

»Ist er das wirklich?« Er war ungemein beeindruckt. Das Ding hatte er noch in keinem Haus gesehen, obwohl in Los Angeles daran kein Mangel sein konnte.

»Ja, das ist er. Na und? Auch schon was.«

»Das is 'n Ding.« Ehrfurchtsvoll starrte er die Statuette an und streckte die Hand danach aus, damit er zu Hause sagen konnte, er habe sie angefaßt. »Wem gehört er? Deiner Mutter oder deinem Dad?«

Die Antwort schien Val große Überwindung zu kosten. »Meiner Mutter. Möchtest du ein Bier, Joey?« Und jetzt fiel der Junge fast in Ohnmacht. Da war ja noch einer. Sie besaßen zwei davon!

»Allmächtiger! Sie hat ja zwei! Wofür hat sie die gekriegt?«

»Mensch, hör schon auf, ich weiß es nicht. Willst du jetzt ein Bier oder nicht?«

»Ja, ja. Schon gut.« Aber viel mehr interessierte ihn, wofür ihre Mutter den Oscar bekommen hatte. Seine Eltern würden ihn danach fragen, doch Val war nicht gewillt, darüber zu sprechen. »Deine Mutter war Schauspielerin, nicht?« Er wußte, daß sie jetzt Regie führte. Das wußte jeder. Und Vals Vater war ein großer Produzent bei MGM. Valerie sprach eigentlich nie davon, Alkohol und Jungs interessierten sie mehr. Zumindest stand sie in diesem Ruf, und als sie sich setzte, spähte er unter den weißen Lederrock, aber mehr als ein langes Stück Oberschenkel bekam er nicht zu sehen.

»Hast du je Hasch geraucht?«

Er hatte nicht, wollte es aber nicht zugeben. Joey war fünfzehneinhalb und kannte Val von der Schule her, war aber nie mit ihr ausgegangen.

Dazu fehlte ihm der Mut. Sie sah fabelhaft aus und war sehr erwachsen.

»Ja, einmal«, sagte er. Und dann konnte er nicht mehr an sich halten. »Erzähl mir doch etwas von deiner Mutter.«

Das reichte. Val sprang auf, ihre Augen verschossen Zornesblitze. »Nein, ich denke nicht daran!«

»Wozu die Aufregung? Ich bin nur neugierig.«

Val warf ihm auf dem Weg zur Tür einen verächtlichen Blick zu. »Dann frag sie doch selber, du Ekel.« Sie schüttelte ihre rote Mähne und war verschwunden. Enttäuscht starrte der Junge die geschlossene Tür an.

»Scheiße«, flüsterte er vor sich hin.

»Was ist?« Greg steckte den Kopf herein, um zu sehen, wer drinnen war. Der Junge lief rot an und sprang auf.

»Entschuldige... wollte hier nur ein bißchen ausruhen. Ich komme gleich.«

»Schon gut. Ich sitz' auch gern hier drinnen. Also, laß dir Zeit.« Mit fröhlichem Grinsen zog er sich zurück, um die Jagd nach einem dunkelhaarigen Mädchen aufzunehmen, und Joey ging auch hinaus.

Am späten Abend landete alles im Pool, angezogen, in Badeanzügen, halbbekleidet, in Turnschuhen, bloßfüßig oder mit Schuhen. Alle hatten sich prächtig amüsiert, und es sollte drei Uhr morgens werden, ehe der letzte Gast verschwand. Als alle gegangen waren, ging Lionel mit Ward und Faye hinauf. Alle drei gähnten müde.

»Wir sind schon eine ziemlich lebendige Bande«, meinte Faye befriedigt. »Eine gute Party, findet ihr nicht?«

»Einfach super.« Lionel gab seiner Mutter einen Gutenachtkuß, und als er sich dann im Bademantel auf sein Bett setzte, starrte er minutenlang die Wand an und ließ den Tag Revue passieren... das Abschlußzeugnis, die Robe, der Wagen, die Freunde, Musik... und seltsamerweise ertappte er sich bei dem Gedanken an John und wie nett der Junge war. Er gefiel ihm besser als mancher seiner eigenen Freunde.

13

Der Tag nach der Abschlußfeier dämmerte wie jeder andere Arbeitstag für Faye und Ward herauf. Die Kinder konnten bis Mittag ausschlafen, sie selbst mußten um neun im Studio sein. Die Dreharbeiten für den nächsten Film standen bevor, und auf ihren Schreibtischen häufte sich die Arbeit. Es erforderte immer sehr viel Disziplin, um weiterzumachen und täglich zur Arbeit zu gehen, auch wenn man müde war. Besonders schlimm war es, wenn Faye mitten in einer Regiearbeit steckte. Dann war sie immer schon vor sechs im Studio, schlief in einer Garderobe, las das Skript, während sie aß, und dachte unaufhörlich darüber nach, so daß es beinahe ein Teil ihrer selbst wurde und sie jede Rolle so gut kannte, als hätte sie diese in einem anderen Leben durchlitten. Deswegen stellte sie an ihre Darsteller so hohe Ansprüche. Als Gegenleistung brachte sie ihnen eine Disziplin bei, die sie nie wieder vergaßen. Die meisten Schauspieler in Hollywood sprachen von Faye Thayer mit Hochachtung. Ihr Talent war eine Gottesgabe, und sie war mit der Regiearbeit viel glücklicher als seinerzeit als Schauspielerin. Es war die Erfüllung, nach der sie sich gesehnt hatte. Ward registrierte voller Liebe das

Leuchten in ihren Augen, das nur zu sehen war, wenn sie in ihrer Arbeit aufging. Dann und wann spürte er auch Eifersucht, denn er liebte zwar seine Arbeit, doch fehlte ihm Fayes Entschlossenheit, der Feuereifer, mit dem sie sich auf eine Aufgabe stürzte. Sie hauchte ihrer Arbeit ihre Seele ein – daran mußte er jetzt denken, denn in einigen Wochen würde er sie wieder an den neuen Film verlieren. Es war ein Film, von dem beide glaubten, es werde der beste, den sie je gemacht hatten.

Deswegen waren auch beide ziemlich aufgeregt, und Faye hatte mehr als einmal lebhaft bedauert, daß Abe Abramson nicht mehr am Leben war. Er wäre von dem Film begeistert gewesen. Aber er war schon seit ein paar Jahren tot. Er hatte noch Fayes Durchbruch erlebt und den Gewinn des zweiten Oscars, diesmal für Regie, danach war er gestorben. Faye vermißte ihn – so wie jetzt – manchmal sehr. Sie lehnte sich im Sitz zurück, in Gedanken noch bei der Party.

»Wie schön, daß es den Kindern so gut gefallen hat.«

»Ja, das finde ich auch.« Ward litt noch an den Nachwirkungen des Alkohols, etwas, das bei ihm in den letzten Jahren sehr selten vorgekommen war. Oft wunderte er sich, daß er seinerzeit so viel vertragen hatte, denn jetzt mußte er nahezu für jedes Glas einen hohen Preis zahlen. Jugend... er lächelte nachdenklich... ein paar Jährchen und graue Haare mehr, und alles sah ganz anders aus. Aber es gab Dinge, die unverändert blieben. Trotz seines Katzenjammers hatten sie sich am Morgen, nachdem er aus der Dusche gekommen war, geliebt. Das war immer ein guter Anfang für den Tag. Jetzt legte er liebevoll eine Hand auf Fayes Schenkel. »Du machst mich noch immer ganz verrückt, weißt du das?«

Faye errötete leicht. Es schien sie zu freuen. Sie war ja noch immer in Ward verliebt. Seit neunzehn Jahren, länger noch, wenn man bedachte, daß sie einander schon 1943 auf Guadalcanal begegnet waren, also eigentlich seit einundzwanzig Jahren. »Das beruht auf Gegenseitigkeit.«

»Sehr gut.« Er machte ein nachdenkliches Gesicht, als er auf den Parkplatz von MGM fuhr. Der Posten am Eingang hatte sie lächelnd durchgewinkt. Nach den beiden konnte man die Uhr stellen, nette Leute mit netten Kindern, leisteten gute Arbeit – das mußte man ihnen lassen.

»Vielleicht sollten wir eine Verbindungstür zwischen unseren Büros machen lassen und ein Schloß an meine Tür.«

»Klingt ganz gut«, flüsterte sie ihm ins Ohr und kniff ihn spielerisch in den Nacken, ehe sie ausstieg. »Was hast du heute vor, mein Schatz?«

»Nicht sehr viel. Ich glaube, jetzt ist alles geklärt. Und was ist mit dir?«

»Ich habe eine Besprechung mit drei Schauspielern«, meinte Faye und nannte ihm die Namen. »Ich glaube, ich muß mit allen ein ernstes Wort reden, ehe wir anfangen, damit sich jeder gut vorbereitet. Alle müssen wissen, was wir mit diesem Film wollen.«

Es war als Film die größte Herausforderung, an die sie sich je herangewagt hatte. Es ging dabei um vier Soldaten während des Zweiten Weltkrieges, also kein sogenannter »seichter« Film. Er würde brutal und schmerzlich sein und schreckliche Szenen bringen. Die meisten Studiobosse hätten die Inszenierung einem männlichen Regisseur übertragen, aber Dore Schary hatte volles Vertrauen zu Faye. Sie würde ihn nicht im Stich lassen. Ihn nicht und Ward auch nicht. Die Finanzierung dieses Films war Ward trotz der klingenden Namen nicht leichtgefallen. Allgemein herrschte die Meinung vor, deprimierende Filme würden beim Publikum nicht ankommen. Nachdem im Jahr zuvor John Kennedy ermordet worden war, wollten alle nur reines Unterhaltungskino. Aber Ward und Faye hatten von Anfang an gewußt, daß es ein großer Erfolg werden würde, als sie das Drehbuch lasen. Es war ein brillanter Stoff, das Drehbuch war so großartig wie der Roman, ein Bestseller, und Fay war entschlossen, den Film gut zu machen. Ward wußte, daß sie es schaffen würde, er wußte aber auch, wieviel Nervenkraft sie das alles kostete.

»Du wirst sehen, es wird großartig«, sagte er mit einem beruhigenden Lächeln vor der Tür zu ihrem Büro. Beide wußten, daß alles klappen würde, trotzdem brauchte sie jetzt jemanden zum Anlehnen und als Stütze, wie ihre Antwort ihm bewies.

»Ich stehe Todesängste aus.«

»Das weiß ich. Also immer mit der Ruhe und viel Spaß bei der Arbeit.«

Fayes Verfassung wurde nicht besser bis zum ersten Drehtag. Dann aber stürzte sie sich noch intensiver in die Arbeit als sonst. Sie kam nie vor Mitternacht oder ein Uhr morgens nach Hause und verließ das Haus schon um fünf. Oft ging sie gar nicht erst nach Hause. Ward wußte, daß das nun monatelang so gehen würde. Er hatte ihr versprochen, ein Auge auf die Kinder zu haben, und er versuchte seine Pflichten redlich zu erfüllen. Faye hatte immer so gearbeitet. Wenn sie Regie führte, ließ sie sich total von der Arbeit vereinnahmen, und wenn der Film abgedreht war, brachte sie ihr Leben damit zu, Hemden zusammenzulegen, Wäsche zu waschen und sich mit anderen Müttern beim Transport der Kinder zur Schule abzuwechseln. Auf dieses zweite Leben war sie sehr stolz, aber im Moment waren ihre Gedanken weit entfernt von den Kindern.

Als es eines Abends besonders spät wurde, fuhr Ward noch einmal ins Studio. Er wollte verhindern, daß sie sich übermüdet ans Steuer setzte und an einem Baum oder im Straßengraben landete, weil sie in Gedanken noch bei der Arbeit war. Deswegen holte er Faye ab. Als sie wie ein schlaffe Stoffpuppe auf dem Sitz neben ihm zusammensank, beugte er sich über sie und gab ihr einen Kuß auf die Wange. Schläfrig blinzelte sie ihn an.

»Diesen Film überlebe ich nicht...«

Das sagte sie mit tiefer, heiserer Stimme. Den ganzen Tag hatte sie literweise Kaffee in sich hineingeschüttet und ständig auf die Leute eingeredet, sie gedrängt und angefleht, ihr Bestes zu geben, und die Schauspieler hatten sie nicht enttäuscht. Ward lächelte.

»Der Film wird große Klasse, Baby. Ich habe mir die ganze Woche über die Rohaufnahmen angesehen.«

»Und was hältst du davon?«

Faye sah sie sich immer selbst an. Ihr entging dabei nicht der geringste Fehler, weder eigene noch fremde. In den letzten zwei Tagen hatte sich endlich ein Hoffnungsschimmer gezeigt. Die schauspielerischen Leistungen waren ausgezeichnet. »Glaubst du, der

Film kommt an?« fragte Faye beklommen. Sie wußte, daß sie sich auf Wards nahezu unfehlbares Urteil verlassen konnte.

»Der wird nicht nur ankommen, der wird dir den Oscar einbringen«, sagte er zuversichtlich.

»Ach was, ich möchte, daß er gut wird, mehr nicht. Wir sollen stolz darauf sein können.«

»Das werden wir.« Er war seiner Sache sicher, und stolz war er auf Faye ohnehin immer – und sie auf ihn. Ward hatte es sehr weit gebracht für einen Mann, der bis zum fünfunddreißigsten Lebensjahr nur dem Vergnügen gelebt hatte. Es war ein Wunder, daß es ihm gelungen war, sich so hochzuarbeiten. Faye hielt sich diesen Umstand immer vor Augen und war daher um so beeindruckter von Ward, mehr, als er ahnte – viel mehr.

Wieder lehnte sie den Kopf zurück. »Was machen die Kinder?«

»Ach, nichts Besonderes.« Die kleinen Unannehmlichkeiten sollten Faye jetzt nicht belasten. Die Putzfrau wollte nicht mehr kommen, Anne und Val hatten sich heftig gezankt, und Greg hatte eine Beule in den Kombi gefahren, aber das waren Belanglosigkeiten, mit denen er allein fertig werden konnte. Und doch war er jedesmal sehr froh, wenn Faye einen Film beendete und wieder voll in den Haushalt einstieg. Oft konnte er sich nur wundern, wie Faye mit dem täglichen Ärger fertig wurde. Ihn machte der Kleinkram wahnsinnig, aber er hütete sich, ihr das zu sagen. »Sie sind alle beschäftigt. Die Zwillinge spielen Babysitter, und Greg fährt Ende der Woche auf die Ranch.« Das »Gott sei Dank«, das ihm auf der Zunge lag, hielt er zurück. Aber es würde im Haus endlich stiller werden ohne das ständige Telefongeklingel, Türenschlagen und den Lärm, den Gregs Freunde machten, wenn sie den Haushalt auf den Kopf stellten. »Lionel läßt sich kaum blicken, seit er den Job hat.«

»Gefällt ihm die Arbeit?« Faye öffnete die Augen. Sie hätte Lionel gern selbst gefragt, hatte ihn aber seit Wochen nicht gesehen.

»Ich denke schon. Er hat sich jedenfalls nicht beklagt.«

»Das sagt nicht viel. Lionel beklagt sich nie.« Da fiel ihr etwas ein. »Ich hätte für Anne über den Sommer etwas arrangieren sollen. Aber ich habe nicht damit gerechnet, daß wir mit den Dreharbeiten so früh anfangen würden.« Doch die Finanzierung hatte geklappt, die Studios waren frei. Alles war tadellos gelaufen, und anstatt Ende September hatte sie im Juni anfangen können. Das war ungewöhnlich, aber Faye hatte Ärger vermeiden wollen und nicht gesagt, daß sie eigentlich nicht frei war. Und das bedeutete, daß sie die Kinder den Sommer über allein lassen mußte, was sehr ungünstig war, weil Anne sich beharrlich geweigert hatte, in ein Sommerlager zu gehen. »Was macht sie den ganzen Tag?«

»Ach, ihr geht es tadellos. Mrs. Johnson ist da, bis ich abends komme. Sie hat immer Freundinnen bei sich, mit denen sie am Pool herumlungert. Ich habe versprochen, ich würde sie nächste Woche alle mal nach Disneyland ausführen.«

»Du bist ein Engel.« Sie gähnte und lächelte gleichzeitig, als sie schwer auf ihn gestützt ins Haus ging. Die Mädchen waren noch auf. Val, die sich die Haare auf dicke Wickler gedreht hatte, trug einen Bikini, der Faye die Sprache verschlagen hätte, wäre sie noch imstande gewesen, auf irgend etwas zu reagieren. Sie nahm sich vor, ihr am nächsten Tag die Leviten zu lesen, vorausgesetzt, sie hatte Zeit und würde Val zu Gesicht bekommen. Die Mädchen hockten da und hörten Musik. Vanessa war schon im Nachthemd und telefonierte mit einer Freundin, ohne sich durch den Lärm, den Valerie machte, stören zu lassen.

»Wo ist Anne?« fragte Faye. Val zog die Schultern gleichgültig hoch, während sie den Text der Musik mitsang. Faye mußte noch einmal fragen, ehe sie eine Antwort bekam.

»Oben, glaube ich.«

»Schläft sie schon?«

»Vermutlich.«

Aber Vanessa schüttelte dazu den Kopf. Sie verfügte über die unheimliche Eigenschaft, mehreren Gesprächen gleichzeitig folgen zu können, und machte sich das oft zunutze. Faye ging hinauf, um ihrer Jüngsten einen Gutenachtkuß zu geben. Sie wußte bereits, daß Greg mit Freunden unterwegs und Lionel mit Kollegen essen gegangen war, wie sie einem in der Küche hinterlassenen Zettel entnahm, der an alle gerichtet war. Sie wußte gern, wo ihre Kinder sich aufhielten, und machte sich im Studio oft große Sorgen. Ward war in dieser Hinsicht viel lockerer und ließ sie eigentlich tun und lassen, was sie wollten. Faye drängte ihn immer, er solle die Zügel straffer anziehen – vergeblich. Ward wäre glatt verrückt geworden, da er daneben auch ein Auge auf den Haushalt haben mußte.

Leise öffnete sie die Tür. Sie hätte geschworen, beim Hinaufgehen noch Licht unter der Tür gesehen zu haben. Jetzt war es finster, Anne lag zusammengerollt im Bett, den Rücken der Tür zugekehrt. Faye blieb im Eingang stehen, ging dann näher und berührte sanft das weiche, heiligenscheinähnliche Haar. »Gute Nacht, Kleines«, flüsterte sie und drückte Anne einen Kuß auf die Wange. Ebenso leise stahl sie sich hinaus und ging in ihr Schlafzimmer. Sie sprach mit Ward noch über den Film und ließ sich ein heißes Bad einlaufen, ehe sie zu Bett ging. Gleich darauf hörte sie die Zwillinge heraufkommen, an die Tür klopfen und »Gute Nacht« rufen. Sie sah nicht, daß Vanessa in Annes Zimmer ging. Das Licht war wieder an, und Anne las »Vom Winde verweht«.

»Hast du Mutter gesehen?« Vanessa blickte Anne an und las etwas Merkwürdiges in ihrem Blick, etwas Verborgenes und Entrücktes, das nur verschwand, wenn sie mit Lionel zusammen war. Anne schüttelte den Kopf. »Wieso nicht?« Anne wollte nicht zugeben, daß sie das Licht ausgemacht und sich schlafend gestellt hatte, aber Vanessa ahnte die Wahrheit. »Du hast dich schlafend gestellt.« Nach längerem Zögern zog Anne die Schultern hoch, und Vanessa fragte: »Warum?«

»Ich war müde.«

»Bockmist.« Annes Art machte sie wütend. Es war empörend und so typisch für sie. »Und außerdem ist es gemein. Sie hat nach dir gefragt, kaum daß sie zur Tür hereinkam.« Annes Miene blieb unbewegt, ihr Blick ausdruckslos. »Das war gemein von dir.« Vanessa drehte sich um und wollte gehen, als Anne etwas erwiderte.

»Ich habe ihr nichts zu sagen.« Vanessa warf ihr einen letzten Blick zu, ehe sie hinausging. Sie kannte die Wahrheit nicht, die Lionel so gut verstand. Anne hatte Angst, daß ihre Mutter nichts mit ihr anfangen konnte. Sie hatte ihr in der Vergangenheit nie etwas zu sagen gehabt. Nie war sie dagewesen, als Anne noch klein war. Immer waren es Kindermädchen, Babysitter, Hausmädchen oder die älteren Geschwister, die auf sie achtgaben, während die Mutter arbeitete, ausging oder sonstwas tat. Ihre Mutter war immer »müde« oder hatte »etwas anderes im Kopf« oder mußte »das Skript lesen« oder mit »Dad sprechen«. Was hätte es jetzt wohl zu sagen gegeben? Wer bist du? Wer bin ich? Da war es einfacher, sich mit Lionel auszusprechen und Mutter aus dem Weg zu gehen, so wie diese ihr lange aus dem Weg gegangen war. Jetzt mußte Mutter den Preis dafür bezahlen.

14

Faye steckte noch mitten in den Dreharbeiten, als Lionel mit vier Freunden ein Haus bezog und das Semester begann. In der Woche darauf besuchte er sie im Studio, nur um sie ein wenig auf dem laufenden zu halten. Geduldig hielt er sich im Hintergrund und wartete eine Drehpause ab. Lionel hatte seiner Mutter immer gern bei der Arbeit zugesehen. Nach einer Stunde, in der sie eine sehr harte Szene dreimal wiederholen mußten, schickte sie die Leute zum Mittagessen. Sie blickte auf und bemerkte ihren Sohn. So vertieft war sie in ihre Arbeit gewesen, daß sie sein Kommen gar nicht registriert hatte. Die Freude zauberte Wärme in ihr Gesicht, sie lief ihm entgegen und empfing ihn mit einem Kuß.

»Na, wie läuft alles, mein Lieber? Wie ist die Wohnung und das College?« Faye hatte das Gefühl, ihn schon seit Jahren nicht mehr gesehen zu haben, und empfand plötzlich Sehnsucht nach allen Kindern, besonders aber nach ihm. Sie war es früher gewohnt gewesen, ihn ständig um sich zu haben und herrliche Gespräche mit ihm zu führen, doch hatten die Dreharbeiten sie so in Anspruch genommen, daß ihr seine Abwesenheit gar nicht richtig aufgefallen war. »Gefällt dir deine Bude, Li?«

In seinen Augen leuchtete es auf. »Ja, sie ist sehr hübsch, und die anderen Jungs sind einigermaßen ordentlich. Gottlob ist keiner wie Greg.« Er grinste, und Faye lachte eingedenk des wohlbekannten Durcheinanders in Gregs Zimmer. In diesem Punkt hatte sich nichts geändert.

»Warst du inzwischen wieder mal zu Hause, Li?«

»Ja, weil ich einige Male etwas holen mußte. Ich habe Dad getroffen, und der sagte mir, dir gehe es gut.«

»Stimmt.«

»Hier sieht es großartig aus.« Er deutete auf die Dekoration, die sie eben verlassen hatte, und Faye freute sich. Wie sein Vater besaß auch Lionel ein gutes Auge für erfolgsverdächtige Filme. Sie selbst war viel zu sehr in Einzelheiten befangen, um das Ganze objektiv sehen zu können, aber Ward und Lionel beurteilten aus der Distanz alles anders.

»Das war eine Bombenszene.«

Sie lächelte. »Daran feilen wir schon eine Woche.«

Sie hatte es kaum gesagt, als der große Star, der diese Szene beherrscht hatte, auf sie zukam, Lionel einen flüchtigen Blick zuwarf und Faye ernst ansah. Er war ein Perfektionist wie sie, deswegen arbeitete sie sehr gern mit ihm zusammen. Es war der zweite gemeinsame Film, und Faye war sehr zufrieden. Paul Steele galt als einer der hoffnungsvollsten jungen Schauspieler von Hollywood. Er setzte sich neben Faye.

»Na, was halten Sie von der Szene?«

»Ich glaube, wir haben sie geschafft.«

»Ich auch.« Er war erleichtert, daß sie seine Meinung teilte. »Gestern war ich mit meiner Geduld fast am Ende. Ich hätte nicht gedacht, daß wir diese Szene richtig in den Kasten bringen. Die ganze Nacht habe ich daran gearbeitet.«

Faye imponierte seine Arbeitswut. »Das hat man gemerkt. Danke, Paul. Diese Hingabe macht sich letzten Endes bezahlt.« Aber es gab nur verdammt wenige Schauspieler, die so viel Arbeit investierten.

Paul stand auf und sah Lionel an.

»Sie müssen Fayes Sohn sein.« Die Ähnlichkeit war nicht zu übersehen. Faye und Lionel lachten darüber.

»Wie kommen Sie darauf?«

Steele kniff die Augen zusammen. »Tja, das Haar, die Nase, die

Augen. Mit derselben Frisur und Aufmachung könnten Sie als Zwillinge durchgehen.«

»Ich weiß nicht, ob ich damit einverstanden wäre«, meinte Faye gutgelaunt. »Ehrlich gesagt, es würde mir nicht gefallen.«

»Jetzt wissen wir's«, meinte Paul lachend.

»Mr. Steele, diese Szene hat mich sehr beeindruckt.« Lionel sagte dies mit so viel Hochachtung, daß Paul gerührt war.

»Danke.« Faye machte sie jetzt förmlich miteinander bekannt, und Paul reichte Lionel die Hand. »Ihre Mutter ist der strengste Regisseur von ganz Hollywood, aber sie ist so fabelhaft, daß sich Blut, Schweiß und Tränen lohnen.«

»Meine Güte, diese Komplimente.« Alle drei lachten, und Faye sah auf die Uhr. »Meine Herren, uns bleibt eine knappe Stunde. Darf ich euch in die Kantine zum Lunch einladen?«

Paul verzog das Gesicht. »Was für eine kulinarische Folter! Gibt es nichts Besseres! Auf meine Kosten natürlich. Mein Wagen steht gleich draußen vor dem Studio.« Aber alle wußten, daß es in der Nähe des Studios nicht viele Möglichkeiten gab, wenn die Zeit knapp war. »Na, meinetwegen. Ich gebe nach. Die Magenbeschwerden sind schon eingeplant«, seufzte Paul.

»Ach, so schlimm ist es auch wieder nicht.« Faye versuchte das Kantinenessen zu verteidigen, vergeblich. Paul und Lionel widersprachen ihr heftig. Auf dem Weg zur Kantine erkundigte sich Paul, welches College Lionel besuche, und dieser erklärte, daß er eben ein Semester Filmtechnik am UCLA belegt habe.

»Das war auch mein Fach am College. Gefällt es Ihnen?«

»Großartig.« Lionels breites Grinsen verriet, wie glücklich er war, und Paul amüsierte sich darüber. Lionel war noch so jung, doch als sie sich bei Tisch unterhielten, merkte Paul rasch, wie intelligent der Bursche war. Gescheit, sensibel und auf seinem Gebiet sehr beschlagen. Paul und Lionel unterhielten sich angeregt, bis Faye zum Aufbruch mahnte und sie ins Studio zurück mußten. Lionel wäre am liebsten geblieben und hätte die ganze Atmosphäre noch länger in sich aufgesogen. Paul lud ihn in seine Garderobe ein, während er wieder Maske machte und der Studiofriseur etwas an seinen Haaren änderte, da er in der nächsten Szene schon in Kriegsgefangenschaft sein sollte. Lionel wäre liebend gern geblieben, hatte aber am Nachmittag noch drei Vorlesungen am College.

»Schade. Es war nett, mit Ihnen zu plaudern.« Paul verabschiedete sich mit warmherzigem Lächeln. Er ließ Lionel ungern gehen. Der Junge gefiel ihm, zu sehr vielleicht, aber er würde sich nichts anmerken lassen, aus Respekt vor Faye und vor diesem blutjungen Burschen. Es gehörte nicht zu seinen Gewohnheiten, jemanden zu verführen, und »Jungfrauen« waren ohnehin nicht sein Fall. Aber Lionel selbst konnte es kaum erwarten, Paul wiederzusehen, zu Pauls großer Verwunderung.

»Ich würde gern wiederkommen und zusehen. Am Wochenende habe ich einen freien Nachmittag.« Er sah Paul Steele so hoffnungsvoll an wie ein Kind, das auf den Weihnachtsmann wartet, und Paul wußte nicht recht, ob es der Film war, der ihn so erregte, oder etwas anderes. Deswegen ließ er Vorsicht walten.

»Vielleicht könnte ich dann wieder zusehen«, fuhr Lionel fort, den Blick auf Paul gerichtet, der nicht mehr wußte, ob er einen Jungen oder einen Mann vor sich hatte.

»Das hängt von Faye ab. Sie hat hier das Sagen, und sie ist auch mein Boß.«

Beide lachten darüber, und Lionel stimmte zu: »Ich werde sie fragen, was sie davon hält.« Paul fürchtete allerdings, Faye könne glauben, er habe den Jungen auf diese Idee gebracht, denn er hatte nie ein Geheimnis aus seinen Neigungen gemacht. »Na, dann bis Freitag, hoffentlich...« Auf Lionels hoffnungsvollen Blick hin wandte Paul sich abrupt ab. Er wollte nichts anfangen... doch er wollte schon, aber richtig wäre es nicht. Immerhin war der Junge Faye Thayers Sohn. Himmel, manchmal war das Leben wirklich kompliziert. Als Lionel gegangen war, steckte er sich einen Joint an, in der Hoffnung, sich damit zu beruhigen, doch seine Sehnsucht wuchs nur noch mehr.

Während der nächsten Szene waren so viel Hunger und Einsamkeit in ihm, daß es schmerzte, und das kam im Film deutlich heraus. Diesmal klappte es gleich beim ersten Mal, ein unerhörter Glücksfall, zu dem Faye ihn beglückwünschte. Paul aber reagierte sehr kühl, und sie hatte keine Ahnung, warum. Sie hatte sich nichts dabei gedacht, als er Lionel so freundlich begegnet war, denn sie kannte Paul gut genug, um zu wissen, daß sie von ihm nichts zu befürchten hatte. Er war ein anständiger Mensch und würde ihren Sohn in Ruhe lassen, mochte er es in der übrigen Zeit treiben, mit wem er wollte. Sie dachte sich auch nichts dabei, als Lionel am Freitag nachmittag wieder bei den Dreharbeiten aufkreuzte. Früher war er öfter gekommen, um ihr bei der Arbeit zuzusehen. In letzter Zeit war er selbst zu beschäftigt gewesen, aber es war kein Geheimnis, daß ihn die Filmarbeit interessierte und er selbst Regisseur werden wollte. Faye freute sich, als er auftauchte, und ebenso erfreut war Paul Steele, auch wenn er sich nichts anmerken ließ.

»Hallo, Paul.« Lionel sagte es mit unmerklichem Zögern. Kaum hatte er die Worte ausgesprochen, kamen ihm Zweifel, ob er nicht Mr. Steele hätte sagen sollen. Paul war erst achtundzwanzig, genoß aber in der Filmwelt großes Ansehen. Lionel mit seinen achtzehn Jahren fühlte sich in Pauls Nähe wie ein kleiner Junge.

»Hallo«, Paul war auf dem Weg zur Garderobe eines Kollegen und schien ganz gelassen. Er hoffte inständig, ihre Wege würden sich nicht wieder kreuzen. Aber später am Nachmittag lud Faye ihn in einer Drehpause zu einem Glas Wein ein. Auch Lionel war da, offensichtlich ziemlich beeindruckt, und Paul konnte dem Drang nicht widerstehen, ihm zuzulächeln.

»Nett, Sie wiederzusehen. Was macht das Studium?« Vielleicht würde es ihm die Sache erleichtern, wenn er Lionel wie ein Kind behandelte. Aber von Erleichterung konnte keine Rede sein, als er dem Jungen in die Augen sah. Unwiderstehliche Augen. Sie waren Fayes Augen so ähnlich, aber tiefer, eindringlicher und in gewisser Hinsicht trauriger und weiser, als wüßten sie um ein schreckliches Geheimnis. Und instinktiv ahnte Paul, welches Geheimnis es war. In diesem Alter hatte er selbst unter diesem Geheimnis gelitten. Ja man blieb schrecklich einsam, bis einem jemand die Hand entgegenstreckte, aber bis zu diesem Augenblick war man ein Verzweifelter in einer Hölle, voller Angst vor den eigenen Gedanken und davor, wie die anderen urteilen würden, wenn sie es wüßten. »Was halten Sie von den heutigen Aufnahmen?« Es war sinnlos, ihn als Kind zu behandeln. Er war ein Mann, das wußten beide, und Paul sah ihm in die Augen.

»Ich glaube, die Szenen sind sehr, sehr gut.«

»Möchten Sie sich mit mir die Rohaufnahmen anschauen?« Paul nahm sich immer die Zeit, sich abends die tagsüber gedrehten Szenen anzusehen, damit er eventuelle Fehler am nächsten Tag vermeiden konnte, was ihm die Arbeit sehr erleichterte. Lionel fühlte sich durch diese Aufforderung, die ihm Zutritt zu Pauls Welt verschaffte, sehr geschmeichelt. Sein hingerissener Blick brachte Faye und Paul zum Lachen. »Hör mal, wenn du so ein Gesicht machst, darfst du nicht zusehen. Dir muß klarsein, daß du großenteils Mist zu sehen bekommst. Geradezu peinlichen Mist, aber daraus lernen wir«, lachte Paul, unwillkürlich ins vertrauliche Du übergehend.

»Ich würde mir die Aufnahmen zu gern ansehen.«

Nach der letzten Szene gingen sie in den Vorführraum. Als sie sich setzten und es dunkel wurde, spürte Paul, wie Lionels Bein zufällig sein Knie streifte. Ihn durchflutete eine Erregung, der zu widerstehen fast schmerzlich war. Vorsichtig rückte er sein Bein weg und zwang sich dazu, sich auf die Leinwand zu konzentrieren. Es wurde wieder hell, und sie besprachen die Szenen. Es zeigte sich dabei, daß beide einer Meinung waren. Lionel hatte das richtige Gefühl für die Darstellung, er war intelligent und intuitiv und besaß einen ausgeprägten Instinkt für Stil und Technik. Eigentlich kein Wunder, da er mit dem Film aufgewachsen war. Paul war trotzdem beeindruckt. Er hätte sich zu gern länger mit ihm unterhalten, aber Faye wollte schon nach Hause. Sie mußte diesmal früher Schluß machen, um halb acht, was für sie noch Nachmittag war. Belustigt registrierte sie, daß die beiden kein Ende finden konnten. »Hast du den Wagen dabei, mein Lieber?« fragte Faye Lionel. Sie fühlte sich heute besonders müde und abgespannt und wollte unbedingt rasch nach Hause und sich ausruhen. Die Woche war anstrengend gewesen, und am nächsten Tag sollte in aller Herrgottsfrühe gleich eine schwierige Szene gedreht werden. Sie mußte noch vor drei aus dem Bett.

»Ja, Mutter. Ich bin mit dem Wagen da.«

»Sehr gut. Dann lasse ich euch allein, und ihr könnt weitermachen. Ich muß nach Hause, ehe ich vor Müdigkeit umfalle. Gute Nacht, meine Herren.« Sie küßte Lionel auf die Wange, winkte Paul zu und lief hinaus zu ihrem Wagen. Ward war schon vor ihr nach Hause gefahren, um mit den Kindern zu Abend zu essen.

Paul war ehrlich erstaunt, als er nach einiger Zeit auf die Uhr sah: kurz vor neun, sie waren die letzten im Studio. Seit Mittag hatte er nichts gegessen, und aus einer Bemerkung Lionels hatte er entnommen, daß es ihm genauso ergangen war. Was konnte es schon schaden, wenn man zusammen essen ging?

»Hättest du Lust auf einen Hamburger, Lionel? Du mußt halbverhungert sein.« Harmloser konnte man nicht fragen, und Lionel schien sich zu freuen.

»Gern, wenn Sie nichts anderes zu tun haben.«

Der Junge war so jung und bescheiden, daß es fast peinlich war. Lächelnd legte Paul ihm beim Hinausgehen einen Arm um die Schulter. Kein Mensch war in der Nähe, es konnte also von niemandem falsch aufgefaßt werden.

»Glaub mir, die Unterhaltung mit dir war das Interessanteste seit Wochen, ja Monaten...«

»Nett, daß Sie das sagen.« Er lächelte Paul zu. Sie waren unterdessen schon am Parkplatz angekommen. Paul fuhr einen silbernen Porsche, und Lionel hatte den roten Mustang, der sein ganzer Stolz war.

»Was für ein großartiges Auto!«

»Das habe ich im Juni zum Schulabschluß bekommen.«

»Ein tolles Geschenk!« Paul war beeindruckt. In Lionels Alter hatte er sich eine Karre für fünfundsiebzig Dollar angeschafft, aber seine Eltern waren ja auch nicht Ward und Faye Thayer und lebten nicht in Beverly Hills. Er war mit einundzwanzig von Buffalo nach Kalifornien gekommen, und seither hatte sein Leben sich auf wundervolle Weise verändert, besonders in den letzten drei Jahren. Den Beginn seiner steilen Karriere verdankte er der beglückenden Romanze mit einem wichtigen Produzenten. Den endgültigen Durchbruch, den er bald darauf geschafft hatte, konnte er schon ganz allein sich selbst und seinen Fähigkeiten zuschreiben. Das wurde auch von niemandem in Abrede gestellt. Von Paul Steele mochte man halten, was man wollte, an seinem Talent war nicht zu rütteln. Wer mit ihm gearbeitet hatte, wußte nur Gutes über ihn zu sagen. Er war ein netter Kerl, ein angenehmer Kollege, der gern für sich allein blieb. Es dauerte lange, bis er aus sich herausging, dann aber konnte man Spaß mit ihm haben. In der freien Zeit zwischen den Filmen führte er sich gelegentlich etwas wild auf, rauchte Hasch, schnupfte Kokain, und es wurde von wilden Orgien in seinem Haus gemunkelt, aber es hatte keine Skandale gegeben. Manchmal mußte er nach dem harten Arbeitsalltag Dampf ablassen, und außerdem war er noch jung.

Er wollte mit Lionel ins Hamburger Hamlet am Sunset. Paul fuhr voraus, sehr vorsichtig. Irgendwie war er um den Jungen sehr besorgt. Er wollte nicht, daß ihm etwas geschah, körperlich und auch sonst. Er gefiel ihm besser als jeder andere seit langem. Verdammt schade, daß er erst achtzehn war – ein verdammtes Pech. Er war so schön und so jung. Beim Essen konnte er den Blick nicht von ihm wenden, und nachher standen sie draußen, und Lionel wußte nicht, wie er sich für die Ehre dieser Einladung bedanken sollte. Paul hätte ihn gern in sein Haus eingeladen, fürchtete aber, daß sich das nicht gut anhören würde. Verlegen standen sie da, Paul musterte Lionel prüfend. Zu gern hätte er erfahren, ob dieser über seine Neigungen etwas wußte – schwer zu sagen. Wenn der Junge etwas wußte, wäre alles leichter. Er schien aber nicht den leisesten Verdacht zu hegen, das glaubte Paul ihm anzusehen. Aber war Lionel wirklich so ahnungslos?

Und plötzlich, während sie unentschlossen auf dem Parkplatz standen, erkannte Paul, daß er den Stier bei den Hörnern packen mußte. Vielleicht sollte er ihn sogar fragen, möglicherweise irrte er sich, aber es konnte ja auch sein, daß sie Freunde würden. Aber er durfte ihn nicht gehen lassen, noch nicht, nicht jetzt, nicht so rasch.

»Ich weiß, das hört sich albern an, aber möchtest du nicht auf einen Drink zu mir kommen?« Fast war es ihm peinlich, diese Aufforderung auszusprechen, aber Lionel riß die Augen auf vor Begeisterung.

»Sehr gern.«

Vielleicht wußte er es doch. Paul wurde fast wahnsinnig in dem Bemühen, sich Klarheit zu verschaffen, aber es gab keine Möglichkeit.

»Ich wohne in Malibu. Fährst du mir nach, oder willst du deinen Wagen hierlassen? Ich könnte dich nachher wieder herbringen.«

»Macht Ihnen das nicht zuviel Mühe?« Malibu lag eine Autostunde entfernt.

»Aber gar nicht. Ich gehe immer spät zu Bett. Und heute gar nicht. Wir fangen morgen um vier Uhr an. Bei so frühem Drehbeginn arbeite ich besser, wenn ich erst gar nicht schlafe.«

»Ist mein Wagen hier sicher?« Sie sahen sich um und entschieden, daß keine Gefahr bestehe. Die Hamburger-Kneipe hatte die ganze Nacht über geöffnet, so daß ein ständiges Kommen und Gehen herrschte und niemand wagen würde, das Auto zu knacken. Kaum war dieses Problem gelöst, als Lionel einstieg und sich in Pauls Porsche sofort wie im siebenten Himmel fühlte. Er hatte das Gefühl, in eine andere Welt gehoben zu werden, als er sich in dem glatten Ledersitz zurücklehnte. Das Armaturenbrett sah aus wie im Cockpit eines Flugzeuges. Paul startete den Motor, legte den Gang ein, und sie fuhren los. Aus der Stereoanlage klang Roger Miller mit »King of the Road«. Die Fahrt nach Malibu wurde zu einem fast sinnlichen Erlebnis. Paul sehnte sich nach einem Joint, wollte aber vor dem Jungen nicht rauchen, nicht zuletzt deshalb, weil er um seine eigene Zurückhaltung fürchtete, wenn er sich betäubte. Also versagte er sich das Zeug. Sie wechselten dann und wann ein paar Worte, hörten Musik und brausten dahin. Als sie das Haus am Strand erreichten, herrschte zwischen ihnen eine lockere, entspannte Atmosphäre.

Paul schloß die Tür auf, und sie traten ein. Im Haus fand die ungezwungene Stimmung ihre Fortsetzung. Sie genossen bei gedämpfter Beleuchtung den Blick auf den Ozean. Im Wohnzimmer, das eine Stufe tiefer lag, waren Sitzelemente und weiche Kissen verteilt. Riesige Pflanzen setzten exotische Akzente. Die indirekte Beleuchtung brachte ein paar Bilder, die Paul besonders liebte, zur Geltung. Eine Bar, eine Bücherwand und dazu eine Stereoanlage, welche die ganze Welt mit leiser Musik zu erfüllen schien, machten den Eindruck komplett. Lionel setzte sich und ließ den Blick umherschweifen. Paul warf seine Lederjacke auf die Couch, schenkte für beide Wein ein und ließ sich neben Lionel nieder.

»Na, gefällt es dir?« fragte er lächelnd. Er war stolz auf sein Haus, das mußte er ehrlich zugeben. Für einen armen Jungen aus Buffalo hatte er einen sehr weiten Weg zurückgelegt, und er war glücklich.

»Mein Gott... wie schön.«

»Ja, nicht wahr?« Warum hätte er es abstreiten sollen? Man konnte auf den Strand, auf das Meer hinausblicken. Die ganze Welt schien ihnen zu Füßen zu liegen, und nachdem sie ihre Gläser geleert hatten, schlug Paul einen Spaziergang vor. Er liebte abendliche Strandspaziergänge, und jetzt war es erst elf. Er streifte seine Schuhe ab, Lionel machte es ebenso, und sie wanderten über den weichen weißen Sand. Lionel hatte das Gefühl, noch nie so glücklich gewesen zu sein. Wenn er diesen Mann ansah, spürte er etwas, was er noch nie gespürt hatte. Und dieses Gefühl war sehr verwirrend. Stumm gingen sie eine ganze Weile, jeder mit seinen Gedanken beschäftigt. Auf dem Rückweg blieb Paul stehen und ließ sich auf dem Sand nieder. Er blickte hinaus auf den Ozean, dann sah er Lionel an, und plötzlich kamen die Worte ganz zwanglos. »Du bist durcheinander, habe ich recht, Li?« Er hatte gehört, daß seine Mutter ihn manchmal so nannte, und hoffte, er würde diese Vertraulichkeit nicht übelnehmen. Und Lionel hatte nichts dagegen. Er nickte nur. Für ihn bedeutete es eine Erleichterung, seine Gefühle für diesen Mann einzugestehen, der im Begriff stand, sein Freund zu werden.

»Ja.« Lionel wollte aufrichtig sein, damit er vielleicht seine Empfindungen besser begreifen lernte. Er fühlte sich sehr alt und gleichzeitig sehr jung. »Ich bin durcheinander.«

»Das ging mir früher ähnlich. Als ich noch in Buffalo war.« Paul sog die Nachtluft ein. »Wie ich diesen Ort haßte!«

Lionel lächelte. »Sicher ist es dort ganz anders als hier.« Beide lachten, und dann sah Paul den Jungen an.

»Ich möchte dir gegenüber ehrlich sein. Ich bin schwul.« Plötzlich bekam er es mit der Angst zu tun. Wenn Lionel ihn deswegen haßte? Wenn er einfach aufsprang und davonlief? Es war das erste Mal seit Jahren, daß er eine Zurückweisung fürchtete, und das machte ihm zusätzlich angst. Es war wie ein Riesenschritt zurück in die Vergangenheit, zurück nach Buffalo, als er sich im Frühling in Mr. Hololihan, den Baseballtrainer, verknallt hatte und nichts sagen konnte, ihn nur unter der Dusche beobachtete und sich verzweifelt danach sehnte, sein Gesicht zu berühren, seinen Arm, sein Bein, ihn überall zu berühren, dort... Er wandte sich mit erschrockenen Augen an Lionel. »Weißt du, was das bedeutet?«

»Ja, natürlich.«

»Klar, du weißt, daß es Homosexualität bedeutet. Aber ich meinte eigentlich die spezielle Einsamkeit, die damit für einen Mann verknüpft ist.« Paul legte seine ganze Seele in seine Augen, und Lionel nickte, ihn unverwandt ansehend. »Ich glaube, du weißt es auch... du hast ähnliche Empfindungen wie ich. Habe ich recht?«

Tränen liefen Lionel über die Wangen, als er nickte, und plötzlich konnte er Pauls Blick nicht mehr ertragen. Er schlug die Hände vors Gesicht und weinte hemmungslos. Jahrelange Einsamkeit kam nun in ihm hoch, als Paul ihn in die Arme nahm und ihn festhielt, bis er sich beruhigt hatte. Dann hob er Lionels Kinn an und sah ihm wieder in die Augen.

»Ich bin im Begriff, mich in dich zu verlieben«, sagte Paul nun, »und ich weiß nicht, was ich dagegen tun soll.«

So frei wie in diesem Augenblick hatte Lionel sich noch nie gefühlt. Das Geständnis hatte auf ihn eine wunderbare Wirkung. Er spürte, wie sein ganzer Körper in Flammen stand. Plötzlich waren ihm so viele Dinge klar, die er zuvor nie begriffen hatte, Dinge, die er gar nicht hatte wissen wollen oder an die zu denken er sich gefürchtet hatte. Er verstand jetzt alles, als er diesem Mann in die Augen sah.

»Du bist unberührt, nicht wahr?« fragte Paul.

Lionel nickte. »Ja«, sagte er mit belegter Stimme. Er war ebenfalls im Begriff, sich zu verlieben, wußte aber nicht, wie er es formulieren sollte. Er betete darum, daß er die richtigen Worte finden würde, daß Paul ihn nicht wegschicken, sondern ihn immer, immer bei sich behalten würde.

»Hast du jemals mit einem Mädchen geschlafen?« fragte Paul weiter. Lionel schüttelte den Kopf. Deswegen war er überhaupt auf die Idee gekommen. Er hatte sich nie nach einem Mädchen gesehnt – niemals. Dieses Verlangen war bei ihm nicht vorhanden. »Ich auch nicht«, fuhr Paul fort. Seufzend legte er sich zurück in den Sand und faßte nach Lionels Hand, um die Handfläche mit Küssen zu bedecken. »Vielleicht ist es so einfacher. Die Entscheidung für unser Leben wurde schon vor langer Zeit getroffen. Das glaubte ich immer schon von Leuten wie uns. Ich weiß, daß wir keine Wahl haben und daß die Anlage schon in der Kindheit vorhanden ist. Ich glaube, ich wußte es schon damals, hatte aber Angst, es mir einzugestehen.«

Lionel faßte wieder Mut. »Bei mir war es ähnlich. Ich hatte Angst, jemand würde dahinterkommen und meine Gedanken lesen. Mein Bruder ist ganz anders, sehr ungestüm und sportlich, und mein Vater wollte, daß ich auch so bin. Und ich brachte es nicht fertig, unmöglich...« Wieder kamen ihm die Tränen, und Paul drückte seine Hand.

»Hat jemand in der Familie einen Verdacht?«

Lionel schüttelte den Kopf. »Bis heute abend gestand ich es mir ja selbst nicht einmal ein.« Doch jetzt wußte er es ganz sicher. Und er wollte es so und nicht anders – mit Paul und mit keinem anderen. Er hatte sein Leben lang auf ihn gewartet und wollte ihn jetzt nicht verlieren.

Paul sah ihn eindringlich an. »Bist du sicher, daß du jetzt bereit bist, dazu zu stehen? Ein Zurück gibt es nicht. Man kann sich nicht ändern... manche versuchen es zwar, aber ich frage mich immer, ob sie sich selbst überzeugen können. Ich möchte es sehr bezweifeln.« Er sah zu Lionel auf. Beide lagen jetzt im Sand. Lionel hatte sich auf einen Ellbogen aufgestützt und sah auf Paul hinunter. Sie waren im Umkreis von Meilen die einzigen Menschen. Die Häuser hinter ihnen funkelten wie Juwelen, wie tausend Verlobungsringe, die Paul ihm anbot, wie eine ganze Krone. »Ich möchte nichts tun, wozu du nicht bereit bist.«

»Ich bin bereit, das weiß ich. Bis jetzt war ich so einsam. Laß mich nicht wieder allein«, bat Lionel.

Paul nahm ihn in die Arme und hielt ihn an sich gedrückt, bis er es kaum mehr aushalten konnte. Noch nie hatte er jemanden verführt, und er wollte mit diesem Jungen nicht damit anfangen.

»Komm, gehen wir ins Haus.« Gelenkig sprang er auf und reichte Lionel die Hand, der ebenfalls aufstand. Mit einem unbeschwerten, sorglosen Lächeln folgte ihm Lionel. Sie gingen Hand in Hand und sprachen nun miteinander viel angeregter und unbefangener. Lionel hatte das Gefühl, eine Zentnerlast wäre von ihm genommen worden. Er wußte nun, wer und was er war und wohin er jetzt ging, und alles war gut so. Es gab nichts Beängstigendes mehr. Es war nicht weit bis zum Haus, und sie gingen hinein, erfrischt und belebt von der Nachtluft. Paul goß noch zwei Gläser Weißwein ein, trank einen Schluck und fachte das Feuer im Kamin an. Dann verschwand er in einem anderen Raum und überließ Lionel seinen Gedanken und seinem Wein. Als er wiederkam, war die Beleuchtung ausgeschaltet, das Kaminfeuer war die einzige Lichtquelle. Er stand nackt mitten im Raum und winkte Lionel zu sich. Es bedurfte keiner Worte, und Lionel zögerte nicht. Er stand auf und folgte Paul.

15

Paul brachte Lionel um vier Uhr morgens zu dem vor der Imbißstube geparkten Wagen zurück. Auf dem Parkplatz blieben sie stehen und sahen einander in die Augen. Es war sonderbar, wieder hierzusein. So viel war passiert, seitdem sie hier gesessen hatten. Es war unglaublich. Lionel hatte das Gefühl, es seien ihm Flügel gewachsen. Es war der schönste Abend seines Lebens gewesen, und er war so erleichtert wie noch nie. Endlich wußte er, was er war, und Paul ließ alles im richtigen Licht erscheinen ... mehr noch, es war alles schön gewesen. Lionel wußte gar nicht, wie er sich jetzt bei ihm bedanken sollte.

»Ich weiß nicht, was ich sagen und wie ich dir danken soll«, setzte er mit schüchternem Lächeln an, von einem Fuß auf den anderen tretend.

»Ach, laß das. Können wir uns heute treffen?«

Lionel wagte kaum zu atmen, als er spürte, wie er wieder von Erregung erfaßt wurde. Er hatte nicht geahnt, wie herrlich es sein würde, aber mit Paul war es wundervoll. »Ja, sehr gern«, sagte er.

Paul kniff nachdenklich die Augen zusammen und überlegte, wo sie sich treffen sollten. »Am besten, wir treffen uns wieder hier, und zwar um acht Uhr. Du wartest im Wagen und fährst mir dann einfach nach. Wenn ich nicht zu müde bin, können wir uns selbst etwas zum Essen zurechtmachen oder unterwegs essen. Na, was hältst du davon?« Sonst pflegte er sich anders um seine Freunde zu kümmern, aber ausgerechnet jetzt mußte er täglich lange arbeiten.

»Großartig.« Lionel strahlte und gähnte dann schläfrig. Paul lachte und fuhr ihm durchs Haar.

»Fahr nach Hause und schlaf dich aus, du Glücklicher. Ich muß den ganzen Tag rackern.«

Lionel sah ihn voller Mitgefühl an. »Bestell meiner Mutter Grüße.« Kaum hatte er den Satz ausgesprochen, als er erschrak.

Paul lachte. »Ich glaube, das lasse ich im Moment besser bleiben.« Er konnte sich nicht vorstellen, wie Faye auf die Eröffnung reagieren würde, ihr Ältester sei homosexuell. »Wenn sie mich fragt, werde ich nur sagen, wir hätten zusammen einen Hamburger gegessen und dann seist du nach Hause gefahren. Ist es dir recht so?«

Lionel nickte. Was aber, wenn ihm ein Fehler unterlief? Wenn ihm eine Bemerkung entschlüpfte? Ein beängstigender Gedanke. Mit der Zeit würden die Leute es erfahren müssen. Er wollte ja nicht den Rest seines Lebens im verborgenen verbringen. Aber andererseits wollte er es nicht schon jetzt jedem auf die Nase binden ... noch nicht. Er wollte nur mit Paul dieses Geheimnis teilen.

»Also dann, einen schönen Tag.« Er hätte ihn gern berührt und geküßt, wagte es aber nicht. Paul strich ihm mit liebevollem Blick über die Wange.

»Gib schön acht auf dich, und ruh dich aus, Lieber.«

Lionel spürte die Macht der Liebe aus diesen Worten, und sein Herz klopfte ihm bis zum Hals, als er dem silbernen Porsche nachsah und winkte. Gedankenverloren stieg er in seinen Mustang.

Lionel konnte es kaum erwarten, daß es Abend wurde. Als es endlich soweit war, saß er ungeduldig in seinem Wagen. Er hatte sich feingemacht, trug ein Hemd, Pullover und neue Wildlederhosen, und er war ordentlich gekämmt. Sogar ein neues After-shave hatte er sich gekauft. Paul erkannte diese Vorbereitungen auf den ersten Blick und war richtig gerührt. Er hatte nach dem Studio nicht einmal duschen können, weil er sich nicht verspäten wollte. Er legte den Arm um Lionel, und sie umarmten einander. Lionel konnte seine Freude und Erregung nicht verbergen.

»Paul, wie war der Tag?«

»Großartig. Das habe ich dir zu verdanken.« Er lächelte großmütig, und der Junge strahlte. »Ich konnte meinen Text perfekt und habe alles geschafft, aber es war die reinste Sklavenarbeit.« Er sah an sich hinunter. Er trug noch immer die Drillichsachen von den Dreharbeiten. Beim Verlassen des Studios hatte niemand etwas gesagt. »Los, fahren wir, damit ich duschen und mich umziehen kann.«

Paul hätte Lionel gern nachher zum Essen oder einem Drink in eine Schwulen-Bar, die er gern besuchte, ausgeführt, war aber noch nicht bereit, ihn in die Homosexuellenwelt einzuführen. Er spürte instinktiv, daß Lionel noch nicht soweit war. Lionel wollte, daß ihre Beziehung etwas Besonderes blieb, etwas, das nur zwischen ihnen beiden existierte, und Paul war gewillt, dieses Spiel eine Zeitlang mitzumachen und sich von seinen sonstigen Freunden fernzuhalten. Lionel entschloß sich wieder, mit ihm im Porsche zu fahren. Unterwegs hielten sie vor einem Supermarkt in Malibu. Sie kauften eine Sechserpackung Bier, ein paar Flaschen Wein, Salat, Früchte und zwei Steaks. Das reichte für ein Dinner zu zweit. Lionel behauptete, er könne kochen.

Er hatte nicht übertrieben, und als Paul mit einem Handtuch um die Hüften aus der Dusche kam, reichte Lionel ihm mit einem Lächeln ein Glas Wein. »Das Essen ist in fünf Minuten fertig.«

»Großartig. Ich bin halb verhungert.« Dann aber setzte Paul das Glas ab und küßte Lionel. Als sie sich trennten, hielten sie Blickkontakt, und Lionels Herz stand im Flammen. »Du hast mir gefehlt«, sagte Paul.

»Du mir auch.«

Das Handtuch glitt von Pauls Hüften, und er flüsterte dem Jungen ins Ohr, während er sich ungeduldig an dessen Gürtel zu schaffen machte. »Werden die Steaks verkohlen, wenn sie noch eine Weile warten müssen?« Obwohl es ihn nicht kümmerte. Alles war ihm einerlei, es ging ihm im Moment nur um das junge Fleisch.

Lionel war einer der aufregendsten Liebhaber, die er seit langem gehabt hatte. Er war so enthusiastisch und neu und roch so süß und gut. Sein Körper war jung und straff. Er schob die Hose hinunter und fand, was er suchte. Lionel stöhnte unter der Liebkosung auf. Und gleich darauf lagen sie umschlungen auf dem Boden, und das Essen war vergessen, während ihre Körper in Leidenschaft verschmolzen.

16

Die Beziehung dauerte den ganzen Herbst an, und Lionel war noch nie im Leben so glücklich gewesen. Beim Studium kam er gut voran, und Paul arbeitete noch immer am Film der Thayers. Einmal ließ Lionel sich nach längerer Pause im Studio blicken, aber es war zu schwierig, den Schein zu wahren. Er mußte ständig darauf bedacht sein, seine Blicke zu beherrschen, und litt unter der Angst, seine Mutter würde etwas merken.

»Sie weiß nicht alles«, zog Paul ihn einmal auf. »Auch wenn sie deine Mutter ist. Und ich schätze, es würde sie nicht umwerfen, auch wenn sie es wüßte.«

Lionel seufzte. »Ich bin deiner Meinung.« Aber wenn er an

Ward dachte... »Bei meinem Vater ist es anders. Er würde nie Verständnis dafür aufbringen.«

Paul nickte wissend. »Ich glaube, du hast recht. Väter tun sich sehr schwer, ihre Söhne so zu nehmen, wie sie sind.«

»Wissen deine Eltern Bescheid?«

»Noch nicht. Ich bin noch so jung, daß sie sich über mein Junggesellenleben nicht weiter wundern. In zehn Jahren wird die Sache anders aussehen.«

»Dann bist du vielleicht verheiratet und hast fünf Kinder.« Beide belachten diese absurde Vorstellung. Paul hatte kein Interesse an Frauen, bisexuelle Neigungen hatte er an sich noch nicht entdeckt. Frauen hatten ihn nie erregt – aber Lionel. Sie verbrachten die Nacht in dem riesigen Bett und liebten sich – auch auf der Couch vor dem Feuer oder auf dem Boden oder am Strand. Es war eine ausschließlich erotische, sinnliche Beziehung, bei der einfach alles am Partner erregend war. Lionel hatte inzwischen den Schlüssel für das Haus in Malibu, und manchmal fuhr er direkt nach dem Unterricht hin, oder aber er ging zuerst nach Hause und traf sich hinterher mit Paul in Malibu, wenn dieser noch spät zu tun hatte. Aber er hatte seit Monaten keine Nacht mehr in seiner Wohnung verbracht, und seine Kameraden zogen ihn auf, wann immer sich eine Gelegenheit bot.

»Los, Thayer, wer ist das Frauenzimmer? Wie heißt sie? Wann kriegen wir sie einmal zu Gesicht? Oder ist sie so, daß man sie vor seinen Freunden lieber versteckt und selbst dauernd bumst?«

»Sehr komisch.« Er versuchte sie abzuwimmeln, indem er auf ihre Witze und auf ihre Bewunderung und Eifersucht einging. Wenn sie geahnt hätten... nicht auszudenken. Aber im Grunde wußte er, was dann gewesen wäre. Sie hätten ihn eine schmierige kleine Tunte genannt und ihn wahrscheinlich hinausgeworfen.

»Wissen deine Freunde davon?« fragte Paul ihn eines Abends, als sie nackt vor dem Feuer lagen, von der Liebe erschöpft.

Lionel schüttelte den Kopf. »Nein.« Er dachte an die Jungs, mit denen er das Haus teilte. Typische Erstsemester, entweder auf Sport versessen oder intellektuell, aber alle waren sie scharf darauf, Mädchen ins Bett zu kriegen, und scheuten diesbezüglich keine Mühe. Ihr Sexualleben war weit weniger aktiv als Lionels und verlief in ganz anderer Richtung. Sie wären entsetzt gewesen, wenn sie ihn jetzt hätten sehen können. Und doch war er sehr glücklich so. Er sah Paul zärtlich an, der ihn genau beobachtete, als wolle er seine Gedanken lesen.

»Wirst du dich dein Leben lang verstecken? Die reinste Scheiße, das kann ich dir sagen. Ich habe es lange selbst so gemacht.«

»Ich bin nicht bereit, damit rauszurücken.«

»Ich weiß.« Paul drängte ihn nicht. Er ging nie mit ihm aus, obwohl Lionel bildschön war und seine Freunde neidisch geworden wären, aber er wollte nicht, daß sich die Sache herumsprach. Wenn er erst anfing, mit ihm auszugehen, war es nur eine Frage der Zeit, bis es alle Welt wußte. Der Sohn Faye Thayers... und damit würde alles in Bewegung geraten. Paul wollte es ihnen beiden ersparen, außerdem war es so vernünftiger. Besonders für Paul, dessen Karriere auf dem Spiel stand, wenn Faye oder Ward verrückt spielten, was durchaus im Bereich des Möglichen war. Schließlich war der Junge erst achtzehn, und Paul war vor kurzem neunundzwanzig geworden. Es hätte richtigen Ärger geben können, bei dem Paul der Leidtragende gewesen wäre. Sein PR-Agent brachte seinen Namen, wann immer es möglich war, mit weiblichen Stars in Verbindung. Die Leute waren scharf darauf, kein Mensch wollte erfahren, daß sein Idol schwul war.

Das Erntedankfest verbrachte Lionel mit seiner Familie, in deren Mitte er sich jetzt erwachsen, aber abgekapselt und sehr ausgeschlossen fühlte. Er hatte ihnen nichts zu sagen, wie er feststellen mußte. Greg war so kindisch, und die Mädchen schienen aus einer anderen Welt zu kommen. Nicht einmal mit seinen Eltern konnte er etwas anfangen, einzig Anne war für ihn noch erträglich. Er wartete ungeduldig, daß der Tag endlich vorüberging. Als er sich nach dem Dinner endlich empfehlen und zu Paul fahren konnte, war er sehr erleichtert. Seinen Eltern hatte er gesagt, er wolle mit Freunden hinauf an den Lake Tahoe fahren, obwohl er natürlich vorhatte, das Wochenende in aller Stille mit Paul zu verbringen. Vor Paul lagen nur mehr einige Wochen Dreharbeit, und beide waren entspannt und glücklich.

Bald darauf stand Weihnachten vor der Tür. Lionel erledigte seine Weihnachtseinkäufe gleich bei Ferienbeginn und tauchte eines Nachmittags, während Paul in seiner Garderobe war, im Studio auf.

Seine Eltern waren nirgends zu sehen, deswegen ging Lionel direkt in den kleinen Raum, den er mittlerweile so gut kannte, und ließ sich dort in einen Sessel fallen. Paul rauchte einen Joint und bot ihn Lionel an, aber der machte sich nicht soviel daraus wie Paul. Er nahm nur einen raschen Zug und gab das Ding gleich wieder zurück. Die beiden setzten sich und lächelten einander zu. »Ich hätte eine gute Idee, wenn wir nicht ausgerechnet hier wären.« Beide lachten wie Verschwörer. Manchmal gingen sie so unbefangen miteinander um, daß sie glatt vergaßen, etwas verbergen zu müssen. Paul beugte sich vor, und sie küßten sich.

Keiner hatte gehört, wie die Tür geöffnet wurde und jemand eintrat. Aber Lionel hörte, wie jemand den Atem anhielt, und als er aufblickte, sah er Faye im Eingang stehen. Ihre Miene war wie erstarrt, in ihren Augen standen Tränen. Lionel sprang auf, und Paul tat es ihm langsam nach. Die drei standen da und starrten einander an.

»Mom, bitte...«, Lionel streckte die Hand nach ihr aus. Seine Augen waren feucht. Er fühlte sich, als hätte er ihr ein Messer mitten ins Herz gestoßen. Sie standen bewegungslos da. Faye sah beide an und ließ sich langsam in einen Sessel sinken. Die Beine versagten ihr den Dienst.

»Mir fehlen die Worte. Wie lange läuft das schon?« Ihr Blick wanderte von Lionel zu Paul.

Paul schwieg, er wollte es Mutter und Sohn nicht noch schwerer machen. Schließlich war es Lionel, der zuerst sprach. Seine Arme hingen schlaff herunter, aus seinem Blick sprach Niedergeschlagenheit. »Ein paar Monate... es tut mir leid, Mom.« Er fing zu weinen an, und Paul brach es fast das Herz. Er stand auf und trat an seine Seite, den Blick auf Faye gerichtet. Er war es dem Jungen schuldig, ihm beizustehen. Doch er wußte, wie hoch der Preis sein konnte. Faye war imstande, seine Karriere zu vernichten, wenn sie es darauf anlegte. Er war wahnsinnig gewesen, sich mit ihrem

Sohn einzulassen. Er bedauerte es jetzt aufrichtig, doch es war zu spät, viel zu spät. Der Schaden war nicht wiedergutzumachen.

»Faye, niemandem ist etwas geschehen. Und niemand weiß es. Wir sind nirgends hingegangen.« Er wußte, daß das für sie eine Erleichterung bedeutete. Sie hob den Blick.

»Paul, ist es von Ihnen ausgegangen?« Am liebsten hätte sie ihn umgebracht, aber sie ahnte, daß sie sich irrte und daß es nicht ausschließlich seine Schuld war. Bekümmert sah sie das tränenüberströmte Gesicht ihres Sohnes.

»Lionel, ist das... ist es das erste Mal?« Sie wußte gar nicht, welche Fragen sie stellen sollte und ob sie überhaupt ein Recht hatte zu fragen. Lionel war ein Mann, und wäre Paul ein Mädchen gewesen, hätte sie ihn dann nach den Einzelheiten gefragt? Die Art dieser Affäre machte ihr angst. Sie hatte nicht viel Ahnung von Homosexualität und hätte lieber noch viel weniger gewußt. In Hollywood gab es jede Menge Schwule, aber Faye hatte sich nie dafür interessiert, wer was mit wem machte, und jetzt stand ihr Sohn vor ihr... ihr Sohn, der eben einen Mann geküßt hatte! Sie wischte sich die Tränen ab und sah beide an, während Lionel sich mit einem tiefen Seufzer in den Sessel ihr gegenüber sinken ließ.

»Mom, es war das erste Mal, ich meine mit Paul. Und es ist nicht seine Schuld. Ich war schon immer so. Ich glaube, insgeheim weiß ich es seit Jahren, ich wußte nur nicht, was ich machen sollte, und er...«, er stockte und sah Paul fast dankbar an, Faye war zum Erbrechen übel, »...er hat mir alles so liebevoll klargemacht... ich kann nichts dafür. So bin ich eben. Es ist nicht das, was du für mich willst, und du wirst mich vielleicht nie wieder...«, er schluckte schwer, »nie wieder liebhaben, aber ich hoffe doch, daß du es eines Tages überwindest.« Lionel ging zu ihr, legte die Arme um sie und begrub sein Gesicht an ihrem Hals.

Auch Paul hatte Tränen in den Augen. Er hatte noch nie so tief empfunden, nicht einmal seiner eigenen Familie gegenüber.

Lionel hob den Kopf und sah seine Mutter an. »Mom, ich habe dich so lieb, und das wird sich nie ändern. Aber ich liebe auch Paul.«

Es war der erwachsenste Moment seines ganzen bisherigen Lebens, und vielleicht würde er nie wieder so viel Reife beweisen müssen. Aber jetzt mußte er dafür einstehen, wer und was er war, mochte es auch noch so schmerzlich für seine Mutter sein. Faye legte die Arme um ihren Sohn, zog ihn an sich und drückte ihm einen Kuß aufs Haar. Dann nahm sie sein Gesicht in beide Hände und sah ihn eindringlich an. Für sie war er der kleine Junge, der er vor Jahren für sie gewesen war. Ihre Liebe war ungeschmälert.

»Lionel Thayer, ich liebe dich, wie du bist. Das wird sich nicht ändern. Denk immer daran.« Sie sah ihm tief in die Augen. »Was immer dir zustößt und was immer du tust, ich stehe hinter dir.« Sie sah zu Paul hinüber, während Lionel unter Tränen lächelte.

»Ich möchte, daß du glücklich bist, das ist alles. Und wenn das dein Leben sein soll, dann akzeptiere ich es. Aber ich möchte, daß du vorsichtig und klug bist bei allem, was du tust, in der Auswahl deiner Freunde und in deinem Auftreten. Du hast ein schwieriges Leben gewählt. Mach dir da lieber nichts vor.« Das hatte er geahnt, aber mit Paul war alles einfacher, vor allem viel einfacher als das Versteckspiel vor sich selbst, das er in all den Jahren betrieben hatte. Faye stand auf und sah Paul mit Tränen in den Augen an.

»Von Ihnen möchte ich nur eines: Sprechen Sie mit niemandem darüber. Ruinieren Sie nicht sein Leben. Er wird vielleicht einmal seine Ansichten ändern, also geben Sie ihm die Chance.« Paul nickte wortlos, und Faye wandte sich nun wieder ihrem Sohn zu. »Und du sag deinem Vater kein Wort. Er würde es nicht verstehen.«

Lionel schluckte schwer. »Ich weiß, Mom. Ich kann es gar nicht fassen, wie großartig du bist.« Er wischte sich die Tränen ab, während Faye ihm traurig zulächelte.

»Zufällig liebe ich dich sehr. Und dein Vater liebt dich auch.« Sie seufzte traurig, den Blick auf die beiden gerichtet. Es war im Grunde genommen unverständlich. Zwei so hübsche, so männliche junge Leute. Eine schreckliche Vergeudung – trotz allem. Sie hatte die Homosexuellen immer bedauert, weil sie im Grunde genommen ein unglückliches Leben führten, ein Leben, wie sie es ihrem Sohn nicht wünschte. »Dein Vater wird es nie verstehen, auch wenn er dich noch so sehr liebt.« Und dann holte sie zum letzten Schlag aus. »Es würde ihm das Herz brechen.«

Wieder schluckte Lionel. »Ich weiß.«

17

In der ersten Januarwoche wurde der Film abgedreht, und die Abschlußparty war die beste, die Paul je erlebt hatte. Es war eine Riesensache, die sich die ganze Nacht hinzog, bis schließlich alle nach den üblichen Küssen, Umarmungen und Tränen auseinandergingen. Für ihn war es eine Erleichterung. Die Zusammenarbeit mit Faye war in den letzten Wochen sehr schwierig gewesen, mochte sie auch noch soviel Verständnis bewiesen haben. Er wußte zudem, daß sich diese Anspannung in seiner Arbeit niedergeschlagen hatte, obwohl die wichtigsten Szenen schon lange vorher gedreht worden waren.

Paul argwöhnte, daß auch sie unter der Anspannung gelitten hatte. Er machte sich schon Gedanken, ob sie ihm je wieder eine Rolle geben würde. Er arbeitete gern mit ihr zusammen, hatte aber das Gefühl, sie hintergangen zu haben. Ja, hintergangen war das richtige Wort. Vielleicht hätte er den Jungen einfach stehenlassen sollen, aber er war so verdammt schön gewesen, so frisch und jung, und er hatte sich eingeredet, er sei in ihn verliebt. Jetzt wußte er es besser. Lionel war ein lieber Junge, aber viel zu jung für ihn – unerfahren und naiv. In zehn Jahren würde er fabelhaft sein, aber gegenwärtig besaß er noch zuwenig Substanz für einen Mann in Pauls Alter. Meist kam Paul sich vor wie Lionels Vater. Ihm fehlten seine alten Freunde, die ganze Szene, die Partys und Orgien, die er gern besucht hatte, um sich von Zeit zu Zeit richtig auszutoben. Jeden Abend zu Hause zu sitzen und ins Feuer zu starren war verdammt langweilig. Aber der Sex war so gut, besonders in letzter Zeit mit Hilfe von Amylnitrat als Aufputschmittel. Er wußte, daß das nicht lange anhalten würde. Bei ihm dauerte eine Beziehung nie lange, und dann würde er mit Schuldgefühlen weiterleben müssen. Manchmal ist das Leben wirklich verdammt kompliziert, dachte Paul auf der Heimfahrt, aber als er Lionel wie einen schlafenden Hund zusammengerollt in seinem Bett vorfand, bedauerte er sofort, daß er an eine Trennung auch nur gedacht hatte. Leise schlüpfte er aus den Kleidern, setzte sich auf den Bettrand und strich mit dem Finger Lionels endlos langes Bein entlang. Da bewegte sich Lionel und öffnete ein Auge.

»Wie ein schlafender Prinz siehst du aus...«, flüsterte Paul. Vom Strand her erhellte das Mondlicht den Raum. Lionel lächelte und streckte ihm verschlafen die Arme entgegen. Das ist mehr, als ein Mann verlangen kann, dachte Paul, während er sich den Wonnen des Fleisches hingab. Sie schliefen bis spät in den Tag hinein, um anschließend einen ausgedehnten Spaziergang am Strand zu unternehmen. Sie sprachen über das Leben, und dabei wurde Paul wieder klar, wie jung Lionel war. Sein Lächeln mußte ihn verraten haben, denn Lionel ärgerte sich.

»Du hältst mich wohl für ein Baby?«

»Nein, wie kannst du das denken.« Paul belog ihn. Er hielt ihn wirklich für ein Baby.

»Ich bin aber keines, ich habe schon einiges erlebt.«

Da lachte Paul, was Lionel noch mehr erbitterte, und schließlich entspann sich eine ihrer sehr seltenen Streitigkeiten. An jenem Abend fuhr Lionel zurück in seine Wohnung. Als er zum ersten Mal seit Wochen im eigenen Bett lag, fragte er sich, ob sich etwas ändern würde, weil Paul jetzt mit dem Film fertig war. Paul würde ständig frei sein, während er selbst durch sein Studium eingespannt war.

Nach wenigen Wochen wurde klar, daß die Lage tatsächlich komplizierter geworden war. Paul war oft sehr unruhig und las ständig Drehbücher, um sich für einen neuen Film zu entscheiden. Er hatte noch immer Angst wegen Faye, und im Frühjahr hatte er diese Schuljungenliebelei endgültig satt. Die Beziehung gab ihm nicht genug. Sie hatte ein halbes Jahr gedauert, und das war für Paul sehr lange. Lionel spürte es, noch ehe Paul etwas sagte. Das Ende war für beide schmerzlich, aber Lionel stellte Paul unerwartet vor die Entscheidung. Er konnte das immer öfter zwischen ihnen lastende gespannte Schweigen nicht mehr ertragen, und plötzlich empfanden beide das Haus in Malibu als irgendwie bedrückend.

»Paul, es ist vorbei, nicht wahr?« Lionel sah nicht mehr ganz so jung aus, war es aber, wie Paul sich ins Gedächtnis rief. Er war gerade neunzehn. Herrgott, zwischen ihnen lag ein Altersunterschied von zehn Jahren. Zehn Jahre. Und er hatte vor kurzem einen Mann von zweiundvierzig kennengelernt, bei dem ihm die Knie weich wurden. Er hatte noch nie einen älteren Liebhaber gehabt und konnte es kaum erwarten, mit ihm zusammenzusein. Das war aber unmöglich, solange er an Lionel gebunden war. Er sah den Jungen an, ohne das zu bedauern, was zwischen ihnen vorgefallen war. Unwillkürlich fragte er sich, ob Lionel Reue empfand, doch das schien die ganze Zeit über nicht der Fall gewesen zu sein. Es sah vielmehr aus, als habe er endlich seinen Platz im Leben gefunden. Er war glücklich, seine Noten waren in die Höhe geschnellt – er schien zu sich selbst gefunden zu haben. Vielleicht hatte es sich alles in allem doch gelohnt. Paul sah ihn mit wehmütigem Lächeln an. Es war Zeit, ein offenes Wort miteinander zu sprechen und ein Ende zu machen.

»Ich glaube, du hast recht, mein Freund. So ist eben das Leben manchmal. Und es ist doch wundervoll gewesen, findest du nicht?«

Lionel nickte mit trauriger Miene. Er wollte nicht Schluß machen, aber sie verstanden sich schon eine ganze Weile nicht mehr sehr gut – außer im Bett. Da war alles noch intakt, aber schließlich waren sie beide gesund und jung, warum also hätten sie diesbezüglich Probleme haben sollen? Jetzt wollte er die Wahrheit wissen.

»Gibt es einen anderen?«

Paul blieb bei der Wahrheit. »Noch nicht.«

»Aber bald?«

»Ich weiß es nicht. Aber darum geht es nicht.« Paul stand auf und ging im Raum auf und ab. »Ich weiß nur, daß ich jetzt eine Zeitlang meine Freiheit haben muß.« Er drehte sich um und sah Lionel an. »Lionel, wir leben in einer anderen Welt. Leute wie wir verlieben sich nicht, um zu heiraten, dreizehn Kinder zu kriegen und um bis ans Ende ihrer Tage glücklich miteinander zu leben. Für Typen, wie wir es sind, ist alles viel schwieriger. Bei uns sind beständige Beziehungen selten. Nicht, daß es sie nicht gäbe, aber das meiste sind kurze Episoden, eine Nacht, ein paar Tage oder eine Woche oder, wenn man Glück hat wie wir beide, ein halbes Jahr. Aber weiter führt das nicht, und damit muß man sich abfinden.«

»Das genügt mir nicht.« Lionel war total verwirrt. »Ich möchte mehr als nur das.«

Paul lächelte. Er wußte in seiner Welt Bescheid. »Viel Glück. Vielleicht findest du mehr, aber die Chance ist gering.«

»Warum?«

Paul reagierte mit einem Hochziehen der Schultern. »Es ist nicht unser Stil. Unser Interesse gilt in erster Linie gutem Aussehen, einem schönen Körper, festen kleinen Hintern, einem Körper, so jung wie deiner. Und wir alle wissen, daß wir eines Tages nicht mehr jung sein werden.« Bei ihm fing das langsam an. Manchmal empfand er Neid auf Lionel, und er war dann eklig zu ihm. Aber bei diesem älteren Mann fühlte er sich jung und schön wie Lionel.

»Was willst du jetzt machen?«

»Keine Ahnung. Vielleicht werde ich verreisen.«

Lionel nickte. »Kann ich dich hin und wieder sehen?«

»Natürlich...« Er blickte auf. »Lionel, es war für mich wunderbar... hoffentlich ist dir das bewußt.«

Aber der Junge sah ihn nur noch eindringlicher an. »Ich werde dich nie vergessen, Paul, niemals, mein ganzes Leben nicht.« Er ging zu ihm, sie küßten sich, und Lionel blieb über Nacht. Am nächsten Tag fuhr Paul ihn nach Hause, und ohne daß ein Wort darüber verloren wurde, wußte Lionel, er würde ihn nicht wiedersehen – jedenfalls sehr, sehr lange Zeit nicht.

18

Im Juni 1965 saß die Familie Thayer in derselben Aula in der Beverly Hills High School wie im Jahr zuvor. Diesmal war es Gregs Abschlußfeier, der es typischerweise an dem Ernst der Feier von Lionels Schulabschluß fehlte.

Diesmal vergoß Faye keine Tränen, obwohl sie und auch Ward zutiefst bewegt waren. Auch Lionel war da und sah sehr erwachsen in seinem neuen Anzug aus. Er ging nun schon ins zweite College-Jahr und war noch immer Feuer und Flamme für sein Studienfach. Die Zwillinge wirkten viel reifer, als sie waren. Vanessa hatte den Kleinmädchenlook endgültig abgelegt. Sie trug einen roten Minirock zu einer rot-weiß gemusterten Bluse, die Faye ihr in New York gekauft hatte, Schuhe mit zierlichen Absätzen und eine kleine rote Schultertasche aus Kunstleder. Das offene Haar, das ihr wie eine goldene Flut auf die Schultern fiel, ließ sie jung und frisch aussehen. Nur Valerie hatte sich eine abfällige Bemerkung nicht verkneifen können, aber daran hatte man sich gewöhnt. Sie hatte grollend erklärt, Vanessa sehe so großartig aus wie ein Knallbonbon. Sie selbst hatte sich für eine gedämpftere Aufmachung entschieden. Zwar war sie auch in einem Minirock erschienen, aber ihrer war schwarz. Auch in diesem Jahr war ihr Pullover zu knapp. Ihre erstaunliche Reife war nun noch ausgeprägter. Ihre verlockende Figur, das etwas dezentere Make-up, die atemberaubende rote Mähne, die alle Augen auf sich zog, machten sie zum Blickpunkt, oder besser gesagt, sie wäre auf einer Cocktailparty in Beverly Hills ein solcher gewesen. Für eine Schulabschlußfeier um neun Uhr morgens aber war sie zu aufgedonnert, doch daran hatte man sich inzwischen auch gewöhnt. Faye war schon dankbar dafür, daß ihr Pulli nicht allzu ausgeschnitten war und daß der Minirock einer ihrer züchtigsten war. »Man wird dankbar für Kleinigkeiten«, hatte sie Ward beim Einsteigen zugeflüstert, und er hatte geschmunzelt. Die fünf waren eine richtige Rasselbande, aber allmählich wurden alle erwachsen. Sogar Anne war ein wenig reifer geworden. Sie war jetzt dreizehn, entwickelte langsam weibliche Formen und war gottlob diesmal nicht kurz vor dem Aufbruch zur Feier abhanden gekommen.

Das Geschenk für Greg war keine Überraschung gewesen. Er hatte seine Eltern deswegen so ausdauernd gelöchert, daß Ward es ihm schon in der Vorwoche mit viel Tamtam übergeben hatte. Es war ein gelbes Corvette-Stingray-Kabrio, und Greg war – wenn möglich – noch mehr außer sich als Lionel im Vorjahr. Der Wagen war auch toller als Lionels kleiner roter Mustang.

Greg war die Straße auf und ab gerast und war sodann verschwunden, um alle seine Freunde zur ersten Fahrt abzuholen. Ward war überzeugt, sie würden entweder einen Unfall bauen oder innerhalb einer Stunde festgenommen werden, aber irgendwie waren sie mit heiler Haut davongekommen.

Trotzdem fragte sich Ward, ob er nicht eine Riesendummheit begangen habe, als Greg mit neun seiner engsten Freunde johlend und brüllend die Straße entlanggebraust und mit quietschenden Reifen in die Auffahrt eingebogen war. Alle waren sie herausgesprungen und hatten sich in den Pool gestürzt.

Greg war so ganz anders als der stille Lionel, und man konnte nur hoffen, daß er mit dem Auto vernünftig umgehen würde, wenn er erst die University of Alabama besuchte. Er hatte ein Football-Stipendium bekommen und konnte den Semesterbeginn kaum erwarten. Vorher wollte er einen Monat arbeiten, wieder auf der Ranch in Montana.

Anfang August würde das Football-Training in Alabama unter dem berühmten Trainer »Bear« beginnen, und Ward war schon sehr gespannt auf Gregs erstes Spiel, das er sich natürlich ansehen wollte. Faye wußte, daß er sehr oft nach Alabama fliegen würde – es machte ihr nichts aus. Sie hatte versprochen mitzukommen, wann immer es ihr möglich war, obwohl sie im Herbst mit einem neuen Film begann und danach, schon im neuen Jahr, noch einer geplant war.

Sie sahen, wie Greg sein Diplom ausgehändigt bekam – wie Lionel im Jahr zuvor, aber Greg brachte, anders als sein gesetzterer Bruder, nur ein albernes Lächeln zustande. Mit seinen breiten Schultern drängte er fast seine Kameraden von den Sitzen. Das Football-Stipendium hatte Greg zum Helden der ganzen Schule gemacht, und Ward platzte fast vor Stolz. Er hatte es überall herumerzählt und Lionel fast vorwurfsvoll angesehen, als er ihm die Neuigkeit berichtete.

Lionel arbeitete an einem experimentellen Film über Ballett und Tanz. Manchmal fragte Ward sich allen Ernstes, was in dem Jungen vorgehen mochte. Er war so anders als Greg, aber immerhin nahm er sein Studium sehr ernst. Faye traf sich oft zum Essen mit ihm. Ward selbst hatte nicht viel Zeit, er war dabei, die Finanzierung für einen großen Film zusammenzustellen, und diese Planung nahm ihn voll in Anspruch. Aber der Junge machte alles in allem einen guten Eindruck. Gottlob hatte keines der Kinder etwas mit diesem Blumenkinder-Unfug im Sinn, und keines nahm Drogen, obwohl er Faye wiederholt darauf aufmerksam gemacht hatte, daß Val gefährdet sei. Die Kleine war viel zu frühreif und verführerisch und schien eine Schwäche für ältere Jungen zu haben. Im Mai war sie mit so einem Typen angekommen, mit einem jungen Mann, der schon vierundzwanzig war, und Ward hatte dieser Romanze sehr rasch ein Ende bereitet. Valerie war wirklich nicht leicht zu lenken. Es war eine Binsenweisheit, daß es in jeder Familie ein Problemkind gab, und ihres war eben Val. Wenn man von der wilden Aufmachung, dem Make-up und den älteren Jungen absah, hielt sie sich aber wenigstens einigermaßen innerhalb der Grenzen der Wohlanständigkeit.

Die Party, die sie für Greg am Abend veranstalteten, verlief ebenfalls völlig anders als die im Vorjahr. Bis Mitternacht floß das Bier in Strömen, und alle waren betrunken. Die meisten tummelten sich nackt im Pool. Faye hätte am liebsten alle hinausgeworfen, aber Ward setzte sich durch und verhinderte es, weil er wollte, daß alle ihren Spaß hätten. Faye sollte Anne und die Zwillinge zu Bett schicken. Das sei unmöglich, wandte sie ein. Man mußte entweder endgültig Schluß machen oder die Bande gewähren lassen. Doch kurz nach zwei traf die Polizei die Entscheidung für sie. Sie wurden aufgefordert, die Musik abzustellen und keinen Lärm mehr zu machen. Sämtliche Nachbarn in der Straße hatten sich beschwert, am heftigsten das Ehepaar von nebenan, als zwölf kräftige junge Männer in Ballettformation grölend im Vorgarten aufmarschiert waren, ehe sie im Pool verschwanden. In Wards Augen war das alles ein Riesenspaß, aber für ihn war ja alles fabelhaft und lustig, was Greg so trieb. Faye fand das weniger spaßig. Bei Lionels Party hatte es keine Klagen gegeben.

Als die Polizei eintraf, lag Greg ausgestreckt auf einer Liege, ein Handtuch um die nackte Mitte, im Arm sein Mädchen. Beide schliefen ihren Bierrausch aus. Und keiner wachte auf, als die Gäste gingen und lautstark rühmten, was für eine großartige Party es gewesen sei.

Faye war heilfroh, daß keiner das Haus betreten hatte. Nur ein Pärchen hatte sich in Gregs Zimmer geschlichen, um zu schmusen, aber Faye hatte sie bemerkt und sie sofort nach draußen gescheucht. Verlegen waren sie der Aufforderung nachgekommen und hatten sich ziemlich früh mit ein paar anderen empfohlen, die vor dem Nachhausegehen noch irgendwo allein sein wollten. Die meisten aber waren mehr daran interessiert gewesen, sich gegenseitig ins Wasser zu stoßen und möglichst viel Bier in sich hineinzuschütten.

Lionel und John Wells saßen in einer bequemen alten Gartenschaukel, die unter einem Baum in einiger Entfernung vom Swimming-pool stand. Sie sprachen über das College. Lionel zählte eben seine Lieblingsfächer auf und berichtete von seinem Filmprojekt. Johns jahrelanger Wunsch war in Erfüllung gegangen, er war ebenfalls am UCLA aufgenommen worden.

Langsam schwang die Schaukel hin und her, während die beiden die tobende Menge beobachteten. Lionel hatte sich schon vor einer Weile davongestohlen, und John hatte ihn in der Schaukel sitzend angetroffen.

»Ich habe in letzter Zeit öfter an ein Kunststudium gedacht«, sagte John. Er war offiziell noch immer Gregs bester Freund, obwohl sie im letzten Jahr viel weniger beisammen gewesen waren. Auch John war noch im Football-Team, war aber nicht so wild darauf wie Greg. In Wahrheit war er froh, daß es damit jetzt vorbei war. Er hatte nicht die Absicht, jemals wieder Football zu spielen, mochte er auch dafür prädestiniert sein. Greg nannte ihn deshalb total bescheuert. Tatsächlich war John ein Football-Stipendium am Technischen College von Georgia angeboten worden, und er hatte abgelehnt – seltsamerweise litt die Freundschaft zwischen John und Greg darunter. Für Greg war es unbegreiflich, wie man eine solche Chance ungenutzt lassen konnte. Er hatte damals seinen Freund aus Kindheitstagen entsetzt und ungläubig angestarrt, und immer wenn sie jetzt zusammenkamen, wurde John von dem Gefühl befallen, sich für eine unverzeihliche Sünde rechtfertigen zu müssen – in Gregs Augen hatte er eine solche begangen. Aber Lionel schien dies nicht zu interessieren, er fand John immer sehr nett.

Auch als die letzten Gäste gegangen waren, saßen die beiden jungen Männer noch immer beisammen.

»Ja, das Institut für Schöne Künste hat einen guten Ruf. Daneben gibt es natürlich auch ein Institut für Theaterwissenschaften«, meinte Lionel, der wußte, daß Greg sich für ein Hauptfach noch nicht entschieden hatte.

»Das ist nicht ganz mein Fall, glaube ich.« John lächelte schüchtern. Er hatte Gregs älteren Bruder immer bewundert.

»Wirst du auf dem Campus wohnen?«

John wußte es noch nicht. »Ich bin nicht sicher. Meine Mutter meint, ich sollte ins Studentenheim ziehen, das möchte ich aber nicht so gern. Ich glaube, ich bleibe lieber zu Hause.«

Lionel machte ein nachdenkliches Gesicht. Noch immer schwang die Schaukel sacht hin und her. »Ich glaube, einer meiner Mitbewohner zieht aus.«

Er sah John gedankenvoll an und versuchte sich vorzustellen, wie er in die Wohngemeinschaft hineinpassen würde. Er war noch sehr jung, aber sehr vernünftig. Er rauchte nicht, trank nicht, schien überhaupt ein ruhiger Typ, jedenfalls ganz anders als Greg und eher wie Lionels Hausgenossen, mit denen dieser sehr gut auskam. An den Wochenenden schlugen sie hin und wieder über die Stränge, ohne ganz die Kontrolle zu verlieren. Anders als viele andere jüngere Semester hausten sie nicht wie die Schweine in ihren Zimmern, das Haus wurde einigermaßen in Ordnung gehalten. Zwei von ihnen hatten Freundinnen, die oft auch im Haus schliefen, aber sie störten niemanden, und Lionel konnte kommen und gehen, wann er wollte. Kein Mensch kümmerte sich um ihn.

Manchmal fragte er sich, ob sie über ihn Bescheid wußten, aber keiner sagte etwas, und keiner stellte Fragen. Es war eine gut eingespielte Gruppe. John Wells würde vielleicht einen guten fünften abgeben.

»Hättest du Interesse?« fragte er John. »Die Miete ist nicht hoch.« Er sah ihn an. »Was würden deine Eltern sagen, wenn du das erste Jahr außerhalb des Colleges wohnst? Eigentlich ist es ja nur über die Straße, aber nicht auf dem College-Gelände.« Wenn er lächelte, sah er Faye unglaublich ähnlich. Er war in diesem Jahr vom Jungen zum Mann gereift, zu einem schönen jungen Mann. Auf der Straße wurde er oft angestarrt. Sein wohlproportionierter Körper mit den langen schlanken Gliedern, die großen grünen Augen und das goldblonde Haar erregten unweigerlich Aufsehen. Die geschmackvolle sportliche Aufmachung, die er bevorzugte, unterstrich sein gutes Aussehen. Er hätte zum Film gehen können, wenn er gewollt hätte, aber er wollte nie vor, sondern immer nur hinter der Kamera stehen. Als er John ansah, spürte dieser eine geheime Regung.

»Na, was hältst du davon?« fragte Lionel wieder.

Johns Augen leuchteten auf. »Junge, das wäre herrlich. Gleich morgen frage ich meine Eltern.«

Lionel lächelte. »Nur nichts überstürzen. Ich sage erst den anderen, daß ich einen Interessenten kenne. Ich glaube, es hat sich noch niemand darüber Gedanken gemacht.«

»Wie hoch wäre mein Mietbeitrag? Mein Vater wird es wissen wollen.« Johns Eltern waren gutsituiert, lebten aber sparsam. Er war das älteste von fünf Kindern, von denen jedes in den folgenden Jahren aufs College gehen würde, ähnlich wie bei den Thayers, doch Lionels Vater mußte sich über die finanzielle Seite keine Gedanken machen – Ward produzierte immerhin zwei bis drei erfolgreiche Filme pro Jahr, während Johns Vater eine Praxis als Schönheitschirurg in Los Angeles hatte und seine Mutter im Bekanntenkreis Innenarchitektin spielte, wenn sie Zeit hatte. Sie sah übrigens großartig aus. Im Vorjahr hatte sie sich die Fältchen um die Augen wegmachen lassen, einige Jahre davor war die Nase korrigiert worden, und in diesem Sommer sollten die Brüste vergrößert werden, obwohl Johns Mutter im Badeanzug wunderbar aussah. Auch seine Schwestern waren sehr hübsch. Greg war mit zweien von ihnen ausgegangen, und die eine hatte schon vor Jahren ein Auge auf Lionel geworfen. Dieser interessierte sich aber nicht für sie, und John wunderte sich seltsamerweise gar nicht darüber.

»Durch fünf geteilt kommt die Miete nur auf 66 Dollar im Monat. Es ist ein Haus mit fünf Schlafräumen, in Westwood. Die Vermieterin läßt uns zum Glück ganz in Ruhe. Es gibt keinen Swimming-pool, und in der Garage haben nur zwei Autos Platz. Du hättest ein geräumiges Zimmer zur Verfügung, nach vorne hinaus, und müßtest das Bad mit zwei anderen teilen. Im Raum stehen ein Bett und ein Schreibtisch. Alles übrige mußt du selbst mitbringen, es sei denn, Thompson verhökert seinen Kram. Er geht für die nächsten zwei Jahre in den Osten – nach Yale.«

»Prima!« John war Feuer und Flamme. »Warte, bis ich das meinem Dad sage!«

Lionel lächelte. »Komm doch morgen vorbei und sieh dir alles an. Den Sommer über werden wir nur zu zweit sein, deswegen erhöht sich die Miete ziemlich, aber es wäre zuviel Mühe, wieder hierherzuziehen.« Er zog die Schultern hoch und machte ein ratloses Gesicht. »Es ist eigenartig... wenn man einmal ausgezogen ist, fällt es einem schwer, wieder nach Hause zurückzukommen.« Und besonders in seinem Fall hätte es viele Fragen gegeben, um die er sich jetzt nicht zu kümmern brauchte. Er genoß seine Freiheit. Und nur zu zweit würde er sich in diesem Sommer wie im eigenen Haus fühlen. Er freute sich schon.

»Ja, kann ich morgen kommen und mir alles ansehen?« Es war Samstag, und Lionel hatte nichts vor. Er hatte nur vor, auszuschlafen und seine Wäsche in Ordnung zu bringen. Abends war er auf eine Party eingeladen, tagsüber hatte er frei.

»Sicher.«

»Um neun?«

John machte ein Gesicht wie ein Fünfjähriger in Erwartung des Weihnachtsmannes. Lionel lachte. »Gegen Mittag wäre es mir lieber.«

»Na großartig.« Sie standen auf, und Lionel brachte John in seinem Auto nach Hause. Nachdem er ihn vor dessen Elternhaus in Bel Air, einem französischen Herrensitz in Kleinformat, vor dem ein Cadillac und ein Mercedes parkten, abgesetzt hatte, fuhr er langsam nach Hause, in Gedanken noch immer bei John. Er spürte etwas, das sich nicht leugnen ließ, wußte aber nicht, ob es in diesem Fall berechtigt war. Er vermutete, daß es nicht der Fall war, und er hatte nicht die Absicht, John zu etwas zu überreden. Das Angebot, ins gemeinsame Quartier zu ziehen, hatte er ohne Hintergedanken gemacht. Jetzt mußte er sich eingestehen, daß das Leben mit ihm unter einem Dach Probleme mit sich bringen könnte. Oder aber... während sich seine Gedanken im Kreise drehten und er vor dem Haus anhielt, das er mit vier Studenten teilte, stellte er sich die Frage, ob Paul ähnlich empfunden hatte. Es war schon eine merkwürdige Verantwortung, sich an jemanden wie John heranzumachen... besonders wenn es das erste Mal war, und Lionel war fast sicher, daß John noch keine Erfahrung hatte. Er schüttelte sich. Was phantasierte er sich da zusammen? Was, wenn John ganz anders empfand? Es wäre reinster Wahnsinn, einen Versuch zu wagen. Das hielt er sich einige Male vor, auch während er sich die Zähne putzte und später, als er im Bett lag. Allein der Gedanke war reiner Wahnsinn, sagte er sich in der Dunkelheit, bemüht, nicht an John zu denken. Aber Johns unschuldiges junges Gesicht ließ sich nicht aus seinem Bewußtsein verdrängen... die kraftvollen Beine, die breiten Schultern und schmalen Hüften... Lionel spürte, wie allein die Vorstellung ihn erregte. »Nein!« Das sagte er laut in die Dunkelheit hinein und drehte sich um, sich selbst befriedigend, während er John aus dem Gedächtnis zu streichen versuchte. Es war unmöglich. Sein ganzer Körper bebte vor Begehren, als er sich John vorstellte, wie dieser ins Wasser gesprungen war. Und die ganze Nacht träumte Lionel von ihm... sie liefen auf einem Strandstück um die Wette, schwammen in einem tiefen tropischen Meer, küßten einander... lagen Seite an Seite.

Er erwachte mit dumpfem Kopfschmerz, der sich nicht vertreiben ließ. Da nahm Lionel sein Fahrrad und unternahm eine ausgedehnte Fahrt, bevor die anderen wach wurden.

Beklommen wartete er, bis es Mittag wurde, und gelobte sich, John zu sagen, das Zimmer sei inzwischen schon an jemand anderen vergeben worden. Das war der einzige Ausweg. Er hätte anrufen können, wollte es aber nicht. Er würde es ihm sagen, wenn er käme, um das Zimmer anzusehen ... ja, das war die beste Lösung. Er wollte es ihm direkt sagen. Es war der einzige Ausweg.

19

Als Greg am Morgen nach seiner Abschlußparty erwachte, erlebte er den ärgsten Kater seines bisherigen Lebens, und das wollte bei ihm etwas heißen. In seinem Kopf dröhnte es, sein Magen war total in Unordnung geraten. Zweimal war er aufgewacht, weil er sich übergeben mußte, davon einmal auf den Badezimmerboden. Als er am Vormittag um elf Uhr aufstand, glaubte er sich dem Tode nahe. Aber sein Vater sah ihn die Treppe herunterwanken und drängte ihm eine Tasse schwarzen Kaffee und einen Toast auf. Dazu ein Glas Tomatensaft mit einem rohen Ei. Allein schon der Anblick verursachte Greg Übelkeit, doch sein Vater bestand darauf, daß er das Zeug hinunterwürgte.

»Zwing dich dazu, mein Sohn. Es wird dir guttun.« Er schien aus Erfahrung zu sprechen, und Greg vertraute ihm, also tat er sein Bestes. Tatsächlich, nach einer Weile fühlte er sich schon viel besser. Ward gab ihm für die Kopfschmerzen noch zwei Aspirin, die er sofort einnahm. Gegen Mittag, als er sich am Pool sonnte, fühlte er sich beinahe wieder wie ein Mensch. Er blinzelte zu Val hinüber, die ihre Kurven in einen Bikini gezwängt hatte, den Faye nicht an ihr sehen wollte, wenn Fremde im Garten waren, aber im Familienkreis war das nicht so schlimm. Er bestand aus kaum mehr als einem Stück Schnur, aber an Val sah er großartig aus, wie Greg mit Kennerblick feststellte.

»Tolle Party, nicht, Schwesterherz?«

»Hm, ja.« Sie machte ein Auge auf. »Du hast dich ganz schön vollaufen lassen.«

Diese Bemerkung schien ihn nicht zu kümmern. »Waren Mom und Dad wütend?«

»Mom wäre fast ausgeflippt, aber Dad war ganz cool und sagte, es sei deine Abschlußparty.« Sie lächelte verschmitzt. Immerhin hatte sie auch ein paar Bier zuviel getrunken, und die Musik war toll gewesen. Alle hatten viel getanzt, bevor sie endgültig weggetreten waren.

»Wart nur, bis du dran bist. Du schnappst womöglich völlig über.«

»Ich bin die nächste.« Das Dumme war nur, daß sie die Abschlußfeier mit Van teilen mußte. Das war unter anderem einer der Gründe, warum sie das Dasein als Zwilling haßte. Immer mußte man alles mit jemand anderem teilen. Ihre Mutter hatte nie begriffen, daß sie allein sein wollte, daß sie selbständig leben und ihre eigenen Freunde haben wollte. Sie behandelte sie und Vanessa immer als Einheit. Valerie hatte ihr ganzes Leben vergeblich dagegen angekämpft. Ständig hatte sie zeigen müssen, wie verschieden sie waren – um jeden Preis. Und noch immer wollte das keiner kapieren. Alles wurde dadurch zerstört – aber nicht mehr lange. Nur noch zwei Jahre, dann wollte sie ausziehen. Vanessa hatte vor, auf ein College im Osten zu gehen, aber Valerie wußte genau, was sie selbst wollte. Sie wollte auf eine Schauspielschule: nicht die Schauspielkurse am UCLA, sondern richtige Kurse, an denen richtige Schauspieler zwischen ihren Engagements unterrichteten. Sie würde sich auch eine Arbeit suchen und eine eigene Wohnung. Mit dem College wollte sie keine Zeit verschwenden. Wer brauchte schon Collegebildung? Sie wollte Schauspielerin werden, eine größere als ihre Mutter. Dieses Ziel hatte sie sich schon vor Jahren gesetzt und war nicht eine Handbreit davon abgewichen.

»Warum schaust du so finster?« Greg hatte sie beobachtet und ihr Stirnrunzeln bemerkt. So sah sie immer aus, wenn sie um irgendeinen armen Teufel, auf den sie es abgesehen hatte, eine Intrige spann. Jetzt schüttelte sie nur die lange rote Mähne und zuckte mit den Schultern. In ihre Pläne weihte sie niemanden ein, weil man ihr nur die Hölle heiß gemacht hätte. Greg würde ihr einzureden versuchen, sie solle Physiotherapeutin oder Akrobatin werden oder sich irgendwo um ein blödes Sportstipendium bewerben. Vanessa würde sie überreden, mit ihr in den Osten auf ein College zu gehen, und Lionel würde sicher irgendeine andere dumme Idee haben, ihr vielleicht zum UCLA raten, weil er selbst dort studierte. Mutter würde Vorträge über Bildung halten, Dad würde ihr eintrichtern, wie schlecht Make-up für die Haut sei, und Anne würde sie ansehen, als wäre sie nicht ganz bei Trost. Nach sechzehn Jahren des Zusammenlebens kannte sie alle viel zu gründlich.

»Ich dachte nur an gestern«, schwindelte sie und streckte sich wieder in der Sonne aus.

»Ja, es war großartig.« Jetzt erst fiel ihm ein, sich nach seinem Mädchen zu erkundigen.

»Dad hat sie nach Hause gebracht. Sie hätte beinahe im Wagen gekotzt.« Val grinste, und Greg lachte.

»Herrjeh, davon hat er kein Wort gesagt.«

»Das hätte einem von uns passieren sollen. Er hätte einen Anfall gekriegt.« Beide lachten schallend, während Anne mit einem Buch auf dem Weg zur Schaukel vorüberschlenderte.

»Na, wohin, du halbe Portion?« Greg blinzelte in der Sonne. Ihm fiel auf, wie toll Anne im Badeanzug aussah. Ihre Taille wurde immer schmäler, so daß man sie mit zwei Händen hätte umspannen können, und ihre Brüste waren fast so groß wie Vals. Die kleine Schwester wurde ganz schön erwachsen. Sie war aber nicht der Typ, der Bemerkungen darüber gern hörte. Sie war die zurückhaltendste von allen, und sie machte nicht den Eindruck, jemanden besonders ins Herz geschlossen zu haben, ausgenommen Lionel natürlich. Greg hatte das Gefühl, man habe sie kaum ein Wort sagen hören, seitdem Lionel nicht mehr im Haus war.

»Wohin, Kleines?« Er wiederholte die Frage, als Anne ausdruckslos an ihnen vorüber wollte. Mit Greg hatte sie nie viel zu reden gehabt. Sport war ihr ein Greuel, und seine Freundinnen waren in ihren Augen blöd. Aber die ärgsten Kämpfe hatte sie stets mit Val auszufechten, die sie jetzt drohend anfunkelte. Val argwöhnte nämlich, Annes Badeanzug sehe einem der ihren verdächtig ähnlich, war aber ihrer Sache nicht sicher. Anne spürte ihren prüfenden Blick.

»Nirgendwohin.« Ohne ein weiteres Wort ging sie weiter und hielt das Buch fest umklammert. Kaum war sie außer Hörweite, als Greg Val zuflüsterte: »Eine sonderbare Type, nicht?«

»Ja, schon möglich.« Vals Interesse war erloschen. Sie hatte festgestellt, daß es nicht ihr Badeanzug war. Ihrer hatte an den Seiten gelbe Streifen.

»Schon sehr erwachsen. Hast du den Busen gesehen?« Er lachte. »Fast so groß wie deiner.«

»Na, wenn schon.« Val zog beim Aufstehen den ohnehin flachen Bauch ein und streckte die Brust heraus. »Dafür hat sie kurze Beine.« Anne sah wirklich ganz anders aus. Sie hatte nie so auffallend gewirkt wie die anderen vier. Aber Val war jetzt in die Betrachtung ihrer eigenen Beine vertieft und versuchte festzustellen, ob sie für diesen Tag schon ihr tägliches Sonnenquantum abbekommen hatten. Sie mußte vorsichtig sein, obwohl sie mehr vertragen konnte als die meisten Rothaarigen. Dabei fiel ihr auf, daß Greg schon fast einen Sonnenbrand hatte. »Achtung, Greg, du wirst schon ganz rot.«

»Ach, ich gehe jetzt ohnehin ins Haus. John wollte vorbeikommen, und ich muß Fußmatten für den Wagen besorgen.«

»Was ist mit Joan?« Das war die kleine Blonde, die ihr Vater am Abend nach Hause gebracht hatte. Sie hatte einen gewaltigen, fast schon übergroßen Busen, und in der Schule hieß es allgemein, sie sei leicht umzulegen. Das schien Greg wunderbar in den Kram zu passen.

»Wir sind für heute verabredet.« Seit zwei Monaten schlief er mit ihr, seitdem er von seinem Football-Stipendium an der Universität von Alabama erfahren hatte.

»Geht John auch mit?« Sie wußte, daß John keine Freundin hatte. Deswegen hatte sie immer gehofft, er würde sich mit ihr verabreden und vielleicht mit ihr gehen, aber Greg hatte nie den Vorschlag gemacht, daß sie zu viert etwas unternehmen würden, und John auch nicht.

»Nein. Er sagte, er habe etwas anderes vor.« Er warf Val einen

Blick zu. »Warum? Bist du scharf auf ihn, Schwesterchen?« Greg machte es einen Heidenspaß, sie zu hänseln, und sie hatten sich in den vergangenen Jahren nahezu tödliche Kämpfe geliefert. Er stichelte mit Wonne, und sie wurde immer so schön wütend.

»Unsinn. Ich wollte es nur wissen. Ich bin verabredet.« Wieder schwindelte sie.

»Mit wem?« Er durchschaute sie.

»Geht dich nichts an.«

»Dachte ich mir's doch.« Er legte sich mit boshaftem Grinsen zurück. Val hätte ihn am liebsten erwürgt. Anne beobachtete die beiden von der Schaukel aus. »Du hast gar keine Verabredung, du Schwindlerin.«

»Und ob. Ich bin mit Jack Barnes verabredet.«

»Einen Dreck bist du. Der geht mit Linda Hall.«

»Ach was, könnte ja sein, daß er sie betrügt.« Sie war rot angelaufen, und daran war nicht die Sonne schuld. Anne sah sogar aus dieser Entfernung, daß Val gelogen hatte. Sie kannte alle so gut, besser, als die anderen sie kannten.

Greg richtete sich auf und sah seine Schwester prüfend an. »Nur wenn du so weit gehst wie sie. Was mich auf eine Frage bringt, die ich dir ohnehin stellen wollte... gehst du so weit?«

Vals Gesicht stand in Flammen. »Du kannst mich mal.« Sie drehte sich auf dem Absatz um und lief ins Haus. Greg lachte kurz auf, ehe er sich wieder zurücklegte. Eine heiße Nummer war seine kleine Schwester, das hatte er von ein paar Freunden gehört, mit deren jüngeren Brüdern sie ausgegangen war. Vermutlich machte sie alles, ausgenommen das Letzte. Er wußte, daß sie noch Jungfrau war, zumindest glaubte er es zu wissen, und er wußte auch, daß sie in bezug auf Jack Barnes log. Außerdem vermutete er, daß sie es schon immer auf John abgesehen hatte, aber John hatte nie Interesse für sie gezeigt, und Greg war es recht so. Es hätte ihm irgendwie nicht gepaßt. Val war nicht Johns Typ. Der zog stillere, weniger auffallende Mädchen vor. Er war noch ziemlich schüchtern, und Greg vermutete stark, daß er es auch noch nie getan hatte – der Ärmste. Er sollte sich beeilen. Wahrscheinlich war John der letzte in der Klasse, der sich noch nie an ein Mädchen herangewagt hatte. Zumindest wurde das allgemein behauptet. Langsam wurde es peinlich für Greg, ihn zum Freund zu haben. Womöglich würden die Leute noch glauben, John sei schwul, und was noch schlimmer war, man würde dann auch ihn für schwul halten, weil er oft mit ihm gesehen wurde. Ein zufriedenes Lächeln umspielte seinen Mund, als ihm einfiel, daß dies kaum wahrscheinlich war, nach allem, was er mit Joan getrieben hatte.

»Mensch, das ist ja super!« John sah sich so begeistert in dem Haus in Westwood um, als wäre es Versailles oder eine Hollywood-Kulisse und nicht eine etwas heruntergekommene Studentenbude. »Dad meinte, die Miete sei nicht zu hoch. Mutter war zwar enttäuscht, daß ich nicht auf dem Campus wohnen wollte, aber Dad sagte, solange du hier wohnst, könntest du ein Auge auf mich haben.« Er lief rot an, weil er dummes Zeug redete. »Ich meine...«

»Schon gut.« Lionel kämpfte gegen seine Träume von der Nacht zuvor an. Jetzt hatte er das sonderbare Gefühl, einen Film zu sehen, den er bereits kannte, nur spielte er diesmal Pauls Rolle. Es war wie eine Variation von damals, und er war nicht imstande, seinen Gedanken zu entfliehen, während er John durchs Haus führte.

Lionels Zimmer, das einzige im Haus mit eigenem Bad, lag dem John zugedachten Raum gegenüber. Vielleicht ließ sich ein Tausch arrangieren, so daß er das Zimmer neben John bekäme. Einer der anderen Jungs würde das Zimmer mit Bad sicher gern übernehmen, und er würde es ihm auch gern überlassen, wenn... er verdrängte den Gedanken und konzentrierte sich auf John und die Hausbesichtigung.

»In der Garage steht eine Waschmaschine. Wochenlang benutzt sie kein Mensch, und dann brauchen sie plötzlich alle an einem Abend«, erklärte Lionel lächelnd.

»Meine Mutter sagte, ich könne meine Wäsche nach Hause bringen.«

Unwillkürlich verglich Lionel John mit Greg. Die beiden hätten gar nicht unähnlicher sein können. Sonderbar, daß sie befreundet waren, aber immerhin waren sie dreizehn Jahre lang zusammen zur Schule gegangen. Vermutlich beruhte ihre Beziehung vor allem auf Gewohnheit. Wenn John sich darüber Gedanken gemacht hätte, wäre er zu demselben Schluß gelangt. Schon seit einigen Jahren hatten er und Greg sich einander entfremdet. In letzter Zeit war es besonders spürbar geworden. Sie waren fast immer verschiedener Meinung, vom Football-Stipendium angefangen bis hin zur Klassennutte, mit der Greg sich eingelassen hatte. John konnte sie nicht ausstehen und war daher immer weniger mit Greg zusammen. Meist war er allein und empfand es jetzt fast als Erleichterung, daß er mit Lionel sprechen konnte, mit einem vernünftigen Menschen, der sogar jenes College besuchte, das er für sich selbst auch ausgesucht hatte.

»Es gefällt mir fabelhaft, Lionel«, schwärmte John. Es hätte eine Scheune sein können, und er hätte sich in das Haus verliebt. Alles wirkte so erwachsen, so studentisch und ungezwungen, und es war beruhigend zu wissen, daß Lionel in seiner Nähe sein würde. John sah dem College mit Bangen entgegen, vor allem der Aussicht, mit anderen Studenten zusammenwohnen zu müssen, da er mit vier Schwestern aufgewachsen war. Unter einem Dach mit Lionel würde er sich nicht so fremd fühlen.

»Möchtest du schon den Sommer über hier wohnen oder erst kurz vor Semesterbeginn im Herbst einziehen?« fragte Lionel.

Dabei schlug ihm das Herz bis zum Hals, und er verabscheute sich deswegen. Was machte es schon aus, wenn der Junge hier wirklich einzog? Laß die Finger von ihm, hätte er am liebsten laut gerufen, und plötzlich tat es ihm leid, daß er John überhaupt so einen Vorschlag gemacht hatte, alles würde nur schwieriger werden – eine dumme Idee, aber es gab jetzt kein Zurück mehr. Er hatte John am Morgen schon zweien seiner Mitbewohner angekündigt, und die waren froh gewesen, daß sich ein Mieter gefunden hatte. So sparten sie sich ein Inserat und ungezählte Anrufe.

»Könnte ich schon nächste Woche einziehen?«

Lionel war momentan richtig schockiert. »So bald?«

»Na ja...«, John errötete vor Nervosität, »... wenn es dir nicht paßt, dann natürlich nicht. Ich dachte nur, da Dienstag der Erste ist, würde es mit der Miete einfacher sein... und ich habe einen

Ferienjob bei Robinson. Da wäre es günstig, wenn ich schon hier wohnen könnte.« Robinson war ein Warenhaus. Lionel wurde lebhaft an seinen Job bei Van Cleef & Arpels erinnert, der ihm so viel Spaß gemacht hatte. Er bedauerte, daß er nicht wieder dort arbeiten konnte, aber er wollte sich im Sommer lieber dem Film widmen, das war sinnvoller. Mit etwas Glück würde ihm das College die Arbeit anrechnen, falls aus dem Projekt etwas wurde.

»Nein, schon gut, John, du hast ja recht. Daran dachte ich nicht. Das Zimmer ist frei. Ich dachte nur, du würdest dir die Sache eine Weile überlegen wollen...« Es war zu spät. Er hatte John das Angebot gemacht, und jetzt wollte dieser das Zimmer. Er würde damit leben müssen, mochte es ihn auch viel Kraft kosten.

»Da gibt es nichts zu überlegen. Das Zimmer ist super.«

Scheiße. Lionel starrte den großen dunkelhaarigen Jungen mit dem makellosen Körper an, der ihm in der Nacht solche Qualen bereitet hatte. Es gab nichts mehr zu sagen.

»Gut. Ich sag's den anderen. Die werden sehr froh sein, weil sie sich viel Ärger ersparen.« Und um das Beste aus der Situation zu machen, fragte er: »Brauchst du Hilfe beim Umzug?«

»Ich möchte dich nicht bemühen... ich dachte, ich borge mir Dads Karre und bringe morgen mein Zeug.«

»Ich werde die Sachen holen.«

Johns Gesicht leuchtete auf. »Lionel, das finde ich nett. Ist das auch nicht zuviel Mühe?«

»Keine Rede.«

»Meine Mutter will mir einen Bettüberwurf, ein paar Lampen und noch ein paar Kleinigkeiten mitgeben.«

»Wunderbar.« Lionels Herz sackte ab. Unter Johns bewunderndem Blick wurde ihm siedend heiß.

»Darf ich dich heute zum Essen einladen, als Revanche sozusagen?«

Johns aufrichtige Dankbarkeit war rührend und machte Lionel verlegen. »Ach, schon gut, John. Das ist nicht nötig. Ich bin froh, daß es geklappt hat.« Das war gelogen. In Wahrheit hatte er Angst. Was, wenn er die Beherrschung verlor? Wenn er eine Dummheit machte? Wenn John herausfand, daß er homosexuell war? Plötzlich spürte er Johns Hand auf seinem Arm, und es lief ihm kalt über den Rücken. Wenn er John jetzt sagte, er solle ihn niemals wieder anfassen, würde der glauben, einen Spinner vor sich zu haben.

»Ich kann dir nicht genug danken, Lionel. Es ist für mich wie ein neues Leben.« Er war unsagbar erleichtert, endlich von diesen Kindern an der bisherigen Schule wegzukommen. Er war nicht so wie sie. Schon seit Jahren nicht, und er hatte es so lange verbergen müssen. Jetzt konnte er irgendwo ein neues Leben anfangen. Er brauchte nicht mehr so zu tun als ob, sich nicht mehr das Gequatsche über Sport anzuhören, vor Mädchen davonzulaufen oder sich an Samstagabenden betrunken zu stellen. Sogar die Umkleideräume waren für ihn zum Alptraum geworden, die vielen Jungen, diese Supertypen, auch Greg, besonders der... und immer zu wissen, daß man anders war. Aber Lionel gab ihm nie das Gefühl, daß mit ihm etwas nicht stimmte. Er war immer so gelassen und verständnisvoll. John fühlte sich richtig wohl bei ihm.

Auch wenn er ihn in Zukunft wahrscheinlich nicht oft sehen würde, war es doch angenehm zu wissen, daß er da war, daß ihre Wege sich kreuzen würden und sie sich ab und zu unterhalten konnten. John sah ihm in die Augen und hätte vor Erleichterung fast geweint. »Lionel, ich habe die Schule unaussprechlich gehaßt. Ich kann es nicht erwarten wegzukommen.«

Lionel war perplex. »Ich dachte, es hätte dir gefallen. Du bist doch ein großer Footballstar.« Sie gingen in die Küche, und Lionel reichte ihm eine Coke, die er dankbar entgegennahm. Noch dankbarer war John, daß es kein Bier war. Greg hätte ihm nichts anderes als Bier angeboten.

»Das ganze letzte Jahr schon habe ich sie gehaßt. Sie steht mir bis oben hin.« Er trank mit einem erleichterten Seufzen einen Schluck Coke. Es war wirklich ein ganz neues Leben. »Jeden einzelnen Moment in diesem verdammten Footballteam habe ich verabscheut.«

Lionel war fassungslos. »Warum?«

»Keine Ahnung. Eigentlich habe ich mir nie etwas daraus gemacht, obwohl ich ein guter Sportler war. Nach einem verlorenen

Match setzten sich diese Burschen doch glatt in den Kabinen hin und vergossen bittere Tränen. Und manchmal weinte sogar der Trainer. Als ob es wirklich um etwas gegangen wäre. Dabei geht es doch nur darum, daß sich eine Horde von Hünen auf dem Feld verprügelt. Mir hat das nie etwas gegeben.«

»Warum hat du dann mitgemacht?«

»Mein Dad war ganz verrückt darauf. Er hat selbst auf dem College Football gespielt, ehe er Medizin studierte. Und er hat mich immer gehänselt, er würde mir gratis die Visage einrenken, wenn ich etwas abbekäme.« John machte ein angewidertes Gesicht. »Deswegen fand ich Football nicht attraktiver.« Er lächelte Lionel zu. »Hier wird das Leben für mich traumhaft sein.«

Lionel erwiderte das Lächeln. »Schön, daß dir das Zimmer gefällt. Wirklich, ich freue mich, obwohl ich nicht viel hiersein werde. Aber wenn ich etwas für dich tun kann...«

»Lionel, du hast schon genug getan.«

Lionel hielt Wort und holte John am nächsten Tag ab. Mit offenem Verdeck fuhr er dreimal hin und her, um John beim Transport seiner Sachen zu helfen. Er schien Berge von Zeug zu besitzen, aber er konnte damit wahre Wunder wirken, so daß Lionel das Zimmer Sonntag abends kaum wiedererkannte. Er blieb in der Tür stehen und sah sich fassungslos um.

»Meine Güte, wie hast du das nur gemacht?« John hatte eine Wand mit Stoff bespannt, Topfpflanzen im Raum verteilt, einfache Gardinen vor die Fenster gehängt und ein hübsches Bild über das Bett. Zwei Lampen verbreiteten warmes Licht. An der anderen Wand hingen Poster. Das Zimmer sah jetzt aus wie aus einer Zeitschrift. Auf dem Boden lag ein kleiner weißer Wollteppich. »Hat dir deine Mutter geholfen?« Lionel wußte, daß sie Innenarchitektin war. Daß John das in ein paar Stunden zuwege gebracht hatte, konnte er sich nicht vorstellen. Stoffbespannte, mit Kissen belegte Orangenkisten und ein paar Zeitschriften in Körben vermittelten den Eindruck einer Fensterbank. Es war eine richtig gemütliche Bude geworden. Lionel war sichtlich beeindruckt.

»Ich habe es selbst gemacht.« John freute sich, daß es Lionel gefiel. Sein Talent für Innenarchitektur war bekannt. Es hatte ihm immer schon Spaß gemacht, einen Raum mit Hilfe einfachster Mittel in kürzester Zeit zu verwandeln, und seine Mutter hatte ihm geraten, diese Begabung zu nutzen. Sie behauptete sogar, er sei besser als sie, weil sie Monate brauchte, um die erwünschte Wirkung zu erzielen. »Ich beschäftige mich gern mit diesen Dingen.«

»Na, dann könntest du mal deinen Zauberstab in meinem Zimmer schwingen. Das wäre dringend nötig, es sieht noch immer wie eine Gefängniszelle aus, obwohl ich es schon ein Jahr bewohne.«

John lachte. »Gern, jederzeit.« Er sah sich suchend um. »Eigentlich hatte ich zwei Pflanzen übrig und wollte dich schon fragen, ob du sie brauchen kannst.«

Lionel strahlte. »Klar. Aber die gehen bei mir bestimmt ein. Bei Grünzeug habe ich keine gute Hand.«

»Dann werde ich sie für dich pflegen. Ich gieße sie zugleich mit meinen.«

Die beiden jungen Männer tauschten ein Lächeln. Lionel sah auf die Uhr. »Schon sieben. Hast du Lust auf einen Hamburger?«

Diese Worte riefen wieder eine Erinnerung wach, nämlich die an Paul. Es wurde noch gespenstischer, als John einwilligte und ihm genau die Kneipe vorschlug, die er mit Paul beim ersten Mal besucht hatte. Das war der Grund, warum Lionel zunächst wortkarg und nachdenklich war. Er mußte an jenen Abend denken, als er mit Paul nach Malibu gefahren war. Schon seit Monaten hatte er nichts von ihm gehört. Einmal sah er ihn am Rodeo Drive vorüberfahren, auf dem Beifahrersitz eines beige-braunen Rolls-Royce, in Gesellschaft eines attraktiven älteren Mannes, der am Steuer saß. Lionel war auch nicht entgangen, daß die beiden sich angeregt unterhielten, einander zulächelten, und Paul hatte über eine Bemerkung des anderen gelacht.

Und jetzt war er wieder in dieser Kneipe, mit John, dem besten Freund seines jüngeren Bruders. Seltsam. Und noch sonderbarer war ihm zumute, als sie zurück zu dem Haus fuhren, das sie nun gemeinsam bewohnten. Die beiden Studenten, die noch hier wohnten, blieben über Nacht bei ihren Mädchen, und der andere war bereits zu Semesterschluß ausgezogen.

»Danke für die Einladung.« John sagte es lächelnd, während sie es sich im Wohnzimmer gemütlich machten und Lionel eine Platte auflegte. Das gedämpfte Licht war Zufall, da zwei Birnen der Dekkenbeleuchtung ausgebrannt waren. John zündete eine Kerze auf dem kleinen Tisch an und sah sich um. »Hier müßte man auch ein bißchen Hand anlegen.«

Lionel lachte. »Du wirst das Haus im Handumdrehen richtig aufmotzen, aber ich glaube, die anderen Jungen werden dich entmutigen. Wenn alle hier sind, sieht es aus wie nach einem Bombenattentat.«

Jetzt lachte auch John. »Das kenne ich von meinen Schwestern.« Gleich wurde er wieder ernst. »Ich habe noch nie zusammen mit Männern gelebt, meinen Vater ausgenommen natürlich. Ich bin so gewohnt, ständig Mädchen um mich zu haben, daß es mir anfangs sicher komisch vorkommen wird.« Dann lächelte er wieder. »Hört sich verrückt an, nicht?«

»Nein, gar nicht. Ich habe selbst drei Schwestern.«

»Aber du hast immerhin auch noch Greg. Und ich hatte mit meiner Mutter und den Mädchen immer eine gute Beziehung. Die werden mir sicher eine Weile fehlen.«

»Die vielen Frauenzimmer in der Familie sind ein gutes Training für die Ehe«, meinte Lionel. Richtig unfair, John mit solchen Fragen zu testen. Er war noch ein Kind... aber Lionel war in seinem Alter gewesen, als er Paul kennenlernte. Doch Paul hatte ja so viel Erfahrung. Und jetzt war er selbst der Erfahrene. Nicht so wie Paul, aber immerhin erfahrener als John. Aber wie fing man so etwas an? Wie stellte man jemandem die entscheidende Frage? Er versuchte sich zu entsinnen, was Paul gesagt hatte, doch die Worte wollten ihm nicht einfallen... Sie hatten einen ausgedehnten Spaziergang am Strand unternommen, und Paul hatte etwas von Verwirrung gesagt. Aber hier war kein Strand, und John wirkte nicht verwirrt. Er war ein bißchen schüchtern, eben kein Ellbogentyp wie Greg, aber ein glücklicher, unkomplizierter junger Mann, und doch konnte Lionel sich nicht erinnern, ihn je in Begleitung eines Mädchens gesehen zu haben.

Sie plauderten eine Weile, bis Lionel schließlich aufstand und sagte, er wolle unter die Dusche. John wollte ebenfalls duschen.

Zehn Minuten später, als heißes prasselndes Wasser sein Bewußtsein und sein Fleisch reinigte und er John mit aller Kraft aus seinen Gedanken verbannt hatte, klopfte es an der Tür, und John rief:

»Lionel, hast du ein Shampoo? Ich habe meines vergessen.«

»Wie bitte?« Lionel schob den Duschvorhang beiseite, damit er besser hören konnte. John stand nackt vor ihm, nur ein Handtuch um die Hüften. Lionel spürte, wie ihn der Anblick erregte, und er zog den Vorhang wieder zu, damit John es nicht merkte.

»Hast du ein Shampoo?« wiederholte John seine Frage.

»Ja, hier.« Er hatte es bereits benutzt. Sein Haar war naß und sauber. Er reichte das Shampoo John, der sich bedankte. Wenig später brachte er es zurück, wieder mit dem Handtuch um die Mitte. Sein Haar lag dunkel und feuchtschimmernd am Kopf an, auf seinem sportgestählten Körper spielten die Muskeln. Lionel lief jetzt nackt in seinem Zimmer hin und her und räumte vor sich hin summend Sachen auf. Das Radio lief, und Lennon und McCartney sangen »Yesterday«, als John mit dem Shampoo hereinkam.

»Danke.« John zögerte in der Tür, und Lionel, der sich umdrehte, wünschte, er würde gehen. Er wollte nichts anfangen, und er wollte niemandem weh tun. Seine Art zu leben war seine Sache, und er war nicht darauf aus, einen anderen mit hineinzuziehen. Da spürte er plötzlich Johns Hand auf seinem Rücken. Die Berührung durchzuckte wie ein elektrischer Schlag seinen Körper. Den Jungen ständig um sich zu haben und sein Geheimnis vor ihm verbergen müssen würde höllisch sein.

Ohne sich umzudrehen, langte er nach seinem weißen Frotteebademantel, der an einem Haken an der Wand hing, zog ihn über und drehte sich dann erst um. Noch nie hatte er ein schöneres Gesicht gesehen als das Johns, ein Gesicht, das Verzweiflung, Schmerz und Offenheit ausdrückte. Ihre Gesichter waren einander sehr nahe.

»Lionel, ich muß dir etwas sagen, ich hätte es dir schon längst sagen sollen.« In seinem Blick lag Angst, und Lionel verzehrte sich nach ihm und wurde gleichzeitig von der Frage gequält, was er ihm zu sagen habe.

»Stimmt etwas nicht?«

John nickte, während er sich langsam auf die Bettkante sinken ließ. Dann sah er Lionel wieder an. »Ich hätte es dir sagen sollen, ehe ich hier einzog, aber ich hatte Angst, du würdest nicht... ach, du würdest mich zusammenscheißen.« Er hatte Angst, war aber aufrichtig. Und er kam sofort zur Sache. »Ich glaube, du solltest wissen, daß ich schwul bin...«

Er machte ein Gesicht, als hätte er eben den Mord an seinem besten Freund gestanden, während Lionel ihn verblüfft anstarrte. Wie einfach alles war. Wie tapfer von John, daß er so ohne weiteres ein Geständnis ablegte, ohne zu wissen, wie Lionel reagieren würde. Sein Herz schlug dem Jungen entgegen, als er sich neben ihm aufs Bett setzte und zu lachen anfing. Er lachte, bis ihm die Tränen kamen, so daß John ihn bestürzt ansah, weil er befürchtete, Lionel wäre übergeschnappt. Es war eine merkwürdige und lächerliche Situation. John war erleichtert, als schließlich das Lachen verstummte und Lionel wieder sprechen konnte. Diesmal war es an John, verblüfft zu sein, als Lionel ihm die Hände auf die Schultern legte und sagte:

»Wenn du wüßtest, wie ich mit mir hadere, seitdem ich dir dieses Zimmer angeboten habe... wie ich mich gequält habe...« John hatte keine Ahnung, wovon die Rede war. »Baby, ich bin es doch auch.«

»Du und schwul?« John war so fassungslos, daß Lionel wieder lachen mußte. »Wirklich? Ich hätte nie gedacht...« Doch das stimmte eigentlich nicht. Das ganze letzte Jahr hatte es zwischen ihnen schon eine fast unmerkliche, zaghafte Anziehungskraft gegeben, aber im Moment war keiner imstande, die Situation sofort zu akzeptieren.

Die nächsten zwei Stunden saßen sie auf Lionels Bett und schütteten einander das Herz aus. Sie waren endlich richtige Freunde geworden. Lionel erzählte ihm von Paul, und John beichtete zwei kurze, schreckliche Affären, die nichts mit Liebe zu tun gehabt hatten. Sie hatten ihm nur scheußliche, angsterfüllte, quälende und schuldbewußte sexuelle Befriedigung gebracht, die eine mit einem Lehrer an seiner Schule, der gedroht hatte, ihn zu töten, falls er es ausplauderte, die andere mit einem Fremden, einem älteren Mann, der ihn auf der Straße aufgelesen hatte. Diese Affären hatten nur den Zweck erfüllt, John seine wahre Natur zu zeigen. Geahnt hatte er es schon länger, aber er hatte immer geglaubt, es wäre das Schlimmste, was ihm passieren könnte. Leute wie Greg Thayer hätten nie wieder ein Wort mit ihm gesprochen. Aber Lionel war so anders, er verstand alles und sah von der Höhe seiner neunzehn Jahre den Jüngeren voller Mitgefühl an. Eine Sache interessierte John besonders.

»Weiß es Greg?« fragte er.

Lionel schüttelte hastig den Kopf. »Nur meine Mutter weiß es. Sie hat es letztes Jahr entdeckt.« Er erzählte John, wie es dazu gekommen war. Der Gedanke daran, wie sehr es sie getroffen hatte, schmerzte noch immer, aber sie war seither wundervoll zu ihm gewesen, so verständnisvoll und mitfühlend. Sie nahm ihn einfach als das, was er war. »Jeder kann sich glücklich schätzen, so eine Mutter zu haben.« Soviel Großzügigkeit hatte Lionel ihr ursprünglich gar nicht zugetraut.

»Ich kann mir nicht vorstellen, daß meine Mutter sich damit abfinden könnte... und mein Dad...« John dachte den Gedanken gar nicht zu Ende. »Er wollte immer einen Draufgänger aus mir machen. Seinetwegen habe ich Football gespielt, vor Angst schlotternd, daß man mir die Zähne einschlagen würde. Wie ich diesen Sport gehaßt habe!« Mit feuchten Augen sah er Lionel an. »Für meinen Vater habe ich es getan.«

»Das habe ich nicht geschafft. Aber mein Dad hatte ja Greg, auf den er alle Hoffnungen setzen konnte. Und ich überließ Greg sozusagen den Ball.« Er sah den neuen Freund, den er seit Jahren kannte, liebevoll an. »Irgendwie stand ich nie für ihn im Mittelpunkt, aber mußte dafür einen Preis bezahlen. Mein Vater war nämlich nie wirklich mit mir einverstanden. Und wenn er wüßte... er würde daran zugrunde gehen.« Die beiden Freunde hatten so viel Schuld auf sich geladen, jahrelange Schuld, weil sie nicht so waren und nie sein würden, wie sie sollten. Schuld, weil sie getan hatten, was sie tun mußten. Manchmal war das zu schwer zu ertragen. Daran dachte Lionel jetzt, als er John in die Augen sah: »Hast du von mir gewußt?«

John schüttelte den Kopf. »Nein, ich glaube nicht, aber gewünscht habe ich es mir oft.« Er lächelte, und Lionel fuhr ihm durch das feuchte schwarze Haar.

»Du kleines Biest. Warum hast du nichts gesagt?«

»Damit du mir die Zähne in die Kehle rammst oder die Bullen rufst oder es gar Greg erzählst?« Der Gedanke jagte ihm ein Schaudern über den Rücken. Er beeilte sich, an etwas anderes zu denken. »Sind alle Jungs hier im Haus homosexuell?«

Lionel schüttelte den Kopf. »Nein, keiner, da bin ich sicher. Dafür entwickelt man ein Gefühl, wenn man mit jemandem zusammenlebt. Außerdem bleiben hier ziemlich regelmäßig Mädchen über Nacht.«

»Wissen sie von dir?«

Lionel sah John aufmerksam an. »Ich achte darauf, daß gar nicht erst der Verdacht aufkommt, und du tust gut daran, es ebenso zu halten, weil man uns sonst hinauswirft.«

»Ich werde vorsichtig sein, ich schwöre es.«

Lionel fiel wieder ein, daß er vielleicht das Zimmer mit dem Jungen tauschen könnte, der das Bad mit John teilte, doch er vergaß es gleich wieder und blickte nur John an. Dieser lag quer über seinem Bett, und plötzlich spürte Lionel Erleichterung und Begehren, als er an seine Träume von der Nacht zuvor dachte. Er streckte die Hand nach John aus, der auf Lionels Lippen, auf seine Hände und seine Berührung wartete, während sein junges Fleisch erregt nach ihm verlangte. Und Lionel fand ihn mit dem Mund, und seine Zunge loderte wie Feuer Johns Schenkel entlang, bis dieser aufstöhnte und durch Lionels Hände etwas spürte, das er noch nie zuvor kennengelernt hatte. Diesmal war nichts Verstohlenes, nichts Angsteinflößendes und auch nichts Peinliches an der Liebe, mit der Lionel ihn in den nächsten Stunden verwöhnte, bis sie befriedigt eng umschlungen einschliefen. Jeder der beiden hatte etwas gefunden, was er unwissentlich seit langem gesucht hatte.

20 Das Semester begann. Lionel und John waren nie glücklicher gewesen, und im Haus ahnte kein Mensch etwas. Lionel zog einfach in das andere Zimmer, ehe die Mitbewohner aus den Sommerferien zurückkamen, und das Arrangement funktionierte perfekt. John und Lionel versperrten über Nacht ihre Türen, und kein Mensch hatte eine Ahnung, wer in wessen Bett die Nacht verbrachte, während die beiden auf Zehenspitzen hin und her gingen, sich flüsternd bis tief in die Nacht unterhielten und das Stöhnen der Leidenschaft dämpften. Nur an den seltenen Abenden, wenn niemand da war, weil alle bei ihren Mädchen schliefen oder über ein langes Wochenende zum Skilaufen gefahren waren, erlaubten sie sich mehr Freiheiten. Niemand sollte von ihren Gefühlen erfahren, nicht einmal Faye. Lionel sagte ihr nur, daß am College alles glattgehe. Romantische Neuigkeiten hatte er nicht zu berichten, und sie wollte nicht in ihn dringen, obwohl sie ahnte, da es wieder jemanden in seinem Leben gab. Das sah sie an seinem glücklichen Blick. Sie hoffte nur, daß es ein anständiger Mensch war, der ihn nicht unglücklich machen würde. Von den Homosexuellen wußte sie nur, daß es unter ihnen viel Leid, Promiskuität und Untreue gab. Es war kein Leben, das sie sich für ihren Ältesten wünschte. Ebenso wußte sie, daß es für ihn keine Alternative gab, und sie fand sich damit ab.

Im November lud sie ihn zur Premiere ihres letzten Films ein. Er nahm begeistert an, und sie wunderte sich nicht weiter, als sie ihn bei der Premiere in Gesellschaft von John Wells sah. Sie wußte, daß John in einem Haus mit Lionel wohnte und auch auf dem gleichen College war. Als sie anschließend mit den Zwillingen und einigen Geschäftsfreunden bei Champagner in einem Restaurant feierten, glaubte sie plötzlich, vielsagende Blicke zwischen den beiden zu bemerken. Ganz sicher war sie nicht, aber sie spürte etwas. John sah viel reifer aus als im Juni. In den letzten Monaten war er richtig erwachsen geworden. In ihr erwachten Zweifel, die sie natürlich für sich behielt.

Um so mehr erschrak sie, als Ward zu Hause vor dem Zubettgehen verfängliche Fragen stellte. Sie hatten sich zuerst angeregt über den Film unterhalten, über die Reaktion des Publikums, die guten Kritiken, die sie sich erhofften. Faye war wie vor den Kopf geschlagen, als Ward sie plötzlich unterbrach. Er stand halb ausgezogen vor ihr, zwischen den Brauen eine tiefe Furche.

»Glaubst du, John Wells ist schwul?«

»John?« Sie machte ein erstauntes Gesicht und versuchte krampfhaft Zeit zu gewinnen. »Mein Gott, wie kannst du so etwas sagen... natürlich nicht. Warum?«

»Hm, ich weiß nicht. Er sieht jetzt so anders aus. Ist dir heute nichts aufgefallen?«

»Nein«, log sie.

»Ich weiß nicht recht...« Ward ging gedankenverloren an seinen Schrank. Noch immer stand die Furche zwischen seinen Brauen. »Ich hab' bei ihm einfach ein komisches Gefühl...« Faye spürte, wie ihr eiskalt wurde. Hoffentlich schloß Ward nicht Lionel in seine Verdächtigungen ein. Und so wie Lionel bezweifelte auch sie, daß er die Wahrheit überleben würde, die er eines Tages unweigerlich erfahren mußte. In der Zwischenzeit aber wollte sie alles daran setzen, die Wahrheit vor ihm zu verbergen.

»Vielleicht sollte ich Lionel etwas sagen, ihn warnen... er wird mich zwar für einen Spinner halten, wenn ich aber recht behalte, wird er mir eines schönen Tages noch dankbar sein«, spann Ward seine Gedanken weiter. »Greg hatte den Eindruck, irgend etwas stimme nicht mit John, weil er das Football-Stipendium ablehnte. Vielleicht hatte er recht.«

Typisch, das war für ihn das ausschlaggebende Kriterium, dachte Faye verärgert und machte ihrem Unmut Luft. »Nur weil er nicht Football spielen will, heißt das noch lange nicht, daß er schwul ist. Vielleicht liegen seine Interessen woanders.«

»Man sieht ihn auch nie mit einem Mächen.« Lionel sah man auch nicht mit Mädchen, aber diesen Einwand ließ Faye unausgesprochen. Sie wußte, daß Ward der Meinung war, Lionel habe irgendwo eine geheime Liebe. Bei ihm nahm er nicht automatisch an, er sei homosexuell, nur weil man ihn nie mit Mädchen sah.

»Ich glaube, du bist unfair. Das ist ja wie eine Hexenjagd.«

»Ich möchte verhindern, daß Lionel, ohne es zu wissen, mit einem verdammten Homo zusammenwohnt.«

»Jetzt ist er alt genug, um selbst damit fertig zu werden. Falls es überhaupt der Fall ist.«

»Vielleicht nicht. Er ist ja in seine verrückten Filme total eingesponnen. Manchmal glaube ich, er verliert sich in seiner eigenen Welt.« Na, wenigstens das ist ihm an seinem Ältesten aufgefallen, stellte Faye im stillen fest.

»Er ist ein bemerkenswert kreativer Junge.« Sie war verzweifelt bemüht, Ward vom Thema John abzubringen. Sie mußte selbst zugeben, daß John heute verändert gewirkt hatte. Aber instinktiv hatte sie das Bedürfnis, ihn zu beschützen. Sie argwöhnte, daß er etwas mit Lionel hatte. Nur sah man Lionel nicht an, daß er homosexuell war, während es sich bei John immer deutlicher zeigte. Er hatte von nichts anderem als von Innenarchitektur und Design gesprochen. Höchste Zeit, daß sie Lionel darauf aufmerksam machte.

»Hast du Lionels letzten Film gesehen, Schatz? Einfach wunderbar«, versuchte sie ein Ablenkungsmanöver.

Seufzend ließ sich Ward in seinen Shorts auf der Bettkante nieder. Er sah immer noch sehr gut aus und konnte es im Hinblick auf die Figur durchaus mit seinen Söhnen aufnehmen. »Faye, unter uns gesagt, ich kann mit diesen Filmen nichts anfangen.«

»Das ist die neue Welle, Liebling.«

»Ich komme da nicht mit.«

Faye lächelte. Ward verstand sein Geschäft, war aber gegenüber Neuerungen nicht sehr aufgeschlossen. Er organisierte die Finanzierung für ihre Filme, zeigte jedoch nicht das mindeste Interesse für neue und aufregende Filmtrends. Das letzte Festival von Cannes hatte seinen Zorn und Widerwillen erregt. Dafür liebte er die Oscar-Verleihungen um so mehr und war enttäuscht gewesen, daß sie keinen gewonnen hatte. Als Trostpflaster hatte er ihr einen prachtvollen Smaragdring geschenkt. Faye wurde dadurch an die Zeit vor 1952 erinnert, bevor sich die Welt für sie verändert hatte.

»Du solltest Lionels Filmen eine Chance geben. Er wird eines schönen Tages für eine Riesenüberraschung sorgen und für einen seiner komischen kleinen Filme einen Preis bekommen«, sagte sie vorwurfsvoll. Faye war felsenfest davon überzeugt, während Ward sich nicht beeindruckt zeigte.

»Um so besser. Hast du heute etwas von Greg gehört? Er sagte, er würde uns noch Bescheid geben, wann wir übers Wochenende kommen sollen.«

»Nein, er hat sich nicht gemeldet, und ich bin gar nicht sicher, ob ich in den nächsten Tagen Zeit habe. Die nächsten drei Wochen muß ich mich täglich mit dem neuen Drehbuchautor treffen.«

»Muß das sein?«

»Mehr oder weniger. Warum fragst du nicht Lionel, ob er mitkommen möchte?«

Ward zögerte, aber schließlich befolgte er ihren Rat und verschaffte sich damit die ideale Gelegenheit, Lionel über John auszufragen. Er fragte ihn direkt:

»Sag mal, glaubst du, er ist eine Tunte?«

Lionel zwang sich zu einem gleichmütigen Blick. Er haßte dieses Wort. Es kostete ihn große Willensanstrengung, um nicht zuzuschlagen und seinen Freund zu verteidigen. »Um Himmels willen, wie kommst du darauf?«

Ward lächelte. »Du machst ein Gesicht wie deine Mutter, wenn du das sagst.« Er wurde wieder ernst. »Ich weiß nicht. Er sieht plötzlich so anders aus und schwafelt ständig von Innendekoration.«

»Lächerlich, deswegen ist er kein Schwuler.«

»Nein, aber wenn er Jagd auf Männer macht, ist er einer. Gib acht, damit er dir nicht zu nahe tritt. Und falls dir etwas komisch an ihm vorkommt, dann wirf ihn aus dem Haus. Du bist ihm nichts schuldig.«

Zum ersten Mal im Leben mußte Lionel gegen den Drang ankämpfen, seinen Vater zu schlagen. Er schaffte es, sich zu beherrschen, bis er ging, fuhr dann aber die ganze Strecke mit achtzig Meilen pro Stunde zurück, von dem Wunsch getrieben, jemanden umzubringen – am liebsten seinen Vater. Bei sich zu Hause angekommen, knallte er die Haustür zu, gleich darauf die Tür zu seinem Zimmer und schloß sich ein. So aufgebracht hatten ihn seine Mitbewohner bis jetzt nur selten erlebt, und alle waren gebührend überrascht. Wenig später ging John in sein Zimmer und schloß die Tür ebenfalls ab. Er durchquerte das Bad, das zwischen beiden Zimmern lag.

»Was ist denn, Liebling?« Lionel sah John mit tränennassen Augen an, und er mußte insgeheim zugeben, daß John wirklich anfing, schwul auszusehen. Trotz seines muskulösen Körpers wirkte sein Gesicht glatt und rein, er trug sein Haar anders, und seine Kleidung war fast zu perfekt, zu modisch, zu adrett. Doch er liebte den Jungen, liebte seine Begabung, seine Warmherzigkeit, seine Großzügigkeit, seinen Körper, seine Seele, einfach alles, und wenn John ein Mädchen gewesen wäre, hätten sie sich längst verlobt, und kein Mensch hätte ein Wort darüber verloren. Aber er war kein Mädchen, deswegen nannten ihn alle abartig.

»Was ist denn?« John setzte sich und wartete, daß Lionel sein Herz ausschüttete.

»Nichts. Ich möchte nicht darüber sprechen.«

John warf einen Blick zur Zimmerdecke, dann sah er wieder seinen Freund an. »Das ist das Dümmste, was du machen kannst. Warum redest du dir nicht alles von der Seele?« Plötzlich erwachte in ihm der Argwohn, es könnte mit ihm zu tun haben. »Habe ich etwas getan, was dich ärgert?« Er war so bekümmert und gekränkt, daß Lionel zu ihm ging und ihm über die Wange strich.

»Nein, mit dir hat es nichts zu tun...« Doch, es hatte mit John zu tun, und er wußte nicht, wie er es ihm erklären sollte. »Es ist nichts. Mein Vater hat mir vorhin die Leviten gelesen.«

»Hat er über uns etwas gesagt?« Es war John nicht entgangen, daß Ward ihn am Abend zuvor angestarrt hatte. »Hat er Verdacht geschöpft?«

Lionel wollte nicht deutlicher werden, aber John war zu intelligent. »Wäre möglich. Ich glaube aber, er stochert nur so herum.«

»Und was hast du gesagt?« John hatte Angst. Wenn Lionels Vater bei den Wells' etwas verlauten ließ? Es gab so vieles, was sie beide zu verbergen hatten. Wenn man ihn nun verhaftete oder fortschickte oder... es war schrecklich, sich die Konsequenzen auszumalen, aber Lionel küßte Johns Nacken und redete beruhigend auf ihn ein. Er wußte, wie ihm zumute war.

»Ruhig Blut. Er hat nur so dahergequatscht. Er weiß gar nichts.«

John standen Tränen in den Augen. »Soll ich ausziehen?«

»Nein!« Lionel schrie das Wort fast heraus. »Nur wenn ich auch gehe. Aber das ist nicht nötig.«

»Glaubst du, er wird zu meinem Dad etwas sagen?«

»Jetzt spiel nicht verrückt. Er hat ein paar dumme Witze gerissen und auf mich eingeredet, das ist alles. Das ist doch kein Weltuntergang.«

Damit Wards Mißtrauen eingeschläfert würde, fuhr Lionel mit ihm nach Alabama, um Greg beim Match zuzusehen. Es war das ödeste Wochenende seines Lebens. Football haßte er fast so sehr wie John, und mit Greg konnte er gar nichts mehr anfangen. Aber schlimmer noch war das endlose quälende Schweigen zwischen ihm und seinem Vater, der fast überschnappte, als während des Matches einer der Starspieler verletzt wurde und der Trainer als Ersatzmann Greg aufs Feld schickte. Dieser berührte in den letzten zweieinhalb Sekunden mit dem Ball den Boden hinter der Mallinie und holte damit seinem Team den Sieg. Lionel versuchte ebensoviel Begeisterung aufzubringen wie Ward, sie war aber geheuchelt.

Auf dem Rückflug sprachen sie zu Lionels Erleichterung über Filme. Er versuchte seinem Vater zu erklären, was er mit seinem Avantgardefilm bezweckte, und dieser sah ihn an, als käme er vom Mond.

Es war ähnlich wie beim Footballmatch, nur mit umgekehrten Vorzeichen.

»Glaubst du im Ernst, du kannst einmal mit solchen Filmen Geld machen?« fragte Ward ihn.

Lionel sah ihn perplex an. Das war ein Gedanke, auf den er selbst noch nie gekommen war. Es ging ihm darum, neue Techniken auszuprobieren und mit filmischen Ausdrucksmitteln zu experimentieren. Kein Mensch dachte ans Geldverdienen, die Arbeit war das wichtigste. Die beiden Männer starrten einander verwirrt und ungläubig an, überzeugt, der andere sei nicht ganz normal, gleichzeitig mußten sie so tun, als respektiere jeder die Ansichten des anderen. Das bedeutete für beide, daß sie viel guten Willen beweisen mußten.

Sie waren sehr erleichtert, als sie Faye sahen, die am Flughafen wartete. Ward ließ sich nun in allen Einzelheiten über Gregs ungewöhnlichen Punktgewinn aus und grollte, daß Faye das Spiel nicht im Fernsehen gesehen hatte. Lionel blickte sie an, als könne er das Zusammensein keinen Augenblick länger aushalten. Im stillen mußte Faye lachen, weil sie beide mit allen ihren Gegensätzlichkeiten kannte. Doch sie liebte beide, so wie sie Greg und die Mädchen liebte. Es waren Menschen, die sehr verschieden waren und von ihr unterschiedliche Dinge erwarteten.

Faye brachte zuerst Ward nach Hause, nachher wollte sie Lionel heimfahren und rechtzeitig für einen Drink mit Ward wieder zu Hause sein. Sie wollte ein paar Minuten mit ihrem Ältesten allein sprechen und ihn wegen des langweiligen Wochenendes bemitleiden.

»War es denn so schrecklich, Liebling?« Sie lächelte ihm tröstlich zu, als er erschöpft den Kopf auf die Rücklehne sinken ließ. So ausgelaugt hatte er sich noch nie gefühlt.

»Schlimmer noch. Es war wie auf einem fremden Planeten, auf dem man ein Wochenende lang eine fremde Sprache benutzen muß.« Sie fragte sich, ob daran nur der Sport schuld war, der ihn langweilte, oder auch die Anstrengung, seine Veranlagung zu verbergen. Sie ließ die Frage unausgesprochen.

»Du Ärmster. Wie war Greg?«

»Wie immer.« Mehr brauchte er nicht zu sagen. Sie wußte, wie wenig sie gemeinsam hatten. Manchmal war es kaum zu glauben, daß beide ihre Söhne waren. Und dann fragte sie ihn das, was ihr das ganze Wochenende Sorgen gemacht hatte.

»Hat Dad dich etwas wegen John gefragt?«

Lionel richtete sich mit einem Ruck auf. »Nein. Warum? Hat er mit dir über ihn gesprochen?« Er suchte ihren Blick. Er hatte ihr noch nichts gesagt, ahnte aber, daß sie ohnehin von seiner Beziehung wußte. Jetzt war er nicht sicher, was sie davon hielt. Er hatte das Gefühl, sie mißbillige es, weil John der Familie zu nahestand, und in gewisser Hinsicht hatte sie recht.

»Ich glaube, du mußt vorsichtiger sein, Lionel.«

»Ich bin vorsichtig, Mutter.« Das klang sehr jung und hilflos, und ihr Herz krampfte sich zusammen.

»Liebst du ihn?« Es war das erste Mal, daß sie ihn danach fragte. Er nickte mit ernster Miene.

»Ja.«

»Dann sei achtsam, um deinet- und seinetwegen. Wissen die Wells' Bescheid?«

Lionel schüttelte den Kopf, und Faye spürte auf der Rückfahrt ein Kribbeln der Angst im Rücken. Eines Tages würde alles herauskommen, und es würde eine schmerzliche Entdeckung für viele sein. Für John, Lionel, die Wells' und vor allem für Ward. John und seine Familie machten ihr weniger Kopfzerbrechen, obwohl sie ihr sympathisch waren. Am meisten hatte sie Angst vor Wards Reaktion... und vor der Lionels. Aber Lionel würde vermutlich imstande sein, den Sturm zu überstehen. Er wurde immer erwachsener und bereitete sich unbewußt darauf vor, sich eines Tages seinen Schwierigkeiten zu stellen, nicht nur seinem Vater, sondern allen gegenüber. Lionel war nicht der Mensch, der sich für den Rest seines Lebens versteckte. Aber Faye konnte sich nicht vorstellen, wie Ward den Schock verwinden würde. Die Entdekkung würde einen Teil seines Wesens zerstören, das wußte sie, und sie sorgte sich um ihn. Doch sie war machtlos. Lionel hatte immerhin versprochen, vorsichtiger zu sein.

Einen Augenblick später versperrte Lionel seine Zimmertür, gab John einen Kuß und stürzte sich seufzend in eine Schilderung seines langweiligen Wochenendes.

21 Am Weihnachtsfeiertag kam Lionel zum traditionellen Familienessen nach Hause. Auch Greg war für ein paar Tage zu Besuch, mußte aber früher zurück, zu einem Match. Ward wollte ihn begleiten. Und nach dem Match wollten sie zur Super Bowl. Ward schlug vor, daß auch Lionel mitkäme, der aber hatte andere Pläne und zog sich deswegen Wards Unmut zu. Faye lenkte sie mit einem Riesentruthahn und Champagner ab. Valerie erwischte zuviel Alkohol, und Van wurde von allen gehänselt, weil sie mit neuer Frisur und neuem Kleid aufgekreuzt war, aber sie sah hinreißend aus. Sie war zum ersten Mal verliebt, in einen Jungen, den sie beim Schulball vor einigen Wochen kennengelernt hatte, und wirkte über Nacht erwachsen. Sogar Anne hatte sich im Laufe des Jahres verändert. In den letzten Monaten war sie hochgeschossen und war nun so groß wie die Zwillinge, aber noch nicht so entwickelt. Das würde aber nicht lange auf sich warten lassen. Lionel trank ihr zu, was sie erröten ließ, und erinnerte alle daran, daß sie bald den vierzehnten Geburtstag feiern würde.

Nach dem Essen ließen Lionel und Anne sich zum Plaudern vor dem Kamin nieder. Er sah sie zu seinem Bedauern jetzt sehr selten, nicht so sehr deshalb, weil er ausgezogen war, sondern weil der Film ihn so beschäftigte, doch es war keine Frage, daß er immer noch an ihr hing und sie an ihm. Und dann erstaunte sie ihn, indem sie ihn nach John fragte. Dabei las er etwas Sonderbares in ihrem Blick, fast so, als wäre sie in John verliebt. Lionel wunderte sich, daß es ihm nicht schon früher aufgefallen war. Aber sie hatte sich immer so abgekapselt und war so verschlossen, daß es eigentlich kein Wunder war.

»Ach, dem geht es gut. Ich glaube, auch auf dem College läuft alles glatt. Ich sehe ihn nicht oft.«

»Er wohnt aber doch noch mit dir zusammen? Gestern traf ich Sally Wells, und sie hat gesagt, es gefalle ihm sehr gut dort.«

Sally Wells war in Annes Alter, aber viel reifer. Er konnte nur hoffen, Sally habe nicht Lunte gerochen und Anne etwas gesagt, aber es sah eigentlich nicht danach aus. In Annes Blick lagen noch die Unschuld und die Hoffnung der Jugend.

»Ja, er wohnt noch bei uns.«

»Ich habe ihn schon lange nicht mehr gesehen.« Sie blickte Lionel schmachtend an. Am liebsten hätte er laut aufgelacht, so süß sah sie aus, doch er sagte nichts.

»Ich werde ihm Grüße ausrichten.« Anne nickte, und dann kamen die anderen herein. Ward machte Feuer im Kamin, und alle freuten sich über die Geschenke. Ward und Faye wechselten einen Blick des Einverständnisses. Alles in allem war es ein gutes Jahr gewesen.

Lionel ging als erster, ebenso wie John zu Hause bei den Wells. Die anderen Jungen waren über die Feiertage auch nach Hause gefahren, sie hatten also das ganze Haus für sich und mußten sich nicht verstecken und einsperren. Es war herrlich, sich einmal gehenlassen zu können und zu tun, wonach einem zumute war.

Das ständige Aufpassen machte beide mit der Zeit nervös. Besonders John, der mit jedem Tag sichtlich weiblicher wurde, litt darunter. Jetzt konnte er nach Herzenslust Blumen in Vasen ordnen und jeden Nachmittag stundenlang im Bett mit Lionel verbringen, der sich über die Feiertage von der Filmarbeit freigenommen hatte. Die zwei machten lange Spaziergänge, redeten viel miteinander, und wenn sie nach Hause kamen, kochten sie und tranken Grog oder Weißwein vor dem Kamin.

Es sei fast so wie bei Erwachsenen, lästerte John. Sie fühlten sich so sicher, daß sie sich nicht einmal die Mühe machten, die Haustür abzuschließen. So kam es, daß sie überhörten, wie Lionels Vater am Tag nach Weihnachten hereinkam. Er war vorbeigekommen, um Lionel zu überreden, mit ihm in den Süden zu fliegen und Greg spielen zu sehen, ehe sie zu dritt die Super Bowl besuchten.

Er vergaß diese Pläne schlagartig, als er das Haus betrat, da niemand auf sein Klopfen reagiert hatte, und die beiden Jungen vor dem Feuer liegend antraf, voll bekleidet, aber Johns Kopf lag in Lionels Schoß, und Lionel beugte sich tief über ihn und flüsterte zärtlich.

Ward blieb wie angewurzelt stehen und ließ ein fast tierhaftes Ächzen hören, das die zwei Jungen aufschrecken ließ. Lionel wurde totenblaß. Beide sprangen auf, und Ward ging, ohne zu überlegen, auf John zu, holte aus und schlug ihn, so daß John aus der Nase blutete. Dann wandte er sich um und wollte auf Lionel losgehen, doch der fiel ihm in den Arm und hielt ihn fest. Er hatte Tränen in den Augen, während sein Vater vor Wut aufheulte und ihnen Obszönitäten an den Kopf warf.

»Du Schweinehund, du ... du Hurensohn ...« Diese Worte galten John, er schrie sie aber ebenso seinem Sohn entgegen, während er vor Wut und Tränen geblendet war. Er konnte nicht fassen, was er eben gesehen hatte. Er wollte, daß die beiden alles rückgängig machten, daß sie ihm sagten, es sei alles gar nicht wahr, doch es war die Wahrheit, und die ließ sich nun nicht mehr verbergen. Lionel war speiübel, während er seinen Vater abwehrte, und John weinte. Es war eine alptraumhafte Szene, dennoch kämpfte Lionel darum, die Fassung zu bewahren. Er hatte das Gefühl, sein ganzes Leben sei in Frage gestellt und er müsse seinem Vater eine Erklärung abgeben. Vielleicht würde er es doch verstehen können. Er mußte versuchen, ihm klarzumachen, wie sehr er sich immer von Greg unterschieden hatte, in allem, und wie er sich immer gefühlt hatte. Lionel spürte nicht die Tränen, die ihm über die Wangen rannen, und auch nicht den Schlag, als sein Vater die Hände frei bekam und ihn ins Gesicht traf.

»Dad, bitte ... ich möchte dir alles erklären ...«

»Ich möchte nichts davon hören!« Ward zitterte am ganzen Leibe. Lionel bekam es plötzlich mit der Angst zu tun. Womöglich drohte seinem Vater ein Herzanfall.

»Ich will euch nie mehr wiedersehen! Ihr zwei Tunten!« Er sah sie beide an. »Du Stück Dreck!« sagte er nun zu Lionel gewandt und fügte hinzu: »Du bist nicht mehr mein Sohn, du Weibsstück du. In meinem Haus möchte ich dich nie mehr sehen. Und ich zahle keinen Penny mehr für deinen Unterhalt. Du bist aus meinem Leben gestrichen, ist das klar?«

Unter Schluchzen und Schreien bedrohte er jetzt wieder John. Alle seine Träume waren mit einem Schlag zerstört. Sein ältester Sohn war abartig. Das war mehr, als er ertragen konnte, mehr als der Verlust seines Vermögens vor Jahren oder der drohende Verlust seiner Frau kurz danach ... in seinen Augen war es schlimmer als der Tod. Es war ein Verlust, den er nie verkraften würde, in gewisser Hinsicht ein Verlust, den er sich selbst zufügte, doch das war ihm nicht bewußt.

»Wir sind miteinander fertig, klar?« wiederholte er, und Lionel nickte stumm. Ward ging unsicheren Schrittes zur Tür, durch die er wenige Augenblicke zuvor hereingekommen war, und stolperte blind die Stufen hinunter. Der Schock war zu groß. Er steuerte direkt die nächste Bar an und genehmigte sich vier Scotch hintereinander.

Um acht rief Faye in ihrer Sorge Lionel an. Sie störte ihn nur ungern, konnte aber nicht anders. Um sechs hatten sie Gäste erwartet, und Ward war nicht nach Hause gekommen. Im Studio hatte man ihr gesagt, er sei schon früh weggefahren. Sie hatte keine Ahnung, wo er steckte.

»Liebling, hat Dad dich heute besucht?« fragte sie. Lionel war noch immer wie erstarrt. John hatte stundenlang schluchzend auf der Couch gelegen, entsetzt über das, was Ward gesagt und getan hatte, und voller Angst, daß nun seine Eltern von seiner Neigung erfahren würden. Lionel hatte versucht, ihn zu beruhigen, und seine Schwellungen am Hals und im Gesicht mit einem Eisbeutel behandelt. Er selbst spürte im Herzen einen Schmerz, den ihm niemand nehmen konnte. Mit zitternder Stimme nahm er den Anruf entgegen und war zunächst gar nicht imstande, seiner Mutter zu antworten. Damit war klar, daß etwas passiert war. Faye erstarrte vor Entsetzen. »Lionel, Liebling, ist alles in Ordnung?«

»Ich... ich...« Er stammelte unverständliches Zeug und fing zu schluchzen an. John setzte sich auf und starrte ihn an. Lionel hatte so viel Kraft und Ruhe bewiesen, und plötzlich geriet er außer sich. »Mutter, ich... kann nicht...«

»Mein Gott...« Etwas Schreckliches war passiert. Womöglich hatte Ward einen Unfall gehabt, und man hatte Lionel als ersten verständigt. Sie spürte, wie ihr die Kehle eng wurde. »Beruhige dich. Komm, sag mir, was los ist.«

»Dad kam herein...« Wieder ein Schluchzen, das ihm die Brust fast sprengte und nicht herauskonnte. »Er... ich...«

Schlagartig war Faye alles klar.

»Hat er dich mit John ertappt?« Sie befürchtete das Schlimmste, daß nämlich Ward die Jungen im Bett überrascht hatte. Ihr Verstand drohte auszusetzen. Ihre eigene Toleranz hätte nicht ausgereicht, um eine solche Szene zu verkraften. Und Lionel war nicht imstande, ihr zu sagen, was sein Vater eigentlich gesehen hatte.

Er brachte nur ein einziges Wort heraus, ehe er völlig zusammenbrach. »Ja...« Es dauerte eine Weile, bis er wieder sprechen konnte. »Er sagte, er wolle mich niemals wiedersehen... und ich sei nicht mehr sein Sohn.«

»O Gott... beruhige dich. Du weißt, das alles hat er nicht so gemeint. Er wird schon wieder zur Vernunft kommen.« Länger als eine Stunde redete sie auf ihn ein. Ihre Gäste waren nach ein paar Cocktails wieder gegangen. Sie bot ihrem Sohn an, nach Hause zu kommen und alles mit ihr zu besprechen, er aber wollte allein mit John sein, und Faye war erleichtert. Sie wollte lieber warten, bis Ward käme.

Und als er kam, war sie entsetzt über seine Verfassung. Die erste Bar war nicht die letzte geblieben, er war betrunken und schwankte, erinnerte sich aber immer noch, daß er Lionel mit John erwischt hatte. Er sah Faye voller Haß und Verzweiflung an. Sein Zorn richtete sich jetzt auch gegen sie.

»Du hast es gewußt, oder?«

Sie wollte ihn nicht belügen, gleichzeitig aber wollte sie nicht, daß er das Gefühl bekäme, es hätte sich alles gegen ihn verschworen, um die Sache vor ihm geheimzuhalten.

»Ich hatte einen Verdacht wegen John.«

»Dieser verdammte Dreckskerl...« Er kam schwankend näher, und sie sah Blut an seinem Hemd. Beim Verlassen der letzten Bar war er gestürzt und hatte sich verletzt, doch er ließ sie nicht an sich heran. »Hast du gewußt, was mit unserem Sohn los ist... oder sollte ich besser sagen, mit unserer Tochter?« Er roch nach Alkohol. Faye taumelte zurück, als er näher kam und ihren Arm packte. »Ja, genau das ist er. Hast du das gewußt?«

»Ward, er ist immer noch unser Kind, egal, was er tut. Er ist ein menschliches Wesen, ein anständiger, guter Junge ... was kann er denn dafür, daß er so ist?«

»Wer kann denn etwas dafür? Ich etwa?« Und genau das war es, was ihn schrecklich bedrückte. Warum war Lionel so geworden? Mit dieser Frage hatte er sich von einer Bar zur nächsten gequält, und die Antworten darauf waren nicht dazu angetan, ihn zu beruhigen. Er hatte Faye in der Erziehung des Jungen zuviel freie Hand gelassen, er selbst hatte sich zuwenig mit ihm beschäftigt. Immer hatte er ihm nur Angst eingejagt, hatte ihn nicht genug geliebt, hatte immer Greg vorgezogen ... Die Vorwürfe waren Legion, liefen aber alle auf eines hinaus: sein Sohn war schwul. Woher hatte er die Veranlagung? Wie hatte es dazu kommen können? Und warum ausgerechnet er? Er faßte es als Schlag gegen seine eigene Männlichkeit auf. Sein Sohn ein Schwuler ... die Worte brannten in ihm wie Feuer. Er sah Faye mit tränenfeuchten Augen an.

»Ward, hör auf, bei dir die Schuld zu suchen.« Sie schlang die Arme um ihn und führte ihn zum Bett, auf dem sie sich Seite an Seite niederließen. Ward lehnte sich schwer gegen sie.

»Es ist nicht meine Schuld.« Das klang wie das Jammern eines verängstigten Kindes, und Faye empfand grenzenloses Mitleid mit ihm. Diese Fragen hatten sie das ganze Jahr zuvor gequält, aber für ihn war das alles viel schlimmer. Sie hatte immer gewußt, daß es ihn härter treffen würde. Er war nicht so stark wie sie, seiner selbst nicht so sicher und vor allem nicht sicher, ob er ein guter Vater gewesen war.

»Es ist niemandes Schuld, nicht deine, nicht meine oder seine, nicht einmal Johns Schuld. Er ist eben so. Wir können nichts anderes tun, als uns damit abzufinden.« Kaum hatte sie es ausgesprochen, als er sie wegstieß, unsicher aufstand und ihren Arm so heftig packte, daß sie zusammenzuckte.

»Ich werde mich nie damit abfinden. Niemals! Begreifst du nicht? Und das habe ich ihm gesagt. Er ist nicht mehr mein Sohn.«

»Doch, er ist es.« Jetzt war auch Fayes Fassung dahin. Sie riß sich von ihm los. »Er ist unser Sohn, ob er nun verkrüppelt, behindert oder verwundet ist, stumm oder taub, geisteskrank, ein Mörder oder Gott weiß was... und gottlob ist er nur homosexuell. Bis zu meinem und seinem Tod ist er mein Sohn, unser Sohn, ob es dir paßt oder nicht und ob du ihn billigst oder nicht.« Jetzt weinte auch sie, und Ward war erschrocken über ihren Gefühlsausbruch.

»Du kannst ihn nicht aus meinem oder deinem Leben verbannen. Er soll nicht verschwinden. Er ist unser Sohn, und du wirst ihn nehmen, wie er ist. Wenn nicht, dann kannst du zum Teufel gehen, Ward. Ich werde nicht zulassen, daß du den Jungen noch elender machst, als er schon ist. Er hat schon genug mitgemacht.«

In Wards Blick loderte der Zorn. »Genau deswegen ist er so geworden, weil du dich immer vor ihn gestellt hast. Ständig hast du ihn entschuldigt und zugelassen, daß er sich hinter deinen Röcken versteckt.« Er ließ sich in einen Sessel fallen und fing wieder zu weinen an, den Blick auf sie gerichtet. »Und jetzt hat er sich sogar deine Röcke angezogen. Wir können von Glück reden, daß er nicht wirklich in Frauenkleidern herumläuft.« Wie er von ihrem Sohn sprach, zerriß ihr das Herz, so daß sie ausholte und ihm mit aller Kraft ins Gesicht schlug. Er rührte sich nicht. Er sah sie mit einem kalten und harten Blick an, der ihr angst machte. »Ich möchte ihn in diesem Haus nie mehr sehen. Und wenn er kommt, werfe ich ihn eigenhändig hinaus. Ich habe es ihm gesagt, und ich sage es dir und werde es allen anderen auch zu verstehen geben, und wem es nicht paßt, der kann gehen. Lionel Thayer existiert nicht mehr für uns. Ist das klar?«

Faye war sprachlos vor Empörung. Am liebsten hätte sie Ward mit bloßen Händen erwürgt. Trotz allem, was ihnen in ihrem gemeinsamen Leben widerfahren war, bereute sie erst jetzt zum ersten Mal, daß sie ihn geheiratet hatte. Das sagte sie ihm, ehe sie hinausging und die Tür hinter sich zuwarf.

Sie schlief die Nacht in Lionels Zimmer. Am nächsten Morgen beim Frühstück, als sie Ward ansah, brach ihr wieder fast das Herz. Über Nacht war er um zehn Jahre gealtert, und unwillkürlich fiel ihr ein, was sie seinerzeit zu Lionel gesagt hatte. Sie hatte befürchtet, die Wahrheit würde Ward töten, und so wie er jetzt aussah, schien es nicht unmöglich.

Nach dem Frühstück wünschte sie, es wäre tatsächlich so gekommen. Wortlos trank er seinen Kaffee, starrte in die Zeitung, ohne zu lesen, und richtete dann mit tonloser, wie betäubter Stimme das Wort an alle. Es war ein Zufall, daß die Familie seit Monaten zum ersten Mal gemeinsam um den Frühstückstisch saß. Greg war noch einen Tag geblieben, ehe er zu seinem großen Match zurückfuhr, die Zwillinge waren schon aufgestanden, was an ein Wunder grenzte, und Anne war knapp nach ihnen heruntergekommen. Alle saßen sie da und starrten Ward an, der ihnen eröffnete, von diesem Tag an würde Lionel für ihn nicht mehr existieren. Er sei homosexuell und habe ein Verhältnis mit John Wells. Die Mädchen starrten ihn entsetzt an, und Vanessa heulte los, während Greg ein Gesicht machte, als müsse er erbrechen. Er sprang auf und schrie seinen Vater an.

»Das ist eine Lüge!« Das sagte er mehr zur Verteidigung seines alten Freundes als seines Bruders, der ihm immer fremd gewesen war. »Das stimmt nicht.« Sein Vater sah aus, als wolle er ihn schlagen, und deutete auf seinen Stuhl.

»Setz dich und halt die Klappe. Es stimmt. Gestern habe ich die beiden überrascht.«

Anne wurde aschgrau, und Faye hatte das Gefühl, ihre Familie und ihr Leben seien zerstört. Sie haßte Ward, weil er allen das antun mußte und vor allem ihrem Ältesten.

»Lionel ist in diesem Haus nicht mehr willkommen. Was mich betrifft, gibt es ihn nicht mehr. Ist das klar? Ich verbiete euch allen, ihn wiederzusehen. Wenn ich dahinterkomme, daß jemand sich mit ihm trifft, kann er auch gehen. Ich werde ihn weder unterstützen noch jemals wieder ein Wort mit ihm sprechen oder ihn auch nur anschauen. Haben das alle verstanden?«

Alle nickten steif und mit Tränen in den Augen. Gleich darauf stand Ward auf. Er ging zu Bob und Mary Wells, während Faye am Frühstückstisch sitzen blieb, ihre Kinder anstarrte und von ihnen angestarrt wurde. Greg kämpfte mit den Tränen. Ihn bedrückte vor allem der Gedanke, was seine Freunde sagen würden, wenn sie dahinterkämen. Das war für ihn das allerärgste, am liebsten wäre er tot umgefallen. Aber vorher würde er diesen John

Wells umbringen, diesen schwulen kleinen Scheißkerl... er hätte es sich denken können, als John das Football-Stipendium ablehnte... dieser schmierige Kerl... er ballte die Hände zu Fäusten und blickte hilflos in die Runde. Vanessa suchte Fayes Blick.

»Denkst du auch so, Mom?« fragte Vanessa.

Es hatte keinen Sinn zu fragen, ob es stimmte, so unglaublich es auch sein mochte. Ihr Vater hatte die beiden erwischt, und niemand konnte sich etwas Ärgeres vorstellen. Es klang geheimnisvoll, angsteinflößend und schrecklich. Alle stellten sich obszöne Vorgänge vor, deren Zeuge ihr Vater geworden war, und dabei hatte er nur zwei Jungen vor dem Kamin aufgestört, von denen der eine den Kopf in den Schoß des anderen gelegt hatte. Aber die Szene war eindeutig gewesen, doch darum ging es jetzt gar nicht.

Faye sah in die Runde, ehe sie Vanessa anblickte. Sie sprach leise und beherrscht. Niemand sollte merken, welche Qualen sie litt. Ward hatte alles zerstört, was sie in zwanzig Jahren aufgebaut hatten. Was würde jetzt aus diesen Kindern werden? Was würden sie von Lionel denken? Von sich selbst? Von ihrem Vater, der den ältesten Bruder aus ihrem Leben verbannte, von ihrer Mutter, die dies zuließ... Sie mußte jetzt ihre Meinung sagen. Zum Teufel mit Ward...

»Nein, ich denke nicht so. Ich habe Lionel lieb, daran ändert seine Veranlagung nichts. Er ist ein anständiger, aufrechter Mensch. Seine sexuellen Neigungen sind seine Angelegenheit.« Sie nahm kein Blatt vor den Mund. »Ich werde immer zu ihm stehen. Ich möchte, daß ihr das wißt. Was immer ihr tut, wohin ihr geht, welche Fehler ihr begeht und was immer aus euch werden mag, ich werde immer eure Mutter und eure Freundin sein. Ihr könnt immer zu mir kommen. Ich werde für euch alle immer einen Platz in meinem Herzen, in meinem Leben und in meinem Heim haben.«

Faye stand auf, ging von einem zum anderen und gab jedem einen Kuß, während alle vier den Bruder beweinten, den sie eben durch den Urteilsspruch des Vaters verloren hatten. Sie weinten auch aus Enttäuschung, die sie empfanden, und infolge des Schocks, den das enthüllte Geheimnis hervorgerufen hatte. Das alles überstieg ihr Fassungsvermögen, aber die Gesinnung ihrer Mutter war eindeutig.

»Glaubst du, Daddy wird seine Meinung ändern?« fragte Val in gedämpftem Ton. Daß Anne sich eben davongemacht hatte, blieb unbemerkt.

»Ich weiß nicht. Ich werde mit ihm reden. Ich glaube, mit der Zeit wird er zur Besinnung kommen, aber im Moment geht diese Entdeckung über sein Begriffsvermögen.«

»Ich begreife es auch nicht.« Greg schlug mit der Faust auf den Tisch und stand abrupt auf. »Es ist die abscheulichste Sache, die mir je untergekommen ist.«

»Greg, das ist allein deine Meinung. Mich kümmert's keinen Deut, was die beiden gemacht haben. Solange sie niemandem schaden, nehme ich sie, wie sie sind, weil sie so sind.« Sie sah ihrem Sohn in die Augen und las darin deutliche Distanz zu ihr. Er war Ward zu ähnlich. Sein Verstand hatte sich dagegen gesperrt, und jetzt versperrte sich auch sein Herz.

Greg lief hinaus und knallte die Tür zu. Jetzt erst fiel Faye auf, daß Anne verschwunden war. Sie ahnte, was für ein Schlag es für sie sein mußte, deswegen ging sie hinauf, um sie zu beruhigen, aber Annes Tür war verschlossen, und es kam keine Antwort. Auch die Zwillinge hatten sich in ihre Zimmer zurückgezogen. Die ganze Familie benahm sich wie bei einem Todesfall. Wenig später rief Faye Lionel an. Er und John hatten inzwischen erfahren, daß Ward zu den Wells' gefahren war.

Der Anruf von Bob und Mary Wells hatte John in Hysterie versetzt. Er hatte geheult, war dann ins Bad gelaufen und hatte sich übergeben. Aber trotz der lauten und heftigen Vorwürfe, die die Wells' beiden Jungen machten, hatten sie John zu verstehen gegeben, daß er ihr Sohn war und blieb und daß sie nicht Ward Thayers Meinung teilten. Sie hätten ihn noch immer lieb und akzeptierten auch Lionel. Faye kamen die Tränen, als sie das hörte, und sie freute sich, als Lionel ihr noch sagte, Bob Wells habe Ward hinausgeworfen.

Faye fuhr noch an diesem Nachmittag zu den Jungen. Sie wollte, daß Lionel wußte, wie sie zu ihm stand. Mutter und Sohn hielten einander lange umschlungen, und dann umarmte sie auch John.

Es war schwierig, sich mit der Situation abzufinden, und Faye hätte sich für ihren Sohn etwas anderes gewünscht, aber so war es nun mal. Er sollte wissen, daß er ihr immer willkommen sein würde, daß er noch immer zur Familie gehörte, mochte sein Vater ihn auch verbannt haben. Sie sagte ihm auch, daß sie von nun an für seine Studien- und Unterhaltskosten aufkommen würde. Wenn sein Vater ihn nicht mehr unterstützen wollte, war das seine Sache, aber Faye würde immer für ihn dasein. Jetzt würde sie die ganze Verantwortung für ihn übernehmen.

Lionel weinte, als er das hörte. Er versprach, eine Arbeit anzunehmen und Geld zu verdienen. John wollte es ebenso halten. Seine Eltern hatten ihm zugesagt, daß sie ihn für die Dauer seiner Collegezeit unterstützen wollten und daß sich diesbezüglich nichts ändern würde.

Aber Ward hielt unbeirrbar an seinem Entschluß fest, als er abends nach Hause kam. Den ganzen Tag hatte er sich nicht blikken lassen. Faye sah ihm an, daß er viel getrunken hatte. Beim Abendessen erinnerte er alle noch einmal, daß Lionel im Haus nicht mehr erwünscht, daß er für ihn gestorben sei. Als er das sagte, stand Anne mit haßerfülltem Blick auf.

»Setz dich!« Es war das erste Mal, daß Ward sie barsch ansprach. Doch zur Verwunderung aller behauptete Anne sich diesmal gegenüber dem Vater. Es war ein Augenblick, der allen unvergeßlich bleiben sollte.

»Nein, das werde ich nicht. Du machst mich krank.«

Da ging er um den Tisch, packte ihren Arm und zwang sie auf den Stuhl, doch sie rührte ihr Essen nicht an. Nach dem Essen äußerte sie in beängstigend ruhigem Ton: »Er ist besser als du.« In ihren Augen loderte es.

»Verlaß mein Haus auf der Stelle.«

»Das werde ich.« Sie warf die Serviette auf den Teller, auf dem nichts berührt worden war, und verschwand in ihr Zimmer. Augenblicke später hörte man Gregs Wagen davonfahren. Er konnte sich mit der Situation nicht abfinden. Vanessa und Valerie wechselten besorgte Blicke. Beide ängstigten sich um Anne und die eventuellen Folgen.

In der Nacht stahl sich Anne aus dem Haus und fuhr per Anhalter zu Lionel. Sie klingelte und klopfte, weil sie Licht sah. Niemand öffnete ihr. Als sie zur Telefonzelle an der Ecke ging und anrief, hob niemand ab. Die Jungen hörten das Telefon, aber sie blieben im Wohnzimmer sitzen. Die letzten vierundzwanzig Stunden waren so grauenhaft gewesen, daß sie nichts mehr ertragen konnten. John meinte noch, man sollte vielleicht doch an die Tür gehen. Aber Lionel wollte nicht. »Wenn es einer der Jungen ist, hat er einen Schlüssel. Wahrscheinlich ist es mein Vater, der sich wieder betrunken hat.« Beide waren sich einig, daß sie genug hatten. Sie warfen auch keinen Blick aus dem Fenster, um zu sehen, wer es war. Anne angelte sich einen Stift aus der Manteltasche, riß von einer Zeitung in der Mülltonne einen Streifen ab und kritzelte darauf eine Nachricht für Lionel. »Ich hab' dich lieb, Lionel. Für immer. A.« Sie heulte. Sie hätte ihn zu gern gesehen, ehe sie ging, aber das war vielleicht nicht so wichtig. Die Nachricht steckte sie in den Briefkasten. Mehr brauchte Lionel nicht zu wissen. Er sollte nicht glauben, auch sie habe sich gegen ihn gewandt. Er sollte wissen, daß sie das nie tun würde. Aber sie konnte das alles nicht mehr ertragen. Seit er ausgezogen war, hatte sie es zu Hause kaum noch ausgehalten, und jetzt würde es immer schlimmer werden. Sie würde Lionel nie wiedersehen. Ihr Entschluß stand fest, und sie fühlte sich sehr erleichtert.

In der Nacht, als alle schliefen, packte sie heimlich einen kleinen Seesack und kletterte aus dem Fenster, wie so oft, wenn sie Lionel heimlich besucht hatte. An der Hauswand fand sie leicht Halt, sie hatte diesen Weg häufig genommen. Lautlos stieg sie hinunter. Sie trug Jeans und Turnschuhe und darüber einen warmen Parka. Das Haar war im Nacken zusammengefaßt. Anne wußte, dort, wo sie hin wollte, würde es kalt sein. In dem kleinen Seesack hatte sie das Allernötigste mit. Nicht einen einzigen Blick warf sie zurück. Die Familie bedeutete ihr nichts, so wie sie niemandem im Haus etwas bedeutete. Verstohlen schlich sie bis zur Straße und lief die ganze Strecke nach Los Angeles zu Fuß. Dort stellte sie sich an die

Autobahn nach Norden. Sie wunderte sich, wie einfach es war, als Anhalterin mitgenommen zu werden. Dem ersten Fahrer sagte sie, sie studiere an der Berkeley und wolle nach den Weihnachtsferien zurück. Er fragte nichts weiter und nahm sie bis Bakersfield mit.

Um diese Zeit stieß Faye auf Annes Nachricht. Sie hatte ihre Zimmertür nicht versperrt und den Zettel aufs Bett gelegt.

»Jetzt bist du zwei los, Dad. Leb wohl, Anne.« Kein Wort mehr. Nichts für Faye. Ihr Herz setzte fast aus, als sie den Zettel fand. Sie benachrichtigte sofort die Polizei. Außerdem rief sie Lionel an, der inzwischen auch den für ihn bestimmten Papierfetzen gefunden hatte. Es waren die schlimmsten Augenblicke in Fayes Leben. Sie glaubte, sie nicht überleben zu können, während sie auf die Polizei wartete. Ward saß wie betäubt in seinem Arbeitszimmer, den Zettel in der Hand.

»Weit kann sie nicht sein. Wahrscheinlich ist sie bei einer Freundin.«

Aber Valerie machte diese Hoffnung zunichte. »Sie hat keine Freundin.« Das war eine traurige, aber leider nur zu wahre Feststellung. Ihr einziger Freund war Lionel gewesen, und den hatte ihr Vater aus der Familie verbannt. Faye saß da und ließ Ward ihre Verachtung spüren. Endlich läutete es. Die Polizei war da. Faye betete darum, man möge Anne finden, ehe ihr etwas zustieß. Es gab keinen Hinweis, wohin sie verschwunden sein mochte, und es war schon viel kostbare Zeit verstrichen.

22

Nachdem der erste Fahrer sie in Bakersfield abgesetzt hatte, mußte Anne Stunden warten, bis sie wieder jemand mitnahm. Diesmal konnte sie aber bis Fremont mitfahren, und von dort ging es problemlos weiter. Bis nach San Franzisko brauchte sie insgesamt neunzehn Stunden, aber alles in allem war sie überrascht, wie einfach es war. Alle Leute waren nett zu ihr gewesen. Man hatte sie für eine Collegestudentin gehalten, »ein

Blumenkind«, wie zwei Fahrer sie geneckt hatten. Keiner hatte geahnt, daß ihr vierzehnter Geburtstag erst in ein paar Wochen war. In San Franzisko angekommen, suchte sie sofort die Haight Street, und als sie dort war, hatte sie das Gefühl, in eine andere Welt geraten zu sein: Überall liefen junge Menschen in bunten, selbstgenähten Kleidern herum. Hare Krishnas in orangefarbenen Gewändern mit rasierten Schädeln, Jungen mit hüftlangem Haar und in Jeans, Mädchen mit blumendurchflochtenem Haar. Alle schienen glücklich und freuten sich des Lebens. Die Menschen teilten sich ihr Essen auf der Straße. Jemand bot Anne einen Joint an. Sie lehnte mit schüchternem Lächeln ab.

»Wie heißt du?« fragte jemand, und sie flüsterte: »Anne«. Das war der Ort, nach dem sie sich seit Jahren gesehnt hatte. Hier war sie von der verhaßten Familie endlich befreit. In gewisser Weise war sie froh, daß alles so gekommen war. Lionel hatte jetzt John, und vielleicht würde sie auch bald jemanden haben. Lionel wußte, daß sie ihn immer lieben würde, aber die anderen ... die waren ihr gleichgültig. Sie hoffte, sie würde sie nie wiedersehen. Auf der Fahrt hatte sie allen Ernstes überlegt, ob sie nicht ihren Namen ändern sollte, aber in den Straßen von Haight-Ashbury war ihr sofort klar, daß sie hier niemand danach fragen würde. Sie sah viele Jugendliche, die noch jünger aussahen als sie, und außerdem würde kein Mensch zu Hause vermuten, daß sie hierhergekommen war. Sie hatte niemandem ein Wort gesagt. Und niemand konnte unauffälliger sein als ein Mädchen namens Anne. Sie wirkte unscheinbar, ihr Haar war mittelblond, nicht golden wie das Vanessas oder flammendrot wie das von Val. Die Zwillinge hätten nicht so einfach untertauchen können. Aber sie würde in jeder Menschenmenge verschwinden, das wußte sie. Sie hatte es zu Hause jahrelang üben können. Dort hatte man sich schon lange nicht mehr um ihr Kommen und Gehen gekümmert! Hier würde es ähnlich sein.

»Hungrig, Schwester?« Sie blickte auf und sah vor sich ein zierliches Mädchen in einem Gewand, das einem Bettüberwurf ähnelte. Darüber trug das Mädchen einen fleckigen, purpurroten Parka. Es bot ihr lächelnd ein Stück Karottenkuchen an. Anne befürchtete, das Zeug könnte mit Hasch oder einer anderen Droge versetzt sein. Das Mädchen im Parka merkte ihr Zögern. »Es ist sauber. Du bist wohl neu hier?«

»Ja.«

Daphne, das Mädchen mit dem Karottenkuchen, war sechzehn und lebte seit sieben Monaten hier. Ende Mai war sie von Philadelphia gekommen. Ihre Eltern hatten sie noch nicht gefunden. Das Mädchen hatte ihre Anzeige in der Zeitung gesehen, hatte aber nicht die Absicht, sich zu melden. Es gab hier einen Priester, der die Straßen durchstreifte, Rat und Hilfe anbot und auf Wunsch Kontakt mit den Eltern aufnahm. Die wenigsten machten Gebraucht davon, und Daphne gehörte nicht zu ihnen.

»Man nennt mich hier Daff. Weißt du schon, wo du über Nacht bleiben wirst?«

Zögernd schüttelte Anne den Kopf. »Noch nicht.«

»In der Waller Street gibt es eine Unterkunft, da kannst du bleiben, solange du willst. Du mußt nur beim Saubermachen und Kochen helfen, wenn du eingeteilt wirst.« Es hatte in letzter Zeit dort zwei Fälle von Hepatitis gegeben, aber das erzählte Daphne ihr nicht. Oberflächlich gesehen war hier alles schön und voller Liebe. Die Ratten, die Läuse, die jungen Leute, die an einer Überdosis starben, waren kein Thema, das man mit einem Neuling diskutierte. Und außerdem passierten diese Dinge überall, oder etwa nicht? Man durchlebte hier einen ganz besonderen Abschnitt der Geschichte. Eine Zeit des Friedens, der Liebe und Freude. Eine Welle der Liebe, die dem sinnlosen Tod in Vietnam entgegenwirken sollte. Für sie alle stand die Zeit sill, es zählte allein das Hier und Jetzt, Liebe und Frieden und Freunde. Daphne küßte liebevoll Annes Wangen, nahm sie an der Hand und führte sie zu dem Haus an der Waller Street.

In diesem Haus lebten dreißig bis vierzig Personen. Die meisten hatten indische Gewänder in allen Regenbogenfarben an, einige trugen geflickte Jeans und Kleidungsstücke, die mit Federn und Ziermünzen geschmückt waren. Anne fühlte sich in ihren Jeans und dem alten braunen Rollkragenpulli wie ein unscheinbares Vögelchen, bis ihr das Mädchen, das sie an der Tür empfing, ein Kleid anbot. Plötzlich trug sie ein Gewand aus verwaschener rosa Seide. Es stammte aus einem Billigladen an der Divisadero Street. Mit den Füßen schlüpfte sie in Gummisandalen, das Haar ließ sie offen und flocht Blumen hinein.

Am Nachmittag fühlte sie sich wie eine von ihnen und sah auch so aus. Sie aßen ein indisches Gericht, und jemand hatte Brot gebacken. Anne nahm ein paar Züge von einem Joint, der ihr gereicht wurde. Und als sie sich mit einem Gefühl der Sattheit, der Wärme und Zufriedenheit auf ihren Schlafsack legte, sah sie in die Runde ihrer neuen Freunde und empfand soviel Wärme und Zugehörigkeit wie noch nie. Sie wußte, daß sie hier glücklich sein würde. Es war ein Leben, ein ganzes Menschenleben entfernt von dem Haus in Beverly Hills und dem wütenden Bannstrahl ihres Vaters gegen Lionel, von den Gemeinheiten der Menschen, ihrer Umgebung, von der Dummheit Gregs, der Selbstsucht der Zwillinge, von der Frau, die sich ihre Mutter nannte und die sie nie verstanden hatte. Jetzt gehörte sie hierher in die Waller Street zu ihren neuen Freunden.

Und als drei Tage nach Annes Ankunft die Einführungsriten stattfanden, erschienen sie ihr angebracht und richtig, und sie entsprachen ihrem Gefühl. Es war ein erhabener Akt voller Liebe in einem von Weihrauchduft erfüllten Raum. Im Kamin loderte warm ein Feuer, und die Halluzinationen führten sie vom Himmel in die Hölle und zurück. Anne wußte, sie würde nach dem Erwachen ein anderer Mensch sein. Das sagte man ihr, ehe man ihr die Pilze zu essen gab und nachher eine kleine Menge LSD auf einem Zuckerwürfel. Es dauerte eine Weile, bis die Droge Besitz von ihrem Bewußtsein ergriff, doch als es soweit war, umgaben sie freundliche Geister und ein Raum voller Menschen, die sie kannte. Später kamen Spinnen, Fledermäuse und gräßliche Dinge, doch man hielt ihr die Hände, während sie heulte und schrie, und als Schmerzen ihren Körper durchzuckten, sang man ihr Lieder vor und hielt sie umfangen, wie ihre Mutter es nie getan hatte. Nicht einmal Lionel hatte dies alles für sie getan. Auf allen vieren durchquerte sie eine Wüste und kam schließlich zu einem Zauberwald voller Elfen, deren Hände sie auf sich fühlte. Und wieder hörte sie, wie die Geister sangen. Und jetzt kamen die Gesichter auf sie zu, Gesichter, welche die ganze Nacht über ihr geschwebt und gewartet hatten, daß sie von der Sünde des vergangenen Lebens befreit würde. Sie fühlte sich bereits geläutert und wußte, daß sie jetzt eine von ihnen war. Die bösen Geister waren ausgetrieben, und sie war rein ... jetzt konnte das Ritual vollendet werden. Sanft befreite man sie von ihrer Kleidung, salbte sie mit Öl, und ein jeder massierte sacht ihr zartes Fleisch ... sie war in dieser Nacht sehr weit gekommen und hatte Wunden davongetragen. Doch die Frauen massierten sie, machten sie bereit, griffen tief in sie hinein und hielten sie fest, als sie aufschrie. Anfangs wehrte sie sich dagegen, doch sie flüsterten ihr liebevoll zu, und jetzt hörte sie auch Musik. Man gab ihr ein warmes Getränk, goß Öl auf sie, als ihre zwei Schutzgeister ihre geheimste Stelle ertasteten. Sie wand sich unter ihren Händen, schrie vor Schmerz und Wonne, und dann kamen ihre neuen Brüder, die Geister, die nun zu ihr gehören würden, um die zu ersetzen, die sie hinter sich gelassen hatte, und alle knieten an ihrer Seite nieder, während ihre Schwestern süß sangen, und nacheinander drangen die Brüder in sie ein. Die Musik wurde lauter, Vögel flogen hoch oben ... manchmal verspürte sie spitze Pfeile des Schmerzes und Wogen der Ekstase, und immer wieder drangen sie ein und hielten sie fest, und dann entfernten sie sich, bis die Schwestern wieder kamen, sie küßten und tief in sie hineingriffen, bis sie nichts mehr hörte und fühlte. Die Musik war verstummt. Der Raum war finster. Das vergangene Leben war dahin. Sie bewegte sich, fragte sich, ob alles nur ein Traum gewesen war, doch als sie sich aufsetzte und um sich blickte, sah sie alle dasitzen und sie erwarten.

Sie war lange Zeit abwesend gewesen, und jetzt war sie sehr erstaunt, daß so viele Menschen im Raum waren. Aber sie erkannte jeden einzelnen wieder. Weinend streckte sie die Arme aus, und sie kamen und umarmten sie. Ihr Weibtum war vollendet, ihre Schwesternschaft vollzogen. Man verabreichte ihr wieder die Droge als Belohnung, und diesmal entschwebte sie gemeinsam mit den anderen als eine der Herde. Sie wurde in ein weißes Gewand gekleidet, und als die Brüder und Schwestern wieder zu ihr kamen, war sie eine der ihren und küßte sie, berührte die Schwestern, wie sie berührt worden war. Das gehörte jetzt zu ihren Vorrechten, wurde ihr erklärt, als Ausdruck der gegenseitigen Liebe.

In den folgenden Wochen sollte sie sehr oft an dem Ritual teilnehmen, und als ein neues Gesicht in der Waller Street auftauchte, wurde es von »Sonnenblume« mit dem sanften Lächeln und den Blumen im Haar willkommen geheißen. Sonnenblume, die einmal Anne geheißen hatte. Jetzt lebte sie praktisch ganz von LSD und war glücklich wie noch nie in ihrem Leben. Ein Vierteljahr nach ihrer Ankunft nahm einer der Brüder sie als Eigentum. Er hieß »Moon«, ein großer, schlanker, schöner Mann mit Silberhaar und sanftem Blick. Er nahm sie jede Nacht ins Bett und wiegte sie. In mancher Hinsicht erinnerte er sie an Lionel. Sie folgte ihm überallhin, und er wandte sich oft mit seinem geheimnisvollen Lächeln um.

»Sonnenblume, komm zu mir...«

Sie beherrschte den Zauber, sein Wohlgefallen zu erwecken, wußte den Kräutertrank zuzubereiten, den er liebte, wußte, wann er Drogen brauchte und wann sie seine Haut berühren sollte. Wenn nun ein Neuling kam und das Ritual vollzogen wurde, war es Sonnenblume, die als erste zu der Schwester ging, sanft das Öl über sie goß, sie in der Sippe willkommen hieß und sie mit flinken Fingern für den Rest der Sippe bereitmachte.

Moon war sehr stolz auf sie und gab ihr deswegen immer zusätzliche Tabletten. Seltsam, wie das Leben nun anders geworden war. Es war voller Farbe und voller Menschen, die sie liebte und von denen sie wiedergeliebt wurde. Nichts war geblieben von der häßlichen Einsamkeit ihres alten Daseins. Sie hatte alle vergessen. Und als Moon im Frühjahr ihren Leib befühlte und ihr sagte, sie sei schwanger und könne nicht mehr am Ritual teilnehmen, weinte sie.

»Weine nicht, Liebchen... du mußt dich auf ein größeres Ritual vorbereiten. Wir alle werden bei dir sein, wenn der kleine Mondstrahl den Himmel durchbohrt und zu dir kommt, aber bis dahin...«

Er verringerte ihre Drogenmenge, ließ sie aber soviel Marihuana rauchen, wie sie wollte. Und er lachte sie aus, als damit ihr Appetit wuchs. Ihre Schwangerschaft war schon zu ahnen, als sie eines Tages die Haight Street entlangging und ein Gesicht sah, von dem sie wußte, daß sie es aus ihrer Vergangenheit kannte. Sie war sich aber nicht sicher, wer es war. Nachdenklich kehrte sie zu Moon in das Haus in der Waller Street zurück.

»Ich habe jemanden gesehen, den ich kenne.«

Das kümmerte ihn wenig. Sie alle sahen ab und zu Menschen, die sie kannten, in ihrem Kopf und im Herzen und gelegentlich auch mit Namen. Moon hatte seine Frau und sein Kind bei einem Bootsunfall verloren und war eines Tages aus seinem Haus in Boston verschwunden, um hierherzukommen. Er sah Frau und Kind oft vor seinem geistigen Auge, speziell während des Rituals. Es wunderte ihn nicht, daß Sonnenblume jemanden gesehen zu haben glaubte. Es war ein Zeichen, daß sie ein höheres Stadium der Entrücktheit erreicht hatte, und er freute sich. Das Kind, das zum Teil sein war, würde sie noch höher steigen lassen.

»Wer war es, mein Kind?« fragte er.

»Ich weiß nicht. Ich kann mich an den Namen nicht erinnern.«

Er verabreichte ihr eines der Acid-Streifchen, die er ihr am Abend zuvor bewilligt hatte, und der Name Jesus kam ihr immer wieder in den Sinn. Sie war aber sicher, daß nicht er es gewesen war, den sie gesehen hatte.

Moon lächelte. Später würde sie Pilze bekommen und wieder Acid, aber jetzt mußte sie rein bleiben für das zu erwartende Kind. Sie durfte nur so viel zu sich nehmen, daß ihr erleuchteter Zustand erhalten blieb. Zu hoch durfte sie nicht steigen, sonst würde sich das Kind ängstigen. Und dieses Baby sollte schließlich allen gehören. Alle hatten daran Anteil, alle Brüder und Schwestern. Moon war sicher, daß die Empfängnis in der ersten Nacht stattgefunden hatte, als sie im Mittelpunkt des Rituals gestanden hatte. Das Kind würde besonders gesegnet sein, und als er ihr dies ins Gedächtnis rief, kam ihr der Name John in den Sinn, ganz klar, und damit kam die Erinnerung an ihn wieder.

23

»Bist du sicher?«

Lionel starrte John ungläubig an. John hatte ihm das schon zweimal angetan. Beide waren vor drei Monaten zum Entsetzen aller vom College abgegangen, um in San Franzisko die Suche nach Anne aufzunehmen. Ward wollte davon nichts hören, als Faye es ihm sagte, und Bob Wells befürchtete, sie benutzten die Suche nur als Vorwand, um das Studium aufzugeben und sich in San Franzisko den dort sehr freizügig lebenden Schwulen anzuschließen.

Aber Lionel hatte beharrlich behauptet, Anne müsse dorthin gegangen sein. Die Stadt bot vielen Ausreißern Zuflucht. Er war überzeugt, daß sich dort jugendliche Aussteiger jahrelang herumtreiben konnten, ohne erkannt oder festgenommen zu werden, aber das sagte er seinen Eltern nicht. Es gab dort Tausende von davongelaufenen Jugendlichen, die zusammengepfercht in winzigen Löchern lebten. In den grellbemalten Häusern der Gegend um die Haight und Ashbury Street, in denen es wie in einem Ameisenhaufen wimmelte, herrschte ein Durcheinander von Blumen, Teppichen, Räucherkerzen, Drogen und Schlafsäcken. Es war das ein Ort und eine Zeit, wie es sie niemals wieder geben würde, und Lionel spürte instinktiv, daß Anne Teil dieser Szene war. Er hatte es sofort nach seiner Ankunft gespürt. Blieb nur die Frage, ob es ihnen gelingen würde, sie zu finden. Er hatte zusammen mit John monatelang die Straßen durchkämmt, erfolglos, und viel Zeit hatten sie nicht mehr. Sie hatten versprochen, im Juni zurück zu sein, damit sie mit den Sommerkursen die verlorene Zeit aufholen konnten.

»Wenn ihr sie in drei Monaten nicht findet«, hatte Bob Wells gesagt, »dann müßt ihr aufgeben. Länger dürft ihr nicht suchen. Sie könnte ja auch in New York, Hawaii oder Kanada sein.«

Aber Lionel wußte, daß Bob sich irrte. Anne war in San Franzisko auf der Suche nach Liebe, die sie angeblich in der Familie nie bekommen hatte. John hatte ihm recht gegeben. Jetzt war er sicher, er habe sie ganz benommen nahe der Ashbury Street gehen sehen, in ein purpurnes Laken gewickelt, einen Blumenkranz auf dem Kopf. Ihr glasiger Blick ließ bezweifeln, daß sie ihn überhaupt bemerkt hatte. Aber einen Augenblick, ganz kurz nur, hatte sie ihn erkannt, da war er ganz sicher. Dann war ihr Bewußtsein ihr wieder entglitten.

Er war ihr zu einem alten, heruntergekommenen Haus gefolgt, in dem eine ganze Kolonie Drogensüchtiger und Ausreißer hausen mußte. Der Duft der Räucherkerzen wehte bis auf die Straße. Mindestens zwanzig dieser Typen hatten auf der Treppe gesessen und ein indisches Lied gesungen. Dabei hielten sie sich an der Hand, lachten und winkten Freunden zu.

Und als Anne die Treppe erreichte, teilte sich die Schar vor ihr wie das Rote Meer vor Moses. Man half ihr hinauf. Ein grauhaariger Mann erwartete sie im Eingang und trug sie hinein. John hatte alles beobachtet und versuchte nun, diese seltsame und eigenartige Szene Lionel zu beschreiben. Er schilderte vor allem Anne ganz genau.

»Ja, ich gebe zu, das könnte sie sein«, äußerte Lionel nachdenklich. Aber die anderen, die John schon gefunden hatte, hätten auch Anne sein können. Jeden Tag trennten sie sich und durchwanderten das Hippie-Viertel auf der Suche nach ihr. Falls Anne hier war, dann war es ein Wunder, daß sie sie noch nicht gefunden hatten. Abends kehrten sie in das Hotelzimmer zurück, das Lionel gemietet hatte. Das Geld dafür hatte Faye ihm gegeben. Sie aßen meist irgendwo rasch eine Kleinigkeit und besuchten kein einziges Mal eine Schwulenbar. Sie blieben lieber für sich. Und am Morgen fing alles wieder von vorne an.

Es war ein Werk der Liebe, wie Faye es noch nie erlebt hatte. Ein paarmal war sie nach San Franzisko geflogen und hatte sich ihnen angeschlossen, aber Lionel hatte ihr zu verstehen gegeben, daß sie nur ein Hemmschuh sei, weil sie unter den Scharen von Blumenkindern wie ein Fremdkörper wirkte: ihre Blusen waren adrett, der auf ein Minimum reduzierte Schmuck noch zu auffallend, ihre Jeans zu sauber. Sie sah aus wie eine Mutter aus Beverly Hills auf der Suche nach einem Ausreißer, und die Jugendlichen flohen vor ihr wie ein Rattenschwarm. Schließlich hatte Lionel kein Blatt vor den Mund genommen.

»Mom, flieg nach Hause. Wenn wir etwas finden, rufen wir dich an. Ich verspreche es dir.«

Sie war daraufhin nach Los Angeles zurückgeflogen und arbeitete weiter an ihrem Film. Bei diesem Projekt hatte Faye Ward gedrängt, sich einen Co-Produzenten zu nehmen, weil er wieder zuviel trank, und seither war alles nur noch schlimmer geworden. Noch immer weigerte er sich, mit Lionel auch nur zu sprechen, und legte sofort auf, wenn er die Stimme seines Sohnes am Telefon erkannte. Für Lionel wurde es damit sehr schwer, Kontakt mit Faye aufzunehmen, und das erbitterte sie noch mehr. Schließlich ließ sie sich einen eigenen Apparat nur für Lionels Anrufe aufstellen. Auch die Zwillinge wichen Ward aus, sie fürchteten ihn. Nie gingen die Mädchen an den Apparat, über den Lionel anrief, als würde Ward es sofort erfahren, wenn sie nur ein Wort mit ihrem Bruder wechselten. Lionel war von allen fallengelassen worden. Aber Faye liebte ihn nur noch mehr, aus Mitleid und aus Einsamkeit und ganz besonders dafür, daß er Anne suchte.

Sie sprach oft mit Mary Wells und gab ihrer Dankbarkeit Ausdruck, weil John ihm bei der Suche half. Die Wells' schienen sich mit der Situation gut abgefunden zu haben. Sie liebten ihren Sohn und akzeptierten auch Lionel. Das konnte sie von Ward leider nicht behaupten, dessen Kontakt mit den Wells' nicht mehr existierte, seit Bob ihn hinausgeworfen hatte, als er damals mit der schlimmen Nachricht gekommen war.

Auch zwischen Ward und Faye war nicht mehr alles wie früher. Trotz Annes Verschwinden war er mit Greg in der Super Bowl gewesen. Er hatte behauptet, die Polizei würde Anne finden, und wenn sie wieder da wäre, würde er sie bestrafen und ihr für die nächste Zeit strenge Einschränkungen auferlegen, um sie zur Vernunft zu bringen. Es sah aus, als könne er auch mit dieser Situation nicht fertig werden. Er fuhr mit Greg weg und amüsierte sich trotz allem in der Super Bowl.

Nach seiner Rückkehr schien er verwundert, daß die Polizei Anne nicht gefunden hatte. In den folgenden Wochen schlief er schlecht, lief nächtelang auf und ab und stürzte ans Telefon, wenn es läutete. Schließlich wurde ihm klar, daß die Lage ernst war. Die

Polizei hatte ihnen unmißverständlich erklärt, daß ihre Tochter möglicherweise tot sei oder daß man sie nie finden würde, falls sie noch lebte.

Sie hatten zwei Kinder zugleich verloren, und Faye wußte, daß sie sich von diesem Schlag nie erholen würden. Sie stürzte sich in ihre Arbeit, um sich abzulenken – doch vergeblich, wie es sich zeigte –, und sie widmete sich den Zwillingen, wenn diese Zeit hatten. Aber auch die beiden Mädchen litten unter der Anspannung. Vanessa war stiller als je zuvor, ihre große Romanze war von kurzer Dauer gewesen, und sogar Valerie war irgendwie gedämpfter. Sie trug kaum Make-up und ging nicht mehr so viel aus. Ihre Miniröcke waren weniger provozierend, ihre Garderobe hatte sich nicht vergrößert. Sie alle schienen auf eine Nachricht zu warten, die vielleicht nie kommen würde, und mit jedem Tag, der verging, wuchs in Faye die Angst, ihre Jüngste könnte tot sein.

Sie fing an, in die Kirche zu gehen, was sie seit Jahren nicht mehr getan hatte, und sie sagte kein Wort zu Ward, als dieser abends immer häufiger nicht mehr nach Hause kam. Erst kam er um eins oder zwei, wenn die Bars schlossen, und man sah ihm an, wo er gewesen war, aber schließlich kam er überhaupt nicht mehr nach Hause. Beim ersten Mal war Faye überzeugt, er sei verunglückt. Doch als er am nächsten Morgen um sechs mit der Zeitung unterm Arm auf Zehenspitzen hereinschlich und sich jede Erklärung sparte, fiel ihr plötzlich ein Name ein, an den sie jahrelang nicht mehr gedacht hatte: Maisie Abernathie. Sie dachte an damals, als Ward mit Maisie unbeschwerte Tage in Mexiko verbracht hatte. Es konnte sich diesmal nicht um Maisie handeln, aber er hatte denselben Gesichtsausdruck – die Art, wie er ihrem Blick auswich. Angewidert zog sie sich völlig von ihm zurück.

Ward kam daraufhin immer seltener nach Hause, Faye aber war vor Schmerz und Kummer wie erstarrt, so daß sie nichts empfand. Sie schaffte es kaum, ihren klaren Verstand zu behalten. Ihre Tage waren mit Arbeit ausgefüllt, ihre Nächte mit Schuldgefühlen, und dazwischen tat sie alles Menschenmögliche für die Zwillinge. Die ganze Familie war innerhalb weniger Augenblicke total zerfallen.

Schließlich kamen ihr bei MGM Gerüchte zu Ohren. Ward

hatte sich mit dem Star einer erfolgreichen TV-Serie eingelassen. Wollte man den Gerüchten Glauben schenken, dann war die Affäre ernst. Faye hoffte inständig, die Klatschpresse würde nichts darüber schreiben, damit sie ihren Töchtern keine Erklärungen abgeben mußte. Sie hatte wahrhaftig genug andere Sorgen.

Als sie glaubte, es nicht mehr aushalten zu können, kam abends ein Anruf von Lionel. Er war mit John am Nachmittag unterwegs gewesen. Sie waren dem Mädchen gefolgt, von dem John behauptet hatte, es sehe Anne so ähnlich. Lionel war jetzt ebenso sicher. Das Mädchen stand sichtlich unter Drogeneinfluß und wirkte total benommen. Das sariähnliche purpurne Gewand ließ erkennen, daß sie zugenommen hatte. Beide waren überzeugt, daß es Anne war.

Tränen liefen Faye über die Wangen. »Bist du sicher?«

Lionel sagte, sie seien fast hundertprozentig sicher. Das Mädchen wirkte so entrückt und unnahbar in seiner seltsamen Aufmachung inmitten von Anhängern dieser sonderbaren kleinen Sekte, daß es schwierig war, an es heranzukommen und herauszufinden, ob es sich tatsächlich um Anne handelte. Man konnte nicht einfach »Anne« rufen und warten, ob sie zurückwinkte. Lionel war nichts widerwärtiger, als seiner Mutter Hoffnungen zu machen, nur um sie dann enttäuschen zu müssen.

»Mom, wir sind nicht ganz sicher. Und wir wollten wissen, was wir deiner Meinung nach tun sollen.«

»Wenn ihr Anne gefunden habt, solltet ihr die Polizei rufen«, antwortete Faye.

»Und wenn es die Falsche ist?«

»Offenbar passiert das öfter mal. Wahrscheinlich ist das Mädchen ohnehin eine Ausreißerin, nach der gefahndet wird. Wir sollten unverzüglich die Polizei verständigen, wenn wir zu wissen glauben, wo Anne steckt. In diesem Viertel arbeitet auch ein gewisser Pater Paul Brown, der jeden kennt. Der hilft der Polizei immer wieder weiter.«

Lionel kannte den Pater und war einverstanden, ihn und die Polizei zu kontaktieren.

»Soll ich heute kommen?« fragte Faye. Sie hatte abends nach

der Arbeit Zeit. Ward bekam sie überhaupt nicht mehr zu Gesicht. Er machte sich nicht einmal die Mühe, eine Ausrede zu erfinden für sein nächtliches Ausbleiben, und erwartete offenbar, daß sie eine Konfrontation herbeiführte. Doch dazu fehlte ihr die Kraft. Sie konnte sich nicht vorstellen, daß er eine ernste Affäre hatte und nach all den Jahren eine Scheidung wollte, nur wäre es in ihrer gegenwärtigen Situation nicht ganz unverständlich. Sobald sie Anne gefunden hatten und Lionel wieder aufs College ging, konnte sie sich um Wards Verhältnis und um eine eventuelle Scheidung kümmern.

Das für Lionel bestimmte Telefon läutete um Mitternacht. Faye wußte sofort, das konnte nur er sein. Ward rief kaum an, wenn er über Nacht wegblieb, und wenn, dann über den normalen Anschluß.

Mit angehaltenem Atem hob sie ab. »Lionel?«

»Die Polizei ist auch der Meinung, daß es Anne ist. Wir haben sie heute einem Polizisten gezeigt. In dieser Gegend arbeitet ein halbes Dutzend eingeschleuster Agenten im Drogenmilieu und sucht nach Ausreißern. Die haben sich mit Pater Brown in Verbindung gesetzt. Das Mädchen soll Sonnenblume heißen. Der Pater kennt sie, er hält sie aber für älter als Anne.«

Anne war jetzt vierzehneinhalb, hatte aber immer irgendwie reifer ausgesehen, besonders in letzter Zeit. Was Pater Brown sonst noch gesagt hatte, verschwieg er Faye lieber, daß nämlich die bewußte Sekte sonderbaren sexuellen und erotischen Praktiken huldigte und Gruppensex betrieb. Einige Male hatte man eine Razzia gemacht, doch war es unmöglich, den Typen wirklich etwas nachzuweisen. Es war nicht einmal beweisbar, daß Minderjährige mitmachten. Alle behaupteten, über achtzehn zu sein, und es gab keine Möglichkeit, das Gegenteil festzustellen. Außerdem hatte der Pater noch erklärt, daß bei dieser Sekte LSD hoch im Kurs stehe, außerdem »Zauberpilze« und Mescalin. Und was das schlimmste war, das Mädchen, dem sie nachspionierten, war in anderen Umständen. Aber das wollte Lionel seiner Mutter nicht sagen. Wenn es doch nicht Anne war, regte sie sich nur unnötig auf.

»Mutter, sollen wir sie festnehmen oder nur verhören lassen?« So nah waren sie der Schwester noch nie auf der Spur gewesen. Faye fühlte, wie ihr Herz bei dem Gedanken an Anne absackte. Seit fünf Monaten hatte sie ihre Jüngste nicht mehr gesehen, in dieser Zeit mochte ihr Gott weiß was zugestoßen sein. Sie wagte gar nicht, sich vorzustellen, was, und konzentrierte sich mit aller Kraft auf Lionels Worte.

»Ist es nicht möglich, sie zu schnappen, damit du sie dir gründlicher ansehen kannst?«

Lionel seufzte. Das alles hatte er mit der Polizei schon besprochen. »Das läßt sich machen – allerdings nur, wenn das Mädchen wirklich Anne ist. Wenn nicht, wenn das Mädchen also keine Ausreißerin ist und wenn sie noch dazu volljährig ist, dann kann sie wegen Freiheitsberaubung klagen. Die meisten dieser Hippies würden sich zwar davor hüten, aber die Polizei ist offenbar gewarnt. Wahrscheinlich hat sie sich ein paarmal die Finger verbrannt.«

Lionel klang so erschöpft, daß Faye ihn am liebsten an sich gedrückt hätte. Aber ihre größte Sorge galt jetzt Anne.

»Sag den Leuten, sie sollen alles tun, damit die Identität festgestellt wird«, antwortete sie mit einem tiefen Seufzer.

Lionel nickte. »Morgen um zehn treffe ich mich mit den getarnten Agenten. Sie werden sich das Haus ansehen und Anne folgen. Wir werden versuchen, mit ihr zu sprechen. Wenn es nicht möglich ist, wird man sie wegen Drogenmißbrauch oder so festnehmen.«

Faye war schockiert. »Steht sie unter Drogeneinfluß?«

Lionel zögerte, während er Johns Blick suchte. Beide hatten das Hippie-Milieu satt bis oben hin, den Dreck, die Drogen, den ganzen Abschaum, die komischen Heiligen, die Halbwüchsigen. Sie waren fast schon bereit aufzugeben, jetzt aber... da die Möglichkeit bestand... »Ja, Mutter. Es scheint so, falls es Anne ist. Sie sieht ziemlich mitgenommen aus.«

»Ist sie verletzt?« Aus Fayes Stimme klang so viel Angst, daß es ihm das Herz zerriß.

»Nein, sie macht nur einen total geistesabwesenden Eindruck.

Und sie lebt mit ziemlich komischen Typen zusammen, in einer östlichen Sekte.«

»O Gott…« Womöglich hatte man ihr den Kopf kahlgeschoren. Faye konnte es sich nicht vorstellen. Das ganze Milieu hatte auf sie einen unfaßbaren Eindruck gemacht, als sie sich anfangs mit Lionel und John auf die Suche gemacht hatte. Sie war richtig erleichtert gewesen, daß die beiden sie weggeschickt hatten. Aber jetzt wollte sie unbedingt wieder hin. Sie hatte das Gefühl, daß es diesmal wirklich Anne war, und sie wollte zur Stelle sein. Anne als Neugeborenes kam ihr in den Sinn… Unglaublich, daß alles schon so lange zurücklag.

»Wir rufen dich morgen an, sobald wir mehr wissen.«

»Ich werde den ganzen Tag im Büro sein. Soll ich mir einen Platz in einer Nachmittagsmaschine reservieren lassen?«

Lionel lächelte. »Bleib erreichbar. Ich rufe dich in jedem Fall an, auch wenn sie es nicht ist.«

»Danke, mein Liebling.« Er war der liebste Sohn, den sich eine Mutter wünschen konnte, auch wenn er homosexuell war. Er war ein besserer Sohn, als Greg es je gewesen war, obwohl sie beide liebte. Aber Greg fehlte es an Einfühlungsvermögen. Nie wäre er drei Monate vom College abgegangen, nur um seine Schwester zu suchen. Als er über Ostern nach Hause gekommen war, hatte er offen gesagt, daß er Lionel für übergeschnappt halte. Doch Ward hatte ihn sofort mit einem Zornesblick zurechtgewiesen, weil er den verbotenen Namen aussprach, und Faye hatte sich zurückhalten müssen, Ward nicht vor Greg ins Gesicht zu schlagen. Das Maß war übervoll, und eine Scheidung wäre die beste Lösung, eine Erleichterung für alle. Aber darüber konnte sie jetzt nicht nachdenken. All ihre Gedanken kreisten um Anne.

Nach dem Telefongespräch lag sie noch lange wach und dachte an Anne als kleines Mädchen, an die Dinge, die sie getan, an die komischen Aussprüche, wie sie sich oft verkrochen hatte und wie sehr sie an Lionel gehangen hatte.

Der Zeitpunkt ihrer Geburt war sehr ungünstig gewesen, das war Faye seit langem klar, aber das war nicht zu ändern. Die Katastrophe war wenige Wochen nach der Geburt eingetreten, und sie hatte alle Hände voll zu tun gehabt, ihre finanziellen Angelegenheiten zu ordnen, alles zu verkaufen und den Umzug in das gräßliche Haus in Monterey Park vorzubereiten. Dann war Ward gegangen, und sie hatte versucht, allein durchzukommen.

Anne war in dem ganzen Wirbel irgendwie untergegangen. Die anderen Kinder hatten die Mutter nicht mehr so gebraucht, und vor allem hatte sie sich vorher mit ihnen sehr intensiv abgegeben. Aber mit Anne niemals. Seit damals hatte sie immer nur gearbeitet, und Anne mußte irgendwie mit der ganzen Horde mithalten.

Faye fielen wieder die Augenblicke ein, als das Kindermädchen ein paar Wochen nach Annes Geburt gekommen war und sie gefragt hatte, ob sie das Kind halten oder ihr die nächste Flasche geben wolle, und Faye hatte immer nur gesagt: »Nicht jetzt, ich habe keine Zeit.« Immer wieder hatte sie sie abgewehrt, und Anne hatte den Preis dafür bezahlen müssen. Wie brachte man einem Kind bei, daß man es sehr liebhatte, daß einem aber die Zeit fehlte... Aber mit welchem Recht hatte man ein Kind, wenn man keine Zeit dafür aufbrachte? Als sie Anne empfing, war das Leben noch so einfach gewesen, und sie hatte massenhaft Zeit zur Verfügung gehabt. Schlechte Zeiteinteilung und dazu noch Pech... ergibt eine schlechte Mutter, sagte sie sich immer wieder, während sie in dem großen leeren Bett lag, über Anne nachdachte und sich fragte, ob es schon zu spät sei und ob Anne sie für den Rest ihres Lebens hassen würde.

Möglich war es, das war ihr klar. Es gab Dinge, die ließen sich nicht korrigieren. Ihre Beziehung zu Ward beispielsweise und die zu ihrem jüngsten Kind, außerdem Wards Beziehung zu Lionel. In den vergangenen Monaten schien das Gewebe ihrer Familie unwiderruflich zerrissen zu sein. Diese Erkenntnis lastete zentnerschwer auf ihr, als sie um sechs aufstand, nachdem sie die ganze Nacht über kein Auge zugetan hatte. Aber sie konnte auch nicht schlafen, weil ihr die Frage keine Ruhe ließ, ob das Mädchen, das Lionel gesehen hatte, wirklich Anne war.

Sie stand auf, duschte, zog sich an und wartete, bis die Zwillinge zur Schule gegangen waren. Dann fuhr sie in ihr Büro bei MGM. Es wunderte sie, daß Ward sich nicht mehr die Mühe machte, einen Vorwand zu suchen... Er versuchte nicht einmal, sie telefonisch zu erreichen und zu erklären, wo er die Nacht über geblieben war. Wenn er gelegentlich nach Hause kam, stellte sie ihm keine Fragen. War Ward im Haus, dann schlief sie in Gregs Zimmer. Sie wechselten kein Wort mehr miteinander.

Sie sah ihn erst später am Morgen im Büro, sagte aber nichts von Anne. Es hatte keinen Sinn. Erst mußte man wissen, ob es wirklich Anne war. Als knapp nach Mittag der Anruf kam, blieb ihr fast das Herz stehen. Ihre Sekretärin meldete, Lionel sei dran, und Faye drückte rasch den Knopf an ihrem Apparat.

»Lionel?«

»Schon gut, Mom, beruhige dich.« Er zitterte am ganzen Leibe, wollte aber nicht, daß sie seine Aufregung bemerkte. Es war eine haarige Sache gewesen, Anne dort herauszuholen, aber die Polizei hatte alles in die Hand genommen, und niemandem war etwas geschehen, nicht einmal Anne. Sie war etwas benommen, schien aber ungerührt hinzunehmen, daß man sie weggeschafft hatte – anders als der alte Knabe. Dieser hatte einen Stock geschwenkt und gerufen, die Götter würden sie strafen, weil man ihm sein Kind raubte. Anne aber hatte sich wegtragen lassen und hatte Lionel zugelächelt. Sie schien ihn sogar erkannt zu haben, obwohl die Drogen ihr Bewußtsein beeinträchtigten. Man mußte abwarten, wie sie sich im drogenfreien Zustand benehmen würde. Vielleicht würde sie außer sich sein. Darauf mußte man gefaßt sein. Für die Polizei war so etwas Routine, und ein Arzt war zur Stelle.

Faye hielt erst den Atem an, dann brach es aus ihr heraus: »Ist es Anne?« Sie schloß gequält die Augen.

»Ja, sie ist es. Es geht ihr gut. Mehr oder weniger...« Wenigstens hatte man sie endlich gefunden. Er warf John einen Blick zu. Während des letzten Monats hatte sich zwischen ihnen eine tiefe Bindung entwickelt, die ein ganzes Leben halten würde, fast so, als wären sie jetzt verheiratet. Lionel zwang sich, an seine Mutter am anderen Ende der Leitung zu denken. »Es geht ihr wie gesagt gut. Wir sind jetzt auf der Polizeistation in der Bryant Street, und wenn du willst, wird man sie in meine Obhut entlassen. Ich bringe sie dann in ein, zwei Tagen nach Hause, wenn sie sich an die Umstellung gewöhnt hat.«

»Was heißt das?«

Er mußte ihr so vieles sagen, doch nicht jetzt. Nicht am Telefon. Man mußte sie schonend vorbereiten.

»Sie war so lange fort. Da braucht es eine gewisse Zeit, bis sie sich an die Wirklichkeit gewöhnt. Sie hat in letzter Zeit ein völlig anderes Leben geführt.«

Er suchte krampfhaft nach einem taktvollen Weg, ihr die Wahrheit beizubringen. Insgeheim hoffte er, sie würde nie zu hören bekommen, was die Polizei ihm eröffnet hatte. Die Sekte war den Behörden gut bekannt, man wußte auch über die Rituale Bescheid. Faye würde es nicht überleben, wenn sie erfahren würde, was Anne durchgemacht hatte, obwohl man es ihr gar nicht ansah. Im Gegenteil, sie sah glücklicher aus als seit Jahren. Das war vermutlich auf den Einfluß der Drogen zurückzuführen. Anne würde wahrscheinlich alles andere als glücklich sein, wenn die Wirkung nachließ. Die Polizei erwähnte die Möglichkeit einer Anzeige, da Anne aber erst vierzehn war und wahrscheinlich unter Zwang gestanden hatte, wollte man davon Abstand nehmen. Jetzt ging es nur noch darum, ob die Familie Thayer die Sektenmitglieder wegen Entführung und Verführung einer Minderjährigen anzeigen wollte. Darüber mußten seine Eltern entscheiden. Faye versuchte noch immer zu entschlüsseln, was hinter Lionels Worten steckte.

»Hat sie Drogen genommen?«

Er zögerte erst, aber die Wahrheit mußte heraus. »Ich glaube schon.«

»Harte Sachen? Heroin?« Faye war vor Angst außer sich. Von Heroin kam man nie wieder los, damit war das Leben gelaufen. Aber Lionel konnte sie beruhigen.

»Nein, nein, eher Marihuana und wahrscheinlich LSD und andere Halluzinogene.« Er war inzwischen zu einem Experten geworden. Faye seufzte.

»Hält die Polizei sie fest?«

»Nein. Ich möchte sie in unser Hotel bringen. Dort soll sie baden und sich entspannen.«

»Ich komme mit der nächsten Maschine.«

Lionel hörte es zähneknirschend. Er wollte Anne unbedingt säubern und zurechtmachen, ehe Faye ankam, und »die nächste Maschine« ließ ihm zuwenig Zeit. Außerdem war da noch etwas, was Faye wissen mußte, leider war es nicht mehr zu übersehen. »Du solltest noch etwas wissen...«

Faye hatte instinktiv geahnt, daß er ihr etwas vorenthalten hatte. Anne war verletzt worden... irgend etwas Schreckliches...

»Mutter?«

»Was ist es, Lionel?«

»Sie ist schwanger.«

»Allmächtiger!« Faye brach in Tränen aus. »Sie ist doch erst vierzehn.«

»Ich weiß. Es tut mir leid.«

»Hat man den Jungen festgenommen?«

Er hatte nicht das Herz, ihr zu sagen, daß das Kind wahrscheinlich nicht von einem »Jungen«, sondern von den annähernd dreißig männlichen Sektenmitgliedern gezeugt worden war. Er ließ sich darüber nicht näher aus und sagte nur, daß man diesen Punkt Anne überlassen müsse. Faye fiel es schwer, auf diese Eröffnung hin die Fassung wiederzufinden. Sie kritzelte eine hastige Notiz auf ihren Block: »Dr. Smythe anrufen.« Er würde für eine Schwangerschaftsunterbrechung sorgen. Er hatte im Vorjahr dem Star eines ihrer Filme geholfen, und wenn er Anne nicht helfen würde, weil sie zu jung war, dann würde sie sie nach London oder Tokio bringen. Man würde ihr das alles ersparen. Wahrscheinlich war Anne vergewaltigt worden. Die Vorstellung, daß Anne schwanger war, stellte für Faye das Schrecklichste dar. Es war schrecklicher als alles andere an dieser fürchterlichen Sache, und sie mußte sich ständig ermahnen, dankbar zu sein, weil man Anne überhaupt gefunden hatte. Noch immer weinend legte sie auf.

Eine Weile verharrte sie unbeweglich, die Hände vors Gesicht geschlagen, ehe sie sich nach einem tiefen Atemzug die Nase putzte und sich aufraffte, Ward aufzusuchen. Man mußte es ihm sagen. Anne war schließlich auch sein Kind, mochten sie auch wenig Gemeinsamkeiten haben. Faye fragte sich unwillkürlich, wie sich die Scheidung im geschäftlichen Bereich auswirken würde. Bislang war alles so gelaufen wie zuvor, aber das konnte natürlich auch nicht ewig so weitergehen. Da man Anne gefunden hatte, würde auch Lionel nach Hause kommen. Sie hatte jetzt keine Ausrede mehr, einer Konfrontation mit Ward auszuweichen. Vor seiner Bürotür blieb sie stehen, seine Sekretärin war nervös aufgesprungen.

»Ist Mr. Thayer da?« Sie wußte, daß er da war. Sie hatte ihn kurz zuvor gesehen.

Die Sekretärin wich ihrem Blick aus und ließ in ihrer Befangenheit einen Stift fallen. »Nein... er ist nicht...«

»Das ist eine Lüge.« Faye war nicht in der Stimmung, sich das Geschwätz von irgend jemandem anzuhören. »Zufällig weiß ich, daß er drinnen ist.« Es war nur eine Vermutung, aber sie traf ins Schwarze.

»Er ist nicht... nun... er will nicht gestört werden.«

»Bumst er wieder auf seiner Bürocouch?« In Fayes Augen flammte es auf. Sie wußte genau, was da im Büro vor sich ging. Ward war schamlos. »Ich wußte gar nicht, daß die Besetzungscouch hier so häufig in Gebrauch ist.« Damit ging sie zur Tür, an der nach Luft schnappenden Sekretärin vorüber. Faye wandte sich noch einmal nach ihr um. »Keine Angst, ich werde ihm sagen, daß ich Sie überwältigt habe.«

Damit machte sie die Tür auf und trat ein.

Die Szene, deren Zeuge sie wurde, war einigermaßen gesittet. Ward und Carol Robbins, der Star von »Follow My World«, einer tagsüber ausgestrahlten Dauerserie, waren voll angezogen. Sie saßen sich, durch den Schreibtisch getrennt, gegenüber, und Ward hielt ihre Hand.

Alles an der Situation ließ darauf schließen, daß sie miteinander sehr vertraut waren. Carol war eine hübsche blonde Person mit langen Beinen und enormer Oberweite. Sie spielte in der Serie eine Krankenschwester. Die Männer sahen es gern, wenn ihr die Blusenknöpfe fast absprangen.

Faye sah Ward spöttisch an. Er ließ Carols Hand los und begegnete nervös ihrem Blick. Ohne die Anwesenheit des Mädchens zur

Kenntnis zu nehmen, hielt Faye den Blick unverwandt auf ihren Mann gerichtet.

»Anne wurde gefunden. Ich dachte, das würde dich interessieren.«

Seine Augen weiteten sich. Man sah ihm an, wie sehr es ihn berührte. Momentan vergaß er das Mädchen. »Geht es ihr gut?«

»Ja.« Von den Drogen und der Schwangerschaft sagte sie nichts, damit Carol es nicht erfuhr. Bis Mittag hätte es ganz Hollywood gewußt. »Es geht ihr gut.«

»Wer hat sie gefunden? Die Polizei?«

Faye schüttelte den Kopf. »Lionel.« Triumph sprach aus ihrem Blick, als sie sah, wie seine Miene erstarrte. »In zwei Stunden fliege ich nach San Franzisko. Wenn möglich, bringe ich sie noch heute nach Hause. Du kannst morgen vorbeikommen und sie sehen, wenn sie ausgeschlafen hat.«

Er schien erstaunt. »Gibt es einen Grund, warum ich nicht schon heute kommen kann?«

Aus Fayes unmerklichem Lächeln sprach Bitterkeit. Ihr Blick schweifte zu dem vollbusigen, ihm gegenübersitzenden Mädchen.

»Das liegt an dir. Mir scheint, morgen wäre es früh genug.«

Faye blickte wieder zu Ward, der unter seinem weißen Haarschopf rot anlief. Dabei fiel ihr auf, wie stark er in den letzten sechs Monaten gealtert war. Er ging auf die Fünfzig zu, sah aber bedeutend älter aus. Er hatte es mit diesem Mädchen getrieben, hatte fünf Monate lang sehr viel getrunken und davor zwei schwere Schocks erlitten. Das alles forderte seinen Tribut, doch Faye empfand kein Mitleid. Auch sie war gealtert, sie war ja von Ward im Stich gelassen worden. Er hatte sie verlassen und Trost bei diesem Mädchen gesucht. Fast tat es Faye leid, daß sie es nicht ebenso gemacht hatte, aber die Sorgen waren zu groß gewesen. Eine Affäre hätte ihr jetzt sicher gutgetan, auch würde sie gerade jetzt mehr Zeit haben, und sie war mit sechsundvierzig noch nicht zu alt. Faye verdrängte diesen Gedanken. In ihrem Blick lag Verachtung, als sie fortfuhr:

»Anne wird dich anrufen – falls sie dich sehen möchte.«

Das sagte sie in einem Ton und mit einem Blick, daß er erschrak.

Und als Faye hinausging und die Tür schloß, warf er dem blonden Mädchen einen unsicheren Blick zu.

Seine Sekretärin zerkrümelte in Erwartung von Wards Zornesausbruch nervös ein Papiertaschentuch, aber Faye wirkte wie die Ruhe selbst, als sie das Vorzimmer mit einem knappen Nicken durchschritt. In einer Stunde mußte sie am Flughafen sein, sie warf daher nur rasch eine Zahnbürste, die sie für alle Fälle in ihrem Schreibtisch hatte, in ihre Tasche, als Ward hereinstürmte.

»Was soll dieser Humbug!« Er war rot vor Wut. Faye konnte nicht wissen, daß er Carol eben nach Hause geschickt hatte. Sie war in Tränen aufgelöst gegangen und hatte ihn beschuldigt, er wolle sie fallenlassen, was er auch allen Ernstes in Betracht zog. Er war immer noch mit Faye verheiratet, soweit es ihn betraf, auch wenn sie es vergessen zu haben schien. Das Verhältnis mit Carol hatte er gezielt und nur so zum »Spaß« angefangen, es war ihm erst in den letzten Wochen über den Kopf gewachsen.

Faye sah uninteressiert auf. Ihre Gleichgültigkeit war teils gespielt, teils echt. »Ich habe jetzt keine Zeit für eine Debatte. Meine Maschine startet um drei.«

»Sehr gut, dann können wir uns während des Fluges unterhalten. Ich komme mit.«

»Ich brauche deine Hilfe nicht.« Ihr Blick war kalt, der seine bekümmert.

»Die hast du nie gebraucht. Aber Anne ist auch mein Kind.« Im Augenblick war Faye um eine Antwort verlegen.

Schließlich blickte sie ihm in die Augen, sie konnte der Versuchung nicht widerstehen, ihm Schmerz zuzufügen. Er hatte ihr in letzter Zeit zu weh getan. »Nimmst du deine Freundin mit?«

Er blickte auf sie hinunter. »Darüber müssen wir uns in nächster Zeit unterhalten.«

Sie nahm diese Entgegnung mit einem Nicken zur Kenntnis, doch jeder hatte jetzt etwas anderes im Sinn. »Ich wollte die Sache mit Anne und Lionel in Ordnung bringen, ehe ich mich mit dir auseinandersetze. Aber in ein paar Wochen wird wohl alles wieder normal sein, schätze ich... was man so normal nennt. Dann werde ich Zeit für ein Gespräch mit dem Anwalt haben.«

»Hast du schon einen Entschluß gefaßt?« Ward war betroffen, obwohl Fayes Reaktion ihn nicht wunderte. Er hatte sie praktisch in diese Lösung hineingetrieben – jetzt war es wohl schon zu spät für eine Versöhnung. Er fühlte sich vom Leben besiegt. Seine Ehe war kaputt, sein Sohn ein Schwuler, seine Tochter war davongelaufen – und Gott allein mochte wissen, was ihr zugestoßen war. Es war verheerend, wenn man länger darüber nachdachte, aber Faye blieb unerschütterlich. Wirklich bemerkenswert. Sie ging nicht unter. Sie schwamm weiter, bis sie wieder ein Ufer erreicht hatte, und es sah aus, als hätte sie es bereits erreicht. Das freute ihn für sie.

»Es tut mir leid, daß es so gekommen ist.«

Faye stand auf, zum Gehen bereit. »Mir auch. Und den Entschluß hast du gefaßt. Du rufst nicht einmal mehr an, um dich zu entschuldigen. Du kommst überhaupt nicht mehr nach Hause. Mich wundert nur, daß du deine Garderobe noch nicht abgeholt hast. Jeden Abend, wenn ich nach Hause komme, bin ich darauf gefaßt, daß deine Sachen fort sind.«

»Faye, so weit ist es nicht.«

»Wie kannst du das sagen? Du bist praktisch ausgezogen, ohne eine Erklärung abzugeben.«

Faye fühlte, wie falsch es war, daß sie jetzt stritten, obwohl Anne gefunden worden war. Sie hätten statt dessen vor Erleichterung laut frohlocken sollen. Doch die Verbitterung ließ das nicht zu. Sie waren einander schon zu fremd geworden.

»Ich wußte ja nicht, was ich dir sagen sollte, Faye.«

»Sieht so aus. Du bist einfach aus unserem Leben verschwunden.«

Er wußte, daß es stimmte, und es war bereits das zweite Mal in ihrer Ehe, aber er besaß einfach nicht diese Kraft, die sie in sich hatte. Dann war Carol gekommen, und er hatte sich wieder wie ein Mann gefühlt. Diese Beziehung milderte den Schlag, den die Entdeckung von Lionels Veranlagung für ihn bedeutet hatte. Er sah Lionel jetzt nicht mehr als Spiegelbild seiner selbst – er selbst war ja normal. Leider hatte er diese Erkenntnis auf Kosten Fayes gewonnen. Das sah er jetzt ein. Aber wie sollte er ihr das begreiflich machen? Es gab keine Möglichkeit mehr. Sie ging an ihm vorbei zur Tür. »Ich rufe dich an, wenn wir zurück sind.«

Ward sah sie ein wenig dümmlich an. »Ich habe mir einen Platz in der Drei-Uhr-Maschine reservieren lassen. Ich dachte, es müßte deine Maschine sein.«

»Es hat keinen Sinn, daß wir beide hinfliegen.«

Faye wollte nicht, daß er mitkam. Sie hatte genug um die Ohren. Immerhin mußte sie sich um die drogenabhängige Anne und deren Schwangerschaftsunterbrechung kümmern und konnte darauf verzichten, daß Ward sie mit verlogenen Ausflüchten überhäufte, um sein schäbiges Verhalten zu entschuldigen. Sie wollte das alles jetzt nicht hören, es war nicht der richtige Zeitpunkt. Sie sah ihn abweisend an.

»Faye, ich habe Anne seit fünf Monaten nicht gesehen«, beschwor er sie mit flehendem Blick.

»Und da kannst du nicht noch einen Tag warten?«

Ward rührte sich nicht von der Stelle, und Faye mußte es seufzend akzeptieren. Er machte alles nur noch schwieriger. Resigniert sah sie ihn an. »Gut. Unten steht ein Studiowagen.«

Damit drehte sie sich um und ging hinaus, und er folgte ihr wortlos. Auch unterwegs zum Flughafen sagte er kein Wort. Ihm war klar, daß Faye nicht mit ihm sprechen wollte.

Ihre reservierten Sitze lagen natürlich nicht nebeneinander, und als der Mann am Schalter ihnen einen Gefallen tun und andere Passagiere ihretwegen anders plazieren wollte, lehnte Faye ab. Für Ward lag es auf der Hand, daß seine Ehe nicht mehr zu retten war. Und das schlimmste daran war: das andere Mädchen bedeutete ihm überhaupt nichts. Sie hatte nur dazu gedient, ihm seine eigene Männlichkeit zu beweisen und den Schmerz zu lindern, doch war es zu spät, dies Faye klarzumachen. Sie erklärte sich einverstanden, gemeinsam ein Taxi zu Lionels Hotel zu nehmen, machte ihm aber nachdrücklich klar, was sie von ihm erwartete.

»Ward, eines möchte ich klarstellen: Die beiden Jungen haben Monate ihres Lebens auf die Suche nach Anne verwandt. Sie haben ein Semester sausenlassen und haben jeden Tag nach ihr gesucht. Wenn wir gewartet hätten, was die Polizei erreicht, dann würden wir noch immer nicht wissen, was aus Anne geworden ist. Wenn du auch nur ein häßliches Wort zu den Jungen sagst, werden wir uns nie mehr wiedersehen, und ich werde um jeden Cent mit dir prozessieren, nur damit wir quitt sind. Wenn du Wert auf eine freundschaftliche Scheidung legst, dann benimm dich anständig zu deinem Sohn und John Wells. Ist das klar?« Aus ihrem Blick sprach unbeugsame Härte, während er noch bekümmerter dreinsah. Er wirkte tatsächlich wie ein Geschlagener, aber das war nach Fayes Meinung seine eigene Schuld.

»Und wenn ich keine freundschaftliche Scheidung möchte?«

»Dann brauchst du erst gar nicht mit mir in die Stadt zu fahren.«

Als sie ein Taxi für sich heranwinken wollte, faßte er nach ihrem Arm – in seiner Verzweiflung fester als beabsichtigt.

»Das habe ich nicht gemeint. Wieso bist du so sicher, daß ich überhaupt eine Scheidung möchte? Ich habe kein Wort davon gesagt.«

Faye lachte voller Verbitterung auf. »Mach dich nicht lächerlich. Seit Monaten bekomme ich dich kaum zu Gesicht, du kommst nicht mal über Nacht nach Hause und erwartest, daß ich die Ehe weiterführen möchte? Halte mich nicht für dümmer, als ich bin.« Außerdem war er schuld an Schäden seiner Kinder, die sich nie wieder reparieren lassen würden.

»Nicht du bist dumm, sondern ich.«

»Du hast völlig recht. Aber jetzt ist weder der geeignete Zeitpunkt noch der Ort, um das auszudiskutieren.« Faye war spürbar gereizt. »Ich weiß wirklich nicht, warum du mitkommen wolltest.«

»Um Anne zu sehen ... und um mit dir zu sprechen. Es ist so lange her ...«

»Das ist nicht meine Schuld.«

»Ich weiß, es ist meine.« Es machte ihm offenbar nichts aus, die ganze Schuld auf sich zu nehmen. Vielleicht war er zur Besinnung gekommen. Leider zu spät – für beide.

Faye sah ihn voller Skepsis an. »Was ist passiert? Hat dir deine kleine Seifenoper-Krankenschwester den Laufpaß gegeben, nachdem ich euch überraschte?«

»Nein. Es war umgekehrt. Ich habe Schluß gemacht.« Mehr oder weniger. Carol war wütend gewesen, weil er ihr gesagt hatte, er wolle mit Faye nach San Franzisko. Außerdem hatte er ihr mitgeteilt, daß er sich mit ihr darüber erst nach seiner Rückkehr unterhalten wolle. Es war seine feste Absicht, sich von ihr zu trennen, ob nun Faye die Scheidung wollte oder nicht. Die Kleine war zweiundzwanzig. Langsam begann er sich in ihrer Gesellschaft reichlich lächerlich vorzukommen. Die Sache hatte ein absolutes Ende gefunden. Es war töricht und verrückt gewesen, aber er hatte eine solche Affäre dringend gebraucht. Und jetzt brauchte er wieder Faye. Er wußte, daß er sie immer gebraucht hatte, doch war sie in ihrem Schmerz so eingesponnen, daß er keinen Zugang zu ihr finden konnte. In letzter Zeit hatten sie einander nichts geben können. Er wollte jetzt nicht mehr als eine Chance – sie sollte ihn nur anhören. Aber Faye ließ jede Neigung dazu vermissen.

Das Taxi fuhr vor, sie riß die Tür auf und wandte sich zu ihm um.

»Kommst du?«

»Hast du gehört, was ich sagte? Mit dem Mädchen ist es aus.«

»Was geht mich das an!«

»Wie du meinst. Du weißt wenigstens, wie wir miteinander stehen.«

»Du auch. Ward, es ist zwischen uns aus. Vorbei. Finito. Ist das klar?« Sie nannte dem Fahrer die Adresse und lehnte sich zurück.

»Zufällig bin ich damit nicht einverstanden.«

Sie war so wütend, daß sie am liebsten handgreiflich geworden wäre, doch sie beherrschte sich. Mit gedämpfter Stimme, damit der Fahrer nichts mitbekäme, wurde die Diskussion fortgesetzt.

»Du hast vielleicht Nerven. Ein halbes Jahr lang läßt du uns links liegen, betrügst mich und machst dich mit einem um dreißig Jahre jüngeren Mädchen zum Narren. Und jetzt, aus heiterem Himmel, erklärst du großmütig, du möchtest zurück. Geh zum Teufel, Ward, ich möchte mich scheiden lassen.«

Der Fahrer warf einen Blick in den Rückspiegel. Ward nahm keine Notiz davon.

»Ich nicht«, sagte er.

»Du bist ein Dreckskerl.«

»Ich weiß. Aber wir sind einundzwanzig Jahre verheiratet, und ich will nicht Schluß machen.«

»Warum nicht? Du hast vor fünf Monaten leichten Herzens Schluß gemacht.« Aber beide kannten den Grund. Der Schock wegen Lionel war zuviel gewesen. Sie hatte immer gewußt, daß er es nicht verkraften würde, jetzt verspürte sie einen Anflug von Mitleid.

»Du weißt, warum alles so gekommen ist«, wandte Ward ein.

»Das ist keine Entschuldigung für dein Verhalten.«

»Ich mußte meine Männlichkeit beweisen.«

»Eine jämmerliche Ausrede.«

»Es ist die Wahrheit.« Er starrte aus dem Fenster, dann sah er wieder Faye an. »Du wirst nie begreifen, was das für mich bedeutete.«

»Und jetzt? Wirst du wieder gegen Lionel ausfällig werden?«

»Ich bin ihm dankbar, weil er Anne gefunden hat.« Seine Stimme strafte seine Behauptung Lügen.

»Aber du wirst ihm nie verzeihen?«

»Ich werde nie vergessen, was er ist.«

»Er ist dein Sohn – und meiner.«

»Für dich ist es anders.«

»Mag sein. Ich liebe ihn so oder so. Er ist ein außergewöhnlicher junger Mensch.«

Ward seufzte. »Ich weiß... und ich weiß nicht, was ich empfinde. Ich war zu lange total durcheinander. Und jetzt fällt es mir schwer, mir über alles Klarheit zu verschaffen, und dann die Sache mit Anne...«

Faye runzelte die Stirn. Sie mußte daran denken, was Lionel ihr gesagt hatte. Vielleicht war es besser, sie bereitete Ward schonend vor, damit der neue Schock nicht zu schlimm ausfiel.

Zum ersten Mal seit langer Zeit schlug sie ihm gegenüber einen sanfteren Ton an. »Lionel meint, sie habe Drogen genommen.«

Ward fuhr auf. »Was für Drogen?«

»Das steht nicht sicher fest. Marihuana, LSD...«

»Na, es gibt Ärgeres.«

»Ja.« Faye wollte es hinter sich bringen. »Außerdem ist sie schwanger.«

Wie betäubt schloß Ward die Augen. Als er Faye wieder ansah, klagte er: »Was ist denn nur mit uns im vergangenen halben Jahr passiert? Unser ganzes verdammtes Leben ist zu Trümmern zerfallen.«

Faye lächelte unmerklich. Er hatte recht. Aber mit der Zeit würden sie ihr Leben wieder zusammenfügen und unter den Trümmern hervorkriechen. Sie hatten es schon einmal geschafft. Er sah sie an und faßte nach ihrer Hand.

»Wir haben die Hölle hinter uns«, sagte er.

Sie widersprach nicht, und sie entzog ihm nicht ihre Hand. Jetzt brauchten sie einander, wenn auch nur für die nächsten Stunden, und plötzlich war sie froh, daß er mitgekommen war. Auch wenn sie nach dieser Sache wieder auseinandergehen sollten.

Das Taxi näherte sich dem Zentrum, während beide in Gedanken versunken dasaßen und an ihre kleine Anne dachten.

24

Kurz nach fünf trafen sie im Hotel San Marco ein. Es war ein kleines, anspruchsloses Hotel in der Nähe der Divisadero Street, in dem John und Lionel seit über vier Monaten wohnten. Faye blickte die Fassade kurz hoch, ehe sie, gefolgt von Ward, hineinging. Sie wußte von ihrem letzten Aufenthalt, daß das Zimmer im zweiten Stock lag. Ehe der Mann an der Rezeption etwas sagen konnte, lief sie hinauf. Sie wollte jetzt mit niemandem sprechen. Sie wollte Anne sehen. Als sie leise anklopfte, hatte sie vergessen, daß Ward hinter ihr stand.

Gleich darauf kam Lionel an die Tür, die er nur einen Spaltbreit aufmachte, ganz zögernd, und dann langsam öffnete. Von der Tür aus konnte Faye auf dem Bett die reglose Gestalt sehen, die ihr den

Rücken zukehrte. Anne war in Lionels Bademantel gehüllt, ihr Haar war ganz lang, die Füße bloß. Faye glaubte zunächst, sie schlafe, aber dann drehte Anne sich langsam um, weil sie sehen wollte, wer gekommen war. Ihr Gesicht war verschmiert von Tränen, die Augen dunkelgerändert und riesig in ihrem schmalen Gesichtchen. Faye war entsetzt, ließ sich jedoch nichts anmerken.

In den Monaten ihrer Abwesenheit hatte Anne sich vollkommen verändert. Sie war schmäler, wirkte erwachsener, und ihr Gesicht war so anders, daß Faye bezweifelte, daß sie ihre Tochter erkannt hätte. Anhand eines Fotos gewiß nicht. Sie war erleichtert, daß John sie erkannt hatte.

»Na, wie geht's, mein Schatz?«

Faye ging langsam auf das Bett zu, als hätte sie Angst, Anne zu erschrecken, die wie ein verwundetes Vögelchen aussah. Anne ließ ein leises Stöhnen hören. Sie rollte sich zusammen und drehte sich wieder um. Die Wirkung der Halluzinogene, die sie so lange genommen hatte, ließ langsam nach. Lionel und John hatten sie mit Orangensaft und Schoko-Riegeln aufzupäppeln versucht, damit sie zu Kräften kam. Vor einer Weile hatten sie ihr einen Hamburger aufgezwungen, den sie sofort wieder erbrach. Sie sah aber jetzt schon wieder besser aus, wie John und Lionel fanden. Die beiden hatten miterlebt, in welchem Zustand Anne von der Polizei vor einigen Stunden aufgegriffen worden war. Lionel stellte sich mit Entsetzen vor, seine Mutter hätte sie in diesem Augenblick gesehen. Jetzt wanderte sein Blick zwischen Anne und seinen Eltern hin und her. Seine Mutter wirkte beängstigend. Ward wagte er nicht direkt anzusehen. Es war das erste Mal seit jenem schrecklichen Tag, als er und John von ihm überrascht worden waren. Aber jetzt war er gekommen, wenn schon nicht ihretwegen, so doch wenigstens Annes wegen.

»Sie kommt langsam von den Drogen runter, Mutter.« Lionel sagte es ganz leise.

Anne drehte sich gar nicht um, als John ihr wieder einen Schoko-Riegel zusteckte. Mit zitternder Hand faßte sie danach. Hunger und Übelkeit plagten sie gleichzeitig, und außerdem wollte sie fort. Sie wollte zurück zu den anderen... in das Haus, zu Moon, zum Ritual, sie gehörte zu ihnen. Anne erstickte fast an ihren Tränen, als sie von der Schokolade abbiß. Erschöpft schloß sie die Augen.

»Ist sie krank?« Alle redeten, als wäre sie gar nicht da. Lionel ging es entschieden gegen den Strich, daß er das alles erklären mußte.

»Das sind die Entzugserscheinungen. In ein paar Tagen hat sie alles überwunden.«

»Können wir sie noch heute nach Hause bringen?« Faye konnte es kaum erwarten, sie nach Los Angeles zu schaffen und sie der Obhut des Arztes anzuvertrauen, der sie seit Jahren betreute. Außerdem wollte sie ihre Tochter zu Dr. Smythe bringen, ehe es für eine Schwangerschaftsunterbrechung zu spät war. Sie hatte Anne noch nicht von vorne gesehen und wußte nicht, wie weit fortgeschritten ihr Zustand war, daher machte sie sich noch Hoffnungen. Warum auch nicht?

Aber Lionel schüttelte den Kopf, was Faye zu einem Stirnrunzeln veranlaßte.

»Ich glaube nicht, daß sie reisefähig ist, Mutter. Laß ihr ein bis zwei Tage Zeit für die Umgewöhnung.«

»Umgewöhnung? An was?« Faye schien erschüttert. »Etwa an uns?«

Jetzt trat Ward vor und sagte, dem Blick seines Sohnes ausweichend: »War schon ein Arzt da?« Und auf Lionels Kopfschütteln hin: »Ich glaube, sie müßte untersucht werden.«

Langsam ging er um das Bett herum und sah auf sein jüngstes Kind nieder. Anne war noch immer schmutzverkrustet, durchs Gesicht zogen sich Tränenspuren. Sie blickte ihn mit großen Augen an, als er sich hinsetzte und ihr übers Haar strich, während ihm selbst die Tränen kamen. Was hatte das Kind dazu getrieben? Wie hatte sie davonlaufen können?

»Schön, dich wiederzusehen, Anne«, sagte er.

Sie zuckte nicht zurück und sah ihn nur wie ein verängstigtes Tier an. Dann streifte sein Blick ihren Körper und blieb auf halbem Weg wie gebannt hängen. Ward mußte sich zusammennehmen, damit man ihm den Schock nicht ansah. Es war viel zu spät für eine

Unterbrechung. Verzweifelt wandte er sich zu Faye um und stand auf. Endlich sah er auch Lionel an.

»Kennst du hier einen Arzt?«

»Die Polizei hat einen Namen angegeben. Sie müßte auf jeden Fall untersucht werden. Und außerdem möchte man mit euch sprechen.«

Ward nickte. Wenigstens war er noch imstande, mit seinem Jungen zu sprechen, aber er brachte es nicht über sich, John anzusehen. Das einzige Bett des Zimmers, ein nicht allzu breites Doppelbett, auf dem jetzt Anne lag, sagte alles. Er versuchte, den Gedanken daran zu verdrängen. Ein Drama war mehr als genug. Jetzt wollte er mit der Polizei sprechen und notierte sich die Namen der Beamten, die an der Suche beteiligt gewesen waren, und besonders die der beiden, die Anne schließlich aufgegriffen hatten. Lionel sagte, daß die alle Einzelheiten wüßten. Ward schauderte bei dem Gedanken, was ihm bevorstand. Aber es mußte sein.

Jetzt setzte Faye sich zu Anne, doch diesmal zuckte das Mädchen zurück. Faye hatte das Gefühl, am Bett eines hoffnungslos erkrankten Kindes zu sitzen. Sie hielt den Blick unverwandt auf Annes Gesicht gerichtet, die zu weinen anfing.

»Geh fort... ich will nicht bleiben...«

»Ich weiß, Schätzchen... wir bringen dich nach Hause, in unser Haus, in dein Bett.«

»Ich will zurück zu Moon und meinen Freunden.«

Anne schluchzte haltlos. Trotz ihrer vierzehn Jahre hörte es sich an, als wäre sie erst fünf – Faye fragte gar nicht, wer dieser Moon war. Sie nahm an, Anne wolle zum Vater des Kindes zurück. Verknüpft damit war der Gedanke an Annes Schwangerschaft. Sie warf einen Blick auf Annes Bauch, in der Hoffnung, er wäre noch ganz flach. Vor Schreck blieb ihr fast die Luft weg. Aus Erfahrung sah sie auf den ersten Blick, daß Anne mindestens im vierten oder fünften Monat war. Das mußte sie sofort herausbekommen, auch wenn Ward dagegen war, der Anne nicht drängen wollte. Lionel hatte recht. Die Kleine brauchte Zeit, um sich an sie alle erst wieder zu gewöhnen. Sie hatte sich weit, ganz weit von ihnen entfernt und war sehr lange fort gewesen.

»Seit wann bist du schwanger?« Faye bemühte sich um einen liebevollen Ton, doch vergeblich, wie sie sofort merkte. Die Frage klang angespannt, schroff und scharf. Lionel verzweifelte beinahe.

»Ich weiß nicht«, antwortete Anne mit geschlossenen Augen. Sie wollte Faye nicht ansehen. Sie haßte sie. Immer schon hatte sie die Mutter verabscheut. Und jetzt haßte sie sie noch mehr. Es war die Schuld ihrer Mutter, daß man sie geholt hatte, ihre Schuld, daß sie nicht zurückdurfte. Immer hatte sie alles kaputtgemacht, bei allen, weil sie alle herumkommandierte und immer ihren Willen durchsetzen wollte. Diesmal würde es nicht glücken. Egal, wo man sie hinschaffen würde, sie würde wieder ausreißen. Sie wußte jetzt, wie einfach das war.

»Warst du nicht bei einem Arzt?« Fayes Frage klang schockiert. Wieder schüttelte Anne mit geschlossenen Augen den Kopf. Doch dann schlug sie die Augen langsam auf.

»Meine Freunde haben sich um mich gekümmert.«

»Wann war deine letzte Periode?«

Wie bei der Polizei, nur noch ärger, dachte Anne. Dort hatte man ihr wenigstens nicht solche Fragen gestellt. Sie wußte, daß sie keine Antwort zu geben brauchte. Aber sie gab immer eine Antwort. Faye hatte etwas Direktes und Zielstrebiges an sich, dem sich alle fügten, und auch Anne fügte sich.

»Zu Hause.«

Das mußte vor fünf Monaten gewesen sein.

Faye zuckte zusammen. Es mußte passiert sein, kaum daß sie das Haus verlassen hatte.

»Weißt du, wer der Vater ist?« Eine ungeheuerliche Frage, die viel zu früh kam, wie Lionel Ward mit einem Blick zu verstehen gab, damit dieser Faye bremste. Anne durfte noch nicht gedrängt werden. Womöglich würde sie wieder davonlaufen, noch ehe man sie nach Hause gebracht hatte. Und diesmal würde man sie vielleicht überhaupt nicht mehr finden, fürchtete Lionel. Anne lächelte nur, als sie sich zu erinnern versuchte.

»Ja.«

»Ist es Moon?«

Anne zuckte mit den Schultern und versetzte mit ihrer Antwort Faye einen neuen Schlag.

»Ja. Es sind alle.«

Faye stockte der Atem. Sie mußte sich verhört haben. Es mußte ein Irrtum sein.

»Alle?«

Verständnislos starrte sie das Kind an, das kein Kind mehr war. Anne war jetzt eine Frau, eine verbogene, zerbrochene Frau und kein kleines Mädchen mehr. Und sie erwartete ein Kind. Und plötzlich begriff Faye. Das Entsetzen spiegelte sich in ihrem Blick.

»Willst du damit sagen, daß die ganze Kommune dieses Kind gezeugt hat?«

»Ja.«

Anne sah Faye ganz zaghaft an und setzte sich zum ersten Mal auf, worauf sich der Raum um sie zu drehen begann. Hilfesuchend blickte sie auf Lionel, der sie sofort stützte. John reichte ihr ein Glas Orangensaft. Nach den Andeutungen der Polizei hatten die beiden so etwas vermutet, aber Faye und Ward traf es unvorbereitet. Im Sitzen sah man Annes Schwangerschaft noch deutlicher als im Liegen.

Jetzt übernahm Ward die Initiative. Er konnte es nicht fassen, was seinem unschuldigen Kind angetan worden war. Ohne Faye weiter zu beachten, wandte er sich an Lionel. »Ich möchte mich mit den Leuten von der Polizei in Verbindung setzen.« Er wollte dafür sorgen, daß diese perversen Schweine hinter Gittern landeten.

Faye weinte leise vor sich hin, als sie hinausgingen. Auf der Treppe suchte sie Halt bei Ward. Es kümmerte sie nicht, welchen Eindruck sie machte.

»Mein Gott, Ward, sie wird nie wieder sein wie früher«, schluchzte sie.

Ward hegte ähnliche Befürchtungen, wollte es aber nicht zugeben. Er mußte Faye jetzt beistehen, so wie sie ihm seinerzeit beigestanden und ihm zu einer Karriere verholfen hatte, zu der er allein nie hätte finden können. Sie brachte ihm alles bei, bis er schließlich flügge geworden war. Jetzt wollte er für sie alles in seinen Kräften Stehende tun, und wenn sie nachher noch immer auf einer Scheidung bestand, würde er sich mit Anstand fügen. Darauf hatte sie ein Recht nach allem, was er ihr angetan hatte.

Ward fühlte sich noch immer unbehaglich, wenn er Lionel und John zusammen sah, er verdrängte aber diese Gedanken. Er und Faye mußten endlich aufhören, bei sich die Schuld zu suchen, er wegen Lionels Homosexualität und sie wegen Annes Flucht. Diese Selbstbezichtigungen waren fruchtlos und nützten weder Lionel noch Anne.

»Mit der Zeit wird Anne alles vergessen, Faye«, tröstete er sie, ohne seinen eigenen Worten glauben zu können, aber Faye ließ sich nicht beruhigen.

»Sie muß das Kind loswerden. Denk an die Drogen, die sie genommen hat. Wer weiß, wie das Kind sich entwickelt... als... als irgendein Kretin vielleicht?«

»Wie schrecklich! Ist eine Abtreibung noch möglich?« Er sah Faye hoffnungsvoll an, und sie ließ ein verbittertes Auflachen hören.

»Hast du sie gesehen, Ward? Sie ist mindestens im fünften Monat.«

Plötzlich überfiel sie der Verdacht, Anne könnte schon schwanger gewesen sein, als sie weglief. Nein, das wollte sie doch nicht glauben... aber bei Anne wußte man ja nie...

Sie fuhren direkt zur Polizeistation in der Bryant Street und ließen sich zu der für Jugendliche zuständigen Abteilung bringen, wo man mit Fällen dieser Art viel Erfahrung hatte. Aus allen Richtungen strömten in dieser Stadt Halbwüchsige zusammen und bevölkerten das Haight-Ashbury-Viertel. Manchen passierte viel Schlimmeres als der Verlust der Unschuld. Viele bezahlten mit dem Leben. Man wußte von Elfjährigen, die sich eine Überdosis Heroin gespritzt hatten oder unter der Einwirkung von LSD aus dem Fenster gesprungen waren. Teenager unter fünfzehn brachten Kinder zur Welt. Sie entbanden, begleitet vom Singsang ihrer Freunde, in Hausfluren. Erst vor sechs Monaten war ein Mädchen verblutet, ohne daß jemand Hilfe geholt hätte.

Als Faye das alles hörte, war sie zutiefst dankbar, daß man Anne überhaupt gefunden hatte. Und sie wappnete sich innerlich, als man ihr Einzelheiten über die Sekte mitteilte, mit der Anne zusammengelebt hatte.

Nachdem alles gesagt worden war, verspürte sie den dringenden Wunsch nach Vergeltung, und Ward wollte unbedingt eine Anzeige machen. Die Polizei riet ab. Es wäre mit Schwierigkeiten verbunden, alle unter Anklage zu stellen, und es war unmöglich, eine Sippe insgesamt wegen Notzucht an einem Mädchen anzuklagen. Und überdies – was wäre damit gewonnen? War es nicht einfacher, Anne nach Hause zu bringen, ihr psychiatrische Hilfe angedeihen zu lassen und ihr die Chance zu geben, alles zu vergessen, anstatt sie einem langwierigen Verfahren auszusetzen? Dieses würde erst in ein bis zwei Jahren, wenn nicht noch später, stattfinden, und aller Wahrscheinlichkeit nach könnte sie nichts dabei gewinnen. Denn bis dahin würden die beteiligten Jugendlichen in alle Winde zerstreut sein, und die Familien, von denen viele wohlhabend und einflußreich waren, hätten ihre Kinder ohnehin gegen Kaution freibekommen. Eine Anzeige war sinnlos. In ein oder zwei Jahren würde Anne das alles wie ein ferner Traum vorkommen, sagten die Beamten. Ein Alptraum, den sie vergessen würde.

»Und ihre Schwangerschaft? Was ist mit diesem Moon?« wollte Faye wissen.

Man sagte ihr, daß dem Mann nichts Konkretes nachzuweisen sei. Er hielt niemanden gewaltsam fest, und die Sektenmitglieder würden nie gegen ihn aussagen. Man bezweifelte, daß Anne je gegen ihn als Zeugin auftreten würde. Im nachhinein sollten Faye und Ward dahinterkommen, daß die Polizei recht hatte. Anne liebte diesen Mann wider alle Vernunft, und sie weigerte sich, mit jemandem über ihn zu sprechen, auch nicht mit Lionel. Schließlich gaben ihre Eltern es als hoffnungslos auf. Wahrscheinlich hatte die Polizei recht, obwohl sie es momentan nicht einsehen konnten.

Unter den gegebenen Umständen war es tatsächlich am besten, Anne mitzunehmen, ihr Hilfe zu verschaffen, sie sicher von dem Kind zu befreien und sie alles vergessen zu lassen, wenn sie nur wollte. Lionel war der Meinung, daß Anne es mit der Zeit schaffen würde, während John sich jeden Kommentar versagte. Er hatte noch immer Angst vor Ward Thayer. Vor allem fürchtete er, dieser würde wieder die Beherrschung verlieren und ihn schlagen, obwohl Lionel schwor, er würde dies nie wieder zulassen. Aber Wards Wut und Angriffslust erwachten jetzt nur, wenn von Moon und der Sekte die Rede war. Johns Befürchtungen ließen nach.

In der Nacht hielten sie abwechselnd bei Anne Wache, und am nächsten Morgen wurde der Rückflug besprochen, während John auf sie achtgab. Faye wollte sie so schnell wie möglich nach Hause schaffen und sie in einer Klinik unterbringen, obwohl man nach Lionels Meinung damit ein paar Tage warten sollte. Anne stand jetzt nicht mehr unter der Einwirkung der Drogen, zeigte aber Anzeichen von Bewußtseinsspaltung. Ward kam mit Faye überein, daß man ihr noch Zeit lassen müsse, ehe man sie in eine Klinik brachte. Ein echtes Problem war der Flug, da man sie in ihrem verkommenen und verwirrten Zustand nicht zwischen die Passagiere einer Linienmaschine setzen konnte. Schließlich einigte man sich auf einen Kompromiß. Ward rief bei MGM an und charterte die Studiomaschine. Man würde sie alle um sechs Uhr in San Franzisko abholen und nach Los Angeles bringen. Vorher wollte er noch einmal zur Polizei, und anschließend führte er ein Gespräch mit seinem Anwalt, der mit den Beamten einer Meinung war. Auf eine Anzeige wurde verzichtet.

Um halb fünf Uhr nachmittags wurde Anne in einen Bademantel gehüllt, den Faye ihr in der Union Street besorgt hatte, und in einem Taxi zum Flughafen gebracht. Sie weinte ununterbrochen. Unter den empörten Blicken des jungen Taxifahrers kamen sich alle vor wie Kidnapper. Es wurde kaum ein Wort gesprochen. Anne, die nicht die Kraft hatte, sich auf den Beinen zu halten, mußte von Ward zur Maschine getragen werden.

Kaum an Bord, gönnte er sich einen harten Drink, den ersten seit zwei Tagen, die beiden Jungen und Faye tranken Wein. Es war für alle ein schwieriger Flug. Lionel und John litten unter der Anspannung, die Wards Gegenwart für sie bedeutete. Kein einziges Mal richtete er das Wort an sie. Er sprach immer Faye an und ließ sie die Nachricht weitergeben. Fast sah es aus, als hätte er Angst, angesteckt zu werden, falls er die beiden direkt anredete.

Als die MGM-Limousine die Jungen vor ihrem Haus abgesetzt hatte, bevor sie weiter zum Haus der Thayers fuhr, stieß John einen erleichterten Seufzer aus.

»Ich weiß einfach nicht, was ich zu ihm sagen soll.« Er atmete tief durch und sah Lionel um Entschuldigung bittend an, der ihn gut verstehen konnte.

»Mach dir nichts draus. Ich auch nicht. Aber er fühlt sich in unserer Gegenwart ebenso unbehaglich.«

Alles in allem war es nur ein labiler Waffenstillstand. Lionel war überzeugt, sein Vater halte an seinem Entschluß fest und denke nicht daran, den Familienbann aufzuheben. Er fühlte sich ebenso ausgestoßen wie vor ein paar Monaten, und er irrte sich nicht.

»Er tut so, als wäre Homosexualität ansteckend und als bestünde die Gefahr, er könnte sie von uns kriegen.«

Lionel sagte es mit boshaftem Lächeln. Es tat gut, wieder in den eigenen vier Wänden zu sein – zumindest war das sein anfängliches Gefühl. Faye hatte die Zimmer für sie weiter bezahlt, und sie hatten ihre Mitbewohner nicht mehr gesehen, seit sie im Januar fortgegangen waren. Zu Lionels Eltern konnten sie nicht fahren und auch nicht zu den Wells', denn die hätten sich über die Geschichten, die sie zu berichten hatten, schrecklich aufgeregt. Also gingen sie die Stufen hinauf, zum ersten Mal seit Monaten wieder zu Hause. Sie konnten es kaum erwarten, auszupacken.

Das Sommersemester würde in Kürze beginnen. Jetzt konnten sie endlich ins wirkliche Leben zurückkehren, was immer das auch sein mochte. Inzwischen hatten aber beide vergessen, was das ewige Verstecken und Vortäuschen bedeutete. Als sie plötzlich wieder in einem Raum voller biertrinkender Erst- und Zweitsemestler waren, kam schlagartig alles auf sie zu, was sie in den fünf Monaten Hotelleben auf der Suche nach Anne fast vergessen hatten. Jetzt hieß es wieder vorsichtig sein und achtgeben, eine Aussicht, die beide bedrückte, als sie ihre Sachen einräumten. Lionel schlenderte hinüber in Johns Zimmer, und beide wechselten einen

Blick. Und plötzlich tauchte vor ihnen die Frage auf, ob hier alle über sie Bescheid wüßten. Sie hatten das deutliche Gefühl, man könne es ihnen ansehen. Doch Lionel mußte sich eingestehen, daß es ihn nicht berührte. Ja, er war schwul. Ja, er war in John verliebt. Und als er in die Küche ging und sich ein Bier holte, tat er es fast herausfordernd, und keiner ließ eine Bemerkung fallen. Diejenigen, die von seiner Suche wußten, freuten sich mit ihm, daß man Anne gefunden hatte. Einer der anderen hatte eine zwölfjährige Schwester, die ausgerissen und spurlos verschwunden war. Ihre Eltern befürchteten das Ärgste, während ihr Bruder überzeugt war, daß sie in San Franzisko steckte. Sie sprachen eine Weile darüber, und Lionel glaubte im Blick des Jungen etwas Merkwürdiges zu lesen, als wollte er ihn etwas fragen und wagte es nicht.

Im Hause Thayer war die Stimmung merklich gedämpft. Die Zwillinge hatten schockiert mit angesehen, wie Ward Anne hineintrug. Sie hatten nicht geahnt, daß sie so elend aussehen würde, und als sie sich auf schwankenden Beinen aufstellte und ihr Leib sich stark vorwölbte, da schnappte Vanessa buchstäblich nach Luft, und Valerie traute ihren Augen nicht.

»Was wird sie jetzt machen?« fragten sie Faye später. Faye wußte darauf selbst keine Antwort. So erschöpft und ausgelaugt hatte sie sich in ihrem ganzen Leben nicht gefühlt.

Am nächsten Tag wurde Anne zum Arzt gebracht, der keine Spuren von Gewaltanwendung an ihr feststellen konnte. Was immer sie getan hatte, sie hatte es bereitwillig getan und trug keine Narben und keine Zeichen. Nach Schätzung des Arztes war das Baby am 12. Oktober zu erwarten. Er schlug vor, sie solle sich nachher sechs Wochen erholen, vorausgesetzt, das Kind komme rechtzeitig. Auf diese Weise konnte sie nach den Weihnachtsferien wieder zur Schule. Dann hatte sie vom Zeitpunkt ihres Verschwindens an genau ein Jahr verloren und konnte die achte Klasse nach der Entbindung beenden. Im darauffolgenden Jahr würde sie in die High School überwechseln.

Anne starrte den Arzt nur an, während er ihr das alles plausibel machte. In Gegenwart des Arztes schnitt Faye auch das Thema an, das sie mit ihm schon besprochen hatte. Für eine Abtreibung, die für Anne einfachste Lösung, die Faye auf jeden Fall durchgesetzt hätte, war es natürlich schon zu spät. Leider ließ sich im nachhinein unmöglich feststellen, welche Drogen sie seit der Empfängnis genommen hatte und welche Wirkungen diese zeitigten. Aber auch auf ein Baby mit kleineren Mißbildungen warteten viele kinderlose Ehepaare, die es gern adoptieren würden.

Die Blumenkinder-Subkultur hatte einen echten Boom an Adoptivkindern mit sich gebracht. Es gab Dutzende von Babys, die zur Adoption freigegeben wurden, Kinder von Mädchen aus dem Mittelstand, die mit Burschen ähnlicher Herkunft geschlafen hatten, in Kommunen, die wie Pilze aus dem Boden geschossen waren. Kaum aber waren die Babys geboren, erlosch das Interesse der kindlichen Mütter. Das galt natürlich nicht für alle, traf aber in den meisten Fällen zu. Alle wollten frei sein und die Tage voller Sonnenschein, Frieden und Liebe genießen, ohne sich die Last der Verantwortung aufzuhalsen.

Und der Arzt würde ihnen gern helfen, wie er sofort erklärte. Allein in Los Angeles kannte er vier Ehepaare, die sehnsüchtig auf ein Adoptivkind warteten. In allen diesen Familien würde das Kind es gut haben, und für Anne wäre es das beste... Sie konnte in die Welt einer Vierzehnjährigen zurückkehren und vergessen, was ihr passiert war. Faye und der Arzt sahen sie mit aufmunterndem Lächeln an, während Anne sie entsetzt anstarrte und sich beherrschen mußte, um nicht loszuschreien.

»Ich soll mein Baby weggeben?« Sie fing zu weinen an. Faye versuchte, den Arm um sie zu legen, doch Anne wehrte sie ab. »Das mache ich nicht! Niemals! Hörst du?«

Fayes Entschluß war unerschütterlich. Man würde sie eben zwingen, das Kind aufzugeben. Sie hatte es nicht nötig, einen kleinen Krüppel ihr Leben lang mit sich herumzuschleppen, der sie ständig an den Alptraum erinnern würde, den sie alle zu vergessen versuchten. Nein, auf keinen Fall. Sie wechselte mit dem Arzt einen vielsagenden Blick. Sie hatten viereinhalb Monate Zeit, Anne zu überzeugen, was für sie am besten wäre.

»Später wirst du anders darüber denken, Anne. Du wirst glücklich sein, wenn du es aufgegeben hast. Außerdem wird es vielleicht gar nicht normal sein.«

Faye war um einen sachlichen Ton bemüht, während sie innerlich einer Panik nahe war. Wenn Anne nun wieder fortlief? Wenn sie das Kind unbedingt behalten wollte? Der Alptraum wollte kein Ende nehmen.

Auf der Heimfahrt kauerte Anne in einer Ecke des Wagens und starrte aus dem Fenster, während ihr ununterbrochen Tränen über die Wangen liefen. Als der Wagen vor ihrem Haus vorfuhr und Faye nach Annes Hand fassen wollte, entzog Anne sie ihr brüsk und wich ihrem Blick aus.

»Liebling, du kannst das Kind nicht behalten. Es würde dein Leben ruinieren.« Faye war überzeugt davon, und Ward war mit ihr einer Meinung.

»Dein Leben oder Dads Leben?« Anne funkelte ihre Mutter an. »Dir ist es peinlich, daß man mir ein Kind gemacht hat, das ist alles. Jetzt möchtest du den Beweis loswerden. Na, sag schon, was du mit mir in den nächsten vier Monaten machen wirst. Mich in der Garage verstecken? Du kannst machen, was du willst, aber du kannst mir mein Kind nicht wegnehmen.«

Da verlor Faye die Beherrschung und schrie Anne an, die eben aussteigen wollte. Die letzten Tage hatten ihr gereicht. Eigentlich die letzten Monate.

»Doch wir können! Wir können machen, was uns als richtig erscheint. Du bist noch nicht mal fünfzehn!« Sie bereute sofort, daß ihr das herausgerutscht war, und am Nachmittag war Anne wieder verschwunden. Diesmal hatte sie sich zu Lionel geflüchtet und berichtete ihm schluchzend die ganze Geschichte.

»Ich lasse nicht zu, daß man es mir wegnimmt... Auf keinen Fall!« Sie sah dabei selbst wie ein Baby aus. Man konnte sie sich mit einem Kind nicht vorstellen, obwohl sie in den letzten Monaten erwachsener geworden war. Lionel wußte nicht, wie er es ihr beibringen sollte, aber er stimmte in diesem Punkt mit seiner Mutter überein. Und John ebenfalls. Sie hatten sich am letzten Abend darüber unterhalten, im Bett, flüsternd, damit die anderen es nicht merkten. Im Hotel war alles viel besser gewesen, aber jetzt hatten sie es wieder mit dem wirklichen Leben zu tun, ähnlich wie Anne.

Lionel sah sie mitleidig an und nahm liebevoll ihre Hand. Lionels Ähnlichkeit mit seiner Mutter war unheimlich, aber Anne hatte sie nie zur Kenntnis nehmen wollen, damit ihre Liebe zu ihm nicht darunter litt. Für Ward stellte diese Ähnlichkeit hingegen eine allerletzte, wenn auch schwache Bindung zu Lionel dar.

»Vielleicht haben sie recht, Anne. Ein Kind ist eine große Verantwortung, und es wäre unfair, wenn du sie unseren Eltern aufbürdest.«

Daran hatte sie nicht gedacht. »Dann suche ich mir Arbeit und trage die Verantwortung selbst.«

»Und wer kümmert sich um das Kind, wenn du arbeitest? Verstehst du jetzt, was ich meine? Du bist noch nicht mal fünfzehn...«

Sie fing zu heulen an. »Du bist wie die anderen...« Das war er früher nie gewesen. Wenn er jetzt auch noch so anfing, war es nicht auszuhalten. Aus ihrem Blick sprach Verzweiflung. »Lionel, es ist mein Baby. Ich kann es nicht aufgeben.«

»Ach was, eines Tages wirst du andere Kinder haben.«

»Na und?« Sie sah ihn entgeistert an. »Wenn man dich fortgegeben hätte, nur weil Mutter später noch Kinder zur Welt gebracht hätte?«

Dieses Beispiel brachte ihn zum Lachen. Zärtlich sah er sie an. »Überleg dir die Sache. Du mußt dich ja nicht sofort entscheiden.«

Damit war sie schließlich einverstanden. Aber als sie nach Hause kam, gerieten sie und Val sich sofort in die Haare. Val wollte, daß Anne in ihrem Zimmer bleiben sollte, wenn ihre Freunde kämen. »Wenn alle wissen, daß du einen dicken Bauch hast, bin ich auf der Schule erledigt und werde ausgelacht. Und wenn du nächstes Jahr selbst auf die High School kommst, wirst du sicher nicht wollen, daß alle Welt es weiß.«

Am Abend wurde Val von Faye gescholten, weil sie so grausam gewesen war, doch es war zu spät. Anne war nach dem Abendessen auf ihr Zimmer gegangen, hatte ihre Sachen gepackt und stand um zehn Uhr wieder vor Lionels Tür.

»Ich kann nicht mit ihnen zusammensein.«

Sie berichtete, was passiert war. Lionel seufzte. Er wußte, wie schwierig es für sie war, aber viel konnte er nicht für sie tun. Für diese eine Nacht konnte sie sein Bett haben. Er beruhigte sie damit, daß sie am folgenden Tag alles in Ruhe besprechen wollten. Dann rief er seine Mutter an, um ihr zu sagen, wo Anne steckte. Faye hatte Ward bereits informiert, und Lionel hatte den Eindruck, seinem Vater stehe wieder eine schlaflose Nacht bevor.

Seinen Mitbewohnern sagte er, er würde auf dem Boden schlafen, in Wahrheit schlief er natürlich bei John, nicht ohne Anne zu ermahnen, sie solle vorsichtig sein, damit die anderen nicht aus einer unbedachten Bemerkung erfuhren, wie er zu John stand.

Als Lionel und John am nächsten Tag mit ihr spazierengingen, fragte sie: »Schläfst du mit John jede Nacht zusammen?«

Ihre Frage machte ihn verlegen, trotzdem bemühte er sich, aufrichtig zu sein, und sagte nach kurzem Zögern: »Ja, das tun wir.«

»Wie Mann und Frau?«

Aus dem Augenwinkel sah er, wie John rot wurde. »So irgendwie.«

»Richtig gruselig.« Das klang aus ihrem Mund gar nicht beleidigend, und Lionel lachte darüber.

»Ja, vermutlich. Aber so ist es eben.«

»Ich weiß gar nicht, warum sich alle so aufregen, vor allem Dad. Wenn ihr euch liebt, ist es doch egal, was ihr seid, Mann oder Frau oder zwei Mädchen oder zwei Männer.«

Diese Feststellung drängte ihm die Frage auf, was sie eigentlich in der Kommune erlebt habe. Die Polizei hatte gewisse Andeutungen gemacht. Anne verfügte wahrscheinlich selbst über zahlreiche gleichgeschlechtliche Erfahrungen, nur hatte sie dabei unter Drogeneinfluß gestanden. Und außerdem hatte sie Gruppensex kennengelernt, wie die Sekte ihn praktizierte. Lionel stellte keine Fragen. Vielleicht konnte sie sich an gar nichts erinnern. Es war so ganz anders als das, was ihn mit John verband. Sie erlebten eine echte Liebesgeschichte. Lionel sah Anne verstohlen an. Seltsam, wie sie in einem Schwebezustand zwischen Kind und Frau verharrte.

»Die meisten sehen das anders. Für viele ist es etwas Beängstigendes.«

»Warum?«

»Weil es sich von der Norm unterscheidet.«

Anne seufzte. »So wie meine Schwangerschaft, weil ich erst vierzehn bin?«

»Ja, mag sein.«

Anne war hart im Nehmen, das merkte er. Jetzt bot sich die beste Gelegenheit, mit ihr zu besprechen, was mit ihr geschehen sollte. Er hatte mit John die halbe Nacht darüber diskutiert, und sie waren zu einem Entschluß gelangt. Lionel hatte schon mit Faye darüber gesprochen. Irgendwie wurde damit auch für Faye und Ward die Situation erleichtert.

Lionel hatte sich nicht geirrt. Sein Einfühlungsvermögen war immer schon ausgeprägt gewesen. Auch diesmal hatte er recht behalten. Ward hatte die Nacht schlaflos verbracht. Er ging ans Telefon, wechselte aber kein Wort mit Lionel. Sein Ältester existierte nach wie vor für die Familie nicht mehr. Nachdem Lionel Anne gefunden hatte, war er wieder entbehrlich, zumindest für Ward. Er reichte Faye wortlos den Hörer, und diese unterbreitete ihm dann Lionels Vorschlag.

»Lionel möchte wissen, was wir davon halten, wenn er sich eine Wohnung nahe der Schule suchte und Anne zu sich nähme, bis das Baby kommt. Nachher kann sie wieder ausziehen, wieder zu uns kommen, und ihr Zimmer wird an einen Studenten vermietet. Na, was meinst du?« Sie warf ihm über ihre Kaffeetasse einen nachdenklichen Blick zu. Irgendwie war es gut, ihn zurückzuhaben, wenn es vielleicht auch nur für einige Nächte war. Ward war ihr in diesen schweren Tagen eine echte Stütze.

Ward überlegte mit gerunzelter Stirn. »Kannst du dir nicht vorstellen, was sie womöglich bei diesen beiden zu sehen bekommt?« Der Gedanke bereitete ihm Übelkeit.

Faye war fassungslos. »Kannst du dir nicht denken, was sie selbst in dieser widerwärtigen Kommune getrieben hat, Ward? Machen wir uns doch darüber nichts vor!«

»Schon gut, schon gut. Lassen wir das lieber.« Er wollte über diese Dinge im Zusammenhang mit seiner Kleinen nicht nachdenken, ebensowenig wie er sie mit John und Lionel irgendwo in einer Homobude hausen lassen wollte. Andererseits war ihm klar, daß sie nicht nach Hause zurückkehren würde. Damit bekamen er und Faye eine kleine Atempause. Jetzt waren nur mehr die Zwillinge zu Hause, und die waren ständig unterwegs mit ihren Freunden, besonders Val.

»Ich möchte mir die Sache überlegen«, sagte er schließlich.

Ihm war das Ganze nicht geheuer, doch je länger er darüber nachdachte, desto mehr festigte sich in ihm die Überzeugung, daß diese Lösung vielleicht nicht die schlechteste wäre.

John und Lionel waren erleichtert, als Faye ihnen ihren Entschluß mitteilte. Den beiden war inzwischen klargeworden, daß sie unmöglich weiter mit den anderen Jungen in dem Haus leben konnten. Sie hatten es satt, ständig den Schein wahren zu müssen. Mit zwanzig war Lionel bereit, zu seiner Veranlagung zu stehen, und John war es auch.

Faye hatte ihnen geholfen, die kleine, aber sehr hübsche Wohnung in Westwood, nicht weit von ihrer bisherigen Adresse, zu finden. Sie bot ihnen an, die Wohnung einzurichten, aber John schaffte es, in kürzester Zeit und unter Verwendung von einfachsten Materialien wahre Wunder zu wirken. Faye traute ihren Augen nicht, als sie das Ergebnis sah. Er hatte Unmengen von grauem Flanell und von rosa Seide erstanden und die Wände damit bespannt und zwei alte, am Trödelmarkt entdeckte Couches im Wert von fünfzig Dollar neu bezogen. Er stöberte hübsche Drucke in winzigen Läden auf und erweckte hoffnungslose Pflanzen wieder zum Leben. Alles zusammen wirkte originell und pfiffig wie von einem echten Profi. John freute sich riesig über Fayes Lob. Und seine Mutter, die sehr stolz auf sein Talent war, kaufte einen wunderschönen Spiegel, den sie über den Kamin hängten. Die kleine Anne tat ihr leid, gleichzeitig war sie dankbar, daß nicht eine ihrer Töchter vom gleichen Schicksal bedroht war.

Anne war noch nie so glücklich gewesen wie mit den beiden. Sie hielt die Wohnung sauber, und als sie von John lernte, wie man eine Ente briet, gestand sie, daß es bei ihnen sogar noch besser wäre als in der Kommune. John war ein fabelhafter Koch und bereitete immer das Abendessen zu.

Lionel belegte im Sommersemester seinen Filmkurs, um die versäumte Zeit nachzuholen, und damit war er bis Herbst beschäftigt. John aber hatte einen großen Schritt getan. Er wußte jetzt, daß er gar nicht mehr aufs College wollte. Er gab das Studium auf und ergatterte einen Job bei einem bekannten Innenarchitekten in Beverly Hills. Der Kerl war zwar scharf auf ihn, und es war manchmal richtig lästig, täglich seine Annäherungsversuche abwimmeln zu müssen, aber John war begeistert von der Arbeit und von den Häusern, in denen er zu tun hatte. Abends berichtete er immer enthusiastisch von seinem Job. Seit Juli arbeitete er, und Ende August hatte sein Chef endlich kapiert, daß John kein persönliches Interesse an ihm hatte, und ließ ihn endgültig in Ruhe. John hatte ihm von Lionel erzählt und davon, wie ernst ihre Beziehung sei. Der Mann hatte nur gelacht, weil er wußte, daß alles nur eine Frage der Zeit war. »Kindsköpfe«, hatte er lachend gesagt. Aber an Johns Arbeit gab es nichts auszusetzen, und deswegen durfte er bleiben.

Hin und wieder kam Faye auf Besuch. Ward war inzwischen endgültig wieder nach Hause gekommen, und beide versuchten, die Trümmer ihrer Ehe zu kitten. Sie sprach sich mit Lionel darüber aus, wenn sie allein waren. Sie wollte nicht, daß Anne etwas davon hörte. Sie fragte ihn auch, ob es ihm schon geglückt sei, Anne zu überreden, das Baby fortzugeben. In zwei Monaten würde die Geburt sein, und die Ärmste war schon sehr unförmig. Die Hitze machte ihr sehr zu schaffen, da die Wohnung keine Klimaanlage hatte. Es wurde besser, als John Ventilatoren anschaffte. Er bestand darauf, die Hälfte der Miete zu zahlen, da er einen Job hatte und Lionel noch studierte. Faye war gerührt, wie ernst er seine Arbeit nahm und wie aufopfernd er sich um alle kümmerte.

Mit liebevollem Blick fragte sie Lionel: »Du bist doch glücklich, Lionel, oder?« Sie mußte es wissen. Er bedeutete ihr so viel. Und sie hatte John schon immer sehr gern gehabt, aber jetzt um so mehr, nachdem er mitgeholfen hatte, Anne zu finden.

»Ja, ich bin glücklich.« Lionel hatte sich wunderbar entwickelt, wenn auch anders, als sie und Ward erwartet hatten. Aber das war vielleicht gar nicht so wichtig. Das problematische Verhältnis Lionels zu seinem Vater machte ihr noch immer große Sorgen, und mit Ward konnte man darüber nicht sprechen.

»Das freut mich. Und was ist mit Anne? Wird sie das Kind zur Adoption freigeben?«

Der Arzt kannte ein Ehepaar, das außerordentlich interessiert war, die Frau war sechsunddreißig, der Mann zweiundvierzig. Sie konnten keine eigenen Kinder bekommen und waren für eine normale Adoption zu alt. Sie war Jüdin, er Katholik. Es war ihre einzige Hoffnung und Möglichkeit, auf diese Weise zu einem Kind zu kommen. Nicht einmal das Risiko einer eventuellen Mißbildung konnte sie abschrecken, so sehr sehnten sie sich nach einem Kind. Daß sie es wie ein eigenes lieben würden, stand fest.

Im September bestand Faye darauf, daß Anne sich mit dem Paar traf, um eine Lösung herbeizuführen. Die beiden waren trotz ihrer Nervosität reizend. Sie baten Anne inständig, ihnen das Kind zu überlassen, und versprachen ihr sogar, sie könne kommen und das Kleine ab und zu sehen, obwohl Arzt und Anwalt ihnen dringend davon abgeraten hatten. Besuche dieser Art konnten böse Folgen haben. Es hatte sogar eine Kindesentführung gegeben, nachdem alle Papiere bereits unterzeichnet worden waren. Da war es besser, gleich einen dicken Strich zu ziehen. Aber die beiden wären mit allem einverstanden gewesen. Die Frau hatte schimmerndes schwarzes Haar und schöne braune Augen. Sie war gut gewachsen und intelligent, eine aus New York stammende Anwältin. Ihr Mann war Augenarzt und hatte entfernte Ähnlichkeit mit Anne. Das Kind wird ihnen sogar ähnlich sehen, wenn es Anne und nicht dem unbekannten Vater nachgerät, dachte Faye bei sich. Das Ehepaar war ungemein sympathisch und tat Anne sehr leid.

»Wieso können die keine Kinder bekommen?« fragte sie auf der Rückfahrt Lionel.

»Das habe ich nicht gefragt. Ich weiß nur, daß es so ist.« Faye betete darum, Anne würde Vernunft zeigen. Sie wollte, daß auch Ward ihr gut zuredete, aber er war verreist. Er hatte Faye überzeugen wollen mitzukommen, weil sie, wie er sich ausdrückte, »Flitterwochen« brauchten, da sie ja nun wieder zueinandergefunden hatten. Sie war sehr gerührt gewesen, hätte aber kein gutes Gefühl gehabt, Anne bei der Geburt allein zu lassen. Wenn ihr etwas zustieß oder wenn das Kind früher kam, was bei jungen Mädchen oft der Fall war, wie der Arzt sagte ... Außerdem hatte er gesagt, daß Entbindungen bei Teenagern sehr schwierig sein konnten, schwieriger noch als bei Frauen in Fayes Alter, eine in ihren Augen ohnehin absurde Vorstellung. Sie war jetzt sechsundvierzig und hatte mit Babys nichts im Sinn. Doch sie hatte Angst, daß es bei Anne Komplikationen geben könnte. Deswegen wollte sie nicht mit Ward verreisen, obwohl sich zwischen zwei Filmen eine günstige Gelegenheit geboten hätte. Diese Zeit nützte sie lieber, indem sie möglichst viel mit Anne zusammen war. Ward unternahm daher mit Greg eine Europareise, und Faye war überzeugt, das würde beiden guttun.

Der Geburtstermin rückte näher, doch Anne hatte ihr Einverständnis noch immer nicht gegeben. Sie war mittlerweile so unförmig, als wären Zwillinge zu erwarten. Lionel tat sie von Herzen leid. Sie schien ständig Schmerzen zu haben, und er vermutete, daß sie Angst hatte. Sehr verständlich, er an ihrer Stelle hätte sich zu Tode gefürchtet. Er hoffte nur, er würde zu Hause sein, wenn die Wehen einsetzten. John wollte Urlaub nehmen, um Anne mit dem Taxi in die Klinik schaffen zu können. Anne hatte eine Zeitlang davon gesprochen, sie wolle das Kind zu Hause bekommen wie in der Kommune, aber das hatte man ihr rasch ausgeredet. Faye hatte darauf bestanden, daß man sie sofort anrufe, wenn es soweit sei. Lionel hatte es versprochen, doch Anne wollte es nicht.

»Sie wird mir das Baby stehlen, Lionel.« Ihre großen blauen Augen sahen ihn flehentlich an, so daß ihm fast das Herz brach. Anne ängstigte sich sehr, und zwar vor allem.

»Das wird sie nicht tun. Sie möchte nur bei dir sein. Kein Mensch wird dir das Kind wegnehmen. Wenn du es weggibst, dann aus freien Stücken.« Er versuchte, sie dahingehend zu beeinflussen, denn er mußte seiner Mutter recht geben. Mit vierzehneinhalb konnte sie sich mit einem Baby nicht belasten. Anne war selbst noch ein Kind.

Das sollte sich zeigen, als die Wehen wirklich einsetzten. Anne geriet in Panik und sperrte sich, hysterisch schluchzend, in ihrem Zimmer ein. Er und John drohten abwechselnd, die Tür aufzubrechen. Schließlich kletterte John aufs Dach – während Lionel beruhigend auf sie einredete –, stieg durchs Fenster ins Zimmer, sperrte auf und ließ Lionel herein. Sie lag weinend auf dem Bett und wand sich vor Schmerzen. Auf dem Boden war eine Pfütze. Das Fruchtwasser war bereits vor einer Stunde abgegangen, und die Wehen waren seither stärker geworden. Anne schlang verzweifelt die Arme um Lionels Hals und weinte. Bei jeder Wehe klammerte sie sich an ihn.

»Lionel, ich habe Angst... schreckliche Angst...«

Kein Mensch hatte sie darauf vorbereitet, daß es so schmerzhaft sein würde. Im Taxi auf der Fahrt zur Klinik grub sie ihm stöhnend die Fingernägel in die Hand. Sie weigerte sich, mit der Schwester zu gehen, klammerte sich an Lionel und bat, er solle bei ihr bleiben. Der Arzt versuchte, sie zu beruhigen, und als zwei Schwestern sie auf einer Liege davonrollten, schrie sie laut.

Lionel war sichtlich erschüttert, und auch John war bleich geworden. »Können Sie ihr nicht ein Beruhigungsmittel geben?« fragte Lionel den wortkargen älteren Mann.

»Leider nein. Damit würden wir vielleicht die Wehentätigkeit hemmen. Sie ist jung, sie wird das alles schnell vergessen.« Das klang unglaublich. Der Arzt lächelte verständnisvoll. »Für Mädchen ihres Alters ist es besonders schwierig. Sie sind weder körperlich noch geistig auf das Gebären eingestellt. Aber wir werden ihr darüber hinweghelfen, und alles wird gut.«

Lionel war da nicht so sicher. Er konnte Anne von weitem noch immer schreien hören. Vielleicht wäre es doch besser gewesen, bei ihr zu bleiben.

»Hast du deine Mutter schon angerufen?« fragte John.

Lionel schüttelte den Kopf. Es war elf Uhr nachts, seine Eltern schliefen vielleicht schon. Gleichzeitig wußte er, sie würden außer sich sein, wenn er nicht anrief. Mit zitternden Händen wählte er die Nummer. Ward meldete sich, und Lionel sagte hastig: »Ich bin mit Anne in der Klinik.«

Ward verlor keine Zeit damit, den Hörer an Faye weiterzugeben. Zum ersten Mal sprach er direkt mit Lionel. »Wir kommen sofort.«

Und er hielt Wort. In zehn Minuten waren sie zur Stelle, ein wenig unausgeschlafen aussehend, aber hellwach. Der Arzt machte eine Ausnahme und erlaubte, daß Faye bei Anne blieb, solange diese im Wehenzimmer lag.

Niemand war darauf gefaßt, daß es so lange dauern würde. Nicht einmal der Arzt wollte sich festlegen, obwohl er mit seinen Voraussagen meist richtig lag. Aber bei jungen Mädchen war alles unsicher. Sie konnte ganz plötzlich rasch entbinden oder drei Tage in den Wehen liegen. Die Geburtswege erweiterten sich zufriedenstellend, aber jedes Stadium zog sich sehr in die Länge, während sie um Erleichterung flehte, um Medikamente, um alles, und die Hand ihrer Mutter umklammert hielt. Sie versuchte, sich aufzusetzen, wollte davonlaufen und brach vor Schmerzen zusammen. Sie grub die Nägel in die Wände und flehte die Schwestern an, sie gehen zu lassen.

Es war das Schlimmste, was Faye je miterleben mußte. Sie hatte sich noch nie im Leben so hilflos gefühlt. Sie konnte ihrer kleinen Tochter nicht helfen. Nur einmal ging sie hinaus, um Ward etwas zu sagen. Er sollte gleich am Morgen den Anwalt anrufen, für den Fall, daß Anne das Kind nach der Geburt freigeben wollte. Man mußte dafür sorgen, daß sie ihre Unterschrift sofort gab. Nach sechs Monaten würde der Fall neu aufgerollt und überprüft werden, um rechtskräftig zu werden, aber bis dahin würde das Kind längst bei seinen Adoptiveltern sein, und Anne würde hoffentlich wieder ein normales Leben führen. Ward war einverstanden, und Faye riet ihm, er solle nach Hause gehen. Es konnte noch Stunden dauern.

Die drei ließen sich überzeugen, und Ward brachte Lionel und John nach Hause, ohne daß viel gesprochen wurde. Die beiden Jungen gingen hinauf in ihre Wohnung und stellten erstaunt fest, daß es schon vier Uhr morgens war. Lionel konnte nicht mehr einschlafen. Er rief mehrmals die Klinik an, doch es gab nichts Neues. Anne war noch immer im Wehenraum, und das Kind ließ auf sich warten.

Am folgenden Nachmittag, als John von der Arbeit direkt in die Klinik kam, war sie noch immer dort. Lionel hatte den Tag neben dem Telefon verbracht. Es war sechs Uhr, John konnte es nicht fassen.

»Meine Güte, hat sie das Kind noch immer nicht?« Es war unvorstellbar. Die Wehen hatten am vergangenen Abend um acht Uhr eingesetzt, und sie hatte schon starke Schmerzen gehabt, als man sie in die Klinik brachte. »Ist das normal?«

Lionel war kreidebleich. Er hatte unzählige Male angerufen, war sogar für ein paar Stunden in die Klinik gefahren, aber seine Mutter hatte nicht einmal herauskommen und mit ihm sprechen wollen, weil sie Anne nicht allein lassen konnte. Im Vorbeigehen hatte er ein Ehepaar bemerkt, das mit dem Anwalt der Thayers nervös in der Halle stand, und er hatte richtig vermutet, um wen es sich handelte. Die beiden warteten noch ungeduldiger als die Familie Thayer.

Der Arzt schätzte, daß es nur mehr ein paar Stunden dauern konnte. Der Kopf des Kindes war am Nachmittag sichtbar geworden, und Anne stand kurz vor der Entbindung, aber es würde sich noch eine Weile hinziehen. Sollte sich bis acht Uhr abends nichts getan haben, mußte er einen Kaiserschnitt machen.

»Gott sei Dank«, sagte John. Beide brachten keinen Bissen hinunter, so niedergeschlagen waren sie. Um sieben rief Lionel ein Taxi. Er wollte wieder in die Klinik.

»Ich möchte zur Stelle sein.«

John nickte. »Ich komme mit.«

Sie hatten fünf Monate nach Anne gesucht, hatten weitere fünf Monate mit ihr zusammengelebt. Anne war für John wie eine jüngere Schwester. Die Wohnung wirkte ohne sie leer. Einmal hatte John ihr gedroht, sie verhungern zu lassen, wenn sie ihre Sachen nicht aufräumte, aber sie hatte gelacht und scherzhaft behauptet, sie würde in der ganzen Nachbarschaft herumerzählen, daß er schwul sei. Jetzt tat sie ihm furchtbar leid. Sie hatte Schreckliches durchzumachen, und als er kurz nach neun Faye Thayer sah, ahnte er, was Anne litt.

»Sie können das Kind nicht herausbekommen«, berichtete Faye ihrem Mann, der sich auch in der Klinik eingefunden hatte. »Der Arzt will einen Kaiserschnitt bei einem Mädchen ihres Alters erst machen, wenn es unbedingt notwendig ist.«

Anne durchlebte eine Hölle. Sie schrie und flehte, vor Schmerzen halb wahnsinnig. Und man konnte nichts für sie tun. Der Alptraum zog sich noch über zwei Stunden hin, während Anne flehte, man solle sie töten, das Kind töten ... alles. Dann trat plötzlich der kleine Schädel aus, und das Kind kam langsam zur Welt, zerriß seine Mutter und bereitete ihr unendliche Qualen bis zum bitteren Ende. Jetzt war klar, warum die Entbindung so schrecklich gewesen war. Das Kind war riesig, über zehn Pfund schwer, das Ärgste, was einer schmächtigen Person wie Anne passieren konnte. Faye hatte das Gefühl, jeder Mann, der in der Kommune an der Zeugung beteiligt war, habe dazu beigesteuert.

Mit Tränen in den Augen sah Faye das Neugeborene an. Sie beweinte die Schmerzen, die der Kleine Anne bereitet hatte, und sie weinte, weil die Lebensbahnen von Mutter und Kind sich nie wieder berühren würden.

Schon vor Stunden hatte Anne sich bereit erklärt, ihr Kind freizugeben. In diesem Stadium hätte sie sich zu allem bereit gefunden.

Der Arzt stülpte ihr jetzt eine Narkosemaske über. Sie sollte das Kind nie zu Gesicht bekommen, sollte nie erfahren, wie groß ihr Sohn war, sollte auch nichts von den Nähten spüren.

Leise verließ Faye den Kreißsaal, voller Mitgefühl für Anne, für die Schmerzen, die sie erduldet hatte, für das ganze schreckliche Geburtserlebnis, das sie wahrscheinlich nie verkraften würde, und für das Kind, das Anne nie sehen würde. Ihre eigenen Kinder hatten ihr im Laufe der Jahre Freuden und Kummer bereitet, aber sie hatte nicht ein einziges Mal bereut, sie in die Welt gesetzt zu haben. Und jetzt sollte ihr erstes Enkelkind von fremden Leuten aufgezogen werden. Sie würde den Kleinen nie wiedersehen.

Das Baby wurde in ein Bettchen gelegt und in die Kinderabteilung gerollt, wo es gebadet und fremden Leuten übergeben wurde.

Als Faye und Ward eine halbe Stunde später die Klinik verließen, sahen sie die dunkelhaarige Frau, die das Kind in ihrem Arm voller Liebe anblickte. Vierzehn Jahre hatten sie auf ein Kind gewartet, und sie nahmen das Baby, ohne zu wissen, wer sein Vater war und ob es angeborene Schäden hatte. Sie nahmen es mit bedingungsloser Liebe auf.

Faye hielt sich an Wards Hand fest und atmete tief die Nachtluft ein. Der Arzt hatte gesagt, Anne würde unter der Einwirkung der Betäubungsmittel lange schlafen, Gott sei Dank.

Im Bett konnte Faye sich in Wards Armen ausweinen.

»Du kannst dir nicht vorstellen, wie gräßlich es war... sie schrie so fürchterlich...« Sie schluchzte hemmungslos. Es war unerträglich gewesen, und jetzt war es vorbei. Für alle, ausgenommen für die neuen Eltern von Annes Kind. Für sie hatte alles erst begonnen.

25

Anne blieb eine Woche in der Klinik. Ihre Wunden, die körperlichen und seelischen, mußten heilen. Der Arzt behauptete, sie würde mit der Zeit über alles hinwegkommen. Gegen die Schmerzen, die von den ungewöhnlich großen Rissen stammten, bekam sie Injektionen. Noch schlimmer aber waren die psychischen Verletzungen, die sie davongetragen haben mußte.

Täglich kam eine Psychiaterin und redete auf sie ein. Anne würdigte sie keines Wortes. Stumm lag sie da, den Blick unverwandt zur Decke oder zur Wand gerichtet, bis die Dame es schließlich aufgab. Anne sprach mit niemandem, auch nicht mit Faye oder Ward oder den Zwillingen. Nicht einmal Lionel und John, die sie regelmäßig besuchten, konnten ihre Abwehr durchdringen. Lionel brachte ihr einen großen Teddybären und hoffte, er würde sie nicht an das Kind erinnern.

Drei Tage nach der Geburt war der Kleine von seinen neuen Eltern abgeholt worden, in einer noblen blau-weißen Babygarnitur von Dior, in zwei von seiner neuen Großmutter liebevoll gehandarbeitete Decken gehüllt. Anne hatte von den Leuten ein riesiges Blumenarrangement bekommen. Sie verschenkte es sofort weiter. Eine Erinnerung an die künftigen Eltern ihres Kindes war ihr unerträglich. Sie haßte sich für das, was sie getan hatte, noch in den ersten Stunden nach dem Erwachen aus der Narkose hatte sie sich so grauenhaft gefühlt, daß sie das Kind gar nicht hätte sehen wollen.

Erst später erwachte der Wunsch in ihr, daß sie sich wenigstens einmal sein Gesichtchen anschauen könnte, damit ihr eine Erinnerung an ihr Kind blieb. Der Gedanke daran trieb ihr die Tränen in die Augen. Alle versuchten ihr einzureden, sie habe richtig gehandelt, aber sie haßte alle, sich selbst am meisten, und das sagte sie jetzt Lionel, während John mit den Tränen kämpfte. Wäre sie seine Schwester gewesen, hätte er sich für sie in Stücke reißen lassen. Statt dessen versuchte er mit allen Mitteln, Anne aufzuheitern. Waren seine Witze auch nicht sehr geschmackvoll, so kamen sie doch von Herzen. Sein Mitgefühl für Anne war grenzenlos.

»Wir könnten dein Zimmer ganz in Schwarz dekorieren. Im Laden gibt es sagenhaften schwarzen Cord. Über die Fenster kommt schwarzer Tüll. Da und dort kleine schwarze Spinnen verleihen allem den letzten Pfiff.« Er zwinkerte auffällig, und zum ersten Mal seit Wochen konnte Anne richtig lachen.

Zu ihrer Entlassung aus der Klinik waren Ward und Faye zur Stelle. Sie hatten mit Lionel vereinbart – vielmehr Faye hatte mit ihm vereinbart –, daß sie Anne zu sich nach Hause nehmen würden. Annes Zimmer bei Lionel und John konnte weitervermietet werden, es hatte seinen Zweck erfüllt. Anne sollte in ihrem Elternhaus ihr normales Leben wiederaufnehmen.

Als Anne mit dieser Lösung konfrontiert wurde, versank sie noch tiefer in Depressionen, brachte aber nicht die Kraft auf, sich den Eltern entgegenzustellen. Die nächsten Wochen verbrachte sie fast ausschließlich in ihrem Zimmer, aß kaum etwas und erklärte den Zwillingen eiskalt, sie sollten sich zum Teufel scheren, falls sie sich – selten genug – zu ihr verirrten, obwohl Vanessa sich ernsthaft um sie bemühte. Immer wieder versuchte sie mit Schallplatten, Büchern und gelegentlich mit einem Sträußchen Annes Abwehr zu durchdringen. Aber Anne ließ sich von Geschenken nicht betören. Konsequent verschloß sie ihr Herz gegen alle.

Erst am Erntedankfest setzte sie sich mit den anderen zu einem gemeinsamen Dinner an den Tisch. Lionel glänzte bezeichnenderweise durch Abwesenheit, und auch Greg, der ein wichtiges Match bestreiten mußte, war nicht da. Nach Tisch zog Anne sich sofort wieder zurück. Sie hatte niemandem etwas zu sagen, nicht einmal Vanessa, die sich um sie bemühte, und auch nicht Faye, deren Blick immer wieder bekümmert auf Anne ruhte. Anne haßte sie alle. Ihre Gedanken drehten sich einzig und allein um das Baby, das sie aufgegeben hatte. Es war jetzt genau fünf Wochen alt. Unwillkürlich drängte sich ihr die Frage auf, ob sie ihr Leben lang auf den Tag genau wissen würde, wie alt der Kleine war.

Inzwischen konnte Anne wieder sitzen, wenigstens ein Fortschritt, wie Lionel ihr tröstend versicherte. Er besuchte Anne immer, wenn Ward außer Haus war. Ward wußte, daß Lionel hinter seinem Rücken ins Haus kam. Er unternahm nichts dagegen, achtete aber darauf, daß er ihm und John nicht begegnete. In diesem Punkt hielt er stur an seinem Entschluß fest. Als Faye ihn vor Weihnachten bat, Lionel zu den Feiertagen einzuladen, zeigte er sich unbeugsam.

»Ich habe meinen Standpunkt ein für allemal klargemacht. Ich mißbillige Lionels Lebensweise und erwarte, daß die Familie dies zur Kenntnis nimmt.«

Und dabei blieb es, obwohl Faye nicht lockerließ. Schließlich war Ward auch nicht immer ein Heiliger gewesen und hatte sie mehr als einmal betrogen. Er geriet jedoch außer sich, daß sie es wagte, seine heterosexuellen Seitensprünge mit Lionels homosexueller Veranlagung zu vergleichen.

»Ich wollte damit nur sagen, daß du auch nur ein Mensch bist«, setzte Faye sich zur Wehr.

»Er ist schwul, verdammt noch mal!« Wenn er daran dachte, war ihm auch jetzt noch zum Heulen zumute.

»Er ist homosexuell!«

»Er ist pervers, und ich möchte ihn nicht im Haus haben, verstanden?«

Es war vergeblich. Sie konnte ihn nicht von seiner Meinung abbringen. Manchmal bedauerte Faye, daß er zu ihr zurückgekehrt war. Ihre Ehe war längst nicht mehr das, was sie einmal gewesen war, nicht zuletzt wegen Lionel, dessen Veranlagung für ständigen Konfliktstoff sorgte. Immer wieder kam es deswegen zu heftigen Auseinandersetzungen.

Es war ein glücklicher Zufall, daß die Dreharbeiten zu einem neuen Film begonnen hatten und Faye wieder sehr viel außer Haus war. Lionels häufige Besuche bei Anne waren für sie eine große Beruhigung. Jemand mußte ja mit Anne sprechen. Die Ärmste hatte so viel durchgemacht, und Lionel war der einzige, der immer irgendwie Zugang zu ihr gefunden hatte. Deswegen war es ihrer Ansicht nach grundfalsch, ihm das Haus zu verbieten. Dafür haßte sie Ward – und funkelte ihn jetzt wütend an. Und dennoch schlummerte unter ihrer momentanen Abneigung noch die Liebe von einst. Ward Thayer hatte so lange Zeit ihr Leben und ihre Welt verkörpert, daß sie sich ein Dasein ohne ihn nicht vorstellen konnte, mochte er Sünder oder Heiliger sein.

Am Weihnachtstag ließ Lionel sich nicht blicken. Sofort nach dem Festessen ging Anne aus dem Haus und fuhr zu ihm. Die Wells' hatten zu einem Vorwand gegriffen, um Lionel nicht einladen zu müssen, obwohl sie ihren Sohn gern bei sich gesehen hätten. Aber gemeinsam mit seinem Liebhaber wollten sie ihn nicht einladen, weil ihnen dann seine Veranlagung zu deutlich vor Augen geführt worden wäre.

John und Lionel feierten daher allein. Nach dem Essen kamen außer Anne einige von Johns Kollegen und ein homosexueller Bekannter von Lionel aus dem College.

Anne fand sich plötzlich in Gesellschaft einer schwulen Männerrunde und empfand es als überhaupt nicht peinlich. In dieser Runde fühlte sie sich viel wohler als im Kreis ihrer Familie. In den letzten Wochen hatte sie eine positive Verwandlung mitgemacht und sah annähernd so aus wie früher, wenn auch viel reifer, als es ihren Jahren entsprach. Ihr Übergewicht war verschwunden, ihr

Blick hatte sich aufgehellt. In wenigen Wochen würde sie ihren fünfzehnten Geburtstag feiern und konnte auf ihrer alten Schule die achte Klasse beenden. Anne hatte ziemliche Angst davor, weil sie eineinhalb Jahre älter als die anderen sein würde, aber Lionel riet ihr, einfach die Zähne zusammenzubeißen, und ihm zuliebe tat sie es.

Anne durfte ein halbes Glas Champagner trinken und blieb bis nach neun. Sie hatte Lionel von ihren Ersparnissen einen Kaschmirschal gekauft und John einen eleganten silbernen Füller von Tiffany. Die beiden waren ihre besten Freunde und die einzigen Menschen, die sie mochte. John brachte sie in seinem alten VW-Käfer nach Hause, während Lionel bei den Gästen blieb. Die Party würde sicher noch stundenlang dauern, aber Lionel hatte darauf bestanden, daß Anne ging. In dieser Gesellschaft hatte sie eigentlich nichts zu suchen, es wurde oft sehr frei gesprochen, und nicht alle waren so diskret und dezent wie John und Lionel. Zum Abschied hatte Anne ihren Bruder umarmt, und John bekam einen Kuß, ehe sie ausstieg.

»Fröhliche Weihnachten, Kleines«, wünschte er ihr lächelnd.

»Danke gleichfalls.« Damit sprang Anne aus dem Wagen und lief sofort hinauf in ihr Zimmer, um ihre Geschenke anzuprobieren. Von Lionel hatte sie eine schicke weiche Angorajacke mit passendem Schal bekommen und von John kleine Perlclips für die Ohren. Sie konnte es kaum erwarten, sich im Spiegel zu sehen. Anne war so selig über die Geschenke, daß sie Val gar nicht hörte.

Val beobachtete sie von der Tür aus eine Weile. Sie war mißmutig und verärgert, weil Greg, der versprochen hatte, sie zu seinen Freunden mitzunehmen, sich in letzter Minute gedrückt hatte. Vanessa war mit einem ernsthaften Anbeter verabredet, so daß Val allein zu Hause hockte und sich langweilte. Ward und Faye waren auf einen Drink zu Freunden gegangen.

»Woher hast du die Sachen?« Val stachen die Geschenke in die Augen. Sie hätte sie zu gern selbst anprobiert, aber Anne würde ihr dieses Angebot nicht machen, wie sie wußte. Bei Vanessa durfte sie sich ungeniert bedienen, doch Anne war auch in dieser Hinsicht anders und hielt ihre Tür meist verschlossen. Sie hatte sich nie etwas von den Zwillingen geborgt und kapselte sich jetzt noch mehr ab als früher.

»Von Lionel.«

»Ach, wie schön. Wie immer Lionels Liebling.«

Anne kränkte sich über diese Bemerkung, ließ sich jedoch nichts anmerken. Das tat sie nie. Im Verbergen von Gefühlen war sie ein wahres Genie. »Das mußt ausgerechnet du sagen – du warst mit ihm nie sehr gut.« Eine zutreffende Bemerkung, die wiederum Val ärgerte.

»Was hat das damit zu tun? Er ist auch mein Bruder.«

»Dann tu gefälligst hin und wieder etwas für ihn.«

»Glaubst du, für den bin ich interessant? Der kennt doch nur noch seine Homos.«

»Jetzt aber raus aus meinem Zimmer!« Anne ging in drohender Haltung auf Val zu, die zurückwich. Annes lodernder Blick konnte einem wirklich Angst einjagen.

»Schon gut, reg dich ab«, versuchte sie Anne zu beschwichtigen.

»Hinaus mit dir, du Flittchen!« Damit hatte Anne das falsche Wort erwischt. Val erstarrte und funkelte Anne wutentbrant an.

»Du hast es nötig! Von wegen Flittchen. Mir hat niemand ein Kind gemacht, das dann verhökert wurde.«

Das war der Gipfel. Anne holte aus und verfehlte Val. Diese bekam ihren Arm zu fassen und knallte ihn gegen die Tür. Ein deutliches Knacken, und beide Mädchen machten erschrockene Gesichter. Anne bekam ihren Arm frei und holte von neuem aus. Diesmal traf sie Val direkt ins Gesicht. Ihr Hieb war von einem haßerfüllten Blick begleitet.

»Wage ja nicht, mir noch einmal auf diese Tour zu kommen, du Luder, sonst bringe ich dich um, verstanden?!«

Anne hatte einen Nerv getroffen, und Val litt fast unerträgliche Schmerzen. In diesem Augenblick kamen Faye und Ward nach Hause. Ein Blick genügte. Sie sahen Vals gerötetes Gesicht, sahen, wie Anne sich den Arm hielt, und wußten sofort, daß es Streit gegeben hatte.

Beide wurden ausgescholten, und Ward machte Eisbeutel zurecht. Faye bestand darauf, Annes Arm röntgen zu lassen. Es sollte sich zeigen, daß der Arm geprellt, aber nicht gebrochen war. Eine feste Bandage genügte. Um Mitternacht waren sie wieder zu Hause. Sie waren kaum angekommen, als das Telefon schrillte.

Es war Mary Wells, Johns Mutter, am Rande einer Hysterie. Faye verstand zunächst gar nicht, um was es ging... um ein Feuer, um den Weihnachtsbaum. Dann lief es Faye plötzlich eiskalt über den Rücken. Sie hatte begriffen. War es im Haus der Wells' oder in der Wohnung der Jungen passiert? In ihrer Erregung schrie sie ins Telefon, weil sie unbedingt wissen wollte, was eigentlich passiert war. Endlich kam Bob an den Apparat, hemmungslos schluchzend. Ward hörte über den Nebenanschluß mit.

»Der Weihnachtsbaum hat Feuer gefangen. Die Jungen ließen die Kerzen brennen, als sie zu Bett gingen. John ist...« Er konnte nicht weitersprechen. Im Hintergrund hörte man seine Frau weinen, und irgendwo von weitem erklangen Weihnachtslieder. Die Wells hatten Gäste gehabt, als die Hiobsbotschaft kam, und niemand hatte daran gedacht, die Musik abzustellen.

»John ist tot«, brachte John Wells gepreßt heraus.

»O Gott... nein... und Lionel?« Faye hauchte die Worte ins Telefon, während Ward ergeben die Augen schloß.

»Er lebt, wenn auch mit schweren Verbrennungen. Wir wollten es Ihnen sagen... man hat uns eben erst verständigt... die Polizei meint...« Alles übrige hörte Faye nicht mehr. Kraftlos ließ sie sich in einen Sessel sinken.

»Was ist passiert?« Anne starrte ihre Mutter entsetzt an.

»Ein Unfall. Lionel hat nur Verbrennungen abgekriegt...« Faye atmete in kurzen, schnellen Stößen, sie konnte das Gehörte noch immer nicht fassen. Einen kurzen Augenblick hatte sie gefürchtet, man würde ihr Lionels Tod mitteilen... und statt dessen war es John, der arme Junge.

»Was ist los?« Anne schrie es voller Angst heraus. Oben an der Treppe tauchten erschrocken die Zwillinge auf. Faye starrte zu ihnen hinauf. Ihre Miene war Ausdruck ihrer Fassungslosigkeit. Vor wenigen Stunden erst hatte sie noch mit John und Lionel gesprochen.

»Genau weiß ich es nicht... bei Lionel brannte der Weihnachtsbaum... John ist tot, Lionel liegt im Krankenhaus.«

Die Mädchen brachen in Tränen aus, und Faye sprang auf. Vanessa kam heruntergelaufen und nahm instinktiv Anne in die Arme, die sich nicht dagegen wehrte. Faye drehte sich um und bemerkte, wie Ward mit feuchten Augen nach dem Autoschlüssel griff. Sekunden später saßen sie im Auto und fuhren los. Anne war schluchzend auf die Couch gesunken. Vanessa, die Vals Hand festhielt, bemühte sich, Anne zu beruhigen.

Lionels Verbrennungen an Armen und Beinen wurden im Krankenhaus behandelt. Stockend und unter Tränen versuchte er Faye alles zu erklären.

»Ich hab's versucht, ehrlich. Mein Gott, Mutter, der Qualm war so furchtbar, ich bekam keine Luft mehr...« Immer wieder von Schluchzern unterbrochen, lieferte er eine ungefähre Schilderung des Unglücks – der Rauch, die Mund-zu-Mund-Beatmung, nachdem es ihm geglückt war, John hinauszuschleppen. Es war zu spät gewesen, er hatte selbst kaum Luft bekommen. Die Feuerwehr war eingetroffen, als er zusammenbrach. Erst im Krankenhaus war Lionel zu sich gekommen. Eine Schwester hatte ihm beiläufig mitgeteilt, John sei erstickt.

»Das werde ich mir nie verzeihen. Es war allein meine Schuld... ich hatte vergessen, die Kerzen am Baum auszumachen...«

Faye beweinte mit ihm den schmerzlichen Verlust und hielt ihn trotz seiner dicken Verbände tröstend umfangen. Lionel schien davon überhaupt nichts wahrzunehmen. Er war so außer sich, daß er kaum Schmerzen spürte.

Ward mußte hilflos alles mitansehen. Er sah Faye und den Jungen weinen und empfand zum ersten Mal seit langem wieder etwas für seinen Sohn. Die Erinnerung an früher ließ ihm plötzlich keine Ruhe. Er sah Lionel als Jungen im Garten spielen und im Ponywagen herumkutschieren, damals, vor der großen Wende. Es war der Junge, den er jetzt vor sich hatte, nur war aus ihm inzwischen ein Mann geworden, und sie verstanden einander nicht mehr. Aber daran dachte er jetzt nicht, als Lionel weinend im Bett lag und mit den verbundenen Armen um sich schlug. Schließlich umarmte Ward ihn und hielt ihn an sich gedrückt, während ihm selbst die Tränen übers Gesicht liefen. Faye sah es, und der Gedanke an John brach ihr fast das Herz. Gleichzeitig litt sie unter Schuldgefühlen, weil sie unsagbar erleichtert war, daß es nicht ihren Sohn getroffen hatte.

26

Die Beerdigung war erschütternd, eine Abfolge herzzerreißender Szenen, wie Faye sie noch nie erlebt hatte. Mary Wells gebärdete sich wie eine Wahnsinnige, und Bob war fast noch untröstlicher als sie. Johns Schwestern waren vom Schock gezeichnet. Als der Sarg davongerollt werden sollte, mußte man Mary mit Gewalt daran hindern, sich darüberzuwerfen.

Lionel stand groß, hager und bleich da, in einem dunklen Anzug, den Faye an ihm noch nie gesehen hatte. An der Hand, die nicht verbunden war, schimmerte ein schmaler goldener Ring. Faye bemerkte es einigermaßen überrascht. Ihr war klar, was dieser Ring bedeutete, und sie wußte auch, was John für Lionel bedeutet hatte. Lionels Miene verriet es allzu deutlich. Es war der größte Verlust seines bisherigen Lebens, vielleicht der größte, den er je erleiden würde.

Anne stand neben ihm und schluchzte in ein Taschentuch. Immer wieder sah sie zu Lionel hoch, um sich zu vergewissern, daß er die Zeremonie überstand. Über das Nachher waren sie sich einig. Ward und Faye hatten es in der Nacht besprochen. Lionel würde für unbestimmte Zeit wieder zu Hause wohnen.

Nach der Beerdigung machte Lionel mit Ward einen Spaziergang, während Greg sich sofort verdrückte, als sie nach Hause kamen... John war fast sein Leben lang sein Freund gewesen, sein Schmerz hielt sich jedoch in Grenzen.

»Was soll ich schon sagen?« sagte er mit einem abschätzigen Schulterzucken zu Val. »John war ein verdammter Schwuler.«

Aber er war auch sein Freund gewesen, und Valerie wußte noch, wie hoffnungslos sie sich in ihn verliebt hatte. Jetzt war ihr klar, warum sie keinen Erfolg gehabt hatte.

Faye behielt Anne ständig unauffällig im Auge. Die Kleine hatte sich nach ihren schrecklichen Erlebnissen ganz gut gefangen, hatte aber durch Johns Tod einen neuen Schlag erlitten... ähnlich wie Lionel, der steif an der Seite seines Vaters ausschritt. Der Kampf in den Flammen und sein gescheiterter Rettungsversuch erfüllten sein ganzes Denken. In den drei Tagen seit Johns Tod war immer wieder alles wie ein Film vor ihm abgelaufen. Nie würde er es vergessen, niemals. Es war allein seine Schuld, weil er vergessen hatte, die Kerzen auszumachen, als sie zu Bett gingen. Sie hatten zuviel Wein getrunken. Diese verdammten kleinen flackernden Lichter. Warum hatte er sie vergessen...? Es war allein seine Schuld, so als hätte er John mit seinen eigenen Händen getötet.

Das alles vertraute er unterwegs seinem Vater an. Mit Ward verband ihn nichts mehr, er mußte sich aber unbedingt mit jemandem aussprechen. Wenn Johns Eltern ihm den Tod ihres Sohnes zur Last gelegt hätten, wäre es ihm nicht ungerechtfertigt erschienen.

»Es wäre ihr gutes Recht, Dad.« Verstört sah er Ward an, dessen Herz sich nun dem Jungen zuwandte, den er das ganze vergangene Jahr zu hassen versucht hatte. Jetzt war Lionels Freund tot, und alles hatte ein Ende. Faye hatte ganz recht. Sie konnten von Glück reden, daß es nicht Lionel getroffen hatte. Das Zusammensein mit ihm erschien ihm jetzt wie ein kostbares Geschenk.

»Wir haben bei euch beiden die Schuld für so manches gesucht, und wir hatten unrecht.« Ward seufzte tief und sah im Gehen zu den Baumwipfeln hinauf. Das fiel ihm leichter, als seinem Sohn in die Augen zu sehen. Das hatte er seit einem Jahr nicht mehr getan, auch nicht, nachdem Lionel Anne gefunden hatte. »Ich konnte nicht begreifen, wieso du so werden konntest. Ich dachte, es sei meine Schuld, und ich ließ es dich fühlen. Das war falsch.«

Jetzt erst sah er Lionel an, dem Tränen in den Augen standen, Spiegelbilder von Wards eigenen Tränen. »Es war falsch, daß ich die Schuld für deine Veranlagung bei mir suchte, ebenso falsch ist es, wenn du sie bei dir suchst. Du hättest nichts dagegen tun können...« Sie blieben stehen, und Ward ergriff Lionels Hand. »Ich weiß, daß du gekämpft hast, um John zu retten.« Seine Stimme war brüchig. »Ich weiß, wie sehr du John geliebt hast.«

Jetzt wußte er es, nachdem er es lange Zeit nicht hatte wahrhaben wollen. Ihre Wangen berührten sich, und ihre Herzen schlugen aneinander, als er Lionel an sich zog und sie gemeinsame Tränen vergossen. Lionel sah ihn mit einem Blick an wie einst als kleiner Junge.

»Ich hab's versucht, wirklich, aber ich war zu langsam.« Er wurde von Schluchzen geschüttelt, und Ward hielt ihn umschlungen, als wolle er ihn beschützen.

»Ich weiß, mein Junge, ich weiß.« Es war sinnlos, ihn damit zu trösten, alles würde wieder gut. Für John war alles vorbei. Und Lionel würde über den Schock nie ganz hinwegkommen, das spürte Ward. Es war ein Verlust für alle, eine teuer erkaufte Lektion.

Die anderen hatten mit dem Essen auf sie gewartet. Bei Tisch wurde nicht viel gesprochen, und nachher zogen sich alle in ihre Zimmer zurück. Lionel hatte bei dem Brand seine gesamten Habseligkeiten verloren, ausgenommen ein paar Sachen, die er im Elternhaus zurückgelassen hatte, sowie ein paar Schmuckstücke, die vom Feuer lediglich geschwärzt worden waren, und natürlich sein Auto, das draußen gestanden hatte. Er bezog jetzt ganz selbstverständlich sein ehemaliges Zimmer.

Ohne ihm etwas zu sagen, besorgte Faye ihm in den nächsten Tagen ein paar Sachen, die er dringend brauchte. Lionel nahm es gerührt zur Kenntnis. Ebenso bewegt war er, als Ward ihm einiges borgte. Die beiden verbrachten jetzt mehr Zeit zusammen als seit Jahren.

Greg fuhr zurück aufs College, und am Tag nach ihrem Geburtstag ging Anne wieder zur Schule, das erste Mal seit einem Jahr. Es war für sie schmerzlich und schwierig, doch es mußte sein. Außerdem war es für sie eine Ablenkung.

Nach einigen Wochen wurden Lionel die Verbände abgenommen. Es waren Narben zurückgeblieben, sichtbare Narben, neben den unsichtbaren, die er im Herzen trug. Niemand verlor ein

Wort darüber, als er sich Zeit ließ, wieder aufs College zu gehen. Er war noch nicht bereit.

Zur allgemeinen Überraschung lud er eines Tages seinen Vater ganz förmlich zum Essen in die Polo Lounge ein. Als sie sich bei Tisch gegenübersaßen, stellte Ward fest, daß Lionel plötzlich viel älter aussah. Es fehlte ihm noch immer an Verständnis für Lionels Lebenswandel, doch hatte er sich zu einem gewissen Respekt für ihn durchgerungen. Gleichzeitig wußte er, er würde Lionels unabänderliches Schicksal sein Leben lang bedauern. Immerhin hatte er inzwischen gelernt, seine Ansichten, seine Wertvorstellungen und seine Argumente zu schätzen. Um so größer war seine Enttäuschung, als Lionel ihm eröffnete, er wolle das College aufgeben.

»Dad, ich habe sehr lange darüber nachgedacht. Du sollst der erste sein, der es erfährt.«

»Aber warum nur? Du hast doch nur noch eineinhalb Jahre vor dir. Was ist das schon? Hüte dich vor übereilten Entschlüssen. Im Moment bist du noch zu konfus und durcheinander.«

Zumindest hoffte Ward es. Aber Lionel schüttelte den Kopf.

»Ich kann nicht zurück, Dad, weil ich nicht mehr dazugehöre. Ich habe ein Filmangebot bekommen – genau das, was ich machen möchte.«

»Und was dann? Nach drei Monaten ist der Film fertig, und du stehst ohne Arbeit da.« Ward kannte die Branche in- und auswendig.

»Dann geht es mir wie dir«, konterte Lionel geschickt, und Ward lächelte, wenngleich ihm die Wendung des Gesprächs gar nicht ins Konzept paßte. Ihm imponierte allerdings, daß Lionel es ihm ohne Scheu von Mann zu Mann gesagt hatte. »Dad, ich habe vom College die Nase voll. Ich möchte die Theorie in die Praxis umsetzen.«

»Du bist doch noch so jung. Wozu diese Eile?« Aber beide wußten, daß Lionel für sein Alter sehr reif war, nicht zuletzt Johns wegen. Er hatte durch den Tod eines geliebten Menschen viel gelitten. Er konnte nicht mehr der Lionel von früher sein, mochte Ward es sich auch noch so sehr wünschen. Das war Ward bewußt, obgleich er es sich nicht eingestehen wollte. Johns Tod hatte große

Veränderungen mit sich gebracht, vor allem die, daß Ward sich gestattete, wieder eine Bindung zu seinem Sohn anzuknüpfen. Aber Lionel konnte nie wieder so jung und sorglos sein wie vorher. Vielleicht tat er das Richtige, wenn er das Studium aufgab. Dennoch spürte Ward Bedauern. »Ich sehe es nicht gern, mein Junge«, sagte er schließlich.

»Das dachte ich mir.«

»Und wer steht hinter diesem Film-Job?«

Lionel grinste. »Die Fox.«

Natürlich, die Konkurrenz. Lachend faßte Ward sich mit der Hand ans Herz. »Das ist natürlich ein Schlag für mich. Mir wäre lieber, du hieltest dich aus diesem verdammten Geschäft heraus.« Er meinte es aufrichtig.

»Du und Mutter, ihr fühlt euch aber in der Branche allem Anschein nach recht wohl«, bemerkte Lionel.

»Sehr oft haben wir alles satt bis oben.«

Bei Ward machten sich seit einiger Zeit Ermüdungserscheinungen bemerkbar, einer der Gründe, warum er Faye zu einer gemeinsamen Reise überreden wollte. Sie hatte vor kurzem einen Film abgedreht und konnte sich nicht mit Zeitmangel herausreden. Lionel hatte ihn auf eine Idee gebracht.

»Du wohnst doch sicher noch eine Weile bei uns?« fragte er.

»Tja, eigentlich wollte ich langsam auf Wohnungssuche gehen. Ich möchte euch nicht länger im Weg stehen.«

»Hör bloß damit auf.« In Wards Lächeln lag eine Andeutung von Entschuldigung, wegen seiner Härte, die ihm jetzt leid tat. »Was hältst du davon, wenn du noch ein paar Wochen bleibst und die Mädchen hütest?«

»Sehr gern.« Lionel wunderte sich. »Warum?«

»Ich möchte mit deiner Mutter verreisen. Wir müssen unbedingt ausspannen.« Seit er vor einem Dreivierteljahr seine Affäre beendet hatte und wieder nach Hause zurückgekehrt war, hatten sie keine fünf Minuten für sich allein gehabt. Höchste Zeit, daß sie gemeinsam etwas unternahmen.

Lionel lächelte. »Das mache ich sehr gern, Dad. Es wird euch beiden guttun.«

In bester Stimmung verließen sie das Restaurant. Sie waren wieder Freunde, bessere Freunde als je zuvor, so richtig von Mann zu Mann, mochte es in diesem Fall auch merkwürdig erscheinen.

Am Abend weihte Ward Faye in seine Reisepläne ein. »Ich möchte keine Ausflüchte hören. Nichts von Arbeit, von Kindern, von Schauspielern, mit denen du das Drehbuch durcharbeiten mußt. In zwei Wochen reisen wir ab.« Die Tickets waren schon bestellt. Sie würden Paris, Rom und die Schweiz besuchen. Anstatt ihm mit Einwänden zu kommen, strahlte Faye.

»Ward, ist das dein Ernst?« Sie schlang die Arme um ihn.

»Ja, und wenn du nicht freiwillig mitkommst, entführe ich dich. Wir werden drei Wochen unterwegs sein, vielleicht auch vier.« Ein verstohlener Blick auf ihren Produktionsplan hatte ihm gezeigt, daß Faye so lange Zeit hatte.

Als Faye ihm an diesem Abend ins Schlafzimmer folgte, tat sie es mit beschwingten Schritten. Und während er ihr von Paris und Rom vorschwärmte, vollführte sie in ihrem Nachthemd eine Pirouette.

»Es ist so lange her, seit wir etwas Ähnliches unternommen haben, mein Liebling«, sagte er.

»Ich weiß.«

Sie ließ sich auf der Bettkante nieder und sah Ward nachdenklich an. Ein- oder zweimal hatten sie einander beinahe verloren, und fast wären zwei ihrer Kinder von ihnen gegangen, eine Tochter und ein Sohn. Sie hatten ein Enkelkind aufgegeben, der Liebhaber ihres Sohnes war verunglückt. Die letzte Zeit war sehr schwierig gewesen. Noch vor einem Jahr hätte Faye nichts mehr für ihre Ehe gegeben. Doch als sie Ward jetzt ansah, wußte sie, daß sie ihn noch immer liebte, ungeachtet seiner Fehler und seiner Verhältnisse. Sie hatte ihm auch verziehen, daß er sie enttäuscht hatte und für Lionel eine Quelle großen Kummers gewesen war. Sie liebte Ward Thayer. Sie liebte ihn seit vielen Jahren und würde ihn immer lieben. Nach zweiundzwanzig Jahren machte sie sich über ihn keine Illusionen mehr, sie nahm ihn, wie er war. Und als sie sich an jenem Abend in den Armen lagen, war es wie früher.

27

Paris war in diesem Frühling besonders schön. Sie spazierten die Seine entlang, besuchten Les Halles, um dort Zwiebelsuppe zu essen, schlenderten auf den Champs-Élysées dahin, gingen zu Dior, aßen bei Fouquet, im Maxim oder in der Brasserie Lipp. Ihre Drinks nahmen sie im Café Flore und im Deux Magots, und sie lachten und alberten und küßten sich bei Wein und Käse.

Es war genauso, wie Ward es sich erträumt hatte, eine Wiederholung ihrer Flitterwochen, um die Sorgen der vergangenen Jahre zu vergessen, die Kinder, die Filme, die Verpflichtungen. Ihre nächste Station sollte Lausanne sein.

»Ward, ich bin froh, daß ich dich geheiratet habe«, erklärte Faye in sachlichem Ton, als sie am Ufer des Genfer Sees bei Kaffee und Croissants saßen.

Ward mußte lachen. »Das freut mich sehr. Und woher kommt diese Einsicht?«

Faye sah auf den See hinaus. »Ach, du bist ein netter Mann. Manchmal machst du zwar Unsinn, dein Verstand und deine Erziehung bringen dich aber immer wieder zur Einsicht.« Sie dachte dabei an Lionel. Daß Ward und der Junge wieder zueinandergefunden hatten, bedeutete für sie eine große Erleichterung. Und sie dachte auch an Wards verflossene Affäre.

»Faye, mir fällt alles ziemlich schwer, weil ich nicht immer so klug bin wie du.«

»Quatsch.«

»Das klingt nach Val.« Sein mißbilligender Blick entlockte ihr ein Lachen.

»Ich bin bestimmt nicht klüger, ich bin nur hartnäckiger«, gab sie zu bedenken.

»Ja, mir fehlt es manchmal an dem Mut, den du ständig aufbringst. Manchmal möchte ich einfach auf und davon.«

Das hatte er zweimal in die Praxis umgesetzt, und sie hatte ihn wieder aufgenommen. Dafür war Ward ihr sehr dankbar. Ihre nächsten Worte waren für ihn um so überraschender.

»Ach, hin und wieder möchte ich auch Reißaus nehmen. Aber

dann stelle ich mir vor, was passieren würde, wenn ich es wirklich täte. Wer würde Val zügeln, wer würde sich um Anne kümmern, um Vanessa, Greg oder Lionel?« Sie lächelte voller Liebe. »Natürlich würdest du es tun, Ward. Manchmal bin ich so verdammt egozentrisch, daß mich die fixe Idee packt, ohne mich könnte nichts funktionieren. Das ist natürlich Unsinn. Aber diese Vorstellung hält mich bei der Stange.«

»Das freut mich.« Ward faßte nach ihrer Hand. Nach all den Jahren existierte zwischen ihnen noch immer ein Hauch von Romantik. »Du hast nämlich ganz recht. Wärest du nicht da, dann würde nichts mehr klappen. Deswegen bin ich froh, wenn wir zusammenbleiben.«

»Na, vielleicht gehe ich eines schönen Tages auf und davon, ja, ich haue ab und stürze mich in eine wilde Affäre mit einem Filmstar.« Sie amüsierte sich königlich. Ward fand das alles andere als erheiternd.

»Das hatte ich schon etliche Male befürchtet. Es gibt ein paar Schauspieler, die ich nur ungern als deine Mitarbeiter sehe.« Es war Wards erstes Eingeständnis dieser Art, und Faye war richtig gerührt.

»Ich benehme mich immer anständig.«

»Ich weiß – weil ich dich immer im Auge behalte.«

»Ach, so ist das?« Sie kniff ihn ins Ohr, und er küßte sie, und ein wenig später gingen sie hinein, vergaßen den See, die Alpen, ihre Kinder und ihren Beruf. In den letzten Urlaubstagen dachten sie einzig und allein an sich, und als sie die Maschine bestiegen, die sie nach Hause bringen sollte, taten sie es mit Bedauern.

»Es waren herrliche Ferien, findest du nicht auch?« fragte Faye nachdenklich.

»Ja.« Ward freute sich, daß es ihr gefallen hatte.

»Eines Tages möchte ich mein ganzes Leben so verbringen.« Faye lehnte sich an ihn.

»Das hältst du doch nicht aus«, meinte er mit gutmütigem Lachen. »Ohne Arbeit würdest du verrückt werden. Schon nächste Woche wirst du knietief in deinem neuen Film stecken und dich ständig bei mir ausweinen – die Kostüme passen nicht, die Dekorationen sind unmöglich, die Außenaufnahmen sind an ungünstigen Orten angesetzt, niemand beherrscht seinen Text. Du wirst dir wie immer bei den Dreharbeiten deine schönen blonden Haare raufen. Aber ohne diese Aufregung würdest du dich tödlich langweilen... oder nicht?«

Diese treffende Schilderung ihres Arbeitsalltags brachte Faye zum Lachen. »Na ja, vielleicht wird noch einige Zeit bis zum Ruhestand vergehen, aber eines Tages...«

»Vergiß ja nicht, es mir rechtzeitig zu sagen.«

»Mach' ich.« Sie zog ein Gesicht, als wäre es ihr ernst.

Ward sollte recht behalten. Zwei Wochen später war alles so, wie er es vorausgesagt hatte. Faye stand am Rande des Wahnsinns. Der Hauptdarsteller machte ihr das Leben schwer, zwei andere Schauspieler nahmen Drogen, ein dritter betrank sich regelmäßig während der Dreharbeiten und war nachmittags nicht mehr einsatzfähig, eine gesamte Dekoration war abgebrannt, die Gewerkschaften machten Schwierigkeiten. Das Leben ging seinen gewohnten Gang, aber beide fühlten sich durch die Reise neu belebt.

Lionel hatte die Mädchen die ganze Zeit über gut im Griff. Anne hatte sich in der Schule eingelebt, die Zwillinge benahmen sich einigermaßen, von Greg kamen nur gute Nachrichten, und einen Monat später zog Lionel aus, weil er eine Wohnung gefunden hatte. Faye wußte, er würde sich dort ohne John sehr einsam fühlen. Sie hielt es aber für besser, wenn er wieder eigene Wege ging. Er steckte mitten in den Dreharbeiten für seinen Film und lieferte ihr immer wieder per Telefon Erfolgsberichte.

Das einzige Problem stellte Anne dar, die unbedingt zu Lionel in die neue Wohnung ziehen wollte. Er konnte es ihr nur mühsam ausreden, indem er ihr klarmachte, daß ein Zusammenleben unmöglich war, weil jetzt jeder sein eigenes Leben führen mußte. Die gemeinsame Zeit war vorbei. Anne mußte sich wieder in die Schule einleben, sie mußte neue Freundschaften schließen oder alte Beziehungen wiederaufleben lassen, falls ihr danach zumute war. Auf jeden Fall gehörte sie jetzt ins Elternhaus.

Sein Auszug an einem Samstagnachmittag wurde von Anne mit

Tränen registriert. Für den Rest des Tages blieb sie auf ihrem Zimmer. Aber schon am nächsten Nachmittag ging sie mit einer Freundin ins Kino. Für Faye war das ein kleiner Hoffnungsschimmer. Anne hatte schon lange nicht mehr von ihrer Schwangerschaft und von dem Baby gesprochen. Faye hoffte inständig, sie würde das alles mit der Zeit vergessen.

Faye selbst setzte alles daran, die vergangenen Schwierigkeiten zu kompensieren, indem sie sich auf die Dreharbeiten konzentrierte und nur eine Pause einlegte, als der Tag der Oscar-Verleihung kam, die in diesem Jahr im Civic Auditorium von Santa Monica stattfinden sollte. Sie konnte Lionel und die Zwillinge zum Mitkommen überreden. Anne war noch zu jung, deswegen blieb sie wie üblich zu Hause und verschmähte es sogar, sich die Fernsehübertragung der Verleihung anzusehen.

Faye glaubte nicht im Traum daran, daß sie ausgezeichnet werden könnte. Beim Umziehen bemerkte sie zu Ward, wie lächerlich es sei, daß man sich überhaupt darüber Gedanken machte. Sie machte sich nichts mehr aus dieser Auszeichnung, anders als in ihrer Jugend, als sie selbst noch gespielt hatte, damals beim ersten Mal... »Und außerdem habe ich schon zwei bekommen«, schloß sie und legte ihre Perlenkette an.

»Angeberin«, spottete Ward, und Faye errötete.

»So habe ich es nicht gemeint«, beeilte sie sich zu sagen.

In dem Kleid aus schwarzem Samt, das ihre formvollendeten Brüste zur Geltung brachte, sah sie hinreißend aus. Ward schob vorwitzig eine Hand unters Kleid, und sie verscheuchte ihn mit gespielter Empörung. Heute wollte sie besonders gut aussehen. Alle die Jungen und Schönen würden da sein, und sie selbst war siebenundvierzig... wie konnte die Zeit nur so schnell vergehen? Faye hatte das Gefühl, sie sei erst gestern zweiundzwanzig gewesen, und dann fünfundzwanzig und schrecklich verliebt in Ward, mit dem sie Abend für Abend tanzte. In Erinnerung an die ferne Vergangenheit sah sie Ward verträumt an, und er drückte ihr einen Kuß auf den Nacken.

»Wundervoll siehst du aus, mein Herz. Und ich habe so ein Gefühl, daß du heute einen Oscar bekommst.«

»Hör auf!« Sie wollte keinen Gedanken mehr daran verschwenden.

Seit ihrer Europareise war zwischen ihnen wieder alles im Lot. Sie waren wie früher von einer romantischen Aura umgeben, die alle anderen ausschloß, was sie nicht im geringsten störte. Sie war sehr gern mit Ward allein. Daran änderte die Liebe zu ihren Kindern nichts, nur hin und wieder brauchten sie die Zweisamkeit.

Ehe sie an jenem Abend aus dem Hause gingen, die Zwillinge elegant in langen Kleidern, mit Perlenketten, die Faye ihnen geborgt hatte, lief sie zu Anne, um ihr Lebewohl zu sagen. Faye tat es plötzlich leid, daß sie ihre Jüngste nicht auch eingeladen hatte, denn Anne hockte wie ein einsames, verlassenes Kind in ihrem Zimmer. Aber sie war erst fünfzehn, es war Montag, und sie mußte am nächsten Morgen zur Schule. Und doch machte sie sich Vorwürfe.

»Gute Nacht, Liebling.« Sie drückte Anne einen Kuß auf die Wange. Anne sah mit jenem verwunderten Blick zu ihr auf, der zu fragen schien, wer sie sei. Faye hatte gehofft, ihr Verhältnis hätte sich gebessert, nachdem sie die Entbindung gemeinsam durchgestanden hatten, leider war es nicht der Fall – Anne konnte ihr nicht verzeihen, daß sie sie gedrängt hatte, das Kind zur Adoption freizugeben. Die Tür zwischen ihnen war endgültig zugefallen, als sie aus der Klinik gekommen war. Außer Lionel hatte es niemand geschafft, Anne näherzukommen. Er war für Anne Vater und Mutter zugleich.

»Viel Glück, Mami«, rief Anne ihr in einem Ton nach, der ihre Gleichgültigkeit ahnen ließ. Dann ging sie und machte sich etwas zum Essen zurecht.

Unterwegs holten sie Lionel ab, der in Wards altem Smoking fabelhaft aussah. Er alberte mit den Zwillingen auf den Rücksitzen des Jaguars herum, während Ward nörgelte, der Wagen laufe nicht gut, weil Faye nicht damit umgehen könne. Es war einer jener spannungsgeladenen Abende voller Nervosität, an denen jeder so tat, als denke er an ganz gleichgültige Dinge.

Alle waren gekommen. Richard Burton und Liz Taylor, beide waren für »Wer hat Angst vor Virginia Woolfe?« nominiert, sie mit einem faustgroßen Diamanten geschmückt. Die Redgrave-

Schwestern, beide ebenfalls nominiert, außerdem Audrey Hepburn, Leslie Caron und Mel Ferrer ... Fayes Konkurrenten waren Antoine Lebouch, Mike Nichols und andere, die für die Auszeichnung für die beste Regieleistung vorgeschlagen worden waren. Anouk Aimee, Ida Kaminska, die zwei Redgraves und Liz Taylor waren die Kandidatinnen für die beste schauspielerische Leistung in einer weiblichen Hauptrolle. Scofield, Arkin, Burton, Caine und McQueen waren als beste männliche Hauptdarsteller vorgeschlagen.

Bob Hope, der durch das Programm führte, unterhielt das Publikum mit routiniertem Humor, und plötzlich glaubte Faye ihren Namen zu hören. Sie war wieder für die beste Regiearbeit ausgezeichnet worden. Ohne zu wissen, wie ihr geschah, kam sie auf die Bühne, in den Augen Tränen, auf den Lippen noch immer das Gefühl von Wards Kuß.

Da stand sie nun und sah ins Publikum, in der Hand die goldene Statuette wie damals beim ersten Mal, als sie 1942 den Oscar als beste weibliche Darstellerin bekommen hatte, vor fünfundzwanzig Jahren und doch erst gestern. Die Erregung war dieselbe.

»Mein Dank gilt allen, meinem Mann, meiner Familie, meinen Mitarbeitern, meinen Freunden ... danke euch allen.« Strahlend ging sie von der Bühne ab.

An den weiteren Verlauf des Abends sollte ihr keine Erinnerung bleiben. Erst um zwei Uhr morgens waren sie wieder zu Hause, viel zu spät für die Zwillinge, aber es war ja auch ein ganz besonderer Abend. Vom »Moulin Rouge« aus hatten sie Anne angerufen, sie hatte nicht abgehoben. Val war überzeugt, Anne schlafe bereits, aber Lionel wußte es besser. Das war ihre Art, sich gegen alle zu sperren, sozusagen als Vergeltung dafür, daß man sie nicht mitgenommen hatte. Es war ein Fehler gewesen, sie zu Hause zu lassen.

Lange nachher setzten sie Lionel auf dem Rückweg ab. Er verabschiedete sich von seiner Mutter mit einem Kuß. Auf dem letzten Teil der Fahrt verhielten sich die Zwillinge ungewöhnlich ruhig. Vanessa schlief schon fast, und Val hüllte sich auch jetzt in Schweigen, nachdem sie den ganzen Abend mit Faye kaum ein

Wort gewechselt hatte. Sie kochte vor Wut und Eifersucht, weil ihre Mutter ausgezeichnet worden war. Lionel und Vanessa wußten Bescheid. Einzig Faye schien nicht zu merken, wie neiderfüllt Val war.

»Na, ihr Mädchen, habt ihr euch gut amüsiert?« Faye drehte sich zu den Zwillingen um. In Gedanken war sie noch immer bei der Preisverleihung und hatte das Gefühl, die Statuette, die sie zum Gravieren zurückgelassen hatte, noch immer in Händen zu halten. Unglaublich, jetzt hatte sie drei Oscars! Ihr strahlender Blick traf Val. Faye erschrak, als sie in deren Augen eine Kälte sah, die ihr zuvor nie aufgefallen war. Das war nicht nur Wut, das war unverhüllte Eifersucht.

»Es geht. Sicher platzt du jetzt vor Stolz«, bemerkte Val giftig. Es waren lieblose Worte, die niemandem besonders auffielen, aber Faye trafen sie direkt ins Herz. Und genau das hatte Val bezweckt.

»Es ist immer sehr aufregend«, gab Faye sich gleichmütig.

Da holte Val von neuem aus. »Angeblich werden die Oscars manchmal auch aus purem Mitleid vergeben.« Diese Bemerkung war so ungeheuerlich, daß Faye darüber lachte.

»Daß ich schon so mitleiderregend bin, kann ich mir nicht denken, obwohl man ja nie weiß...« Natürlich war ein Körnchen Wahrheit daran. Hin und wieder kam es vor, daß jemand, der einen Preis verdient hatte, leer ausging und seinen Oscar dann im Jahr darauf bekam, obwohl das immer wieder bestritten wurde. »Glaubst du wirklich, daß es nur ein Mitleidspreis war?« Sie suchte Vals Blick.

»Wer weiß?« Val tat die Frage gleichgültig ab und sah aus dem Fenster. Sie machte kein Hehl aus ihrer Verdrossenheit. Val war auch die erste, die ausstieg, die erste, die auf ihr Zimmer ging und die Tür zuknallte. Den Oscar erwähnte sie nie wieder, auch nicht am nächsten Morgen vor Anne oder in der Schule, als ihre Mitschülerinnen sie überfielen und ihr gratulierten. Sie fand es reichlich komisch, weil sie ja nichts damit zu tun hatte. Was kümmerte sie der Oscar? Mit überlegener Miene tat sie alles ab und sagte nur: »Na wenn schon. Auch schon was.« Sie unterhielt sich lieber über wirklich interessante Themen, über die Supremes beispielsweise.

Val hatte es gründlich satt, sich ständig etwas über Faye Thayer anhören zu müssen. So toll war die gar nicht. Eines Tages in nicht allzu ferner Zukunft wollte Val aller Welt beweisen, daß sie eine Schauspielerin war, der Faye Thayer nicht das Wasser reichen konnte. In wenigen Monaten würde die Schulzeit für sie vorbei sein. Sie konnte es kaum erwarten, es allen ordentlich zu zeigen. Faye Thayer sollte der Teufel holen. Drei Oscars? Na wenn schon.

28

Acht Wochen nach der Oscar-Verleihung feierten die Zwillinge ihren Schulabschluß. Greg kam rechtzeitig vor dem Sommer nach Hause und konnte der Abschlußfeier an seiner alten Schule beiwohnen.

Diesmal blieben die Augen trocken. Mitten in der Feier beugte Ward sich zu Faye und flüsterte ihr zu: »Eigentlich sollten wir auch ein Diplom bekommen.«

Mit einem leisen Auflachen schickte Faye einen geplagten Blick zum Himmel. Ward hatte so recht. In vier Jahren würden sie wieder hier sitzen, Anne zu Ehren. Die Abschlußfeiern schienen kein Ende zu nehmen. Und in zwei Jahren ging Greg bereits von der Uni ab. Manchmal wurde sie das Gefühl nicht los, sie verbringe ihr halbes Leben damit, junge Leute in Talar und Barett aufmarschieren zu sehen.

Als die Zwillinge ihre Diplome bekamen, war es doch ein rührender Moment, obwohl sie alles schon in- und auswendig kannten. Unter dem Talar trugen die Mädchen schlichte weiße Kleider, Vanessa ein ganz unauffälliges, hochgeschlossenes mit Zierstickerei am Saum. Vals Organdykleid war eine Spur zu aufwendig, und noch unpassender waren die übertrieben hohen Absätze, die ihre Beine zur Geltung brachten.

Aber nicht die Schuhe waren der Grund für Fayes Unmut. Es

war Vals hartnäckige Weigerung, sich um die Aufnahme an einem College zu bewerben, die ihre Mutter bedrückte. Val wollte gleich nach der Schule als Modell und Schauspielerin arbeiten und nebenbei eine Schauspielschule besuchen, aber keinesfalls die Dramatikkurse der UCLA, sondern ein Institut, bei dem »richtige Schauspieler« ihren Kollegen, die zum größten Teil auch schon Engagements hatten, den letzten Schliff gaben. Sie war fest überzeugt, in einem Kurs mit Dustin Hoffman und Robert Redford zu landen. Ebenso überzeugt war Val, die Welt mit ihrem Talent aus den Angeln zu heben, trotz allem, was Ward und Faye ihr predigten.

In den vergangenen Wochen hatte es deswegen hitzige Debatten gegeben. Val hatte sich als besonders eigensinnig gezeigt. In seiner Verzweiflung hatte Ward gedroht, ihr den Geldhahn abzudrehen, wenn sie nicht auf ein College ginge. Das hatte sie nicht beeindruckt. Sie wollte in eine Wohngemeinschaft junger Schauspielerinnen in West Hollywood ziehen. Für nur hundertachtzehn Dollar monatlich konnte man dort ein Bett bekommen und sich das Zimmer mit anderen teilen. Zwei Mädchen hatten kleine Rollen in TV-Serien, eine spielte in Pornos, was Val ihren Eltern verschwieg, eine hatte im Jahr zuvor die Hauptrolle in einem Horrorfilm gespielt. Vier andere arbeiteten regelmäßig als Fotomodelle. Faye sagte Val auf den Kopf zu, daß diese Wohngemeinschaft in ihren Augen nichts weiter als ein Puff sei. Aber die Zwillinge waren achtzehn, und Valerie ließ keine Gelegenheit aus, sie daran zu erinnern. Es waren Streitgespräche, bei denen die Eltern immer den kürzeren zogen. Ein paar Tage danach stand fest, daß Val ausziehen würde.

Vanessas Pläne sahen ganz anders aus. Sie hatte sich an mehreren Colleges im Osten beworben und war von allen angenommen worden. Schließlich entschied sie sich für das Barnard in New York.

Bis Ende Juni wollte sie noch zu Hause bleiben, anschließend wollte sie nach New York, um vor Semesterbeginn zwei Monate als Empfangsdame in einem Verlag zu arbeiten. Darauf freute Vanessa sich sehr.

Greg plante für den Sommer eine Europareise mit Freunden. Anne würde als einzige zu Hause bleiben. Sie hatten versucht, sie zu einem Sommerlager zu überreden, doch Anne hatte sich mit der Begründung geweigert, sie sei zu alt dafür. Viel lieber hätte sie mit Lionel irgendwo gezeltet, der aber hatte keine Zeit, weil er mit seinem Film zu beschäftigt war. Auch Ward und Faye waren sehr eingespannt, vor ihnen lag diesmal ein filmisches Großprojekt. Seit der Oscar-Verleihung konnten sie sich vor Angeboten kaum retten. Faye hatte bereits für drei unmittelbar aufeinanderfolgende Projekte im nächsten Jahr abgeschlossen und war total ausgebucht. Sie hatten die Europareise im günstigsten Moment eingeschoben.

Die Abschlußparty der Zwillinge war die anstrengendste und lauteste von allen. Nachdem um vier Uhr morgens der letzte Gast endlich gegangen war, konnte Faye sich vor Erschöpfung kaum auf den Beinen halten.

»Vielleicht sind wir schon zu alt dafür«, meinte sie resigniert zu Ward.

»Das mag für dich zutreffen. Ich persönlich muß sagen, daß siebzehnjährige Mädchen mir noch nie so attraktiv erschienen sind.«

»Vorsicht, mein Lieber!« Sie drohte ihm scherzhaft mit dem Finger und streckte sich auf dem Bett aus. Um fünf mußte sie schon aus dem Haus, um eine große Szene vorzubereiten. Ward wollte den Tag mit Anne und Lionel verbringen. Val hatte ein irrsinnig wichtiges Rendezvous, und Vanessa war in ihre eigenen Pläne eingesponnen. Was Greg wo mit wem machte, mochte der Himmel wissen, zweifellos ging es dabei um Sport, Bier und Mädchen. Zum Glück schien er sehr wohl imstande zu sein, selbst auf sich achtzugeben.

Als Ward eben erst eingeschlafen war, stand Faye halbwegs erholt auf und fuhr ins Atelier.

Der Sommer sollte wie im Flug vergehen. Valerie zog zu den neun Mädchen in ein großes Haus, das sich ihr in geradezu chaotischem Zustand präsentierte. Die Betten waren zum Teil nicht überzogen, in der Küche standen sechs Wodkaflaschen, zwei Limoflaschen, drei Sodawasserflaschen, im Kühlschrank herrschte dagegen gähnende Leere.

Die anderen Mädchen bekam Val kaum zu Gesicht, da alle ein eigenes Leben führten, eigene Freunde hatten und einige sogar ein eigenes Telefon. Es herrschte ein zwangloses Kommen und Gehen. Val war so glücklich wie noch nie. Das vertraute sie Vanessa an, ehe sie das Elternhaus für immer verließ.

»Es ist genau das, was ich immer schon wollte«, sagte sie.

»Und was ist mit der Schauspielschule?« fragte Vanessa, die sich immer wieder wunderte, wie sie mit Val einmal den Mutterleib, das Leben und das Elternhaus geteilt hatte. Sie hätten gar nicht verschiedener sein können.

Val zog lässig die Schultern hoch. »Ach, dazu hatte ich noch keine Zeit, nicht mal zum Anmelden. Ich bin mit Vorstellungsgesprächen ausgebucht.«

Im August wurde Val endlich fündig. Vanessa war inzwischen längst in New York, wo sie im Barbizon wohnte, während sie mit einer Bekannten gemeinsam eine Wohnung suchte. Der Job im Verlag hatte sich als langweilige Angelegenheit entpuppt. Ihre einzige Aufgabe war es, Telefonanrufe entgegenzunehmen. Um so mehr freute sie sich auf das Studium. Eines Abends rief Val an und berichtete aufgeregt, sie habe eine winzige Rolle in einem Horrorfilm ergattert.

»Ist das nicht fabelhaft?« schloß Val ganz atemlos.

Es war drei Uhr morgens. Vanessa gähnte, wollte aber Val nicht den Wind aus den Segeln nehmen. Außerdem freute sie sich über Vals Anruf. »Und was hast du in der Rolle zu tun?«

»Ach, ich laufe durch die Dekoration, während mir Blut aus Augen, Nase und Ohren rinnt.«

Wieder unterdrückte Vanessa ein Gähnen. »Phantastisch. Und wann fängst du an?«

»Nächste Woche schon.«

»Super. Hast du es Mom schon gesagt?«

»Keine Zeit. Ich muß sie mal anrufen.«

Beide ahnten, daß Faye nicht ganz so entzückt sein würde, behielten aber ihre Vermutung für sich. Val litt unter dem Gefühl, ihre Mutter bringe nicht das geringste Verständnis für sie auf und sei mit nichts zufrieden. Es war zu erwarten, daß sie auch dieses Projekt mißbilligen würde. Aber auch eine Faye Thayer hatte einmal klein angefangen. Ehe sie entdeckt wurde, hatte sie ein Jahr lang für eine Seifenwerbung posiert, während Val der direkte Weg zum Film glückte, wie sie Van gegenüber nicht zu betonen vergaß. Diese unterließ es taktvollerweise, sie daran zu erinnern, daß ihre Mutter niemals blutüberströmt in einem Horrorfilm durch die Szene gewankt war.

»Und wie ist dein Job?« erkundigte Val sich großmütig. Ihr Interesse für andere war immer schwach ausgeprägt gewesen.

»Ach, ganz gut.« Van gähnte ausgiebig. »Ehrlich gesagt ist die Arbeit ziemlich öde. Gottlob habe ich ein nettes Mädchen aus Connecticut kennengelernt. Wir suchen gemeinsam eine Wohnung nahe der Columbia. Meine Freundin wird auch studieren.«

»Ach.« Vals Interesse war erschöpft. Sie wollte auflegen. »Ich werde dich auf dem laufenden halten.«

»Danke. Und gib schön acht auf dich.«

Wirklich sonderbar, daß sie einander trotz aller Verschiedenheit doch irgendwie nahestanden. Vanessa hatte diese Bindung immer gespürt, wenn auch nicht verstanden, weil sie kaum etwas gemeinsam hatten. Sie beneidete Schwestern, die miteinander eng verbunden waren. Wirklich guten Kontakt hatte sie weder mit Val noch mit Anne. Deswegen sehnte sie sich seit langem schon nach einer gleichgestimmten Seele, mit der sie sich aussprechen und der sie alles anvertrauen konnte. Vielleicht war das der Grund, warum sie an dem Mädchen aus Connecticut sofort Gefallen gefunden hatte.

Anne erlebte indessen in Los Angeles etwas Ähnliches. Bei einem Bummel auf dem Rodeo Drive war ihr ein Mädchen mit Eistüte und baumelnder Schultertasche in Knallrosa aufgefallen. Das Mädchen sah aus wie auf einem Werbefoto, und es hatte Anne zugelächelt. Eine Stunde später begegneten sie einander zufällig in einem Restaurant wieder. Anne hatte Lust auf einen Hamburger. Eigentlich wollte sie sich Schuhe kaufen und nutzte die Gelegenheit zu einem Spaziergang. Es war ein schöner warmer Tag mit einer angenehmen Brise. Plötzlich entdeckte sie am Nachbartisch das Mädchen mit der rosa Tasche. Das seidige dunkle Haar, das sie offen trug, reichte ihr fast bis zur Taille. Ihre großen braunen Augen sahen Anne forschend an. Ein hübsches Mädchen, das Anne auf etwa achtzehn schätzte. Als sie miteinander ins Gespräch kamen, stellte sie verblüfft fest, daß sie fast auf den Tag gleich alt waren.

»Ich heiße Gail.«

»Ich bin Anne.«

Wäre es nach Anne gegangen, hätte das Gespräch hier wahrscheinlich ein Ende gefunden, aber Gail war gesprächiger und kontaktfreudiger und hatte viel zu erzählen. Aufgeregt berichtete sie von einem himmlisch weichen, weißen Lederrock, den sie neben superschicken Stiefeln bei Giorgio entdeckt hatte. Anne zeigte sich sehr beeindruckt von den Nobelboutiquen, in denen Gail offenbar zu Hause war, und berichtete nun ihrerseits von den Schuhen, die sie sich kaufen wollte. Dann kamen die beiden auf die Beatles zu sprechen, auf Elvis, auf Jazz und schließlich auf die Schule.

»Ich gehe nächstes Jahr ans Westlake.« Gail erwähnte es beiläufig, und Anne machte große Augen.

»Was? Ich auch!« Wieder ein glücklicher Zufall. Gail sagte nun Anne ganz offen, daß sie wegen gesundheitlicher Probleme ein Jahr verloren habe. Sie war also auch ein ganzes Jahr zurück. Anne hatte das Gefühl, zum ersten Mal im Leben sei sie dem Glück begegnet.

Auch sie war aufrichtig, verschwieg aber die Dinge, die sie für immer für sich zu behalten gedachte. »Ich habe ein Schuljahr versäumt und hinke auch nach.«

»Mensch, sagenhaft!« Gail konnte es nicht fassen, und Anne lächelte glücklich. Gails Reaktion war für sie eine neue Erfahrung. Das Mädchen war ihr auf Anhieb sympathisch, nicht zuletzt, weil sei bereit war für eine Freundschaft. Immer allein am Pool zu liegen war auf die Dauer langweilig. Vielleicht konnte Gail bald zu Besuch kommen.

»Was hast du in dem Jahr gemacht, als du nicht auf der Schule warst?« fragte Gail neugierig. Ihre neue Bekanntschaft, hinter der sie etwas Abenteuerliches witterte, faszinierte sie.

Anne gab sich blasiert. »Ach, ich war in San Franzisko, im Haight-Ashbury-Viertel.«

Jetzt machte Gail große Augen. »Nicht zu fassen! Sag schon, wie war das mit den Drogen? Hast du welche genommen?«

Anne zögerte nur kurz, ehe sie den Kopf schüttelte. »Ach, auf das Zeug fahr' ich nicht ab.« Sie wußte es zwar besser, kannte aber auch den Preis, den man dafür bezahlte. Ihre neue Freundin hatte keine Ahnung von diesen Dingen, das sah man auf den ersten Blick. Sie war bildhübsch, sauber und adrett, gut angezogen und ziemlich verwöhnt – genau das, was man unter einer jüdisch-amerikanischen Prinzessin verstand. Anne fühlte sich spontan zu ihr hingezogen. Sie fand die Mädchen in ihrer Klasse zu langweilig. Seit sie aus San Franzisko zurück war, hatte sie kaum mit einer Mitschülerin Kontakt angeknüpft. Aber dieses Mädchen war ganz anders. Gail hatte Stil und Persönlichkeit. Die Sympathie beruhte auf Gegenseitigkeit. Die zwei kichernden und herumalbernden Mädchen zogen sich bereits mißbilligende Blicke des Obers zu, weil sie zwei Plätze besetzt hielten. Da schlug Gail vor, noch einmal den Rodeo Drive entlangzubummeln.

»Wenn du willst, zeige ich dir die Stiefel bei Giorgio.«

Annes Bewunderung kannte keine Grenzen, als sie entdeckte, daß Gail in der Nobelboutique über ein Konto verfügte und die Verkäuferinnen sich ihr gegenüber an Liebenswürdigkeit überboten. Gewöhnlich trachtete man in diesen Luxusläden danach, jugendliche Kundschaft schleunigst wieder hinauszukomplimentieren. Aber nicht Gail, die alle bei ihrem Namen nannten. Diese zuvorkommende Behandlung wurde auch auf Anne ausgedehnt, die eine Coke aus der Bar spendiert bekam. Die zwei Mädchen probierten genüßlich ein Paar nach dem anderen, bis Gail entschied, daß nun doch nichts Passendes dabei sei. Kichernd und gestikulierend verließen sie den Laden.

»Und jetzt zeige ich dir die Schuhe, die mir gefallen«, sagte Anne, die sich schon lange nicht mehr so unbeschwert gefühlt hatte. Sie und Gail lagen auf derselben Wellenlänge, das hatte sie sofort gemerkt. »Deine Mutter muß bei Giorgio Stammkundin sein, weil das Personal zu dir so nett ist.«

Da starrte Gail ins Leere. »Meine Mutter ist vor zwei Jahren gestorben – an Krebs«, sagte sie schließlich. »Sie war erst achtunddreißig.«

Anne sah sie erschrocken an. Das war das Schlimmste, was einem passieren konnte, schlimmer noch als alles, was ihr zugestoßen war. Ihr Verhältnis zu Faye war mehr als problematisch, und es gab Zeiten, da haßte sie ihre Mutter, und doch hätte es sie tief getroffen, wenn sie gestorben wäre. Gail hatte den Verlust sichtlich noch nicht überwunden.

»Hast du Geschwister?« fragte Anne, nur um etwas zu sagen.

»Nein, ich bin mit meinem Dad allein.« Sie sah Anne offen an. »Ich glaube, deswegen verwöhnt er mich so. Er hat ja nur mich. Und ich tue mein Bestes, seine Großzügigkeit nicht auszunutzen. Das ist manchmal nicht einfach.« Jetzt lächelte Gail wieder, und Anne fiel jetzt erst auf, daß ihr Gesicht mit Sommersprossen übersät war. »Ich setze gern meinen Willen durch, und er regt sich immer so auf, wenn ich heule.«

»Der Ärmste.« Anne mußte lachen.

»Und wie sind deine Eltern?«

Anne war dieses Thema nicht geheuer, da aber Gail ganz offen gesprochen hatte, wäre eine ausweichende Antwort unfair gewesen. »Ach, sie sind eigentlich ganz in Ordnung.«

»Kommst du gut mit ihnen aus?«

Anne zog die Schultern hoch. Sie war mit ihnen nie gut ausgekommen. Daran hatte sich auch in jüngster Zeit nichts geändert. »Ab und zu läuft es gut. Als ich abgehauen bin, waren sie natürlich total sauer.«

»Vertrauen sie dir wieder?«

»Ich denke schon.«

»Würdest du wieder ausreißen?« Gail war sehr neugierig.

Anne schüttelte energisch den Kopf. »Nein, niemals.«

»Hast du Geschwister?«

Sie hatten das Schuhgeschäft betreten, und Anne nickte. »Zwei Schwestern und zwei Brüder.«

»Hat man Worte!« Gail schenkte ihr ein strahlendes Lächeln. Sie hätte Karriere als Filmstar machen können, wenn ihr Vater nicht so besorgt um sie gewesen wäre. »Du Glückliche!«

»Das denkst du!« Anne, die an ihre Geschwister dachte, schickte einen geplagten Blick zum Himmel.

»Wie sind sie denn?«

»Soso. Lionel, mein ältester Bruder, ist Klasse. Er ist einundzwanzig.« Daß er homosexuell war, sagte sie nicht. »Er hat das College sausen lassen und macht Filme für Fox.« Das sagte sie wie ein Profi, und Gail zeigte sich gebührend beeindruckt. »Mein zweiter Bruder ist ein richtiger Muskelprotz und hat ein Football-Stipendium in Alabama. Er kommt ins dritte Studienjahr. Meine Schwestern sind Zwillinge. Die eine ist in New York und studiert am Barnard, die andere will in Hollywood Karriere machen.«

»Ist ja toll!«

»Lionel ist... nun, mit dem konnte ich immer gut, aber die anderen...«, es folgte eine abschätzige Geste, »die anderen sind schon ziemlich komisch.« Das hatten zwar die anderen immer von Anne behauptet, aber das kümmerte sie nicht mehr. Jetzt hatte sie eine eigene Freundin.

Nachdem Gail sich für zwei Paar Schuhe entschlossen hatte, sah sie auf die Uhr. »Mein Dad holt mich um vier vor dem Beverly Wilshire ab. Soll er dich irgendwo hinbringen?«

Anne war unschlüssig. Sie war mit einem Taxi gekommen. Die Rückfahrt in Gails Gesellschaft würde sicher lustiger sein.

»Glaubst du nicht, es könnte ihm lästig sein?«

»Aber gar nicht. Der macht das sehr gern.«

Ein Vater, der gern die Freundinnen seiner Tochter herumkutschierte? Anne lachte. In gewisser Hinsicht war Gail noch sehr naiv, doch gerade das gefiel ihr an ihr. Sie überquerten den Wilshire Boulevard und bezogen vor dem eleganten Hotel Stellung.

Als sie den Wagen von Gails Vater sah, einen Rolls in Grautönen, war Anne sehr beeindruckt. Gail winkte dem Wagen wie wild zu, und Anne dachte erst, sie habe nur zum Spaß einem auffallenden Wagen zugewinkt. Dann aber sah sie am Steuer einen untersetzten breitschultrigen Mann, dessen Züge an Gail erinnerten. Er beugte sich zur Seite und machte die Tür auf. Gail, die Anne heranwinkte, stieg ein und erklärte ihrem Vater die Situation.

»Hallo, Dad, ich habe eine neue Freundin. Sie geht nächstes Jahr auch aufs Westlake.«

Es schien ihm nichts auszumachen, daß er sie mitnehmen sollte. Anne wurde mit einem warmen Händedruck begrüßt. Kein schöner Mann, aber ein sehr liebenswerter, entschied sie auf Anhieb. Er hieß Bill Stein und war Anwalt mit vielfältigen Verbindungen zur Filmwelt, wie sie aus Gails Andeutungen mitbekommen hatte. Sicher war ihm der Name ihrer Eltern ein Begriff, für Anne ein Grund, damit zurückzuhalten. Sie war zunächst nichts weiter als nur Anne.

Er führte die Mädchen noch zu Will Wright am Sunset Boulevard auf ein Eis aus. Und für Gail habe er noch eine besondere Überraschung, kündigte er an. Er wollte mit ihr groß essen und nachher mit ein paar Freunden ins Kino gehen. Das Komische daran war, daß sie sich einen Film von Ward und Faye Thayer ansehen wollten. Anne beschränkte sich auf die Bemerkung, daß sie den Film kenne und daß er ihr gefallen habe. Dann wurde von anderen Dingen gesprochen.

Die ganze Zeit über spürte sie Bill Steins Blick auf sich und hatte das deutliche Gefühl, er wolle ergründen, wer sie war. Vor allem versuchte er, sie aus der Reserve zu locken. Dennoch fühlte sie sich in seiner Gesellschaft so wohl und behütet wie noch bei keinem Menschen.

Mit Bedauern sah sie dem grauen Rolls nach, der sie zu Hause abgesetzt hatte. Sie freute sich schon auf das nächste Wiedersehen mit Gail. Unterwegs hatten sie die Telefonnummern ausgetauscht. Gail hatte versprochen, gleich am nächsten Tag anzurufen und dann zum Schwimmen zu kommen. Anne konnte es kaum erwarten. Vor allem war sie neugierig, ob Mr. Stein seine Tochter fahren würde.

Erstaunt stellte sie fest, daß ihr Vater schon zu Hause war. Ein Blick auf die Uhr zeigte ihr, daß es schon sechs war...

»Hallo, mein Schatz.« Ward, der eben dabei war, sich ein Glas Wein einzuschenken, blickte bei ihrem Eintreten überrascht auf.

Faye war noch nicht da, bis zum Dinner dauerte es noch eine Weile. Er wollte sich entspannen, die Nachrichten im Fernsehen ansehen, vielleicht ein paar Längen schwimmen und dann sein Glas Wein genießen. Er trank sehr mäßig, und wenn, dann nur Wein.

Jetzt war er verwundert, eine so gutgelaunte und zufriedene Anne zu sehen. Den Grund dafür konnte er sich beim besten Willen nicht vorstellen. Meist verkroch sie sich in ihrem Zimmer und rührte sich nicht mehr heraus.

»Na, was hast du heute so getrieben?« erkundigte er sich.

Sie warf ihm einen langen Blick zu, ehe sie sich achselzuckend umdrehte. »Ach, nicht viel.« Damit verschwand sie wie immer in ihrem Zimmer und machte die Tür hinter sich zu – diesmal mit einem glücklichen Lächeln. In Gedanken war sie bei ihrer neuen Freundin.

29

Seit ihrer Ankunft in New York wohnte Vanessa im Barbizon, einem in einer guten Gegend zwischen der Dreiundsechzigsten Straße und der Lexington Avenue gelegenen Hotel, das ausschließlich weibliche Gäste beherbergte und über einen Swimming-pool und ein Café verfügte. Grund genug für Vanessa, sich hier sehr wohl zu fühlen. Sie hielt sich allerdings nicht viel im Hotel auf. Mit ihrer neuen Freundin Louise Matthison, ebenfalls Gast des Hotels, war sie intensiv auf der Suche nach einer Wohnung, die sie sich teilen konnten. An den Wochenenden fuhren die Mädchen gemeinsam zu Bekannten nach Long Island. Endlich fanden sie an der West Side in der 115. Straße eine Wohnung, die ihnen zusagte. Vanessa wußte genau, ihre Eltern wären entsetzt gewesen, hätten sie die Umgebung gesehen. Aber von dort war es nicht weit zur Columbia, und alle Studenten suchten sich Quartiere in dieser Gegend. So hübsch wie das Barbizon war die Wohnung natürlich nicht, aber dafür würden sie hier mehr Freiheiten genießen. Einen Monat vor Semesterbeginn zogen die beiden

Mädchen ein und teilten sich redlich die Einkäufe und Haushaltspflichten.

An einem heißen Augustnachmittag – Vanessa war mit den Einkäufen an der Reihe – kämpfte sie sich mit vollen Tüten die Treppe hinauf. Den altersschwachen Lift benutzte sie nicht, aus Angst, mit ihm steckenzubleiben. Ein zufälliger Blick nach oben zeigte ihr, daß jemand zu ihr herunterstarrte. Ein junger Mann, groß, brünett, mit angenehmem Gesicht. Er trug Shorts und ein T-Shirt, in der Hand hielt er einen Stapel Papiere.

»Brauchen Sie Hilfe?« fragte er freundlich. Vanessa wollte schon ablehnen, unterdrückte diesen Impuls aber, weil ihr der junge Mann gefiel. Er wirkte irgendwie sachlich und intelligent, und das war etwas, was sie sofort in den Bann zog. Es war die Sorte Mann, die sie im Verlag kennenzulernen gehofft hatte. Bis dato waren aufregende Begegnungen an ihrem Arbeitsplatz jedoch ausgeblieben. Dieser hilfsbereite junge Mann aber machte Eindruck auf sie, ohne daß sie imstande gewesen wäre zu definieren, was ihn so anziehend machte. Vielleicht war es nur der Stapel Papiere in seiner Hand, der aussah wie ein Manuskript. Tatsächlich hatte sie mit ihrer Vermutung ins Schwarze getroffen. Es war ein Manuskript, wie er ihr sofort erklärte, nachdem er die Tüten vor ihrer Tür abgesetzt hatte.

»Sie sind erst vor kurzem eingezogen?« fragte er, da er sie noch nie im Haus gesehen hatte. Er selbst wohnte schon jahrelang hier. Gleich nach Studienbeginn war er hier eingezogen und hängengeblieben. Für einen Umzug war er zu bequem, außerdem hatte sich im Laufe des Studiums zuviel Papierkram bei ihm angesammelt, Material für seine Dissertation in Philosophie. Nebenbei hegte er die Absicht, ein Theaterstück zu schreiben. Aber das alles war jetzt vergessen, als er das schlanke Mädchen mit dem langen blonden Haar vor sich sah.

Sie nickte als Antwort auf seine Frage, während sie in ihrer Tasche nach dem Schlüssel kramte. »Ja, ich wohne seit zwei Wochen hier, mit einer Freundin.«

»Sicher kommen Sie nächsten Monat schon ins Fachsemester?« Er kannte diesen Typ, schließlich ging er seit Jahren mit diesen

Studentinnen aus, seit 1962, als er an der Columbia angefangen hatte. Fünf Jahre, eigentlich fast sechs, waren eine lange Zeit.

Vanessa lächelte geschmeichelt. Seit neuestem schätzte man sie für älter ein. Nachdem sie jahrelang als unreifer und jünger als ihre Zwillingsschwester angesehen worden war, empfand sie es als angenehme Veränderung.

»Nein, ich komme ins erste Semester am Barnard College. Übrigens vielen Dank für das Kompliment.«

»Keine Ursache. Bis bald.« Sein Lächeln kam von Herzen. Vanessa registrierte, daß er hübsche Zähne hatte. »Danke für die Hilfe«, rief sie ihm nach, während er schon mit dem Manuskript in der Hand die Treppe hinunterpolterte. Gleich darauf hörte sie die Tür zuknallen.

Am Abend erzählte sie Louise von dieser Begegnung, die nur lächelte und sich beim Eindrehen ihrer Haare nicht stören ließ.

»Der Junge scheint nett zu sein. Auf wie alt schätzt du ihn?« fragte Louise.

»Keine Ahnung. Ziemlich alt. Er sagte, er arbeite an einer Dissertation, und er hatte ein Manuskript in der Hand.«

»Vielleicht wollte er dir nur imponieren.«

»Glaube ich nicht. Er muß mindestens fünfundzwanzig sein.«

Louises Interesse erlosch jäh. Sie war vor kurzem achtzehn geworden. Neunzehn war für sie alt genug. Fünfundzwanzig war schlichtweg undiskutabel. Diese Typen wollten immer gleich aufs Ganze gehen, wozu Louise nicht bereit war.

Es sollte sich zeigen, daß Vanessa mit ihrer Vermutung annähernd richtig lag. Er war vierundzwanzig. An einem Sonntagabend begegneten sie einander wieder, als Vanessa und Louise von einem Wochenende in Quogue zurückkamen. Sie waren mit dem Taxi von der Pennsylvania Station gekommen und mühten sich jetzt mit Koffern, Tennisschlägern, Louises überdimensionalem Hut und Vans Kamera ab. Er hatte seinen verbeulten MG auf der anderen Straßenseite geparkt und beobachtete amüsiert das Durcheinander. Vanessas lange Beine, die in den knappen Shorts besonders gut zur Geltung kamen, hatten es ihm angetan. Sie sah genauso aus wie Yvette Mimieux, bis hin zur Stupsnase, und sie hatte wundervolle grüne Augen. Das war ihm schon bei ihrer ersten Begegnung auf der Treppe aufgefallen. Er kam nun lässig in Shorts, T-Shirt und Turnschuhen ohne Socken über die Straße geschlendert, um seine Hilfe anzubieten.

Im nächsten Moment jonglierte er mit zwei Tennisschlägern, zwei Koffern und seinem eigenen nicht zu kleinen Aktenkoffer. Vanessa, die ihm ungeschickt zu helfen versucht hatte, bedankte sich überschwenglich, als er vor ihrer Wohnungstür ermattet alles fallen ließ. Er sah sie verdutzt an.

»Ihr Mädchen schleppt aber viel Zeug mit euch herum«, stieß er atemlos hervor. Und nachdem Louise in der Wohnung verschwunden war, setzte er gedämpft hinzu: »Kommen Sie auf ein Glas Wein zu mir herunter?«

Vanessa wäre eigentlich gern mitgegangen, doch ging ihr die Sache zu schnell. Sie machte prinzipiell keine Besuche bei Männern, und außerdem kannte sie ihn nicht näher – genau besehen hätte er auch der Würger von Boston sein können. Der junge Mann konnte Gedanken lesen. »Ich schwöre, Sie nicht zu vergewaltigen, es sei denn mit Ihrem Einverständnis.«

Vanessa errötete unter seinem bewundernden Blick. Er hätte zu gern gewußt, wie alt sie war. Dem Aussehen nach hätte er sie auf einundzwanzig geschätzt. Da sie aber ein Erstsemester war, konnte sie nicht viel älter als zwanzig sein, vielleicht sogar erst neunzehn. Er liebte diesen frischen blonden Typ, von dem Ruhe und Gelassenheit ausging.

Anstatt in seine Wohnung mitzukommen, lud Vanessa ihn zu sich auf ein Bier ein. Andersrum wäre es ihm lieber gewesen, da er aber keine andere Wahl hatte, nahm er die Einladung mit Grandezza an, beförderte den Rest des Gepäcks in den Flur, schloß die Tür und ließ neugierig den Blick wandern.

Hier hatte sich einiges verändert. Alles war frisch gestrichen, vorwiegend gelb, und sehr gemütlich. Viele Topfpflanzen, indische Drucke, Rattanmöbel und überall Zeitschriften – das war es, was einem auf den ersten Blick auffiel. An einer Wand hing das Foto einer großen Familie. Eine vielköpfige Schar am Rande eines Swimming-pools, allem Anschein nach in Kalifornien. Ehe er eine

Frage stellen konnte, hatte er Van auf dem Bild sofort erkannt.

»Das sind meine Leute.« Das sagte sie ohne weiteren Kommentar, und er stellte keine Fragen. Louise, die mit einer Dose Bier vorüberkam, lachte spöttisch dazu.

»Fragen Sie sie doch, wer ihre Mutter ist«, stachelte sie ihn an.

Vanessa errötete bis in die Haarwurzeln. Am liebsten hätte sie Louise erwürgt. Sie selbst haßte dieses Thema, aber Louise hatte sich vor Bewunderung nicht zu fassen gewußt, als sie entdeckte, daß Vans Mutter Faye Thayer war. Sie kannte alle ihre Filme, auch die, in denen Faye als Schauspielerin mitgewirkt hatte.

»Meinetwegen.« Der brünette junge Mann mit dem sympathischen Lächeln sah sie fragend an. »Wer ist Ihre Mutter?«

»Dracula. Und Ihre?«

»Sehr komisch.«

»Ein Bier?«

»Ja, gern.« Ihm fiel auf, daß in ihren Augen Fünkchen tanzten, wenn sie lächelte. Mit ernster Miene widmete er sich wieder der Betrachtung der Fotos. Jetzt fiel ihm auf, daß sich darauf alle irgendwie ähnlich waren. Ohne Hintergedanken sagte er: »Sagen Sie es mir, oder muß ich raten?«

»Also gut, machen wir keine große Sache daraus. Meine Mutter ist Faye Thayer.« Es war einfacher, man brachte es gleich hinter sich, ohne sich lange zu zieren. Für sie war der Name ihrer Mutter unwichtig. Seit der dritten Klasse hatte sie nicht mehr damit renommiert, ganz im Gegenteil, sie hatte gelernt, den Mund zu halten. Es war nicht ganz einfach, ein Prominentenkind zu sein, noch dazu das Kind einer dreifachen Oscar-Preisträgerin. Die Leute erwarteten zuviel von einem und waren zu rasch mit Kritik bei der Hand. Vanessa hatte es sehr bald vorgezogen, in Ruhe ihren eigenen Weg zu gehen.

Der junge Mann sah sie mit zusammengekniffenen Augen an und nickte. »Sehr interessant. Mir gefallen die Filme von Faye Thayer. Zumindest einige.«

»Mir auch.« Vanessa sagte es mit einem Lächeln. Er war wenigstens nicht aus den Socken gekippt wie manch anderer. »Wie war doch gleich Ihr Name?« fragte sie gewitzt.

Er hatte sich überhaupt noch nicht vorgestellt, sondern ohne Förmlichkeiten ihre Sachen heraufgeschleppt.

»Jason Stuart«, antwortete er lächelnd. Die Kleine bildete sich auf ihre Familie gottlob nichts ein, anders als ihre Freundin. Er sah wieder zu dem Bild hin. »Und wer sind die anderen?«

»Meine Geschwister.«

»Allmächtiger, was für eine Horde!« Er war ehrlich beeindruckt. Selbst ein Einzelkind, hatte er für große Familien nie viel übriggehabt, da er in seinem Leben nichts entbehrte. Seine schon ziemlich betagten Eltern lebten zurückgezogen in New Hampshire, und eines Tages würde alles auf ihn übergehen, nur war das nicht sehr viel. Sein Vater war Anwalt mit einer kleinen Praxis auf dem Lande, die er ohne viel Interesse und Energie betrieb. Jason hatte früher mit dem Jurastudium geliebäugelt, nach ernsthafterem Nachdenken hatte er sich aber doch für das Schreiben entschieden.

Beim dritten Bier vertraute er Vanessa an, er wolle nach seiner Dissertation ein Theaterstück schreiben. Jason war an sich kein starker Trinker, doch war die Hitze inzwischen nahezu unerträglich. Nach einem heißen Tag war das ganze Haus wie ein Backofen. Als Louise schon zu Bett gegangen war, entschlossen sie sich zu einem Spaziergang, um etwas frische Luft zu schnappen. Sie schlenderten ein Stück den Riverside Drive entlang, während er ihr von Neuengland erzählte und sie ihm von Kalifornien.

»Da liegen wohl Welten dazwischen, findest du nicht auch?« lächelte Jason vertraulich. Er fand Vanessa für ihr Alter sehr reif, sehr ruhig und unaufdringlich. Mit einem leisen Auflachen fing sie an, ihm von ihrer Zwillingsschwester zu erzählen.

»Auch zwischen ihr und mir liegen Welten. Val möchte unbedingt ein großer Star werden. Tatsächlich hat sie vor kurzem in einem Horrorfilm eine Rolle ergattert, bei der viel Blut fließt.« Jetzt lachten beide, und Jason schnitt eine angewiderte Grimasse. »Ich möchte später Drehbücher schreiben«, fuhr sie fort, »aber Schauspielerin möchte ich auf keinen Fall sein.« An dieser Stelle fiel ihr aus keinem besonderen Grund Lionel ein. Sie hatte das Gefühl, die beiden würden aneinander Gefallen finden. Beide waren natürlich, bescheiden und intelligent. »Mein Bruder ist übrigens auch beim Film – er will Regisseur werden.«

»Was für eine tolle Familie.« Richtig furchteinflößend, dachte er insgeheim.

»Ja, das sind wir. Aber ich bin es gewohnt. Jeder geht jetzt eigene Wege. Nur meine kleine Schwester ist noch zu Hause.« Vanessa dachte an Anne, die arme Kleine mit ihrem Hippie-Abenteuer und dem Baby, das sie fortgegeben hatte. Manchmal tat sie ihr leid, obwohl sie sie jetzt ebensowenig verstand wie früher. Überhaupt schienen ihr jetzt alle ganz weit entfernt zu sein, Teile einer anderen Welt beinahe. Unwillkürlich fragte sie sich, wann alle Geschwister jemals wieder zusammenkommen würden – ein sehr unwahrscheinliches Ereignis, obwohl sie selbst versprochen hatte, zu Weihnachten nach Hause zu kommen. Aber wer wollte wissen, was bis dahin alles passieren würde und wo Lionel, Val oder Greg gerade sein mochten.

»Liebst du deine Familie?« unterbrach Jason Vans Gedankengänge.

»Ach, je nachdem...« Sie wollte bei der Wahrheit bleiben, hatte aber nicht die Absicht, zuviel zu verraten. Lionels und Annes Schicksal ging niemanden etwas an. »Mit einigen komme ich besser aus. Mein ältester Bruder zum Beispiel ist ganz in Ordnung.« Lionel hatte sich in immer steigendem Maß ihre Achtung erworben, weil er so tapfer für seine Veranlagung geradestand. Sie wußte, wie schwer das alles für ihn gewesen war.

»Wie alt ist er?«

»Einundzwanzig. Er heißt Lionel. Greg, mein zweiter Bruder, ist zwanzig. Dann kommen Val und ich, wir sind achtzehn, und als letzte Anne, die erst fünfzehn ist.«

»Donnerwetter, das ging ja Schlag auf Schlag.« Wieder lächelte Jason, und sie erwiderte sein Lächeln. Langsam gingen sie den träge dahinströmenden Fluß entlang wieder nach Hause. Jason brachte sie bis an ihre Wohnungstür. »Essen wir morgen zusammen?«

»Unmöglich, ich muß arbeiten...«

»Wir könnten uns in der Stadt kurz treffen.« Er hätte es zwar vorgezogen, zu Hause zu bleiben und zu schreiben, aber Van hatte es ihm richtig angetan.

»Ist das nicht zu umständlich?«

»Ja, das ist es.« Er blieb bei der Wahrheit. »Aber du gefällst mir, Vanessa. Deswegen leiste ich mir ein, zwei Stunden.«

»Danke, Jason.« Damit verschwand sie in der Wohnung.

Am nächsten Tag holte er sie vom Verlag ab. Sie unternahmen einen langen Spaziergang, ehe sie bei Avocado-Sandwiches in einem Bio-Restaurant landeten. Wieder stellte sie fest, daß man sich mit Jason wunderbar unterhalten konnte. Weil er sich selbst sehr ernst nahm, erwartete er auch von Vanessa, daß sie ihn ernst nehme. Drehbücher hielt er für banalen Mist, was er ihr unumwunden zu verstehen gab. Er empfahl ihr, lieber ein ernsthaftes Stück zu schreiben.

»Warum sollte ich?« wehrte sie ab. »Nur weil du eines schreiben willst? Du weißt sehr gut, daß es ausgezeichnete Filme gibt...«

Jason imponierte, mit wieviel Energie sie für ihre Sache eintrat. Als er sie auch zum Abendessen einladen wollte, lehnte sie ab. »Ich bin schon mit Louise und ein paar Bekannten verabredet.«

Jason wäre zu gern mitgegangen, sagte aber kein Wort, obwohl es ihn interessiert hätte, ob ein anderer Mann mit im Spiel war. Tatsächlich war einer dabei, nämlich Louises Freund. Vanessa hatte Jason eigentlich den Korb nur gegeben, weil sie nicht zu willig und leicht zugänglich erscheinen wollte. Doch sie erwiderte Jasons Sympathie.

Er ging ihr den ganzen Abend nicht aus dem Sinn, während sie in der Houston Street Spaghetti und Muscheln aßen. Es kam ihr vor, als würde eine Ewigkeit vergehen, bis sie wieder nach Hause gehen konnte. Bei Jason brannte noch Licht. Ob er noch arbeitete oder nur so herumhockte? Beim Hinaufgehen tat sie sich keinen Zwang an und machte möglichst viel Lärm. Zum Schluß knallte sie auch noch laut die Tür zu, in der Hoffnung, er würde anrufen. Aber er rief volle zwei Tage nicht an.

Jason hatte sich entschlossen, zunächst eine langsamere Gangart einzuschlagen. Und als er dann anrief, war Van übers Wochenende nicht da. Erst Mitte der nächsten Woche sahen sie sich wieder. Vanessa kam müde von der Arbeit und schlapp von der Hitze nach Hause. Die Busfahrt hatte ihr den Rest gegeben.

»Na, wie geht's?« fragte er. Sie schien sich über die Begegnung zu freuen. Insgeheim hatte sie befürchtet, er habe sie vergessen.

»Ganz gut. Was macht dein Stück?«

»Ach, ich habe keine einzige Zeile geschrieben. Die ganze Woche habe ich über der verdammten Dissertation gesessen.« Im Herbst wollte er vertretungsweise an einer Schule unterrichten, um seine Finanzen aufzubessern. Keine besonders verlockende Aussicht, aber neben dem Unterrichten würde ihm genug Zeit zum Schreiben bleiben, und das war für ihn ausschlaggebend. Vanessa war von seiner Ernsthaftigkeit sehr beeindruckt. Seine Seriosität erstreckte sich auf viele Bereiche, vor allem aber entwikkelte er sehr ernsthaftes Interesse für sie.

Als Jason sie diesmal um eine Verabredung bat, war sie frei. Sie gingen in ein kleines italienisches Restaurant in der Nähe, tranken Unmengen von Rotwein und unterhielten sich bis kurz vor eins. Dann bummelten sie gemächlich nach Hause, wobei Vanessa nicht umhinkonnte, sich ab und zu diskret umzublicken. Sie hatte noch immer Angst, überfallen zu werden, da die Gegend, in der sie wohnte, nicht sehr vertrauenerweckend war. Jason, der ihre Ängste spürte, legte seinen starken Arm um sie, so daß sie sich sicher und behütet fühlte. Auf der Treppe vor seiner Tür zögerte er unmerklich.

»Hättest du noch Lust auf einen Drink bei mir?«

Vanessa hatte genug getrunken und ahnte, was er im Sinn hatte. Es war kurz vor zwei. Ging sie jetzt mit ihm, dann forderte sie das Schicksal heraus. Sie war noch nicht bereit, sich darauf einzulassen, mit niemandem – obwohl Jason ihr sehr gut gefiel.

»Heute nicht mehr, Jason. Vielen Dank.«

Er schien enttäuscht, als er sie zu ihrer Tür brachte, und sie war ebenso enttäuscht, als sich die Tür hinter ihr geschlossen hatte. Zum ersten Mal im Leben begehrte sie einen Mann. Sie hatte sich mit den Jungen ihrer Bekanntschaft immer gut vertragen, war aber ohne Eroberungen ausgekommen und verzehrte sich nicht ständig vor Sehnsucht nach jemandem – ganz anders als Val. Es hatte Jungen gegeben, die Vanessa gut gefallen hatten, aber darüber hinaus hatte sie nie etwas empfunden – bis jetzt. An den ihr bislang unbekannten Regungen erkannte sie, daß sie mit Jason schlafen wollte.

In den nächsten Tagen versuchte sie sich abzulenken und ging mit Louise und deren Freunden aus. Sie ließ sich sogar von ihrem Chef zum Mittagessen ausführen, obwohl sie deutlich gemerkt hatte, daß er scharf auf sie war. Allein schon seine Berührung auf ihrem Arm war ihr unerträglich. Auf dem Nachhauseweg waren ihre Gedanken wieder mit dem brünetten jungen Mann aus dem ersten Stock beschäftigt. Als Vanessa ihm am Wochenende endlich über den Weg lief, war sie sehr erleichtert. Sie wollte mit ihren Sachen in den Waschsalon. Louise war übers Wochenende nach Quogue gefahren, Vanessa war allein. Das verschwieg sie Jason, weil sie ihn nicht ermutigen wollte.

»Na, wie geht's, Kleine?« Er kehrte den Erwachsenen hervor. Sollte sie sich ruhig wie ein kleines Mädchen vorkommen, weil sie nicht mit ihm ins Bett gegangen war. Vanessa kam sich tatsächlich so vor, ließ sich aber nichts anmerken.

»Sehr gut. Was macht das Stück?«

»Ach, ich komme nicht weiter. Zum Arbeiten war es in letzter Zeit viel zu heiß.«

Vanessa fiel auf, wie braun er war. Wahrscheinlich hatte er viel Zeit im Dachgarten verbracht. Seine Eltern hatten sich sehr gewünscht, er würde für ein paar Tage zu ihnen kommen, ihm gefiel es aber bedeutend besser in New York, trotz der Hitze. Zu Hause war es so verdammt langweilig. Zudem besaß New York jetzt für ihn einen zusätzlichen Anziehungspunkt. Allein der Gedanke, daß Vanessa mit ihm unter einem Dach lebte, versetzte ihn in Erregung. Schon seit langem hatte ihm niemand so zugesetzt. Fast nahm er es ihr übel.

»Also, bis später«, sagte er deswegen ein wenig schroff.

Es war ganz klar, wohin sie ging, und er konnte sich ausrechnen, wie lange sie ausbleiben würde. Als er eine Stunde später ihre Schritte auf der Treppe hörte, riß er hastig die Tür auf. Richtig, sie trug einen Beutel mit frischgewaschener Wäsche hinauf und drehte sich um, als sie seine Tür hörte.

»Hast du Lust auf einen Happen bei mir?« rief er ihr zu.

Mit Herzklopfen begegnete sie seinem Blick, von der Frage bewegt, ob hinter seiner Einladung noch andere Absichten steckten.

»Ich... meinetwegen... ja.« Sie wollte ihm nicht wieder einen Korb geben, aus Angst, er würde dann seine Bemühungen aufgeben. Es war wirklich nicht ganz einfach, jung und in New York zu sein, noch dazu, wenn man Jungfrau war und es mit einem älteren Mann von vierundzwanzig zu tun hatte.

Sie folgte ihm hinein und ließ den Beutel mit der Wäsche gleich beim Eingang stehen. Zum Glück hatte sie ihre persönlichen Sachen zuunterst hineingetan, so daß nichts herausfallen konnte und womöglich seinen Blicken preisgegeben war.

Jason machte Thunfisch-Sandwiches zurecht und bot ihr dazu Zitronenlimonade an. Vanessa ließ es sich schmecken. Sie wunderte sich, wie ungezwungen sie sich fühlte, als sie beisammensaßen, plauderten und sich mit Kartoffelchips aus der Tüte bedienten.

»Wie gefällt dir eigentlich New York?« fragte Jason sie unvermittelt.

Vanessa spürte seinen eindringlichen Blick auf sich und konnte sich nur mit Mühe auf seine Frage konzentrieren. Zwischen ihnen bahnte sich etwas ganz Intensives an, das ihr sonderbarerweise keine Angst einflößte. Sie hatte das Gefühl, auf der Woge seiner Gedanken dahinzutreiben. Die ganze Atmosphäre war entspannt und sinnlich. Kein Lüftchen rührte sich. Man spürte das Aufziehen eines Gewitters, doch die einzige existierende Welt war in diesem Raum.

»Mir gefällt New York sehr gut.«

»Warum?« Wieder schien sein Blick ihre Seele zu durchdringen, auf der Suche nach etwas in ihrem Inneren. Diesmal hielt sie seinem Blick tapfer stand.

»Das weiß ich noch nicht. Ich bin einfach froh hierzusein.«

»Ich auch.«

Seine Stimme klang weich und zärtlich. Vanessa fühlte sich

körperlich unwiderstehlich zu ihm hingezogen und nahm gar nicht richtig war, daß er sie an sich zog, ihre Schenkel berührte, sie streichelte, liebkoste, sie überall anfaßte. Und plötzlich spürte sie seine Lippen auf ihrem Mund, seine Hände auf ihren Brüsten, und als seine Hände tiefer wanderten, wurde das Begehren in ihr fast unerträglich. Atemlos ließ sie sich auf die Couch zurücksinken... und dann, ganz unerwartet, flehte sie ihn an aufzuhören.

Erstaunt richtete Jason sich auf.

»Bitte nicht...«, wiederholte sie. Jason, dem jede Form von Gewalt und Zwang zuwider war, schien ratlos und gekränkt, als er ihre Tränen sah.

»Ich bin... ich habe nie...«, stammelte Vanessa. Und doch begehrte sie ihn. Da wurde ihm klar, wie es um sie stand. Er drückte sie an sich, und Vanessa spürte seine Wärme und seinen Duft. Es war ein Duft nach Limonen, Seife oder Eau de Cologne, ein Duft, der ihr sehr angenehm war, so angenehm wie Jason selbst. Er sah liebevoll auf sie hinunter. Jetzt wußte er Bescheid und begehrte sie darum nur noch mehr.

»Ich wußte nicht...« Er rückte ein wenig von ihr ab und gab ihr Raum zum Atmen und Nachdenken. Überwältigen wollte er sie nicht. Nicht jetzt, nicht beim ersten Mal. »Sollen wir warten?«

Seine Offenheit machte sie verlegen. Sie schüttelte den Kopf. Sie wollte nicht warten. Da hob er sie hoch wie eine Puppe und trug sie zu seinem Bett. Dann zog er ihr die wenigen Sachen aus, die sie anhatte, Shorts, Bluse, Höschen, Büstenhalter.

Vanessa fühlte sich unter seinen Händen wie ein Kind. Jason legte sich neben sie und zog sich von ihr abgewendet aus, damit sie nicht erschrak. Er dachte wirklich an alles. Vanessa lag wie in Ekstase neben ihm, während er sie überall berührte.

Draußen tobten indessen Donner und Blitz. Sie wußte gar nicht, ob das Gewitter Wirklichkeit war oder ob der Aufruhr nur in ihrem Inneren raste.

Als sie später erschöpft nebeneinanderlagen und der Regen gegen die Fensterscheiben trommelte, lächelte sie. Auf dem Laken war Blut, doch das schien Jason nicht zu kümmern. Immer wieder flüsterte er ihren Namen und berührte ihr Gesicht mit den Händen, ihren Körper mit den Lippen, bis er schließlich wieder ihre Beine auseinanderschob und seine Zunge spielen ließ, bis sie aufschrie. Da drang er in sie ein, und diesmal rief sie ekstatisch seinen Namen und verging fast in seinen Armen.

30

»Achtung, Aufnahme!« Der Regisseur rief es zum elften Mal. Valerie mußte quer durch die Szene laufen, während ihr rote Farbe aus Augen, Ohren und Nase lief. Nach jeder Aufnahme mußte sie sich waschen, und dann ging alles wieder von vorne los. Es war die mühsamste Sache der Welt, aber dafür würde sie bald ein großer Star sein, das stand für sie fest. Man würde sie entdecken, und sie würde an der Seite von Gregory Peck oder Richard Burton spielen – oder mit Robert Redford. Auch Dustin Hoffman wäre ihr als Partner angenehm.

Dann rief der Regisseur zum neunzehnten Mal: »Achtung, Aufnahme!«, und sie lief wieder los. Die Farbe verklebte ihr Haar, und hinterher schrie sie den Maskenbildner an, der das Zeug gemixt hatte.

Als die Szene endlich zur Zufriedenheit des Regisseurs im Kasten war, schlich Faye auf Zehenspitzen davon. Val hatte ihre Anwesenheit gar nicht bemerkt. Faye war es höchst unangenehm, daß Val diese Rolle spielte. Eine geradezu lächerlich winzige Rolle, wie sie später Ward berichtete. Schlimmer noch – sie war geradezu peinlich.

»Hätte sie doch etwas Anständiges gemacht... ein College oder sonstwas«, klagte sie.

»Ach was, vielleicht wird einmal etwas aus ihr. Du hast es ja auch geschafft, Faye.«

»Aber Ward, das war vor dreißig Jahren! Die Zeiten haben sich geändert. Außerdem kann sie nicht mal spielen.«

»Wie willst du das nach dieser Rolle beurteilen?« Ward wollte nicht unfair sein. Er hielt Fayes vernichtendes Urteil für ungerechtfertigt.

»Sie kann sich nicht mal anständig auf einer Bühne bewegen, wenn dir diese Formulierung lieber ist.«

»Könntest du das mit Farbkapseln in Nase und Ohren? Ich finde, sie hält sich tapfer.«

»Ach, Val ist richtig dämlich.«

Nach ihrem ersten Film bekam Val sofort wieder ein ähnliches Rollenangebot, das sie begeistert annahm, während Faye diese Entwicklung mit Argwohn verfolgte. Mit vorsichtigen Fragen versuchte sie herauszubekommen, ob Val denn mit dieser Art Filmen glücklich sei, was prompt als Tadel aufgefaßt wurde und ihr einen haßerfüllten Blick einbrachte.

»Du hast mit Seifen- und Frühstücksflockenwerbung angefangen, und ich fange eben mit Blut an. Das ist doch nahezu ein und dasselbe. Wenn ich will, werde ich soviel erreichen wie du.«

Das war ein hochgestecktes Ziel. Ward, der Zeuge dieses Wortgefechtes wurde, empfand Mitleid mit Val. Sie hatte es so verzweifelt darauf angelegt, Faye zu übertrumpfen, daß sie darüber ganz ihre eigene Persönlichkeit vergaß. Anders als Anne, die in letzter Zeit zu sich selbst gefunden hatte.

Anne war wirklich ruhiger und reifer geworden. Die neue Schule schien ihr zu entsprechen. Sie hatte auch eine Freundin, mit der sie ständig zusammensteckte, ein Mädchen, das seine Mutter verloren hatte. Die zwei Mädchen waren ein nettes Team. Der Vater war vernarrt in seine Tochter und spielte willig den Chauffeur, führte sie zu jeder nur möglichen Veranstaltung aus, holte sie ab, brachte sie irgendwohin – für Faye und Ward ein wahrer Segen, denn seit dem letzten Oscar konnten sie sich vor Arbeit nicht mehr retten. Sie waren froh, daß Bill Stein sich so rührend um Anne kümmerte. Ward kannte ihn flüchtig, ihre Wege hatten sich einige Male auf Gesellschaften gekreuzt, ein netter Mensch. Daß er seine Tochter verwöhnte, war verständlich, da sie das einzige war, was ihm nach dem Tod seiner Frau geblieben war. Auch Anne bekam seine Großzügigkeit zu spüren.

Immer wieder schenkte er ihr hübsche Sachen, wenn Gail etwas von ihm bekam, eine Jacke, eine niedliche kleine Gucci-Tasche, einen gelben Schirm von Giorgio, als sie einmal vom Regen überrascht wurden. Und er verlangte keine Gegenleistung. Er spürte, wie einsam Anne war und wie wenig Faye und Ward sich mit ihr abgegeben hatten. Es machte ihn sehr glücklich, wenn er ihr eine Freude machen konnte.

»Bill, Sie sind immer so lieb zu mir.« Er hatte ihr erlaubt, ihn beim Vornamen zu nennen, vielmehr, er hatte sie darum gebeten, und schließlich hatte sie eingewilligt, obwohl sie ihm gegenüber immer ein wenig schüchtern war.

»Warum auch nicht? Du bist ein nettes Mädchen. Wir haben dich gern bei uns.«

»Und ich habe euch beide gern.« Diese Worte, die ihrer nach Liebe hungernden kleinen Seele entströmten, brachen ihm fast das Herz. Er ahnte in ihr einen großen verborgenen Kummer. Er wußte, daß sie vor knapp zwei Jahren von zu Hause ausgerissen und ins Hippie-Milieu abgedriftet war, und vermutete, daß ihr Kummer dort seinen Ursprung hatte. Als sich eine Gelegenheit bot, fragte er Gail danach. Sie hatte keine Ahnung.

»Dad, sie spricht nie darüber. Ich weiß nicht recht... aber ich glaube nicht, daß ihre Eltern sehr nett zu ihr sind.«

»Das dachte ich mir.« Er hatte mit Gail immer offen gesprochen.

»Nicht, daß sie richtig gemein wären. Sie sind bloß niemals da. Anne ist mit dem Hausmädchen immer allein.« Sie hatte sich sogar daran gewöhnt, beim Abendessen allein zu sein.

»Na, damit ist es nun gottlob vorbei«, stellte Bill Stein abschließend fest.

Gail und ihr Vater nahmen Anne unter ihre Fittiche, und sie sonnte sich in der Liebe, die ihr zuteil wurde. Sie war wie eine voll erblühte Blume. Bill konnte sich nicht satt sehen, wenn sie mit Gail herumtollte. Manchmal machten sie gemeinsam Hausaufgaben oder saßen einfach da und plauderten, dann wieder sprangen sie in den Pool oder lachten stundenlang über einen Witz, den nur sie verstanden. Er kaufte mit nie erlahmender Begeisterung für beide hübsche Sachen und war glücklich, wenn sich die Mädchen freuten. Das Leben war so verdammt kurz, das hatte ihn der Tod seiner Frau gelehrt. Ihr galten seine Gedanken, als er einmal mit

Anne am Pool saß. Es war ein warmer Herbsttag, Gail war ins Haus gegangen, um einen kleinen Imbiß zurechtzumachen.

»Anne, du bist manchmal so ernst.« Anne, die ihre Schüchternheit langsam ablegte, machte seine Frage nichts aus. Sie fürchtete nicht mehr, über Dinge befragt zu werden, die sie nicht preisgeben wollte. »Woran denkst du in diesen Momenten?« fragte er weiter.

»Ach, an verschiedene Dinge...« An den toten Freund meines Bruders, an das Baby, das ich aufgeben mußte, als ich fünfzehn war. Das waren die Gespenster, die sie verfolgten, doch davon sagte sie nichts.

»Denkst du an deine Zeit in San Franzisko?« Seine Ahnung trog ihn nicht, und Anne wich ihm nicht aus. Sie hielt seinem Blick stand, und er las etwas darin, das ihm fast das Herz brach. Einen Schmerz, an den niemand herankonnte. Trotzdem hoffte er, es würde ihm mit der Zeit gelingen. Sie war für ihn wie eine zweite Tochter. Erstaunlich, daß sie in ganz kurzer Zeit für Gail und ihn so große Bedeutung gewonnen hatte. Beide hingen sie sehr an Anne und sie an ihnen. Von Lionel und John abgesehen, sind es die ersten Menschen, die sich um mich richtig kümmern und denen ich etwas bedeute, dachte Anne bei sich.

»Ja, irgendwie...«, sagte sie laut und gab damit unwillkürlich mehr preis, als sie wollte. »Ich habe etwas aufgegeben, an dem mir viel lag... und hin und wieder denke ich daran, obwohl sich jetzt nichts mehr ändern läßt.« Die Tränen in ihren Augen brachten ihn dazu, daß er nach ihrer Hand faßte. Auch seine Augen waren feucht geworden.

»Ich habe nichts aufgeben müssen, aber ich habe einen geliebten Menschen verloren. Das ist ganz ähnlich. Auch ein Verlust. Aber vielleicht ist es schlimmer, wenn man freiwillig etwas aufgibt.«

Bill war nun der Meinung, sie habe eine Liebe aufgeben müssen. Er wunderte sich, daß ein so junges Mädchen so tiefer Gefühle fähig war. Daß sie ein Kind gehabt hatte, darauf kam er nicht, Anne und Gail kamen ihm so unschuldig vor. Doch als Anne ihn jetzt ansah, lag in ihrem Blick ein Wissen, das weit über ihr Alter hinausging.

»Es muß schrecklich gewesen sein, als Ihre Frau starb.«

»Ja, schrecklich.« Erstaunlich, wie leicht es ihm über die Lippen ging. Aber Anne war so verständnisvoll... Hand in Hand saßen sie da, wie alte Freunde. »Es war die schlimmste Erfahrung meines Lebens.«

»Ähnlich ist es mir auch ergangen.« Plötzlich hatte sie das Bedürfnis, ihm alles zu sagen, gleichzeitig fürchtete sie, er würde ihr dann den Umgang mit Gail verbieten. Manche Dinge blieben lieber ungesagt, deswegen hielt sie sich zurück.

»War es so schlimm?«

»Noch schlimmer.« Tag für Tag quälte sie die Frage, wo der Kleine sein mochte und ob sie richtig gehandelt hatte. Vielleicht war ihr Kind krank oder sogar tot oder die Drogen hatten ihm bleibende Schäden zugefügt, obwohl man angeblich nach der Geburt nichts gefunden hatte... Wieder begegnete sie Bills nachdenklichem Blick.

»Es tut mir so leid, Anne –« Er hielt ihre Hand fest, und sie fühlte sich geborgen und behütet.

Nach einer Weile kam Gail mit einem vollen Tablett. Anne erschien ihr ein wenig trauriger als vorhin, aber diese Stimmungswechsel hatte sie öfter. So war sie eben. Im Benehmen ihres Vaters fiel Gail nichts auf.

Erst in der darauffolgenden Zeit blieb sein Blick immer öfter an Anne hängen, und ihr blieb es nicht verborgen. Und eines Tages, als sie allein waren und auf Gail warteten, die noch bei Freunden war, ergab sich wieder ein vertrauliches Gespräch. Anne war früher gekommen als verabredet, und Bill kam eben aus der Dusche und hatte sich rasch einen Bademantel angezogen.

Er lud sie ein, es sich gemütlich zu machen. Daraufhin streckte sie sich im Studio mit einer Zeitschrift auf einem Sessel aus. Da bemerkte sie, wie Bill sie beobachtete. Sie legte die Zeitschrift aus der Hand, überwältigt von den Gefühlen, die sie so lange verborgen hatte. Wortlos stand sie auf und ging zu ihm. Ebenso wortlos nahm Bill sie in die Arme und küßte sie. Er mußte sich zwingen, sie wieder loszulassen.

»Herrgott, Anne, es tut mir leid... ich wußte nicht, wie...«

Sie brachte ihn mit Küssen so restlos zum Schweigen, daß er wie betäubt war. Instinktiv spürte er, daß diese Zärtlichkeiten für sie nicht neu waren, und als ihre Hände unter seinen Bademantel glitten, wußte er, daß es um Anne Geheimnisse gab, von denen niemand etwas ahnte. Sanft schob er ihre Hände fort und küßte ihre Fingerspitzen. Ihre Berührung hatte ihn ungeheuer erregt, er besaß aber noch so viel Vernunft, daß er seinem Verlangen nicht nachgab. In seinen Augen war sie trotz allem noch ein Kind, ein fünfzehnjähriges Mädchen, fast sechzehn zwar, aber... »Wir wollen darüber sprechen.« Er setzte sich neben sie, zog den Gürtel seines Mantels fester und sah sie an. »Ich weiß nicht, was mit mir passiert ist.«

»Ich schon.« So leise sagte sie diese Worte, daß er glaubte, er habe sie geträumt. »Bill, ich liebe dich.«

Es war die Wahrheit. Und er liebte sie. Der reinste Wahnsinn. Er war achtundvierzig, sie fünfzehn. Es war Sünde... oder nicht? Er sagte es sich immer wieder vor, und als er sie ansah, überkam es ihn wieder, und er küßte sie. Er begehrte sie so leidenschaftlich, daß es schmerzte. »Ich liebe dich auch, aber ich werde nicht zulassen, daß diese Geschichte weitergeht.« Es hörte sich an, als habe er Angst. Anne kamen die Tränen. Sie befürchtete schon, er würde sie fortschicken. Für immer vielleicht. Das hätte sie nicht überlebt. Sie hatte schon zu viel verloren.

»Warum nicht? Was ist so schlecht daran? Anderen passiert das auch.«

»Aber nicht bei diesem Altersunterschied.« Zwischen ihnen lagen dreiunddreißig Jahre. Anne war noch minderjährig. Wenn sie zweiundzwanzig gewesen wäre und er erst fünfunddreißig... und nicht der Vater ihrer besten Freundin... Aber Anne schüttelte energisch den Kopf. Sie wollte ihn nicht verlieren und würde um ihn kämpfen. Sie hatte schon zu viel verloren.

»Das ist nicht wahr. Anderen geht es auch so.«

Bill lächelte. Anne war so ernsthaft und süß, und er liebte sie über alles. Das wußte er jetzt mit Bestimmtheit.

»Und wenn du hundert Jahre alt wärest, würde es mir auch nichts ausmachen. Ich liebe dich. So ist es eben. Ich werde dich niemals aufgeben.«

Ihr melodramatischer Ton entlockte ihm ein Lächeln. Mit einem Kuß brachte er sie zum Schweigen. Ihre Lippen waren so süß und ihre Haut wie Samt. Und doch war es nicht richtig. Dem Gesetz nach war es Verführung einer Minderjährigen, auch wenn es mit ihrem Einverständnis geschah.

Er sah sie forschend an. »Anne, hast du es schon einmal getan? Sei ehrlich. Ich würde es dir nicht übelnehmen.« Auf seine behutsame Art wollte er der Wahrheit näher kommen. Und Anne war es nie schwergefallen, ihm gegenüber aufrichtig zu sein.

Sie wußte, was er meinte – mehr oder weniger. Beide waren sehr erleichtert, daß Gail sich verspätet hatte. »So nicht«, setzte sie zögernd an. »Als ich in San Franzisko war...« Sie wollte plötzlich, daß er alles erfuhr, auch wenn es schwer zu erklären war. »Ich...« Wieder stockte sie und seufzte so tief, daß er bedauerte, sie gefragt zu haben.

»Anne, du brauchst mir nichts zu sagen.«

»Ich will aber.« Sie wollte es kurz und sachlich hinter sich bringen, trotzdem hörte es sich schrecklich an. »Ich war in einer Kommune und nahm LSD und andere Sachen, auch Mescalin, aber hauptsächlich Acid. Die Gruppe, mit der ich zusammenlebte, hatte seltsame Bräuche.«

Bill war entsetzt. »Hat man dich vergewaltigt?«

Ohne den Blick von ihm zu wenden, schüttelte sie den Kopf. Sie wollte unbedingt bei der Wahrheit bleiben. »Nein, ich wollte es und habe es mit allen getan, glaube ich. So richtig kann ich mich gar nicht mehr erinnern. Ich war damals wie in Trance und weiß nicht, was Erinnerung und was Traum ist... aber als meine Eltern mich zurückholten, war ich im fünften Monat schwanger. Vor dreizehn Monaten kam mein Baby zur Welt.«

Jetzt wußte sie, daß sie dieses Datum für den Rest ihres Lebens nie vergessen würde. Sie hätte Bill genau sagen können, auf den Tag genau, um wieviel Tage die dreizehn Monate überschritten waren. Es waren fünf Tage.

»Meine Eltern verlangten, daß ich das Kind zur Adoption freigäbe. Es war ein Junge. Ich habe ihn nie gesehen. Etwas Schlimmeres kann man sich nicht vorstellen.« Sie war nicht imstande zu artikulieren, was sie durchgemacht hatte. »Es war ein großer Fehler, daß ich mein Kind weggegeben habe. Ich werde es mir nie verzeihen. Tag für Tag frage ich mich, wo der Kleine sein mag und ob es ihm gutgeht.«

»Er hätte dein Leben zerstört, Liebling.« Zärtlich strich er ihr über die Wange. Sie tat ihm unendlich leid. Anders als Gail hatte sie eine große schmerzliche Erfahrung hinter sich, zu schmerzlich für ihr Alter.

»Das sagten auch meine Eltern. Aber ich glaube ihnen nicht mehr.«

»Sag, was würdest du jetzt mit einem Baby anfangen?«

»Ich würde es großziehen und liebhaben wie alle anderen Mütter...« Ihre Tränen ließen sich nicht mehr zurückhalten. Bill hielt sie fest umfangen. »Ich hätte das Baby nie aufgeben dürfen.«

Bill drängte es, ihr zu sagen, daß sie eines Tages ein anderes Baby bekommen konnte, ein Baby von ihm, aber das hätte zu unwahrscheinlich geklungen, und in diesem Augenblick hörten sie Gails Schlüssel im Schloß. Bill rückte von Anne ab. Ein letzter Blick, eine letzte zärtliche Berührung voller Sehnsucht, dann stand er auf, den Bademantel enger um sich ziehend. Lächelnd sahen sie Gail entgegen.

In den folgenden zwei Monaten kam Anne so oft wie nur möglich mit ihm zusammen. Sie sprachen miteinander, machten Spaziergänge, tauschten Gedanken aus. Gail hatte von allem keine Ahnung, und Anne hoffte inständig, sie würde es nie erfahren. Für Bill und Anne war ihre Liebe eine verbotene Frucht, und doch konnten sie nicht davon lassen. Sie brauchten einander, und ihre Bindung wurde immer enger, obwohl ihre Beziehung keusch blieb. Aber lange konnte es so nicht weitergehen. Als Gail von ihrer Großmutter über Weihnachten nach New York eingeladen wurde, dachten sie sich einen Plan aus. Anne wollte ihren Eltern weismachen, sie würde die Feiertage bei den Steins verbringen. In Wahrheit würde sie vom Weihnachtstag an bis zu Gails Rückkehr mit Bill allein sein. Das alles wurde lange vorher besprochen und geplant, fast wie Flitterwochen.

31 Louise war natürlich nicht entgangen, was sich zwischen Vanessa und dem jungen Mann im ersten Stock angebahnt hatte, und sie billigte die Beziehung, obwohl Jason zu alt war. Vierundzwanzig, fast schon ein erwachsener Mann. Zwar bedauerte sie, daß sie jetzt weniger mit Vanessa zusammen war, aber ihr blieb der eigene Freundeskreis, und außerdem hatten sie für das Barnard mit schriftlichen Arbeiten und mündlichen Prüfungen mehr als genug zu tun. Die Monate vergingen wie im Flug, und ehe man sich versah, standen die Weihnachtsferien vor der Tür. Es war bereits klirrend kalt, und kurz nach dem Erntedankfest gab es den ersten Schnee.

Vanessa war außer sich vor Begeisterung und veranstaltete mit Jason Schneeballschlachten im Central Park. Immer hatten sie etwas vor – die Cloisters, das Metropolitan, das Guggenheim-Museum, das Museum of Modern Art, die Oper, Ballett, die Konzerte in der Carnegie Hall und natürlich die ständige Verlockung der Off-Broadway-Bühnen – insgesamt ein Riesenprogramm. Jason interessierte sich für alles, und Vanessa lernte auf diese Weise New York kennen. Aber seit sie hier lebte, hatten sie sich keinen Film angesehen, ausgenommen ein paar alte Filme bei einem Festival im Museum of Modern Art. Jason hatte für Filme nichts übrig. Er arbeitete emsig an seiner Dissertation, während sie für ihre Prüfung büffelte. Inzwischen wußte Vanessa, daß es vor allem seine Ernsthaftigkeit war, die sie liebte, sowie eine gewisse Festigkeit in seinen Ansichten. Das machte ihn in ihren Augen nicht eigensinnig, sondern nur noch liebenswerter.

»Jason, du wirst mir in den Ferien sehr fehlen.« Vanessa lag mit einem Buch auf der Couch und sah ihn an. Mit seiner Brille wirkte er noch ernster als sonst.

»Sicher freust du dich riesig auf dein Plastikland«, so nannte er Los Angeles – »weil du mit deinen Freunden täglich ins Kino pilgern und dich mit Tacos und Pommes frites vollschlagen kannst.« Das waren Genüsse, vor denen er einen Horror hatte.

Seiner Ansicht nach liefen die Leute in Los Angeles ständig mit Hamburgern, Tacos und Pizzas herum, taten nie die Lockenwickler aus den Haaren, tanzten nur nach Rockmusik und waren verrückt nach kitschigen Filmen. Wenn sie sich vorstellte, daß Val eben ihren zweiten Horrorfilm drehte – diesmal über und über mit grünem Schleim bedeckt –, wagte sie nicht daran zu denken, was Jason dazu sagen würde.

Trotzdem freute sie sich auf das Wiedersehen mit der Familie. Jason nahm sich manchmal viel zu ernst, das hinderte sie jedoch nicht daran, die Verbindung mit ihm sehr zu genießen. Er würde ihr wirklich fehlen.

»Und was hast du über Weihnachten vor?« fragte sie ihn.

Jason war unschlüssig. Van hatte ihm geraten, nach Hause zu fahren, eine Idee, für die er sich nicht begeistern konnte. Ihr war aufgefallen, daß seine Eltern nie anriefen und daß er kaum von ihnen sprach. Zwar telefonierte sie auch nicht allzu häufig mit zu Hause, war aber in Gedanken oft bei Eltern und Geschwistern.

Als Vanessa aufblickte, sah sie, daß Jason ihr zulächelte. Er besaß auch eine sehr zärtliche Seite, und die machte sich jetzt bemerkbar. Sie streckte die Hand nach ihm aus, und er drückte einen Kuß darauf.

»Du wirst mir auch fehlen, Van. Und es wird nachher Wochen dauern, bis ich dich wieder zurechtgebogen habe.«

»Du mußt sehr bald mit mir nach Kalifornien«, sagte sie nur.

Dazu war aber keiner der beiden schon bereit. Er fand ihre Familie schlichtweg furchteinflößend, und auch sie empfand die Aussicht, ihn zu Hause vorzustellen, als höchst beklemmend. Ihre Eltern würden etwas Ernstes hinter ihrer Beziehung vermuten, ganz zu Unrecht übrigens. Es war eine wundervolle erste Affäre. Mehr erwartete Vanessa nicht oder redete es sich zumindest ein. »Ich werde dich anrufen, Jason.«

Diese Worte sagte sie auch, als sie am 23. Dezember auf dem Flughafen standen. Jason fuhr nicht zu seinen Eltern, sondern widmete sich lieber seiner Dissertation. In Vans Augen waren das sehr einsame Ferien, aber ihm machte es nichts aus. Sie versprach, ihn täglich anzurufen.

Er küßte sie sehr lange und stürmisch, ehe sie an Bord ging und in dem großen Silbervogel am Himmel verschwand. Jason mußte wieder hinaus in die Kälte, den Schal dick um den Hals gewickelt, die Hände tief in den Taschen vergraben. Es schneite wieder.

Jason fand es erschreckend, wie sehr er sich in Vanessa verliebt hatte. Eigentlich hatte er nur eine unverbindliche Beziehung im Sinn gehabt, nicht zuletzt aus einer gewissen Bequemlichkeit heraus, weil sie unter einem Dach wohnten. Es war alles anders gekommen. Er liebte alles an ihr – Vanessa war ernsthaft, intelligent und dazu schön und wundervoll im Bett. Als er die Wohnungstür aufschloß und sich an seinen Schreibtisch setzte, starrte er lange ins Leere. Seine Wohnung kam ihm ohne Vanessa wie eine Gruft vor. Vielleicht hätte er doch lieber zu seinen Eltern fahren sollen. Aber diese Aufenthalte im Elternhaus waren immer so bedrükkend. Das kleinstädtische Leben verlief so schmalspurig, und seine Eltern erstickten ihn mit ihrer Fürsorge. Er konnte es bei ihnen nie lange aushalten, obwohl er an ihnen hing. Er wollte frei sein. Nicht zuletzt störte ihn der Umstand, daß sein Vater zuviel trank. Und seine Mutter war bei diesem Leben so gealtert, daß er es nicht mitansehen konnte. Nein, er war allein in New York viel besser dran. Vanessa hätte das nicht begriffen, ihre Familie war ganz anders. Sie hatte sich auf zu Hause richtig gefreut. Das merkte er auch, als sie ihn am Abend anrief, gleich nach der Landung.

»Na, was gibt's Neues im Plastikland?« Er gab sich betont munter.

Vanessa lachte. »Hier hat sich nicht viel verändert. Das einzige, was mir fehlt, bist du.« Sie liebte Los Angeles, hatte aber auch New York liebengelernt. »Nächstes Mal mußt du mitkommen.«

Allein der Gedanke daran jagte ihm Schauer über den Rücken. Eine Familie wie die Thayers war ihm unerträglich – so energiegeladen, glamourhaft, völlig in der Filmwelt verwurzelt. Er stellte sich Faye in der Küche mit hohen Goldabsätzen vor und fand das sehr komisch.

»Wie geht es deinem Zwilling?« fragte er.

»Ach, Val hab' ich noch nicht zu Gesicht bekommen. Heute abend fahre ich zu ihr. Wir haben hier erst acht Uhr.«

»Ja, weil ihr die Uhren nicht richtig ablesen könnt«, zog er sie auf. Er machte einen sehr jungen und niedergeschlagenen Eindruck. Die zwei vor ihm liegenden Wochen ohne Vanessa würden unerträglich sein. »Grüße Val von mir«, trug er ihr auf. Er hatte mit Val schon einige Male telefoniert, und sie hatte einen netten, humorvollen Eindruck gemacht, wenn auch ganz anders als Van.

»Mach' ich.«

»Laß mich rechtzeitig wissen, wann sie endlich ganz grün geworden ist.«

Sie hatte ihm von Vals Horrorfilm erzählt, ein Grund für ihn, sie damit unbarmherzig aufzuziehen. Typisch Hollywood, hatte er gelästert. Von dort war nichts Besseres zu erwarten. Aber dagegen hatte Vanessa sich energisch verwahrt. Unter den Filmen ihrer Mutter gab es ein paar erstklassige, die eines Tages mit Sicherheit im Archiv des Museum of Modern Art landen würden. Sie war erst achtzehn und noch empfindlich. Immerhin handelte es sich um ihre Familie, die sie verteidigen zu müssen glaubte.

Wenn Jason das sehen könnte, ging es Vanessa durch den Kopf, als sie in die Wohnung ihrer Schwester kam. Ihm würden die Haare zu Berge stehen! Sie hatte sich den Wagen ihres Vater ausgeborgt und war zu Val gefahren, die mit mindestens einem Dutzend junger Mädchen zusammenwohnte. Entsetzt stellte Van fest, daß sie in ihrem ganzen Leben noch nie so viel Unordnung und Schmutz an einem Ort gesehen hatte.

Im Wohnzimmer standen Teller mit Speiseresten, wie lange schon, das konnte man nur ahnen, in jedem Raum waren zerwühlte Betten, einige ohne Überzüge, und überall leere Tequila-Flaschen. Im Bad auf einer Leine Strümpfe in allen Größen und Farben, und in der ganzen Wohnung der muffige Geruch nach den verschiedensten Parfums. Inmitten dieses Durcheinanders hockte Val sichtlich zufrieden und lackierte ihre Nägel, während sie Van begeistert von ihrer neuen Rolle erzählte.

»Also, ich entsteige diesem Sumpf und strecke meine Arme aus... so etwa« – sie machte es vor und stieß dabei fast eine Lampe um – »und dann schreie ich...« Es folgte eine akustische Demonstration, so echt, daß Vanessa sich erschrocken die Ohren zuhielt. Das ging noch eine Weile so weiter. Vanessa war ehrlich beeindruckt. Es tat richtig gut, Val wiederzusehen, wenn auch die Umgebung schrecklich war.

»Na, da hast du ja in letzter Zeit mächtig dazugelernt.«

Val lachte. »Mit jedem Tag bekomme ich mehr Übung.«

Vanessa ließ den Blick schweifen. »Wie kannst du es hier nur aushalten?« Dieser abgestandene Geruch, der Schmutz, das Chaos, das alles hätte sie schon nach zwei Tagen wahnsinnig gemacht, aber Val schien das alles gar nicht wahrzunehmen. Sie fühlte sich hier sichtlich wohler als zu Hause und machte auch kein Hehl daraus.

»Hier kann ich endlich machen, was ich will«, erklärte sie ungeniert.

»Und was ist das?« Vanessa wollte wissen, was Val in den letzten drei Monaten getrieben hatte. Sie selbst hatte nicht die Absicht, Einzelheiten ihrer Beziehung zu Jason preiszugeben. »Hast du viel Liebeskummer gehabt?«

Valerie reagierte mit einem abschätzigen Schulterzucken. In ihrem Leben gab es mehrere Männer, einen, den sie mochte, und drei, mit denen sie schlief. Um ihre Schwester nicht zu schockieren, hüllte sie sich lieber in Schweigen. Außerdem war das alles nebensächlich. Ein bißchen Drogen, etwas Alkohol und jede Menge Sex in irgendeiner Wohnung oder einem schäbigen Zimmer. In Hollywood war ständig so viel los, daß man gar nicht anders konnte als mitmachen. In ihrer Wohngemeinschaft wurde die Pille weitergereicht wie Pfefferminzdrops. Irgendwo war immer eine offene Packung zu finden. Man sollte zwar verschiedene Sorten nicht mischen, aber irgendwie wirkte das Zeug immer. Und falls es mal eine Panne geben sollte, ließ sich die Sache wieder in Ordnung bringen. So dämlich wie Anne würde Val sich nicht anstellen.

»Und was ist mit dir?« drehte Val einfach den Spieß um, während sie zu den Nägeln der anderen Hand überging. »Wie ist der Typ, mit dem du immer zusammen bist?«

»Jason?« Vanessa mimte die Unschuld, was Val ungemein erheiterte.

»Nein, King Kong. Na, ist er toll?«

»Nach meinen Vorstellungen schon, aber vermutlich nicht nach deinen.«

»Im Klartext, er hat eine Hasenscharte samt Klumpfuß, aber für dich ist er toll, und du nimmst ihn ernst.«

»Mehr oder weniger. Er arbeitet an seiner Dissertation.« Vanessa brachte das mit Stolz vor, worauf Val sie entsetzt anstarrte. Einfach grauenhaft! Sie haßte intellektuelle Männer. Val flog auf den Hollywood-Typ – modischer Haarschnitt, offenes Hemd, kurz gesagt den Beach-Boy kalifornischer Spielart.

Argwöhnisch beäugte sie Vanessa. »Wie alt ist der Kerl?«

»Vierundzwanzig.«

»Glaubst du, er will dich heiraten?« Der Gedanke erfüllte sie mit Entsetzen.

Vanessa schüttelte den Kopf. »Nein, der Typ ist er nicht, und ich auch nicht. Ich möchte mein Studium abschließen und dann nach Kalifornien zurückkommen und Drehbücher schreiben.« Das war zwischen ihr und Jason als Streitthema ein Dauerbrenner. Er behauptete, sie dürfe ihr Talent nicht an »banalen Quatsch« vergeuden, während sie darauf beharrte, daß es auch gute Filme gebe. »Es ist eine vorübergehende Beziehung«, schloß sie.

»Na, dann gib schön acht, damit du keinen dicken Bauch kriegst. Nimmst du die Pille?« Vanessa war die Direktheit ihrer Zwillingsschwester sehr peinlich. Sie hatte gar nicht zugegeben, daß sie mit ihm schlief, aber Val wußte auch so Bescheid. »Oder nicht?« Val fand ihre Naivität bestürzend.

»Jason sieht sich vor.« Vanessa lief rot an, und Valerie lachte schallend. In diesem Augenblick marschierte ein Mädchen durch den Raum, mit einem Nichts aus rotem Satin als Höschen bekleidet. »War Mutter schon einmal da?« ergriff Vanessa die Chance, das Thema zu wechseln. Ihr schwante, daß Faye von den Zuständen hier keine Ahnung hatte, weil sie sonst Val schleunigst herausgeholt hätte.

»Nur einmal. Wir konnten vorher noch schnell saubermachen. Und es war fast niemand da.«

»Na, da kannst du von Glück reden. Es hätte dich den Kopf kosten können.«

Das traf eigentlich auf alles zu, was Val so trieb, angefangen von den kleinen Prisen Kokain, über Haschpfeifen, die Männer, mit denen sie herumexperimentierte, bis hin zu den Rollen, die sie in Horrorfilmen spielte.

»Mutter gönnt mir nicht das kleinste Vergnügen«, sagte sie nun ganz verbittert zu Van. Man hatte ihr eine Rolle in einem Pornofilm angeboten. Aus Angst vor ihrer Mutter hatte sie abgelehnt.

Auf der Rückfahrt wurde Vanessa das Gefühl nicht los, Valerie schlage doch zu heftig über die Stränge. Sie war nicht mehr zu bändigen, und das mit achtzehn. Sie kannte ihre Schwester gut genug, um zu wissen, daß kein Mensch sie bremsen konnte. Sie war jetzt in Fahrt geraten, und man konnte nur hoffen, sie würde unversehrt irgendwo landen.

»Sag schon, wie geht's unserer Val?« fragte ihr Vater sie zu Hause gleich als erstes. Er las etwas in ihrem Blick, das sie lieber verschwiegen hätte.

»Ganz gut.«

»Schieß los: Ist es sehr schlimm in ihrer Bude?«

Er konnte nicht ahnen, wie es wirklich war. Ob ihren Eltern zu Ohren gekommen war, wie toll Val es trieb? Hollywood war ziemlich überschaubar, und wenn ein Mädchen wie Val ständig ihre Partner wechselte, würde es sich herumsprechen.

»Ach, so schlimm ist es gar nicht. Dauernd gehen Mädchen aus und ein, machen Unordnung und lassen schmutzige Teller auf dem Boden stehen.« Das war noch das kleinste Übel, aber mehr wollte sie nicht sagen. Valerie zuliebe schwächte sie alles ab. »Eigentlich ist es eine vergrößerte Version unserer Zimmer hier.«

»Was, so schlimm also?« Lachend kündigte Ward an, daß Greg am nächsten Tag kommen wolle. Und kurz darauf kam Anne, und in ihren Augen lag ein Glanz, den Vanessa noch nie bei ihr bemerkt hatte.

»Hallo, Kleines.« Als sie Anne einen Kuß gab, hätte sie geschworen, in ihrem Haar den Hauch eines Rasierwasserduftes zu riechen. Die Kleine wurde erwachsen. Bald nach Weihnachten würde sie ihren sechzehnten Geburtstag feiern. Anne war auch auffallend hübsch geworden. Das kurze Kleid gab den Blick auf lange schlanke Beine frei. Sie trug hübsche rote Schuhe und im Haar ein rotes Band. Ja, das letzte Vierteljahr hatte Anne erwachsen gemacht. Sie sah jetzt gleich alt aus wie Vanessa.

»Wann bist du so erwachsen geworden?« neckte sie Anne liebevoll.

Auch Ward sah Anne voller zärtlicher Bewunderung an. Sie hatte sich in letzter Zeit wunderbar gemacht, und was das wichtigste war, sie hatte Freundschaften geschlossen. Am engsten mit dieser Gail Stein, die ein reizendes, wenn auch sehr verwöhntes Mädchen war. Aber wen kümmerte es, daß sie Vuitton-Taschen und Jourdan-Schuhe besaß? Sie war ein nettes, wohlerzogenes Mädchen, das von seinem Vater wie ein Augapfel gehütet wurde. Nach Annes Erfahrungen in der Kommune war es genau das richtige. Sie konnten zufrieden sein mit dieser Freundschaft.

Anne verlor nicht viel Zeit und verschwand rasch in ihrem Zimmer. Ähnlich hielt sie es auch am Weihnachtstag. Es fiel niemandem auf, weil man das von ihr gewöhnt war. Diesmal verkroch sie sich aber nicht, um Ruhe zu haben, sondern um zu pakken. Sie würde die Weihnachtsferien mit Bill zusammen verbringen.

32

Schon vor Wochen hatte Anne ihrer Mutter gesagt, Gail habe sie über die Ferien eingeladen. Faye hatte sich zunächst sehr gesträubt, aber Anne hatte raffiniert an ihr mütterliches Mitgefühl appelliert und eingewendet, daß für Gail als mutterloses Einzelkind einsame Weihnachten besonders schmerzlich seien. Und damit hatte sie es bei Faye schließlich geschafft.

»Aber Anne, sie wohnt doch nicht sehr weit. Warum könnt ihr nicht bei uns bleiben? Warum mußt du drüben bei ihr übernachten?« Faye brachte ihre letzten Einwände vor.

»Ach, hör auf, hier ist immer so ein Wirbel, wenn alle zu Hause sind. Und du bist mit Dad ohnehin meist weg. Was macht es also aus?«

In ihrem Blick hatte echte Verzweiflung gelegen. Ward war es nicht entgangen. Er wollte unbedingt verhindern, daß Anne wieder Haßgefühle gegen die eigenen Eltern entwickelte. Das hatten sie vor zwei Jahren bereits durchgemacht. Vielleicht war es besser, in Kleinigkeiten nachzugeben.

»Faye, laß sie. Was ist denn schon dabei? Mr. Stein ist ein gewissenhafter Mensch. Es wird schon nichts passieren. Und sie kann ja etwas früher wieder nach Hause, wenn du unbedingt möchtest.«

»Wer wird im Haus sein?« Wenn es um eines ihrer Kinder ging, traute Faye niemandem über den Weg, und in diesem Fall sollte sie recht behalten.

»Nur die Köchin und die Putzfrau.« Bill Stein beschäftigte außerdem noch einen Gärtner, aber der zählte nicht. In Wahrheit zählten auch die beiden Frauen nicht, da sie über die Feiertage Urlaub bekommen hatten und das Haus verlassen würden, sobald er Gail zur New Yorker Maschine gebracht hatte. Aber davon konnte Faye nichts ahnen.

Als Anne aus dem Haus ging, war ihr kleiner Koffer vollgestopft mit ihren hübschesten Kleidern und verführerischsten Nachthemden, inklusive die zwei neuen, die sie sich eigens für diesen Anlaß gekauft hatte. Nachdem alle anderen vor ihr das Haus verlassen hatten, rief sie ein Taxi und hinterließ auf einem Zettel die Nachricht: »Komme am Dritten wieder. Bin bei Gail.«

Zehn Minuten später fuhr das Taxi in Bel Air an der Charing Cross Road vor, und Anne stieg mit Herzklopfen aus.

Bill erwartete sie im Wohnzimmer. Gail war seit Stunden weg, die Hausangestellten ebenfalls. Endlich waren sie allein. Sie hatten es seit langem so geplant, und doch hatten jetzt beide Angst davor. Den ganzen Morgen über hatte er sich gefragt, ob er denn nicht den Verstand verloren habe. Er stand praktisch im Begriff, eine Fünfzehnjährige zu verführen, und hatte eigentlich schon den festen Entschluß gefaßt, sie sofort nach ihrer Ankunft wieder nach Hause zu verfrachten.

Das versuchte er Anne klarzumachen, nachdem sie sich in seinem gemütlichen Studio niedergelassen hatten. Auf dem Boden lag ein Tigerfell, an den Wänden hingen Fotos von Gail, die er selbst im Laufe der Jahre aufgenommen hatte, Gail am ersten Schultag, Gail mit einem komischen Hütchen, Gail als Vierjährige mit einer Eistüte ... aber sein Blick hing unverwandt an Anne. Alles andere zählte nicht mehr. Und Anne sah nur ihn, den Mann, den sie über alles liebte und der sie jetzt fortschicken wollte.

»Warum soll ich gehen? Warum nur? Wir haben seit Wochen alles genau besprochen.«

»Anne, was wir tun, ist nicht recht. Ich bin ein alter Mann und du ein fünfzehnjähriges Mädchen.« Das alles hatte er in der Nacht überlegt, während er sich unruhig hin und her wälzte, und er war schließlich zur Besinnung gekommen. Er würde nicht zulassen, daß sie ihn in seinem Entschluß wieder wankend machte.

»Ich bin fast sechzehn«, warf sie vorwurfsvoll und unter Tränen ein.

Liebevoll strich er ihr das Haar aus der Stirn. Und diese Berührung genügte, um ihn wieder zu elektrisieren. Anne war eine verbotene Frucht, eine sehr süße Frucht. Wenn sie auch nur eine Stunde bei ihm blieb, würde er womöglich den Verstand verlieren. Er kannte sich zu gut. So hatte er noch nie für jemanden empfunden. Es gehörte zu den grausamen Scherzen des Lebens, daß seine Gefühle einem fünfzehnjährigen Mädchen galten.

»Bill, ich bin nicht mal mehr Jungfrau.« Das sagte sie ganz traurig und mit einem herzzerreißenden Blick. Sie würde Bill immer lieben. Er war alles, was sie vom Leben verlangte, der Lohn für alle Einsamkeit und Qual, die sie durchgestanden hatte.

»Darum geht es nicht, mein Liebling. Deine vergangenen Erfahrungen zählen nicht. Es waren von Drogen ausgelöste Halluzinationen und Träume. An das alles brauchst du keinen Gedanken mehr zu verschwenden. Das liegt hinter dir. Eine bewußte Entscheidung, sich mit einem Mann einzulassen, ist etwas ganz anderes. Keiner von uns würde diese Sache durchstehen. Und wohin soll das alles führen? Es würde wieder jemand leiden müssen, und ich möchte nicht, daß du das bist.«

Er verschwieg ihr, daß es genausogut ihn treffen konnte. Er konnte hinter Gittern landen, wenn er mit ihr schlief und ihre Eltern das Verhältnis entdeckten. Und diese Gefahr war ziemlich groß, mochten sie alles auch noch so sorgsam geplant haben. Anne hatte Gail gebeten, sie nicht zu Hause anzurufen, weil sie ohnehin nicht offen sprechen könne, wenn alle Geschwister daheim seien. Sie wollte Gail von sich aus täglich anrufen, damit diese ihrerseits keinen Grund für einen Anruf hatte. Sie hatten wirklich an alles gedacht, und jetzt brach er ihr das Herz. Es kümmerte Anne nicht, wenn sie später leiden würde, und es kümmerte sie nicht, wenn sie sterben mußte, solange sie nur bei ihm bleiben durfte.

Vorwurfsvoll sah sie ihn an. »Wenn du mich fortschickst, laufe ich wieder davon. Du bist das einzige, wofür es sich zu leben lohnt.«

Dies Worte trafen ihn mitten ins Herz. Trotz ihrer Jugend hatte sie schon viel gelitten, und in gewisser Hinsicht hatte sie recht. Sie war viel reifer als andere Mädchen ihres Alters, ganz sicher reifer als Gail.

Dafür hatten ihre Erlebnisse gesorgt – die Zeit in der Kommune, das Baby, das sie geboren hatte, die Probleme mit ihren Eltern. Es erschien ihm unfair, daß er ihr wieder Schmerz zufügen mußte, diesmal aber war es zu ihrem Besten, sagte er sich, als er aufstand, ihre Hand in der seinen haltend. Anne rührte sich nicht. Sie saß da und sah zu ihm auf, mit einem Blick, der ihm durch und durch ging.

»Kleines, bitte, du kannst nicht bleiben.«

»Warum nicht?«

Er ließ sich wieder auf die Couch sinken. Lange würde er das nicht aushalten können. Wenn sie nicht bald ging... er war schließlich auch nur ein Mann.

»Weil ich dich liebe«, sagt er mit belegter Stimme. Er nahm sie in die Arme und küßte sie, noch immer mit der festen Absicht, sie anschließend nach Hause zu bringen.

Sein eiserner Entschluß geriet ins Wanken, als er die heiße geschmolzene Lava ihrer Zunge in seinem Mund spürte. Instinktiv faßte er zwischen ihre Beine. Schon seit Wochen waren sie mit jedem Beisammensein kühner geworden. »Ich begehre dich so sehr«, raunte er heiser an ihrem Hals. »Aber wir können nicht...«

»Doch, wir können«, flüsterte Anne. Sie schmolz in seinen Armen dahin und zog ihn mit sich. Alle seine Entschlüsse und Begründungen ließen ihn jetzt im Stich. Vielleicht nur dieses eine einzige Mal... sie würden es dann nie wieder tun... und plötzlich gewann wieder seine Vernunft die Oberhand, und er richtete sich auf und machte sich los. Entschlossen schüttelte er den Kopf. Er spürte, wie seine Knie zitterten.

»Nein, das tue ich dir nicht an.«

»Aber ich liebe dich, Bill.« Annes Miene ließ sie wie ein verzweifeltes und enttäuschtes Kind aussehen.

»Ich liebe dich auch. Ich werde die nächsten zwei Jahre auf dich warten, wenn es sein muß. Und dann heiraten wir. Aber ich werde jetzt nicht unbedacht dein Leben kaputtmachen.«

Anne lachte auf vor Glück, und es war das Lachen eines blutjungen Mädchens. Dann gab sie Bill einen Kuß auf die Wange. »Willst du mich wirklich heiraten?« Sie war überwältigt und wußte sich vor Freude nicht zu fassen.

»Ja, das will ich.« Er war erleichtert. Es waren für beide schwierige Momente gewesen, besonders für ihn, und das nach einer Nacht, in der er fast kein Auge zugetan hatte. Mit der Ehe war es ihm ernst. Der Gedanke war ihm schon früher gekommen. Er konnte nur hoffen, Gail würde diesen Entschluß mit der Zeit billigen. Schließlich hatte es immer Männer gegeben, die Mädchen heirateten, die nicht einmal halb so alt waren wie sie selbst. Es gab wirklich Ärgeres. »Wenn du so verrückt bist, mich zu nehmen. In zwei Jahren wirst du achtzehn sein und ich einundfünfzig.«

»Klingt großartig.« Sie lächelte spitzbübisch.

»Und wie wird die Sache aussehen, wenn du dreißig bist und ich dreiundsechzig?« Er wollte sie damit auf die Probe stellen und sah sie unverwandt an. Mit seinem Antrag meinte er es ernst. Er wünschte sich nichts sehnlicher, als mit Anne zusammenzuleben und mit ihr ein gemeinsames Glück zu finden. Er wollte sie umhegen und jeglichen Kummer von ihr fernhalten. Auf diese Weise konnte er gutmachen, was ihre Eltern von Anfang an versäumt hatten. Gail hatte es in dieser Hinsicht viel besser gehabt, weil sie ein Einzelkind war, während Anne das jüngste von fünf Geschwistern war und ihre Eltern zum Zeipunkt ihrer Geburt mit großen Schwierigkeiten zu kämpfen gehabt hatten. Er wollte mit seiner Liebe Anne alles ersetzen. Alles. Sogar das Baby, das sie aufgegeben hatte.

»Na wenn schon«, antwortete sie auf seine Frage. Der Altersunterschied machte ihr wirklich nichts aus. »Ich kann selbst zählen. Wenn ich sechzig sein werde, wirst du dreiundneunzig sein. Was sagst du dazu? Wirst du dich dann nach einer Jüngeren umsehen?«

Das war als Scherz gemeint, und beide lachten. Bill nahm die ganze Sache schon viel gelassener. Der Morgen mit seinen geradezu alptraumhaften Gedanken voller Angst und Schuldgefühlen war vorbei. Jetzt war alles so wie früher, als sie noch unbefangen miteinander umgegangen waren. Das alles hatte sein Heiratsantrag bewirkt.

»Also, ist das ernst? Sind wir verlobt?« Anne fragte es mit einem Kuß.

»Wir sind verlobt, und ich liebe dich aus ganzem Herzen.«

Darauf folgte wieder ein Kuß, und ihre Körper schienen magnetisch voneinander angezogen. Wieder mußte Bill zur Vorsicht mahnen, aber eigentlich wollte er gar nicht mehr vorsichtig sein... wenn sie ohnehin heiraten würden, war alles in Ordnung... nur dieses eine Mal, als Besiegelung ihres Verlöbnisses. Er lehnte sich aufseufzend zurück und sah ihr in die Augen, kaum noch imstande, einen klaren Gedanken zu fassen.

»Anne, du machst mich ganz verrückt...«

»Das höre ich gern.« Sie sagte es wie eine erwachsene Frau und unterstrich ihre Worte mit einem tiefen Blick. »Darf ich wenigstens noch eine Weile bleiben?«

Was war schon dabei? Sie war oft allein bei ihm geblieben, wenn Gail etwas anderes vorhatte oder das Personal übers Wochenende außer Haus war. Der einzige Unterschied bestand darin, daß sie früher immer damit rechnen mußte, jemand würde kommen, während sie jetzt wußten, daß sie ungestört bleiben würden.

Bill machte den Vorschlag, die Swimming-pool-Heizung einzuschalten, und Anne war begeistert. Sie verzichtete auf einen Badeanzug und sprang elegant vom Sprungbrett aus ins Wasser. Ihre langen anmutigen Glieder schimmerten samtweich. Anne war ein bildschönes Mädchen, eine Tatsache, die in ihrer Familie noch niemandem aufgefallen war. Für Eltern und Geschwister war sie nach wie vor die »kleine Anne«, die Stillste der Familie, die sich immer in ihrem Zimmer verkroch.

Aber jetzt dachte sie nicht daran, sich zu verkriechen, als Bill seinen Bademantel abstreifte und ihr ins Wasser nachsprang. Wie zwei Delphine schwammen sie unter Wasser, tauchten auf, umfingen einander... immer wieder. Und dann, als er sie wieder an sich zog, war es um seine Zurückhaltung geschehen. Sie schmiegte sich an ihn, während er ihren Rücken und Hals liebkoste und sie aus dem Wasser führte. Er hüllte sie in ein Handtuch und trug sie so ins Haus. Worte waren überflüssig.

Anne wirkte zierlich und fast zerbrechlich, als er sie aufs Bett legte. Bill war von muskulöser, straffer Figur. Eines Tages würden sie hübsche Kinder haben, ging es ihm durch den Sinn, aber er schob diesen Gedanken sofort zur Seite. Er dachte einzig an Anne, während er sie überall berührte, liebkoste und seine Zunge über sie gleiten ließ. In einem fernen Winkel ihres Bewußtseins entsann Anne sich einer Liebe, die sie nie voll ausgekostet hatte. Sie streichelte ihn sanft, bis er es nicht mehr aushielt und ihre Körper eins wurden. Unter der Wonne seiner Berührung bäumte sie sich auf, und beide schienen stundenlang wie in einem Tanz vereint, der sie himmelhoch emporhob, bis sie schließlich das Gefühl hatten zu zerbersten.

33 Die gemeinsam verbrachten Tage waren für beide die reinste Idylle. Für Anne gab es diesmal keine Drogen und Halluzinogene, keine Rituale, keine Illusionen, sondern nur Bill und die Zärtlichkeit und Schönheit, die er in ihr Leben brachte, und die Freude, die sie ihm schenken konnte. Zehn Tage lang durften sie vergessen, wie schwierig die nächsten zwei Jahre für sie sein würden.

Bei ihren Aktivitäten beschränkten sie sich auf Haus und Garten, spielten und schwammen oder hörten Musik. Vor ihrer Hochzeitsnacht, wie Bill sich ausdrückte, gestattete er ihr ein Glas Champagner. Sie badeten ausgiebig in der Wanne, er las ihr vor, und abends vor dem Kamin kämmte er ihr Haar. Und er liebte sie auf vielfältige und ihr unbekannte Weise. In seiner Liebe vereinte sich väterliche Zuneigung, wie er sie auch Gail gegenüber empfand, mit der Liebe, die er seiner Frau entgegengebracht hatte und die ihm nun seit zwei Jahren fehlte. Bill breitete vor Anne seine Seele aus, und sie schenkte ihm die ihre.

Anne war unaussprechlich glücklich und weinte am letzten Abend heiße Tränen. Wie verabredet hatte sie täglich Gail angerufen, der es in New York sehr gut gefiel. Zu Hause hatte Anne nicht ein einziges Mal angerufen. Dort wußte man ohnehin, daß es ihr gutging. Niemand ahnte etwas von ihren Plänen. Das war ihr Geheimnis, mit dem sie die nächsten zwei Jahre leben mußte.

»Was ist, wenn Gail dahinterkommt?« fragte sie Bill, als sie im Bett lagen. Die zehn Tage hatte sie selten etwas angezogen. Sie hatten sich die ganze Zeit über geliebt, wann immer sie das Verlangen überkam. Bill schien von ihr nicht genug zu bekommen. In diesen zehn Tagen hatte er ein intensiveres Liebesleben geführt als in den vergangenen zehn Jahren. Annes Frage entlockte ihm ein Seufzen.

»Ich weiß nicht, was dann sein wird. Sicher ist sie zunächst schockiert, aber mit der Zeit wird sie sich damit abfinden. Am besten wäre es, wenn sie es erst nächstes Jahr erführe. Sie wäre dann schon älter und reifer und könnte unsere Gefühle sicher besser verstehen.« Anne gab ihm recht wie in den meisten Dingen. »Ich glaube, das wichtigste ist, daß wir sie nicht ausschließen«, fuhr er fort, »wir müssen sie in unsere Liebe einbeziehen. An meiner Liebe zu ihr hat sich nichts geändert. Aber jetzt liebe ich auch dich. Irgendwie habe ich ein Recht darauf, wieder zu heiraten... anfangs wird es Gail sicher merkwürdig berühren, daß ich ihre Freundin heirate.«

Unwillkürlich stellte Anne sich vor, wie sie im weißen Schleier und mit Gail als Brautjungfer zum Altar schritt. Sie lächelte. Ein schöner Traum, der am Ende eines langen Weges lag. In zwei Jahren konnte so viel geschehen... Das wußte sie selbst am besten.

Sie hatte Bill von Lionel und John erzählt, über deren Veranlagung und davon, wie die beiden sie vor der Geburt des Babys bei sich aufgenommen hatten und wie nett sie gewesen waren... und von Johns Tod im Feuer und Lionels Verzweiflung. Das alles war nun schon ein ganzes Jahr her, und Lionel hatte sich noch immer nicht getröstet. Er lebte allein und ging nur zur Arbeit aus dem Haus. Hin und wieder lud er Anne zum Essen ein, blieb dabei aber so wortkarg und in sich gekehrt, daß man es mit der Angst zu tun bekam.

Bill wußte, was sie damit sagen wollte. Genauso hatte er sich nach dem Tod seiner Frau gefühlt, obwohl ihm als Trost Gail geblieben war. Mit der Zeit bekam er das Empfinden, alles über Anne zu wissen, sämtliche Geheimnisse und Ängste, ihr Verhältnis zu Faye und die Überzeugung, daß ihre Eltern sie nie geliebt hätten. Das vor allem bekümmerte ihn.

»Wir müssen sehr vorsichtig sein, Liebling. Nicht nur wegen Gail. Auch wegen der anderen.«

»Ich weiß. Aber ich konnte Geheimnisse schon immer für mich behalten.« Sie machte ein raffiniert-geheimnisvolles Gesicht. Bill küßte ihre Brustwarze, die sofort hart wurde.

»Aber kein solches, hoffe ich.«

»Nein.« Und gleich darauf liebten sie sich von neuem. Alle Schuldgefühle waren von ihm abgefallen... So und nicht anders war es eben. Es war sein Leben, auf das er nicht verzichten wollte. Er würde Anne niemals aufgeben und wollte in Zukunft ganz für sie dasein. Dieses Versprechen gab er ihr, als er sie am nächsten Nachmittag nach Hause brachte.

Beide waren müde, die Nacht war mit Gesprächen und mit Liebe vergangen. In zwei Stunden mußte er Gail vom Flughafen abholen, und am Abend würden die Hausangestellten kommen. Der Märchen-Honigmond war vorüber. Von nun an hieß es vorsichtig Hand in Hand weitergehen und abwarten, was die nächsten zwei Jahre bringen würden. Es würde wieder Zeiten wie diese geben, Ferien, die sie gemeinsam verbringen konnten, heimliche gestohlene Wochenenden, dann und wann eine Nacht. Das hatte er ihr versprechen müssen. In Annes Augen lag noch immer das Strahlen, das mit seiner Liebe gekommen war, als sie mit ihrem Köfferchen das Haus betrat. Sie lauschte dem Motorengeräusch des sich entfernenden Wagens nach.

»Abgespannt siehst du aus«, empfing ihre Mutter sie. Es war Sonntagnachmittag, sie war nicht im Atelier gewesen. Aber Anne wirkte trotzdem glücklich. »War es nett, mein Schatz?«

»Hm, ja.«

»Wahrscheinlich eine einzige zehntägige Pyjama-Party«, bemerkte Ward lächelnd. »Was ist nur mit euch Mädchen los, daß ihr euch nie anziehen wollt?«

Anne hörte es lächelnd und verschwand ohne weiteren Kommentar in ihrem Zimmer, doch Vanessa hatte mit einem einzigen Blick mehr gesehen als ihre Eltern. Einen konkreten Verdacht hatte sie nicht, nur so ein unbehagliches Gefühl. Sie nahm sich vor, noch vor ihrer Abreise mit Anne zu sprechen. Aber dazu sollte keine Gelegenheit mehr sein. Anne mußte am nächsten Tag wieder zur Schule, und Vanessa war mit Freundinnen verabredet. Am nächsten Abend mußte sie packen, und dann flog sie ab, ohne herausgefunden zu haben, warum Annes Augen so gestrahlt hatten.

34

Alle nahmen ihr gewohntes Leben wieder auf. Val machte weiter mit ihren Horrorfilmen, gelegentlichen Drogentrips und einem neuen Mann im Bett, wann immer sich die Gelegenheit bot. Vanessa ging in ihrem Studium auf, Greg hatte Ärger mit seinen Zensuren, versprach aber, sich zu bessern. Nur Anne war scheinbar völlig problemlos geworden. Die meiste Zeit steckte sie bei ihrer Freundin, aber daran hatte man sich gewöhnt. Man bekam sie kaum noch zu Gesicht. Ihr sechzehnter Geburtstag war vorbei, und nicht einmal an diesem Tag hatte sie für ihre Familie Zeit gehabt. Gail und deren Vater hatten am nächsten Tag mit ihr in einem Bistro gefeiert. Faye hatte nichts dabei gefunden. Die Steins waren furchtbar nett zu Anne. Ab und zu erinnerte sie Anne daran, für Gail eine Kleinigkeit zu besorgen, nur so, als Zeichen der Wertschätzung und Dankbarkeit.

Im Februar rief Lionel Faye im Studio an und bat sie und Ward um eine Verabredung. Das war ungewöhnlich, und sie hoffte inständig, es möge sich um eine gute Nachricht handeln, um einen guten Film oder sogar um einen Berufswechsel oder die Ankündigung, daß er weiterstudieren wolle. Nichts von alldem. Die Eröffnung, die er ihnen zu machen hatte, traf sie völlig überraschend.

Man sah ihm sein Zögern an, und Ward bekam ein flaues Gefühl. Er befürchtete, Lionel wolle ihnen eine neue Liebe gestehen, das Allerletzte, was er hören wollte. Aber dann machte Lionel es kurz und schmerzlos. Es hatte keinen Sinn, etwas zu beschönigen.

»Mein Einberufungsbefehl ist da.«

Fassungslos starrten ihn seine Eltern an. Es traf sie völlig unvorbereitet, obwohl der Krieg in Vietnam tobte und von nichts anderem gesprochen wurde. Ward war wie vor den Kopf geschlagen. Er liebte sein Land, das war keine Frage, aber er dachte nicht daran, einen seiner Söhne für einen schmutzigen Krieg in einem fremden Land zu opfern, dessen Schicksal ihn einen Dreck kümmerte. Faye war sprachlos vor Entsetzen.

»Sag einfach, daß du schwul bist«, riet Ward seinem Sohn unumwunden.

Lionel schüttelte den Kopf. »Dad, das kann ich nicht.«

»Sei nicht dumm, Lionel. Es kann dir vielleicht das Leben retten.« Aus demselben Grund hatte er Greg geraten, sich bei den Zensuren ins Zeug zu legen. Das fehlte noch, daß er von der Uni flog und eingezogen wurde. Aber Lionel verfügte über eine ideale Ausrede. Lionels wegen hatte er nie Bedenken gehabt. »Junge, nimm Vernunft an. Und wenn du es mit diesem Trick nicht schaffst, dann hau ab nach Kanada.«

»Ich will aber nicht kneifen. Ich finde das nicht richtig.«

»Warum nicht?« Ward schlug mit aller Kraft auf den Tisch. In der Kantine blieb es unbemerkt. Hier herrschte so viel Wirbel und Durcheinander, daß nichts und niemand auffiel. Auch wenn einer nackt und aus vollem Hals schreiend hereinspazierte, würden alle nur glauben, er probe für eine Szene: Aber Ward war es bitter ernst. »Lionel, halte dich raus. Ich will nicht, daß du gehst.«

Faye war den Tränen nahe. »Ich auch nicht, Liebling.«

»Ich weiß.« Lionel griff nach ihrer Hand. »Glaubt ja nicht, ich wäre begeistert, aber was bleibt mir schon übrig. Gestern habe ich mit den Leuten gesprochen. Ich glaube, die wissen über mich genau Bescheid. Vor allem weiß man auch, daß ich beim Film bin. Ich soll entsprechend eingesetzt werden.«

Ward und Faye waren sichtlich erleichtert. »Und wo soll das sein?«

Er atmete tief durch. »Wahrscheinlich ein Jahr Vietnam, nachher vielleicht Europa.«

»Mein Gott...« Ward war ganz fahl, und Faye konnte die Tränen nicht mehr zurückhalten.

Es sollten kummervolle zwei Wochen werden. In dieser Zeit mußte Lionel alles ordnen. Er gab seine kleine Wohnung auf und auch seinen Job und zog für ein paar Tage nach Hause, ehe er ins Ausbildungslager mußte. Seine Eltern waren dankbar für diese Frist und kamen ihm zuliebe abends früher nach Hause. Der letzte Abend war schrecklich. Alle tranken mit Tränen in den Augen auf Lionels Wohl. Am nächsten Morgen um sechs standen sie im Eingang und winkten dem Taxi nach. Faye hatte schluchzend an Lionels Hals gehangen. Sie hatte Angst, ihn nie wiederzusehen, und Ward weinte mit ihr.

Auf einem langen Spaziergang mit Bill faßte Anne den Verdacht in Worte, den ihre Eltern sich auszusprechen gescheut hatten, daß nämlich Lionel Johns Tod nie verwunden habe und nach Vietnam gegangen sei, um dort selbst den Tod zu finden. Eine schreckliche Vorstellung.

»Nein, das glaube ich nicht«, sagte Bill darauf. »Er tut nur, was er für seine Pflicht hält. Ich kenne den Krieg. Man kann ihn überleben. Und wenn er für Filmaufnahmen eingesetzt wird, ist alles halb so wild.«

Das stimmte nicht ganz. Bill wußte, daß Kameraleute oft etwas abkriegten, wenn sie auf der Jagd nach tollen Bildern mit dem Helikopter ganz tief heruntergingen. Man konnte nur hoffen, daß Lionel vernünftig blieb und daß Anne sich in seinem Gemütszustand getäuscht hatte. Aber Ward und Faye wurden von ähnlichen Befürchtungen geplagt.

Nur Val schien unbekümmert. Sie war so stark mit sich selbst beschäftigt, daß für Sorgen um andere keine Zeit blieb. Vor kurzem erst hatte sie eine Rolle in einem Monsterfilm bekommen, der in der Umgebung von Rom gedreht werden sollte. Da die Besetzung international war, mußte der Film nachsynchronisiert werden, was für sie bedeutungslos war, da sie ohnehin keinen Text zu sprechen hatte. Mit von der Partie waren ein paar alte Stars, die sich schrecklich anstellten, weil sie so lange nicht mehr vor der Kamera gestanden hatten.

»Ist das nicht großartig?« Val hatte Vanessa angerufen, ihr die Neuigkeiten brühwarm berichtet und ihren Besuch in New York angekündigt. Sie wollte ihren Flug unterbrechen, nur für eine Nacht, aber das reichte für ein bißchen Vergnügen. Vanessa hatte sie eingeladen, um ihr ihren »Freund« vorzustellen.

Valerie entstieg der Maschine in einem roten Lederrock, roten Strumpfhosen, einem dunkelroten Pelz und Stiefeln, die wie Neonröhren leuchteten. Ihr Pulli war abgrundtief ausgeschnitten, das Haar eine ungebändigte wilde Mähne. Vanessa warf dem in gedämpfte Grün- und Grautöne gekleideten, sehr dezent wirkenden Jason einen bedenklichen Blick zu und fragte sich, ob sie nicht einen Fehler gemacht habe.

»Meine Güte, die darf doch nicht echt sein, oder?« flüsterte er. Doch Vals Schönheit war nicht zu übersehen, mochte ihre Aufmachung auch ans Lächerliche grenzen.

Vanessa lachte nur. »Plastikland, wie es leibt und lebt!«

Val warf sich ihrer Schwester in die Arme und küßte Jason viel zu liebevoll für ein erstes Kennenlernen. Ihr Parfum war zu schwer, und in ihrem Haar hing der Duft von Marihuana. Abends gingen sie ins Village aus, hörten Jazz und diskutierten dann in Jasons Wohnung bis vier Uhr. Immer wieder wurde Tequila nachgeschenkt, bis die Flasche leer war. Dann holte Valerie eine Schachtel Joints hervor.

»Hier, bedient euch.« Vor Jasons amüsiertem Blick steckte sie sich routiniert einen an. Er machte es ihr nach, während Vanessa zögerte. Sie hatte es erst einmal ausprobiert und konnte den Joints nichts abgewinnen. »Komm, Schwesterchen, sei nicht so kleinkariert.«

Vanessa, die keine Spielverderberin sein wollte, behauptete hinterher, sie spüre keine Wirkung. Es endete damit, daß sie das Telefonbuch nach einer Pizzeria durchstöberten, die die ganze Nacht über geöffnet hatte. Schließlich gaben sie es auf und begnügten sich damit, Louises und Vans Kühlschrank unter viel Gelächter restlos zu plündern, während Jason Val immer wieder Blicke zuwarf, die Ausdruck seiner Fassungslosigkeit waren.

Er war total konsterniert, daß sie so ganz anders war als Van, und er hatte sich noch nicht beruhigt, als sie Val zum Flughafen brachten. Diesmal steckte sie in einem knalligen grünen Lederkostüm, das ihre Eltern nie zu Gesicht bekommen hatten. Für die Europareise hatte sie sich einige Sachen von ihren Freundinnen ausgeliehen, was keine zu stören schien. Mittlerweile wußte niemand mehr so richtig, was wem gehörte, und Val würde ja nur ein paar Wochen fort sein, falls sie nicht in Europa weitere Angebote bekäme.

»Also dann... gebt schön acht, ihr beiden.« Und mit einem Zwinkern, das Van gelten sollte, setzte sie hinzu: »Dieser Typ ist in Ordnung.«

»Danke.« Küsse zum Abschied, und Jason winkte Val nach. Er

hatte das Gefühl, eine lange Nacht von einem Wirbelsturm heimgesucht worden zu sein.

»Wie ist das bloß möglich, daß ihr so verschieden seid?« Ihm kam es noch immer unfaßbar vor, und Van lachte. Jason war sichtlich schockiert.

»Keine Ahnung. Wir fünf sind alle grundverschieden und sind doch eine Familie.«

»Ja, sieht beinahe so aus.«

»Möchtest du mich gegen Val eintauschen?«

Davor hatte Van immer Angst gehabt. Valerie war so viel auffallender und aufregender mit ihren Joints, ihrer lockeren Moral, ihrer wilden roten Mähne. Den ganzen Abend über war sie das Gefühl nicht losgeworden, Val hätte sich nicht gescheut, mit Jason ins Bett zu gehen, wäre Vanessa nur lange genug verschwunden. Aber diese kannte ihre Schwester zu gut und hütete sich davor. Im Laufe der Jahre hatte sie zu viele Verehrer an sie abgeben müssen, um ihr in dieser Hinsicht je wieder zu trauen, aber böse war sie ihr auch nicht. So und nicht anders war eben Val. Es störte sie nicht mehr.

»Noch nicht«, antwortete Jason, der insgeheim erleichtert war, daß er bei dem ruhigeren der Zwillinge gelandet war.

Nicht so erleichtert war er, als Vanessa ihm einige Monate später mit einem Vorschlag kam. Ihre Beziehung hatte sich befriedigend entwickelt, Vanessa war sogar zu ihm gezogen, und Louise hatte im Nu eine andere Mitbewohnerin gefunden. Für den Fall, daß Vans Eltern anriefen, hatten sie sich auf ein Arrangement geeinigt: Louise sollte so tun, als müsse sie Van erst zum Telefon rufen, rasch hinunterlaufen und anklopfen, damit Van hinaufrasen und den Anruf entgegennehmen könnte.

Solche Anrufe kamen selten. Für den Fall eines Besuch der Thayers in New York war ausgemacht, daß Vanessa für diese Zeit wieder zu Louise ziehen würde, aber dieser Fall war nie eingetreten. Faye und Ward waren zu stark mit ihrem neuesten Film beschäftigt. Lionel war noch immer in Vietnam und noch immer gesund. Valerie war aus Rom noch nicht zurück. Sie hatte dort eine neue kleine Rolle bekommen, diesmal in einem Western, für sie also etwas Neues. In Mailand hatte sie einige Male als Modell gearbeitet, wie sie Van am Telefon berichtete. Dabei hatte sie verschwiegen, daß sie nackt posieren mußte.

Aus allen diesen unterschiedlichen Gründen waren sie in alle Welt zerstreut. Anne war die einzige, die noch im Elternhaus lebte. Ward hatte nun die Absicht geäußert, für zwei Wochen ein Haus am Lake Tahoe zu mieten. Er wollte wissen, ob Van kommen konnte. Lionel hatte geschrieben, daß er Urlaub bekäme. Greg würde bis dahin mit seinem Sommerjob fertig sein, Val wollte auch zurück sein, und Anne würde mitkommen, wenn sie Gail mitbringen konnte. Es ging jetzt darum, ob Van zusagen sollte, die unbedingt Jason mit dabeihaben wollte. Dieser sah sie entsetzt an, als sie mit diesem Vorschlag herausrückte.

»Ins Plastikland? Zwei Wochen?«

»Ach komm, bis dahin ist deine Dissertation fertig, außerdem ist der Lake Tahoe echt und nicht aus Plastik. Ich möchte, daß du meine Familie kennenlernst.« Genau das hatte er befürchtet. Unwillkürlich stellte er sich alle wie Val vor. Das rief in ihm die unweigerliche Befürchtung wach, der Feind würde ihn mit Haut und Haaren verschlingen. Er als Kleinstadtjunge war diesen Typen hilflos ausgeliefert. »Val kennst du schon, also sind es nicht lauter Fremde.«

»Herrjeh...« Er tat alles, um es ihr auszureden, aber sie ließ nicht locker. Sie hatte für den Sommer eine Arbeit in einem Buchladen gefunden und löcherte ihn jeden Abend, wenn sie nach Hause kam. »Können wir nicht über etwas anderes sprechen? Robert Kennedy wurde erschossen, die Politik in diesem Land stinkt zum Himmel, und dein Bruder ist in Vietnam. Müssen wir ständig von den Ferien reden?«

»Ja.« Seine Angst vor ihrer Familie war ihr unbegreiflich. In ihren Augen war die Familie Thayer völlig harmlos. »Wir werden so lange davon sprechen, bis du einverstanden bist!«

»Verdammte Scheiße!« hatte er sie angeschrien, und weil er sie wirklich liebte, hatte er hinzugefügt: »Also meinetwegen! Ich komme mit!«

»Menschenskind, war das Schwerarbeit!« Sie hatte zwei Monate gebraucht, um ihn herumzukriegen. Und als sie ihre Eltern anrief und sie vor vollendete Tatsachen stellte, war die Reaktion Staunen und Ratlosigkeit. Von Anne abgesehen, die ihre Freundin Gail mitbrachte, war Vanessa die erste, die eigens anfragte, ob sie »jemanden« einladen durfte.

»Wen denn, mein Schatz?« Faye schlug einen betont munteren Ton an, während sie an ihrem Schreibtisch bei MGM besorgt die Stirn runzelte. Es waren die üblichen Bedenken. Woher sollte man wissen, ob der Bursche anständig war und zu Vanessa paßte? Vanessa war in allem noch so naiv, ganz im Gegensatz zu Val. Vor kurzem war Faye Val zufällig begegnet, die sich in Begleitung eines Kerls befunden hatte, der so sternhagelvoll war, daß er sich ohne Hilfe nicht auf den Beinen halten konnte. Sie hatte sich fest vorgenommen, mit Val in nächster Zeit ein ernstes Wort zu reden. Seit ihrer Zeit in Rom war sie total ausgeflippt. Die Gerüchte, die Faye zu Ohren gekommen waren, wollten ihr gar nicht gefallen. Val hatte Umgang mit den unmöglichsten Leuten. Aber leider wußte sie aus Erfahrung nur zu gut, daß Val sich nicht bremsen ließ.

Jetzt aber galten ihre Überlegungen wieder Vanessa und ihrem mysteriösen Freund, den sie unbedingt mitbringen wollte. Ein Glück, daß Vans Geschmack in bezug auf Männer erfahrungsgemäß viel solider war. Sie hatte keine Ahnung, was Ward dazu sagen würde, obwohl das gemietete Haus ausreichend Platz bot. Es hatte ein Dutzend Schlafräume und war direkt am See gelegen. Eigentlich eine gute Idee, dort die ganze Familie um sich zu versammeln.

»Also, wer ist dieser junge Mann? Ist er ein Studienkollege?« Sie wollte nicht aufdringlich sein und wußte gleichzeitig, daß ihre Fragen Van wahrscheinlich sehr aufdringlich vorkamen.

»Nein, er hat sein Studium schon hinter sich. Seine Dissertation ist fertig.«

»Wie alt ist er denn?« Faye steigerte sich immer mehr hinein.

»Fünfundsechzig.« Van konnte nicht anders, sie mußte es ihrer Mutter zeigen. »Mami, bitte beruhige dich. Er ist erst fünfundzwanzig. Warum fragst du?«

»Ist er nicht ein wenig zu alt für dich?« Das sollte beiläufig klingen.

»Nicht, daß ich wüßte. Er ist ausgesprochen gut erhalten. Er tanzt, fährt Rad...«

»Hör auf, Witze zu reißen. Ist er seriös? Warum möchtest du ihn mitbringen? Wie stehst du zu diesem Mann?« Die Fragen kamen schneller, als Van antworten konnte. Ein Glück, daß Jason nicht zuhörte.

»Nein, es ist nichts Ernstes. Er ist ein guter Freund, mehr nicht...« Ich lebe nur mit ihm zusammen – ihre Mutter wäre entsetzt gewesen. »Warum stellst du diese Fragen nicht lieber Val und läßt mich gefälligst in Frieden?«

Warum immer sie? Immer schon hatte es in erster Linie sie getroffen. Die Jungen hatten immer alles gedurft, Val ließ sich ohnehin nichts sagen, und Anne kapselte sich ab und mimte die Stumme. Van argwöhnte, daß alle anderen mehr zu verbergen hatten als sie. Greg hatte in den letzten drei Jahren nichts getan, außer Mädchen nachzujagen. Kein Mensch wußte so richtig, was Val alles trieb, und Annes Blick gab einem immer wieder Rätsel auf..., aber darum kümmerte sich kein Mensch. Nein, man konzentrierte sich auf sie, weil sie anständig zu den Eltern war. Das fand sie unfair. Doch die nächste Frage ihrer Mutter kam so sanft, daß es ihr Herz rührte.

»Bist du verliebt in ihn?«

Vanessa zögerte. »Ich weiß nicht. Ich mag ihn sehr gern. Sicher wird er mit euch allen gut auskommen.«

»Ist er dein ständiger Begleiter?«

Vanessa mußte über diesen Ausdruck lachen, und damit war die freundschaftliche Stimmung wiederhergestellt. »Mehr oder weniger, denke ich.«

»Gut. Ich werde mit deinem Vater sprechen. Mal sehen, was er dazu sagt.«

Ward war natürlich einverstanden. Er hatte viel weniger Fragen gestellt und hatte Faye geraten, sich zu beruhigen. Er hatte leicht reden. Die Sorge um ihre fünf Kinder lastete schwer auf ihr, denn Kinder waren sie nach wie vor alle für sie.

35 Sie trafen einzeln am Lake Tahoe ein. Ward, der ein paar ruhige Tage allein mit Faye haben wollte, stellte befriedigt fest, daß das Haus noch besser war als erhofft. Es war beidseits von turmartigen Erkern flankiert, hatte ein großes Wohnzimmer und ein getäfeltes Speisezimmer mit Riesenkamin und einem Eßtisch, an dem achtzehn Personen Platz fanden. Im Oberstock gab es zwölf Schlafzimmer, für sie also mehr als genug. Das Haus war rustikal-gemütlich mit Geweihen und Zinngeschirr dekoriert, und in den Schlafräumen gab es bunte Steppdecken. Auf dem Boden lagen Bärenfelle, auf Regalen sah man indianische Handwerkskunst, also genau das, was Ward sich vorgestellt hatte. Sie bezogen das größte Schlafzimmer, an das sich ein altmodisches Bad und ein Ankleideraum anschlossen.

Am nächsten Tag saßen sie einfach da, genossen Hand in Hand die Aussicht auf den See und dachten an ihren Urlaub in der Schweiz, der nun schon ein Jahr zurücklag.

Faye war in nachdenklicher Stimmung. »Später möchte ich mich einmal an einem Ort wie diesem zur Ruhe setzen.«

»Du und Ruhe?« Ward fand es unvorstellbar. Seine schöne, lebenslustige, temperamentvolle Frau, die Gewinnerin dreier Oscars, der bedeutendste weibliche Regisseur der Welt, die Wegbereiterin mancher Neuerungen im Film wollte alles aufgeben und die nächsten vierzig Jahre beschaulich an einem See verbringen? Faye war erst achtundvierzig. Allein der Gedanke an Ruhestand war lächerlich. »Nach drei Tagen hättest du die Nase voll – wenn nicht früher.«

»Keine Rede davon. Eines Tages wirst du sehr staunen, dann nämlich, wenn ich alles aufgebe.« Sie hatte alles erreicht, was sie wollte, es waren kaum Wünsche offengeblieben. Über fünfzehn Jahre hatte sie Filme inszeniert, und das war mehr als genug.

Ward konnte sich über ihre Ernsthaftigkeit nicht genug wundern. »Du bist zu jung, um an Ruhe zu denken. Was würdest du denn tun?«

Sie lächelte, den Kopf an seinen Hals gedrückt. »Den ganzen Tag mit dir im Bett sein.«

»Hm, das hört sich gut an. Wenn das so ist, hast du meinen Segen.« Der Gedanke an die vor ihnen liegenden zwei Wochen erwärmte sein Herz. »Wirst du die vierzehn Tage mit unserer Brut aushalten können?«

Ward freute sich sehr auf die Kinder, besonders auf Lionel und Greg. Es war viele Jahre her, seitdem er sich mit seinen Söhnen im Freien getummelt hatte, und er war unbeschreiblich erleichtert, daß Lionel Vietnam bis jetzt heil überstanden hatte.

Als Lionel nach zwei Tagen mit einem Mietwagen ankam, bekam Ward feuchte Augen. Lionel kam als erster und wurde von ihm mit offenen Armen empfangen.

»Meine Güte, wie groß und braun du bist, mein Junge.« Lionel sah blendend aus und war praktisch über Nacht richtig erwachsen geworden. Er war erst zweiundzwanzig und sah fünf bis sechs Jahre älter aus. Unwillkürlich stellte Ward fest, daß er überhaupt nicht schwul wirkte. In ihm regte sich die Hoffnung, Lionel könne sich ganz geändert haben, danach fragen konnte er aber nicht. Als er später Lionel gegenüber dennoch eine entsprechende Andeutung fallenließ, lachte dieser ihn aus. Es war ein richtig freundschaftliches Gespräch. Lionel hatte sich die Achtung seines Vaters nicht zuletzt durch die Filme erworben, die er in Vietnam gemacht hatte. Ward wußte, wie gefährdet er bei diesen Dokumentaraufnahmen war.

»Nein, Dad«, beantwortete Lionel die nur angedeutete Frage. »Ich habe mich nicht geändert.« Als er Wards Verlegenheit sah, lachte er wieder. »Das funktioniert nicht so, wie du denkst. Aber seit John hat es für mich niemanden mehr gegeben, falls du das meinst.«

Seine Miene war ernst geworden. Seit Johns Tod waren eineinhalb Jahre vergangen, und er war noch immer nicht darüber hinweg. In Vietnam war es für ihn leichter, weil er dort nicht ständig an John erinnert wurde. Es war für ihn ein ganz neues Leben. Ward spürte, wie schmerzlich das alles für seinen Sohn war.

Sie verbrachten angenehme eineinhalb Tage, ehe die anderen nacheinander eintrudelten. Die ersten waren Vanessa und Jason. Sie waren von New York aus nach Reno geflogen und hatten dort einen Mietwagen genommen. Am Spätnachmittag kamen sie an. Vanessa dehnte und streckte sich nach dem Aussteigen, während Jason sich erstaunt umsah. Er war überrascht, wie schön diese Gegend war. Und als Lionel auf sie zukam, um sie zu begrüßen, hatte Jason wieder Grund, erstaunt zu sein. Er erkannte auf den ersten Blick, was mit ihm los war, und er wunderte sich, daß Van es ihm verschwiegen hatte.

»Hallo«, sagte Lionel. In seinem Blick lag Offenheit und Wärme. Eine gewisse Ähnlichkeit mit Van war nicht zu übersehen. »Ich bin Lionel Thayer.«

»Jason Stuart.«

Sie wechselten einen Händedruck und tauschten ein paar Bemerkungen über die schöne Gegend aus. Die Aussicht auf den See war atemberaubend... Eben kamen Faye und Ward in Badekleidung vom Wasser her, er mit einer Angelrute und ohne sichtbare Beute, ein Grund für Faye, ihn kräftig aufzuziehen. In ihrem schwarzen, enganliegenden Badeanzug machte sie eine wunderbare Figur.

Jetzt konnte Jason feststellen, wer wem ähnlich sah. Lionel war Faye wie aus dem Gesicht geschnitten. Es war für ihn eine sehr eindrucksvolle Begegnung, obwohl er es Van nie eingestanden hätte. Faye war schön und intelligent, ihre Augen sprühten vor Ideenreichtum. Sie konnte die ganze Gesellschaft zum Lachen bringen, und ihre tiefe sinnliche Stimme ging einem angenehm ins Ohr. Bis spät in die Nacht saßen alle beisammen und sprachen über alles mögliche, und dabei mußte Jason zugeben, daß Faye die interessanteste Person war, die er bisher kennengelernt hatte. Sie fragte ihn über seine Dissertation aus, seine Pläne, seine Ideen, und plötzlich wurde ihm klar, wie schwierig es gewesen sein mußte, Kind dieser Mutter zu sein. Faye war so schön und klug, daß jeder sich neben ihr sicher sehr unscheinbar vorkam. Nun begriff er, warum Vanessa so still und in sich gekehrt war und ihre Zwillingsschwester so wild. Van hatte sich entschieden, den Kampf gar nicht erst aufzunehmen. Sie hatte ein eigenes Leben auf ihre ruhige Art angepeilt, während Val noch mittendrin in dem Kampf stand, den sie so führte, daß sie nie gewinnen konnte.

Sie versuchte mit allen Mitteln, auffallender und schöner zu sein. Wer versuchte, Faye Thayer auf diesen Gebieten zu schlagen, konnte nur verlieren. Lionel wiederum, der auch beim Film gelandet war, verfolgte eisern seine eigenen Ideen. Jason wartete nun gespannt auf die drei Thayer-Sprößlinge, die erst eintreffen würden.

Als nächster kam Greg, der wie erwartet von seinen Lieblingsthemen nicht genug bekommen konnte – Sport, Bier und Mädchen. Es kostete Mühe, mit ihm ein Gespräch zu führen. Auffallend war für Jason vor allem Wards Reaktion auf Greg, seinen angebeteten draufgängerischen Sohn, dem er jedes Wort mit leuchtenden Augen von den Lippen ablas. Daraus ließ sich annähernd schließen, mit welchen Problemen Lionel sein Leben lang zu kämpfen gehabt hatte. Einige Male versuchte Jason mit Greg ernsthaft ins Gespräch zu kommen. Es zeigte sich sofort, daß sie einander herzlich wenig zu sagen hatten. Vor allem schien Greg momentan den Kopf voll mit anderen Dingen zu haben.

Zuletzt kam Valerie mit Anne. Sie hatte sich bereit erklärt, ihre Schwester im Auto mitzunehmen. Eigentlich hatte sie keine Lust, aus Hollywood fortzugehen, weil die Besetzung eines neuen Horrorfilms zusammengestellt wurde und sie nichts versäumen wollte.

Aber alles konnte sie beim besten Willen nicht machen, und in den nächsten Wochen wurde wieder ein Film besetzt. Horrorfilme hatten sich inzwischen zu ihrer Spezialität entwickelt. Die Hänseleien ihrer Freundinnen und Bekannten konnten sie schon lange nicht mehr erschüttern. Val war ständig beschäftigt und hatte ein regelmäßiges Einkommen.

»Los, laß den berühmten Valerie-Thayer-Schrei hören«, forderten alle sie abends auf. Lionel dämpfte vorsorglich die Beleuchtung im Wohnzimmer.

Val verfügte mittlerweile über ein ganzes Repertoire an Schreien und ließ sich nicht lange bitten. Vor dem Kamin nahm sie Aufstellung, faßte sich an die Kehle und stieß einen langgezogenen durchdringenden Schrei aus, während sie eine grausige Grimasse schnitt. Sie schien dem Erstickungstod nahe und erntete erschrockene Blicke. Sie dehnte diese Privatvorstellung aus, bis die Kräfte sie verließen und sie sich erschöpft fallen ließ.

Das begeisterte Publikum klatschte und schrie, am lautesten Jason. Er hatte mit Van und Val beim Paddeln einen sehr vergnügten Nachmittag erlebt und entwickelte sich langsam zu Vals glühendem Verehrer. Zum Beweis dafür, daß die Sympathie auf Gegenseitigkeit beruhte, hatte sie ihm auf dem Rückweg zum Haus seelenruhig einen Frosch in die Hand gedrückt, ein Scherz, auf den er mit einem erschrockenen Luftsprung reagierte und Van mit einem Aufschrei. Val zeigte sich enttäuscht darüber, daß sie sich so lächerlich benahmen. »In Rom mußte ich mit zweihundert von diesen Biestern arbeiten.«

Plötzlich mußten alle drei sehr lachen und legten den Rest der Strecke um die Wette laufend zurück. Es war wie in der Kindheit. Lionel, Greg und Ward waren angeln gegangen und brachten ein paar Forellen mit, die Faye zubereiten sollte, was sie mit dem Einwand ablehnte, diese Mahlzeit sei zur Gänze Sache der Männer.

Lionel fiel auf, daß Greg ungewohnt still war und irgendwie bedrückt wirkte, aber alles in allem hatten sie zu dritt einen schönen Tag erlebt.

Faye hatte mit Anne einen geruhsamen Nachmittag am Strand verbracht. Anne hatte es abgelehnt, mit Jason und den Zwillingen paddeln zu gehen, und zum Angeln hatte sie auch keine Lust gehabt. Faye war nicht einmal sicher, ob sie mit ihr am Wasser liegen wollte. Etwas anderes hatte Anne aber nicht vor, deswegen ließ sie sich herab, nahm ein Buch und ging mit Faye. Gail war doch nicht mitgekommen, weil sie bei dem Familientreffen nicht stören wollte. Sie war mit ihrem Vater nach San Franzisko gefahren, so daß Anne sich wieder einsam und verlassen fühlte. Nachdem Anne einen Brief geschrieben hatte, ging sie ins Haus, wahrscheinlich, um zu telefonieren. Faye hatte den Eindruck, sie befinde sich in einer Phase, in der sie es ohne Busenfreundin nicht aushielt. Es war klar, daß Anne den Familienurlaub nur als notwendiges Übel auf sich nahm. Insgesamt tat aber der gemeinsame Aufenthalt am Lake Tahoe allen sehr gut.

Nach der zweiten Woche waren sie alle erholt und braungebrannt. Ward und Jason waren Freunde geworden, die Zwillinge hatten soviel voneinander gehabt wie schon seit Jahren nicht mehr, und auch Greg war mit der Zeit nicht mehr so angespannt. Sogar Anne schien sich einigermaßen wohl zu fühlen.

Bei einem längeren Spaziergang mit Vanessa gab sie ungewollt zu erkennen, wie reif und erwachsen sie geworden war.

»Dein Freund gefällt mir«, sagte Anne zu Vanessas Verwunderung, denn sie kannte die Zurückhaltung ihrer jüngeren Schwester.

»Jason? Ja, mir auch. Er ist sehr nett.«

»Ich glaube, ihm liegt sehr viel an dir.« Beide nickten. Vanessa wußte, daß Jason sich trotz seiner Befürchtungen im Kreise ihrer Familie wohl fühlte. Er hatte ihr gestanden, er habe sich vor dem Kennenlernen wie vor einer Musterung oder einem Verhör geängstigt. Statt dessen war er in eine lockere Runde geraten, in der jeder seine eigenen Macken und Schrullen pflegte. Und er kam mit allen prächtig aus, sogar mit der kleinen Anne, die jetzt ihre große Schwester neugierig ansah. »Wirst du ihn heiraten?« fragte sie.

Vanessa wußte, daß diese Frage ihre Familie bewegte. Sie selbst wollte sich darüber keine Gedanken machen. Sie war erst neunzehn und konnte sich noch ein paar Jahre Zeit lassen.

»Darüber sprechen wir nicht.«

»Warum nicht?«

»Ich habe noch so viel vor... das College... einen Abschluß... und dann möchte ich schreiben.«

»Das alles dauert doch noch Jahre.«

»Ich habe es nicht eilig.«

»Aber er vielleicht. Er ist viel älter als du. Stört dich das?« Was Vanessa wohl zu den dreiunddreißig Jahren gesagt hätte, die sie von Bill trennten? Dagegen waren die paar Jahre gar nichts, die Jason Vanessa vorausahatte.

»Manchmal. Warum?«

»Ach, nur so.«

Sie setzten sich auf einen Felsblock und ließen die Beine in den Bach baumeln. Anne starrte verträumt ins Wasser, und wie so oft rätselte Vanessa, was im Kopf ihrer Schwester vorgehen mochte.

Manchmal hatte Vanessa das Gefühl, sie wären nicht drei, sondern zehn Jahre auseinander und Anne wäre die Ältere, weil sie so viel erlebt und Schmerz im Übermaß erlitten hatte.

So als könne Anne Gedanken lesen, wandte sie sich an Vanessa. »An deiner Stelle würde ich ihn heiraten.« Das hörte sich sehr alt und weise an.

Vanessa lächelte. »Warum?«

»Weil du vielleicht keinem mehr begegnest, der so nett ist. Ein guter Mann wiegt alles auf.«

»Ach, meinst du?« Vanessa las etwas Undeutbares in Annes Blick. Es mußte einen Mann in Annes Leben geben, einen, der ihr sehr viel bedeutete. Anne war in ihrer Verschlossenheit sehr schwer zu durchschauen, doch spürte man, daß sie anders war als die anderen jungen Mädchen ihres Alters. Sie wandte sich jetzt ab, als hätte sie vor Vanessa etwas zu verbergen.

»Und was ist mit dir? Hast du jemanden?« Vanessa fragte es ganz beiläufig, und Anne verneinte – beinahe zu hastig.

»Nein, niemanden.«

»Wirklich nicht?«

»Wo denkst du hin!«

Van spürte, daß Anne nicht die Wahrheit sagte, aber sie mußte sich mit dieser Antwort zufriedengeben. Schließlich zogen sie ihre Turnschuhe wieder an und machten sich auf den Rückweg.

Bei nächster Gelegenheit sprach Vanessa mit Lionel darüber. Er hatte Anne seit jeher am besten gekannt.

»Ich glaube, Anne hat jemanden.«

»Wie kommst du darauf?« Seine Beziehung zu Anne hatte sich schon seit längerer Zeit gelockert, und das halbe Jahr Vietnam hatte sie einander noch mehr entfremdet.

»Ach, es ist nur so ein Gefühl. Ich könnte es gar nicht genauer definieren, aber Anne sieht so anders aus.« Mehr konnte sie darüber nicht sagen. Ihr Bruder lachte nur und sah ihr tief in die Augen.

»Und du, Schwesterchen? Wie ernst ist es dir mit diesem Jason?«

Das fehlte noch, daß alle sie vor der Abreise mit dieser Frage quälten! Vanessa lächelte schalkhaft. »Beruhige dich, Lionel. Anne hat mich übrigens dasselbe gefragt. Wenn du es genau wissen willst – ich zerbreche mir nicht den Kopf über meine Beziehung zu Jason.« Es war die reine Wahrheit. Woher hätte sie auch wissen sollen, was die Zukunft ihr bringen mochte?

»Schade. Ich finde ihn nämlich riesig nett.«

Noch immer lächelnd sah Van ihren Bruder an und gab zum ersten Mal seit Jahren dem Drang nach, ihn kräftig aufzuziehen. »Du kriegst ihn nicht. Er gehört mir.«

Er ließ ein Fingerschnalzen ertönen. »Ach, Scheiße.«

Plötzlich stand Greg hinter ihnen. »Um was geht es?« wollte er wissen.

Vanessa, die es ihm nicht sagen wollte, zog sich mit einer belanglosen Erklärung aus der Affäre und machte sich auf die Suche nach ihrem im Mittelpunkt des familiären Interesses stehenden und offenbar allgemein beliebten Freund. Sie traf ihn in Gesellschaft Vals an, die ihn unbarmherzig wegen seiner Seriosität neckte. Ward und Faye saßen indessen mit einem Glas Wein auf der Veranda, und Anne war im Haus und hing wieder am Telefon.

»Wahrscheinlich ruft sie Gail an.« Faye sagte es lächelnd zu Ward, der gleichmütig die Schultern hochzog. Alles lief tadellos. Die ganze Familie war wieder mal beisammen, und er konnte von sich sagen, daß er über seine Kinder glücklich war, obwohl sich nicht eines erwartungsgemäß entwickelt hatte. Natürlich hatte er für Lionel ganz andere Pläne gehabt und hätte Val viel lieber aufs College geschickt, als sie Schreckensschreie ausstoßen zu hören, aber Vanessa war auf dem rechten Weg und in letzter Zeit auch Anne. Greg war derjenige, der seinem Ideal am nächsten kam, allerdings weit weniger, als Ward ahnte. Dies gestand Greg Lionel, als sie auf einem Baumstamm am Ufer saßen und den Sonnenuntergang beobachteten. Lionel wußte jetzt, was Greg die ganze Zeit über bedrückt hatte. Sein Bruder hatte nicht mehr an sich halten können und war mit der Eröffnung praktisch herausgeplatzt.

»Ich weiß gar nicht, wie ich es Dad beibringen soll..., daß man mich aus dem Team hinauswerfen will...« Er konnte nicht weitersprechen und schloß erschöpft die Augen. Lionel war auch nicht wohl zumute. Für Ward würde Gregs Rausschmiß natürlich eine große Enttäuschung bedeuten, aber das war es nicht allein. Junge Männer wie Greg sah er in Vietnam täglich als Tote mit aufgerissenem Leib und nahm sie mit surrender Kamera auf.

»Warum hast du auch solchen Scheiß gebaut?« Man hatte Greg im Frühjahr beim Haschrauchen erwischt. Daraufhin war er vorübergehend gesperrt worden. Ward hatte davon keine Ahnung. Er glaubte, Greg könne wegen einer Fußverletzung nicht spielen. Aber seine Zensuren waren so miserabel, daß er vielleicht nie wieder aufgenommen würde.

»Wenn sie wollen, können sie mich von der Uni aussperren.« In seinen Augen standen Tränen. Es tat so gut, sich richtig aussprechen zu können. Schon seit Wochen nagte dieses Problem an ihm.

Lionel faßte nach Gregs Arm und sah seinen Bruder eindringlich an. »Das darfst du nicht zulassen. Du mußt zurück und ordentlich büffeln, damit deine Zensuren besser werden. Nimm dir Nachhilfe, wenn es sein muß, tu alles ...« Er wußte, wovon er redete, während Greg keine Ahnung hatte, was sich in Vietnam abspielte. Aber Angst hatte er trotzdem.

»Vielleicht kann ich mich irgendwie durchmogeln«, murmelte Greg kläglich.

Lionel schüttelte den Kopf. »Mach das ja nicht, du Idiot.«

Beide fühlten sich in ihre Kindheit zurückversetzt, als zwischen ihnen noch ein gewisses Vertrauensverhältnis bestand. Dann hatten sie sich auseinandergelebt, weil Lionel gespürt hatte, daß er sich von Greg unterschied. Und später, als Greg die Wahrheit erfahren hatte, war es überhaupt aus gewesen. Sonderbar, daß Greg sich mit seinen Problemen ausgerechnet Lionel anvertraute. Schon seit Tagen hatte er eine Gelegenheit gesucht, sich mit ihm auszusprechen. Jason kannte er nicht gut genug, und mit seinem Dad konnte er unmöglich über seine Probleme reden. Aber sagen mußte er es jemandem.

Lionel redete sich in Zorn. »Wenn du schwindelst, du Idiot, dann wird man dich erst recht hinauswerfen. Du mußt versuchen, es ehrlich zu schaffen. Wenn nicht, fliegst du, und die Army hat dich, ehe du weißt, was los ist. Die erste Station heißt dann Vietnam. Burschen wie dich braucht man dort – jung, gesund, kräftig und unbedarft.«

»Danke.«

»Ganz im Ernst. Und wenn ich unbedarft sage, dann meine ich damit folgendes: Du bist noch nicht mit der Sorge um Frau und Kind belastet. Du siehst deine Kumpels krepieren und möchtest nichts wie raus in den Dschungel und Charlie Kong killen. Burschen wie dich habe ich drüben haufenweise sterben sehen.« Lionel sagte es mit rauher Stimme. In wenigen Wochen würde er selbst wieder drüben sein.

Greg sah ihn mit einer gewissen Hochachtung an. Lionel hatte überlebt und war ein Mann geworden, wenn man das in seinem Fall sagen konnte. Seine homosexuelle Veranlagung war Greg noch immer nicht geheuer, doch er hatte seine Einstellung zu ihm geändert und suchte bei ihm Trost und Rat. Er wußte, daß Lionel mit seiner Einschätzung der Lage recht hatte, und das steigerte seine Angst noch beträchtlich.

»Ich muß wieder ins Team kommen«, versuchte er sich Mut zu machen.

»Sieh lieber zu, daß deine Noten besser werden, damit man dich nicht aus der Uni rauswirft.«

»Ja, ich werd's versuchen, verlaß dich darauf.«

»Gut.« Lionel fuhr Greg durchs Haar, und beide lächelten, als Greg seinem Bruder den Arm um die Schultern legte. Unwillkürlich wurden dabei Erinnerungen an gemeinsame Ferien im Sommerlager wach.

»Damals habe ich dich gehaßt«, gestand Greg. »Und Val und Van haßte ich auch.« Er lachte laut. »Ich glaube, ich haßte alle aus lauter Eifersucht. Viel lieber wäre ich ein Einzelkind gewesen.«

»In gewisser Weise warst du es. Du hast Dad immer am nächsten gestanden.« Greg nickte dazu. »Mir war das damals noch nicht bewußt.« Greg fand es phantastisch, daß Lionel die Sache mit philosophischer Gelassenheit sah. In den letzten Jahren war ihm diese enge Bindung an Ward selbst richtig peinlich gewesen, deswegen war er jetzt bedacht, das Thema zu wechseln.

»Wenigstens habe ich Anne nie gehaßt«, sagte er.

Lionel lächelte. »Das hat niemand von uns. Sie war viel zu klein.«

Aber jetzt war sie nicht mehr klein. Sie war fast erwachsen und hatte eben nach einem Gespräch mit Bill den Hörer aufgelegt. Für sie war die Trennung eine Qual, deswegen rief sie ihn per R-Gespräch täglich einige Male an. Alle bemerkten es, waren aber der Meinung, sie telefoniere mit Gail. Nur Vanessa hielt an ihrer Version fest, Anne habe einen Freund. Sie behielt diese Vermutung für sich und bedauerte nur, daß es keine Möglichkeit gab, hinter dieses Rätsel zu kommen.

Insgesamt war es ein wunderbarer Urlaub. Am letzten Tag begab Valerie sich in Türnähe auf die Lauer, um Jason und Van in flagranti zu erwischen. Nacht für Nacht hatte sie Vanessa über den Flur zu Jasons Zimmer tappen hören. Als sie jetzt Schritte hörte, wartete sie eine Weile, um dann zu Jasons Tür zu schleichen und anzuklopfen. Ein Kichern, ein Keuchen und dann Jasons Bariton, der »Herein« rief. Sie trat ein und näherte sich ihm mit nicht mißzuverstehenden amourösen Absichten. Während Jason sie verblüfft anstarrte, sprang sie mit einem Satz aufs Bett und gefährdete damit ihre Zwillingsschwester, die mit einem lauten Aufschrei reagierte. Und schlagartig wußten sie, daß alles nur ein Spaß sein sollte. Bis tief in die Nacht hockten sie beisammen und lachten und plauderten. Schließlich stöberten sie auch Lionel und Greg auf. Gemeinsam ging es hinunter in die Küche, wo sie sich über den Kühlschrank hermachten und Bier tranken. Es war der perfekte Abschluß eines perfekten Urlaubs, und als jeder am nächsten Tag seiner Wege ging, nahm er die Erinnerung an die gemeinsam verbrachten schönen Tage mit.

36 Zu ihrer eigenen großen Verwunderung gelang es Vanessa, Jason zu zwei Tagen Los Angeles zu überreden. Da er ihre Familie schon kannte, hatte er nichts mehr zu befürchten und bekundete lebhaftes Interesse für die Stadt, von der er eine so schlechte Meinung gehabt hatte. Valerie sorgte dafür, daß die Zeit richtig genutzt wurde. Sie zeigte ihm alles, jedes Studio, jede Party, jedes »In«-Restaurant, jeden in Arbeit befindlichen Film. In ihrem ganzen Leben hatte Vanessa nicht soviel von Hollywood gesehen wie in diesen zwei Tagen.

Faye und Ward waren wieder einmal dabei, die Finanzierung eines neuen Films zusammenzustellen, und Anne nahm ihr gewohntes Leben auf. Lionel flog über Hawaii und Guam nach Vietnam zurück, während Jason und Vanessa nach anstrengenden zwei Tagen nach New York zurückkehrten. Für jeden begann wieder der Alltag.

Vanessa begann am Barnard ihre zweites Studienjahr, und Greg ging für sein letztes Jahr nach Alabama. Für ihn sollte das Jahr nicht lange dauern. Kaum zurück, erfuhr er, daß er nicht wieder fürs Team aufgestellt worden war. In den zwei volltrunkenen Wochen, in denen er sich von diesem Schlag erholen mußte, versäumte er zwei wichtige Prüfungen, die er eigentlich schon im Semester zuvor hätte ablegen sollen. Mitte Oktober wurde er vor den Dekan zitiert und erhielt die »Aufforderung zum Verlassen der Universität«. Allen tat es aufrichtig leid, daß es einen so prächtigen Jungen treffen mußte. Man riet ihm, nach Hause zu gehen und sich die Sache für den Rest des Jahres zu überlegen. Wenn er es dann noch einmal versuchen wollte, würde man ihn gern wieder aufnehmen. Sechs Wochen später, nachdem er mit hängendem Kopf nach Hause gekommen war und gesehen hatte, wie sehr sich Ward den Rausschmiß zu Herzen nahm, hatte die Army für ihn eine andere Einladung bereit. Er bekam seine Einberufung, die mit Sicherheit Einsatz in Vietnam bedeutete.

Den ganzen Nachmittag hockte er wie erstarrt da und hatte sich auch noch nicht gefangen, als Anne kam. Nach dem Unterricht machte sie die Hausaufgaben bei Gail und wurde dann von Bill nach Hause gefahren. Damit gewannen sie ein paar kostbare Minuten, die allein ihnen gehörten. Es war eine Routine, mit der sie fest rechnete. Für gewöhnlich traf sie zu Hause ohnehin nur ein Hausmädchen an. Seit Greg wieder da war, hatte sich das geändert.

Sie kam ins Haus und sah ihn mit einer Grabesmiene dasitzen. Überrascht hielt sie inne und blickte ihn an. Sie war hochgewachsen, bildhübsch und sehr erwachsen, aber dafür hatte Greg jetzt keinen Blick. Er schaute sie an, ohne sie bewußt wahrzunehmen.

»Was ist los, Greg?« Sie waren einander immer fremd gewesen, aber jetzt tat er Anne leid, weil er seinen Studienplatz verloren hatte. Sie wußte, wieviel das Footballteam für ihn bedeutete. Seit seiner Rückkehr war er bedrückt, und heute stand es besonders schlecht um ihn. Es mußte etwas passiert sein.

Mit Augen voller Angst sah er zu ihr auf. »Meine Einberufung ist da.«

»O nein...« Sie ließ sich ihm gegenüber nieder. Ihr war klar, was das bedeutete. Schlimm genug, daß Lionel in Vietnam war. Die beiden saßen noch immer da und besprachen die Sache, als Ward und Faye in bester Stimmung und früher als gewöhnlich nach Hause kamen. Im Studio lief alles glatt, Finanzierung und Besetzung des Films nahmen langsam Gestalt an.

Ward spürte sofort, daß etwas nicht stimmte, und hielt mitten in der Bewegung inne. Er fürchtete eine schlechte Nachricht von Lionel.

»Schlechte Nachrichten?« Er wollte es rasch hinter sich bringen.

Greg nickte. »Ja.« Wortlos reichte er ihm den Brief, und Ward sank in einen Sessel und gab den Brief Faye, nachdem er einen Blick darauf geworfen hatte. Sie konnten Lionels endgültige Rückkehr kaum erwarten, und jetzt sollte mit Greg alles wieder von vorn anfangen. Das war nicht fair.

Faye sah Ward erschrocken an. »Gibt es dagegen kein Gesetz?«

Ward schüttelte den Kopf. Sein Blick ruhte auf Greg. In drei Tagen würde er sich stellen müssen. Man verlor nicht viel Zeit. Es war der 1. Dezember. Wieder erwog er den Ausweg mit Kanada.

Aber das wäre nicht richtig gewesen, während Lionel drüben war. Es hätte ausgesehen, als wäre Lionel gut genug, um sein Leben in Vietnam aufs Spiel zu setzen, nicht aber Greg. Es war klar, daß auch Greg seiner Verpflichtung nachkommen mußte.

Greg meldete sich befehlsgemäß am 4. Dezember in Fort Ord und wurde für die sechswöchige Grundausbildung nach Fort Benning, Georgia, verlegt. Nicht einmal für den Weihnachtsabend bekam er Urlaub. Es wurde ein sehr trauriges Fest. Val war mit Freunden nach Mexiko gefahren, Vanessa war mit Jason doch nach New Hampshire gegangen, Lionel war in Vietnam, und Anne hielt es zu Hause kaum aus. Sie hatte mit Bill dasselbe Abkommen getroffen wie im Vorjahr. In wenigen Wochen konnte sie ihren siebzehnten Geburtstag feiern. Nur noch ein Jahr Wartezeit, trösteten sie einander ständig.

Greg wurde am 28. Januar direkt nach Saigon verlegt, von dort auf den Luftwaffenstützpunkt Bien Hoa nördlich von Saigon. Eine Chance, mit Lionel zusammenzukommen, dessen Dienstzeit hier in drei Wochen beendet war, ergab sich nicht. Lionel würde anschließend nach Deutschland versetzt werden. Er konnte es kaum erwarten. Von diesem stinkenden Krieg hatte er für sein Leben lang die Nase voll... falls er überlebte. Am Tag vor ihrem Heimtransport hatte es hier jedesmal verdammt viele erwischt. Aufatmen konnte man erst, wenn die Maschine sicher in Los Angeles gelandet war, eher nicht. Da er wußte, daß Greg in Vietnam war, versuchte er Kontakt mit ihm aufzunehmen, umsonst, wie sich zeigen sollte. Man hatte keine Zeit verloren und die Rekruten am Tag ihrer Ankunft sofort ins Kampfgebiet geschickt. Ein Höllenempfang in Vietnam.

Greg sollte genau zwei Wochen dort bleiben. Am 13. Februar startete das Erste Armeekorps verschiedene Aktionen und Raketenangriffe gegen die Vietkong. Zwei Dörfer wurden zerstört und tagelang Gefangene gemacht. Greg bekam einen Vorgeschmack von Blut, Tod und Sieg. Ein Kamerad, mit dem er sich auf dem Luftwaffenstützpunkt angefreundet hatte, bekam einen Bauchschuß. Es hieß, er würde davonkommen. Dutzende andere fielen, und sieben verschwanden spurlos, was als besonders schrecklich empfunden wurde. Greg hatte Gelegenheit, zwei alte Frauen und einen Hund zu erschießen, für ihn ein beklemmendes und gleichzeitig aufputschendes Erlebnis, ähnlich einem Lauf über die Goal-Linie mit dem Ball in den Armen.

Und dann wurde Greg um fünf Uhr morgens, während der Dschungel knisternd zum Leben erwachte und die Vögel kreischten und zwitscherten, mit einer Abteilung vorausgeschickt. Er trat auf eine Mine. Nicht einmal ein Leichnam blieb, den man hätte überführen können. Er löste sich vor den Augen seiner entsetzten Kameraden in einer Blutfontäne auf. Als sie blutbespritzt ins Camp zurückkamen, kaum imstande, sich auf den Beinen zu halten, trugen sie, was von Greg geblieben war. Zwei waren schwer verwundet, alle hatten einen Schock erlitten.

Lionel erfuhr es noch am gleichen Tag. Er saß da und starrte verständnislos die Worte auf dem Papier an, das ihm jemand gegeben hatte. Beileid. Gregory Ward Thayer von einer Mine zerrissen. Im Einsatz gefallen. Und dann der Name seines Vorgesetzten. Lionel lief es kalt über den Rücken, so wie damals, als er vor der ausgebrannten Wohnung in Johns Gesicht geblickt hatte und die Feuerwehr hatte kommen hören. Er hatte Greg nicht so geliebt wie John. So innig würde er niemals wieder lieben können. Aber Greg war sein Bruder, und jetzt war er tot. Er spürte einen schmerzhaften Stich. Wie es seinen Vater treffen würde, daran durfte er gar nicht denken.

»Verfluchte Schweinerei!« Er stand vor seinem Hotel und schrie diese Worte heraus, dann lehnte er sich an die Wand und weinte, bis jemand kam und ihn mitnahm. Er galt trotz seiner Veranlagung, die nicht verborgen geblieben war, als netter Kerl, der niemanden belästigte. Jetzt tat er allen leid. Man wußte, daß es seinen Bruder erwischt hatte. Jemand hatte das Telegramm aus den vordersten Linien gelesen, und eine Neuigkeit machte in Saigon rasch die Runde. Alle wußten immer alles. Zwei Kameraden blieben die ganze Nacht über bei ihm und sahen zu, wie er sich vollaufen ließ und wie er heulte. Am nächsten Morgen schafften sie ihn zu seiner Maschine. Er hatte ein Jahr Vietnam überlebt und über vierhundert Filmberichte gedreht, die in den Staaten sowie in den Nachrichtensendungen der ganzen Welt gezeigt worden waren. Und sein Bruder hatte es nur neunzehn Tage geschafft. Das war nicht fair. Aber was war hier schon fair – die Ratten, die Seuchen, die verwundeten Kinder, deren Schreie man immer im Ohr hatte?

Lionel hatte den Schock noch nicht überwunden, als er in Los Angeles von Bord ging. Er würde seinen Bruder niemals wiedersehen. Vor seinem Einsatz in Deutschland hatte er drei Wochen Urlaub. Später sollte er sich erinnern, daß ihn jemand nach Hause gefahren hatte. Er fühlte sich wie nach Johns Tod, und der lag erst zwei Jahre zurück, sechsundzwanzig Monate, um genau zu sein. Jetzt erlebte er dasselbe schreckliche Gefühl totaler Erstarrung.

Er mußte klingeln, weil er keinen Schlüssel mehr besaß. Sein Vater öffnete und starrte ihn wortlos an. Die Nachricht war am Abend zuvor gekommen. Alle waren da, ausgenommen Vanessa, die am Nachmittag erwartet wurde.

Eine Beisetzung würde es nicht geben, weil es keine sterblichen Überreste gab. Außer den verdammten Telegrammen gab es gar nichts. Lionel stand da und sah seinen Vater an, der dumpf aufstöhnte. Sie fielen einander in die Arme, teils aus Erleichterung, weil Lionel noch am Leben war, teils aus Kummer über Gregs Tod.

Dann führte Ward ihn hinein. Sie weinten sehr lange. Lionel hielt seinen Vater wie ein kleines Kind in den Armen. Ward trauerte um den Jungen, den er so sehr geliebt hatte, um den Sohn, auf den er alle Hoffnungen gesetzt hatte, um einen Footballstar. Greg war tot. Es war nichts von ihm geblieben, nichts, was man nach Hause hätte bringen können. Ihnen waren nur die Erinnerungen geblieben.

In den nächsten Tagen bewegten sich alle steif wie hölzerne Puppen. Lionel nahm vage zur Kenntnis, daß Van da war, auch Val und Anne... aber kein Greg. Es würde nie wieder einen Greg geben. Jetzt waren sie nur mehr zu viert.

Der Gedächtnisgottesdienst wurde in der First Presbyterian Church abgehalten. Alle Lehrer Gregs aus der High School nahmen daran teil. Ward war voller Verbitterung. Wenn diese Schweinehunde in Alabama ihn nicht aus dem Team geworfen oder ihn zumindest an der Uni gelassen hätten, wäre Greg noch am Leben. Aber dieser Haß führte zu nichts. Greg war selbst schuld gewesen an seinem Rausschmiß. Aber wessen Schuld war es, daß er gefallen war? Jemand mußte verantwortlich dafür sein, oder etwa nicht?

Die Stimme des Predigers dröhnte eintönig dahin, nannte Gregs Namen, und alles schien ganz unwirklich. Nachher standen sie alle vor der Kirche und schüttelten ungezählte Hände. Unfaßbar, daß Greg tot war und daß sie ihn nie wiedersehen würden. Wards Blick blieb immer wieder an Lionel hängen, so als müsse er sich vergewissern, daß er da war. Mit Blicken, die Ähnliches ausdrückten, sahen ihn die Mädchen an. Es würde nie wieder so sein wie früher. Einer von ihnen war dahin. Für alle Ewigkeit.

37

Einige Tage nach dem Gedächtnisgottesdienst flog Vanessa wieder nach New York, und Val kehrte in ihre Wohngemeinschaft zurück. Lionel war nun die meiste Zeit allein im Haus. Seine Eltern hatten zu tun, und Anne ging zur Schule. Immer wieder schien ihn Gregs Zimmer magnetisch anzuziehen. Er entsann sich der Zeit, als Greg und John Freunde gewesen waren, und jetzt waren beide tot... und irgendwo wieder vereint. Das alles war so ungerecht. Am liebsten hätte Lionel ununterbrochen laut geschrien.

Nur um hinauszukommen, setzte er sich einige Male ins Auto und fuhr ins Blaue. Sein alter Mustang stand noch in der Garage. Er hatte ihn hiergelassen, als er nach Vietnam ging. Auch Gregs Wagen war noch da, aber den benutzte er nicht. Er war für ihn unantastbar. Allein der Anblick schmerzte.

Eines Nachmittags war er wieder mit seinem Mustang unterwegs. Bis zu seiner Verlegung nach Deutschland war noch eine Woche Zeit. Auf dem Rückweg bekam er Lust auf einen Hamburger, seit Wochen das erste Mal, daß er so etwas wie Heißhunger verspürte. Als er vor einem Imbißlokal anhielt, fiel sein Blick im

Vorübergehen auf einen grauen Rolls, der ihm irgendwie bekannt vorkam. Eine Belanglosigkeit, die ihn nicht weiter interessierte. Er setzte sich an die Theke und bestellte einen Hamburger und eine Coke. Zufällig sah er zur Spiegelwand vor sich und fuhr ruckartig auf. Hinter ihm hatte sich Anne mit einem um vieles älteren Mann an einen der Tische gesetzt. Die beiden hielten sich an den Händen und hatten sich eben geküßt. Anne trank einen Milch-Shake, und es sah aus, als hätte der Mann sie deswegen geneckt. Sie lachten, und dann sah er, daß sie sich wieder küßten.

Lionel war fassungslos. Der Mann hätte Annes Vater sein können. Sich umzudrehen, wagte er nicht, obwohl er gern Genaueres gesehen hätte. Da fiel ihm schlagartig ein, wer der Mann war. Der Vater von Annes Freundin... wie hieß sie doch gleich? Sally? Jane? Nein... Gail!

Im Hinausgehen legte der Mann einen Arm um Anne, und draußen im Wagen küßten sie sich wieder. Sie fuhren los, und Lionel saß da und konnte es noch immer nicht fassen. Sein Hunger war ihm vergangen, sein Hamburger vergessen. Er legte das Geld auf die Theke und fuhr auf schnellstem Weg nach Hause.

Als er ankam, war Anne schon oben auf ihrem Zimmer, die Tür war geschlossen. Faye und Ward waren auch eben erst gekommen. Daß Lionel aussah wie ein Gespenst, fiel zunächst niemandem auf. Alle waren mitgenommen. Die Trauer um Greg hatte viel Kraft gekostet. Ward fühlte sich seither wie ein alter Mann und sah auch so aus. Mit zweiundfünfzig war er seiner größten Hoffnung beraubt worden. Auch Faye wirkte bleich und abgehärmt. Aber Lionel sah heute noch elender aus als die beiden, und das bemerkten seine Eltern schließlich doch. Er kämpfte noch immer mit sich, ob er ihnen von seiner Beobachtung berichten sollte, weil sie ohnehin genug andere Sorgen hatten, andererseits wollte er verhindern, daß Anne wieder in ihr Unglück lief. Ihr Abenteuer in San Franzisko hatte allen gereicht.

»Ist etwas nicht in Ordnung?« fragte Faye behutsam, als Lionel sich mit einem tiefen Seufzer niederließ. In letzter Zeit war überhaupt nichts in Ordnung. Ward sah ihn so verzweifelt an, daß Lionel entschied, lieber gar nichts zu sagen. Er wollte zuerst mit Anne sprechen. Was aber, wenn sie wieder davonlief? Und diesmal würde er keine Zeit für eine ausgedehnte Suche haben.

Kurz entschlossen stand er auf und machte die Tür zu. Und als er sich umdrehte und seine Eltern ansah, lasen sie in seiner Miene, daß etwas passiert war.

»Was ist denn?« Faye fürchtete sofort das Schlimmste. War jemand verletzt? Vanessa in New York? Val während der Dreharbeiten? Oder gar Anne?

Er kam sofort zur Sache. »Es geht um Anne. Heute habe ich sie beobachtet, ganz zufällig... mit jemandem...« Allein der Gedanke verursachte ihm Übelkeit. Der Kerl war älter als Ward. Wenn man sich vorstellte, was er ihr womöglich angetan hatte...

»Mit Gail?« Fayes Unruhe wuchs. Sie hatten diese Freundschaft einfach geduldet. Gail und ihr Vater waren ihnen so reizend vorgekommen, und außerdem gingen die Mädchen gemeinsam zur Schule. Lionels nächste Worte ließen sie zur Salzsäule erstarren.

»Nicht mit Gail, sondern mit ihrem Vater. Sie waren zusammen in einem Lokal, händchenhaltend. Und sie haben sich geküßt.«

Ward machte ein Gesicht wie nach einem Tiefschlag. Er war nicht mehr in der Verfassung, viel auszuhalten. Faye starrte Lionel ungläubig an.

»Unmöglich! Bist du sicher, daß es Anne war?« Auf Lionels Nicken hin fragte sie verzweifelt: »Wie ist das nur möglich?«

»Das solltest du lieber Anne fragen!«

Fayes Herzschlag drohte auszusetzen, als sie an die vielen Male dachte, die Anne mit ihrer Erlaubnis bei den Steins geblieben war. Wenn nun Gail nicht immer zu Hause gewesen war? Oder, schlimmer noch, wenn sie dagewesen war und dieser Mann womöglich perverse Neigungen hatte... Faye brach in Tränen aus. Sie hatte mit Anne schon zuviel durchgemacht. Und jetzt diese Sache... wer konnte wissen, was sie mit diesem Menschen getrieben hatte. Sie sprang entschlossen auf. »Ich hole Anne herunter.«

Ward hielt sie zurück. »Vielleicht sollten wir uns erst beruhigen. Das alles könnte ein Irrtum sein. Vielleicht hat Lionel mißverstanden, was er sah.« Er sah seinen Sohn nur Entschuldigung heischend an, denn er wollte nicht, daß es stimmte. Noch eine Tragödie konnte er jetzt nicht verkraften, und das Kind hatte sich wieder womöglich Gott weiß was eingehandelt. Anne war jetzt mit siebzehn Jahren noch schwerer zu überwachen als mit vierzehn. Schon damals hatten sie es nicht geschafft.

Faye blieb unerbittlich. »Nein, ich glaube, wir sollten sofort mit ihr sprechen.«

»Gut. Dann rede mit ihr, aber komm ihr nicht gleich mit Anschuldigungen.«

Von den besten Absichten bewegt, klopfte Faye an Annes Tür, doch ein Blick in das Gesicht ihrer Mutter genügte, um Anne zu zeigen, daß der Blitz eingeschlagen hatte. Wortlos folgte sie ihrer Mutter hinunter. Lionels Miene sorgte für eine weitere böse Überraschung.

»Hallo, Lionel«, sagte sie kleinlaut.

Die Stimmung war am Nullpunkt, das spürte sie. Lionel nickte ihr nur knapp zu, und Ward kam ohne Umschweife zur Sache.

»Anne, wir wollen nicht drumherum reden, und kein Mensch möchte dich beschuldigen, aber wir möchten wissen, was bei den Steins vorgeht. Zu deinem Besten, versteht sich.«

Die Vorahnung drohenden Unheils senkte sich auf Anne, aber einschüchtern ließ sie sich nicht. Sie sah alle reihum an. Daß Lionel sie verraten würde, falls er sie gesehen hatte, konnte sie nicht glauben, aber sie irrte sich. Er hatte sie verraten. Hinterher redete sie sich ein, daß sie ihm das nie verzeihen würde.

»Dein Bruder ist der Meinung, er habe dich heute gesehen. Mag sein, daß er sich irrt. Vielleicht warst du gar nicht in diesem Restaurant«, fing Ward vorsichtig an. Er hoffte inständig, alles sei nur ein Irrtum, damit er sich mit der Sache nicht weiter auseinandersetzen und schließlich nicht einen Mann seines Alters der Verführung einer Minderjährigen bezichtigen mußte, denn darauf lief es letztendlich hinaus.

»Es war eine Hamburger-Kneipe.« Und zu Lionel gewandt: »Wo genau?« Lionel nannte die Adresse, und Anne blieb fast das Herz stehen. »Der springende Punkt dabei ist folgender: Er sagt, er habe dich mit einem Mann gesehen.«

»Ach, hat er das? Gails Vater hat mich auf dem Heimweg auf einen Milch-Shake eingeladen.« Mit zornfunkelnden Augen wandte sie sich an Lionel. Sie war wunderschön, kein Kind mehr, sondern ganz Frau. Lionel war es schon bei der zufälligen Begegnung am Nachmittag aufgefallen. Damit war das ganze letzte Jahr erklärt – warum sie sich so gut in der neuen Schule eingelebt hatte und warum sie so selten zu Hause war. »Du hast eine dreckige Phantasie«, schleuderte sie ihm entgegen.

»Du hast ihn geküßt!«

Haßerfüllt blickte sie ihren Bruder an, der ihr einmal das Leben gerettet hatte. »Na und? Ich bin wenigstens nicht schwul!« Das war eine Gemeinheit, doch das kümmerte ihn nicht. Wortlos packte er ihre Arme und hielt sie fest.

»Er ist dreißig Jahre älter als du.«

»Dreiunddreißig, wenn du es genau wissen willst.« In ihren Augen loderte es. Zum Teufel mit der ganzen Familie. Sie konnten ihr nichts mehr anhaben – es war zu spät. Sie gehörte jetzt zu Bill. Für immer. Entschlossen wandte sie sich an alle: »Was ihr denkt, ist mir scheißegal. Keiner von euch war jemals richtig nett zu mir.« Mit einem von kurzem Zögern begleiteten Blick auf Lionel fügte sie hinzu: »Du ausgenommen, aber das ist lange her. Aber ihr«, sie starrte ihre Eltern haßerfüllt an, »ihr wart nie für mich da. Bill war in den letzten zwei Jahren mehr für mich als ihr in meinem ganzen Leben – ihr mit euren Filmen und Geschäften, mit eurer ewigen Romanze und euren vielen Bekannten. Ihr wißt nicht einmal, wer ich bin – und ich wußte es auch nicht. Erst seit ich Bill und Gail kenne, weiß ich es.«

»Ist es ein Verhältnis zu dritt?« Vor seinen entsetzten Eltern holte Lionel zum Gegenschlag aus.

»Nein, ist es nicht. Gail hat keine Ahnung.«

»Gott sei Dank. Anne, du bist wirklich naiv. Für einen alternden Mann das Nymphchen zu spielen!«

In San Franzisko hatte es damals auch einen älteren Mann gegeben. Anne konnte sich noch vage an ihn erinnern. Aber ihre Beziehung zu Bill war ganz anders. Sie wollte ihren Bruder schlagen und holte gegen ihn aus, doch er packte sie wieder.

Faye und Ward waren aufgesprungen. »Aufhören! Das ist ja gräßlich! Um Himmels willen, hört auf!«

»Was soll jetzt aus ihr werden?« Lionel wandte sich aufgebracht an seine Mutter. Anne hatte es wieder fertiggebracht, ihr Leben zu vermasseln. Warum nur? Aber Anne blieb eisern.

»Ihr könnt mich alle! In zehn Monaten bin ich endlich achtzehn, und dann könnt ihr gar nichts mehr machen. Jetzt könnt ihr mich quälen, wie ihr wollt, und ihr könnt mir verbieten, daß ich ihn sehe. Aber merkt euch eines: In zehn Monaten werde ich ihn heiraten.«

»Du hast den Verstand verloren, wenn du glaubst, er würde dich heiraten. Für ihn taugst du nur zu einem Zweck.« Sonderbar, Lionel tat es richtig gut, sie anzubrüllen. Er hatte das Gefühl, endlich gegen das Schicksal anzubrüllen, das Greg und John getötet hatte. Auf diese Weise konnte er sich wenigstens etwas Luft machen, und außerdem war er wirklich wütend auf Anne.

»Da kennst du Bill Stein aber schlecht.« Anne sagte es ganz ruhig und bestimmt. Faye, die ihre Tochter nicht aus den Augen ließ, bekam plötzlich Angst. Anne war es ernst mit diesem Mann.

Unwillkürlich entfuhr ihr die Frage: »Du bist doch nicht etwa wieder schwanger?«

Ein haßerfüllter Blick traf sie. »Nein, bin ich nicht. Diese Lektion habe ich gründlich gelernt. Auf die harte Tour.« Das war nicht zu bestreiten.

Jetzt war Ward an der Reihe, seiner Tochter Vorhaltungen zu machen. »Eines muß dir klarsein: Weder in zehn Monaten noch in zehn Jahren wirst du diesen Mann heiraten. Ich werde meinen Anwalt einschalten und dann die Polizei. Ich werde den Kerl anzeigen.«

»Anzeigen? Warum? Weil er mich liebt?« In ihrem Blick lag Verachtung. Sie hatte für ihre Eltern keinen Funken Respekt mehr übrig. Sie hatten für sie nie etwas getan, weil sie ihnen nichts bedeutete. Und jetzt waren sie aufgebracht, weil jemand sie liebte.

Ihr Vater wurde deutlicher. »Intime Beziehungen zu einem

minderjährigen Mädchen sind strafbar«, sagte er eiskalt. »Dafür kommt er hinter Gitter.«

»Ich werde zu seinen Gunsten aussagen«, erwiderte Anne äußerlich ruhig, innerlich aber von Angst geschüttelt.

»Das ändert gar nichts.«

Jetzt hatte die Angst sie voll im Griff. Wenn ihr Vater recht hatte? Warum hatte Bill ihr nichts davon gesagt? Sie mußte ihn schützen.

»Mach mit mir, was du willst, aber tu ihm nichts«, stieß sie verzweifelt hervor.

Diese Worte trafen Faye wie Hammerschläge. Anne liebte diesen Mann über alles und opferte sich für ihn. Das war erschrekkend. Vielleicht sahen sie die Sache in einem falschen Licht? Nein, unmöglich. Der Mann hatte Anne mißbraucht. Mit einem Blick zu Ward schlug sie vor: »Warum sprechen wir nicht erst mit ihm und hören, was er zu sagen hat? Man könnte vielleicht von einer Anzeige absehen, wenn er verspricht, sie nie mehr wiederzusehen.«

Ward ließ sich nur schwer überzeugen, aber Faye schaffte es. Sie brachten Anne dazu, Bill anzurufen und ihn aufzufordern, sofort zu kommen. Anne mußte ihm den Grund sagen. Bill hörte sie weinen.

Als er das Haus der Thayers betrat, sah er sich einem selbsternannten Gericht gegenüber. Ward, der ihm öffnete, mußte sich sehr zurückhalten, ihn nicht tätlich anzugreifen. Und Lionel stand neben ihm. Bill erkannte sämtliche Personen der Handlung einschließlich Faye. Die hysterisch schluchzende Anne saß am anderen Ende des Raumes. Sofort ging er zu ihr, strich ihr übers Haar, trocknete ihre Tränen und wurde dann erst gewahr, daß ihn alle anstarrten.

Entschuldigungen konnte er sich sparen. Er gab alles zu und versicherte Ward seines vollsten Verständnisses, schließlich hatte er selbst eine Tochter in diesem Alter. Er versuchte aber auch, ihnen einiges über Anne zu sagen, über ihre Einsamkeit, über das Kind, das sie aufgegeben hatte, ihre Schuldgefühle wegen ihres Lebens in der Sekte. Er machte ihnen klar, daß ihre ersten Erinnerungen an die scheinbare Gleichgültigkeit ihrer Eltern bis in die früheste Kindheit zurückreichten und sie sich ihr Leben lang zurückgestoßen gefühlt hatte.

Er versuchte nichts zu entschuldigen, erklärte ihnen aber, wer Anne Thayer eigentlich war. Ihre Eltern saßen da und mußten zur Kenntnis nehmen, daß ihre Tochter ihnen fremd gewesen war. Und dieses fremde Kind, das seine Familie ablehnte, hatte Bill Stein gefunden und setzte auf ihn. Und Bill in seiner Einsamkeit hatte sie angenommen. Richtig war es vielleicht nicht gewesen, wie er jetzt eingestand, doch er meinte es ehrlich mit ihr. Es war genau das, was Anne gesagt hatte, nur drückte er sich gewandter aus.

In zehn Monaten wolle er sie heiraten, mit oder ohne ihre oder Gails Billigung. Natürlich zöge er es vor, sie mit dem Einverständnis der Familie zu heiraten, wenn möglich auch früher. Sie könne weiter zur Schule gehen, sie könne machen, was ihr beliebe, aber bis zu ihrem achtzehnten Geburtstag werde er auf sie warten, auch wenn man ihm jetzt jeden Kontakt mit ihr verbiete.

Während er all dies ruhig vorbrachte, saß Anne da und strahlte ihn an. Bill hatte sie nicht im Stich gelassen. Sie war jetzt gewillt, für ihn alles aufs Spiel zu setzen. Er hatte sie nicht enttäuscht.

Ihre Familie war schockiert, besonders Ward, der diesen unauffälligen Mann anstarrte, ohne zu begreifen, was seine Tochter an ihm fand. Bill war weder jung noch besonders gutaussehend oder charmant. Er wirkte auf den ersten Blick ziemlich banal und durchschnittlich. Und doch hatte er seinem Kind etwas geboten, das er ihm nicht hatte geben können. Anne war mit Bill sehr glücklich, ob die Eltern es wahrhaben wollten oder nicht. Sie saß da und sonnte sich in seiner Liebe. Es kümmerte beide wenig, was das nächste Jahr ihnen bringen mochte. Sie waren gewillt zu warten und hatten für die Zeit danach eigene Pläne.

Und plötzlich waren auch Ward und Faye überzeugt: gegen diese Liebe kamen sie nicht auf, mochte die Beziehung sich mit der Zeit auch als Fehler erweisen, mochte der Altersunterschied zu groß und Anne zu naiv sein.

Nachdem Bill gegangen war und sie Anne noch tüchtig die Leviten gelesen hatten, sprachen Faye und Ward sich im Schlafzimmer aus. Sie wußten nicht recht, was von Bill Stein zu halten war. Anne hatten sie gesagt, sie wollten sich die Sache mit der Anzeige noch überlegen.

Bill war nach Hause gefahren, um mit Gail über seine Liebe zu Anne zu reden. Er sei für die Thayers jederzeit erreichbar, hatte er ihnen versichert, obwohl er nicht das Gefühl hatte, sich vor ihnen noch rechtfertigen zu müssen. Es war nach einer fast zwei Jahre dauernden Liebesbeziehung nicht mehr angebracht. Er hatte Anne nicht mißbraucht. Sie war fast achtzehn, deswegen kam ihnen selbst das Verhältnis nicht mehr so ungewöhnlich vor. Jetzt befürchtete er nur, Gail würde entsetzt sein. Blieb nur die Hoffnung, sie würde mit der Zeit darüber hinwegkommen. Schließlich ging es um Bills und Annes Leben. Das hatten sie allen deutlich zu verstehen gegeben.

»Was hältst du von der Sache?« Faye hatte sich aufs Bett gesetzt und sah Ward fragend an.

»Anne ist sehr töricht.« Er konnte noch immer nicht begreifen, was seine Tochter in diesem Menschen sah. Sie war doch erst siebzehn. Einfach erschreckend.

Faye seufzte. Das alles hätte aus einem Drehbuch sein können. »Ich halte sie auch für dumm, das ist aber unsere Meinung und nicht ihre.«

»Offensichtlich.« Ward setzte sich neben seine Frau und nahm ihre Hand. »Wie kommt es, daß unsere Kinder sich immer wieder in so unmögliche Situationen bringen? Lionel mit seiner verdammten Veranlagung, für die mir jedes Verständnis fehlt. Val mit ihrem Karrierestreben, das sie die verrücktesten Dinge tun läßt, Vanessa, die mit diesem Jungen zusammenlebt und glaubt, wir wüßten nichts...«

Faye lächelte. Darüber hatten sie schon öfter gesprochen. Vanessa hielt sich für ungewöhnlich raffiniert, dabei war alles so leicht zu durchschauen. Alle wußten, was los war, und niemand hatte etwas dagegen. Sie war zwanzig und Jason ein netter Kerl.

»Und jetzt Anne mit diesem Menschen«, setzte Ward seine laut geäußerten Überlegungen fort. »Faye, er ist dreiunddreißig Jahre älter.« Er konnte es nicht fassen.

»Ich weiß. Und er sieht nicht mal besonders gut aus. Wenn es wenigstens jemand wäre wie du, würde ich es verstehen.«

Mit seinen zweiundfünfzig Jahren war Ward noch so fit wie vor zwanzig Jahren, obwohl er sich verändert hatte. Wie Faye hatte er seine gute Figur bewahrt und wirkte schlank und sportlich. Bill Stein besaß nichts von alldem. Es war wirklich unbegreiflich, was Anne an ihm fand. Offenbar genügte es ihr, daß sie in seinem Blick Liebe sah und daß er ihr diese Liebe immer wieder bewies.

Faye blickte Ward an. »Ward, müssen wir unser Einverständnis geben?« Sie meinte damit die nächsten zehn Monate.

»Ich sehe nicht ein, warum.«

»Vielleicht wäre es klüger, wir geben ihnen freie Bahn. Wenn Anne erst großjährig ist, haben wir ohnehin keine Handhabe mehr.«

Das hatten sie schon zu oft erlebt, erst mit Lionel, dann mit Val und Vanessa und jetzt mit Anne. Alle machten, was sie wollten – bis auf den armen Greg.

Ward sah sie bestürzt an. »Wir sollen unser Einverständnis dafür geben, daß sie mit ihm offen ein Verhältnis hat?« Für ihn ein schockierender Gedanke. »Sie ist doch erst siebzehn!« Er wußte aber, daß Anne durch ihre Erfahrungen ihren Altersgenossinnen weit voraus war.

»Das Verhältnis dauert nun schon über ein Jahr.«

Ward kniff die Augen zusammen. »Wie kommt es, daß du plötzlich so liberal bist?«

Ihr Lächeln fiel ziemlich matt aus. »Vielleicht werde ich alt.«

»Und weise.« Er küßte sie. »Ich liebe dich, mein Schatz.«

»Ich dich auch.«

Sie kamen überein, sich die Sache ein paar Tage durch den Kopf gehen zu lassen. Beim Dinner waren sie mit Lionel allein. Anne blieb auf ihrem Zimmer, und niemand drängte sie herunterzukommen. Die letzte Zeit war für sie sehr schwer gewesen und hatte viel Kraft von ihnen gefordert, Kraft, die sie jetzt gebraucht hätten, um Widerstand zu leisten. Sie entschlossen sich zum

Nachgeben. Anne wurde ermahnt, sich weiterhin unauffällig und diskret zu verhalten, damit sie nicht zum Gespräch der Stadt würde. Bill Stein hatte in der Welt des Showbusiness einen gewissen Namen. Als renommierter Anwalt mit vielen prominenten Klienten legte er gewiß keinen Wert auf unliebsame Publicity. Man wollte nicht viel Aufhebens von der Sache machen. Gleich im neuen Jahr sollte dann die Hochzeit stattfinden.

Bill schenkte ihr einen riesigen Verlobungsring, den sie nur trug, wenn sie mit ihm ausging. Es war ein perlenförmiger Solitär, den sie ihr Osterei nannte, ein Zehneinhalbkaräter. Als Anne Gail das Prachtstück zeigte, war es ihr sogar ein wenig peinlich gewesen.

Gail hatte sich übrigens tadellos benommen. Tatsächlich war es für sie zunächst ein ziemlicher Schock gewesen. Weil sie aber die beiden über alles liebte, wünschte sie ihnen alles Gute, und damit war die Sache erledigt. Die Mädchen entschlossen sich für Sommerkurse, damit sie noch vor Weihnachten ihr Abschlußdiplom erhalten konnten. Anne brauchte dann nach ihrer Heirat nicht mehr zur Schule zu gehen. Gail hatte die Absicht, die beiden anschließend eine Weile allein zu lassen. Anfangs würde es ihr sicher peinlich sein, mit ihnen zusammenzuleben. Außerdem wollte sie auf eine Modeschule nach New York.

Als Lionel nach Deutschland mußte, hatte er sich mit Anne noch immer nicht ausgesöhnt. Er billigte ihre Beziehung zu Bill nicht, trotz allem, was die anderen sagten.

»Du bist billig davongekommen«, sagte er ihr am Tage seines Abschieds und handelte sich dafür einen eiskalten Blick ein. Daß er sie verraten hatte, würde sie ihm nie verzeihen.

»Du hast es gerade nötig, über andere so hart zu urteilen!«

»Weil ich schwul bin, heißt das noch lange nicht, daß mein Verstand gelitten hat, liebe Anne.«

»Nein, aber vielleicht dein Herz.«

Fast hätte er ihr recht gegeben. Seit Vietnam hatte er eine Veränderung durchgemacht. Er hatte zu viele Tote gesehen, zu viele Menschen verloren, die er liebte ... und zwei, die er besonders geliebt hatte. John und Greg. Er konnte sich nicht vorstellen, jemals wieder zu lieben. Er hatte keine Sehnsucht danach. Insgeheim fragte er sich, ob er deswegen so wütend auf Anne war. Konnte er ihr Glück nicht verstehen, weil das seine mit John schon so lange zurücklag und nie wiederkehren würde, während Anne ihr Leben noch vor sich hatte, voller Verheißung und Erregung und mit soviel Glanz, wie ihr Verlobungsring ausstrahlte?

38

Am 18. Januar 1970 wurden Anne Thayer und Bill Stein in Anwesenheit von Freunden und Angehörigen im Tempel Israel am Hollywood Boulevard getraut. Anne hatte sich eine noch schlichtere Hochzeit gewünscht, aber Bill hatte sie überredet nachzugeben.

»Für deine Eltern ist es viel leichter, wenn sie eine richtige Feier arrangieren können«, hatte er gemeint. Anne hatte dafür kein Verständnis. Schon seit zwei Jahren fühlte sie sich als Bills Frau, deswegen brauchte sie jetzt weder Pomp noch Fanfaren. Gail war richtig enttäuscht. Anne war so anders als die Mädchen ihres Alters. Sie wollte kein Brautkleid und keinen Schleier.

Schade, daß alles so schlicht ist, dachte Faye in Erinnerung an die eigene prunkvolle Hochzeit. Anne hatte sich für ein simples weißes Kleid entschieden, hochgeschlossen und mit langen Ärmeln. Dazu trug sie einfache Pumps. Das blonde Haar hatte sie zu einem langen Zopf geflochten und mit ein paar Blüten geschmückt. Auf einen Brautstrauß hatte sie verzichtet, der Verlobungsring war ihr einziger Schmuck. Einfacher ging es wirklich nicht. Auch der Trauring war ein schlichter Diamantring. Anne sah so unschuldig und jung aus, daß der Ehering an ihrer Hand fast unpassend wirkte.

Aber von alldem nahm sie keine Notiz. Sie hatte nur Augen für Bill. Seit dem Tag ihres Kennenlernens hatte sie sich nichts anderes gewünscht und ging jetzt am Arm ihres Vaters auf ihn zu.

Als Ward zurücktrat, war ihm sonderbar zumute. Er hatte das Gefühl, Anne in den ganzen achtzehn Jahren nicht richtig kennengelernt zu haben, so als wäre sie zu rasch durch ihrer aller Leben gehuscht, zu still, immer hinter der Tür, immer außer Sicht. Die einzige Erinnerung an Annes Kinderzeit war die Frage: »Wo steckt Anne?«

Anschließend gab es zu Hause ein Hochzeitsfrühstück. Mehr hatte Anne mit Entschiedenheit abgelehnt. Der Blumenschmuck war prächtig, der Champagner edel. Faye sah in ihrem grünen Seidenkostüm, das genau zu ihrer Augenfarbe paßte, sehr elegant und distinguiert aus. So richtig als Brautmutter fühlte sie sich nicht. Sie empfand das alles nur als Scharade, als Spiel, nach dem Gail allein mit ihrem Vater nach Hause gehen würde.

Aber als sie im grauen Rolls davonfuhren, fuhr Anne mit ihnen, nachdem sie sich mit einem Kuß von ihren Eltern verabschiedet hatte. Faye widerstand der überwältigenden Versuchung, sie zu fragen, ob sie ihrer Sache wirklich sicher sei. Aber als sie ihrer Tochter in die Augen sah, war alles klar. Anne war die Frau des Mannes geworden, den sie liebte.

Gail, die zwar stiller war als sonst, freute sich mit ihnen. Sie hatte zusammen mit Anne einige Wochen zuvor die Schule hinter sich gebracht. Zu dritt wollten sie jetzt nach New York fahren. Gail würde auf die Modeschule gehen und wie seinerzeit Vanessa im Barbizon wohnen.

Nachdem sie Gail abgesetzt hätten, wollten Bill und Anne nach San Juan, dann weiter nach St. Thomas und St. Martins fliegen. Ihr endgültiges Ziel war St. Croix. Sie hatten vor, einige Wochen zu bleiben und auf dem Rückflug wieder in New York Station zu machen.

In New York wollte Bill mit Anne in großem Stil Einkäufe machen. Sie sollte sich bei einigen Juwelieren umsehen, bei Harry Winston und David Webb und ein paar anderen, die er sehr schätzte. Und dann kämen die Modehäuser.

»Bergdorf, Bendel, Bloomingdale!« riefen die Mädchen am Abend wie aus einem Mund.

»Du verwöhnst mich zu sehr!« Anne gab Bill einen Kuß. Sie wollte von ihm nichts als Liebe, aber Bill hatte auch die Absicht, für Gail ein paar Sachen zu besorgen.

»Na, Mrs. Stein, wie fühlt man sich?« Lächelnd sah er sie an, als sie auf dem breiten Bett lag, zum ersten Mal als seine ihm angetraute Ehefrau.

»Wundervoll.« Sie lächelte verschmitzt wie ein kleines Mädchen. Den Zopf hatte sie noch immer. Das Spitzennachthemd war ein Geschenk Vals, die kein Hehl aus ihrer Mißbilligung gemacht hatte. Keines der Geschwister hatte ihre Heirat gutgeheißen, aber sie hatten Anne ja nie verstanden. Mit Ausnahme von Lionel natürlich, aber auch das lag schon lange zurück. Er war nicht zugegen gewesen, als sie getraut wurden. Er wartete in Deutschland auf seine in ein paar Wochen bevorstehende Entlassung. Und Van war so eingespannt in ihr Studium, daß sie in New York geblieben war.

Anne kümmerte das alles nicht. Der einzige, der für sie Bedeutung hatte, war Bill, den sie jetzt ansah, in Gedanken an ihre Vergangenheit befangen. Ihr kam die Vergangenheit unwirklich vor. Es zählte nur das Jetzt.

»Mir ist zumute, als wäre ich mein Leben lang mit dir verheiratet gewesen.«

»Mir auch.« Wirklich sonderbar, daß er ebenso empfand. Natürlich hatte er von seinen Bekannten hämische Bemerkungen einstecken müssen. Schließlich aber hatten sie Verständnis geheuchelt. Unter Schulterklopfen und Gezwinker hatte es boshafte Bemerkungen gegeben, von denen »Na, du alter Kinderverführer!« noch die harmloseste war. Insgeheim wurde er von allen beneidet, und manche machten sich hinter seinem Rücken über ihn lustig. Das alles war ihm egal. Er wollte sein kleines Juwel sein Leben lang behüten, und das wußte auch Anne, die ihm tief in die Augen sah.

Sie schliefen eng umschlungen, dankbar dafür, daß sie jetzt tun und lassen konnten, was ihnen beliebte. Nach einem gemütlichen Frühstück mit Gail ging es ans Packen, und abends flogen sie nach New York. Anne dachte flüchtig daran, sich telefonisch von ihren Eltern zu verabschieden, kam aber nicht mehr dazu. Sie hatte ihnen ohnehin nichts mehr zu sagen, wie sie Bill beim Start anvertraute.

»Du gehst mit ihnen sehr hart ins Gericht!« schalt er sie liebevoll. »Sie haben ihr möglichstes getan, nur haben sie es nicht besser gewußt.«

In Annes Augen war das die Untertreibung des Jahres. Sie hatten ihr das Kind genommen, sie hatten gedroht, Bill anzuzeigen, sie hatten sie ihr Leben lang übergangen, und sie hätten ihr Leben total kaputtgemacht, wäre Bill nicht gewesen. Dankbar blickte sie zu ihm auf. Sie saßen in der ersten Klasse, er mit »seinen beiden Mädchen«, wie er sie nannte. Anne saß in der Mitte. Während Bill döste, unterhielt sie sich mit Gail. Sie freuten sich auf die zwei gemeinsamen Tage in New York, ehe Gail ins Barbizon übersiedeln würde und sie in die Flitterwochen flogen. Für diese zwei Tage stiegen sie im Pierre ab.

Die Zeit in New York verbrachten sie tatsächlich fast zur Gänze mit Einkäufen. Noch nie außer in Filmen hatte Anne so schöne Sachen gesehen. Bill kaufte Gail einen hübschen sportlich geschnittenen Nerzmantel mit passender Mütze, damit sie in New York nicht frieren müsse. Außerdem beschenkte er sie mit einer Skiausrüstung, einem halben Dutzend Kleider, sechs Paar Gucci-Schuhen und einem Goldarmband, das sie bei Cartier bewundert hatte. Es ließ sich nur mit Hilfe eines winzigen Schraubenziehers anlegen, was die Mädchen hellauf begeisterte. Da es Anne so gut gefiel, überraschte er sie, indem er ihr auch eines kaufte. Für seine junge Frau plante er noch viel ausgiebigere Einkäufe. Einen bodenlangen Nerz für den Abend, einen kurzen für den Tag, Kleider, Kostüme, Blusen, Röcke, unzählige Kartons schöner Schuhe und Stiefel, einen Smaragdring, eine hübsche Diamantnadel, riesige Perlenohrgehänge von Van Cleef, über die sie entzückt war, und zwei weitere Armbänder, die ihr im Vorübergehen gefallen hatten. Am letzten Tag bekam sie ein Prachtstück von David Webb, ein Armband, an dem als Anhänger ein von einem Löwen umarmtes Lamm hing, alles aus einem einzigen massiven Stück Gold. Es war so schön, daß es magnetisch alle Blicke auf sich zog, wenn es an Annes Arm funkelte.

»Was soll ich nur mit diesen vielen Sachen?« Anne paradierte im Hotelzimmer vor Bill. Überall hingen Pelze und Kleider, lagen Schuhkartons herum, Handtaschen und Pelzmützen. Und in ihrem Koffer befanden sich Schatullen voller Schmuck. Fast war es ihr peinlich, daß sie so viel bekommen hatte, andererseits genoß sie es natürlich sehr. Bill hatte auch für sich einiges gekauft, einen Regenmantel mit Pelzfutter und eine neue goldene Armbanduhr, aber viel lieber kaufte er für sie ein.

Und Gail freute sich mit Anne. Ihr Vater hatte ihr im Laufe der Jahre so viel geschenkt, daß sie Anne nicht zu beneiden brauchte. Sie fühlten sich längst wie Schwestern, und Bill würde Gail immer alle Wünsche erfüllen, jetzt vielleicht noch mehr. Er sei viel zu großzügig, neckten sie ihn am letzten Abend, an dem sie jeden einzelnen Augenblick genossen.

Vanessa fielen fast die Augen aus dem Kopf, als sie und Jason auf einen Drink in den Oak Room kamen und ihnen eine todschicke Anne entgegentrat. Zu einer roten Hose trug sie eine helle Seidenbluse und eine passende rote Krokotasche von Hermès. Der Nerzmantel, der ihr lässig um die Schultern hing, erregte sogar hier in New York Aufmerksamkeit. Aus der Nähe sah man die Ringe, das Armband von Webb und die zwei Rubine in den Ohren. Sie war so hübsch und elegant, daß Vanessa sie kaum wiedererkannte.

»Anne?« brachte sie verblüfft heraus, ohne den Blick von ihr zu wenden. Anne hatte ihr Haar wieder zu einem schlichten Zopf geflochten. Ein paar lose Strähnen umspielten locker ihr Gesicht, ihr Make-up war sehr dezent. Alles an ihr, vom Schmuck bis hin zu den Stiefeln, sah aus wie aus einer Nummer von ›Vogue‹. Als Vanessa sich gutgelaunt setzte, konnte sie es noch immer nicht fassen. Jason zeigte sich ähnlich beeindruckt.

»Ja, wir haben zuviel eingekauft«, erklärte Anne mit ihrer gewohnten sanften Stimme und mit einem schüchternen Blick zu Bill hin. »Bill verwöhnt mich sehr.«

»Das sehe ich«, bemerkte Vanessa.

Anne bestellte einen Dubonnet, das einzige Getränk, das ihr zusagte, Vanessa und Jason nahmen einen Scotch, Bill entschied sich für einen Martini mit Eis und Gail für ein Glas Weißwein. Man unterhielt sich ungezwungen über Belanglosigkeiten. Die jungen Leute sprachen von dem nun schon lange zurückliegenden Urlaub am Lake Tahoe, und Anne erkundigte sich bei Jason nach seiner Arbeit. Er hatte seinen Zeitplan perfekt eingehalten und hatte in der Woche nach seinem sechsundzwanzigsten Geburtstag promoviert. Über acht Jahre war er der Einberufung erfolgreich entgangen. Jetzt hatte er einen Lehrauftrag für Literatur an der University of New York. Keine Tätigkeit, die ihn begeisterte und die er nun schon über ein Jahr ausübte. Daneben schrieb er an seinem Stück, mit dem es nicht so richtig weitergehen wollte.

»Schon seit langem versuche ich, Vanessa zur Mitarbeit zu animieren, aber sie will nicht.«

»Wo denkst du hin. Ich bin mit meinem Studium voll ausgelastet«, erklärte sie und wandte sich Bill zu, den sie sehr nett und väterlich fand. Sie hatte noch ein ganzes Jahr am College vor sich. Hinterher wollte sie sich nach einer Arbeit umsehen. Es sah ganz so aus, als würde sie in New York hängenbleiben, vor allem Jason zuliebe, wie Anne vermutete. Sie lebten jetzt seit zweieinhalb Jahren zusammen, doch war es fraglich, ob sie heiraten würden. Nach dem Dinner erkundigte Gail sich bei Anne danach, diese konnte ihr es aber nicht sagen. Die Beziehung der beiden war ihr unerklärlich. Sie hatte das Gefühl, sie bewegten sich auf parallelen Bahnen vorwärts und verfolgten verschiedene Lebensziele. Ein Verlangen nach fester Bindung bestand zwischen ihnen wohl nicht. Und keiner hatte jemals von Kindern gesprochen. Sie redeten immer nur von ihren Jobs, ihrer Schreiberei, seinem Stück.

»Langweilig, wenn du mich fragst«, meinte Gail dazu. »Aber wenigstens ist er sehr nett.« Das war Jason tatsächlich, aber für Anne war Bill der attraktivste Mann der Welt.

Auf der Rückfahrt im Taxi äußerte sich Vanessa kopfschüttelnd über Anne und Bill. »Ich kann sie nicht verstehen. Anne ist doch noch ein Kind, und jetzt ist sie mit diesem alten Mann verheiratet, der sie mit Pelzen und Juwelen behängt.«

»Vielleicht legt sie Wert auf diese Dinge.« Auch für Jason war die Verbindung unbegreiflich, er hatte Anne aber immer sehr nett gefunden. Nicht so intelligent oder interessant wie Van, obwohl man das bei ihrer Jugend und Zurückhaltung nur schwer beurteilen konnte.

Wieder schüttelte Vanessa den Kopf. »Glaube ich nicht. Sicher pfeift sie im Grunde genommen auf diese Dinge. Er will sie verwöhnen, und sie trägt die Sachen, um ihm eine Freude zu machen.«

In diesem Punkt hatte sie recht, weil sie ihre Schwester gut genug kannte. Die einzige in der Familie, die wirklich auf Schmuck und Pelze Wert legte, war Val. Auch Greg hätte gegen ein luxuriöses Leben nichts einzuwenden gehabt. Aber die anderen waren viel anspruchsloser, und auch ihre Eltern hatten die Ansprüche im Vergleich zu ihrem früheren Leben erheblich gesenkt.

»Unbegreiflich, was sie an einem Mann dieses Alters findet.«

»Er ist sehr gut zu ihr, und das nicht nur in materieller Hinsicht«, meinte Jason nachdenklich. »Er überschlägt sich geradezu, ihr jeden Wunsch von den Augen abzulesen. Er steht mit einem Glas Wasser da, wenn sie Durst hat, bringt sie nach Hause, wenn sie müde ist, führt sie aus, fährt mit ihr nach Europa, geht mit ihr in Gesellschaft... damit kann ein anderer schwer konkurrieren.« Er lächelte Vanessa zu, die er sehr liebte, und wünschte plötzlich, er würde mehr für sie tun können. »Ein Mann in seinem Alter hat Zeit dafür, er hat ja sonst nichts zu tun.«

Das war scherzhaft gemeint, und Vanessa lachte. »Das ist keine Entschuldigung. Ich werde also auf einen eigroßen Diamantring verzichten müssen?«

Er warf ihr einen ernsten Blick zu, als sie ins Haus gingen. »Möchtest du einen?«

»Unsinn.« Das klang sehr überzeugend. Vanessa wollte etwas anderes – ihn beispielsweise, und vielleicht in nicht allzu naher Zukunft Kinder – in acht bis zehn Jahren etwa. So ungefähr.

»Und was möchtest du?«

Sie warf ihren Mantel auf einen Stuhl und machte ein nachdenkliches Gesicht. »Vielleicht möchte ich einmal ein Buch schreiben... und gute Kritiken bekommen...« Etwas anderes wollte ihr nicht einfallen. Daß sie auch ihn und eine Familie wollte, ließ sie lieber unausgesprochen. Es war zu früh, daran zu denken, geschweige denn, davon zu sprechen.

»Ist das alles?« Er schien enttäuscht.

Sie lächelte beschwichtigend. »Vielleicht möchte ich auch dich.«

»Mich hast du ohnehin.«

Sie ließ sich auf der Couch nieder, und Jason entzündete Feuer im Kamin. Die vielen Bücher und Skripten machten den Raum richtig gemütlich. Auf dem Boden lag die Sonntagsausgabe der New York Times im Durcheinander mit seinen Turnschuhen und ihren Schuhen. Auf dem Schreibtisch standen Gläser.

»Ich glaube, ich habe alles, was ich brauche, Jason.«

Seine Miene erhellte sich. »Dann bist du sehr anspruchslos, meine Liebe.« Er zog sie an sich. »Ist es dir ernst mit dem Buch?«

»Ja, aber erst nach dem Studium, wenn ich einen Job habe.«

Jason seufzte. »Wenn das Schreiben nicht so verdammt schwierig wäre.« Er hatte es am eigenen Leib zu spüren bekommen. »Ich bin immer noch der Meinung, wir sollten das Stück gemeinsam schreiben.« Sein hoffnungsvoller Blick entlockte ihr ein Lächeln. Jason ließ sich nicht von dieser Absicht abbringen.

»Ja, vielleicht mit der Zeit.«

Sie küßten sich, und Jason drückte sie zurück auf die Couch, während er eine Hand unter ihre Bluse schob. Es war eine Szene, die Welten entfernt war von jener zwischen Bill und Anne im feudalen Pierre. Anne lag in einem mit Marabufedern besetzten Umhang auf der Satindecke, während Bill seine Zunge langsam ihr Bein hinaufgleiten ließ. Die Diamanten an ihrer Hand sprühten Feuer, als er Anne dort berührte, wo sie es am meisten genoß. Aufstöhnend bäumte sie sich auf, und er schob ihr die seidene Hülle von den Schultern, die langsam zu Boden glitt. Hier wie dort waren die Gefühle dieselben. Liebe, Begehren, Hingabe an den anderen ohne Vorbehalt, ob in Turnschuhen oder im Seidenneglige.

39

Im Mai kamen Bill und Anne zurück und blieben für einige Tage in New York. Anne wollte sich mit Gail treffen, und Bill hatte einiges zu erledigen. Wieder stiegen sie im Pierre ab, und wieder begann eine Einkaufstour bei seinen bevorzugten Juwelieren. Er ließ es sich nicht nehmen, Anne wieder ein paar kostbare Stücke zu schenken.

Das Wetter war prächtig, und Anne hatte zum Essen im Côte Basque ihr schickes weißes Kleid-Mantel-Complet von Bendel angezogen. Voller Stolz führte Bill sie in das renommierte Feinschmeckerlokal. Anne, die sich ihrer Reize noch immer nicht richtig bewußt war, schritt anmutig wie ein Reh an seiner Seite, ohne die bewundernden Blicke zu bemerken. Sie hatte nur Augen für ihn, und ihr Lächeln galt ihm allein. Er aber sah mehr. Er bemerkte ihren leeren, nervösen Blick, der seit der Hochzeit immer ausgeprägter wurde. Er selbst hoffte, sie würde bald schwanger werden, doch Anne hoffte es noch viel inständiger.

»Na, wie war's heute bei Bendel?«

»Richtig toll.« Manchmal drückte sie sich noch wie ein Kind aus, obwohl sie äußerlich alles Kindliche endgültig abgelegt hatte. Das offene Haar und ein etwas gewagteres Make-up ließen sie wie Mitte Zwanzig aussehen. Auch Gail hatte diese Verwandlung bemerkt und hatte sie für gut befunden.

Gail, die inzwischen einen Freund hatte, war in New York verliebt. Bill bestand darauf, daß sie auch weiterhin im Barbizon wohnte, während sie ihm androhte, sich im Herbst eine eigene Wohnung zu suchen. Anne war beauftragt, ihn in dieser Richtung zu bearbeiten.

»Wie gefällt dir mein Kleid? Ich habe es eben erst gekauft.« Anne deutete mit perfekt manikürter Hand auf ihr Ensemble. Bill bemerkte, daß sie die Perlen aus Hongkong trug, die so groß waren, daß sie wie unecht aussahen.

»Fabelhaft.« Er drückte ihr sanft einen Kuß auf die Lippen. In diesem Augenblick kam der Ober, um die Bestellung aufzunehmen. Beide wollten nur eine Kleinigkeit. Anne entschied sich für Fischklößchen, für die das Restaurant berühmt war, und Bill bestellte ein Steak mit Spinatsalat und dazu Wein, während Anne sich mit Mineralwasser begnügte. Damit wurden sie der hervorragenden Küche nicht annähernd gerecht, doch hatte Bill es eilig, weil er noch zu einer Besprechung mußte, und Anne wollte noch rasch bei Bloomingdale vorbeischauen und dann Gail von der Schule abholen.

Manchmal fragte Bill sich, ob Anne nicht auch weiterstudieren sollte. Neben der Maniküre, den Einkäufen und dem ewigen Warten auf ihn brauchte sie einen Lebensinhalt, der über die penible Überwachung ihrer Basaltemperatur hinausging. Sie mußte unbedingt auf andere Gedanken kommen, doch fürchtete er sich, ihr das zu sagen. Immer wieder tröstete er sich damit, daß sie ohnehin bald schwanger sein würde. Sie beide hatten schon Kinder in die Welt gesetzt und bewiesen, daß sie nicht unfruchtbar waren. Es war nur eine Frage der Zeit, das hatte ihr auch der Arzt versichert.

»Hast du deine Schwester angerufen?« fragte er, und als Anne den Kopf schüttelte und in ihrem Dessert herumstocherte, das sie sich vom Servierwagen genommen hatte, fragte er weiter: »Warum nicht?«

Ihrer Familie ging sie prinzipiell aus dem Weg und mied sogar Lionel, an dem sie einmal so gehangen hatte. Manchmal hatte Bill den Eindruck, sie wolle ihre Familie ein für allemal aus ihrem Leben ausschließen. Sie hatte ihn und wollte sonst niemanden – in seinen Augen eine falsche Einstellung. Hätte Gail sich ihm gegenüber so benommen, hätte es ihm das Herz gebrochen. Aber das Verhältnis zwischen Anne und ihren Eltern war auch nie so eng gewesen.

Anne beantwortete zögernd seine Frage. »Mutter sagte mir gestern am Telefon, Van stecke mitten im Examen.« Es war klar, daß sie an einem Treffen mit ihrer Schwester nicht im mindesten interessiert war. Sie hatte auch mit Val in Los Angeles keinen Kontakt.

»Ruf sie trotzdem an. Vielleicht hat sie für einen raschen Drink Zeit.«

»Ja, mach' ich, aber erst abends.«

Er wußte genau, sie würde es nicht tun. Sie würde den ganzen

Tag liegen, grübeln, vorwärts und rückwärts zählen... vierzehn Tage von heute an... und am nächsten Morgen würde sie im Morgengrauen aufwachen und prompt ihre Temperatur messen. Am liebsten hätte er ihr geraten, damit Schluß zu machen und die ganze Sache auf sich beruhen zu lassen. Anne hätte sich so in ihren Kinderwunsch verstrickt, daß sie stark an Gewicht verlor. Nur um sie abzulenken, dachte er an eine Europareise im Juli, auf die er auch Gail gern mitgenommen hätte. Gail aber hatte sich einen Ferienjob bei Pauline Trigère gesichert und wollte nicht weg.

»Woran denkst du, Liebling?« Sie schlenderten die Madison Avenue entlang, und Bill versuchte bei Anne Interesse für die Europareise zu wecken. Es mußte ihm gelingen, sie für irgend etwas zu interessieren. Was, wenn das Baby gar nicht käme oder länger auf sich warten ließe? Dieses angespannte Warten beeinträchtigte bereits die Wonnen des Ehelebens. Es nahm Annes Gedanken vollständig in Anspruch und bildete für sie das einzige Gesprächsthema, so als wolle sie um jeden Preis einen Ersatz für ihr verlorenes Kind bekommen. Bill wollte ihr nicht sagen, daß es einen Ersatz nie geben würde, ebensowenig wie er einen Ersatz für seine verstorbene Frau finden konnte. Er liebte Anne, aber mit ihr war alles ganz anders, und ab und zu spürte er noch immer die Leere und den Schmerz des Verlustes. Es war vorauszusehen, daß Anne dem Kind ein Leben lang nachtrauern würde. In ihr würde immer eine einsame Leere sein, die niemand auszufüllen vermochte, kein Mann und kein Kind.

»St. Tropez ist sicher sehr amüsant. Wir könnten eine Yacht chartern und uns ein paar schöne Tage machen«, sagte er mit zärtlichem Blick.

Sie lächelte. Anne wußte es zu schätzen, daß Bill so fürsorglich um sie bemüht war. »Ja, das wäre herrlich. Es tut mir leid, daß ich eben so schlechte Laune hatte. Wir beide wissen, was der Grund ist.«

»Ja, das wissen wir.« Mitten auf dem Gehsteig blieb er stehen und nahm sie in die Arme. »Man darf Mutter Natur nicht drängen, und außerdem ist das ständige Probieren auch nicht zu verachten, oder?«

»Du hast recht.« Sie sagte das lächelnd. Bill hatte ihren Wutausbruch nach der letzten Periode noch im Gedächtnis, als sie wieder einmal Faye die ganze Schuld gab. Hätte Faye nicht darauf bestanden, daß sie das Kind weggab, dann hätte sie jetzt einen dreieinhalbjährigen Sohn gehabt, und Bill hatte sich wegen dieser Äußerung gekränkt. »Ist es das, was du möchtest?« hatte er sie gefragt, und sie hatte ausgerufen: »Ja, das ist es!« Sein Mitleid war so groß gewesen, daß er ihr vorschlug, einen Jungen dieses Alters zu adoptieren, aber sie hatte ein eigenes Kind gewollt. Sie wollte ihr »eigenes Baby« zurückhaben. Es war sinnlos, ihr zu sagen, daß sie das Kind, das sie aufgegeben hatte, nie ersetzen konnte.

Anne war entschlossen, von Bill ein Baby zu bekommen, und zwar rasch. Ihre Mutter ahnte es, als sie noch vor der Hochzeit einmal zusammen essen gingen und sie Annes verschleierten Blick bemerkte, der sie wie seit Jahren schon anklagte. Sie hatte ihr nie vergeben und würde es wahrscheinlich nie tun.

Jetzt, auf der Madison Avenue sah Anne Bill bekümmert an. »Glaubst du, es wird jemals klappen?«

Das hatte sie ihn seit der Hochzeit unzählige Male gefragt. Vorher hatten sie Verhütungsmittel angewendet, aber nur, weil er darauf bestand. Er wußte, warum sie alle Vorsicht außer acht lassen wollte. Es steckte derselbe Grund dahinter – immer die verzweifelte Sehnsucht nach einem Kind, das die Leere ausfüllen und die Vergangenheit wieder zum Leben erwecken sollte. Sie hatte sich nie verziehen, daß sie sich von Faye damals hatte überreden lassen.

»Ja, es wird ganz sicher klappen, Liebling. In einem halben Jahr wirst du dich kaum noch rühren können und mir vorjammern, wie elend du dich fühlst und wie sehr du mich haßt.«

Beide lachten darüber, und er küßte sie wieder und trennte sich von ihr, um zu seinem Termin zu gehen, während sie bei Bloomingdale durch die Abteilungen bummelte. Es zerriß ihr fast das Herz, als sie die Unmengen von niedlichen Babysachen sah. Nur schwer widerstand sie der Versuchung, ein Stück zu kaufen. Nur die Angst, es könne ihr womöglich Unglück bringen, hielt sie davon ab. Während ihrer ersten Schwangerschaft hatte sie winzige rosa Schuhe gekauft, überzeugt, es würde ein Mädchen sein. Lionel und John hatten sie deswegen aufgezogen.

Die Erinnerung war für sie auch jetzt noch schmerzlich, und auch der Gedanke an John tat weh. Sie fragte sich, wie es Lionel gehen mochte, mit dem sie kaum noch Kontakt hatte. Seit er ihren Eltern die Sache mit Bill verraten hatte, war es zwischen ihnen nicht mehr so wie früher gewesen. Sie hatte ihm nichts mehr zu sagen. Als letztes hatte sie gehört, er suche in den Studios Arbeit und könne es kaum erwarten, wieder einen Film zu machen.

Niedergeschlagen fuhr sie auf der Rolltreppe abwärts. Um sie herum herrschte ein Farbenrausch – Seidenblumen, Taschen, Gürtel und Schuhe in allen Regenbogenfarben. Da konnte sie einfach nicht widerstehen und kehrte mit prallen Einkaufstüten ins Hotel zurück, obwohl sie wußte, daß sie das meiste nie tragen würde – ausgenommen das Diamantarmband, das Bill ihr abends als Trostpflaster schenkte. Er wußte, wie unglücklich sie über das Ausbleiben einer Schwangerschaftt war – seiner Ansicht nach unnötigerweise. Sie war gesund und jung, so daß eine Empfängnis sicher nicht lange auf sich warten lassen würde. Auch ihr Arzt hatte ihr auszureden versucht, sich in eine fixe Idee zu verbohren.

In der Woche, ehe sie nach St. Tropez fuhren, riet Bill ihr zum x-ten Mal: »Denk nicht ununterbrochen daran und laß den Dingen ihren Lauf.« Er hatte leicht reden. Mit seinen einundfünfzig Jahren hatte er gelernt, das Leben mit philosophischer Gelassenheit zu sehen.

In den drei Wochen, die sie am Strand von St. Tropez faulenzten, war Anne vorbehaltlos glücklich, wenn auch die innere Unruhe nicht ganz von ihr gewichen war. Sie lief in Jeans und Espadrillos, in Bikinis und bunten Baumwollblusen herum und trug ihr Haar, das von der Sonne noch heller geworden war, offen. Und Bill freute sich, daß sie sogar ein wenig zunahm. Bei einem Einkaufsbummel in Cannes zeigte es sich, daß sie in ihre gewohnte Größe nicht hineinpaßte. Und als der Reißverschluß ihrer Jeans nicht zuging, machte er sich über sie lustig und behauptete, sie sei richtig mollig geworden. Dabei drängte sich ihm eine Frage auf, die er ihr gegenüber nicht auszusprechen wagte.

Erst in Paris war er seiner Sache sicher, als sie für einen Spaziergang entlang der Seine zu müde war, unterwegs ins Coq Hardi einschlief und ganz grün wurde, als er ihr einmal einen Dubonnet anbot. Bill sagte kein Wort, behütete sie aber wie eine Glucke ihr Küken. Erst in Los Angeles erinnerte er sie daran, daß sie seit ihrem Abflug keine Periode gehabt hatte. Zum erstenmal seit einem halben Jahr hatte sie gar nicht daran gedacht. Verblüfft starrte sie ihn an und stellte sofort blitzschnell Kopfrechnungen an. Ihr Lächeln fiel noch etwas unsicher aus.

»Glaubst du...?« Sie wagte nicht, es auszusprechen, und Bill lächelte liebevoll. Also hatte es doch nicht so wahnsinnig lange gedauert. Nur ein halbes Jahr. Es war nur Anne ziemlich lange vorgekommen, weil sie die Schwangerschaft so sehr herbeigesehnt hatte.

Gleich am nächsten Tag ließ sie den Test machen, und als sie sich nachmittags aufgeregt nach dem Resultat erkundigte, war es positiv. Anne saß wie betäubt da und starrte das Telefon an. Als Bill nach Hause kam, hatte sie sich von ihrer Überraschung noch immer nicht erholt. Auf die überaus gute Nachricht hin stieß er einen Freudenschrei aus. Und wenn er sie so ansah, fiel ihm auf, daß Anne sich schon ein wenig verändert hatte. Im Badeanzug wirkte sie nicht mehr so eckig, alles war weicher und runder geworden.

»Ich bin... ich bin...« Vor freudiger Erregung fing sie an herumzutanzen.

Zur Feier des Tages führte Bill sie ins Beverly Hills Hotel aus, und nachher im Bett schlief sie sofort ein, während er, von ihrer Vorfreude mitgerissen, dalag, an das Baby dachte und Pläne schmiedete. Das Gästezimmer konnte man zu einem Kinderzimmer umfunktionieren, über der Garage ließ sich ein Dienstbotenzimmer schaffen, in das man eine der Hausangestellten umquartieren konnte, während das Kindermädchen im jetzigen Dienstbotenzimmer Platz finden würde... bis in den Schlaf verfolgten ihn diese Probleme.

Am nächsten Tag kam er über Mittag nach Hause, um nach Anne zu sehen und wieder zu feiern. Ihr Intimleben wurde von alldem nicht beeinträchtigt. Anne hatte noch nie so glücklich ausgesehen. Ständig sprach sie von ihrem »kleinen Jungen«, als müsse es unbedingt ein Junge werden, der den verlorenen ersetzte, der mittlerweile vier geworden war.

Das Erntedank-Wochenende verbrachten sie ganz geruhsam mit Freunden. Seine Bekannten hatten sich inzwischen an Anne gewöhnt. Die Witzeleien waren seltener geworden. Bill wurde insgeheim beneidet. Anne sah auch viel gereifter aus als im Jahr zuvor, eine Veränderung, die nicht zuletzt auf die Schwangerschaft zurückzuführen war.

Für die nächsten Wochen planten sie wieder einen Aufenthalt in New York, um mit Gail zusammenzukommen. Der Arzt hatte nichts dagegen einzuwenden, doch am Tag vor dem Abflug fing Anne leicht zu bluten an und wurde von Bill sofort ins Bett gesteckt. Sie war vor Angst halb wahnsinnig, doch der Arzt beruhigte sie. In den ersten Monaten litten viele Frauen darunter. Es habe nichts zu bedeuten.

Nach drei Tagen hatte die Blutung noch immer nicht aufgehört. Jetzt bekam Bill es mit der Angst zu tun. Er zog einen zweiten Arzt hinzu, der eine ähnliche Meinung äußerte wie der erste. Aber Anne war unter ihrer Sonnenbräune krankhaft fahl. Das machte die Angst. Sie rührte sich kaum aus dem Bett, und Bill fuhr täglich über Mittag heim und kam abends früher nach Hause. Man müsse abwarten; beide Ärzte zeigten sich unbesorgt, bis nach einer Woche ununterbrochener Blutungen Anne in der Nacht starke Krämpfe bekam. Ruckartig fuhr sie auf und faßte nach Bills Arm. Die Schmerzen waren so stark, daß sie kaum sprechen konnte. Sie hatte das Gefühl, ihr Unterleib würde von einem heißen Schürhaken durchbohrt. Bill verständigte sofort den Arzt, hüllte Anne in eine Decke und fuhr in die Klinik.

Anne lag mit angstgeweiteten Augen in der Notaufnahme, umklammerte seine Hand und bat ihn flehentlich, nicht fortzugehen. Der Arzt erlaubte ihm zu bleiben, obwohl es kein schöner Anblick war. Sie litt furchtbare Schmerzen und blutete stark. Es waren keine zwei Stunden vergangen, als sie das verzweifelt herbeigesehnte Baby verlor und sich in Bills Armen ausweinte.

Sie wurde in den Operationssaal gerollt, weil eine Ausschabung gemacht werden mußte. Sie erwachte in einem anderen Raum, und wieder war Bill an ihrer Seite, hielt ihre Hand und beobachtete sie besorgt.

Eine Erklärung gebe es nicht, sagte der Arzt. Manche Föten würden aus irgendwelchen Gründen vom Körper abgestoßen. Und das sei gut so, weil es oft mißgebildete Föten seien. Aber Anne war tieftraurig und fand auch keinen Trost, während sie zu Hause wochenlang das Bett hütete. Sie hätte aufstehen können, hatte aber keine Lust. Sie verlor fünfzehn Pfund an Gewicht, sah elend aus und weigerte sich, mit jemandem zu sprechen oder gar auszugehen. Schließlich erfuhr Faye auf Umwegen von Annes Zustand. Lionel hatte Anne angerufen, nur um sich einmal zu melden, und Bill hatte ihm von der Fehlgeburt erzählt. Lionel wiederum berichtete Faye davon, die nun Anne anrief und sich nach ihrem Befinden erkundigte. Bill mußte ans Telefon gehen und sagen, daß Anne mit niemandem sprechen wolle. Sie weigerte sich, Faye zu sehen. Als Bill sie dazu drängen wollte, wurde sie hysterisch und schrie, alles sei nur Fayes Schuld, weil sie sie gezwungen habe, ihr Baby fortzugeben. Sie haßte alle, manchmal sogar Bill.

Es wurde November, bis er sie überreden konnte, endlich wieder etwas zu unternehmen. Sie holten den Ausflug nach New York nach, und als sie ankamen, äußerte Gail sich erschrocken über Annes elendes Aussehen. »Sie sieht ja furchtbar aus.«

»Ich weiß.« Auch Bill machte sich große Sorgen, doch konnte er nichts tun, als ihr wieder zu einer Schwangerschaft zu verhelfen, und das konnte lange dauern. »Es hat sie schwer getroffen.«

Inzwischen waren seit der Fehlgeburt fast zwei Monate vergangen, und Anne verlor kein Wort mehr darüber. Man sah ihr aber an, was dieser Verlust für sie bedeutete. Nicht einmal der Schmuck, den Bill ihr schenkte, konnte sie aus ihren Depressionen reißen, gar nichts... auch nicht der Weihnachtsurlaub in St. Moritz.

Im Januar erwachte sie zu neuem Leben. Die schreckliche Zeit lag nun hinter ihr. Aus der sechswöchigen Depressionsphase, die der Arzt vorausgesagt hatte, waren drei Monate geworden, aber jetzt war sie darüber hinweg, zum Teil wenigstens, und nahm ihr gewohntes Leben wieder auf. Sie machte Einkäufe, besuchte Freundinnen und rief Gail in New York wieder häufiger an. Sie legte auch ihre Temperaturtabellen wieder an, und diesmal machte sich das Warten schon nach zwei Monaten bezahlt.

Am Valentinstag entdeckte sie, daß sie wieder schwanger war. Diesmal sollte es nur sechs Wochen dauern. Sie verlor das Baby am 1. März – zwei Wochen nachdem sie die Schwangerschaft entdeckt hatte.

Bill machte sich wieder auf eine lange depressive Phase gefaßt, doch diesmal verlief alles viel ruhiger. Verschlossen und in sich gekehrt verlor Anne kaum ein Wort darüber, auch nicht zu Bill. Irgendwie bereitete ihm dies noch mehr Sorgen. Lieber wäre ihm gewesen, sie hätte dauernd geheult, damit sie ihren Kummer los wurde. Statt dessen zeigte sich in ihrem Blick etwas Abweisendes und Totes. Sie legte die Temperaturkurven endgültig weg, warf das Thermometer fort und zeigte Lust, das Gästezimmer in Grün oder Blau neu zu tapezieren. Bill war voller Mitgefühl, mehr noch als beim ersten Mal, und doch konnte er ihr nicht helfen.

Eines Nachts im Dunkeln vertraute sie ihm ihre Befürchtung an, die Drogen, die sie vor Jahren genommen hatte, könnten schuld an den Fehlgeburten sein. Er beruhigte sie sofort. Das alles war immerhin fünf Jahre her. Bill war überzeugt, daß es nichts damit zu tun habe. Aber Anne klammerte sich an ihre Schuldgefühle, an ihre Reue und an ihre Erinnerungen. Aus alldem ging hervor, daß sie an eine neue Schwangerschaft nicht mehr glaubte, und Bill wagte nicht, ihr zu widersprechen. Wenn sie miteinander schliefen, legte sich das alles wie ein stiller Druck auf ihn. Wenigstens hatte sie mit dem ewigen Temperaturmessen aufgehört. Das war schon eine kleine Erleichterung.

Einem Kontakt mit ihren Eltern, insbesondere mit Faye, ging Anne nach wie vor aus dem Weg. Hin und wieder erfuhr sie durch Bill Neuigkeiten, die sie betrafen. Er hatte gehört, daß sie einen wichtigen Film planten und verzweifelt nach einer geeigneten Hauptdarstellerin suchten.

»Vielleicht bekommt Val die Rolle«, bemerkte Bill ganz nebenbei, eigentlich nur, um Anne zu zerstreuen. Sie nahmen ihr Mittagessen am Pool ein. Anne mußte sich ständig ins Gedächtnis rufen, daß Bill ihr ein wundervolles Leben und viel Glück schenkte, wenn er ihr auch zu keinem Kind verholfen hatte. Noch nie war sie so umhegt worden. Sie war es, die ihn im Stich ließ, weil sie ihm kein Kind schenken konnte. Aber ihm schien das gar nicht so viel auszumachen.

Der Gedanke, Val könne in einem Film ihrer Eltern spielen, kam ihr so komisch vor, daß sie schallend lachte. »Die Rolle bekommt sie nur, wenn es ein Horrorfilm wird und sie ihren gräßlichen Schrei anbringen kann.« Sie schilderte ihm Vals berühmten Schrei, und auch Bill lachte. Er war sehr erleichtert, daß Anne die Depression so rasch überwunden hatte.

Bills Vorschlag war gar nicht so abwegig, wie er sich anhörte. Faye und Ward hatten in ihrem Büro noch Hunderte Fotos zu sichten, ein Stapel abgelehnter Bilder lag bereits auf dem Boden. Sie hatten buchstäblich alle Schauspielerinnen in Betracht gezogen, und keine war geeignet für diese Rolle. Es wurde eine junge, schöne und frische Darstellerin gesucht, eine Schauspielerin, die echt wirkte. Schließlich rückte Ward mit der Idee heraus, die auch Bill geäußert hatte, nur meinte er es ganz ernst.

»Val?« Faye mußte erst tief durchatmen. Dann sah sie Ward forschend an. »Das halte ich für keine gute Idee.«

Noch nie hatte sie eines ihrer Kinder in einem Film beschäftigt. Über zwei Jahrzehnte lang hatte sie ihre zwei Welten strikt getrennt, und jetzt drohten sie zusammenzustoßen. Außerdem wußte sie genau, wie schwierig es war, mit Val auszukommen. Hinzu kam der Umstand, daß Val noch in keinem anspruchsvolleren Film mitgewirkt hatte. Und doch... es wäre eine großartige Sache für sie. »Ich weiß nicht recht...«

»Wir haben alle in Betracht gezogen, die nur annähernd in Frage kommen. Wenn du nicht noch in New York oder in Europa suchen möchtest, dann müssen wir hier jeden Stein umdrehen. Warum versuchst du es nicht wenigstens?«

»Und wenn es nicht klappt?«

»Dann kannst du sie feuern.«

»Mein eigenes Kind?« Sie war entsetzt.

»Sehr unwahrscheinlich, daß es dazu kommt.« Ward ließ sich von seiner Idee nicht abbringen. »Damit könnte sich Vals ganzes Leben ändern. Es könnte die Chance sein, die sie dringend braucht. Talent hat sie, es fehlt ihr nur die Chance, es zu zeigen.«

Faye war nachdenklich geworden. »Du tust so, als wärest du ihr Agent. Ward, lassen wir das. Sie ist für die Rolle nicht geeignet.« Das entsprach nicht ganz Fayes Meinung, war aber im Moment die geeignetste Ausflucht.

»Warum sagst du das?« Er nahm Vals gerahmtes Foto von seinem Schreibtisch und reichte es Faye. »Ganz im Gegenteil, sie sieht genauso aus, wie wir uns die Darstellerin für diese Rolle vorstellen.«

Faye sah lächelnd zu ihrem Mann auf. »Also gut, ich gebe es auf.« Faye schien selbst erleichtert und glücklich über ihre Entscheidung. Ward lächelte nur. Er war stolz auf sie. Beide wußten, daß es nicht einfach sein würde, aber sie hatten die richtige Wahl getroffen, und er würde alles tun, damit das Projekt glatt über die Bühne ginge.

Faye mußte zugeben, daß Ward recht hatte. Val war tatsächlich dem Aussehen nach genau richtig für die Rolle. Aber die Zusammenarbeit würde für beide eine große Nervenprobe sein, für Val jedoch die Chance ihres Lebens bedeuten.

Faye stand auf, und Ward ging auf sie zu und zog sie an sich.

»Weißt du, daß du großartig bist?«

In Fayes Blick lagen Zweifel. »Vergiß nicht, das deiner Tochter zu sagen.«

40

»Ich soll... was?!«

Val kreischte ihr Erstaunen ins Telefon. Ihr Agent hatte sie mit dem Anruf überrascht, während sie dasaß, sich die Nägel manikürte und mit der Frage rang, ob sie abends zum Essen ausgehen sollte oder nicht. Der Kühlschrank war leer wie gewöhnlich, aber die Mädchen hatten gesagt, sie wollten auf der Heimfahrt unterwegs etwas Warmes mitnehmen. Val hatte keine Lust zum Ausgehen. Und sie hatte die Männer satt, mit denen sie sich in jüngster Zeit abgegeben hatte. Die wollten ja doch nichts als mit ihr ins Bett gehen. Nach einer gewissen Zeit lief sich die Sache tot. Sie hatte ihre Jungfräulichkeit vor sechs Jahren verloren und konnte sich an die vielen Männer, mit denen sie geschlafen hatte, gar nicht mehr erinnern.

»Du sollst für Faye Thayer eine Rolle lesen«, wiederholte ihr Agent.

Sie lachte auf. »Ist dir klar, wer ich bin?« Der Kerl mußte sich geirrt haben. »Hier spricht Val Thayer.« Das Wort »Trottel« lag ihr auf der Zunge.

In einigen Tagen sollte sie für eine andere Rolle vorsprechen, für einen Drogenfilm. Es handelte sich wieder um eine kleine Rolle, doch mit der Gage konnte sie die Miete bezahlen. Noch war sie nicht bereit, sich geschlagen zu geben. Sie spielte seit vier Jahren, und sie wußte, daß der große Durchbruch noch kommen würde, aber ganz bestimmt nicht, wenn sie ihrer Mutter eine Rolle vorlas. Wirklich eine sehr komische Sache.

»Val, das ist kein Witz. Eben hat das Büro deiner Mutter angerufen.«

»Du hast sie wohl nicht mehr alle!« Sie stellte den Nagellack hin. »Für mich ist es ein Scherz. Also, ich lache mich tot. Los, sag schon, warum hast du wirklich angerufen?«

»Das sagte ich schon.« Langsam verzweifelte er. Faye Thayers Büro rief schließlich nicht alle Tage bei ihm an, und allein deswegen war er schon ziemlich nervös. Er betrieb eine kleine Agentur am Sunset-Strip, die vor allem Darstellerinnen und Modells für B-Filme, Horrorfilme, Softpornos und Oben-ohne-Shows vermittelte. Faye war außer sich gewesen, als sie erfuhr, bei wem Val unterschrieben hatte.

»Val, ihr ist es ernst. Morgen um neun möchte sie dich sehen.«

»Warum?« Val spürte, wie ihre Achselhöhlen feucht wurden. Warum hatte ihre Mutter ihn angerufen und nicht sie selbst?

»Du sollst aus dem Stegreif vorlesen.« Er hatte vorgeschlagen, das Skript zu holen, damit Val es abends noch durchstudieren konnte. Die Sekretärin hatte abgelehnt, und Mrs. Thayer sei nicht zu erreichen, hatte es geheißen. Val solle sich am nächsten Morgen um neun melden, basta. Ob er interessiert sei? Er hatte natürlich zugegriffen, aber jetzt mußte er erst Val überzeugen.

»Was soll ich lesen?«

»Soviel ich weiß, geht es um eine Rolle in ihrem neuen Film.«

Das war allerdings ein Ding, und Val zeigte sich schließlich doch einverstanden. Sie konnte der Versuchung nicht widerstehen, gleich zu Hause anzurufen. Es meldete sich niemand. Nicht einmal das Hausmädchen war da. Val machte das richtig traurig. Früher waren immer so viele dagewesen, und jetzt war das Haus leer.

Dieses Gefühl traf auch Faye, als sie nach Hause kam. Aber Vals Gedanken waren schon völlig von der geheimnisvollen Rolle in Anspruch genommen, die sie lesen sollte. Nachdem sie die ganze Nacht kaum ein Auge zugemacht hatte, stand sie um sechs auf, wusch ihr Haar, machte ihr Gesicht zurecht und kontrollierte ihre Nägel. Sie entschied sich für ein schlichtes schwarzes Kleid – für den Fall, daß alles doch ernst gemeint war. Für neun Uhr morgens war das Kleid trotzdem etwas zu anspruchsvoll, und außerdem war es sehr tief ausgeschnitten und brachte ihre weißen vollen Brüste vollendet zur Geltung. Da es auch ziemlich kurz war, sah man viel von ihren langen Beinen. Es war genau die Aufmachung, die sie bei jedem anderen Vorsprechen gewählt hätte, deshalb machte sie für Faye Thayer keine Ausnahme.

Auf der Fahrt ins Studio versuchte sie sich einzureden, es sei ein Vorstellungsgespräch wie jedes andere. Sie konnte nicht verhindern, daß ihre Hände zitterten, als sie die Tür öffnete. Leider hatte sie sich mit ihrem Make-up und der Frisur so lange aufgehalten, daß sie eine halbe Stunde zu spät dran war, was ihr einen mißbilligenden Blick der Sekretärin eintrug. Auch Faye warf einen bezeichnenden Blick auf die Uhr, als Val eintrat. Der zweite Blick galt Vals tiefem Ausschnitt. Dann aber sah sie ihrer Tochter lächelnd in die Augen. Sie schien ebenso nervös wie Val.

Am anderen Ende des großen Raumes saß Ward mit zwei Herren. Vor ihnen standen mehrere Tischchen, auf denen Fotos von Schauspielerinnen lagen, die sie durchsahen. Sie blickten kurz auf, und Val bemerkte, wie ihr Vater ihr zuzwinkerte.

Doch sie mußte sich jetzt auf ihre Mutter konzentrieren, auf jenen Menschen, den sie immer innerlich abgelehnt hatte. Und doch bot Faye Thayer ihr jetzt eine große Chance.

»Hallo, Valerie.« Ihre Stimme war sanft und ihr Wesen viel professioneller, als Val es an ihr kannte, so als wollte sie ihr etwas zu verstehen geben, ohne es auszusprechen. Val hatte auch den Eindruck, daß ihre Mutter sie irgendwie ermutigen wollte.

Plötzlich war Val die Ruhe selbst. Vergessen waren die drei Oscars ihrer Mutter. Sie dachte nur an das Drehbuch in ihrer Hand. In diesem Augenblick bedeutete es ihr alles. Die große Chance hatte lange auf sich warten lassen, ohne daß ihr Zweifel an ihrem Talent gekommen wären. Und wenn es sie den Kopf kosten sollte, sie wollte die Rolle bekommen.

Faye ließ sie nicht aus den Augen. Fast schien es, als tastete sie mit ihrem Blick Vals Gesicht ab, während sie ihr alles Gute wünschte. Insgeheim sprach sie ein Stoßgebet.

»Du sollst eine Rolle lesen.« Damit gab sie ihr das Drehbuch.

»Ja, das sagte mir schon mein Agent. Was für eine Rolle ist es?«

»Eine junge Frau, die...« Faye schilderte die Rolle, und wieder fragte sich Val, warum man ausgerechnet auf sie verfallen war. Sie wollte schon fragen, entschied sich dann aber, lieber den Mund zu halten.

»Darf ich mir den Part kurz durchlesen?« Val sagte es mit einem durchdringenden Blick. Immer war sie eifersüchtig auf Faye gewesen, auf ihr Aussehen, ihre Vergangenheit, den Erfolg, auf ihre Karriere als Schauspielerin, die sie in jungen Jahren aufgegeben hatte. Und jetzt saß sie da und sollte für sie eine Rolle lesen. Es konnte der Wendepunkt ihrer Karriere sein.

Ihre Mutter nickte. Val fiel auf, daß sie gealtert war. Sie war zwar erst einundfünfzig, doch die letzten Jahre hatten sichtbaren Tribut gefordert.

Val wollte diese Rolle, sie wollte sie unbedingt. Sie wollte ihrer Mutter beweisen, daß sie spielen konnte, weil sie wußte, daß Faye von ihrem Talent nicht viel hielt. Wahrscheinlich war der Vorschlag von Dad gekommen.

»Geh nach nebenan und laß dir zehn Minuten Zeit.« Der Ton war freundlich, der Blick besorgt. Wenn sie es nicht schaffte – was dann? Val deutete die Befürchtungen ihrer Mutter richtig. Das war eine Seite an ihr, die ihre Kinder immer übersehen hatten, der hundertprozentige Profi, der Regisseur, der seinen Darstellern alles abverlangte, die Frau, die in ihrer Arbeit aufging. Jetzt, auf einmal sah Val dies alles, sah, wer Faye war und was sie machte und wie anspruchsvoll sie sein konnte.

Vals Angst war verflogen. Sie war überzeugt, daß sie der Aufgabe gewachsen war. Während sie die Rolle durchlas, geriet sie in einen fast tranceähnlichen Zustand, erarbeitete sich die Person, die sie darstellen sollte, und machte sich ihren Charakter zu eigen. Und als sie wieder vor Faye stand, war sie eine andere geworden.

Ward und seine Gesprächspartner unterbrachen ihre Beratung und sahen ihr zu. Das war kein Vorlesen, was Val jetzt lieferte. Sie raste und stürmte und sprach ihren Text, ohne einen einzigen Blick ins Drehbuch zu werfen. Ward hätte sie am liebsten umarmt. Er wußte, was ihr die Arbeit bedeutete und wieviel ihr an dieser Rolle liegen mußte.

Faye weinte vor Freude und Stolz, als Val geendet hatte. Zwischen Mutter und Tochter wurde ein tiefer Blick gewechselt. Dann fielen sie einander unter Lachen und Weinen in die Arme. Ward war gerührt.

Schließlich sah Val ihre Eltern an. »Na, was ist? Bekomme ich jetzt die Rolle?«

»Verdammt, ja!« rief Faye und zuckte zusammen, als Val ihren mittlerweile berühmt gewordenen Schrei ausstieß.

»Halleluja!«

41 Im Mai fingen die Dreharbeiten an. Val merkte sehr bald, daß sie noch nie so intensiv gearbeitet hatte. Faye forderte von ihr wie von allen anderen das Äußerste. So ging es Stunde um Stunde jeden Tag, und Val mußte alles geben, was in ihr steckte. Genausoviel verlangte Faye auch von sich selbst. Das war ihre Arbeitsweise, der Grund dafür, daß ihre Filme so gut waren und sie mit drei Oscars ausgezeichnet worden war, über die Val immer die Nase gerümpft hatte. Jetzt rümpfte sie sie nicht mehr. Sie war von ihrer Arbeit besessen, obwohl sie abends vor Müdigkeit kaum noch kriechen konnte und fast jeder Drehtag mit Tränen endete. Mit ihren zweiundzwanzig Jahren hatte sie so intensive Arbeit noch nicht kennengelernt und war nicht sicher, ob sie in Zukunft je wieder so hart drangenommen werden würde. Wenn ja, dann nur, weil sie es selbst wollte. Niemals wieder würde jemand von ihr so viel fordern ... und niemals wieder würde sie so viel lernen. Auch das war ihr klar. Val war glücklich und stolz und dankbar für alles.

Die Dreharbeiten waren drei Wochen im Gange, als ihr Co-Star George Waterston ihr anbot, sie nach Hause zu bringen. Sie kannte ihn flüchtig von früher und wußte, daß er nicht sehr erbaut gewesen war, als er erfuhr, sie würde seine Partnerin sein. Er hätte eine bekannte Schauspielerin vorgezogen. Faye hatte ihm erst gut zureden müssen, bis er Val endlich akzeptierte. Sie hatten vereinbart, Val würde gefeuert, falls es sich zeigen sollte, daß sie nichts taugte. Der Atelierklatsch hatte dafür gesorgt, daß Val es erfuhr, und sie mußte daran denken, als er sie jetzt einlud und ihr in die Augen sah. Unwillkürlich fragte sie sich, ob sie in ihm einen Freund oder einen Gegner sehen sollte. Eigentlich war es ihr einerlei.

Sie war todmüde und brauchte jemanden, der sie nach Hause brachte. Ihr Wagen war schon seit Tagen in der Reparatur, sie kam täglich mit dem Taxi ins Studio.

»Gern, danke«, sagte sie mit dankbarem Blick.

Auf der Fahrt brachte sie nicht einmal mehr die Energie für ein belangloses Gespräch auf, nachdem sie ihm ihre Adresse angegeben hatte. Entsetzt schrak Val auf, als er sie vor ihrem Haus wekken mußte, weil sie eingenickt war.

»Schrecklich... bin ich eingeschlafen?«

»Sieht so aus. Ich entwickle mich offenbar zum Schlafmittel.«

Er war brünett und hatte blaue Augen, die einen aus einem markanten, etwas verwitterten Gesicht ansahen. George war Mitte Dreißig und schon seit Jahren Vals Schwarm. Das alles gehörte zu den traumhaften Dimensionen, die ihr Leben angenommen hatte. Eine Rolle neben diesem Star in einem gemeinsamen Film! In der Branche wurde schon gemunkelt, sie habe die Rolle nur ihrer Mutter zu verdanken. Das berührte Val überhaupt nicht. Sie würde allen das Gegenteil beweisen. In der Rolle der Jane Dare konnte sie endlich allen zeigen, was in ihr steckte.

Val sah ihren Partner zerknirscht an. »Es tut mir leid. Ich war so müde.«

»Das kenne ich. Bei meinem ersten Film mit Faye ist es mir ähnlich gegangen. Einmal bin ich sogar am Steuer eingenickt und gerade noch rechtzeitig aufgewacht, ehe ich gegen einen Baum fuhr. Zum Schluß hatte ich schon Angst, mich überhaupt ans Steuer zu setzen. Aber Faye holt aus einem heraus, was keinem anderen gelingt, ein Stück Seele oder Herz. Und wenn dann die ersten Tage vorbei sind, braucht sie keinen Druck mehr auszuüben – man gibt ihr alles gern freiwillig.«

Genau das empfand auch Val. Und dazu gesellte sich eine ganze Skala neuer Gefühle der Liebe und Achtung für ihre Mutter.

»Ja, ich weiß. Daß sie mir die Rolle gegeben hat, kann ich noch immer nicht richtig fassen.« Val sah George offen an. »Mit den Rollen, die ich bis jetzt gespielt habe, war Mutter gar nicht einverstanden, viel war es wirklich nicht, was ich da lieferte. Das heißt, ich hatte zwar viele Rollen, aber keine so bedeutende wie jetzt.«

Das wußte er. Zum ersten Mal seit Wochen tat sie ihm leid. Zuerst hatte er sie ganz abgelehnt, weil er sie für ein Flittchen gehalten und außerdem geargwöhnt hatte, Faye würde sie bevorzugt behandeln. Sehr bald hatte er einsehen müssen, daß das nicht stimmte. Und jetzt sah er, daß die Kleine Angst hatte. Unter Fayes Regie zu arbeiten und ihn zum Partner zu haben mußte für sie die reinste Hölle sein. Unversehens war sie in eine Welt ausgebuffter Profis geraten, als halbes Kind, wie er jetzt merkte.

»Anfangs hat sie mir auch Angst eingejagt«, gestand er aufrichtig. Er fand Val richtig nett und genoß ihre Gesellschaft.

Sie hatte sich in letzter Zeit unbestreitbar zu ihrem Vorteil verändert, nicht zuletzt durch ihre Aufmachung, die nicht mehr so billig und ordinär wirkte wie früher. Val verzichtete seit einiger Zeit auf auffallendes Make-up, ließ ihre tiefausgeschnittenen und aufdringlichen Sachen im Schrank und begnügte sich mit Jeans und Sweatshirts. Sie lebte sich immer intensiver in die Person der Jane Dare hinein, die sich von Val Thayer beträchtlich unterschied.

»Aber in Wirklichkeit ist Ihre Mutter ja gar nicht so furchteinflößend. Das müßten Sie selbst am besten wissen, Val.«

Noch nie hatte er sie beim Vornamen genannt, und sie akzeptierte es mit einem Lächeln.

»Im Atelier vergesse ich ganz, daß sie meine Mutter ist. Dann ist sie für mich nur die Person, die mich anbrüllt, mich herumkommandiert und mich so wütend macht, daß ich sie manchmal ermorden könnte...«

»Großartig.« Diese Einstellung gefiel ihm. Er kannte Faye gut, und er wußte, welche Emotionen sie in einem wachrufen konnte. »Genau das möchte sie erreichen.«

Val, die sich in dem geräumigen Wagen, einem weißen Cadillac-Kabrio mit roter Innenausstattung, richtig wohl fühlte, stieß einen matten Seufzer aus. Sie war so müde, daß sie kaum die Kraft zum Aussteigen aufbrachte. Von plötzlicher Nervosität erfaßt, drehte sie sich zu George um. »Möchten Sie noch auf einen Drink mitkommen? Ob etwas Eßbares da ist, weiß ich nicht. Wir könnten uns eine Pizza bringen lassen.«

»Ebensogut könnten wir irgendwo zusammen eine Pizza essen gehen.« Und nach einem Blick auf seine Armbanduhr fuhr er fort: »In spätestens einer Stunde liefere ich Sie wieder hier ab. Ich möchte nämlich noch die morgige Szene durchstudieren.« Da kam ihm eine Idee. »Oder sollen wir sie zusammen durcharbeiten?«

Ein ungläubiges Lächeln war ihre erste Reaktion. Das konnte

nicht wahr sein. Sie sollte mit George Waterston eine Szene für einen gemeinsamen Film durcharbeiten? Das mußte ein Traum sein, und sie mußte ganz schnell antworten, ehe sie aufwachte.

»Ja, sehr gern, George – wenn ich nicht wieder einschlafe.«

George lachte und hielt Wort. Unterwegs zu seinem Haus in Beverly Hills aßen sie rasch eine Pizza. Dann beschäftigten sie sich zwei Stunden lang mit ihren Rollen, probierten verschiedene Posen und Stimmungsvarianten, bis sie endlich zufrieden waren. Es war ähnlich wie in Vals geliebten Schauspielkursen, nur war das hier Praxis und Wirklichkeit. Um Punkt zehn brachte er sie nach Hause. Beide brauchten ihren Schlaf. George winkte ihr zu, als sie die Haustür aufsperrte und wie auf Wolken schwebend eintrat. Wie gut, daß niemand da war, weder eines der Mädchen noch einer der Zuhältertypen, die hier aus und ein gingen. Warum war sie nie zuvor einem Mann wie George begegnet? Aber dieser Gedanke war lachhaft. Auf der ganzen Welt träumten Frauen von einem Mann wie George, und sie durfte wenigstens täglich mit ihm zusammenarbeiten.

Mit den Dreharbeiten ging es gut voran. Val ging noch einige Male zu George und arbeitete an der Rolle. Sie hätte ihn auch zu sich eingeladen, schämte sich aber wegen des Durcheinanders im Haus. George riet ihr dringend, sich eine anständige Wohnung zu suchen. Er stellte für sie eine Art großer Bruder dar, der sie bei seinen Freunden einführte und ihr zeigte, wie die Hollywood-Elite lebte.

»Deine Wohnung muß höllisch sein, Val.« Mittlerweile durfte er ihr buchstäblich alles sagen. Sie arbeiteten täglich zwölf Stunden zusammen und probten jeden Abend noch zwei bis drei Stunden zu zweit. »Alle Welt wird dich für ein billiges Flittchen halten.« Er hatte den Nagel auf den Kopf getroffen. Genau das war seit Jahren der Fall – bis vor kurzem.

»Etwas Besseres kann ich mir nicht leisten.« George konnte es kaum glauben, und doch war es die Wahrheit. Die Thayers, die zu Hollywoods erfolgreichsten Produzenten gezählt wurden, sollten ihre Tochter nicht unterstützen? Val schüttelte mit Entschiedenheit den Kopf. Sich unterstützen zu lassen wäre nicht ihr Stil gewesen. »Seit Jahren habe ich nichts von ihnen genommen, nicht, seitdem ich ausgezogen bin.«

»Eigensinnig bist du wohl gar nicht, wie?« Sein Lächeln machte ihr bewußt, daß in letzter Zeit eine wärmere und herzlichere Bindung zwischen ihnen bestand. Sie hatte sich angewöhnt, sich auf ihn zu verlassen – sich zuviel zu verlassen, wie sie sich mahnend ins Bewußtsein rief. Der gemeinsame Film war eine unwirkliche Welt, die in absehbarer Zeit ein Ende haben würde. Aber George war so umgänglich und angenehm und hatte so viel Erfahrung... Val kam auch mit seinem vierzehnjährigen Sohn Dan blendend aus. George hatte mit achtzehn geheiratet und war mit einundzwanzig geschieden worden. Seine Ex-Frau war jetzt mit Tom Grieves, dem großen Baseballstar, verheiratet. An den Wochenenden und hin und wieder an Mittwochabenden traf er sich mit seinem Sohn. Dabei hatte Val ihnen einige Male Gesellschaft geleistet und sofort Kontakt zu Dan gefunden. George vertraute ihr an, daß er sich viele Kinder gewünscht hatte. Eine feste Bindung war er seither nicht mehr eingegangen – es war allgemein bekannt, daß er Affären mit einigen berühmten Schauspielerinnen gehabt hatte. Anfang Juni tauchte Vals Name im Zusammenhang mit ihm erstmals in der Presse auf.

Faye war diese Entwicklung nicht entgangen. Sie zeigte Ward den Artikel, ehe sie ins Atelier fuhren. »Hoffentlich fängt sie kein Verhältnis mit ihm an.«

»Warum nicht?« Ward war der festen Meinung, die beiden seien mehr als nur Freunde. George, der in Hollywood allgemein beliebt war und als sehr anständig galt, hatte ihm immer schon gefallen. Faye hingegen sah die Sache aus einem ganz anderen Blickwinkel. Wenn ein Film in Arbeit war, hatte sie nur ein einziges Ziel vor Augen. »Es wird sie von der Arbeit ablenken.«

»Vielleicht auch nicht. Sie kann von ihm viel lernen.«

Faye äußerte etwas Unverständliches, und sie fuhren los. Vielleicht waren ihre Sorgen unbegründet, und Ward hatte recht. Val war in der Rolle glänzend. Sie hütete sich, ihr das zu sagen, damit sie in der Leistung nicht nachließ. Fast bedauerte sie es, daß in einigen Wochen Vanessas Collegeabschluß gefeiert wurde und die ganze Familie nach New York mußte, denn während der Dreharbeiten mied sie prinzipiell gesellschaftliche Kontakte mit ihren Mitarbeitern. In diesem Fall war dies wohl nicht zu umgehen. Aber sie wollte sich in New York von Val fernhalten und hoffte auf deren Verständnis. Das Verhältnis zu ihrer Tochter war so gut wie nie zuvor, aber sie war nicht nur Mutter, sondern Regisseur, und das war das einzige, was im Moment zählte.

Als George erfuhr, daß Val nach New York mußte, wollte er mitkommen. »Ich war seit vorigem Jahr nicht mehr da. Außerdem könnte ich Dan mitnehmen.«

Die Beziehung zwischen ihnen hätte nicht sonderbarer sein können. Sie waren fast ständig zusammen, und doch hatte er sie nicht angerührt. Das bedauerte Val, andererseits wollte sie die Freundschaft, die sich zwischen ihnen entwickelt hatte, nicht aufs Spiel setzen. »Ja, Dan sollte New York kennenlernen. Ich wohne immer im Carlyle.«

»Ich glaube, meine Eltern werden mit meinen Geschwistern im Pierre absteigen.«

Dieser Vorschlag war von Bill gekommen, und Faye war einverstanden, daß er dort Zimmer reservieren ließ. Ganz langsam hatten sie sich mit ihm angefreundet. Ward spielte manchmal mit ihm Tennis.

George hatte eine Idee. »Eigentlich könntest du mit uns im Carlyle wohnen. Wie ich Faye kenne, wird sie sich ohnehin nicht viel mit dir zeigen wollen.«

Val wußte es, weil Ward es ihr erklärt hatte. Der Vorschlag, den George ihr gemacht hatte, erschien ihr ideal.

»Während der Dreharbeiten will sie privat mit ihren Stars nichts zu tun haben«, sagte George. »Sie behauptet, das würde sie nur verwirren. Sie möchte es nur mit einer Identität zu tun haben. Und gegenwärtig bist du für sie Jane Dare. Valerie Thayer und George Waterston existieren für sie momentan gar nicht.« Er selbst spielte in diesem Film die Rolle eines gewissen Sam.

Val nickte verständnisvoll. Ihr gefiel der Plan, mit ihm im Carlyle zu wohnen. »Wird Danny nichts dagegen haben?« fragte sie.

»Unsinn. Er ist versessen auf dich.«

So sah es tatsächlich aus, als sie zu dritt in der Luxusklasse nach New York flogen. Unter den erstaunten Blicken Vals und Dans mußte George Autogrammwünsche erfüllen, und schließlich machten sie sich den Spaß und baten ihn auch um eines. Val spielte Karten mit Dan, während George schlief, und dann sahen sie sich gemeinsam den Film an – zufällig einer von Georges neueren Filmen.

In New York wartete eine Limousine auf sie, die sie direkt ins Carlyle brachte. George hatte eine Suite mit drei Schlafzimmern reservieren lassen. Dazu gehörten eine kleine Küche und ein geräumiges Wohnzimmer mit Klavier und Blick auf den Park. Die Räume lagen im vierunddreißigsten Stock, und Dan war außer sich vor Begeisterung. Sie ließen sich sofort etwas vom Zimmer-Service bringen und gingen abends in den 21 aus.

Nachdem Danny zu Bett gegangen war, saß Val mit George in der Bar des Carlyle, und er flüsterte ihr zu: »Jetzt weiß es alle Welt, daß wir ein Verhältnis haben. Wirst du den Klatsch überleben?«

Val bejahte lachend. Das verrückteste daran war, daß sie wirklich nur gute Freunde waren. Sie saßen da und genossen die Musik von Bobby Short, der dem Klavier Zaubertöne entlockte. Dann fuhren sie hinauf in ihre Suite.

Val wußte, daß inzwischen ihre ganze Familie in New York eingetroffen war, und prompt rief am nächsten Morgen Vanessa an, die sich mit ihr zum Essen treffen wollte. Sie konnte es kaum erwarten, alles über Vals Film zu hören. Am Abend zuvor hatte sie sich mit Faye und Ward zum Dinner getroffen und nicht viel erfahren.

»Du wirst mir alles haargenau erzählen müssen«, sagte Van.

»Meinetwegen. Kann ich George mitbringen?« Sie wollte ihn und den Jungen nicht einfach links liegenlassen.

Vanessa begriff zunächst nicht. »Welchen George?«

»George Waterston natürlich.« Das sagte sie so selbstverständlich, daß Vanessa fast vom Stuhl kippte.

»Soll das ein Scherz sein? Ist er mit dir hier in New York?«

»Genau. Wir sind mit seinem Sohn gekommen. George meinte,

ein paar Tage in New York würden ihm guttun, während ich mit dir dein Diplom feiere. Herzlichen Glückwunsch übrigens. Wenigstens eine von uns hat Bildung mitbekommen.«

Aber Van hatte im Moment kein Interesse an Bildung. »George Waterston! Nicht zu fassen!« Sie hielt die Hand über die Muschel und berichtete Jason aufgeregt die große Neuigkeit. Dann fragte sie Val in lautem Flüsterton: »Hast du etwas mit ihm?«

»Nein, wir sind nur befreundet.«

Vanessa glaubte kein Wort davon und sagte es Jason, nachdem sie aufgelegt hatte. Wenn der Typ eigens mit ihrer Schwester nach New York gekommen war, mußten sie mehr sein als nur Freunde.

»Ach, wer weiß das schon«, widersprach Jason. »Ihr Plastikland-Geschöpfe seid manchmal zu sonderbar. Das war immer schon meine Meinung.«

Ihr Umzug in eine Mansarde in SoHo stand kurz bevor. Sie hatten lange nach etwas Geeignetem gesucht und konnten nun kaum erwarten, in ihre neue Bleibe zu kommen. Faye und Ward waren herzlich eingeladen, sie sich anzusehen. Das Versteckspiel war zu Ende. Van lebte offiziell mit Jason zusammen, und das würde sich auch in Zukunft nicht ändern. Faye hatte sie in dieser Richtung ausgefragt, von der Hoffnung bewegt, eine Ehe sei zumindest für die weitere Zukunft geplant, doch sah es nicht danach aus. Nachdem ihre Eltern wieder ins Pierre gefahren waren und er mit Vanessa allein war, beschuldigte Jason sie, ihre Mutter unnötig auf die Folter zu spannen.

»Die Ärmste legt großen Wert darauf, daß aus dir eine ehrbare Ehefrau wird. Wir könnten uns zumindest verloben.«

»Damit wäre alles verdorben.«

»Du spinnst ja.«

»Nein, tue ich nicht. Ich brauche kein Stück Papier. Für uns gibt es Wichtigeres«, rief sie ihm ins Gedächtnis. Sein Stück, ihr Buch, und außerdem mußte sie sich Arbeit suchen. Jason hatte sein Studium schon länger hinter sich und dachte daran, irgendwo seßhaft zu werden. Vanessa hatte es gar nicht eilig. Sie war noch so jung, daß sie das Gefühl hatte, die Zukunft währe ewig. Dafür hatte sie es um so eiliger, Vals Freund kennenzulernen.

Sie verabredeten sich zum Lunch bei PJ Clark. Um Punkt eins waren Valerie, George Waterston und dessen Sohn Dan zur Stelle. George, der in Jeans und T-Shirt kam, trug an den Füßen Gucci-Schuhe ohne Socken, und Dan sah aus wie alle seine Altersgenossen in Khakihosen und blauem Hemd. Erst in letzter Zeit, seitdem er sich für Mädchen interessierte, machte er sich gern adrett zurecht. – Für Valerie, die in einem roten Lederkleid im Zigeunerstil gekommen war, hatte Dan eine besondere Schwäche.

Aber Vanessa hatte nur Augen für George, den sie fassungslos anstarrte. Jason und George verstanden sich auf Anhieb. Mit Dan unterhielt Jason sich sehr ausführlich über Sport und versprach, ihn zu einem Spiel der Yankees mitzunehmen, ehe er wieder nach Kalifornien mußte.

Während die anderen redeten, konnte Vanessa sich über die Veränderung, die mit ihrer Zwillingsschwester vorgegangen war, nicht genug wundern. An Val war nichts Schrilles und Übertriebenes mehr, sie strahlte Gelassenheit und Selbstsicherheit aus und machte einen glücklichen und erfüllten Eindruck, so daß ihre Behauptung, sie sei nicht in George verliebt, sehr unwahrscheinlich klang. George seinerseits machte aus seiner Zuneigung kein Hehl.

Als über den Film gesprochen wurde, gestand Valerie, sie könne es noch immer nicht fassen, daß sie die Rolle bekommen habe. Sie schilderte Van anschaulich das Vorsprechen in Fayes Büro und gab zu, daß sie sehr eingeschüchtert gewesen war.

»Sie hat mir immer schon Angst eingejagt.« Es war das erstemal im Leben, daß sie es sich und anderen eingestand. Vanessa sah sie erstaunt an. Val hatte sich wirklich verändert. Sie war endlich erwachsen geworden und hatte zu einer eigenen Persönlichkeit gefunden. Van stellte fest, daß sie sich besser mit ihr verstand als seit langem.

»Und ich dachte immer, du seist eifersüchtig auf sie.«

»Ja, das auch. Ich war eifersüchtig und hatte gleichzeitig Angst.« Valerie sah George lächelnd an. »Bei der Arbeit kann sie einen noch immer das Fürchten lehren, aber ich lehne sie jetzt nicht mehr ab. Ich sehe, wie hart sie arbeitet. Früher wollte ich mir nicht eingestehen, daß sie sich alles selbst erkämpfen mußte.«

»Ich bin beeindruckt«, sagte darauf Vanessa leise. George und Jason wechselten einen Blick. Wirklich erstaunlich, daß die zwei jungen Frauen Zwillinge waren. Vanessa war so ruhig und intellektuell und strebte nach Erfolgen auf einem ganz anderen Gebiet. Sie wollte gar nicht mehr nach Los Angeles zurück. Sie lebte jetzt in New York, mit Jason, ihrem Freundeskreis und der Verlagswelt, in der sie Karriere zu machen hoffte. Vom Drehbuchschreiben war auch nicht mehr die Rede, sie sprach nur von ihrem Buch – und daneben Valerie mit ihrem flammendroten Haar, auffallend schön und auf den ersten Blick als künftiger Star erkennbar. Sie gehörte jetzt in Hollywood zur obersten Kategorie und nicht mehr zum Abschaum. Sie selbst wußte gar nicht, wie sehr sie sich verändert hatte. Vorbei die Schreie und der grüne Schleim der Horrorfilme. Sie war von der Aura des Startums umgeben, ähnlich jener Aura, die einmal Faye umgeben hatte.

Bei der Abschlußfeier, die am nächsten Tag stattfand, ließ Faye unauffällig den Blick in die Runde schweifen. Da war Anne, makellos in ihrem Modellkleid, mit winzigen Diamanten im Ohr, Arm in Arm mit Bill. Dann Vanessa, hübsch und ernst in Talar und Barett. Valerie, bestechend schön, die sich ihres Aussehens nicht bewußt zu sein schien, daneben Lionel, der wieder glücklicher wirkte, so daß Faye vermutete, es müsse einen neuen Mann in seinem Leben geben. Fragen wollte sie ihn nicht, und Ward konnte es auch nicht. Lionel konnte machen, was er wollte. Er war fünfundzwanzig, und sie hatten ihn akzeptiert, wie sie schließlich alle ihre Kinder akzeptiert hatten, obwohl Faye genau wußte, daß dies zum Teil nur einseitig war. Anne konnte ihr die Sache mit dem Kind nicht verzeihen, Val neidete ihr noch immer den Erfolg, Vanessa war ihr völlig entwachsen... und Lionel lebte sein Leben. Der arme Greg war tot. Er fehlte ihr sehr, mit seinem wirren Haarschopf und seiner Leidenschaft für Sport und Mädchen. Er hatte Ward nähergestanden als ihr, er war aber auch immer ihr Sohn gewesen. Sie drückte Wards Arm fester, weil sie wußte, daß auch er in Gedanken bei Greg war. Es war schmerzlich für beide.

Bei der Feier im Plaza herrschte Hochstimmung. Faye hatte im

Edwardian Room einen Tisch ganz mit weißen Blüten dekorieren lassen, und als Ward Vanessa das Geschenk überreichte, verschlug es ihr buchstäblich die Rede. Es hatte zwischen Faye und Ward deswegen langwierige und hitzige Debatten gegeben. Schließlich hatten sie sich entschieden, Jason in das Geschenk mit einzubeziehen. Die beiden bekamen Tickets für eine Europareise mit einem großzügigen Scheck für die Reisespesen und dazu Reservierungen in den besten Hotels. Es würde eine sagenhafte Reise werden. Faye freute sich, daß Jason sich freimachen und mitkommen konnte, sobald sie den Umzug nach SoHo hinter sich hatten. Er hatte seinen Lehrauftrag aufgegeben, um sich ganz seinem Theaterstück zu widmen.

»Na, ihr beiden, damit seid ihr für eine Weile versorgt«, stellte Ward lächelnd fest, der sich natürlich auch wünschte, Van und Jason würden heiraten, aber davon war im Moment wohl noch nicht die Rede.

Ähnliche Gedanken machte er sich über George Waterston und Val. George hatte sich für diesen Nachmittag mit seinem Sohn selbständig gemacht. Ward wußte, daß Val mit ihm zusammenwohnte. Er hatte kein Wort darüber verloren. Und dann waren da noch Bill und Anne... Bill schien mit allen sehr gut auszukommen, und Anne hatte Gail eingeladen, die mit Lionel angeregt plauderte. Sie erzählte begeistert von ihrer Ausbildung zur Designerin und von ihrem Ferienjob. Und Lionel sprach von dem Film, an dem er arbeitete.

Alle waren glücklich und jung – ein herzerfrischender Anblick, wie Ward Faye anvertraute, während sie langsam zurück ins Pierre schlenderten. Ganz unerwartet faßte er sie unter, zog sie an den Rand des Gehsteiges und wechselte ein paar Worte mit dem Mann, der neben der Pferdedroschke stand. Ehe Faye wußte, wie ihr geschah, machten sie händchenhaltend eine Rundfahrt im Central Park und küßten sich. Nach einem langen gemeinsamen Leben war sie noch immer sehr verliebt in Ward.

»Ich muß sagen, unsere Rasselbande hat sich gut gemacht«, sagte er voller Stolz, und Faye widersprach nicht. Im Geiste ging er noch einmal die Kinder durch. Unter Hufgeklapper rollten sie dahin, und auch Faye war in Gedanken bei den Kindern. Sie hatte mit Val nicht viel gesprochen und hoffte, George, der ihre Arbeitsmethode kannte, würde ihrer Tochter die Gründe dafür erklären.

»Ich muß sagen, du siehst noch immer besser aus als sie alle«, bemerkte Ward unvermittelt.

»Ach du...« Sie gab ihm einen Kuß. »Du bist wirklich so verrückt, wie ich immer dachte.«

»Nur verrückt nach dir.« Wieder küßten sie sich und hielten sich an den Händen, glücklich miteinander und zufrieden mit dem Leben. Seite an Seite hatten sie einen langen Weg zurückgelegt.

42

»Sollen wir zum Dinner ausgehen, Liebling?«
Anne, die im Hotelzimmer auf dem Bett lag, schüttelte den Kopf. Gottlob war alles glatt verlaufen. Eigentlich hatte sie gar nicht kommen wollen, aber Bill hatte sie gedrängt, und außerdem bot sich Gelegenheit zu einem Treffen mit Gail. Das war der Punkt, der sie schließlich überzeugt hatte. Bill hatte ihr sogar anschließend eine Europareise vorgeschlagen, für die sie aber nicht in Stimmung war. Anne war überhaupt nur noch müde. Seit Monaten schon, eigentlich seit der ersten Fehlgeburt. Sie hatte sich seither nie so richtig erholt, und Bill hatte wieder Anlaß, sich Sorgen zu machen.

»Warum lassen wir uns nicht etwas zum Essen heraufbringen?« schlug sie vor. Anne wußte, daß Gail sich mit Lionel verabredet hatte, dessen Gesellschaft sie sehr genoß. Unter Gails Bekannten gab es viele Schwule. Anne hatte nicht mitgehen wollen. Sie fürchtete, Bill würde sich in dieser Gesellschaft langweilen. Daß sie selbst sich langweilen würde, wußte sie mit Sicherheit. Jason und Van würden sehr lange feiern. Val hatte ihren Filmstar, und sie selbst hatte keine Sehnsucht, mit ihren Eltern zusammenzusein. Ein Treffen am Tag war mehr als genug. Aber Bill fand es schade, einen Abend in New York so zu vergeuden

»Bist du sicher, daß du nicht ausgehen möchtest?«

»Ganz sicher. Mir ist nicht danach zumute.«

»Ist dir übel?« Er mußte an die Zeit denken, als Gails Mutter unter diesen Zuständen gelitten hatte. Anne mußte sofort nach der Rückkehr zum Arzt.

Doch als sie in der Woche darauf wieder zu Hause waren, wollte sie nichts davon wissen. »Ich brauche keinen Arzt. Mir geht es gut.« In ihrem Blick lag Entschlossenheit, doch Bill wollte nicht nachgeben. Es gab Dinge, die waren ihm zu wichtig, und sie war das allerwichtigste. Er wollte sie nicht verlieren. Niemals.

»Es geht dir nicht gut. Du fühlst dich jämmerlich. Du wolltest schon in New York nicht mit mir ausgehen.« Damals hatten sie auf dem Zimmer gegessen, und Anne war sehr früh ins Bett gegangen wie seither jeden Abend. Und er vermutete, daß sie auch tagsüber viel schlief. »Wenn du dir keinen Termin geben läßt, dann werde ich dich zu einer Untersuchung anmelden.«

Und genau das machte er. Er verabredete einen Termin, holte Anne unter dem Vorwand, sie würden essen gehen, ab und brachte sie zu einem Arzt in Beverly Hills. Anne war wütend.

»Du hast mich angelogen!« schrie sie ihn an.

Es war eines der seltenen Male, daß sie gegen ihn die Stimme erhob, aber er führte sie ins Sprechzimmer wie ein kleines Mädchen, Grund für Anne, ihn und den Arzt wütend anzufunkeln.

Der Arzt konnte nichts Besorgniserregendes entdecken. Die Drüsenfunktionen waren normal, die Lunge und das Blutbild in Ordnung. Da kam ihm ein Gedanke, und er machte ohne ihr Wissen einen Test mit dem Blut, das er ihrem Arm entnommen hatte.

Am Abend rief er Bill an und teilte ihm das Ergebnis mit. Bill vernahm es wie durch einen Nebel, von Freude und Angst gleichermaßen erfüllt. Anne war wieder schwanger. Diesmal wäre er gar nicht auf die Idee gekommen. Und er fürchtete sich vor einer neuen Katastrophe.

»Sie soll sich ganz normal verhalten«, riet der Arzt. »Ihr Körper weiß selbst, was er braucht. Vor allem viel Schlaf, vernünftige Ernährung und möglichst keine Aufregungen. Wenn sie sich in den ersten Monaten sehr schont, wird alles glattgehen.«

Bill nickte und ging nach nebenan, um mit Anne zu sprechen.

Sie saß vor dem Fernseher und kämpfte mit sich, ob sie Gail anrufen sollte oder nicht.

Bill war dafür. »Ich glaube, du solltest sie anrufen«, meinte er mit einem Lächeln.

»Warum?«

»Um ihr die gute Nachricht mitzuteilen.«

»Welche denn?« Anne war ahnungslos.

Er beugte sich über sie und küßte sie. »Daß du wieder schwanger bist.«

Ihre Augen weiteten sich. »Ja? Wer sagt das?«

»Eben habe ich mit dem Arzt telefoniert. Er hat den Test auf eigene Faust gemacht, und es stimmt tatsächlich.«

»Wirklich?« Anne konnte es nicht fassen. Dann schlang sie die Arme um seinen Hals. In ihren Augen standen Tränen. »O Bill...«

Sie hatte Angst, auch nur ein Wort darüber zu verlieren, und rief deswegen Gail nicht an. Sie wollte es niemandem sagen, ehe nicht die gefährlichen ersten Monate verstrichen waren. Und diesmal ging alles gut. Das Baby würde im Februar kommen, möglicherweise am Valentinstag. Um diese Zeit würde ihr erstes Kind fünfeinhalb Jahre alt sein, aber das sprach keiner von beiden aus; einziges Thema war das kommende Kind. Bill wußte, wie sehr Anne sich danach sehnte, und behandelte sie wie ein rohes Ei. Sie unternahmen keine Reisen mehr und gingen kaum aus. Anne verbrachte viel Zeit im Bett, und Bill verwöhnte sie noch mehr als sonst.

Faye rief einige Male an und sagte Anne, sie hoffe sehr, daß alles gutgehe, aber Anne reagierte sehr kühl. Sie wollte mit ihrer Mutter nichts zu tun haben, weil im Zusammenhang mit ihr zu viele unangenehme Erinnerungen aufkamen. Auch mit Lionel mied sie jeden Kontakt – aus demselben Grund.

Gail rief sehr oft an und erkundigte sich nach Annes Umfang, und diese behauptete vergnügt, er sei gewaltig. Als sie zufällig einmal Val am Rodeo Drive begegnete, machte Val dieselbe Feststellung. Das war im November. Vals Dreharbeiten waren schon vor vier Wochen beendet worden. Faye wollte den Film zu Weihnachten herausbringen und hielt deswegen das technische Personal gehörig auf Trab – vor Weihnachten deswegen, weil der Film noch im alten Jahr Premiere haben mußte, wenn er für die nächste Oscar-Verleihung nominiert werden sollte.

Anne bemerkte George Waterston in seinem Cadillac am Straßenrand. Unwillkürlich drängte sich ihr die Frage auf, ob die beiden noch immer nur »gute Freunde« waren, wie Val behauptet hatte. Es stand fest, daß Val schöner war als je zuvor. Sie war unterwegs, um sich ein Kleid für die Party zu kaufen, die sie abends besuchen wollte. Anne hatte auch Einkäufe gemacht. Bill wollte mit ihr wieder ausgehen, und sie war aus allem »herausgewachsen«. Nichts wollte ihr passen, nicht einmal ihre Umstandskleider.

»Wie fühlst du dich?« fragte Val ehrlich besorgt. Alle wußten, was das Kind für Anne bedeutete. Anne lachte. Sie genoß die Schwangerschaft trotz aller Beschwerden.

»Dick und fett.«

»Großartig siehst du aus.«

»Danke. Und was machst du so?« Sie sahen sich selten und riefen einander noch seltener an. Es war unglaublich, daß sie unter einem Dach aufgewachsen waren. In Wahrheit waren sie es gar nicht. Val war erst seit kurzem erwachsen, und Anne war es in Bills Haus geworden.

»Ich habe ein neues Angebot.«

»Doch nicht wieder unter Mutters Regie?«

Val schüttelte den Kopf. So unvergeßlich und lehrreich die Arbeit mit ihrer Mutter gewesen war, so war sie auf eine baldige Wiederholung keineswegs erpicht. Alle Schauspieler, die mit Faye gearbeitet hatten, reagierten ähnlich, sogar George. »Einmal in drei Jahren reicht«, hatte er gesagt, und Val mußte ihm recht geben.

»Nein, mit einem anderen Regisseur«, beantwortete sie Annes Frage und nannte seinen Namen und den der anderen Darsteller. Anne war sehr beeindruckt. »Fest entschieden habe ich mich noch nicht«, fuhr Val fort. »Es gibt noch ein paar andere Angebote.« Endlich ging es mit ihrer Karriere bergauf, praktisch über Nacht, und das nach fünf Jahren Schreiszenen in Horrorfilmen. Anne freute sich für sie.

Am Abend berichtete sie Bill davon. »Es wird nicht lange dauern, und sie wird der begehrteste Star in Hollywood sein. Wie deine Mutter«, sagte er.

Es schien nicht mehr unmöglich. Val war begabt, sie war schön, und sie roch nach Erfolg. Allein wenn sie aus einem Wagen ausstieg, merkte man, daß sie eine Persönlichkeit war, anders als früher in ihren knallengen schwarzen Kleidern, auf hohen Absätzen schon am frühen Vormittag. Sie hatte viel dazugelernt. Anne war überzeugt, daß George dahintersteckte. Er mußte der Grund dafür sein, daß Val das Glück aus den Augen strahlte.

»Meinst du nicht auch, daß die beiden mehr sind als nur Freunde?« fragte sie Bill, während sie versuchte, sich in einem Sessel bequem zurechtzurücken. Es glückte erst, als er ihr ein paar Kissen in den Rücken stopfte, wofür sie sich mit einem Kuß bedankte.

»Davon bin ich überzeugt. Sehr vernünftig, daß sie die Sache für sich behalten. George ist ein großer Star. Auf die Publicity mit allen Auswüchsen können sie verzichten.«

Val und George hatten ihre Beziehung vor allen, auch vor Dan, so lange wie möglich geheimgehalten. Aber zu guter Letzt hatten sie es ihm sagen müssen. Val wohnte jetzt bei George in den Hollywood Hills in einem schönen, von Bäumen und hohen Mauern umgebenen Haus. Nicht einem einzigen Klatschreporter war es geglückt, sie aufzustöbern, obwohl die Beziehung schon seit einem Vierteljahr bestand. Nach dem Ausflug nach New York war es zwischen ihnen anders geworden. Sie waren einander jetzt so vertraut, daß sie jeden Atemzug und jedes Innehalten des anderen verstanden. Bei den Dreharbeiten machte sich das wie ein Zauber bemerkbar, den auch Faye zu spüren bekam.

Sie mischte sich nicht ein und ließ den Dingen ihren Lauf. Seit August, als Dan mit seiner Mutter verreist war, lebte Val bei George. Sie erklärten ihr Zusammenleben Danny nach dessen Rückkehr. George sprach manchmal sogar von Heirat, aber eilig hatte es keiner von beiden. Sie brauchten Zeit, um sich ihrer Sache sicher zu sein. Val war überzeugt, es würde bald soweit sein, denn sie waren insgeheim bereit, mehr noch, irgendwie warteten beide auf eine Entscheidung.

»Was meinst du... könntest du es hier mit einem alten Mann und einem Jungen ewig aushalten?« George küßte ihren Nacken. Es war der Nachmittag, an dem sie Anne begegnet war. Eben hatte sie George geschildert, wie dick Anne geworden war.

»Es ist genau das, was ich unter einem guten Leben verstehe... obwohl«, sie schnitt ein Gesicht, das keine Zweifel offenließ, »obwohl es natürlich nicht so ideal ist wie in meiner früheren Wohnung.«

Daraufhin stieß George einen Schrei aus und zauste ihr wildes rotes Haar. »Meinst du die Absteige voller wilder Hühner? Ein Wunder, daß du nicht hinter Gittern gelandet bist.«

»George, wie kannst du nur!«

»Es ist die reine Wahrheit.«

Val hatte endlich ihren Eltern gestanden, daß sie mit George zusammenlebte, und sie war erleichtert, daß sie sich freuten. Sie war zwar erwachsen, aber irgendwie legte sie noch Wert auf ihre Meinung, besonders jetzt, nachdem sie mit Faye gearbeitet hatte. Neuer Respekt für ihre Mutter war in ihr wachgeworden, und zum ersten Mal im Leben fühlte sie sich auch von ihrer Mutter respektiert. Sie hatte Val sogar geholfen, einen neuen Agenten zu finden.

Am Tag nachdem die letzte Klappe gefallen war, hatten sie ein langes Gespräch miteinander geführt.

»Val, du bist sehr, sehr gut. Dein Vater war ja schon immer überzeugt davon, das weiß ich. Nun, ich gebe zu, daß ich meine Zweifel hatte, aber du bist tatsächlich ausgezeichnet und hast eine große Karriere vor dir.«

Diese Worte bedeuteten für Val buchstäblich alles. Sie konnte es kaum fassen, daß sie aus dem Mund Faye Thayers kamen.

»Manchmal habe ich dich richtig gehaßt.« Es war ein schreckliches Geständnis, das sie ihrer Mutter unter Tränen machte. »Ich war immer so eifersüchtig auf deine Oscars.«

»Val, die bedeuten mir doch gar nichts.« Faye sagte das ganz sanft. »Meine fünf Kinder sind meine schönsten Auszeichnungen.«

»Ich sagte auch immer, sie bedeuteten gar nichts, aber das stimmt nicht«, gab Valerie zurück. »Sie sind ein Beweis für geleistete Arbeit und für Qualität. Du bist wundervoll, du bist die Beste.«

Sie hatten einander unter Tränen in den Armen gelegen. Val dachte voller Wärme an diese Szene zurück. Endlich hatte sie ihren Frieden mit ihrer Mutter gemacht. Es hatte lange gedauert. Sie hoffte, Anne würde es ähnlich ergehen. Wenn sie sich mit Faye nicht aussöhnte, würde sie die Geister der Vergangenheit nie vertreiben können. Das sagte sie auch zu George, mit dem sie alles besprach. Er war nicht nur ihr Geliebter, er war ihr bester Freund.

»Weißt du, daß ich deinen Schwager beneide?« fragte George, als sie sich abends vor dem Kamin niederließen.

Val sah ihn erstaunt an. »Bill? Warum? Du hast alles, was er auch hat, mehr noch. Du hast immerhin mich. Worüber willst du dich beklagen?« schloß sie mit schelmischem Lächeln.

»Recht hast du.« Er erwiderte ihr Lächeln, aber Val entdeckte in seinem Blick ein Sehnen, das ihr noch nie aufgefallen war. George war ein ruhiger Mensch mit Wertvorstellungen und Maßstäben, die ihr zusagten, und er führte ein maßvolles Leben – für ein Hollywood-Idol sehr ungewöhnlich. »Ich beneide ihn um das Kind.«

»Um das Kind?« staunte Val. An Kinder verschwendete sie kaum einen Gedanken. Gewiß, eines Tages wollte sie Kinder haben, doch das lag noch in weiter Ferne. Ihre Karriere war ihr wichtiger. Sie hatte viel Kraft darauf verwendet und stand erst auf der untersten Stufe der Karriereleiter. Val war nicht bereit zurückzutreten, anders als Faye in ihrer Jugend, die sich mit fünfundzwanzig zurückgezogen hatte. Val war fast dreiundzwanzig.

»Möchtest du wirklich ein Baby, George?« Er stand im Zenit seiner Karriere. Im Moment hätte ein Kind für beide Probleme mit sich gebracht, obwohl ihr der Gedanke für einen späteren Zeitpunkt nicht unmöglich erschien.

»Nicht gleich, aber in naher Zukunft.«

»Wie nahe?« Sie drehte sich auf den Bauch und stützte das Gesicht in die Hände. In ihrem Blick lag Besorgnis.

»Wie wär's mit nächster Woche?« neckte er sie und lachte über die wachsende Angst in ihren Augen. »Ach, was weiß ich, in einem oder zwei Jahren. Irgendwann möchte ich wieder ein Kind.«

Val dachte an Dan, der ein lieber Junge war. »Dagegen ist nichts einzuwenden.«

»Sehr schön.« Er schien zufrieden, und wenig später fing er an, sie vor dem Feuer langsam auszuziehen. Als sie sich liebten, flüsterte er ihr etwas von Ausprobieren ins Ohr.

43

»Wie fühlst du dich?« fragte Bill voller Mitgefühl, und Anne lachte.

»Wie würdest du dich fühlen, wenn du so aussähest wie ich? Ich fühle mich dreckig. Ich kann mich nicht rühren, kann kaum atmen; wenn ich mich hinlege, drückt mir das Kind die Luft ab, wenn ich sitze, bekomme ich Krämpfe.«

Bis zum Geburtstermin waren es noch fünf Tage. Trotz ihrer Beschwerden schien sie den Zustand voll auszukosten. Sie sehnte das Kind so inständig herbei, daß sie der Leibesumfang und die Unpäßlichkeiten nicht wirklich störten. Anne wollte endlich ihr Kind in den Armen halten und sein Gesichtchen sehen. Daß es ein Junge sein würde, davon war sie noch immer überzeugt, während Bill insgeheim auf ein Mädchen hoffte – weil er an Mädchen gewöhnt sei, wie er behauptete.

»Möchtest du auswärts essen?« fragte er.

Anne wollte nicht. Ihr paßte nichts mehr, nicht einmal ihre Schuhe. Sie besaß nur drei häßliche Kleider, die sie noch tragen konnte. Zum Ausgehen hatte sie sich schon lange nichts mehr gekauft, weil sie ohnehin nicht außer Haus wollte. So beschränkte sie sich darauf, barfuß im Haus herumzuwandern, bekleidet mit dem weitesten Stück ihrer Garderobe, am liebsten mit einem Nachthemd.

Nach dem Abendessen, bei dem sie nur etwas Suppe und ein kleines Soufflé schaffte, machten sie einen kleinen Spaziergang in der Nachbarschaft. Auch das war zuviel für sie. Kurzatmig und keuchend schleppte sie sich dahin und mußte sich auf einem großen Stein vor einem fremden Haus zur Rast niederlassen. Bill wollte schon laufen und den Wagen holen, aber Anne beteuerte, es mit Leichtigkeit nach Hause zu schaffen. Trotz ihrer Unförmigkeit sah sie so verletzlich aus, daß er vor Mitgefühl fast verging, aber Anne nahm alle diese Unannehmlichkeiten als selbstverständlich hin.

Am nächsten Tag stand sie sogar auf, um ihm das Frühstück zu machen. Sie war so energiegeladen, daß sie sich vornahm, das Kinderzimmer auf Hochglanz zu bringen, seiner Ansicht nach eine völlig überflüssige Maßnahme, die sie aber entschlossen verteidigte. Er sah, wie sie den Staubsauger hinter sich herzog, als er aus dem Haus ging.

Bill war ihretwegen so besorgt, daß er zu Mittag nach Hause kam, um nach ihr zu sehen. Anne lag ganz ruhig mit der Stoppuhr in der Hand auf dem Bett, zählte die Abstände zwischen den Wehen und atmete nach der Methode Lamaze, die sie erlernt hatte. Geistesabwesend sah sie Bill entgegen, der sofort an ihrer Seite war.

»Ist es soweit?«

Sie lächelte gelassen. »Ich wollte ganz sicher sein, ehe ich dich bei der Arbeit oder beim Essen störe.«

Nervös nahm er ihr die Uhr ab. »Du hättest nicht staubsaugen sollen.«

Sie lachte. »Ach was, irgendwann muß das Kind ja kommen.«

Bis zum errechneten Geburtstermin waren es nur noch vier Tage. Er sagte seine Verpflichtungen für den Nachmittag ab, rief den Arzt an und ließ seine Sekretärin wissen, daß er nicht mehr kommen würde. Anne aber ließ sich um nichts in der Welt überreden, in die Klinik zu fahren. Auch der Arzt hatte ihr geraten zu warten. Bill fürchtete, sie würde sich zu lange Zeit lassen.

Aber Anne hatte ihre erste Entbindung noch zu deutlich in Erinnerung, als sie tagelang in den Wehen gelegen hatte. Eile war jetzt nicht nötig, und die eingeübte Atmung half ihr, den Schmerz zu ertragen. Bill brachte ihr eine Tasse Suppe und setzte sich neben sie. Hin und wieder raffte sie sich auf und ging ein paar Schritte auf und ab.

Um vier trat eine Veränderung ein. Ihr Blick wurde entrückter, sie war nicht mehr imstande aufzustehen und brachte vor Schmerzen kein Wort mehr heraus. Es war höchste Zeit loszufahren. Bill lief in ihr Ankleidezimmer und holte ihre gepackte Tasche. Während sie sich im Bad umzog, ging das Wasser ab und lief auf den weißen Kachelboden. Die Wehen kamen plötzlich viel stärker und in kürzeren Abständen, so daß die Atemtechnik keine Erleichterung mehr brachte. Bill war der Panik nahe, und Anne mußte ihn beruhigen, während er ihr beim Anziehen half. Die Wehentätigkeit wurde immer intensiver.

»Wir hätten nicht so lange warten sollen.« Bill stand Todesängste aus. Wenn sie das Kind zu Hause bekam? Wenn das Baby womöglich Schäden davontrug...?

»Ach, wir haben jede Menge Zeit.« Sie rang sich ein Lächeln ab. Bill drückte ihr einen Kuß aufs Haar und trug die bloßfüßige Anne zum Auto. »Ich brauche Schuhe«, ermahnte sie ihn. Fast wäre ihr zum Lachen zumute gewesen, aber die Schmerzen waren zu stark. Verzweifelt klammerte sie sich an ihn. Bill machte sich los und lief ins Haus, um ihre Sandalen zu holen, die sie jetzt immer trug.

Die Fahrt ins Cedars Sinai Hospital legte er mit durchgedrücktem Gaspedal zurück und hielt kaum an den Kreuzungen an. Es war das erste Mal, daß sein Rolls als Krankenwagen fungierte, und Bill war ziemlich verzweifelt. Bei jeder Wehe stieß Anne spitze Schreie aus. Sie behauptete, der Kopf sei bereits zu spüren.

In seiner Aufregung ließ er die Tür des Rolls offen, als er Anne ins Klinikgebäude trug. Eine Schwester lief an seiner Stelle hinaus und schloß ab. Anne keuchte mit schmerzverzerrtem Gesicht und versuchte richtig zu atmen, während Bill vergeblich bemüht war, ihr irgendwie zu helfen. Der Arzt mußte heruntergerufen werden, es war keine Zeit mehr, Anne auf die Entbindungsstation zu schaffen. Anne weinte, als sie in der Notaufnahme provisorisch auf eine Liege gebettet wurde.

»Ich kann den Kopf spüren... o Gott... Bill!«

Der Druck wurde fast unerträglich. Sie hatte das Gefühl, von einer Bowlingkugel zerrissen zu werden. Aus ihrem Blick sprach nackte Verzweiflung. Bei jeder neuen Wehe zuckte Bill zusammen. Bei der Geburt Gails war er nicht zugegen gewesen, weil es damals nicht üblich war, und er war auch jetzt nicht sicher, ob er das alles aushalten würde. Daß Anne solche Schmerzen leiden mußte, entsetzte ihn, aber die Schwester sagte, es sei schon zu spät, ihr ein schmerzlinderndes Mittel zu geben. Da Anne ihm von ihrer ersten Entbindung erzählt hatte, wollte er erreichen, daß ihr tagelange Qualen erspart würden. Sie lag jetzt halbaufgerichtet da, und die Schwester wies ihn an, ihre Schultern zu umfassen. Annes jämmerliches Stöhnen war für ihn furchtbar.

»Anne, Sie müssen drücken«, mahnte die Schwester. »Los... mit aller Kraft.« Anne lief rot an, und Bill spürte, wie sie mit Aufbietung aller Kräfte preßte. Aufschluchzend hielt sie inne.

»Es tut so weh... ich kann nicht mehr. Es geht wirklich nicht. Diese Schmerzen...«

Und dann preßte sie wieder, und jetzt war der Arzt mit Handschuhen und im OP-Kittel zur Stelle. Mit einem Instrument half er Anne, den Kopf herauszupressen, der mit der nächsten Wehe triumphierend geboren wurde.

Das Baby kam in der Notaufnahme zur Welt. Das blaue Gesichtchen wirkte erschrocken. In Sekundenschnelle wurde es hellrosa, als das Neugeborene zu schreien anfing, während Anne gleichzeitig lachte und weinte und Bill ihr Gesicht und ihre Hände mit Küssen bedeckte und ihr sagte, wie wunderbar sie sei.

»Er ist so hübsch... so niedlich...«, wiederholte Anne immer wieder. Es war das einzige, was sie herausbrachte. Dabei wanderte ihr Blick zwischen ihrem Kind und Bill hin und her. Gleich darauf hielt sie den Kleinen, den man in eine viel zu große Decke gewikkelt hatte, in den Armen. Ihr Erstgeborenes hatte sie nie gesehen, deswegen konnte sie sich an diesem Baby nicht sattsehen. Sofort stellte sie fest, daß der Kleine Bill ähnlich sah. Als sie in ein Privatzimmer der Entbindungsstation gebracht wurde, ging Bill stolz an ihrer Seite.

»Wenn Sie nächstesmal rechtzeitig kämen, wäre ich Ihnen sehr dankbar, damit ich Sie nicht wieder praktisch am Eingang entbinden muß«, ermahnte der Arzt sie mit gespieltem Ernst unter allgemeinem Gelächter.

Bill war unendlich erleichtert. Es war schrecklich gewesen, und er hatte Todesängste ausgestanden. Und jetzt lag Anne mit dem Kind im Arm da und wollte es nicht mehr hergeben, auch nicht, damit es auf der Säuglingsstation gebadet und angezogen würde. Die Schwester mußte sie erst dazu überreden. Dann wurde auch Anne zurechtgemacht.

Gemeinsam riefen sie Gail an, die vor Freude weinte. Um alles noch zu komplizieren, bestand Anne darauf, daß Gail als Patin fungierte. Bill drängte sie, sie solle schlafen, aber dafür war sie zu aufgekratzt. Ihr heißersehntes Kind war endlich geboren, und ihr Herz ging über vor Freude. Sie konnte es kaum erwarten, daß man ihr den Kleinen zurückbrachte, und klingelte ungeduldig nach der Schwester. Der Kleine war nun rosig und sauber und wurde ihr sofort an die Brust gelegt. Bill sah es mit großer Rührung. Es war so schön, daß er dieses Bild nie vergessen würde.

Am Abend rief Anne Valerie an, dann Jason und Van und auch Lionel. Nach längerem Zögern teilte sie auch ihren Eltern die freudige Nachricht mit. Alle freuten sich mit ihr. Der Kleine sollte den Namen Maximilian bekommen. Sie wollten ihn Max rufen.

Faye war überglücklich, weil alles überstanden war. Doch als sie am nächsten Tag Anne in der Klinik besuchte, tat sie es unter Hemmungen. Sie brachte einen riesigen Teddybär für Max und ein Bettjäckchen für Anne, ähnlich jenem, das sie nach Lionels Geburt getragen hatte.

»Wundervoll siehst du aus, mein Schatz.«

»Danke, Mutter.«

Und doch lag ein unüberbrückbarer Abgrund zwischen ihnen, ein unheilbarer Bruch. Auch Bill spürte es, als er zurückkam, nachdem er im Haus nach dem Rechten gesehen hatte, da Anne am nächsten Tag wieder nach Hause wollte.

Dann wurde Max hereingebracht, und Faye bewunderte ihn gebührend. Auch sie stellte große Ähnlichkeit mit Bill fest. Als Val und George kamen, gerieten die Schwestern in Verzückung. Aber diesmal wurde nicht nur George um Autogramme gebeten, sondern auch Val. Der Film war erfolgreich angelaufen, überall sah man Bilder und Plakate mit Val, sie war eine Berühmtheit geworden. Faye hörte mit Vergnügen ihren Töchtern zu, die sich über die Geburt und das Baby unterhielten. Bill und George standen nur da und bestaunten den kleinen Max.

Am nächsten Tag fuhr Bill voller Stolz seine kleine Familie nach Hause. Max, der sich als zufriedenes und viel Appetit entwickelndes Kerlchen entpuppte, wurde im Kinderzimmer untergebracht. Bill nahm sich ein paar Tage frei.

»Ich würde es sofort wieder tun«, sagte Anne einmal unvermittelt zu ihm, worauf Bill ein Stöhnen hören ließ. Von sich konnte er das nicht unbedingt behaupten. Zu frisch war noch der Eindruck der großen Schmerzen, die Anne, wenn auch nur kurz, gelitten hatte. Ihm war es nicht so kurz vorgekommen, und er wollte nicht, daß sie das alles noch einmal durchmachen mußte.

»Ist das dein Ernst?«

»Aber sicher.« Zärtlich sah sie auf das Baby nieder, das sich an ihre Brust schmiegte. »Und du weißt es genau.«

Bill war klar, daß dies der Preis war, den er zahlen mußte, weil er eine Einundzwanzigjährige zur Frau hatte. Er küßte erst Anne, dann den kleinen Max. »Schon gut, du bist der Boß«, murmelte er.

In ihrem Lachen lag Zärtlichkeit. Ihr Blick war anders geworden. Sie hatte eine neue Erfahrung gemacht. Der Schmerz um die Vergangenheit war noch immer spürbar, und sie wußte jetzt, daß er nie ganz vergehen würde. Aber sie hatte jetzt ein Kind, dem sie ihre ganze Liebe schenken konnte. Nie würde sie erfahren, was aus ihrem Erstgeborenen geworden war, falls dieser nicht von sich aus etwas unternahm, um sie zu finden. Er war unwiederbringlich aus ihrem Leben entschwunden, und doch war sie jetzt imstande, sich dem Leben zu stellen. Der Schmerz war gedämpft und würde sie nie wieder unterkriegen. Jetzt hatte sie Max... und Bill. Auch wenn kein Kind mehr nachkommen sollte, sie war glücklich. Die beiden genügten ihr.

44

Am Abend der Oscar-Verleihung fragte Anne Bill nach einem ängstlichen Blick in den Spiegel, ob sie nicht zu dick geworden sei. Bill fand, daß sie in dem blau-goldenen Abendkleid, zu dem sie reichlich Schmuck angelegt hatte, hinreißend aussehe, schöner als je zuvor. Sie war nicht mehr so dünn wie früher, alles Depressive war von ihr abgefallen. Glück und Zufriedenheit hatten sie richtig aufblühen lassen.

»Du wirst alle Filmstars in den Schatten stellen«, prophezeite er. Fürsorglich legte er ihr die weiße Nerzstola um, ehe sie hinaus zum Wagen liefen. Sie waren in Eile, weil sie Faye und Ward abholen mußten. Valerie wollte mit George kommen und Lionel mit einem Freund.

Im Music Center, wo die Verleihung stattfinden sollte, bildete die Familie eine auffallende Gruppe, die Herren in Abendanzügen, die Damen in großer Abendtoilette. Eine gewisse Ähnlichkeit war nicht zu übersehen, nicht in der Kleidung, sondern in der Haltung und im Auftreten. Valerie, deren Mähne zu einer kunstvollen Frisur aufgesteckt war, hatte sich für ein aufregendes smaragdgrünes Kleid entschieden, die Smaragdohrgehänge hatte sie sich von Anne geborgt. Faye sah in ihrer schimmernden grauen Robe von Norell umwerfend elegant aus. Jede auf ihre Art eine beeindrukkende Erscheinung – ganz anders als Van in New York, die in Jeans vor dem Fernsehgerät hockte und sich wünschte, alles vor Ort miterleben zu können.

»Du kannst dir gar nicht vorstellen, wie aufregend es ist«, erklärte sie Jason aufgeregt. Gebannt sah sie, wie die Kamera immer wieder Leute erfaßte, die Van gut kannte, vor allem Val, die sehr oft ins Bild kam. Diesmal konnte Jason ihre Begeisterung nachfühlen. Die Oscar-Verleihungen hatten ihn immer kaltgelassen. Ehe Vanessa in sein Leben getreten war, hatte er sich nicht ein einziges Mal die Übertragungen angesehen. Heute aber waren sie auf einen langen Fernsehabend eingestellt. Sie ließen nichts aus, auch nicht die weniger interessanten Ehrungen für Spezialeffekte, Drehbücher, Musik und humanitäres Engagement.

In diesem Teil spielte Clint Eastwood den Ansager, weil Charlton Heston durch eine Reifenpanne aufgehalten worden war. Ein Bekannter Fayes erhielt die Auszeichnung für die beste Regieleistung. George war als bester Darsteller nominiert worden, ging aber leer aus, ebenso wie Fayes Film. Dann aber betrat Faye die Bühne, um die nächste Auszeichnung zu vergeben.

»Für die beste schauspielerische Leistung in einer weiblichen Hauptrolle wurden nominiert...«, setzte sie an und las die von der Akademie vorgeschlagenen Namen vor. Man sah die angespannten Mienen der nominierten Schauspielerinnen und zuletzt eine Zusammenfassung auf der Leinwand. Val, die Georges Hand umklammert hielt, saß reglos da und wartete mit angehaltenem Atem. Faye warf ihrer Tochter einen Blick zu. »Gewinnerin ist... Valerie Thayer für ihre Rolle in ›Miracle‹.«

Van stieß einen so lauten Schrei aus, als wolle sie in Hollywood gehört werden. Überwältigt von dieser Neuigkeit, vollführte sie einen Freudentanz. Sie konnte sich nicht beruhigen, während Jason immer wieder vor Freude aufs Bett einhieb, so daß das Popcorn aus der Schüssel auf den Boden hüpfte.

In Hollywood stieß auch Valerie einen Schrei aus und lief zur Bühne, nicht ohne George über die Schulter einen Blick und einen Kuß zuzuwerfen. In diesem Augenblick waren sämtliche Kameras auf sie gerichtet. Dann stand sie neben ihrer Mutter auf der Bühne, und Faye, die sich ihrer Tränen nicht schämte, überreichte ihr die begehrte Auszeichnung. Dann trat Faye ans Mikrofon und sagte: »Noch nie hat sich jemand den Oscar so redlich verdient wie dieses Mädchen. Sie hatte den gemeinsten und fiesesten Regisseur von Hollywood.«

Unter Gelächter und Applaus trat sie zurück, um Val zu umarmen, die hemmungslos schluchzte und die übliche kleine Ansprache kaum herausbrachte.

»Vor langer Zeit hat sie mir das Leben geschenkt, und jetzt hat meine Mutter...«, sie stockte, »und jetzt hat meine Mutter mir noch mehr geschenkt. Sie hat mich gelehrt, gute Arbeit zu leisten und mein Bestes zu geben. Und...«, wieder hielt sie kurz inne, »... sie hat mir die größte Chance meines Lebens gegeben. Danke, Mutter.« Gerührt sah das Publikum, wie Val die Statuette triumphierend hochhielt. »Ich danke auch dir, Dad, weil du an mich geglaubt hast... und Lionel, Vanessa und Anne, die mich viele Jahre ertragen mußten...« Sie schluckte schwer. »... und Greg, den wir sehr vermissen.«

Sie ging von der Bühne ab und flog in Georges Arme. Es war der letzte der zu vergebenden Oscars gewesen, jetzt ging es ans Feiern. Val rief Vanessa und Jason an, und alle sprachen durcheinander ins Telefon, ohne daß viel Vernünftiges gesagt wurde. Es folgte ein allgemeines Umarmen und Küssen. Sogar Anne war vor Freude außer sich.

Als sich die ganze Gesellschaft bei Chason zum Feiern niederließ, stellte Lionel ihnen seinen neuen Freund vor, einen Schauspieler, der vor ein paar Jahren mit George einen Film gemacht hatte und ungefähr in dessen Alter war. Er fügte sich zwanglos in die Runde ein und schien mit Lionel sehr vertraut. Faye war klar, daß dies der Mann sein mußte, dem Lionel sein neues Glück verdankte. Er war der erste seit Johns Tod, und sie freute sich für ihn. Sie freute sich eigentlich für alle... für Val, für Anne über deren Baby, für Lionel und Van... alle waren wunderbar.

An diesem Abend überraschte sie Ward mit einem Vorschlag, den er seit langem nicht mehr von ihr gehört hatte.

»Was würdest du davon halten, wenn wir uns bald zur Ruhe setzten?«

»Was... ausgerechnet jetzt kommst du damit?« Er lachte schallend. »Hätte ich mir eigentlich denken können. Immer wenn der Oscar an dir vorbeigeht, möchtest du Schluß machen. Ist es nicht so?«

Faye schüttelte den Kopf. Sie freute sich so sehr für Val, daß sich bei ihr auch nicht der geringste Anflug von Neid meldete. Val hatte sich die Auszeichnung wirklich redlich verdient.

»Ich wünschte, es wäre so einfach.« Sie ließ sich auf dem Bett nieder, um ihre Perlen abzunehmen, das erste Geschenk, das Ward ihr je gemacht hatte, der einzige Schmuck, den sie nicht verkauft hatte, als sie vor Jahren ihr Vermögen verloren. Sie liebte diese Perlen über alles, wie sie auch Ward über alles liebte und das Leben, das sie mit ihm geführt hatte. Jetzt aber sehnte sie sich nach einer Veränderung. Schon seit langem eigentlich. »Ich glaube, ich habe alles erreicht, was ich wollte – beruflich, meine ich«, sagte sie nachdenklich.

Ward schien erschüttert. »Wie kannst du in deinem Alter ernsthaft von Ruhestand sprechen?«

Faye lachte. Sie war noch immer schön und wirkte energisch und voller Leben. »Immerhin bin ich zweiundfünfzig, habe fünfundsechzig Filme gemacht, fünf Kinder in die Welt gesetzt und ein Enkelkind bekommen.« Das andere, das verlorene zählte sie nicht. »Ich habe einen Mann, den ich liebe, viele Freunde ... mir reicht es. Ich möchte meine Ruhe haben und das Leben genießen. Unsere Kinder sind gut geraten, sie scheinen ihr Glück gefunden zu haben, wir haben unser Bestes getan. An diesem Punkt erscheint im Film immer das Wort ›Ende‹ auf der Leinwand.« Als er ihr Lächeln sah, hatte er den Eindruck, es sei ihr ernst.

»Und was gedenkst du fortan zu tun?«

»Keine Ahnung ... vielleicht ein Jahr in Südfrankreich leben. Wir haben keine Filme geplant.«

Was sie in letzter Zeit an Filmen gesehen hatte, war nicht nach ihrem Geschmack. Vielleicht hatte sie unbewußt nur auf Vals Oscar gewartet, um Schluß zu machen. Es lag etwas Bewegendes darin, daß sie mit diesem Film einen Schlußstein setzte, mit dem Film, der den Weg für Vals Karriere geebnet hatte – wie ein Erbe, das sie ihrer Tochter hinterließ, ein kostbares Geschenk.

»Du könntest meine Memoiren schreiben«, lästerte Ward.

»Das mach gefälligst selbst. Ich möchte nicht mal meine eigenen schreiben.«

»Das solltest du aber.« Man konnte ihr gemeinsames Leben mit gutem Grund als erfüllt bezeichnen. Ward sah sie nachdenklich an. Es war ein langer und aufregender Abend gewesen, und Faye meinte das alles vielleicht doch nicht ganz ernst, obwohl er diesmal fast daran glaubte. »Warum lassen wir die Sache vorerst nicht auf sich beruhen und warten ab, was du in ein, zwei Monaten darüber denkst? Ich werde mich dann ganz nach dir richten.« Er war fast sechsundfünfzig und hätte nichts dagegen gehabt, es sich in Südfrankreich gutgehen zu lassen. Fayes Pläne riefen die Erinnerung an die alten Zeiten wach. Jetzt konnten sie sich das alles wieder leisten, gingen aber mit dem Geld nicht annähernd so verschwenderisch um wie damals. Das tat kein Mensch mehr. »Lassen wir uns die Sache durch den Kopf gehen.«

Als das Thema dann wieder zur Sprache kam, entschlossen sie sich zur Abreise im Juni. Ein Jahr wollten sie es versuchen und mieteten für vier Monate ein Haus in Südfrankreich. Für das darauffolgende halbe Jahr nahmen sie eine Wohnung in Paris. Faye bestand darauf, jedes ihrer Kinder vor der Abreise zu besuchen.

Ihre Vermutung bezüglich Lionels neuer Freundschaft hatte sich bestätigt. Es war tatsächlich der Schauspieler, den sie am Abend der Oscar-Verleihung kennengelernt hatten. Die beiden lebten zusammen in Beverly Hills, sehr glücklich, wie es schien.

Valerie steckte mitten im Rollenstudium für einen neuen Film. Sie und George wollten noch in diesem Jahr heiraten, sobald George seinen Film beendet hatte. Faye wollte unbedingt, daß sie die Flitterwochen in Frankreich verbrächten, und Val versprach es ihr. Aber erst wollte sie die Hochzeit ohne viel Aufhebens hinter sich bringen. Vielleicht würde auch Danny mitkommen.

Schwieriger gestaltete sich der Besuch bei Anne, mit der Faye nie leicht ins Gespräch gekommen war. Sie traf Anne mit dem kleinen Max beschäftigt an und stellte fest, daß sie blaß aussah. Auf ihre Frage antwortete Anne, sie sei wieder schwanger. Faye erschrak.

»Ist das nicht viel zu früh?«

Anne lächelte nachsichtig. Wie rasch die Menschen doch vergessen! »Lionel und Greg waren auch nur elf Monate auseinander«, sagte sie.

Es stimmte. Faye hatte im Moment nicht daran gedacht. Immer wünschte man sich, daß die Kinder anders würden, glücklicher, besser, klüger, und statt dessen wiederholten sie die Fehler der Eltern, die diese schon längst vergessen hatten... Vals Berufswahl, Annes Streben nach einer großen Familie. Die anderen waren andere Wege gegangen, hatten aber auch etwas von ihren Eltern mitbekommen. Greg hätte sich so entwickelt wie Ward als junger Mann... und jetzt wiederholte auch Anne die Vergangenheit.

»Du hast recht.« Ihre Blicke trafen sich – ganz anders als seit langem, so als wollte Anne sich ihr stellen, um vor Fayes Abreise etwas zu bereinigen. Diese Chance würde sich vielleicht nie wieder ergeben. Man konnte nie wissen...

»Anne, ich...« Faye wußte nicht, wie sie anfangen sollte. Es galt, zwanzig Jahre aufzurollen... oder vielleicht nur fünf... ein ganzes Leben, in dem sie es nie geschafft hatte, das Kind, das sie liebte, wirklich zu erreichen. Und jetzt fürchtete sie wieder, nicht bis zu Anne durchzudringen. »Ich habe bei dir viele Fehler gemacht. Das wissen wir beide...«

Anne, mit dem Kind in den Armen, sah sie offen an. Aus ihrem Blick war die stille Abwehr verschwunden. »Ich habe es dir nie leichtgemacht. Und ich habe nie begriffen, wer du eigentlich bist.«

»Ich kannte dich auch nicht. Mein größter Fehler war, daß ich nie Zeit für dich hatte. Wärest du nur ein oder zwei Jahre früher zur Welt gekommen...« Aber das war nicht zu ändern. Es war schon ferne Vergangenheit. Dies und alles andere, was sie erlebt hatten – die Sekte, die Schwangerschaft, das Kind, das sie weggegeben hatte. Wieder trafen ihre Blicke aufeinander. Faye faßte sich ein Herz, das zu sagen, was ihr auf der Seele brannte. Sie streckte die Hand nach Anne aus. »Das mit dem anderen Baby bedauere ich aus ganzem Herzen. Es war meine Schuld, aber damals war ich überzeugt, das Richtige zu tun.« Beide hatten Tränen in den Augen. »Es war ein Fehler, das weiß ich jetzt.«

Anne schüttelte den Kopf. »Nein, das glaube ich nicht mehr. Damals hatte ich keine andere Wahl... ich war erst vierzehn...«

»Aber du bist nie darüber hinweggekommen.« Faye wußte es genau.

»Ich habe mich abgefunden. Damals war es wirklich die einzige Möglichkeit. Manchmal muß man sich damit trösten...« Damit nahm sie ihre Mutter in die Arme und hielt sie zusammen mit ihrem Baby umschlungen, als wolle sie sagen »Ich verzeihe dir«, aber viel wichtiger war, daß sie sich selbst verziehen hatte. Sie konnte ein neues Kapitel anfangen. Auf dem Weg hinaus zu Fayes Wagen hielt sie wieder deren Hand fest. »Mutter, du wirst mir fehlen.«

»Du mir auch.« Alle würden ihr fehlen, deswegen hoffte sie, die Kinder würden sie in Frankreich besuchen. Es hatte eine Zeit gegeben, da hatte sie ohne Kinder gelebt. Und jetzt mußte sie sie alle gehen lassen. Zu guter Letzt trennte sie sich von allen mit dem Bewußtsein, daß man sich gegenseitig akzeptiert hatte. Und zwar voll und ganz.

Unterwegs machten sie in New York noch ein paar Tage halt, um sich mit Van und Jason zu treffen, die glücklich in ihrer Mansarde hausten. Er arbeitete an seinem Stück, sie abends an ihrem Buch und tagsüber in einem Verlag. Von Ehe wurde noch immer nicht gesprochen, aber beide hielten an der Beziehung fest.

Auf dem Flug nach Frankreich wechselten Faye und Ward einen Blick. »Alle haben es geschafft«, sagte sie mit befriedigtem Unterton.

»Du aber auch.«

Wie immer war ihm sein Stolz auf Faye anzusehen. Er war seit dreißig Jahren stolz auf sie, seit damals, als sie einander auf Guadalcanal begegnet waren. Wenn er damals gewußt hätte, was er jetzt wußte – welch erfülltes Leben ihnen bevorstehen sollte... Das sagte er ihr, und sie erinnerte ihn daran, daß dieses Leben noch nicht vorbei sei. Beim Champagner, den ihnen die Stewardeß servierte, küßten sie sich.

Eine Frau starrte Faye an und flüsterte ihrem Begleiter zu: »Sie sieht aus wie einer meiner Lieblingsstars vor dreißig Jahren.« Der Mann lächelte. Immer mußte sie Ähnlichkeiten mit jemandem finden.

Faye und Ward plauderten angeregt beim Sekt und machten Pläne für ihr Jahr in Frankreich, aus dem schließlich mehr als zehn Jahre werden sollten.

Wie rasch die Zeit verging, merkten sie gar nicht. Die Kinder kamen und gingen. Valerie und George, die nach einiger Zeit doch heirateten, bekamen eine Tochter, die sie Faye nannten. Anne, die noch vier Kinder in die Welt setzte, mußte sich häufig die Frage gefallen lassen, warum sie sich nicht wie ihre Mutter mit Zwillingen aus der Affäre gezogen hatte. Vanessa schrieb drei Bücher, während aus Jason ein Autor geworden war, dessen Theaterstücke langsam, aber sicher ihren Weg von Off-Off-Broadway-Bühnen zum Off-Broadway machten. Faye war sehr beeindruckt, als sie während eines kurzen Aufenthalts in New York eine Aufführung sah. Valerie bekam noch einen Oscar und George schließlich auch.

Alle hatten ihren Weg gemacht. Nach elf Jahren in Frankreich wurde Faye mit vierundsechzig eines Nachts im Schlaf vom Tod überrascht. Es war im Herbst, in Cap Ferrat, in der wunderschönen Villa, die sie dort gekauft hatten, um sie einmal den Kindern zu hinterlassen – als idealen Treffpunkt für alle.

Und jetzt kam Faye zurück nach Amerika, begleitet von dem wie versteinert wirkenden Ward. Jetzt war er siebenundsechzig. Faye hatte seit seinem fünfundzwanzigsten Jahr sein Leben erfüllt – zweiundvierzig Jahre. Nun brachte er sie nach Hause, nach Hollywood, an den Ort, den sie so geliebt hatte und den sie so oft erobert hatte – als Schauspielerin, vom Regiestuhl aus, als Frau... als seine Frau. Er dachte an die verzweifelte Zeit, als er alles verloren hatte und sie beherzt die Zügel ergriff und eine neue Karriere anfing, neben der Belastung durch fünf Kinder. Und dann hatte sie ihm geholfen, sich auf eigene Füße zu stellen. Er dachte an die schöne Zeit davor und an die lange Zeit danach, als sie für MGM einen Film nach dem anderen drehten... an den großen Durchbruch, den sie Val verschafft hatte. Die Zeit ohne Faye war seinem Gedächtnis entglitten. Unfaßbar. Es durfte nicht wahr sein... und doch war es wahr geworden.

Er war allein. Faye war tot. Anne und Bill hatten ihn vom Flugplatz abgeholt, gottlob ohne Kinder. Sie sahen zu, wie der Sarg aus dem Frachtraum der Maschine geholt wurde. Der Wind spielte mit Annes Haar, die in der Dämmerung ihrer Mutter zum Verwechseln ähnlich sah. Sie war einunddreißig und hatte jetzt ihre Mutter verloren.

Anne blickte zu Ward auf und faßte wortlos nach seiner Hand. Am Abend zuvor hatte sie mit Bill über das Angebot gesprochen, das sie ihm machen wollten. Hinter ihrem Haus in Beverly Hills war ein Gästehaus entstanden. Wenn er wollte, würde es ihm zur Verfügung stehen. Ward und Faye hatten ihr eigenes Haus in Beverly Hills längst verkauft. Seit Jahren schon waren sie nicht mehr hiergewesen. Bill beobachtete Anne, die nun sagte: »Komm, Dad, laß uns nach Hause gehen.«

Fayes Tod hatte Ward um Jahre altern lassen. Anne wollte, daß er sich Ruhe gönnte. Es gab viel zu tun, die Trauerfeier sollte in zwei Tagen in der Kirche stattfinden, in der sie getraut worden waren, und die Beisetzung in Forest Lawn. Natürlich würden alle dasein, alle, die einmal in Hollywood etwas gegolten hatten... alle, bis auf Faye Thayer. Ihre Familie würde dasein, ohne Ausnahme.

Ward, der sich ein Leben ohne Faye nicht vorstellen konnte, weinte vor sich hin, als sie in die Nacht hineinfuhren, gefolgt vom Wagen der Bestattungsfirma. Wenn er die Augen schloß, sah er sie vor sich. Sie war noch immer mit ihm, so wie sie immer mit allen sein würde, für alle Zeiten. Ihre Filme würden weiterleben, die Erinnerungen, die Liebe und vor allem die Familie. Jeder einzelne war von ihr geprägt, war Teil von ihr, wie sie ein Teil von ihnen gewesen war.

BLANVALET

SUSAN ELIZABETH PHILLIPS

Die verwöhnte, lebenslustige Daisy Devreaux
hat genau zwei Möglichkeiten: Entweder sie wandert
ins Gefängnis – oder sie heiratet Alex Markov.
Ihr frischgebackener Gatte, der zwar attraktiv, aber
humorlos ist, verschleppt sie aus ihrer reichen Luxuswelt
in seinen heruntergekommenen Wanderzirkus –
da sind Turbulenzen vorprogrammiert...

»Warmherzig und witzig – einfach unschlagbar!«
Rendezvous

Susan E. Phillips. Küß mich, Engel 35066

BLANVALET

ZAUBERHAFTE LEIDENSCHAFT BEI BLANVALET

Lassen Sie sich von unwiderstehlich sinnlichen Romanen betören.

A. Quick. Im Sturm erobert
35093

S. Busbee. Zauber der Leidenschaft
35119

J. Feather. Die geraubte Braut
35173

V. Henley. Ein Hauch von Feuer
35155